中華傳統文化核心讀本

余秋雨 題

传承中华文化精髓

建构国人精神家园

诗经·楚辞

〔春秋〕孔丘／编
〔战国〕屈原／著

丽波 潘尧／注译

天地出版社｜TIANDI PRESS

图书在版编目（CIP）数据

诗经·楚辞 /（春秋）孔丘编；（战国）屈原著；丽波，潘
尧注译. —成都：天地出版社，2019.9
（中华传统文化核心读本：精选插图版）
ISBN 978-7-5455-4849-5

Ⅰ.①诗… Ⅱ.①孔… ②屈… ③丽… ④潘… Ⅲ.①古体诗－
诗集－中国－春秋时代②古典诗歌－诗集－中国－战国时代
Ⅳ.①I222

中国版本图书馆CIP数据核字（2019）第076154号

SHIJING · CHUCI

诗经·楚辞

出品人	杨　政	
作　者	〔春秋〕孔　丘	〔战国〕屈　原
注　译	丽　波　潘　尧	
责任编辑	陈文龙　赵雪娇	
封面设计	思想工社	
内文排版	麦莫瑞	
责任印制	葛红梅	

出版发行　天地出版社
　　　　　（成都市槐树街2号　邮政编码：610014）
　　　　　（北京市方庄芳群园3区3号　邮政编码：100078）
网　　址　http://www.tiandiph.com
电子邮箱　tianditg@163.com
经　　销　新华文轩出版传媒股份有限公司

印　　刷　河北鹏润印刷有限公司
版　　次　2019年9月第1版
印　　次　2019年9月第1次印刷
开　　本　710mm×1000mm　1/16
印　　张　30.25
字　　数　593千字
定　　价　45.00元
书　　号　ISBN 978-7-5455-4849-5

咨询电话：（028）87734639（总编室）
购书热线：（010）67693207（营销中心）

本版图书凡印刷、装订错误，可及时向我社营销中心调换

　　中华文明历史悠久，源远流长。五千年的中华文明光辉灿烂，硕果累累，对后世产生了积极而深远的影响。作为华夏儿女，这是值得我们每一个人骄傲和自豪的地方。

　　中华传统文化，是中华文明在五千年的发展历程中诞生的成果之一，它以儒、道文化为主体，包含政治、经济、思想、艺术等各类物质和非物质文化。具体而言，中华传统文化包括诗、词、曲、赋、古文、书法、对联、灯谜、成语、中医、国画、传统节日、民族音乐等等，可谓博大精深，形式多样。

　　习近平总书记指出，中华优秀传统文化是我们最深厚的文化软实力，也是中国特色社会主义植根的文化沃土。中华优秀传统文化，滋养了中华民族的民族精神，赋予了中华民族伟大的生命力和凝聚力，是中华文明成果的创造力源泉。继承和发展中华优秀传统文化，学习、掌握其中的各种思想精华，不仅对我们树立正确的世界观、人生观、价值观大有裨益，而且也能为我们处理各种社会事务提供有益的启发和指导。

　　为弘扬中华优秀传统文化，满足广大读者对优秀传统文化的阅读需求，我们遴选了这套"中华传统文化核心读本·精选插图版"丛书。本丛书分"贤哲经典""历史民俗""文学菁华"三个系列，每个系列精选代表性的书目若干，基本涵盖了传统文化的各个类别。

为便于广大读者对传统经典的学习和吸收，本丛书对涉及古文的品种基本采用了注译和白话两种处理方式，以消除读者阅读的障碍。另外，本丛书每个品种都配有大量精美的古画插图，这些插图与内容互为补充，相得益彰，让读者在阅读中获得艺术的享受。

　　《诗经》是我国第一部诗歌总集。先秦时代称为"诗"或"诗三百"，孔子曾对其做过整理。西汉时，汉武帝采纳董仲舒"罢黜百家，独尊儒术"的建议，把"诗"尊为经典，定名为《诗经》。现存的《诗经》共收录诗歌305篇，包括西周初年到春秋中叶共500余年的民歌和朝庙乐章，传统上分为《风》《雅》《颂》三类。《风》包括周南、召南、邶、鄘、卫、王、郑、齐、魏、唐、秦、陈、桧、曹、豳十五国风，大部分为东周时期的作品，小部分为西周后期的作品，以民歌为主。《雅》包括《小雅》和《大雅》，共105篇，是周王朝直接统治地区——王畿地区的作品，均为周代朝廷上的乐歌，多为朝廷官吏所作。《颂》包括《周颂》《鲁颂》和《商颂》，共40篇。其中《周颂》为西周王朝前期的作品，均为统治者用于祭祀的乐歌，内容大多是歌颂周代贵族统治者及其先公先王，共31篇。《鲁颂》为公元前7世纪鲁国的作品，歌颂的是鲁国国君鲁僖公，共4篇。《商颂》共5篇，大体上是祭歌、赞美诗，是统治者用于宗庙祭祀的乐章，旨在歌颂祖先的丰功伟绩和鬼神的巨大威灵。

　　"国风"是《诗经》中的精华，是我国古代文学宝库中璀璨的明珠。"国风"中的周代民歌以绚丽多彩的画面，反映了劳动人民的真实生活，表达了他们对受剥削、受压迫处境的不满和争取美好生活的信念，是我国现实主义诗歌的源头。在《七月》中，我们看到了奴隶们血泪斑斑的生活，在

《伐檀》中更感悟了被剥削者阶级意识的觉醒，愤懑的奴隶已经向不劳而获的寄生虫、吸血鬼大胆地提出了正义的质问："不稼不穑，胡取禾三百廛兮？不狩不猎，胡瞻尔庭有县貆兮？"有的诗中还描写劳动者对统治阶级直接展开斗争，以便取得生存权利的场景，在这方面，《硕鼠》具有震撼人心的力量。"国风"中还有一些反映兵役、徭役给人民造成极大痛苦的思妇怨诗，如《殷其雷》《伯兮》《君子于役》等就是这类诗篇的代表作。"国风"中还有数量不少的爱情诗，反映不合理的婚姻制度给妇女造成极大的痛苦，然而表达青年男女对美满婚姻的向往和追求，则是这类爱情诗的主题。《氓》《谷风》等篇为我们展示的正是这种生活画面。而《柏舟》还具有鲜明而强烈的反抗意识。基调健康、乐观的恋歌，如《静女》《木瓜》等，更给爱情诗增添了一种和谐、喜悦的情愫。所有这些诗歌都是劳动人民思想情感的真实表达。

"国风"中还有不少民歌对统治阶级的荒淫无耻给予了有力的讽刺和鞭笞，如《新台》《南山》《株林》等都是这方面的名篇。

以简朴的语言描摹事物，以朴素的生活画面反映社会现实的创作方法，在"国风"中有很好的体现，并且成为它显著的艺术特点。在形象塑造上，"国风"也具有现实主义的艺术特色。作者通过抒发主人公的内心倾诉，表现他们的欢乐与悲哀，刻画主人公的行动及其性格特征。"国风"在形式上多数是四言一句，隔句用韵，但也不是千篇一律。它也常杂用二言、三言、五言、七言或八言的句式，如《伐檀》就是一首杂言诗。这些随着情感的波动而富于变化的诗句，读起来节奏分明，极富音乐性，"国风"在语言上也达到准确、优美，富于形象性的特点。精确恰当地使用双声、叠韵、叠字，更增加了艺术魅力。赋、比、兴的艺术手法大大为"国风"增强了表现力。总而言之，《诗经》作为一部经典诗歌总集对我国的历史文化产生着极其广泛而深远的影响，是中华民族宝贵的精神文化财富。孔子曾说过："不学《诗》，无以言。"将《诗经》的学习作为培养教育弟子的一个重要方面，可见其重要性。《诗经》以其丰富的内涵和深刻的思想性为我们描绘了一幅无比生动的历史画卷，为我们研究周代政治、经济、文化、历史等社会的各个方面提供了珍贵的史料。虽然，由于特殊的社会生存条件，《诗经》缺乏浪漫的幻想和飞扬的个性自由精神，但在那个古老的时代，它是无愧于人类文明的，是值得我们骄傲的。

《楚辞》是我国第一部浪漫主义诗歌总集。由于诗歌的形式是在楚国民歌的基础上加工形成，并又大量引用楚地的风土物产和方言词汇，所以叫"楚辞"。这种诗体经屈原发扬光大，其后的宋玉及汉代作家们继续从事着楚辞的创作。

楚辞在汉代又被称作"赋"，如司马迁在《史记》中称：屈原"乃作《怀沙》之赋"。实际上，楚辞作为一种产生于楚地的独立诗体，是不应与汉赋混淆的。汉赋是适应汉代宫廷需要而发展起来的一种半诗半文的散文作品，一般以主客问答作为叙事的形式，它不是抒情，而是铺陈辞藻，咏物说理。楚辞则不同，虽然也富于文采，描写细致，含有叙事成分，但它以抒发个人情感为主，是一种诗歌。在楚辞之前的《诗经》，诗句以四字句为主，篇章比较短，风格朴素；楚辞则篇章宏阔，汪洋恣肆，诗的结构、篇幅都扩大了，句式参差错落，富于变化，而在感情奔放、想象力丰富、文采华美、风格绚烂等这些特点上，都与《诗经》作品截然不同。一般来说，《诗经》产生于北方，代表了当时的中原文化，而楚辞则是南方楚地的乡土文学，楚辞中的大部分作品都是屈原在楚国民歌的基础上加工、提炼而成的。

《楚辞》的编纂始于西汉，汉成帝河平三年，文学家刘向领校中秘书衔，负责将屈原、宋玉的作品以及汉代东方朔、王褒、刘向等人承袭模仿屈原、宋玉的作品共16篇辑录成集，定名为《楚辞》。《楚辞》遂又成为诗歌总集的名称。由于屈原是楚辞的开创者，他的作品在质量和数量上都是最有代表性的，所以后人提及楚辞无不言屈原的代表作《离骚》，并常以"骚"或"离骚"作为楚辞的代称。

《楚辞》在中国诗史上占有重要的地位。它打破了《诗经》以后两三个世纪的沉寂而在诗坛上大放异彩。后人也因此将《诗经》与《楚辞》并称为风、骚。风指十五国风，代表《诗经》，充满了现实主义精神；骚指《离骚》，代表《楚辞》，充满了浪漫主义气息。风、骚成为中国古典诗歌现实主义和浪漫主义的两大创作流派。

本书选编了屈原的《离骚》《九歌》《天问》《九章》《远游》《卜居》《渔父》等名篇，并加以详细的注释，即使现代读者对当时的语言习惯、社会背景等都比较陌生，也能比较容易地理解楚辞作品，从中领略楚辞的精髓。

本书编排严谨，校点精当，并配以精美的插图，这些插图不但和作品中的情节、人物相互对应以达到图文并茂、生动形象的效果，而且能够反映出中国古代绘画艺术的发展、演变与继承关系，具有很高的艺术价值和欣赏价值。

꧁ 目 录 ꧂

诗 经

楚 辞

诗经

国风·周南

关雎

【题解】

男子慕恋女子，想和她结成伴侣却又苦无门路，以致出现幻觉，仿佛同姑娘成了情侣，过着幸福的生活。

关关雎鸠，在河之洲[1]。	两只雎鸠相对唱，双双栖息小岛上。
窈窕淑女，君子好逑[2]。	美丽善良的姑娘，是我的理想对象。
参差荇菜，左右流之[3]。	长短不齐的荇菜，顺水流左右摇摆。
窈窕淑女，寤寐求之[4]。	美丽善良的姑娘，日夜都想把她求。
求之不得，寤寐思服。	一心想她却不得，醒时梦里都想念。
悠哉悠哉，辗转反侧[5]。	绵绵无尽的思念，翻来覆去睡不着。
参差荇菜，左右采之。	长短不一的荇菜，采了左边采右边。
窈窕淑女，琴瑟友之。	美丽善良的姑娘，弹琴鼓瑟表衷肠。
参差荇菜，左右芼之[6]。	长短不一的荇菜，向左向右采摘忙。
窈窕淑女，钟鼓乐之。	美丽善良的姑娘，敲钟打鼓娶过来。

【注释】

〔1〕关关：指雌雄两鸟相对鸣叫。雎鸠（jū jiū）：一种水鸟，传说此种鸟雌雄终生相守不离。洲：指水中陆地。

〔2〕窈窕（yǎo tiǎo）：娴静而美好。淑女：贤德的女子。淑：善，好。君子：对男子的美称。好逑（qiú）：好的配偶。

〔3〕荇（xìng）菜：一种根生水中、叶浮水面的植物，可食用。流之：水流使其摆动。

〔4〕寤寐（wù mèi）：指日夜。寤指睡醒，寐指睡着。求：追求。

〔5〕悠：长久。辗转反侧：指躺在床上翻来覆去睡不着。

〔6〕芼（mào）：采、摘之意。

荇菜

葛覃

【题解】

女子采葛制衣时，看见黄雀聚鸣，不由得想起家中父母，在得到公婆、丈夫的允许后，便开始洗衣，准备回娘家的行囊。

葛之覃兮，施于中谷，　　　　　葛藤长得长又长，肆意蔓延谷中央，
维叶萋萋，黄鸟于飞，　　　　　叶儿茂盛青又密，黄鹂自由在飞翔，
集于灌木，其鸣喈喈[1]。　　　　群息于灌木丛中，相互鸣叫响不停。
葛之覃兮，施于中谷。　　　　　葛藤长得长又长，肆意蔓延谷中央，
维叶莫莫，是刈是濩[2]。　　　　叶儿茂盛绿汪汪，割藤蒸煮织麻忙，
为𫄨为绤，服之无斁[3]。　　　　织细布啊织粗布，穿在身上都舒服。
言告师氏，言告言归[4]。　　　　告诉我的女管家，我呀心想回娘家。
薄污我私，薄浣我衣[5]。　　　　先把内衣洗干净，再把礼服浆洗好。
害浣害否，归宁父母[6]。　　　　哪些要洗分清楚，干干净净见爹娘。

【注释】

〔1〕葛：一种多年生蔓草，俗名苎麻，纤维可用来织布。覃：延长、延伸之意。施（yì）：同"移"。萋萋：形容植物生长茂盛的样子。黄鸟：指黄鹂。喈喈（jié）：黄鸟相和的叫声，为象声词。

〔2〕莫莫：茂盛的样子。刈（yì）：用刀割的意思。濩（huò）：在水中煮。

〔3〕𫄨（chī）：即细，这里有细麻布之意。绤（xì）：即粗，这里有粗麻布之意。斁（yì）：厌恶。

〔4〕师氏：负责管理女奴的女管家。告：告假。归：回家。

〔5〕薄：语助词，含有稍稍的意思。污：此处作动词，指搓揉以去污。私：指平日所穿的衣服。浣（huàn）：即洗。衣：指见客时穿的礼服。

〔6〕害：同"曷"，哪些。宁：本为平安的意思，此处作问安讲。

葛

卷 耳

【题解】

女子想念远行的丈夫，相思中仿佛看到丈夫登高饮酒，马疲成疾，人疲生病，思家怀乡的忧伤情景。

采采卷耳，不盈顷筐[1]。　　不停采呀卷耳菜，仍装不满一浅筐。

嗟我怀人，寘彼周行[2]。　　心中想念丈夫呀，浅筐丢在大路旁。

陟彼崔嵬，我马虺隤[3]。　　刚登上高高土山，我的马就腿发软。

我姑酌彼金罍，　　　　　我姑且斟杯美酒，

维以不永怀[4]。　　　　　免得我思念伤怀。

陟彼高冈，我马玄黄。　　刚登上高高山梁，我的马已眼玄黄。

我姑酌彼兕觥，　　　　　我姑且喝杯美酒，

维以不永伤[5]。　　　　　免得我思念伤怀。

陟彼砠矣，我马瘏矣[6]。　刚登上有土石山，我的马已疲成疾。

我仆痡矣，云何吁矣[7]！　仆人也因疲患病，如何解脱这忧伤！

【注释】

〔1〕顷筐：形状像簸箕一样的筐子，前低后高。

〔2〕嗟（jiē）：感叹词。寘：同"置"，放置。彼：指顷筐。周行（háng）：指大路。

〔3〕陟（zhì）：登。崔嵬（wéi）：此处指有石头的土山。虺隤（huī tuí）：腿软无力。

〔4〕酌（zhuó）：倒酒。金罍（léi）：饰金的酒器。罍：形似酒缸，大肚小口，青铜制，用以盛酒或水。

〔5〕兕觥（sì gōng）：用犀牛角做的饮酒用器。

〔6〕砠（jū）：有土的石山，与崔嵬相反，石多土少。瘏（tú）：马因疲劳过度所生的病。

〔7〕痡（pū）：人因疲劳过度而生的病。吁（xū）：忧愁。

樛 木

【题解】

通过对藤蔓缠绕、遮盖大树的描写来表示对新婚男女幸福生活的美好祝福。

南有樛木，葛藟累之[1]。　　　　　南山有棵弯大树，藤蔓攀缘它身上。
乐只君子，福履绥之[2]。　　　　　快乐无比的人啊，幸福降临他身上。
南有樛木，葛藟荒之[3]。　　　　　南山有棵弯大树，藤蔓遮盖了全身。
乐只君子，福履将之[4]。　　　　　快乐无比的人啊，幸福将来护佑他。
南有樛木，葛藟萦之[5]。　　　　　南山有棵弯大树，藤蔓缠绕它身上。
乐只君子，福履成之。　　　　　　快乐无比的人啊，幸福将来成全他。

【注释】

〔1〕樛（jiū）木：茎干弯曲的树。葛藟（lěi）：一说葛蔓，一说两字分别为两种有藤的蔓草。均可讲通。累：系，缠绕，攀缘。

〔2〕福履：即福禄。绥（tuǒ）：通"妥"，下降，降临。

〔3〕荒：即遮盖。

〔4〕将：养活。一说指扶助。

〔5〕萦：同"累"，缠绕。

螽 斯

【题解】

通过对蝗虫成群结队展翅齐飞的描写来展示幸福人家多子多福，欢聚一堂的幸福场景。

螽斯羽，诜诜兮[1]。　　　　　蝗虫展翅汇一方，成群结队闹嚷嚷。
宜尔子孙，振振兮[2]。　　　　你的子孙多又多，多而成群盈四方。
螽斯羽，薨薨兮[3]。　　　　　蝗虫展翅齐高飞，发出声音嗡嗡响。
宜尔子孙，绳绳兮[4]。　　　　你的子孙多又多，繁衍生息永不绝。
螽斯羽，揖揖兮[5]。　　　　　蝗虫展翅齐高飞，熙熙攘攘忙不休。
宜尔子孙，蛰蛰兮[6]。　　　　你的子孙多又多，欢聚一堂乐无边。

【注释】

〔1〕螽（zhōng）：指螟虫。诜诜（shēn）：形容众多的样子。

〔2〕宜：合该，应该，为祝愿之意。振振：多而成群的样子。

〔3〕薨薨（hōng）：象声词，群虫齐飞的声音。

〔4〕绳绳：绵延不绝的样子。

〔5〕揖揖：群集的样子。

〔6〕蛰蛰（zhé）：多的意思。一说聚集的意思。

桃 夭

【题解】

这是首祝贺女子新婚，祝福其婚姻美满的诗。在赞美新娘年轻貌美的同时，不忘叮嘱她要和顺并善待婆家。

桃之夭夭，灼灼其华[1]。　　桃树含苞满枝丫，花儿开得最鲜艳。

之子于归，宜其室家[2]。　　这位姑娘要出嫁，和顺对待你婆家。

桃之夭夭，有蕡其实[3]。　　桃树含苞满枝桠，花儿结果果儿大。

之子于归，宜其家室。　　这位姑娘要出嫁，好好服侍你婆家。

桃之夭夭，其叶蓁蓁[4]。　　桃树含苞花似锦，叶儿茂密绿成荫。

之子于归，宜其家人。　　这位姑娘要出嫁，和顺善待你婆家。

【注释】

〔1〕夭夭：桃含苞貌。一说形容茂盛而艳丽，一说少壮的样子。灼灼（zhuó）：鲜明貌。

〔2〕归：妇人谓嫁曰归。宜：与"仪"通。《尔雅》："仪：善也。"室家：家庭。男子有妻叫作有室，女子有夫叫作有家。下文"家室"义同。

〔3〕有：作语助，无实义。蕡（fén）：《集传》："蕡：实之盛也。"引申为大。

〔4〕蓁蓁（zhēn）：草木茂盛貌。

桃

兔罝

【题解】

通过对捕虎严而密的描写来赞美武士的英勇，赞美他是公侯安邦护国的栋梁。

肃肃兔罝，椓之丁丁[1]。 严而密的捕虎网，敲打桩子叮当响。
赳赳武夫，公侯干城[2]。 雄壮勇猛的武士，安邦护国的栋梁。
肃肃兔罝，施于中逵[3]。 严而密的捕虎网，放在路口的中央。
赳赳武夫，公侯好仇[4]。 雄壮勇猛的武士，是公侯的好帮手。
肃肃兔罝，施于中林。 严而密的捕虎网，放在树林的中央。
赳赳武夫，公侯腹心。 雄壮勇猛的武士，公侯忠诚的爱将。

虎

【注释】

〔1〕肃肃（suō）：稀疏不密的样子。一说整齐而严密的样子。兔：指老虎。罝（jū）：捕兽的网。椓（zhuó）：敲击。丁丁（zhēng）：象声词，敲击木桩发出的响声。

〔2〕武夫：武士。公侯：周朝时期的爵位，当时周天子下分公、侯、伯、子、男五等爵位。干城：干为盾牌，城指城墙，二者都具有防卫作用。

〔3〕中逵：既逵中。逵（kuí）：指四通八达的交叉路口。

〔4〕仇（qiú）：同"逑"，即伴侣、搭档。

芣苢

【题解】

这是一群妇女在采车前子时互相唱和的劳动歌，描绘了一幅真切动人的劳动场景，给人以身临其境之感。

采采芣苢，薄言采之[1]。　　车前子哟采又采，你呀快点采些来。
采采芣苢，薄言有之[2]。　　车前子哟采又采，你呀快点采些来。
采采芣苢，薄言掇之[3]。　　车前子哟采又采，一根一根捡起来。
采采芣苢，薄言捋之[4]。　　车前子哟采又采，一把一把捋下来。
采采芣苢，薄言袺之[5]。　　车前子哟采又采，提起衣襟装起来。
采采芣苢，薄言襭之[6]。　　车前子哟采又采，快点把它兜回来。

【注释】

〔1〕芣苢（fú yǐ）：植物名，即车前子。种子和全草入药。薄言：发语词。

〔2〕有：《广雅》："取也。"一说收藏。

〔3〕掇（duō）：拾取。

〔4〕捋（luō）：以手掌握物而脱取。如捋桑叶。

〔5〕袺（jié）：手执衣襟以承物。

〔6〕襭（xié）：翻转衣襟插于腰带以承物。

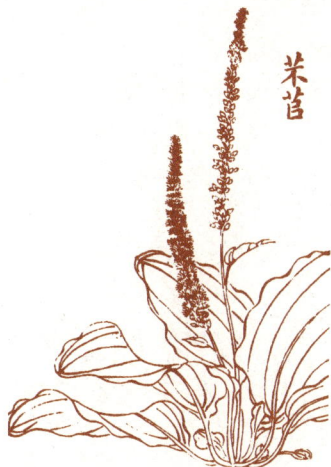

芣苢

汉 广

【题解】

这是爱慕汉水的游女，而自叹无从追求的恋歌，表现了一位痴情小伙执着追求意中的姑娘而不得时的失望心情。

南有乔木，不可休思[1]。　　南边有树高又长，却不可歇息乘凉。
汉有游女，不可求思[2]。　　汉水游玩的女郎，我想追求没希望。
汉之广矣，不可泳思[3]。　　好比汉水宽又宽，使我无法游过去。
江之永矣，不可方思[4]。　　好比绵延长江水，划着筏子难来往。
翘翘错薪，言刈其楚[5]。　　杂木乱草长得高，只割荆条当烛烧。
之子于归，言秣其马[6]。　　如果她肯嫁给我，喂饱马儿去接她。
汉之广矣，不可泳思。　　　好比汉水宽又宽，使我无法游过去。
江之永矣，不可方思。　　　好比绵延长江水，划着筏子难来往。

翘翘错薪，言刈其蒌[7]。　　　　　杂木乱草长得高，只割其中的蒌蒿。
之子于归，言秣其驹。　　　　　　　如果她肯嫁给我，喂饱马儿去接她。
汉之广矣，不可泳思。　　　　　　　好比汉水宽又宽，使我无法游过去。
江之永矣，不可方思。　　　　　　　好比绵延长江水，划着筏子难来往。

蒌

【注释】

〔1〕思：语尾助词，无实义。

〔2〕汉：指汉水，源出今陕西省宁强县，东入湖北，由汉口入长江。

〔3〕广：宽。

〔4〕江：古时长江的名称。永：即长。方：本指用木或竹子做成的渡筏，此处指乘筏渡水。

〔5〕翘翘（qiáo）：高大的样子。刈（yì）：割。楚：植物名，又名荆，俗名荆条，可以做马的饲料。

〔6〕之子：这个人，指游女。于归：古时称姑娘出嫁。秣（mò）：喂牲口。

〔7〕蒌（lóu）：即蒌蒿，多年生草本植物，生在水泽之中，可以做艾的代用品，叶子能喂马。

汝 坟

【题解】

妻子想念远方服徭役的丈夫，如饥似渴，恍惚间仿佛看到丈夫归来，同时也希望丈夫在外能惦念自己。

遵彼汝坟，伐其条枚[1]。　　　　　我沿着汝水河堤，采伐一些小树木。
未见君子，惄如调饥[2]。　　　　　多日不见丈夫面，愁得好似没吃饭。
遵彼汝坟，伐其条肄[3]。　　　　　我沿着汝水河堤，采伐一些嫩枝条。
既见君子，不我遐弃[4]。　　　　　终于见到丈夫面，没有把我扔一边。
鲂鱼赪尾，王室如燬[5]。　　　　　鲂鱼劳累尾变红，朝廷苛政猛如火。
虽则如燬，父母孔迩[6]。　　　　　虽然苛政猛如火，父母仍在陪着我。

【注释】

〔1〕汝：指汝水，源出河南省，由东南入淮河。坟："濆"的假借字，指河堤、水边。条：指树枝。枚：树干。

〔2〕惄（nì）：忧愁。调：即朝，早晨，《鲁诗》为"朝"。

〔3〕肄（yì）：指伐了又生的小树枝。

〔4〕遐（xiá）：即远。

〔5〕鲂（fáng）：一说鱼名，又名鳊鱼，古传说它劳累后尾巴变红。一说求偶时尾红。赪（chēng）：指红色。燬（huǐ）：烈火。

〔6〕孔：很、甚的意思。迩（ěr）：近的意思。

麟之趾

【题解】

通过对麟蹄子、麟额头、麟头角的描述，来歌颂公子的诚实、仁厚和宽和。

麟之趾，振振公子， 于嗟麟兮[1]。	不踢人的麟蹄子，好比公子多诚实， 麟真值得赞美啊！
麟之定，振振公姓， 于嗟麟兮[2]。	不抵人的麟额头，好比公子多仁厚， 麟真值得赞美啊！
麟之角，振振公族， 于嗟麟兮。	不触人的麟头角，好比子孙多宽和， 麟真值得赞美啊！

【注释】

〔1〕麟：古人把麟看作至高至美的野兽，因而把它比作公子、公姓、公族的所谓仁厚、诚实。趾：足。指麒麟的蹄。振振（zhèn）：诚实。于（xū）：通"吁"，叹词。

〔2〕定：通"颠"，额。

国风·召南

鹊 巢

【题解】

通过对百辆车儿迎接、百辆车儿护送的描写，展示了贵族小姐出嫁时的壮观场面。

维鹊有巢，维鸠居之[1]。	喜鹊建造了巢穴，却被鸠占为己有。
之子于归，百两御之[2]。	这个姑娘要出嫁，百辆车儿迎接她。
维鹊有巢，维鸠方之[3]。	喜鹊建造了巢穴，却被鸠占为己有。
之子于归，百两将之[4]。	这个姑娘要出嫁，百辆车儿护送她。
维鹊有巢，维鸠盈之[5]。	喜鹊建造了巢穴，却被鸠占为己有。
之子于归，百两成之[6]。	这个姑娘要出嫁，百辆车儿成全她。

【注释】

〔1〕维：语助词，无实义。

〔2〕之子：这个人。于归：指姑娘出嫁。两："辆"的假借字。御（yù）：同"迓"，指迎接。

〔3〕方：占有。

〔4〕将：护卫，保卫。

〔5〕盈：满的意思。

〔6〕成：指结婚礼成。

鹊

采 蘩

【题解】

蚕妇不辞劳苦地采蘩，替公侯在蚕室日夜养蚕，直到蚕事完毕，才拖着疲惫之躯匆匆还家。

于以采蘩？于沼于沚[1]。   什么地方采白蒿？沙滩周围池沼旁。

于以用之？公侯之事。   采来白蒿做什么？为替公侯养蚕忙。

于以采蘩？于涧之中[2]。   什么地方采白蒿？幽深山涧走一遭。

于以用之？公侯之宫。   采来白蒿做什么？为替公侯养蚕忙。

被之僮僮，夙夜在公[3]。   养蚕妇女鬓高绾，早晚养蚕无闲暇，

被之祁祁，薄言还归[4]。   高绾发髻已松散，忙完养蚕速回家。

【注释】

〔1〕于以：一说，于以，作语助。蘩（fán）：白蒿。生陂泽中，叶似嫩艾，茎或赤或白，根茎可食。沼（zhǎo）：沼泽。沚（zhǐ）：小洲。

〔2〕涧：山夹水。

〔3〕被：通"髲（bì）"，《传》："首饰也。"陈奂《传疏》："被亦用编发。"编发，即妇人头上用的假发。僮僮（tóng）：陈奂《传疏》："古僮、童通。《射义》注，引《诗》'被之童童'。《广雅》：'童童，盛也。'……童童为首饰盛。"

〔4〕祁祁（qí）：舒迟貌。

草 虫

【题解】

女子因蝈蝈鸣叫，蚱蜢蹦跳而引起思夫之情，由于思夫而心神不宁、心慌意乱，心悲感伤，而由此想象夫妻相逢，欢聚一堂的喜悦场面。

喓喓草虫，趯趯阜螽[1]。   叫个不停的蝈蝈，蹦来跳去的蚱蜢。

未见君子，忧心忡忡[2]。   见不到我的夫君，忧愁得心神不宁。

亦既见止，亦既觏止，   只有让我看到他，并与他长相厮守，

我心则降[3]。   我的心才能放下。

陟彼南山，言采其蕨[4]。   闲来我登上南山，采摘山上的蕨菜。

未见君子，忧心惙惙[5]。   见不到我的夫君，忧愁得心慌意乱。

亦既见止，亦既觏止，   只有让我见到他，并与他欢聚一堂，

我心则说[6]。 　　我的心才能欢喜。
陟彼南山，言采其薇[7]。 　　闲来我登上南山，采摘一些野豌豆。
未见君子，我心伤悲。 　　见不到我的夫君，我内心无比感伤。
亦既见止，亦既觏止， 　　只有让我见到他，并与他欢聚一堂，
我心则夷[8]。 　　我的心才能平静。

【注释】

〔1〕喓喓（yāo）：虫鸣声。趯趯（tì）：虫跳的样子。阜螽（fù zhōng）：指蚱蜢。
〔2〕忡忡（chōng）：心神不宁的样子。

草虫

〔3〕止：同"之"，此处指丈夫。觏（gòu）：遇见。一说与"媾"通用，指夫妻相聚。
〔4〕陟（zhì）：登高的意思。言：乃的意思。
〔5〕惙惙（chuò）：心慌意乱的样子。
〔6〕说（yuè）：与"悦"通用，即欢喜。
〔7〕薇（wēi）：指巢菜，草本植物，嫩茎和叶可作蔬菜，种子可以吃，通称野豌豆。
〔8〕夷：平，指心安。

采 蘋

【题解】

　　这是一首叙述女子祭祀的诗，诗中描写了祭祀前所做的种种准备工作，突出表现了当时的风俗习惯。

于以采蘋？南涧之滨[1]。 　　哪里能采到浮萍？南山的溪水旁边。
于以采藻？于彼行潦[2]。 　　哪里能采到水藻？在那浅流积水间。
于以盛之？维筐及筥[3]。 　　用什么来盛装它？方竹筐和圆竹箩。
于以湘之？维锜及釜[4]。 　　用什么来烹煮它？三脚鼎和无脚锅。
于以奠之？宗室牖下[5]。 　　祭品应放在哪里？宗庙的窗户下面。
谁其尸之？有齐季女[6]。 　　由谁来主持祭礼？虔诚恭敬的少女。

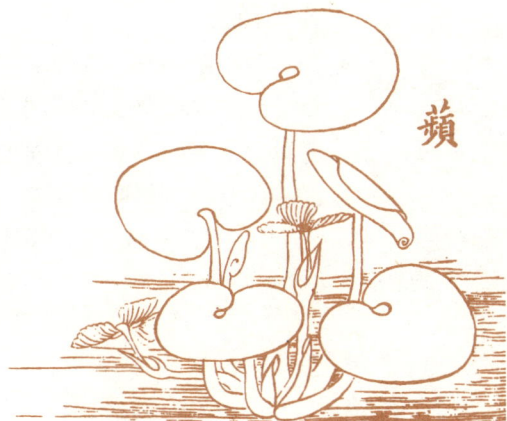

蘋

【注释】

〔1〕于以：在何处。蘋（pín）：水生植物，也叫大萍，可食。

〔2〕行：指水沟。潦（lǎo）：指积水。

〔3〕盛：装起来。维：语助词，无实义。筥（jǔ）：指圆形的盛物竹器。

〔4〕湘：烹煮的意思。锜（qí）：有三只脚的锅。

〔5〕牖（yǒu）：窗户。

〔6〕尸：主持，古时用人充当神主持祭祀，称为尸。齐："斋"的假借字，指不吃荤，不喝酒，以示对神的恭敬。季女：即少女。

甘　棠

【题解】

周宣王时的召虎，人称召伯，辅助宣王征伐南方的淮夷，颇有功劳。人民作《甘棠》一诗怀念他。

蔽芾甘棠，勿翦勿伐， 召伯所茇[1]。	枝繁叶茂的甘棠，不要剪来不要砍， 因为那里有召伯曾经住过的草舍。
蔽芾甘棠，勿翦勿败， 召伯所憩[2]。	枝繁叶茂的甘棠，不要剪来不要砍， 因为那里曾经是召伯休息的地方。
蔽芾甘棠，勿翦勿拜， 召伯所说[3]。	枝繁叶茂的甘堂，不要剪来不要砍， 因为那里曾经是召伯驻足的地方。

甘棠

【注释】

〔1〕蔽芾（fèi）：茂盛的样子。召（shào）伯：姓姬，名虎，周宣王的伯爵，封在召的地方。茇（bá）：本义为草舍，此处用作动词，当住讲。

〔2〕败：即摧毁，毁坏。

〔3〕拜（bá）："拔"的假借字。说（shuì）：休息，止息。

行 露

【题解】

这首诗写一个已有妻室的男子隐瞒真相，又欲强娶一位女子成婚，当女子明白真相后，表示严词拒绝。

厌浥行露，岂不夙夜？	道上露水湿漉漉，难道不愿赶夜路？
谓行多露[1]。	只怕路上露水多！
谁谓雀无角，何以穿我屋[2]？	谁说麻雀没有喙，为何啄穿我的屋？
谁谓女无家，何以速我狱[3]？	谁说你没有妻室，为何招我上公堂？
虽速我狱，室家不足[4]。	即使招我上公堂，我也不能嫁给你！
谁谓鼠无牙，何以穿我墉[5]？	谁说耗子没有牙，为何穿透我家墙？
谁谓女无家，何以速我讼[6]？	谁说你没有妻室，为何招我上公堂？
虽速我讼，亦不女从[7]！	即使招我上公堂，我也不会顺从你！

雀

【注释】

〔1〕厌浥（yì）：沾湿。厌为"浥"假借字。谓：可能是"畏"的假借字，与后二章谓不同。

〔2〕角：指鸟嘴，即喙。

〔3〕女：通"汝"，指丈夫。速：招致。

〔4〕室家：结婚。男子有妻叫有室，女子有夫叫有家。

〔5〕墉（yōng）：墙。

〔6〕讼：打官司。

〔7〕女从："从女"的倒文，即顺从你。

羔 羊

【题解】

这是一首讽刺部分官吏穿皮袍、吃公食、不关心百姓疾苦的诗。他们下朝食罢，悠闲地归来养尊处优，着实令下层人民感到不平。

羔羊之皮，素丝五纰[1]。	羔羊袄儿皮毛松，白丝缠绕密密缝，
退食自公，委蛇委蛇[2]。	吃饱喝足回家去，步子悠闲兴冲冲！
羔羊之革，素丝五缄[3]。	羔羊袄儿好皮革，白丝缠绕密密缝，
委蛇委蛇，自公退食。	步子悠闲从容走，酒足饭饱回家去！
羔羊之缝，素丝五总[4]。	羔羊袄儿缝子宽，白丝缠绕密密缝，
委蛇委蛇，退食自公。	步子悠闲心舒畅，退朝吃饭回家转！

【注释】

〔1〕五纰（tuó）：纰，指丝数，五丝为纰。

〔2〕委蛇（wēi yí）：委蛇是旗帜飘扬貌。从人摇摆而行的样子，推知其心胸舒畅，以见其"行服相称，内外得宜"。《韩诗》作逶迤，曲折前进。

〔3〕缄（yù）：指丝数，四纰为缄，即二十缕。

〔4〕缝：皮裘。

羊

殷其雷

【题解】

这是一首写妇女思夫的诗。丈夫服役在外，妻子在家思念伤怀，期盼丈夫早日归来。

殷其雷，在南山之阳[1]。　　　　雷声隆隆震天响，响在南山向阳坡。

何斯违斯？莫敢或遑[2]？　　　　为什么此时离去，不敢有半点闲暇？

振振君子，归哉归哉[3]！　　　　辛勤劳作的丈夫，回来吧快回来吧！

殷其雷，在南山之侧。　　　　　雷声隆隆震天响，响在南边大山旁。

何斯违斯？莫敢遑息？　　　　　为什么此时离去，不敢有半点闲暇？

振振君子，归哉归哉！　　　　　辛勤劳作的丈夫，回来吧快回来吧！

殷其雷，在南山之下。　　　　　雷声隆隆震天响，响在南边山下方。

何斯违斯？莫敢遑处？　　　　　为什么此时离去，不敢有半点闲暇？

振振君子，归哉归哉！　　　　　辛勤劳作的丈夫，回来吧快回来吧！

【注释】

〔1〕殷：震动声。一说通"隐"，指雷声。

〔2〕斯：这，此，前一斯指人，后一斯指地方。一说前一斯指时间，后一斯指地方。违：离开，远去。遑（huǎng）：闲暇。

〔3〕振振：勤奋。一说盛多，振起。

摽有梅

【题解】

一位待嫁女子，望见梅子落地，引起青春易逝、年时不再的伤感，迫切希望意中人前来婚配的心情。

摽有梅，其实七兮[1]。　　　　　梅子纷纷落了地，枝上犹留十之七。

求我庶士，迨其吉兮[2]！　　　　追求我的小伙子，趁着吉日快来娶！

摽有梅，其实三兮[3]。　　　　　梅子纷纷落了地，枝上只剩十之三。

求我庶士，迨其今兮[4]。　　　　追求我的小伙子，趁着今日定婚期。

摽有梅，顷筐塈之[5]。　　　　　梅子纷纷落了地，拿着筐儿来拾取。

求我庶士，迨其谓之[6]。　　　　追求我的小伙子，赶快提亲将我娶。

【注释】

〔1〕摽（biào）：落，打。有：语助词。七：指树上果子还剩七成。

〔2〕迨（dài）：及，即趁机的意思。其：此。

〔3〕三：只剩三成。

〔4〕今：此刻，现在。

〔5〕塈（jì）：取的意思。

〔6〕谓：一说告诉的意思；一说为"会"的假借字，即聚会；一说指出嫁。

梅

小 星

【题解】

小官吏披星戴月，抱着被子，出差赶路，确实辛苦，看到贵族们骄奢淫逸的生活，顿时牢骚满腹。

嘒彼小星，三五在东[1]。　　　　小小星儿发微光，三三五五在东方，

肃肃宵征，夙夜在公。　　　　　急急忙忙连夜走，为了官家早晚忙，

寔命不同^[2]！

寔命不同[2]！
嘒彼小星，维参与昴^[3]。

嘒彼小星，维参与昴[3]。
肃肃宵征，抱衾与裯。
寔命不犹^[4]！

只因命运不一样！
小小星儿发微光，参星昴星挂天上，
急急忙忙连夜走，只好抛弃裯和衾，
人家命好比我强！

【注释】

〔1〕嘒（huì）：微貌。三五：一说参三星，昴五星，指参昴；一说形容星星稀少。

〔2〕肃肃：姚际恒《通论》："'肃'，'速'同，疾行貌。"宵：夜。征：行。寔：是，此。

〔3〕参（shēn）与昴（mǎo）：二星宿名。

〔4〕抱：一说当读抛。衾（qīn）：被子。裯（chóu）：床帐。犹：若，如，同。

江有汜

【题解】

这是一首描写弃妇哀怨自慰的诗。在一夫多妻的制度下，她用长江尚有支流原谅丈夫另有新欢，幻想有朝一日他能回心转意。

江有汜^[1]。之子归，
不我以^[2]。
不我以，其后也悔。

江水长长有支流，新人嫁来分两头，
你不要我使人愁。
今日虽然不要我，今后一定会后悔。

江有渚^[3]。之子归，
不我与^[4]。
不我与，其后也处^[5]。

江水宽宽有沙洲，新人嫁来分两头，
你不爱我使人愁。
今日虽然不爱我，将来想聚又来求。

江有沱^[6]。之子归，
不我过^[7]。
不我过，其啸也歌^[8]。

江水长长有水湾，新人嫁来分两头，
你不找我使人愁。
不找我呀心烦闷，唱着哭着消我忧。

【注释】

〔1〕汜（sì）：指长江的支流。一说指从主流分出又汇入主流的河。

〔2〕以：将谁带走的意思。

〔3〕渚（zhǔ）：即洲，水中间的小块陆地。

〔4〕与：同。

〔5〕处：指居住。一说忧。

〔6〕沱（tuó）：指可以停船的水湾。一说指江的支流。

〔7〕过：度，到，至。

〔8〕啸：撮口发出长而清脆的声音。一说号哭。

野有死麕

【题解】

这是一首描写青年男女恋爱的诗，男方是一位猎人，以小鹿相赠，大献殷勤，女方却害羞、胆怯。

野有死麕，白茅包之[1]。	原野上打死只獐子，用白茅草包住它。
有女怀春，吉士诱之[2]。	有位姑娘春情荡漾，小伙上前把她撩。
林有朴樕，野有死鹿[3]。	林里有作烛灯的树，原野上打死只鹿。
白茅纯束，有女如玉[4]。	白茅草捆扎当礼物，如玉姑娘接受了。
"舒而脱脱兮[5]！	"轻轻慢慢别着忙！
无感我帨兮[6]！	别动围裙别鲁莽！
无使尨也吠[7]！"	不要惹狗叫汪汪！"

【注释】

〔1〕麕（jūn）：兽名，即獐，鹿类一种，体小无角，古时男子多以鹿皮作求爱的礼物。

〔2〕春：指春情、情欲。

〔3〕朴樕（sù）：一种灌木，古时人结婚时作烛用。

〔4〕纯：捆的意思。

〔5〕脱脱（tuì）：形容美好、相宜、适当的样子。

〔6〕感：古同"撼"，即振动、动摇。帨（shuì）：指拴在腰上的佩巾，犹如现在的围裙。

〔7〕尨（máng）：毛多而长的狗。

何彼襛矣

【题解】

齐侯的女儿出嫁，车辆服饰艳丽奢华。这首诗展示华丽壮观的宏大场面，也隐约讽刺了贵族王姬德色的不相称。

何彼襛矣？唐棣之华[1]。　　　为什么如此艳丽？像棠棣的花一样。

曷不肃雍？王姬之车[2]。　　　为何气氛欠安祥？王姬出嫁的车辆。

何彼襛矣？华如桃李。　　　　为什么如此艳丽？这朵花美如桃李。

平王之孙，齐侯之子[3]。　　　那是平王的外孙，那是齐侯的娇女。

其钓维何？维丝伊缗[4]。　　　用什么来钓鱼呢？丝合成的钓鱼线。

齐侯之子，平王之孙。　　　　那是齐侯的娇女，那是平王的外孙。

【注释】

〔1〕襛（nóng）：形容繁盛的样子。唐棣（dì）：木本植物名，又称棠棣，俗称棠梨，春天开花，秋天结实，花色白，果小味酸，可食。

〔2〕曷（hé）：同"何"，怎么。雍：和谐。

〔3〕平王：指东周平王姬宜臼。

〔4〕缗（mín）：合股的丝绳，此处指钓鱼线。

驺　虞

【题解】

通过对射猎母猪和小猪的描写，一位百发百中、箭无虚发的猎人形象已经跃然纸上。

彼茁者葭，壹发五豝[1]。　　　芦苇长得真茁壮，箭发射在母猪上，

于嗟乎驺虞[2]！　　　　　　　啊！猎人真正是好样！

彼茁者蓬，壹发五豵[3]。　　　蓬蒿长得真茁壮，箭发射在小猪上，

于嗟乎驺虞！　　　　　　　　啊！猎人真正是好样！

【注释】

〔1〕茁（zhuó）：草初生出地貌。葭（jiā）：初生的芦苇。壹：发语词。发：发矢。豝（bā）：牝豕。

〔2〕驺（zōu）虞：一说义兽，一说猎人。

〔3〕豵（zōng）：小猪。

国风·邶风

柏 舟

【题解】

此诗所指众说不一：或认为寡妇矢志之作，或认为妇人不得志于夫自伤之作，或认为君子在朝失意之作。

汎彼柏舟，亦汎其流[1]。	漂漂荡荡柏木舟，顺着河水四漂流。
耿耿不寐，如有隐忧[2]。	焦灼不安难入眠，烦恼心事让我愁。
微我无酒，以敖以游[3]。	不是我无酒消愁，四处潇洒任遨游。
我心匪鉴，不可以茹[4]。	我的心并非镜子，不能任人都来照。
亦有兄弟，不可以据[5]。	家中也有亲兄弟，只是他们难依靠。
薄言往愬，逢彼之怒[6]。	赶到他家去诉苦，对我发怒脾气躁。
我心匪石，不可转也。	我的心并非石头，不能任人搬去转。
我心匪席，不可卷也。	我的心并非草席，不能任人来翻卷。
威仪棣棣，不可选也[7]。	仪容娴静品行端，不能退让被人欺。
忧心悄悄，愠于群小[8]。	我的心里愁闷深，被一群小人怨恨。
觏闵既多，受侮不少[9]。	遭遇的苦难很多，所受屈辱也不少。
静言思之，寤辟有摽[10]。	静心仔细想一想，醒来捶胸心更焦。
日居月诸，胡迭而微[11]？	叫声太阳叫月亮，为何失去了光芒？
心之忧矣，如匪浣衣。	心头烦恼除不净，就像洗件脏衣裳。
静言思之，不能奋飞。	静心仔细想一想，恨不能高飞远去。

【注释】

〔1〕柏舟：用柏树制作的船。

〔2〕寐（mèi）：睡。隐忧：藏在深处的忧愁。

〔3〕微：非，不是。

〔4〕茹：吃，含，容纳。一说擦。

〔5〕据：依靠。

〔6〕薄：语助词。一说形容急急忙忙的样子，一说含有勉强之义。愬（sù）：告诉。

〔7〕棣棣（dì）：形容安和的样子。一说形容上下尊卑次序不乱的样子。选：一说同

"巽"，即退让；一说同"遣"，即抛去。

〔8〕悄悄：形容忧愁的样子。

〔9〕觏（gòu）：遇见。闵：忧患，伤痛。

〔10〕静：安静。一说仔细。寤（wù）：睡醒，相对睡而言。辟：指按心口。一说通"擗"，拍胸。有：又，间杂。摽（biào）：捶击，此处指捶胸的样子。一说为拍胸的声音。

〔11〕居：语尾助词。诸：语尾助词，无实义。胡：同"何"。

绿 衣

【题解】

这是一首感人至深的悼亡诗。失去了爱妻的丈夫，见到爱妻的遗物绿衣，不禁睹物思人，哀痛不已。

绿兮衣兮，绿衣黄里[1]。	绿衣服啊绿衣服，绿的面子黄的里。
心之忧矣，曷维其已[2]！	心忧伤啊心忧伤，这份忧伤何时止！
绿兮衣兮，绿衣黄裳。	绿衣服啊绿衣服，绿的衣服黄的裳。
心之忧矣，曷维其亡[3]。	心忧伤啊心忧伤，这份忧伤何时忘！
绿兮丝兮，女所治兮。	绿色丝啊绿色丝，绿丝是你亲手织！
我思古人，俾无讹兮[4]。	想起故去的你啊，遇事要我多思量！
绨兮绤兮，凄其以风[5]。	葛布不论粗和细，穿上只觉凉凄凄。
我思古人，实获我心。	想起故去的你啊，你仍牢牢系我心！

【注释】

〔1〕里：余冠英《诗经选译》："'里'，在里面的衣服，即指下章'黄裳'的裳。从上下说，衣在上，裳在下；从内外说，衣在外，裳在里。"

〔2〕已：止。

〔3〕亡：一说通"忘"，一说停止。

〔4〕古人：故人。指故妻。俾（bǐ）：使。讹（yóu）：同"尤"，过失，罪过。

〔5〕绨（chī）：细葛布。绤（xì）：粗葛布。

燕 燕

【题解】

这是一首描写国君送妹远嫁的临别诗。诗人以双燕齐飞起笔，寄寓了昔日兄妹如双燕般相亲相随，而今就要天各一方的不舍之情。

燕燕于飞，差池其羽[1]。	燕子双双飞天上，张舒伸展扇翅膀。
之子于归，远送于野[2]。	这个姑娘要出嫁，远远相送到郊外。
瞻望弗及，泣涕如雨[3]。	遥望背影渐消失，泪珠儿像雨一样！
燕燕于飞，颉之颃之[4]。	燕子双双飞上天，上下翻飞永相随。
之子于归，远于将之[5]。	这个姑娘要出嫁，送她不嫌路途远。
瞻望弗及，伫立以泣[6]。	看着背影失远方，站在那儿泪汪汪。
燕燕于飞，下上其音。	燕燕双双飞上天，忽高忽低地鸣叫。
之子于归，远送于南[7]。	这个姑娘要出嫁，远远相送到城南。
瞻望弗及，实劳我心[8]。	看着背影失远方，实在愁煞我心肠。
仲氏任只，其心塞渊[9]。	二妹令人可信任，心地诚实虑事深。
终温且惠[10]，淑慎其身。	既温柔来又和顺，贤淑谨慎重修身。
先君之思，以勖寡人[11]。	并对先君常追忆，她的劝勉感我心。

【注释】

〔1〕差（cī）池：不整齐的样子。一说为张舒、伸展之义。

〔2〕于归：古人对姑娘出嫁的称谓。于：往。

〔3〕弗：不、无。

〔4〕颉（xié）：往上飞。颃（háng）：往下飞。

燕

〔5〕将：指送。

〔6〕伫（zhù）：站着等候。

〔7〕南：南方，此处指卫国的南边。

〔8〕劳：指愁苦。

〔9〕仲氏：行二的女性。此处指二妹。仲，第二。氏，代表女性。任：信任。一说为姓。

〔10〕终：既。惠：和顺。

〔11〕勖（xù）：帮助，勉励。一说安慰。

日　月

【题解】

这是一首女子遭遗弃后，控诉对方无情无义，倾诉内心积怨的诗。古代也有学者认为是卫庄姜被庄公遗弃后之作。

日居月诸，照临下土[1]。　　叫声月亮和太阳，光辉昼夜照四方。
乃如之人兮，逝不古处[2]。　　就是这样一个人，与我相处变了样。
胡能有定？宁不我顾[3]。　　他的脾气哪有准？不曾顾我把我忘。
日居月诸，下土是冒[4]。　　叫声太阳和月亮，日夜普照大地上。
乃如之人兮，逝不相好。　　就是这样一个人，对我不好变了样。
胡能有定？宁不我报[5]。　　他的脾气哪有准？不报答我把我忘。
日居月诸，出自东方。　　叫声月亮和太阳，东方闪闪露光芒。
乃如之人兮，德音无良[6]。　　就是这样一个人，半句好话也不讲。
胡能有定？俾也可忘？　　他的脾气哪有准？早已把我忘光光？
日居月诸，东方自出。　　叫声太阳和月亮，光芒四射出东方。
父兮母兮，畜我不卒[7]。　　我的爹啊我的娘，何不把我终身养。
胡能有定？报我不述[8]。　　他的脾气哪有准？对我无礼不像样！

【注释】

〔1〕诸：作语助。

〔2〕逝：《集传》："发语词。"《闻一多通义》："折与逝、噬通。逝，曷并训逮，是噬亦同曷也。……曷为疑问副词。"古处：一说旧处，原来相处。一说即姑处。

〔3〕定：止。指心定，心安。宁：一说乃，曾；一说岂，难道。

〔4〕冒：覆盖。

〔5〕不报：陈奂《传疏》："即不答也。"

〔6〕德音无良：姚际恒《通论》："'音'字

不必泥，犹云'其德不良耳'。"《笺》："无善恩意之声语于我也。"

〔7〕畜我不卒：马瑞辰《通释》："《孟子》，'畜君者，好君也。'畜我不卒，谓好我不终。"

〔8〕不述：《集传》："述，循也。言不循义理也。"

终 风

【题解】

这是一位妇女写她被丈夫玩弄嘲笑后遭遗弃的诗。女子遭遇戏弄，深感懊恼，但又不能忘情。

终风且暴，顾我则笑[1]。	风雨交加好狂暴，见我戏弄又嘲笑。
谑浪笑敖，中心是悼[2]。	戏谑调笑太放荡，令我悲伤又烦恼。
终风且霾，惠然肯来[3]。	大风起兮尘飞扬，他可顺心来我房。
莫往莫来，悠悠我思[4]。	如今竟然不来往，绵绵相思不能忘。
终风且曀，不日有曀[5]。	狂风已起天阴沉，没有太阳天无光。
寤言不寐，愿言则嚏[6]。	夜半独语难入梦，但愿他能知我想。
曀曀其阴，虺虺其雷[7]。	天色阴沉暗无光，隆隆雷声天边响。
寤言不寐，愿言则怀。	夜半独语难入梦，愿他悔悟将我想。

【注释】

〔1〕暴：一说指疾风，一说同"瀑"，指急雨，暴雨。则：而。

〔2〕谑浪笑敖：一说卖弄风骚。敖：同"傲"，摆架子。一说放纵。

〔3〕霾（mái）：即阴霾，天空中因悬浮大量烟、尘等而形成的混浊现象。

〔4〕悠：同"忧"。

〔5〕曀（yì）：指天阴沉。不日：没有太阳。一说不到一天。有：与"又"通用。

〔6〕言：语助词。一说指说话。嚏（tì）：即打喷嚏。民间传说打喷嚏是因被人想或被不见面的人谈论。

〔7〕虺虺（huǐ）：象声词，打雷的声音。

击 鼓

【题解】

这是一首士卒久戍思归不得的诗。诗中对士兵入伍、出征、归思和逃散都做了概括描写。

击鼓其镗，踊跃用兵[1]。　　　　鼓儿擂得咚咚响，生龙活虎练刀枪。

土国城漕，我独南行[2]。　　　　修建国都筑漕城，唯独我远征南方。

从孙子仲，平陈与宋[3]。　　　　跟随将军孙子仲，调停纷争陈与宋。

不我以归，忧心有忡[4]。　　　　常驻边地不得归，思念哀愁心里藏。

爰居爰处？爰丧其马[5]？　　　　何处居住何处歇？何处丢失了马匹？

于以求之？于林之下[6]。　　　　我去何处寻找它？无奈来到树林下。

"死生契阔"，与子成说[7]。　　　　"我们死活都一道"，当年与你早约好。

执子之手，与子偕老[8]。　　　　我们紧紧手拉手，发誓一起活到老，

于嗟阔兮，不我活兮[9]。　　　　可叹相隔太遥远，不让我们重相聚。

于嗟洵兮，不我信兮[10]。　　　　可叹别离太长久，不让我们守誓言。

【注释】

〔1〕其：语助词。镗（táng）：象声词，敲鼓声。踊：从平地跳起。

〔2〕土：此处用作动词，指修建土木。漕（cáo）：卫国下属邑的地名，在今河南省滑县东南。

〔3〕孙子仲：人名，此次出征领兵的统帅。

〔4〕不我：此处指不让我。以：通"与"。有：语助词。

〔5〕爰（yuán）：疑问代词，何处，哪里。一说乃，于是。处：歇。丧：丢失。

〔6〕于以：在何处。

〔7〕契：合。阔：离，疏远。子：指从军者的妻子。成说：说定，说成。

〔8〕偕：同。

〔9〕于嗟（xū jiē）：即吁嗟，叹词，悲叹的声音。活："佸"的假借字，相聚。

〔10〕洵：久远。一说孤独。

凯 风

【题解】

　　这是一首儿子颂母而自责的诗。儿女对母亲辛劳的咏叹，自愧不能奉养她、安慰她。

凯风自南，吹彼棘心[1]。	和风吹来自南方，吹拂那酸枣树苗。
棘心夭夭，母氏劬劳[2]。	酸枣树枝繁叶茂，母亲辛苦在劳作。
凯风自南，吹彼棘薪[3]。	和风吹来自南方，吹拂那酸枣树枝。
母氏圣善，我无令人[4]。	母亲人好明事理，我们兄弟不成才。
爰有寒泉，在浚之下[5]。	冷又清的寒泉水，浚邑城下流不停。
有子七人，母氏劳苦。	我娘儿子有七个，却让我娘独辛劳。
睍睆黄鸟，载好其音[6]。	美丽婉转的黄鸟，有悦耳的鸣叫声。
有子七人，莫慰母心。	我娘儿子有七个，不能慰藉母亲心。

棘

【注释】

　　〔1〕凯：乐，和。棘心：指未长成的酸枣树。一说心指一种灌木。

　　〔2〕劬（qú）：辛苦。

　　〔3〕棘薪：指已长成可以做柴烧的酸枣树。

　　〔4〕令：善。

　　〔5〕爰（yuán）：语助词，无实义。一说为疑问代词，何处，哪里。寒泉：因泉水冬夏常冷而得名。浚（xùn）：卫国地名，即今河南省浚县。

　　〔6〕睍睆（xiàn huǎn）：鸟叫声。一说美丽，好看。

雄 雉

【题解】

　　这是一首描写妇女思念远处的丈夫的诗，诗还无情地痛斥了无视民间疾苦的上层统治者。

雄雉于飞，泄泄其羽[1]。 野鸡飞翔在深林，缓缓来往飞不停。
我之怀矣，自诒伊阻[2]。 我今怀念远行人，自留阻隔难相近。
雄雉于飞，下上其音。 野鸡飞翔在深林，上下飞鸣好歌声。
展矣君子，实劳我心[3]。 诚实可爱的人啊，朝思暮想劳我心！
瞻彼日月，悠悠我思。 眼看日子过得快，常常想起挂心怀。
道之云远，曷云能来[4]？ 路道坎坷多遥远，什么时候能回来？
百尔君子，不知德行[5]。 你们这些贵族人，不知廉耻品质坏？
不忮不求，何用不臧[6]？ 不去害人不贪客，为何没有好结果？

【注释】

〔1〕泄泄（yì）：《集传》："飞之缓也。"

〔2〕诒（yí）：通"贻"。伊：作语助。

〔3〕展：诚实。

〔4〕云：作语助。

〔5〕百尔君子：《笺》："汝众君子。"

〔6〕忮（zhì）：忌恨，害也。求：贪心。臧（zāng）：善。

雄雉

匏有苦叶

【题解】

　　一个女子在岸边徘徊，她惦念河对岸的未婚夫，心想他应该趁着河水尚未结冰，赶快来将自己迎娶。

匏有苦叶，济有深涉[1]。 匏瓜已干枯了叶，济水渡口深水流。
深则厉，浅则揭[2]。 水深腰系葫芦过，水浅挑着葫芦走。
有瀰济盈，有鷕雉鸣[3]。 茫茫一片济水满，咕咕一片野鸡鸣。
济盈不濡轨，雉鸣求其牡[4]。 水深不湿半车轮，雌野鸡叫觅雄偶。

雍雍鸣雁，旭日始旦[5]。　　大雁嘎嘎相对唱，旭日初升放光芒。
士如归妻，迨冰未泮[6]。　　你若真心来娶我，要趁冰未消融时。
招招舟子，人涉卬否[7]。　　摇手相招的船夫，人们渡河我停留。
人涉卬否，卬须我友[8]。　　人们渡河我停留，我在等我的朋友。

【注释】

〔1〕匏（páo）：指匏瓜，一种一年生草本植物，果实比葫芦大，对半剖开可做水瓢。古人涉水带着它增加浮力。苦："枯"的假借字。一说指味苦。

〔2〕厉：穿着衣服下水。一说同"裸"，指脱下衣服渡水；一说指带着匏瓜涉水。揭（qì）：揽起衣服涉水。一说此处指将瓠瓜扛在肩头涉水。

〔3〕鷕（yǎo）：象声词，雌性野鸡的鸣叫声。

〔4〕濡（rú）：沾湿。轨：车轴的两头。牡：雄性。

〔5〕雍（yōng）：象声词，雁鸣叫声。一说指雁声和谐。

〔6〕归妻：娶妻。一说指男子上门到女家。迨（dài）：等到，趁着。泮（pàn）：融化。

〔7〕招招：形容摇摆的样子。一说摆手相招。卬（áng）：即我。

〔8〕须：等待。

谷 风

【题解】

这是一首弃妇诗，诗中描写了一个被侮辱、被损害的妇女形象。她申述自己的辛勤，控诉丈夫忘恩负义，肆意虐待自己。

习习谷风，以阴以雨[1]。　　呼呼山谷风乍起，伴着阴云伴着雨。
黾勉同心，不宜有怒[2]。　　夫妻同心共勉励，不该怒骂不相容。
采葑采菲，无以下体[3]？　　采蔓菁呀采萝卜，竟然要叶不要根？

封　茶

德音莫违，"及尔同死[4]"。　　　好的品质不背弃，"与你到死不分离"。

行道迟迟，中心有违[5]。　　　　走在路上慢腾腾，脚步向前心不忍。

不远伊迩，薄送我畿[6]。　　　　不指望你送多远，可你只送我出门。

谁谓荼苦，其甘如荠[7]。　　　　谁说荼菜苦无比？我觉它与荠菜似。

宴尔新昏，如兄如弟[8]。　　　　你的新婚多快乐，夫妻亲热如兄弟。

泾以渭浊，湜湜其沚[9]。　　　　渭水入泾泾水浑，泾水虽浑底下清。

宴尔新昏，不我屑以[10]。　　　　你的新婚多快乐，不肯与我在一起。

毋逝我梁，毋发我笱[11]。　　　　别上我的鱼坝来，不要动我的鱼篓。

我躬不阅，遑恤我后[12]。　　　　自身尚且被遗弃，何暇顾及身后事。

就其深矣，方之舟之[13]。　　　　对面河水深悠悠，那就撑筏划小舟。

就其浅矣，泳之游之[14]。　　　　对面河水浅清清，泅水游水渡过它。

何有何亡，黾勉求之[15]。　　　　无论是有还是无，都要努力去追求。

凡民有丧，匍匐救之[16]。　　　　凡是邻居有了难，全力以赴去挽救。

不我能慉，反以我为仇[17]。　　　你不爱我倒也罢，反而视我为仇人。

既阻我德，贾用不售[18]。　　　　我的好意遭拒绝，好比陈货难售出。

昔育恐育鞫，及尔颠覆[19]。　　　昔日生活多拮据，与你甘苦共患难。

既生既育，比予于毒[20]。　　　　如今生活有好转，把我看作是毒虫。

我有旨蓄，亦以御冬[21]。　　　　我储备许多干菜，是为了度过严冬。

宴尔新昏，以我御穷。　　　　　你的新婚多快乐，却用我来挡贫穷。

有洸有溃，既诒我肄[22]。　　　　对我连打又带骂，还要让我做苦工。

不念昔者，伊余来塈[23]！　　　　当初情意全不念，只是把我来忌恨。

【注释】

〔1〕谷风：即东风。一说指来自山谷的风，一说指大风。以：为。

〔2〕黾（mǐn）勉：努力，勉力。

〔3〕葑（fēng）：即蔓菁，俗名大头菜。菲（fēi）：指萝卜一类的菜。下体：指根茎。

〔4〕德音：指好的品质。及：与。

〔5〕违：一说相背，一说恨。

〔6〕迩：即近。薄：急急忙忙。畿（jī）：门槛。

〔7〕荼（tú）：指苦菜。荠（jì）：指荠菜，味甜。

〔8〕宴：快乐。昏：即婚。

〔9〕以：一说使，一说因……而显得。湜湜（shí）：形容水清见底的样子。沚（zhǐ）：水中小块陆地。一说指河底；一说为"止"之误字，指停止。

〔10〕屑：洁。一说肯。以：一说与。

〔11〕梁：指石堰、拦鱼的水坝。发：打开。一说为"拔"的假借字，指搞乱。笱（gǒu）：捕鱼的竹篓。

〔12〕阅：容忍，容纳。遑（huǎng）：闲暇。一说哪儿来得及。恤（xù）：顾虑，怜悯。

〔13〕就：面对，在……时。方：原义为筏，此处作动词用，即用筏渡过。舟：亦作动词用，用船渡过。

〔14〕泳：此处指潜水渡过。

〔15〕亡：此处同"无"。

〔16〕民：人，此处指邻。丧：此处指灾难、困难。

〔17〕能：一说乃；一说同耐，即忍。慉（xù）：爱。

〔18〕阻：拒绝。贾（gǔ）：卖。一说做生意。用：一说货物，一说因。

〔19〕育：生活。一说指经营生计；一说育为误字，应作有，指又。鞫（jū）：穷困。颠覆：此处指生活艰难困苦。一说指夫妻交合之事。

〔20〕既生既育：一说已经生育，一说现在生活顺适。

〔21〕旨：美好。一说味美。蓄：指积藏的菜，如腌菜、干菜。

〔22〕有：同"又"。洸（guāng）：形容水汹涌的样子，此处形容凶暴。溃：原义为水冲破堤防，此处形容发怒的样子。既：尽。诒：同"贻"，即赠送，遗留。肆：劳苦。

〔23〕伊：唯。墍（jì）：通"忌"，忌恨。

式 微

【题解】

　　这是老百姓苦于劳役，对君主发出的怨词。诗中寥寥数语，表达了劳动人民对统治者压迫奴役的极端憎恨。

式微式微，胡不归[1]？	快要晚来快要黑，为啥有家不能归？
微君之故，胡为乎中露[2]？	不为官家去服役，为啥夜行身戴露？
式微式微，胡不归？	快要晚来快要黑，为啥有家不能归？
微君之躬，胡为乎泥中[3]？	不为养活你官家，为啥浑身滚泥巴？

【注释】

　　〔1〕式：作语词。微：昧，昏黑。

　　〔2〕微：非，即是非君之故，则……之意。
中露：露中。倒文以谐韵。

　　〔3〕躬：身体。

旄 丘

【题解】

　　人民因受不了本国统治者的残酷剥削压榨，而逃亡别国，然而到处都一样，乞求他国同情、救济只是一种梦想。

旄丘之葛兮，何诞之节兮[1]？	旄丘山的藤葛啊，为何枝节那么长？
叔兮伯兮，何多日也[2]？	列位大夫大臣啊，为何好久不帮忙？
何其处也？必有与也[3]。	为什么安居不出？一定有了新伙伴。
何其久也？必有以也[4]。	为何拖得这么久？定有原因在其间。

狐裘蒙戎，匪车不东[5]。　　　狐皮大衣毛蓬乱，他们的车不向东。

叔兮伯兮，靡所与同[6]。　　　列位大夫大臣啊，你我感情不相通。

琐兮尾兮，流离之子[7]。　　　我们渺小又卑贱，漂泊流离望人怜。

叔兮伯兮，褎如充耳[8]。　　　列位大夫大臣啊，趾高气扬听不见。

【注释】

〔1〕旄（máo）丘：山名，位于卫国，在今河南省濮阳县，为一前高后低的土山。葛：一种藤萝类攀附植物。诞：同"延"，即长。

〔2〕叔：此处是对卫国贵族的称呼。伯：也是对贵族的称呼。

流离

〔3〕与：指同伴或盟国。

〔4〕以：原因。

〔5〕蒙戎：蓬松、蓬乱的样子。匪：同彼。一说非。不东：指晋国兵车不向东去救援黎国。

〔6〕靡：无。

〔7〕尾："微"的假借字，卑贱，渺小。

〔8〕褎（yòu）：盛服。一说聋，一说多笑的样子。

简 兮

【题解】

这是一首观舞女子赞美和爱慕舞师的诗。从诗意看，是观舞女子的回忆之作。

简兮简兮，方将万舞[1]。　　　鼓儿敲得咚咚响，万舞演出要开场。

日之方中，在前上处[2]。　　　太阳高照正中央，舞师排在最前行。

硕人俣俣，公庭万舞[3]。　　　演员高大又魁梧，公庭前面跳万舞。

有力如虎，执辔如组[4]。　　　强劲有力如猛虎，握住缰绳如丝带。

左手执籥，右手秉翟[5]。　　　左手拿着编竹管，右手挥起野鸡尾。

赫如渥赭，公言锡爵[6]！　　　红光满面如染色，卫公赏赐一杯酒！

山有榛，隰有苓[7]。　　　　　高山顶上有榛树，阴湿地方有苍耳。

云谁之思？西方美人[8]。　　　是谁让我思念啊？来自西方的舞师。

彼美人兮，西方之人兮！　　　那健壮的舞师啊，他是西方周邑人！

【注释】

〔1〕简：一说形容勇武的样子；一说为象声词，鼓声。万舞：一种规模宏大的舞，分武舞和文舞。武舞者手持盾、枪、斧等兵器，模拟战斗。文舞者手握雉羽和乐器，模拟翟雉春情。

〔2〕方中：正中央，此处指正午。

〔3〕俣俣（yǔ）：形容魁梧的样子。公庭：公堂或庙堂前的庭院。

〔4〕辔（pèi）：指驾驭牲口用的嚼子和缰绳。组：用丝组成的宽带。一说指编织中的一排丝线。

〔5〕籥（yuè）：古代一种乐器，形状像笛。秉：握着。翟（dí）：指野鸡尾巴上的羽毛。

〔6〕赫：形容色红而有光的样子。渥（wò）：湿润。一说涂抹，一说指厚。赭（zhě）：红褐色。一说指红土。公：指卫国君主。锡：通"赐"，赏给。爵：古代一种酒器名，作用相当于酒杯，此处指一杯酒。

〔7〕隰（xí）：指低湿的地方。

〔8〕西方：指周，因周在卫国西。美：指舞师。

芩

泉 水

【题解】

这是远嫁别国的卫女思归不得的诗。出嫁后的女子怀念祖国，思归不能，于是出游排忧。

毖彼泉水，亦流于淇[1]。	汩汩泉水流不停，最后流入淇水里。
有怀于卫，靡日不思[2]。	想起卫国我故乡，没有一天不思念。
娈彼诸姬，聊与之谋[3]。	同来姊妹多美好，姑且和她来商议。
出宿于泲，饮饯于祢[4]。	想起当初宿在泲，喝酒饯行在祢邑。
女子有行，远父母兄弟[5]。	姑娘出嫁到别国，远离了父母兄弟。
问我诸姑，遂及伯姊[6]。	告别了各位姑母，不忘向大姐辞行。
出宿于干，饮饯于言[7]。	如能回家宿干地，喝酒饯行在言邑。
载脂载舝，还车言迈[8]。	车轴涂油安上键，掉转车头向回走。
遄臻于卫，不瑕有害[9]？	只想迅速到卫国，不会有什么不好？

我思肥泉，兹之永叹[10]。
思须于漕，我心悠悠[11]。
驾言出游，以写我忧[12]。

心儿飞到肥泉头，声声长叹阵阵忧。
心儿飞到须和漕，不知何日能重游。
驾起车子外出游，借此排解我忧愁。

【注释】

〔1〕毖（bì）："泌"的假借字，形容水流的样子。

〔2〕靡：无。

〔3〕娈（luán）：美好。诸姬：指一些姓姬的女子。聊：一说愿意，一说姑且。

〔4〕泲（jì）：卫国地名。祢（nǐ）：卫国地名。

〔5〕行：指出嫁。

〔6〕问：告别。伯姊：即大姐。

〔7〕干：地名。言：地名。

〔8〕脂：脂膏，此处指抹油于车轴上。辖（xiá）：指车轴两头的金属键，此处用作动词，指安上键。还车：指掉转车头向回走。

〔9〕遄（chuán）：迅速。臻（zhēn）：到达、来到。瑕（xiá）：一说无，一说何。

〔10〕肥泉：卫国水名，即首章提到的泉水。兹：通"滋"，即增加，更加。

〔11〕须：卫国地名。漕：卫国地名。悠悠：形容忧伤的样子。

〔12〕写：通"泻"，宣泄。

北 门

【题解】

诗中小官吏政事繁忙，工作劳累，生活困苦，回到家里还要受家人责备挖苦，无可奈何，只有自叹命苦。

出自北门，忧心殷殷[1]。
终窭且贫，莫知我艰[2]。
已焉哉！天实为之，
谓之何哉[3]！

出差走出城北门，忧心忡忡顾虑深。
既无排场又贫穷，无人知道我艰难。
都已经这样了啊！老天还要这么干，
还要叫我怎么办！

王事适我，政事一埤益我[4]。　　王爷私事扔给我，公事一并加给我。

我入自外，室人交遍谪我[5]。　　我从外边回到家，家人全都指责我。

已焉哉！天实为之，　　　　　　都已经这样了啊！老天还要这么干，

谓之何哉！　　　　　　　　　　还要叫我怎么办！

王事敦我，政事一埤遗我[6]。　　王爷私事在催我，公事一并留给我。

我入自外，室人交遍摧我[7]。　　我从外边回到家，家人全都讽刺我。

已焉哉！天实为之，　　　　　　都已经这样了啊！老天还要这么干，

谓之何哉！　　　　　　　　　　还要叫我怎么办！

【注释】

〔1〕殷殷：形容忧伤的样子。

〔2〕窭（jù）：房屋简陋，不讲礼节，此处指贫穷。

〔3〕焉：这样。

〔4〕适：一说为"谪"的假借字，责备，督责；一说为"挺"的假借字，同"掷"，即投、扔。埤（pí）：增加，加于。

〔5〕谪（zhì）：指责，责怪。

〔6〕遗：交给。

〔7〕摧：挫，讽刺。

北 风

【题解】

统治者残暴冷酷，百姓不堪重负，于是大家呼朋唤友，携手逃离家乡。

北风其凉，雨雪其雱[1]。　　　北风吹来冷飕飕，大雪纷纷落得久。
惠而好我，携手同行[2]。　　　承你把我当好友，拉着手儿一道走。
其虚其邪？既亟只且[3]！　　　岂可舒缓又从容，祸乱急迫事严重！
北风其喈，雨雪其霏[4]。　　　北风肆虐呼呼吹，纷纷大雪满天飞。
惠而好我，携手同归。　　　　承你把我当好友，拉着手儿一同回。
其虚其邪？既亟只且！　　　　岂可舒缓又从容，祸乱急迫事严重！
莫赤匪狐，莫黑匪乌[5]。　　　狐狸毛色总是红，乌鸦毛色黑又浓。
惠而好我，携手同车。　　　　承你把我当好友，拉着手儿同车走。
其虚其邪？既亟只且！　　　　岂可舒缓又从容，祸乱急迫事严重！

乌

【注释】

〔1〕雨：作动词。雱（páng）：雪盛貌。

〔2〕惠：《尔雅》："爱也。"

〔3〕虚：宽貌，一说徐缓。邪：通"徐"。亟：急。只且（jū）：作语助。

〔4〕喈（jiē）：疾貌。霏：雨雪纷飞。

〔5〕莫赤匪狐，莫黑匪乌：意谓赤狐乌鸦，都系不祥之物，以喻坏人。

静 女

【题解】

男女约会，女子躲躲藏藏，男子急得发慌。见面了，女子赠他一棵草，男子当个宝。

静女其姝，俟我于城隅[1]。　　　娴雅女子多美丽，约我幽会在城角。
爱而不见，搔首踟蹰[2]。　　　　故意和我藏猫猫，抓耳挠腮四处找。
静女其娈，贻我彤管[3]。　　　　娴雅女子多俊俏，送我红色管茎草。
彤管有炜，说怿女美[4]。　　　　红色管茎草鲜亮，我爱此草为姑娘。
自牧归荑，洵美且异[5]。　　　　采自牧场的小草，的确美丽又出奇。
匪女之为美，美人之贻。　　　　不是小草本身美，只因美人送它来。

【注释】

〔1〕俟（sì）：等待。

〔2〕爱："薆"的假借字，即隐蔽。一说指可爱。踟蹰（chí chú）：形容心中迟疑，要走不走的样子。

〔3〕娈（luán）：即相貌美。彤（tóng）：红色。管：指管状茅草。

〔4〕炜（wěi）：鲜亮的样子。说：通"悦"。怿（yì）：喜悦。

〔5〕归：通"馈"，即赠送。荑（tí）：指初生的草。洵（xùn）：诚然，实在。

新 台

【题解】

卫宣公替其子伋迎娶齐女，听说齐女很美，便在河上筑台把她拦截下来占为己有。人们对此事极为憎恨，就作此诗讽刺他。

新台有泚，河水浼浼[1]。　新台新台真辉煌，河水一片白茫茫。

燕婉之求，蘧篨不鲜[2]。　本想嫁个美男子，谁知丑汉蛤蟆样。

新台有洒，河水浼浼[3]。　新台新台真高峻，河水一片平荡荡。

燕婉之求，蘧篨不殄[4]。　本想嫁个美男子，谁知丑汉蛤蟆样。

鱼网之设，鸿则离之[5]。　想得大鱼把网张，谁知蛤蟆进了网。

燕婉之求，得此戚施[6]。　本想嫁个如意郎，碰上蛤蟆四不像。

【注释】

〔1〕新台：卫宣公所建，位于今河北省临漳县黄河故道附近。泚（cǐ）：形容鲜明的样子。

〔2〕燕婉：一说形容安和美好的样子，一说指容貌俊俏的人。蘧篨（qú chú）：即蟾蜍，俗名癞蛤蟆。

〔3〕洒（cuǐ）：高峻。一说形容鲜明的样子。浼（měi）：满，盛。

〔4〕殄（tiǎn）：假借为"腆"，善。一说假借为"珍"，即美。

〔5〕设：设置。

〔6〕戚施：指蛤蟆。

二子乘舟

【题解】

二子，即思伋、寿也。卫宣公二子争死以相让，国人对他们性命即将不保而担忧，于是作此诗。

二子乘舟，泛泛其景[1]。　　两子各去乘小舟，河里漂浮影悠悠。

愿言思子，中心养养[2]。　　每一想到他们俩，心中感到无限愁。

二子乘舟，泛泛其逝。　　两子各去乘小舟，船儿远去影悠悠。

愿言思子，不瑕有害。　　每一想到他们俩，该不会遭害在船头。

【注释】

〔1〕景：同"憬"。远行貌。

〔2〕愿：思念。《尔雅》："愿，思也。"养养：忧貌。

国风·鄘风

柏 舟

【题解】

这是一首反抗父母之命、争取婚姻自主的爱情诗，诗中歌颂了少女对爱情的真挚和专一。

汎彼柏舟，在彼中河[1]。	柏木小舟漂荡荡，一漂漂到河中央。
髧彼两髦，实维我仪[2]。	垂发齐眉少年郎，是我心仪好对象。
之死矢靡它[3]。	誓死不会变心肠。
母也天只，不谅人只[4]！	叫声天呀哭声娘，为何对我不体谅！
汎彼柏舟，在彼河侧。	柏木小舟漂荡荡，一漂漂到河岸旁。
髧彼两髦，实为我特[5]。	垂发齐眉少年郎，该和我来配成双。
之死矢靡慝[6]。	誓死不会变主张。
母也天只，不谅人只！	叫声天呀哭声娘，为何对我不体谅！

【注释】

〔1〕中河：即河中。

〔2〕髧（dàn）：形容头发下垂的样子。髦（máo）：指古时未成年男子的发式，即前额头发长齐眉毛，分两边扎成辫子，左右各一，称两髦。仪："偶"的假借字，配偶。

〔3〕矢："誓"的假借字，发誓。

〔4〕谅：原谅，体谅，理解。

〔5〕特：指配偶。

〔6〕慝（tè）："忒"的假借字，即改变。

柏

墙有茨

【题解】

卫宣公劫娶儿子的聘妻齐女宣姜，卫宣公死后，他的庶长子顽又与宣姜私通。这些宫廷秽闻，真是"不可道""不可详""不可读"的。

墙有茨，不可埽也[1]。	墙上长了蒺藜草，生了根儿难得扫。
中冓之言，不可道也[2]！	宫闱里的私房话，污秽龌龊难揭发！
所可道也，言之丑也！	如果一定把它讲，说来只叫人害臊！
墙有茨，不可襄也[3]。	墙上长了蒺藜株，生了根儿难得除。
中冓之言，不可详也[4]！	宫闱里的私房话，脏得没法来详述！
所可详也，言之长也！	如果一定要详述，话长叫人说不出！
墙有茨，不可束也[5]。	带刺蒺藜长墙上，没法捆来没处放。
中冓之言，不可读也！	宫闱里的私房话，臭得不能使人讲！
所可读也，言之辱也！	如果一定要再讲，说来羞人难想象！

【注释】

〔1〕茨（cí）：植物名。蒺藜。一年生草本植物，果实有刺。

〔2〕中冓（gòu）：内室，宫闱内部。冓，通"构"，室。

〔3〕襄：除去。

〔4〕详：《韩诗》作"扬"。陆德明《释文》："扬，犹道也。"指讲话。

〔5〕束：《传》："束而去之。"

君子偕老

【题解】

这是一首赞美卫夫人姜仪容之美，而又哀其不幸的诗。诗着力描写宣姜服饰之盛，仪容之美，俨然一位似天仙的人物。

君子偕老，副笄六珈[1]。

委委佗佗，如山如河，

象服是宜[2]。

子之不淑，云如之何[3]！

玼兮玼兮，其之翟也[4]。

鬒发如云，不屑髢也[5]。

玉之瑱也，象之揥也，

扬且之皙也[6]。

胡然而天也？

胡然而帝也[7]？

瑳兮瑳兮，其之展也[8]。

蒙彼绉绤，是绁袢也[9]。

子之清扬，扬且之颜也[10]。

展如之人兮，

邦之媛也[11]。

夫妻本应相偕老，走路摇摆簪珠摇。

体态雍容又自得，静如高山动像河，

华服是那么合身。

只是品德不美好，你能把她怎么着。

光彩照人多鲜艳，画羽礼服耀人眼。

浓密头发像乌云，不需假发来装饰。

美玉充耳垂两边，象牙簪子插发间。

白皙如玉的皮肤。

莫非尘世出天仙？

莫非帝子降人间？

多鲜艳呀多鲜艳，轻薄细纱的夏衣。

罩上那细葛布衣，穿上白色的内衣。

看她眉目多清秀，如美玉一般清纯。

像这样的人儿啊，

是卫国的美女呀。

【注释】

〔1〕君子：此处指卫宣公。副：指假髻，一种首饰。笄（jī）：古代束发用的簪子。珈（jiā）：笄上加的玉饰。侯伯夫人有六珈。

〔2〕委委佗佗（tuó）：即逶迤，行走从容自得的样子。象服：画有鸟羽或日月星辰等图案作为装饰的衣服。

〔3〕子：指卫宣姜。

〔4〕玼（cǐ）：形容鲜明的样子。翟：指绣、织有野鸡花纹的女衣。

〔5〕鬒（zhěn）：黑发。一说浓密的头发。不屑：不用。髢（dí）：装衬的假发。

〔6〕瑱（tiàn）：古人冠冕上用丝绳垂挂在两侧，用以塞耳的玉。揥（tì）：指搔头用的簪子。扬：指玉。

〔7〕而：义同如。

〔8〕瑳（cuō）：形容颜色鲜明洁白。展：古代妇女穿的一种礼服。

〔9〕绉绤：细葛布，今名绉纱。绁袢（xiè pàn）：指夏季穿的白色内衣。

〔10〕清扬：眉清目秀。

〔11〕展：诚然，确实。一说可是。媛：美女。

桑中

【题解】

这是一个劳动者在采菜摘麦的时候，兴之所至，一边劳动一边顺口唱起歌来。歌词大意是与情人幽期密约。

爱采唐矣？沐之乡矣[1]。
云谁之思？美孟姜矣[2]。
期我乎桑中，要我乎上宫，
送我乎淇之上矣[3]。

爱采麦矣？沐之北矣。
云谁之思？美孟弋矣。
期我乎桑中，要我乎上宫，
送我乎淇之上矣。

爱采葑矣？沐之东矣[4]。
云谁之思？美孟庸矣。
期我乎桑中，要我乎上宫，
送我乎淇之上矣。

想采菟丝走哪方？最好走向那沐乡。
你猜我是想哪个？美丽姑娘叫孟姜。
和我相约在桑中，邀我会面在上宫，
还到淇上把我送。

走向哪方去割麦，最好走向沐乡北。
你猜我是把谁想？弋家美丽大姑娘。
和我相邀在桑中，约我会面在上宫，
还到淇水把我送。

走向哪里采萝卜？最好走向沐乡东。
你猜我是想哪个？美丽姑娘叫孟庸。
和我相约在桑中，邀我会面在上宫，
淇水临别把我送。

唐

【注释】

〔1〕爱：于何。唐：植物名，即"菟丝子"。寄生蔓草，秋初开小花，籽实入药。沐（mèi）：卫邑名。

〔2〕孟：兄弟姊妹中排行居长者。

〔3〕桑中：地名。要（yāo）：邀也。上宫：宫室。《笺》："与期于桑中，要见我于上宫。"赵岐《章句》："上宫，楼也。"一说上宫系地名。

〔4〕葑：芜菁。

鹑之奔奔

【题解】

看到鹌鹑、喜鹊都有固定的配偶，联想卫国君主的乱伦生活，诗人怒气顿生，责骂他禽兽不如，不配当君长。

鹑之奔奔，鹊之彊彊[1]。　　鹌鹑尚且双双飞，喜鹊也知对对配。
人之无良，我以为兄[2]。　　这人鸟鹊都不如，我还把他当兄长？
鹊之彊彊，鹑之奔奔。　　喜鹊尚且双双配，鹌鹑也知双双飞。
人之无良，我以为君[3]。　　这人鸟鹊都不如，我还把他当国君？

【注释】

〔1〕奔奔：形容成双相随飞翔的样子。

〔2〕我：一说同"何"，一说为自称。

〔3〕君：一说指卫宣公，一说指卫宣姜，一说君主，一说尊长。

鹑

定之方中

【题解】

公元前660年，狄人侵卫，卫文公率众渡河东徙，迁居楚丘。这首诗是记卫文公在楚丘建筑宫室，督促农桑的情况。

定之方中，作于楚宫[1]。　　冬月定星挂天中，建设楚丘筑新宫。
揆之以日，作于楚室[2]。　　观测日影定方向，大兴土木为楚丘。
树之榛栗，椅桐梓漆，　　房前屋后种榛栗，还有梓漆和椅桐。
爰伐琴瑟[3]。　　成材伐作琴瑟用。
升彼虚矣，以望楚矣[4]。　　登上漕邑废墟望，楚丘地势细端详。

望楚与堂，景山与京[5]。
降观于桑。卜云其吉，
终然允臧[6]。
灵雨既零，命彼倌人[7]，
星言夙驾，说于桑田[8]。
匪直也人，秉心塞渊[9]，
騋牝三千[10]。

遥望楚丘与堂邑，还有景山与京丘。
下到田里看桑蚕，占卜说它很吉祥，
结果良好真妥善。
好雨落过乌云散，叫起赶车小马倌。
天晴早早把车赶，歇在桑田查生产。
既为百姓也为国，用心踏实又深远。
良马三千可备战。

桐

【注释】

〔1〕定：星名，亦称营室，二十八宿之一。楚宫：指楚丘的宫庙、宫室。

〔2〕揆（kuí）：度，测量。此处指观测日影以确定方向。

〔3〕树：种植。榛（zhēn）：树名，落叶乔木，果仁可食，又可榨油。栗（lì）：树名，即栗子树，落叶乔木，果实可食。椅（yǐ）：树名，又名山桐子，落叶乔木。桐：树名，即梧桐。梓（zǐ）：树名，落叶乔木。漆：指漆树。爰：于是。

〔4〕虚：借为墟，即丘。

〔5〕堂：地名，楚丘旁的卫国邑名。景：一说大；一说同"憬"，即远行；一说为山名。京：一说为丘名，一说高丘。

〔6〕允：确实。臧：善，好。

〔7〕灵：善，好。倌（guān）人：指驾车的小臣。

〔8〕星：晴。说：通"税"，停下休息。

〔9〕匪：非。一说通"彼"。直：特，仅。一说正直。秉心：用心。塞：诚实。渊：深沉。

〔10〕騋（lái）：高大的马。牝（pìn）：雌性。

蝃蝀

【题解】

诗写女子不顾一切，自嫁远行，有悖于常理，反映了当时妇女婚姻不自由的情况和该女子的反抗精神。

蝃蝀在东，莫之敢指[1]。　　东方出现美人虹，没人敢指怕遭凶。

女子有行，远父母兄弟[2]。　　这位姑娘要出嫁，远离父母和兄弟。

朝隮于西，崇朝其雨[3]。　　早晨彩虹挂西方，整个早晨都下雨。

女子有行，远父母兄弟。　　这个姑娘要出嫁，远离父母和兄弟。

乃如之人也，怀昏姻也[4]。　　就是这样一个人，破坏礼教乱婚姻。

大无信也，不知命也[5]。　　什么贞节全不讲，父母之命也不听。

【注释】

〔1〕蝃蝀（dì dōng）：虹的别称。在东：虹在东，说明是日将落时分。古代人认为虹在东方是不祥之兆。

〔2〕行：指出嫁。

〔3〕朝隮（jī）：一说指虹，一说指云。崇朝：即终朝，指整个早晨。"崇"为"终"的假借字。

〔4〕怀：一说指想，一说为"坏"的假借字。

〔5〕命：一说指父母之命，一说指天命。

相 鼠

【题解】

这是一首人民斥责卫国统治阶级荒淫无耻、不守礼法的讽刺诗。诗中表达了人民群众对这些卑鄙无耻的统治者的深恶痛绝和无比愤慨！

相鼠有皮，人而无仪[1]。　　请看老鼠还有皮，人却不讲礼和仪。

人而无仪，不死何为？　　人若没有礼和仪，为何还不早早死？

相鼠有齿，人而无止[2]。　　看老鼠还有牙齿，人却不知廉和耻。

人而无止，不死何俟[3]？　　人若不知廉和耻，还等什么不去死？

相鼠有体，人而无礼[4]。　　看老鼠还有肢体，人却没有礼和教。

人而无礼，胡不遄死[5]。　　人若没有礼和教，那就快死莫迟疑。

【注释】

〔1〕相：视，看。仪：指威仪，礼仪。

〔2〕止：一说指行止，一说为"耻"的假借字。

〔3〕俟（sì）：等待。

〔4〕体：肢体。

〔5〕遄（chuán）：迅速，快。

干 旄

【题解】

高高飘扬的大旗上挂着旄牛尾，画上隼鸟，饰以鸟羽，用多匹良马来往在都城与郊区之间，目的是招聘贤德的人。这首诗也歌颂了君主求贤若渴的美好品德。

孑孑干旄，在浚之郊[1]。	旌旗高挂旄牛尾，驾车行行到浚郊。
素丝纰之，良马四之[2]。	白色丝缕编缝好，四匹良马作前驱。
彼姝者子，何以畀之[3]？	美好贤良的人啊，用什么来给予你？
孑孑干旟，在浚之都[4]。	旌旗上画着隼鸟，驾车前行到浚邑。
素丝组之，良马五之。	白色丝缕组织好，五匹良马作前驱。
彼姝者子，何以予之？	美好贤良的人啊，拿什么来赠送你？
孑孑干旌，在浚之城[5]。	旌旗用鸟羽作饰，驾车前行到都城。
素丝祝之，良马六之。	白色丝缕来编好，六匹良好作前驱。
彼姝者子，何以告之[6]？	美好贤良的人啊，用啥忠言告诉你？

【注释】

〔1〕孑孑（jié）：指旗显眼，高挂杆上。干旄（máo）：以旄牛尾饰旗杆，树杆于车后，以状威仪。

〔2〕纰（pí）：在衣冠或旗帜上镶边。

〔3〕畀（bì）之：给予。

〔4〕旟（yú）：画有鸟隼的旗。都：古时地方的区域名。《管子·乘马》："四乡命之曰都。"

〔5〕旌（jīng）：旗的一种，缀旄牛尾于竿头，下有五彩鸟羽。城：陈奂："凡诸侯封邑大者，皆谓之都城也。"

〔6〕告：作名词用，忠言也。一说"告"同"予"。

馬

载驰

【题解】

卫国被狄人破灭后，遗民在漕邑立了戴公。他的妹妹许穆公夫人从许国奔来吊唁，出谋向大国求援，但遭到许人的阻挠。这首诗表达了她的愤慨，并表现出了她的远见卓识和一腔爱国热情。

载驰载驱，归唁卫侯[1]。　快马还要加响鞭，回去吊唁卫国侯。

驱马悠悠，言至于漕[2]。　驾车赶马路途远，已经来到了漕邑。

大夫跋涉，我心则忧[3]。　本国大夫在后追，我心因此而烦忧。

既不我嘉，不能旋反[4]。　尽管没人赞同我，也不能返回许国。

视尔不臧，我思不远[5]。　你们既然没计谋，我的想法就正确。

既不我嘉，不能旋济[6]。　尽管没人赞同我，也难渡河回许国。

视尔不臧，我思不閟[7]。　你们既然没计谋，我的想法就可行。

陟彼阿丘，言采其蝱[8]。　一步步登阿丘啊，来摘采那贝母草。

女子善怀，亦各有行[9]。　女儿虽多愁善感，也有自己的道理。

许人尤之，众稚且狂。　许国大夫责备我，既幼稚来又狂妄。

我行其野，芃芃其麦[10]。　我行走在原野啊，小麦正茂盛生长。

控于大邦，谁因谁极。　苦苦哀求大国啊，依靠他们来救助。

大夫君子，无有我尤。　许国的大臣王公，请不要再责备我。

百尔所思，不如我所之。　你们纵有千般计，不如我走此一回。

【注释】

〔1〕卫侯：指卫文公。一说指卫戴公。

〔2〕漕：卫邑名。

〔3〕大夫：指许国追来劝阻许穆夫人回卫国的诸臣。

〔4〕既：尽，都。旋：还。

〔5〕视：比。臧：善。不远：一说指不能远离卫国，一说指没有大的差错。

〔6〕济：渡水。因从卫国至许国要过许多河，故有此说。

〔7〕閟（bì）：一说停止，一说谨慎，一说闭塞不通。

〔8〕陟（zhì）：登。蝱（méng）：草药名，即贝母，可治郁闷病。

〔9〕善：常，多。行：道理。

〔10〕许人：指许国大夫。许国在今河南省许昌市。尤：责怪，责难。芃芃（péng）：形容茂盛的样子。

国风·卫风

淇奥

【题解】

这首诗歌颂了卫武公的文采和品德。用切磋过的象牙、琢磨过的玉石以及黄金等为喻，向人们展示了一个庄严而又威武的君王形象。

瞻彼淇奥，绿竹猗猗[1]。
有匪君子，如切如磋，
如琢如磨[2]。瑟兮僴兮，
赫兮咺兮[3]，有匪君子，
终不可谖兮[4]。

瞻彼淇奥，绿竹青青[5]。
有匪君子，充耳琇莹，
会弁如星[6]。瑟兮僴兮，
赫兮咺兮，有匪君子，
终不可谖兮。

瞻彼淇奥，绿竹如箦[7]。
有匪君子，如金如锡，
如圭如璧[8]。宽兮绰兮，
猗重较兮[9]。善戏谑兮，
不为虐兮。

远望淇水岸蜿蜒，竹子翠绿而修长。
那有文采的君王，像切磋过的象牙，
像琢磨过的玉石。庄严而又威武啊，
光明又带着磊落，那有文采的君王，
永远不会被忘啊！

远望淇水岸蜿蜒，竹子翠绿而茂盛。
那有文采的君王，塞耳的美石光润，
帽子的美玉如星。庄严而又威武啊，
光明又带着磊落，那个有文采的君王，
永远不会被忘啊。

远望淇水岸蜿蜒，竹子翠绿而繁密。
那个有文采的君王，又如赤金又如锡，
又如方圭又如璧。宽宏而又温和啊，
可依如车之扶手。喜欢说说笑笑啊，
却不刻薄而伤人。

【注释】

〔1〕奥（yù）：河岸弯曲的地方。猗猗（yī）：通"阿"，形容长而美的样子。

〔2〕匪：通"斐"，文采。切：用刀切断，制作骨器的工艺。

〔3〕瑟：庄重的样子。僴（xiàn）：威武的样子。赫：光明。咺（xuān）：一说为"宣"的假借字，即坦白。一说通"恒"，即盛大。

〔4〕谖（xuān）：忘记。

〔5〕青青："菁"的假借字，茂盛的样子。

〔6〕充耳：即塞耳，古人帽上垂挂在两侧的装饰品。琇（xiù）：一种像玉的石头。

莹：色泽光润。会（kuài）：帽缝合的地方。一说指将玉缀于帽缝。弁（biàn）：古时男人戴的一种帽子。

〔7〕簀（zé）：床席。

〔8〕圭（guī）：古代帝王诸侯举行礼仪时所用的玉器，上尖下方。璧（bì）：古代一种玉器，扁平的圆板，中间有孔。

〔9〕绰：温和，柔和。猗（yǐ）：通"倚"，即依靠。重：双。较：古代车上供人扶靠的横木。

考 槃

【题解】

隐居之人独自一人居住在山林之中，没人陪伴，却能徜徉于山水之间而自得其乐，外人不得其乐，自己也不外传其乐，也不求为世所用。

考槃在涧，硕人之宽[1]。　　　　筑成木屋在山涧，高人居住宽而广。
独寐寤言，永矢弗谖[2]。　　　　独睡独醒独说话，如此乐趣永难忘。
考槃在阿，硕人之薖[3]。　　　　筑成木屋在山坳，高人隐居安乐窝。
独寐寤歌，永矢弗过[4]。　　　　独睡独醒独说话，如此乐趣永不忘。
考槃在陆，硕人之轴[5]。　　　　筑成木屋在山中，高人以此为中心。
独寐寤宿，永矢弗告[6]。　　　　独睡独醒独说话，如此乐趣不外传。

【注释】

〔1〕考：一说筑成；一说同"扣"，指敲。槃（pán）：一说指木屋，一说同"盘"。涧：山中流水之沟。

〔2〕谖（xuān）：忘记。

〔3〕阿：山坳。薖：形容空的样子。一说同"窝"。

〔4〕过：一说来往；一说错误，过失。

〔5〕轴：本义为车轴，引申为旋转之处。一说明智，一说进展的样子，一说为美好的样子。

〔6〕宿：闻一多《类钞》将此字读为"啸"。告：告诉，宣扬。一说遗忘，一说同"过"。

硕 人

【题解】

这是赞美卫庄公夫人庄姜的诗。叙述她的出身，描写她的美貌，以及出嫁时车从之盛，还衬托一些景色之美。

硕人其颀，衣锦褧衣[1]。	贵人身材高而长，外穿绣花之衣裙。
齐侯之子，卫侯之妻[2]。	本是齐王的女儿，又嫁与卫侯为妻。
东宫之妹，邢侯之姨，	齐国太子的胞妹，又是邢侯的小姨，
谭公维私[3]。	谭王是她的妹夫。
手如柔荑，肤如凝脂[4]。	手指柔软如草芽，皮肤雪白如凝脂。
领如蝤蛴，齿如瓠犀[5]。	脖子白长如天牛，牙齿亮齐如瓠子。
螓首蛾眉，巧笑倩兮，	头如螓来眉如蚕，乖巧笑颜见酒窝，
美目盼兮[6]。	眼睛秀丽亮晶晶。
硕人敖敖，说于农郊[7]。	贵人之身高而长，停车休息在城郊。
四牡有骄，朱幩镳镳，	驾车四马雄而壮，红色衔巾风中飘，
翟茀以朝[8]。	鸡翎饰车来朝见。
大夫夙退，无使君劳[9]。	大臣应该早回去，莫使他们太操劳。
河水洋洋，北流活活[10]。	黄河水浩浩荡荡，向北流哗哗声响。
施罛濊濊，鳣鲔发发，	撒下网呼呼有声，鲤鲟网中"嘣嘣"跳，
葭菼揭揭[11]。	芦苇荻花高高扬。
庶姜孽孽，庶士有朅[12]。	陪嫁姑娘衣饰美，护送男仆威而壮。

【注释】

〔1〕衣：穿。褧（jiǒng）：罩在外面的单衣。

〔2〕齐侯：指齐庄公。子：此处指女儿。卫侯：指卫庄公。

〔3〕东宫：指齐国太子得臣。古代太子住东宫，便为太子的代称。邢侯：邢国的国君。谭公：谭国的国君。维：是。私：女子对姊妹的丈夫的称谓。

〔4〕荑（tí）：植物初生的叶芽。

〔5〕蝤蛴（qiú qí）：天牛的幼虫，其身白而长。瓠（hù）：即瓠子，一年生草本植物，茎蔓生，果实为细长的圆筒形，果肉可做蔬菜。犀：指瓠子果中的籽，其籽洁白而整齐。

〔6〕螓（qín）：昆虫名，体形像蝉而小，额头宽而方正。倩：笑时两颊出现的窝。盼：眼珠黑白分明。

〔7〕敖敖：身材高的样子。

〔8〕牡：雄性，此处指公马。帻（fén）：系在马口衔两边、做装饰的布巾或绸巾。镳（biāo）：本义为马嚼子，此处借为飘飘，形容盛美的样子。翟（dí）：长尾的野鸡。茀（fú）：遮盖车子的东西。

〔9〕夙：早。

〔10〕洋洋：水盛大的样子。活活：流水声。

〔11〕施：设置。罛（gū）：一种大的渔网。濊濊（huò）：撒网入水发出的响声。鳣（zhān）：鲤鱼。一说为黄鱼。鲔（wěi）：鲟鱼。发发（bō）：象声词，鱼在水中跳跃声。葭（jiā）：芦苇。菼（tǎn）：荻苇。揭揭：高扬的样子。

〔12〕姜：指陪嫁的姜姓女子。孽孽：一说形容身材高，一说形容衣饰华贵。士：指随嫁的奴仆。揭（qiè）：形容威武健壮的样子。

氓

【题解】

弃妇诉述她的不幸遭遇。男的求婚时，装模作样。成婚后，丈夫叫她操劳家务，还对她粗暴无礼。她怕被兄弟耻笑，独自悲伤，最后从痛苦中醒悟过来，要与丈夫断绝关系。

氓之蚩蚩，抱布贸丝[1]。	来人憨厚地笑着，抱着布来要换丝。
匪来贸丝，来即我谋[2]。	不是真的来换丝，实际是向我提亲。
送子涉淇，至于顿丘[3]。	把他送过了淇水，一直来到了顿丘。
匪我愆期，子无良媒[4]。	不是我推辞不嫁，你还没找好媒人。
将子无怒，秋以为期[5]。	请不要生我的气，订下秋天为婚期。
乘彼垝垣，以望复关[6]。	登上已坏的断墙，为眺望接我之车。
不见复关，泣涕涟涟[7]。	看不见接我之车，伤心哭泣泪汪汪。
既见复关，载笑载言[8]。	看见了接我之车，一面笑来一面说。
尔卜尔筮，体无咎言[9]。	你又占卜又算卦，卦象吉祥无灾祸。
以尔车来，以我贿迁[10]。	快把你的车赶来，把我的嫁妆拉走。
桑之未落，其叶沃若[11]。	桑树还没有衰败，叶子肥硕而润泽。
于嗟鸠兮，无食桑葚[12]。	那只可恶的鸠鸟，不要再吃那桑葚。
于嗟女兮，无与士耽[13]。	像我一样的女人，不要沉溺于情爱。
士之耽兮，犹可说也[14]。	男人沉溺于情爱，还可以有所解脱。

女之耽兮，不可说也。　　女人沉溺于情爱，就无法解脱自己。

桑之落矣，其黄而陨^[15]。　　桑树已经衰败了，叶子枯黄而凋落。

自我徂尔，三岁食贫^[16]。　　自我嫁给你之后，过了三年苦日子。

淇水汤汤，渐车帷裳^[17]。　　淇河水浩浩荡荡，浸湿了车的幔布。

女也不爽，士贰其行^[18]。　　女人本没有差错，男人却起了二心。

士也罔极，二三其德^[19]。　　男人们随心所欲，言行都反复无常。

三岁为妇，靡室劳矣^[20]。　　给你做三年媳妇，都在不停地辛劳。

夙兴夜寐，靡有朝矣^[21]。　　很早起床很晚睡，没有一天的空闲。

言既遂矣，至于暴矣^[22]。　　一旦随了心愿后，粗暴无礼就开始。

兄弟不知，咥其笑矣^[23]。　　兄弟们不知实情，反而把我来取笑。

静言思之，躬自悼矣^[24]。　　仔细把这些事想，独自伤心又悲叹。

及尔偕老，老使我怨^[25]。　　曾经发誓共白头，哪知老来反成仇。

淇则有岸，隰则有泮^[26]。　　淇水虽大仍有岸，漯河虽宽仍有边。

总角之宴，言笑晏晏^[27]。　　儿时一起同玩耍，说说笑笑多快乐。

信誓旦旦，不思其反^[28]。　　誓言说得如此响，不想今日会变心。

反是不思，亦已焉哉^[29]。　　食言实在没想到，才有如此之下场。

【注释】

〔1〕氓（méng）：民，指主人公的丈夫。蚩蚩（chī）：形容憨厚的样子。

〔2〕即：就。

〔3〕顿丘：地名，在今河南省浚县。

〔4〕愆（qiān）：延误，拖延。

〔5〕将（qiāng）：请，希望。

〔6〕乘：登。垝（guǐ）：倒塌，坏。垣（yuán）：墙。复关：主人公的丈夫住处的

鳩

地名，此处用来代指主人公的丈夫。一说为主人公的丈夫的名号，一说指返回的车厢。

〔7〕涟涟：形容流泪的样子。

〔8〕载：则。

〔9〕尔：你，指主人公的丈夫。卜：用火烧龟甲，根据烧出的裂纹判断吉凶。筮（shì）：用蓍草五十根依法排比判断吉凶。体：卦体，卦象。

〔10〕贿：财物，指嫁妆。

〔11〕沃若：肥硕润泽的样子。

〔12〕桑葚：桑树的果实。传说鸠食桑葚过多，就要昏醉。喻女子沉迷于恋情，就不能自己，分不清对象好坏。

〔13〕耽：沉溺。

〔14〕说：通"脱"，解脱。一说为讲。

〔15〕黄：指叶变黄。陨：落。

〔16〕徂（cú）：往，到。

〔17〕汤汤：形容水大的样子。一说即荡荡，形容水流的样子。渐：浸湿、渍。帷裳：车上的布幔。

〔18〕爽：过失，差错。一说负约。

〔19〕罔：无。极：中，至，标准。二三：再三反复，前后不一致。

〔20〕室：指家中之事。一说怕。

〔21〕夙兴：早起。

〔22〕遂：顺从，听从。一说满足，满意；一说久；一说成就，成。

〔23〕咥（xì）：形容大笑的样子。

〔24〕躬：自身，自己，亲自。

〔25〕及：同，与。

〔26〕隰（xí）：低湿的地方。一说指漯河。泮（pàn）：通"畔"，边，边缘。

〔27〕总角：古代称小孩头发扎成形似牛角的两个结。此处指尚未成年。宴：乐。晏晏（yàn）：柔和、快乐的样子。

〔28〕不思：未想到。反：违反，变心。

〔29〕已：一说止；一说罢了，算了。

竹　竿

【题解】

卫国的姑娘出嫁到远方，远离了兄弟姐妹和爹娘，闲着没事的时候，总会把往事细细地想起，只是更增添了思念故国家人之情，只好驾船出游以排遣心中的苦闷。

籊籊竹竿，以钓于淇[1]。　　　　竹竿细细长，垂钓淇水上。
岂不尔思？远莫致之[2]。　　　　如何不想你，路远难前往。
泉源在左，淇水在右[3]。　　　　泉源在左方，淇水在右方。
女子有行，远兄弟父母[4]。　　　女子将出嫁，远离兄和娘。
淇水在右，泉源在左。　　　　　淇水在右方，泉源在左方。
巧笑之瑳，佩玉之傩[5]。　　　　乖巧笑容美，佩玉随之摆。
淇水滺滺，桧楫松舟[6]。　　　　淇水哗哗流，桧桨松木舟。
驾言出游，以写我忧。　　　　　划船去出游，以排我心忧。

【注释】

〔1〕籊籊（tì）：细长的样子。一说光滑的样子。

〔2〕尔思：即思尔。

〔3〕泉源：卫国水名，流向东南与淇水汇合。

〔4〕行：古代指出嫁。

〔5〕瑳（cuō）：开口露齿的样子。一说笑的样子。傩（nuó）：一说有节奏的摆动，一说通"娜"，即婀娜。

〔6〕滺滺（yóu）：形容水流的样子。桧（guì）：树名，常绿乔木，又名刺柏。楫：船桨。

芄 兰

【题解】

这首诗借少年用芄兰而不知爱芄兰为喻，讽刺了那些无德无能，而又骄横无礼，不称其服的统治者。

芄兰之支，童子佩觽[1]。　　　　芄兰之香枝，少年之角锥。
虽则佩觽，能不我知[2]。　　　　虽然佩角锥，而不知爱我。
容兮遂兮，垂带悸兮[3]。　　　　摇摇又摆摆，腰带垂而飘。
芄兰之叶，童子佩韘[4]。　　　　芄兰之香叶，少年之扳指。
虽则佩韘，能不我甲[5]。　　　　虽然佩扳指，而不亲近我。
容兮遂兮，垂带悸兮。　　　　　摇摇又摆摆，腰带垂而飘。

【注释】

〔1〕芄（wán）兰：草本植物名，又名萝藦，俗名婆婆针线包。觿（xī）：古代解绳结的用具，用骨制成，头尖尾粗，形状像牛角，俗称角锥，也用为佩饰，一般为成人佩戴，儿童结婚后也戴，象征成人。

〔2〕能：一说乃，而；一说宁，岂。知：一说通"智"，一说配，一说相亲。

〔3〕容：佩刀，刃钝不能割物。一说形容走路得意摇摆的样子。遂：瑞玉名。

〔4〕韘（shè）：又名抉拾，俗称扳指，古代射箭时套在右手大拇指上用来钩弦的工具，用玉或骨制成，一般为成人佩戴，结过婚的少年也戴，象征已长大成人。

〔5〕甲：长。一说借为"狎"，即亲昵。

河 广

【题解】

诗人本是宋国人，现在旅居在卫国，在外地时间长了，思归之情不禁油然而生。即使黄河宽而广，离宋国路遥远，也阻止不了他回家的念头。

谁谓河广？一苇杭之[1]。	谁说河面太宽广？芦苇编筏可行航。
谁谓宋远？跂予望之[2]。	谁说宋国路太远？跂起脚来可相望。
谁谓河广？曾不容刀[3]。	谁说河面太宽广？不过能容一小船。
谁谓宋远？曾不崇朝。	谁说宋国路太远？走到不需一早晨！

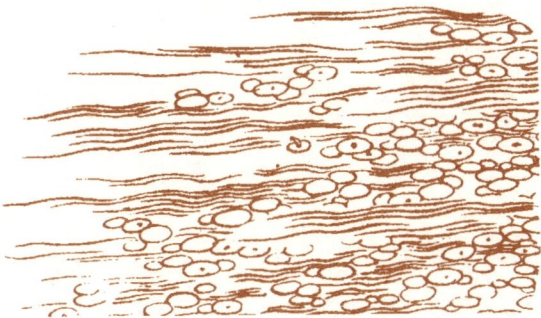

【注释】

〔1〕河：指黄河。卫国在戴公之前，都于朝歌，和宋国隔黄河相望。一苇杭之：一束芦苇到对岸。马瑞辰《通释》："《正义》言一苇者谓一束也。""一苇杭之，盖谓一苇之长，可比方之，甚言河之狭也。下章曾不容刀，亦谓河之狭不足容刀，非谓乘刀而渡，则上不乘苇而渡，明矣。"

〔2〕跂（qí）：踮起脚。

〔3〕刀：诗人极言河小，意谓宋近也。

伯 兮

【题解】

丈夫为了保卫国家而远行出征打仗，在妻子心中是英雄，也是妻子的骄傲。但妻子心中时常想念丈夫，难挨相思之苦。

伯兮朅兮，邦之桀兮[1]。	阿哥样子真威武，你是国家大英雄。
伯也执殳，为王前驱[2]。	阿哥手握竹木殳，为王冲锋又陷阵。
自伯之东，首如飞蓬[3]。	自从阿哥东征去，我的头发乱如蓬。
岂无膏沐？谁适为容[4]？	不是没有发油抹？哪来心思修花容？
其雨其雨，杲杲出日[5]。	快下雨啊快下雨，天空却高挂白日。
愿言思伯，甘心首疾[6]。	我一心想念阿哥，想得头痛又奈何。
焉得谖草？言树之背[7]。	何处去寻忘忧草？将它种植到北边。
愿言思伯，使我心痗[8]。	我一心想念阿哥，使我心痛又悲伤。

谖草

【注释】

〔1〕伯：排行老大的称呼，也是周代妻子对丈夫的称谓，相当现在的阿哥、大哥。朅（qiè）：威武的样子。桀：通"杰"，才智出众之人。

〔2〕殳（shū）：古代一种竹或木制兵器，长一丈二尺，有棱无刃。前驱：即前锋，先锋。

〔3〕蓬：草本植物，叶细长而散乱，茎干枯易断，随风飞旋。

〔4〕沐：洗头。指米汁，古人用米汁

洗头。适：一说但；一说悦，乐。容：修饰容貌。

〔5〕杲杲（gǎo）：形容光明的样子。

〔6〕愿：思念殷切的样子。一说沉思状。

〔7〕谖草：同"萱草"，俗称忘忧草，古人以为此草可以使人忘掉忧愁。背：古通"北"。一说指小瓦盆。

〔8〕痗（mèi）：忧病。

有　狐

【题解】

　　一个女子，看见一只孤独行走的狐狸，触景生情，想起了流亡在外的丈夫，想到了丈夫没有衣服可以御寒，心中充满了关切之情。

有狐绥绥，在彼淇梁[1]。	一只狐狸独自走，就在淇水堰坝口。
心之忧矣，之子无裳[2]。	我的心中愁而忧，他连裤子都没有。
有狐绥绥，在彼淇厉[3]。	一只狐狸独自走，就在淇水的渡口。
心之忧矣，之子无带。	我的心中愁而忧，他连腰带都没有。
有狐绥绥，在彼淇侧。	一只狐狸独自走，就在淇水岸上头。
心之忧矣，之子无服。	我的心中愁而忧，他连衣服都没有。

【注释】

　　〔1〕狐：一说狐喻男性。绥绥：《集传》："独行求匹之貌。"一说行迟貌，一说多毛貌。梁：河梁。河中垒石而成，可以过人，或用以拦鱼。

　　〔2〕裳：古时上称衣，下称裳。

　　〔3〕厉：河水深及腰部，可以涉过之处。一说流水的沙滩。

木　瓜

【题解】

　　男人送给女子物品，女子立即另送他物以示回报，这一赠一送，深情厚谊，爱慕之情便表现得淋漓尽致。

投我以木瓜，报之以琼琚[1]。　　他送我的是木瓜，我拿美玉报答他。

匪报也，永以为好也！　　　　美玉哪能算报答，求求永久相好呀！

投我以木桃，报之以琼瑶[2]。　　他送我的是红桃，我用美玉回报他。

匪报也，永以为好也！　　　　琼瑶哪能算报答，是求彼此永相好！

投我以木李，报之以琼玖[3]。　　他送我的是酥李，我送宝石报答他。

匪报也，永以为好也！　　　　琼玖哪能算报答，是求彼此好到底！

【注释】

〔1〕琼：赤色玉；亦泛指美玉。琚（jū）：佩玉。

〔2〕瑶：美玉。

〔3〕玖（jiǔ）：浅黑色玉石。

国风·王风

黍 离

【题解】

诗人行走于西周王朝故地，回忆起西周王朝盛极一时的情景，而如今只是一片茂盛的黍稷之地。忆古追今，感慨苍天，盛衰兴废，如此凄凉。

彼黍离离，彼稷之苗[1]。　　　　那些黍子真繁茂，那些谷子吐出苗。

行迈靡靡，中心摇摇[2]。　　　　脚步迟疑又缓慢，心神慌乱又不安。

知我者，谓我心忧；　　　　　　真正了解我的人，知道我内心忧愁；

不知我者，谓我何求。　　　　　不能了解我的人，问我在寻找什么。

悠悠苍天，此何人哉！　　　　　远离的老天爷啊，这又是谁造成的！

彼黍离离，彼稷之穗。　　　　　那些黍子真茂盛，那些谷子抽了穗。

行迈靡靡，中心如醉。　　　　　脚步迟疑又缓慢，心中如同喝醉酒。

知我者，谓我心忧；　　　　　　真正了解我的人，知道我内心忧愁；

不知我者，谓我何求。　　　　　不能了解我的人，问我在寻找什么。

悠悠苍天，此何人哉！　　　　　远离的老天爷啊，这又是谁造成的！

彼黍离离，彼稷之实。　　　　　那些黍子真繁茂，那些谷子结果实。

行迈靡靡，中心如噎。　　　　　脚步迟疑又缓慢，有如异物堵心中。

知我者，谓我心忧；　　　　　　真正了解我的人，知道我内心忧愁；

不知我者，谓我何求。　　　　　不能了解我的人，问我在寻找什么。

悠悠苍天，此何人哉！　　　　　远离的老天爷啊，这又是谁造成的！

【注释】

〔1〕离离：繁茂的样子。稷（jì）：古代称一种粮食作物。一说指黍一类作物，一说指谷子，其果实称小米。

〔2〕迈：即行走。靡靡：行走迟缓的样子。摇摇：形容心神不安的样子。

黍

君子于役

【题解】

妻子思念去远方服役的夫婿。黄昏时，鸡和牛羊归来，更使她想得殷切。

君子于役，不知其期[1]。　　　　丈夫到远方服役，不知何时是尽头。

曷其至哉[2]？鸡栖于埘，　　　　什么时候能回家，鸡都回到了窝里，

日之夕矣，羊牛下来[3]。　　　　太阳已经落山了，牛羊也赶回了家。

君子于役，如之何勿思！　　　　丈夫到远方服役，怎能不让我挂念！

君子于役，不日不月[4]。　　　　丈夫到远方服役，没有日来没有月。

曷其有佸[5]？鸡栖于桀，　　　　何时才能来团聚？鸡休息在架子上，

日之夕矣，羊牛下括[6]。　　　　太阳已经落山了，牛羊下山聚在圈。

君子于役，苟无饥渴[7]？　　　　丈夫到远方服役，但愿不缺水缺粮。

【注释】

〔1〕于：去，往，正在。

〔2〕曷：何时，什么时候。

〔3〕埘（shí）：墙壁上掏成的鸡窝。

〔4〕不日不月：即没日没月，没有期限。

〔5〕佸（huó）：相会，团聚。

〔6〕桀：鸡栖的木架。括：聚集一处。

〔7〕苟（gǒu）：或许。

君子阳阳

【题解】

男子高兴地拿着乐器，邀请心爱的女子一起跳舞。这首诗描绘了一个情人相约出游，尽情嬉戏快乐的场面。

君子阳阳，左执簧，　　　　丈夫喜气乐洋洋，他的左手拿着簧，

右招我由房[1]。其乐只且[2]！　右手招我跳由房。我们开心又快乐！

君子陶陶，左执翿，　　　　丈夫高兴乐滋滋，他的左手拿羽扇，

右招我由敖[3]。其乐只且！　右手招我跳敖舞。我们开心又快乐！

【注释】

〔1〕阳阳：即洋洋，快乐得意的模样。簧：一种笙类乐器。由房：一说为一种舞曲，一说跟从进入房中。

〔2〕只且：语助词，无实义。

〔3〕陶陶：高兴欢乐的样子。翿（dào），一种用五彩羽毛制作的扇形舞具。敖：为一种舞曲。

扬之水

【题解】

这是一首戍卒思归的怨诉诗。我为了国家在各地戍守，而心爱的女子却没办法跟随。思念啊思念，不知什么时候才能结束我的戍期而与她团聚啊。

扬之水，不流束薪[1]。　　　　清清河水缓缓流，一捆柴草漂不走。

彼其之子，不与我戍申[2]。　　我那心爱的人儿，不能跟我守申国。

怀哉怀哉！曷月予还归哉[3]？　心里思念又思念！何年何月才回家？

扬之水，不流束楚[4]。　　　　清清河水慢慢流，一捆荆条漂不走。

彼其之子，不与我戍甫[5]。　　我那心爱的女子！不能跟我守吕国。

怀哉怀哉！曷月予还归哉？　　心中思念又思念，何年何月才回来？

扬之水，不流束蒲[6]。　　　　清清河水慢慢流，一捆蒲草漂不走。

彼其之子，不与我戍许[7]。　　我那心爱的女子，不能跟我守许国。

怀哉怀哉！曷月予还归哉？　　心中思念又思念！何年何月才回家？

【注释】

〔1〕扬：悠扬，即缓慢无力的样子。束薪：一捆柴。

〔2〕戍（shù）：守卫。申：古国名，国君姓姜，在今河南省唐河县南。

〔3〕曷：何。

〔4〕楚：一种灌木，即荆条。

〔5〕甫：古国名，也称吕，国君姓姜，在今河南省南阳市西。

〔6〕蒲：一种草本植物，今称蒲草。一说为蒲柳，落叶灌木，多栽河边或住宅周围，也叫水杨。

〔7〕许：古国名，国君姓姜，在今河南省许昌市。

蒲

中谷有蓷

【题解】

　　女子被丈夫遗弃，流离失所，孤苦无靠，伤心、后悔当初不应该嫁给他，以致今天艰难的处境。诗中也表现出对弃妇的同情。

中谷有蓷，暵其干矣[1]。	谷中生长益母草，天旱不雨草枯焦。
有女仳离，嘅其叹矣[2]。	流离失所的女子，伤心慨然而长叹！
嘅其叹矣，	伤心慨然而长叹，
遇人之艰难矣[3]。	嫁错人家处境难！
中谷有蓷，暵其脩矣[4]。	谷中生长益母草，天旱不雨草枯焦。
有女仳离，条其啸矣[5]。	流离失所的女子，伤心不禁长声叹！
条其啸矣，	伤心不禁长声叹，
遇人之不淑矣。	只因嫁了个坏蛋！
中谷有蓷，暵其湿矣[6]。	谷中生长益母草，天干之后草尽焦！
有女仳离，啜其泣矣[7]。	流离失所的女子，伤心呜咽尽泣哭！
啜其泣矣，何嗟及矣[8]。	伤心呜咽尽哭泣，后悔莫及处境难！

【注释】

〔1〕蓷（tuī）：药草名，即益母草。果实名茺蔚子。暵（hàn）：《说文》作"熯"。"熯，水濡而干也。"

〔2〕仳（pǐ）离：分离。旧时特指妇女被遗弃而离去。嘅：叹息。

〔3〕遇信之艰难矣：即嫁个好男人不容易。

〔4〕脩（xiū）：陈奂《传疏》："《说文》：'脩，脯也。脯，干肉也。'……因之凡干皆曰脩矣。"

〔5〕条：长。啸：撮口出声，此指悲啸、痛苦。

〔6〕湿："暵"（qī）的假借。王引之《述闻》："此湿与水湿之湿异义。湿亦且干也。"

〔7〕啜（chuò）：哭泣时抽噎。

〔8〕何嗟及矣：胡承珙《后笺》："当作'嗟何及矣！'。"

兔爰

【题解】

　　周代王时期，兵役、劳役、徭役等纷至沓来，给人们带来沉重的负担，人们生活悲惨，处于水深火热之中，这首诗就控诉了周王朝的统治者。

有兔爰爰，雉离于罗[1]。　　　　　有只兔子乐逍遥，野鸡撞进罗网里。

我生之初，尚无为[2]。　　　　　　想我刚刚出生时，不知兵役为何物。

我生之后，逢此百罹[3]。　　　　　谁知待我出生后，恰逢百灾皆出现。

尚寐无吪[4]。　　　　　　　　　　不如长睡不说话。

有兔爰爰，雉离于罦[5]。　　　　　有只兔子乐逍遥，野鸡撞进兽网里。

我生之初，尚无造[6]。　　　　　　想我刚刚出生时，不知劳役为何物。

我生之后，逢此百忧。　　　　　　谁知待我出生后，恰逢百忧皆出现。

尚寐无觉[7]。　　　　　　　　　　不如长睡不外看。

有兔爰爰，雉离于罿[8]。　　　　　有只兔子乐逍遥，野鸡撞进鸟网里。

我生之初，尚无庸[9]。　　　　　　想我刚刚出生时，不知徭役为何物。

我生之后，逢此百凶。　　　　　　谁知待我出生后，恰逢百凶皆出现。

尚寐无聪[10]。　　　　　　　　　　不如长睡无所闻。

【注释】

　　〔1〕爰爰（yuán）：犹缓缓，即悠然自得的样子。离：遭遇。

　　〔2〕为：作为。一说劳役，兵役。

　　〔3〕罹（lí）：忧愁，苦难。

　　〔4〕尚：同"庶几"，义为也许可以，表示希望。寐：睡。吪（é）：动。一说讲话。

　　〔5〕罦（fú）：一种装有机关能自捕鸟兽的网，又名覆车网。

　　〔6〕造：营造。一说劳役。

　　〔7〕觉：醒，知觉。此处含有看的意思。

　　〔8〕罿（tóng）：捕鸟网。

兔

〔9〕庸：即用，指劳役。

〔10〕聪：听。

葛藟

【题解】

　　春秋时代，战争频繁，人们纷纷逃亡，流落他乡。为了生存称别人为父，为母，为兄，但丝毫无济于事。这首诗既反映了富人的冷酷无情，也反映了流浪者之苦。

绵绵葛藟，在河之浒[1]。

终远兄弟，谓他人父。

谓他人父，亦莫我顾[2]。

绵绵葛藟，在河之涘[3]。

终远兄弟，谓他人母。

谓他人母，亦莫我有。

绵绵葛藟，在河之漘[4]。

终远兄弟，谓他人昆。

谓他人昆，亦莫我闻[5]。

长长葛藟藤，生长水涯边。

远离兄和弟，却叫人为父。

虽叫他为父，丝毫不疼我。

长长葛藟藤，生长水岸边。

远离兄和弟，却叫人为母。

虽叫她为母，对我没恩德。

长长葛藟藤，生长河滨旁。

远离兄和弟，却叫人为兄。

虽叫他为兄，却也不怜我。

【注释】

　　〔1〕绵绵：长不绝之貌。浒（hǔ）：水边。

　　〔2〕顾：王引之《述闻》："顾也，有也，闻也，皆亲爱之意也。"

　　〔3〕涘（sì）：水边。

　　〔4〕漘（chún）：水边。

　　〔5〕昆：兄。闻：王引之《述闻》："犹问也。谓相恤问也。古字闻与问通。"

采 葛

【题解】

　　一个男子对一个女子无限爱慕。因处于热恋之中，无法忍受分离，有一天他没有看见对方，就如同隔了很长的时间，深情厚谊即现其中。

彼采葛兮，一日不见，	那采葛的姑娘啊，只要一天没看见，
如三月兮[1]。	如同相隔三个月。
彼采萧兮，一日不见，	那采萧的姑娘啊，只要一天没看见，
如三秋兮[2]。	如同相隔三个秋。
彼采艾兮，一日不见，	那采艾的姑娘啊，只要一天没看见，
如三岁兮[3]。	如同相隔了三年。

【注释】

　　[1]葛：多年生草本植物，茎蔓生，茎皮可抽出纤维织布。

　　[2]萧：草本植物，即艾蒿，有香气，古人用它祭祀。三秋：一说三年，一说三月，一说九个月。根据上下文，应为九个月。秋季为三个月，此处因押韵的需要，将"秋"作为单位名词用，相当于季。

　　[3]艾：多年生草本植物，有香气，全草供药用，叶可制成艾绒，供针灸用，枝叶熏烟能驱蚊蝇。

大车

【题解】

这是表示爱情至死不渝的诗，姑娘面对层层阻挠，毫不示弱，下定决心要和爱人私奔。

大车槛槛，毳衣如菼[1]。	大车行走咯吱吱，晚服青色如荻苗。
岂不尔思？畏子不敢[2]。	难道是我不想你？怕你做事不大胆。
大车啍啍，毳衣如璊[3]。	大车行走咯噔噔，晚服赤色玉般红。
岂不尔思？畏子不奔[4]。	难道是我不想你？怕你不敢随我走。
榖则异室，死则同穴[5]。	生时虽然不同房，死后一定葬一坟。
谓予不信，有如皦日[6]。	如果不信我的话，天上太阳是见证。

【注释】

〔1〕槛槛（kǎn）：车行进时发出的响声。毳（cuì）：鸟兽的细毛。菼（tǎn）：初生的荻，色淡绿。

〔2〕尔思：即思尔。

〔3〕啍（tūn）：一说车行声。璊（mén）：红色玉。

〔4〕奔：私奔，逃走。

〔5〕榖（gǔ）：活着，生。

〔6〕皦（jiǎo）：本义指玉石之白，引申为明亮。

丘中有麻

【题解】

一个女子，深爱着一个男人，期待着他能与自己幽会，能和自己吃饭，又担心情郎会有外遇，只是焦急地等待着。

丘中有麻，彼留子嗟[1]。	山坡上面种芝麻，那个小子叫子嗟。
彼留子嗟，将其来施施[2]。	那个刘氏的子嗟，愿他高兴地走来。
丘中有麦，彼留子国。	山坡上面种大麦，那个小子叫子国。

将仲子

【题解】

少女对情人的低诉，让他不要跳墙来幽会，怕父母兄长指责，怕旁人议论。

将仲子兮，无逾我里，
无折我树杞[1]。岂敢爱之？
畏我父母[2]。仲可怀也，
父母之言，亦可畏也[3]。

将仲子兮，无逾我墙，
无折我树桑[4]。岂敢爱之？
畏我诸兄。仲可怀也，
诸兄之言，亦可畏也。

将仲子兮，无逾我园，
无折我树檀[5]。岂敢爱之？
畏人之多言。仲可怀也，
人之多言，亦可畏也。

二哥请你听我讲，不要再翻我院墙，
不要踩断我杞柳。不是爱惜杞柳树，
而是畏我家父母。二哥在我心中挂，
父母因之要责骂，斥责让我心中怕。

二哥请你听我讲，不要再翻我围墙，
不要踩断我桑树。不是珍惜这桑树，
怕我兄长要张扬。二哥在我心中挂，
兄长因之要责骂，斥责让我心中怕。

二哥请你听我讲，不要翻我后园墙，
不要折断我檀树。不是爱惜这檀树，
怕人要把闲话讲。二哥在我心中挂，
人多嘴长多闲话。闲话让我心中怕。

【注释】

〔1〕将（qiāng）：请。仲：老二，第二。里：古时五家为邻，五邻为里，里四周有墙，此处指邻里院墙。逾（yú）：跨越。杞（qǐ）：即杞柳，落叶灌木，叶子呈长椭圆形，生在水边，枝条可用来编器物。

〔2〕之：指杞柳树。

〔3〕怀：思念。

〔4〕桑：指桑树。

〔5〕园：指果菜园的墙。檀（tán）：落叶乔木，木质坚硬，可用来制造家具、农具和乐器。

杞

叔于田

【题解】

这是一首赞美青年猎手的诗。诗中用夸张的艺术手法，塑造了"叔"的美好形象，他相貌英俊、善良，而且武艺高强。

叔于田，巷无居人[1]。　　　　　　　叔去郊外射飞禽，大街小巷都没人。
岂无居人？不如叔也，　　　　　　　难道真是没有人？谁都不如那阿叔，
洵美且仁。　　　　　　　　　　　　那么英俊又谦虚。
叔于狩，巷无饮酒[2]。　　　　　　　叔到郊外猎野兽，街巷都没人喝酒。
岂无饮酒？不如叔也，　　　　　　　难道真没人喝酒？谁也不如那阿叔，
洵美且好。　　　　　　　　　　　　那么善良又清秀。
叔适野，巷无服马[3]。　　　　　　　叔到郊外去打猎，街巷没人会驾马。
岂无服马？不如叔也，　　　　　　　难道真没人驾马？谁也不如那阿叔，
洵美且武。　　　　　　　　　　　　潇洒英武真可夸。

【注释】

〔1〕田：打猎。
〔2〕狩：冬猎。
〔3〕野：郊外。服马：用马驾车。

大叔于田

【题解】

这首诗是《叔于田》的姊妹篇，赞美了一位青年猎手，他不仅善于驾车，也善于射箭。诗人用铺张的手法，描写了打猎气势的宏大。

叔于田，乘乘马[1]。	三哥打猎登征途，四马驾车真威武。
执辔如组，两骖如舞[2]。	手握缰绳如丝带，骖马奔驰如跳舞。
叔在薮，火烈具举[3]。	三哥驱车至湖泽，烈火齐燃截兽路。
襢裼暴虎，献于公所[4]。	赤手空拳将虎打，打死献给郑公府。
"将叔无狃，戒其伤女[5]。"	"三哥不要太冒险，莫让老虎将你伤。"
叔于田，乘乘黄[6]。	三哥出猎真威风，驾车四马毛色黄。
两服上襄，两骖雁行[7]。	两匹服马高昂头，骖马整齐如雁行。
叔在薮，火烈具扬[8]。	三哥驱车至湖泽，烈火熊熊把兽挡。
叔善射忌，又良御忌[9]，	三哥射箭最擅长，驾车驱马亦精通。
抑磬控忌，抑纵送忌[10]。	忽而勒马停车急，忽而放马任奔驰。
叔于田，乘乘鸨[11]。	三哥打猎到郊外，四匹花马跑不停。
两服齐首，两骖如手[12]。	两匹服马齐并首，两匹骖马似双手。
叔在薮，火烈具阜[13]。	三哥驱车至湖泽，围兽烈火熊熊烧。
叔马慢忌，叔发罕忌[14]。	三哥让马慢慢跑，三哥射箭逐渐少。
抑释掤忌，抑鬯弓忌[15]。	忽而打开箭筒盖，忽而将弓放入袋。

【注释】

〔1〕乘（chéng）乘（shèng）：前一"乘"为动词，即坐，驾。后一"乘"字为单位名词，古时指四马驾的车。

〔2〕辔（pèi）：驾驭牲口用的缰绳。组：带子。骖（cān）：古代指辕两旁的马，今语拉套或叫拉梢的马。

〔3〕薮（sǒu）：生长有很多草的湖泽。烈：一说炬；一说借为"列"，即行列；一说遮，放火烧草阻挡兽逃。具：通"俱"。

〔4〕裼（xī）：袒开或脱去上衣，露出内衣或身体。暴：徒手搏击。公所：即公府、府衙。

〔5〕狃（niǔ）：习惯，熟悉。

〔6〕黄：指毛呈黄色的马。

〔7〕服：驾辕的马，即今语辕马。襄："骧"的假借字，即驾。一说马头昂起。

〔8〕扬：起，抬。

〔9〕忌：语助词。

〔10〕抑：语助词。磬（qìng）：借为"劲"，用力。一说借为"骋"，放马疾驰。

〔11〕鸨（bǎo）：黑白毛间杂的马。

〔12〕齐首：齐头并进。

〔13〕阜（fù）：多，盛。

〔14〕发：射箭。

〔15〕释：解开，放下。掤（bīng）：箭筒的盖子。鬯（chòng）：弓袋，此处作动词，指装进袋中。

清 人

【题解】

狄人攻破卫，郑文公令高克带兵戍防，却不将其调回，高克的士兵无所事事，整日游荡，以致日后溃败。此诗旨在讽刺郑文公和高克。

清人在彭，驷介旁旁[1]。

二矛重英，河上乎翱翔[2]。

清人在消，驷介麃麃[3]。

二矛重乔，河上乎逍遥[4]。

清人在轴，驷介陶陶[5]。

左旋右抽，中军作好。

清邑之军驻彭地，驾车四马真雄壮。

两杆长矛双红缨，河边闲游多欢畅。

清邑之军在消地，驾车四马真威武。

两杆长矛双羽缨，河边闲逛真逍遥。

清邑之军驻轴地，驾车四马在奔驰。

左侧身体右劈刀，练武姿势真漂亮。

【注释】

〔1〕清：郑国邑名，在今河南省中牟县西。彭：位于黄河岸边的郑国地名。介：即铠甲，古代打仗时的护身服装，多用金属片缀成。旁旁：通"彭彭"，强壮的样子。

〔2〕重：重叠。英：即缨，矛头下的红色毛羽饰物。

〔3〕消：位于黄河岸边的郑国地名。麃（biāo）：威武的样子。

〔4〕乔：假借为"乔鸟"，一种野鸡，此处指用乔鸟羽制成的缨。

〔5〕轴：位于黄河岸边的郑国地名。陶陶：驱驰的样子。

羔 裘

【题解】

这是一首赞美郑国一位正直官吏的诗。在当时，此诗广泛地流传于郑国的朝野。诗中的主人公可能是子产的前任子皮一类的人物。

羔裘如濡，洵直且侯[1]。	羔羊皮衣柔又亮，为人正直又美好。
彼其之子，舍命不渝[2]。	他是那样一个人，宁舍生命守节操。
羔裘豹饰，孔武有力[3]。	羔羊皮衣饰豹皮，为人威武有毅力。
彼其之子，邦之司直[4]。	他是那样一个人，主持国家惟正义。
羔裘晏兮，三英粲兮[5]。	羔羊皮衣光而鲜，三色豹皮色更艳。
彼其之子，邦之彦兮[6]。	他是那样一个人，国之俊杰和栋梁。

【注释】

〔1〕羔濡（rú）：柔软而有光泽。洵（xún）：诚然，实在。侯：美。

〔2〕渝：改变，变化。

〔3〕豹饰：用豹皮作皮衣的饰边。孔：甚，很。

〔4〕司直：主持正义的人。一说为官名，负责劝谏君主过失。

〔5〕晏：鲜艳。三英：一说为皮衣对襟上起纽扣作用的结缨，一说指三排的豹饰。粲：鲜明，美好。

〔6〕彦：士的美称，相当于今语俊杰，模范。

遵大路

【题解】

这是一首挽留情人的诗。他们一路走，一路挽留。两人共同生活了很长的时间，希望对方不要断绝恩情。

遵大路兮，掺执子之祛兮[1]。	沿着大路向前走，手拉情人的衣袖。
无我恶兮，不寁故也[2]！	请你不要讨厌我，相伴多年莫分手。
遵大路兮，掺执子之手兮。	沿着大路向前走，手拉情人的双手。
无我魏兮，不寁好也[3]！	请你不要嫌弃我，恩情不能这样断。

【注释】

〔1〕掺（shǎn）：拉住。袪（qū）：袖口。

〔2〕我恶：即恶我的倒文。寁（zǎn）：速。

〔3〕魗（chǒu）：通"丑"，即丑陋，不好看，叫人厌恶或瞧不起的。

女曰鸡鸣

【题解】

夫妇二人一唱一和，家庭生活的温馨，情投意合，欢乐和好都表现得淋漓尽致。同时，诗的对话和联句形式对后世诗歌产生了很大的影响。

女曰："鸡鸣，" 妻说："雄鸡在歌唱。"

士曰："昧旦[1]。" 夫说："天刚蒙蒙亮。"

"子兴视夜，明星有烂[2]。" "你快起来看夜空，启明星儿闪闪亮。"

"将翱将翔，弋凫与雁[3]。" "快快跑来快快走，射点野鸭和飞雁。"

"弋言加之，与子宜之[4]。 "射来大雁和野鸡，为你做菜品尝它，

宜言饮酒，与子偕老。 边喝酒来边说话，与你白头共到老。

琴瑟在御，莫不静好[5]。" 又弹琴来又敲瑟，平淡生活多快乐。"

"知子之来之，杂佩以赠之[6]。 "你的体贴我知道，送你杂佩志不忘。

知子之顺之，杂佩以问之[7]。 你的温顺我知道，送你佩玉你收好。

知子之好之，杂佩以报之。" 你的恩爱我知道，送你佩玉作回报。"

【注释】

〔1〕昧旦：天将亮的时候。

〔2〕明星：启明星。

〔3〕将翱将翔：指行动快。一说指猎雁时如飞鸟一样逍遥自得的乐趣。

〔4〕弋言加之：用绳系在箭上射。加：射中。一说"加豆"，食器。宜：《尔雅》："肴也。"这里作动词。

〔5〕御：奏。静：美好。

〔6〕来：王引之《述闻》："读为劳、来之来。"即抚慰之意。杂佩：玉佩。用各种佩玉构成，称杂佩。

〔7〕问：赠送。

有女同车

【题解】

　　男女同车一起出游。和自己同车的姜家姑娘不仅容貌美丽，品德更好，内心更美，令人永难忘怀。

有女同车，颜如舜华[1]。	和我同车之女郎，脸儿好似木槿花。
将翱将翔，佩玉琼琚[2]。	我们同车去游逛，美玉佩环身上挂。
彼美孟姜，洵美且都[3]。	那位美丽姜姑娘，的确贤淑又漂亮。
有女同行，颜如舜英[4]。	和我同车之女郎，脸儿好似木槿花。
将翱将翔，佩玉将将[5]。	我们同车去游逛，身上佩玉响叮当。
彼美孟姜，德音不忘[6]。	那位美丽姜姑娘，品德美好永难忘。

【注释】

　　〔1〕舜：即木槿，落叶灌木或小乔木，花钟形，单生，通常有白、红、紫等颜色。

　　〔2〕将翱将翔：游逛。琼：本义为赤玉，引申来形容玉美。琚（jū）：古人佩戴的一种玉。

　　〔3〕孟：长女。洵（xún）：诚然，实在。都：文雅，娴雅大方。

　　〔4〕英：即花。

　　〔5〕将将：同"锵锵"，象声词。

　　〔6〕德音：有道德的好声誉。

山有扶苏

【题解】

　　本诗表面看似写一个女子找不到如意对象而发牢骚，实际上写女子会见情人，对情人的打情骂俏。

山有扶苏，隰有荷华[1]。	山中长有扶苏树，低洼地里开荷花。
不见子都，乃见狂且[2]。	不见子都美男子，却遇疯癫大傻瓜。
山有桥松，隰有游龙[3]。	山中松树高又大，低洼地里开荭花。
不见子充，乃见狡童[4]。	不见子充好男子，却遇滑头小冤家。

【注释】

〔1〕扶苏：枝叶繁茂的树木。隰（xí）：低洼的湿地。

〔2〕子都：古时著名的美男子，后作为美男子的代称，此处指恋人。且：即拙钝。一说为"狙"的假借字，即猕猴，此处代指恶少；一说为虚词。

〔3〕桥：通"乔"，即高。龙："茏"的假借字，即水荭。

〔4〕子充：古代著名的美男子，此处指恋人。

萚 兮

【题解】

这是一首男女邀歌的诗，描写了一群男女欢乐歌舞的场面，女子先带头唱起来，男子接着参加合唱，体现男女唱和之乐。

萚兮萚兮，风其吹女[1]。　　　　树叶脱啊树叶落，大风吹得起又落。
叔兮伯兮，倡予和女[2]。　　　　叔啊伯啊你快来，你来唱歌我来和。
萚兮萚兮，风其漂女[3]。　　　　树叶脱啊树叶落，叶随风飘起又落。
叔兮伯兮，倡予要女[4]。　　　　叔啊伯啊你快来，你来唱歌我拍和。

【注释】

〔1〕萚（tuò）：脱落的木叶。

〔2〕叔兮伯兮：余冠英《选择》："女子呼爱人为伯或叔或叔伯，……'叔兮，伯兮'语气像对两人实际是对一人说话。"倡：一说倡导，一说唱。

〔3〕漂：飘。

〔4〕要（yāo）：《传》："成也。"陈奂《传疏》："成，亦和也。……凡乐节一终，谓之一成，故要为成也。"

狡 童

【题解】

诗中女子，为爱情而苦恼，为所恋之人不理自己而苦恼，也为此而不想吃饭，睡不着觉。

彼狡童兮，不与我言兮^[1]。　　那个狡猾小坏蛋，不肯再与我说话。

维子之故，使我不能餐兮^[2]。　一切都是因为你，害我饭都吃不下。

彼狡童兮，不与我食兮。　　　那个狡猾小坏蛋，不肯和我同吃饭。

维子之故，使我不能息兮。　　一切都是为了你，害我觉都睡不安。

【注释】

〔1〕狡童：小滑头，机灵鬼。

〔2〕子：指狡童。

褰 裳

【题解】

　　女子用开玩笑的口气，来责备自己的爱人，说他再不来看自己，自己将会被别人抢走。这位女子爽朗而干脆的形象跃然纸上。

子惠思我，褰裳涉溱^[1]。　　你若爱我想念我，提起裤裙过溱水。

子不我思，岂无他人^[2]。　　你若变心不想我，难道别人不想我？

狂童之狂也且^[3]！　　　　看你又傻又疯癫！

子惠思我，褰裳涉洧^[4]。　　你若爱我想念我，提起裤裙过洧河。

子不我思，岂无他士。　　　你若变心不想我，难道别人不想我？

狂童之狂也且！　　　　　看你又傻又疯癫！

【注释】

〔1〕褰（qiān）：提起。溱（zhēn）：郑国水名，源出今河南省密县。

〔2〕我思：即思我。

〔3〕也且（jū）：语助词，无实义。

〔4〕洧（wěi）：郑国水名，即今河南省双洎河，源出河南省登封市，东流经密县与溱水汇合。

丰

【题解】

恋爱之初，女子拒绝了小伙子，而现在，却后悔没有和他结婚，并希望小伙子能重申旧好来接她。

子之丰兮，
俟我乎巷兮[1]。
悔予不送兮[2]！
子之昌兮，
俟我乎堂兮[3]。
悔予不将兮[4]！
衣锦褧衣，裳锦褧裳[5]。
叔兮伯兮，驾予与行[6]。
裳锦褧裳，衣锦褧衣。
叔兮伯兮，驾予与归。

想你丰满美容颜，
亲自迎我在巷中。
后悔没有跟从你！
想你身体多魁伟，
亲自迎我在堂内。
后悔没有跟随你！
锦缎衣裳身上穿，外披绣锦白罩衫。
叔啊伯啊迎亲人，驾车接我一同走。
穿上绣锦白罩裙，锦缎衣裳烂如霞。
叔啊伯啊迎亲人，驾车接我到你家。

【注释】

〔1〕俟（sì）：等待。

〔2〕送：奉赠，此处指答应婚事。一说从行。

〔3〕昌：健壮。

〔4〕将：将顺，即随顺，顺势助成。

〔5〕衣：穿。褧（jiǒng）：罩在外面的单衣。裳：第一个为动词，指穿；第二个为名词，指裙。

〔6〕叔：排行第三。一说弟，一说女子对情人的爱称，一说指随新郎来迎亲的人。伯：排行第一。一说哥，一说女子对情人的爱称，一说指随新郎来迎亲的人。

东门之墠

【题解】

本诗为一首男女相唱和的民间恋歌，上章男唱，下章女唱。为对歌的一种形式。表达了恋人两地相隔，久不见面，相思情切。

东门之墠，茹藘在阪[1]。　　东门地面平而整，红茜花长土坡上。

其室则迩，其人甚远[2]。　　虽然她家近咫尺，她人仿佛在天涯。

东门之栗，有践家室[3]。　　东门之外栗树下，房屋整齐有人家。

岂不尔思？子不我即[4]。　　难道我不想念你？怪你不来我这里。

【注释】

〔1〕墠（shàn）：一说平地；一说铲地使平坦；一说犹垣，指堤。茹藘（lú）：即茜草，其根可作红色染料。阪（bǎn）：斜坡。

〔2〕迩：近。

〔3〕践：排列整齐。

〔4〕尔思：即思尔。

风　雨

【题解】

分别之后，在一个风雨交加的日子，妻子与丈夫重新相逢聚在一起，高兴之情不能控制。后引申为气节之士虽处"风雨如晦"之境，仍以"鸡鸣不已"自励。

风雨凄凄，鸡鸣喈喈[1]。　　风雨交加天气凉，鸡叫喔喔到五更。

既见君子，云胡不夷[2]！　　已经见到我郎君，为何还是不安宁！

风雨潇潇，鸡鸣胶胶[3]。　　风急雨骤沙沙响，鸡叫咯咯报天明。

既见君子，云胡不瘳[4]！　　已经见到我郎君，为何相思病不愈！

风雨如晦，鸡鸣不已。　　风雨交加暗天光，鸡叫声声不停歇。

既见君子，云胡不喜！　　已经见到我郎君，为何还是不高兴！

【注释】

〔1〕喈喈（jiē）：象声词，鸡鸣声。

〔2〕夷：一说平，指心情平静；一说悦，即喜悦，高兴。

〔3〕胶胶：象声词，鸡鸣声。

〔4〕瘳（chōu）：病愈。

子 衿

【题解】

女子思念情人，望眼欲穿。心中越是责备，思念之情越深。孤独一人徘徊在城楼之上，盼望情人早日回来。哪怕一天不见面，也如同隔了三个月。

青青子衿，悠悠我心[1]。	你那青青的衣领，常常挂在我心中。
纵我不往，子宁不嗣音[2]？	纵然我不能找你，你也不能没回音。
青青子佩，悠悠我思。	你那青青的佩带，常让我思念不停。
纵我不往，子宁不来？	纵然我不能找你，你也不能不回来。
挑兮达兮，在城阙兮[3]。	独自徘徊影随形，城楼上面久久等。
一日不见，如三月兮。	只有一日不见面，如同相隔三月整。

【注释】

〔1〕衿（jīn）：衣领。

〔2〕嗣：《韩诗》作"诒"。"诒，寄也。曾不寄问也。"

〔3〕挑兮达兮：往来轻疾貌。

扬之水

【题解】

丈夫即将远行，妻子前去送别，一番剖心的表白，嘱咐丈夫在外要小心，不要轻易相信别人的话。

扬之水，不流束楚[1]。	清清河水缓缓流，一捆荆条漂不走。
终鲜兄弟，维予与女[2]。	我家兄弟本来少，只有你我同结心。
无信人之言，人实迋女[3]。	不要轻信别人话，人家确实在骗你。

扬之水，不流束薪。　　　清清河水缓缓流，一捆薪柴漂不走。

终鲜兄弟，维予二人。　　　我家兄弟本来少，你我二人最关怀。

无信人之言，人实不信。　　不要轻信别人话，人家确实不可信。

【注释】

〔1〕扬：悠扬，即缓慢无力的样子。楚：一种灌木，即荆条。

〔2〕终：既，已。

〔3〕迁（guāng，又读kuāng）：借为"诳"，欺骗。

出其东门

【题解】

这是首表现男子对爱情忠贞不渝的爱情诗。东门外游女虽多，但他只爱那服装朴素的女郎。

出其东门，有女如云。　　　走出东边那城门，出游姑娘多如云。

虽则如云，匪我思存[1]。　　虽然姑娘多如云，可都不合我的心。

缟衣綦巾，聊乐我员[2]。　　白衣青巾的那位，才是我所爱的人。

出其闉阇，有女如荼[3]。　　走出东城重门下，游女多如白茅花。

虽则如荼，匪我思且[4]。　　虽然多如白茅花，可我都不去牵挂。

缟衣茹藘，聊可与娱。　　　白衣红巾的那位，才是给我快乐人。

【注释】

〔1〕思：作语助。存：一说在，一说念，一说慰藉。

〔2〕缟：白色，未染色的绢。员：孔颖达《正义》："云、员古今字，语助词也。"

〔3〕闉阇（yīn dū）：城外曲城的重门。荼：茅花。

〔4〕且：一说作语助；一说读为"著"，"思著"犹"思存"；一说慰藉。

野有蔓草

【题解】

一对男女，偶然相遇于野外，女子美丽妩媚。二人一见钟情，情投意合，彼此产生好感。诗中就描写了这种恋爱的情形。

野有蔓草，零露漙兮[1]。	野外绿草茂而密，落下露珠圆又亮。
有美一人，清扬婉兮[2]。	有位美人独徘徊，眉清目秀真妩媚。
邂逅相遇，适我愿兮[3]。	路上偏巧遇上她，情投意合遂我愿。
野有蔓草，零露瀼瀼[4]。	野外绿草茂而密，落下露水白茫茫。
有美一人，婉如清扬[5]。	有位美人独徘徊，眉清目秀真妩媚。
邂逅相遇，与子偕臧[6]。	路上偏巧遇上她，和她一起藏密处。

【注释】

〔1〕蔓：蔓延。漙（tuán）：露多的样子。一说形容露水珠圆润。

〔2〕婉：妩媚的样子。

〔3〕适：适合。

〔4〕瀼瀼（ráng）：露大的样子。

〔5〕如：而。

〔6〕臧：通"藏"。

溱 洧

【题解】

郑国风俗，三月上巳之辰，采兰水上，祓除不祥。这首诗是写男女春游之乐。女方热情、大胆，主动邀请爱侣去观赏美景。

溱与洧，方涣涣兮[1]。	溱河洧河水流淌，三月冰融春波漾。
士与女，方秉蕑兮[2]。	男男女女来游春，手拿兰草驱不祥。
女曰："观乎？"	女说："一起去看看？"
士曰："既且[3]。"	男说："我已去一趟。"
"且往观乎！"	"再去一次又何妨！"
洧之外，洵訏且乐[4]。	洧水之外河岸旁，诚然好玩又宽敞。
维士与女，	男男女女喜洋洋，
伊其相谑，赠之以勺药[5]。	相互调笑心花放，赠送对方芳香芍药。
溱与洧，浏其清矣[6]。	溱河洧河水流淌，三月冰融水清凉。
士与女，殷其盈矣[7]。	男男女女来春游，人来人往肩碰肩。

女曰："观乎？"　　　　女说："一起去看看？"

士曰："既且。"　　　　男说："已经去一趟！"

"且往观乎！"　　　　　"再去一趟又何妨？"

洧之外，洵讦且乐。　　洧水之外河岸旁，诚然好玩又宽敞。

维士与女，　　　　　　男男女女喜洋洋，

伊其相谑，赠之以勺药。　相互调笑心花放，赠送对方香芍药。

【注释】

〔1〕溱（zhēn）：郑国水名。洧（wěi）：郑国水名。涣涣：水流大的样子。

〔2〕茼（jiān）：即兰草，又名佩兰，多年生草本植物，全株有香气，可制芳香油，又可入中药，具祛暑、化湿等作用，古人采之以祛除不祥。

〔3〕且：假借为"徂"，去，往，此指去观看。

〔4〕洵（xún）：诚然，实在，确实。讦（xū）：宽大。

〔5〕维：语助词。勺药：一种香草。

〔6〕浏（liú）：水流清澈的样子。

〔7〕殷：众多。

勺药

国风·齐风

鸡 鸣

【题解】

本诗是一首催夫早起诗。丈夫可能是一位士大夫。诗中采用问答联句体，妻子催丈夫起床，丈夫却找理由推托，夫妻依依之情由此可见。

"鸡既鸣矣，
朝既盈矣[1]。"

"公鸡已经喔喔叫，
其他大臣已早朝。"

"匪鸡则鸣，
苍蝇之声[2]。"

"不是公鸡喔喔叫，
苍蝇嗡嗡在作响。"

"东方明矣，
朝既昌矣[3]。"

"东方天边已发亮，
大臣已经挤满堂。"

"匪东方则明，
月出之光。"

"不是东方天发亮，
月光一片白茫茫。"

"虫飞薨薨，
甘与子同梦[4]。"

"虫子飞翔声嗡嗡，
情愿与你同入梦。"

"会且归矣，
无庶予子憎。"

"朝会过后赶紧回，
希望不要遭你恨。"

苍蝇

【注释】

〔1〕既：已经。

〔2〕则：之。

〔3〕昌：盛，多。

〔4〕薨薨（hōng）：象声词，相当于嗡嗡，虫飞发出的响声。

还

【题解】

　　两个外出打猎的猎人，偶然相逢在峱山。英雄爱英雄，都夸赞对方善于打猎，并一起追赶野兽。此诗还体现了齐人对游猎的喜爱之情。

子之还兮，	身手敏捷你最好，
遭我乎峱之间兮[1]。	与我相遇在峱山。
并驱从两肩兮，	并肩追赶两大猎，
揖我谓我儇兮[2]。	作揖夸我会打猎。
子之茂兮，	你的身手也不凡，
遭我乎峱之道兮[3]。	与我相遇峱山道。
并驱从两牡兮，	并肩追赶两公兽，
揖我谓我好兮[4]。	作揖夸我会打猎。
子之昌兮，	你的身体强又壮，
遭我乎峱之阳兮[5]。	与我相遇峱山南。
并驱从两狼兮，	并肩追赶两只狼，
揖我谓我臧兮。	作揖夸我会打猎。

【注释】

　　〔1〕还：敏捷。一说轻捷。遭：碰，遇见。峱（náo）：齐国山名，在今山东临淄南。

　　〔2〕肩：三岁的兽。一说大猪。儇（xuān）：敏捷，伶俐，灵巧，轻捷。

　　〔3〕茂：美。此处指捕猎技术高强。

　　〔4〕牡：雄兽。

　　〔5〕昌：强壮。

狼

著

【题解】

这是一位女子写她的夫婿来迎亲的诗,诗中通过对自己夫君的描写,表现了自己对夫君的喜爱,也透露出自己的喜悦之情。

俟我于著乎而,充耳以素乎而[1],
尚之以琼华乎而[2]。
俟我于庭乎而,充耳以青乎而,
尚之以琼莹乎而。
俟我于堂乎而,充耳以黄乎而,
尚之以琼英乎而。

他在门屏边等我,耳鬓边挂白丝线,
加上红玉更明显!
他在天井中等我,耳鬓青丝两边同,
加上美玉色更艳!
他在那堂屋等我,耳鬓黄丝入我目,
还挂漂亮美红玉!

【注释】

〔1〕著:通"宁"。门屏之间。古代婚娶亲迎的地方。乎而:方言,作语助。充耳:古代挂在冠冕两旁的饰物,以玉制成,下垂到耳。充耳以素:严粲《诗缉》:"见其充耳以素丝为纮也。其纮之末加以美石如琼之华,谓瑱也。"

〔2〕尚:上。

东方之日

【题解】

终于有一天,男子心爱的那位美丽的姑娘,来到了自己的家中幽会。这首诗就是描写的当时幽会的情景。

东方之日兮,彼姝者子,
在我室兮[1]。
在我室兮,履我即兮[2]。
东方之月兮,彼姝者子,
在我闼兮[3]。
在我闼兮,履我发兮[4]。

日出东方挂高空,那位美丽的姑娘,
住进了我的家中。
住进我的家中啊,踏上了我的席子。
月亮升起在东方,那位美丽的姑娘,
走进了我的门中。
走进我的门中啊,踩在我家苇席上。

【注释】

〔1〕子: 女子。

〔2〕即: "第"的假借字, 席子, 古人无病不支床, 平时在地上铺席, 人坐卧其上。一说是"膝"的假借字, 古人没有椅, 跪坐在席上, 因而能踩到膝; 一说就, 即跟随, 顺从。

〔3〕闼(tà): 门。

〔4〕发: 苇席。一说假借为"跋", 行, 举足。

东方未明

【题解】

以一个妇女的口吻, 描写了一个小官吏忙于公事, 早晚都不得休息的情形。讽刺朝廷兴居无节, 号令不时, 人们对繁重的徭役十分不满。

东方未明, 颠倒衣裳[1]。	东方没露一线光, 错把裤子当衣裳。
颠之倒之, 自公召之[2]。	为啥颠倒穿衣裳, 因为公家召唤忙。
东方未晞, 颠倒裳衣[3]。	东方太阳未升起, 错把裤子当衣裳。
倒之颠之, 自公令之[4]。	为啥颠倒穿衣裳, 因为公家召唤忙。
折柳樊圃, 狂夫瞿瞿[5]。	折柳编篱围菜园, 监工瞪眼将我望。
不能辰夜, 不夙则莫[6]。	不能睡个完整觉, 不是早了就是晚。

【注释】

〔1〕裳: 古指下身服装。

〔2〕公: 公爵。一说指奴隶主, 一说公府。

〔3〕晞(xī): 假借为"昕", 太阳将要升起的时候。

〔4〕令: 命令。

〔5〕樊: 即藩, 藩篱, 此处解作编篱笆。圃(pǔ): 菜蔬或花草园子。瞿瞿(jù): 惊恐盯看的样子。一说瞪眼怒视的样子。

〔6〕莫: 古"暮"字, 晚。

柳

南 山

【题解】

本诗揭露齐襄公的淫乱，与其妹文姜私通，又讽刺鲁桓公不能约束其妻文姜，致使她放荡自恣。

南山崔崔，雄狐绥绥[1]。
鲁道有荡，齐子由归[2]。
既曰归止，曷又怀止[3]？
葛屦五两，冠绥双止[4]。
鲁道有荡，齐子庸止[5]。
既曰庸止，曷又从止[6]？
艺麻如之何？衡从其亩[7]。
取妻如之何？必告父母[8]。
既曰告止，曷又鞠止[9]？
析薪如之何？匪斧不克[10]。
取妻如之何？匪媒不得。
既曰得止，曷又极止？

巍巍南山高又在，雄狐慢慢将步跨。
鲁国大道平且坦，文姜由此去出嫁。
既然已经嫁鲁侯，为何还要想着她？
葛布鞋要成双摆，帽带一对垂颈下。
鲁国大道平且坦，齐女从此去出嫁。
既然她已嫁鲁侯，为何又要返回来？
农家如何种大麻？田垄横直有定法。
怎样才能娶妻子？必须告诉父与母。
既然已告父与母，为何还要放纵她？
怎样才能劈木柴？没有斧头那不行。
怎样才能娶妻子？没有媒人办不成。
既然妻子娶到手，为何让她任淫乱？

【注释】

〔1〕崔崔：高大的样子。绥绥：慢慢走。一说追求配偶相随的样子。

〔2〕由：由此，从此。归：出嫁。

〔3〕曷：何，为什么。

〔4〕葛：多年生草本植物，茎葛生，茎皮可织布，此处指葛布。屦（jù）：古时用麻、葛等制成的鞋。两：即双。绥（ruí）：古代帽带结在下巴下面的下垂部分。

〔5〕庸：用，此处指过，走。

〔6〕从：相从，跟从。一说由，指由此道返回齐国。

〔7〕艺：种植。从：纵，即南北向。

〔8〕取：通"娶"。

〔9〕鞫（jū）：养育，抚养。一说"造"的假借字，即至，来。一说穷，指穷欲纵容。

〔10〕析：劈。克：能，此处指劈下。

甫 田

【题解】

亲人已去远方多时，明明知道想念他只会增添自己的烦恼，但还是无法抑制自己的思念之情。等到再见亲人之时，他已经由一个小孩童长成了一个大人。

无田甫田，维莠骄骄[1]。	千万不要种大田，莠草茂盛无法管。
无思远人，劳心忉忉[2]。	远方人儿不要想，只会使你多烦忧。
无田甫田，维莠桀桀[3]。	千万不要种大田，莠草茂盛无法管。
无思远人，劳心怛怛[4]。	远方人儿不要想，只会使你心不安。
婉兮娈兮，总角丱兮[5]。	幼时容貌多美好，两束辫角高高翘。
未几见兮，突而弁兮[6]？	几时没有见到他，突然戴上成人帽。

【注释】

〔1〕田：第一个作动词，耕种；第二个作名词，田地。甫：大。莠（yǒu）：一种一年生草本植物，叶子细长，穗有毛。一说害草的通称。

〔2〕忉忉（dāo）：忧愁的样子。

〔3〕桀桀：高的样子。

〔4〕怛怛（dá）：忧伤不安的样子。

〔5〕娈（luán）：美好的样子。总角：古时儿童头发多左右分成两个髻，形状像牛角。总，束扎。丱（guàn）：像牛角的象形字，形容小辫儿的样子。

〔6〕弁（biàn）：古代贵族男人戴的一种帽子。一说旧时对低级武官的称呼。

卢 令

【题解】

　　这首诗对猎人进行了赞美。在春秋时期，人们喜欢田猎，《诗经》中有多篇对其进行了描写。这首诗为最短，相当于顺口溜一类的民歌。

卢令令，　　　　　　　　　　　　　猎狗颈上铃铛响，
其人美且仁[1]。　　　　　　　　　那人漂亮心肠好。
卢重环，　　　　　　　　　　　　　猎狗颈上两环套，
其人美且鬈[2]。　　　　　　　　　那人勇壮又漂亮。
卢重鋂，　　　　　　　　　　　　　猎狗颈上双环套，
其人美且偲[3]。　　　　　　　　　那人美丽又能干。

【注释】

　　〔1〕卢：猎犬。令令：铃声。"铃"的省借。猎犬颈环响声。
　　〔2〕重环：子母环。鬈（quán）：一说美好，一说勇壮。
　　〔3〕鋂（méi）：一大环贯二小环。偲（cāi）：多才。

敝 笱

【题解】

　　齐襄公的妹妹文姜嫁到鲁国，依旧放荡淫乱，鲁桓公不但不能制止，还让她回齐和襄公相会。回齐之时，文姜明目张胆地带了许多随从，引起了人们的不满，所以作此诗加以讽刺。

敝笱在梁，其鱼鲂鳏[1]。　　　　破笱放在鱼梁上，鳊鱼鲲鱼心不慌。
齐子归止，其从如云[2]。　　　　齐女文姜回齐国，所带仆从多如云。
敝笱在梁，其鱼鲂鱮[3]。　　　　破笱放在鱼梁上，鳊鱼鲢鱼心不慌。
齐子归止，其从如雨[4]。　　　　齐女文姜回齐国，所带仆从多如雨。
敝笱在梁，其鱼唯唯[5]。　　　　破笱放在鱼梁上，鱼儿自由在游荡。
齐子归止，其从如水。　　　　　　齐女文姜回齐国，所带仆从多如水。

【注释】

〔1〕笱（gǒu）：捕鱼竹笼，口有倒刺，鱼只能进而不能出。梁：河中筑起的堤坝，中有过水口，渔具置其中可捕鱼。鲂（fáng）：鳊鱼。鳏（guān）：鲲鱼。

〔2〕齐子：齐国的女子，此处指鲁桓公的妻子、齐襄公的妹妹文姜。

〔3〕鲂（xù）：鲢鱼。

〔4〕如雨：形容人多如密雨。

〔5〕唯唯：形容鱼任意游动的样子。

鲂

载 驱

【题解】

这是首写齐女嫁鲁的诗。齐襄公的妹妹文姜在远嫁途中不入鲁境，要求鲁桓公答应自己"远媵妾"的条件才可入境。这首诗讽刺文姜的淫荡，招摇过市，恬不知耻。

载驱薄薄，簟茀朱鞹[1]。	车马疾行哒哒响，竹席车帷红兽皮。
鲁道有荡，齐子发夕[2]。	鲁国大道宽又广，文姜朝夕任来往。
四骊济济，垂辔濔濔[3]。	四匹黑马多漂亮，垂绳柔软摆两旁。
鲁道有荡，齐子岂弟[4]。	鲁国大道宽又广，文姜动身天已亮。
汶水汤汤，行人彭彭[5]。	汶水浩浩又荡荡，路上行人群熙攘。
鲁道有荡，齐子翱翔[6]。	鲁国大道宽又广，齐女文姜任游荡。
汶水滔滔，行人儦儦[7]。	汶水滔滔起大浪，路上行人急奔忙。
鲁道有荡，齐子游敖。	鲁国大道宽又广，齐女文姜遨游狂。

【注释】

〔1〕薄薄：马蹄声。簟（diàn）：竹席。茀（fú）：遮避物。鞹（kuò）：去毛的兽皮。

〔2〕齐子：齐国之女，此处指鲁桓公之妻文姜。发夕：天将明而日未出之时。一说旦夕。

〔3〕骊：黑色的马。济济：好看的样子。一说齐齐，即齐整。辔（pèi）：马缰绳。

瀰瀰（mǐ）：柔软的样子。

〔4〕岂弟：开明，天亮。一说同"恺悌"，和易近人。

〔5〕汶水：水名，流经齐、鲁两国。汤汤：同"荡荡"，水流大的样子。彭彭：众多的样子。

〔6〕翱翔：指游荡。

〔7〕儦儦（biāo）：众多的样子。

猗　嗟

【题解】

齐国人赞美鲁庄公体壮貌美、能舞善射的诗。诗人用赞叹、夸张的词句，塑造了一位健美、熟练的射手形象。

猗嗟昌兮，颀而长兮[1]。	身体多健壮啊，高大而修长啊。
抑若扬兮，美目扬兮[2]。	额头多开阔啊，眼睛多有神啊。
巧趋跄兮，射则臧兮[3]。	步伐多矫健啊，射技又高强啊。
猗嗟名兮，美目清兮[4]。	长得多健壮啊，眼睛多明亮啊。
仪既成兮，终日射侯[5]。	仪式已完成啊，整天在射靶啊。
不出正兮，展我甥兮[6]。	每射必会中啊，不愧我外甥啊。
猗嗟娈兮，清扬婉兮[7]。	美貌多英俊啊，秀眉醉人眼啊。
舞则选兮，射则贯兮[8]。	跳舞多出众啊，箭箭穿靶心啊。
四矢反兮，以御乱兮[9]。	反复中靶心啊，可以防外患啊。

【注释】

〔1〕猗嗟（yī jiē）：感叹词。昌：盛美的样子，此处指身体健壮。

〔2〕抑：借为"懿"，美。

〔3〕趋：快步走。跄（qiāng）：形容走步稳健。

〔4〕名：假借为"明"，面色明净。一说身体健壮。

〔5〕侯：箭靶，射布。

〔6〕正：即的，射箭靶子。展：真，确实。

〔7〕娈：俊俏。一说壮美。

〔8〕选：善。一说出众，一说齐整。

〔9〕反：反复。一说回到原处，即把箭收回来；一说反复射中一个地方。

国风·魏风

葛屦

【题解】

这首诗写不堪虐待的女奴讽刺心胸狭隘的女主人，反映了当时两个对立阶级的地位悬殊和生活差异。

纠纠葛屦，可以履霜[1]。
掺掺女手，可以缝裳[2]。
要之襋之，好人服之[3]。
好人提提，宛然左辟，
佩其象揥[4]。维是褊心，
是以为刺[5]。

交错缠绕葛草鞋，怎么能够踏寒霜？
纤细瘦弱女儿手，怎么能够缝裤裙？
做好腰缝上底襟，请出美人试新装。
美人趾高又气扬，扭转身子朝一旁。
拿上簪子自梳妆。这个女人心胸窄，
所以唱歌讽刺她。

【注释】

〔1〕纠纠：交错缠绕的样子。屦（jù）：古时用麻、葛等制成的鞋。一说指草鞋。可：能够。一说假借为"何"。

〔2〕掺掺（xiān）：同"纤纤"，形容柔细。

〔3〕要："腰"的假借字，此处用作动词，即制作衣腰。襋（jí）：衣领，此处用作动词。一说底襟。

〔4〕提提：腰细的样子。一说安逸、舒服的样子，一说走路一跛一跛的样子。宛然：形容回转身体的样子。辟：通"避"，回避。一说足跛。佩：戴。象：象牙。揥（tì）：簪子。

〔5〕褊（biǎn）：狭小，狭隘。

汾沮洳

【题解】

这是一首赞美劳动人民才德的诗，作者叹息贤者隐居，采菜自给。他的才能令贵族子弟望尘莫及。这首诗也是《诗经》中富于形象性和斗争性的杰作。

彼汾沮洳，言采其莫[1]。	汾水岸边湿低处，采来酸模水汪汪。
彼其之子，美无度[2]。	采野菜的心上人，美得简直没法讲。
美无度，	美得简直没法讲，
殊异乎公路[3]。	连车官都比不上。
彼汾一方，言采其桑[4]。	汾水岸边斜坡上，桑叶青青采摘忙。
彼其之子，美如英[5]。	采桑叶的心上人，美得好像花一样。
美如英，	美得好像花一样，
殊异乎公行[6]。	连公行都比不上。
彼汾一曲，言采其藚[7]。	汾水一边转弯处，采那泽泻浅水上。
彼其之子，美如玉。	采泽泻的心上人，美得就像玉一样。
美如玉，	美得就像玉一样，
殊异乎公族[8]。	连公族都比不上。

【注释】

〔1〕沮洳(jù rù)：水边低湿之处。莫：即酸模，草本植物，幼叶可食用。

〔2〕之子：那个人，指采野菜的人。一说指采菜人的心上人。

〔3〕殊：很，甚，极，非常。公路：官名，掌管国君乘坐的车。

〔4〕一方：一边。

〔5〕英：花。

〔6〕公行：官名，掌管兵车。

〔7〕藚(xù)：即泽泻，水生，可食用，也可作药材。

〔8〕公族：官名，掌管国君的宗族。

园有桃

【题解】

这是一首反映没落的贵族们忧贫畏饥的诗。作者讥刺时政，不满现实，但别人批评他骄傲反常。歌者以诗消忧，并叹息知己难求。

园有桃，其实之肴[1]。	果园长有一株桃，桃树果实是佳肴。
心之忧矣，我歌且谣[2]。	心中忧愁穷潦倒，解除忧闷唱歌谣。
不知我者，	不了解我多笑我，
谓我"士也骄[3]。	说我："这人太骄狂。
彼人是哉，	朝政都无可指责，
子曰何其[4]。"	你又为啥多唠叨。"
心之忧矣，其谁知之？	心中忧虑愁潦倒，谁又知道我苦恼？
其谁知之，盖亦勿思[5]！	谁能知道我苦恼，干脆把它全抛掉！
园有棘，其实之食[6]。	园中长有酸刺树，果实就可当食饱。
心之忧矣，聊以行国[7]。	心中忧愁穷潦倒，姑且国内来游遨。
不我知者，	不了解我人笑我，
谓我"士也罔极[8]。	说我："这人不正常。
彼人是哉，	朝政都无可指责，
子曰何其。"	你又为啥多唠叨。"
心之忧矣，其谁知之？	心中忧伤愁潦倒，谁又知道我苦恼？
其谁知之，盖亦勿思！	既然无人了解我，何不把它全忘掉！

棘

【注释】

〔1〕之：是，为。肴（yáo）：一说此处作动词，吃。

〔2〕歌：有乐曲地唱。谣：无曲调地唱。

〔3〕士：古代对低级官员或文化人的通称，此处指唱歌者。

〔4〕彼人：指"不知我者"。一说指贵族执政者。是：正确，对。

〔5〕盖：通"盍"，何不。

〔6〕棘：酸枣树。

〔7〕行国：在国中游转。

〔8〕罔：没有，无。

陟 岵

【题解】

这是一首远征人思家的诗。远征人登高思亲，并回忆亲人对他的叮咛嘱咐，表现其厌战和不满的情绪。

陟彼岵兮，瞻望父兮[1]。	登上茂密的山岗，遥望父亲把家想。
父曰："嗟！予子行役，	爹说："哎，儿子远行服役忙，
夙夜无已[2]。	昼夜不停保安康。
上慎旃哉，	快些回到家乡来，
犹来无止[3]！"	不要停留在他方！"
陟彼屺兮，瞻望母兮[4]。	登上光秃的山岗，遥望母亲把家想。
母曰："嗟！予季行役，	娘说："哎，儿子服役真辛苦，
夙夜无寐[5]。	昼夜不停不休息。
上慎旃哉，	快些回到家中来，
犹来无弃！"	别把母亲乱丢弃！"
陟彼冈兮，瞻望兄兮。	登上高高的山岗，遥望兄长把家想。
兄曰："嗟！予弟行役，	哥说："哎，弟弟服役神太伤，
夙夜必偕。	早晚不停要健康。
上慎旃哉，	快些回到家乡来，
犹来无死！"	不要客死在异乡！"

【注释】

〔1〕陟（zhì）：登。岵（hù）：长草木的山。

〔2〕夙：早。

〔3〕上：通"尚"，希望。旃（zhān）：之。

〔4〕屺（qǐ）：未生草木的山。

〔5〕季：兄弟中排行最小的，此处指小儿子。

十亩之间

【题解】

　　这首诗描写一群采桑女子采桑结束后，轻松悠闲，三五成群，招呼同伴同回。

十亩之间兮，　　　　　　　十亩桑园绿田间，
桑者闲闲兮[1]。　　　　　　采桑姑娘已空闲。
行与子还兮[2]。　　　　　　与同伴们同回家。
十亩之外兮，　　　　　　　十亩桑园绿田边，
桑者泄泄兮[3]。　　　　　　采桑姑娘一群群。
行与子逝兮。　　　　　　　与同伴们同回家。

【注释】

　　〔1〕十亩：非实数，以整数表示面积大。桑：作动词，采桑。闲闲：从容不迫，不慌不忙的样子。
　　〔2〕子：指同伴。
　　〔3〕泄泄（yì）：和乐、舒散的样子。一说形容人多。

伐　檀

【题解】

　　这是写下层劳动人民讽刺官吏的不劳而获、剥削自肥的诗。表达了对剥削、寄生的奴隶主们的仇恨和反抗精神。表现了下层人民生活的苦难和不幸遭遇。

坎坎伐檀兮，　　　　　　　叮叮当当砍檀树，
置之河之干兮[1]。　　　　　把它放到河岸上。
河水清且涟猗[2]。　　　　　河水清澈起波纹。
不稼不穑，　　　　　　　　不耕种又不收割，
胡取禾三百廛兮[3]？　　　　为何谷米堆满仓？
不狩不猎，　　　　　　　　不捕兽又不打猎，

胡瞻尔庭有县貆兮[4]？ 为何院里挂有獾？

彼君子兮，不素餐兮[5]！ 那班"大人先生"呀，不能只吃白食啊！

坎坎伐辐兮， 叮叮当当砍檀树，

置之河之侧兮[6]。 放在河边做车辐。

河水清且直猗[7]。 河水清澈波浪平。

不稼不穑， 不耕种又不收割，

胡取禾三百亿兮[8]？ 为何谷米堆满仓？

不狩不猎， 不捕兽又不打猎，

胡瞻尔庭有县特兮[9]？ 为何院里挂野猪？

彼君子兮，不素食兮！ 那班"大人先生"呀，不能只吃白食啊！

坎坎伐轮兮， 叮叮当当砍檀树，

置之河之漘兮[10]。 放在河边做车轮。

河水清且沦猗[11]。 河水清澈起微波。

不稼不穑， 不耕种又不收割，

胡取禾三百囷兮[12]？ 为何谷米堆满仓？

不狩不猎， 不捕兽又不打猎，

胡瞻尔庭有县鹑兮[13]？ 为何院里挂鹌鹑？

彼君子兮，不素飧兮[14]！ 那班"大人先生"呀，不能不劳而获啊！

【注释】

〔1〕坎坎：伐木声。檀（tán）：落叶乔木，木质坚硬，可用来制造家具、农具、乐器，古时常用来造车。干：岸。

〔2〕猗（yī）：语助词。

〔3〕穑（sè）：收割。廛（chán）："缠"的假借字，同"束"。一说间。

〔4〕县：古悬字。狟（huán）：古同"獾"，哺乳动物，善于掘土，穴居在山野，昼伏夜出，脂肪炼的獾油可治疗烫伤等，又名狗獾。

〔5〕素：白，空。

〔6〕辐：车轮中的直木。

〔7〕直：平直，平静。一说直展的波纹。

〔8〕亿：周代时的十万，此处形容多。一说万万，一说堆。

〔9〕特：三岁兽。一说四岁兽，指大兽；一说野猪。

〔10〕漘（chún）：水边。

〔11〕沦：水的漩涡。一说微波，一说有规律的水纹。

〔12〕囷（qūn）：古代一种圆形谷仓。

〔13〕鹑：即鹌鹑。

〔14〕飧（sūn）：熟食。

硕　鼠

【题解】

这首诗反映劳动人民受剥削阶级压迫和残酷剥削的社会现象。农民负担太重，实在难以忍受。全诗表达出饱受剥削的劳动人民对统治者的不满以及对美好生活的向往。

硕鼠硕鼠，无食我黍[1]！　　　　大老鼠啊大老鼠，别再吃我种的黍！

三岁贯女，莫我肯顾[2]。　　　　多年辛苦侍奉你，我的生活你不顾。

逝将去女，适彼乐土[3]。　　　　发誓从此离开你，到那理想的乐土。

乐土乐土，爰得我所[4]。　　　　新乐土啊新乐土，才是我的好去处。

硕鼠硕鼠，无食我麦！　　　　　大老鼠啊大老鼠，别再吃我的麦子！

三岁贯女，莫我肯德[5]。　　　　侍奉你这么多年，你却从不体谅我。

逝将去女，适彼乐国。　　　　　发誓从此离开你，到那理想的王国。

乐国乐国，爰得我直[6]。　　　　新乐邑啊新乐邑，劳动价值归自己。

硕鼠硕鼠，无食我苗！　　　　　大老鼠啊大老鼠，别再吃我的禾苗！

三岁贯女，莫我肯劳。　　　　　侍奉你这么多年，你从未慰劳过我。

逝将去女，适彼乐郊。　　　　　发誓从此离开你，到理想中的乐郊。

乐郊乐郊，谁之永号？　　　　　新乐郊啊新乐郊，还有谁会长哭号？

【注释】

〔1〕硕鼠：大老鼠。

〔2〕贯：侍奉，供养。莫我肯顾：为"莫肯顾我"的倒文。

〔3〕逝：通"誓"，发誓。乐土：舒心的地方，即作者理想的地方。

〔4〕爰：才，乃，于是。

〔5〕德：恩惠。一说感德。

〔6〕直：同"职"，即职责，职位。一说同"值"，即代价，价值。

国风·唐风

蟋蟀

【题解】

这是一首岁暮述怀的诗。作者有感于岁时将暮，勉励人们及时努力。

蟋蟀在堂，岁聿其莫[1]。	蟋蟀进房屋里叫，岁月匆匆近年关。
今我不乐，日月其除[2]。	今日若不去行乐，大好时光要错过。
无已大康，职思其居[3]。	不要过于去享受，还要承担尽职责。
好乐无荒，良士瞿瞿[4]。	喜乐不能废正业，贤士要有好头脑。
蟋蟀在堂，岁聿其逝[5]。	蟋蟀进房屋里叫，岁月匆匆近年关。
今我不乐，日月其迈[6]。	今日若不去行乐，大好时光要虚过。
无已大康，职思其外[7]。	不能过分去享乐，分外事情也要干。
好乐无荒，良士蹶蹶[8]。	喜乐不能误正事，贤士勤奋是模范。
蟋蟀在堂，役车其休[9]。	蟋蟀进房屋里叫，服役车儿将停歇。
今我不乐，日月其慆[10]。	今日若不去行乐，大好时光要逝去。
无已大康，职思其忧[11]。	不要过分去享乐，忧心事儿要思量。
好乐无荒，良士休休[12]。	喜乐不能误正事，贤士爱国是好汉。

【注释】

〔1〕聿：语助词，此处含有将、就的意思。

〔2〕日月：此处指时光。

〔3〕大：同"泰"。一说通"太"。职：常。一说尚、还，一说当。

〔4〕瞿瞿（jù）：惊恐地看的样子。

〔5〕逝：去，往。

〔6〕迈：行。一说逝去。

〔7〕外：职务以外的事。一说指外界的关系。

〔8〕蹶蹶（guì）：急遽的样子，引申为勤奋。

〔9〕役车：服劳役的车子。一说车名，农家收割庄稼时用来装载谷物的车。

〔10〕慆（tāo）：逝去。

蟋蟀

〔11〕忧：忧愁的事。

〔12〕休休：安闲自得的样子。一说宽容，一说希望和平的心情。

山有枢

【题解】

这是一首讽刺即将没落的贵族及时享乐的诗。讽刺了剥削者守财至死的可笑心理，人们极端厌恶这样的人，借此讽刺。

山有枢，隰有榆[1]。	枢树生长在山坡，洼地榆木长得多。
子有衣裳，弗曳弗娄[2]。	既有衣来又有裳，为何不穿放衣箱。
子有车马，弗驰弗驱。	既有车来又有马，为何不用闲一旁。
宛其死矣，他人是愉[3]。	忽然一天你死去，徒让别人来享乐。
山有栲，隰有杻[4]。	山上栲树迎风摇，洼地杻树长得好。
子有廷内，弗洒弗扫[5]？	宫室富丽又堂皇，为啥懒得去打扫？
子有钟鼓，弗鼓弗考[6]？	你有钟鼓好乐器，为啥不把它们敲？
宛其死矣，他人是保[7]。	忽然一天你死去，徒让别人来逍遥。
山有漆，隰有栗。	山上生长有漆树，洼地栗木长满路。
子有酒食，何不日鼓瑟？	你既然有酒有菜，为啥不奏乐来听？
且以喜乐，且以永日。	既是可以供娱乐，也度长日也消暑。
宛其死矣，他人入室。	忽然一天你死去，徒让别人来居住。

【注释】

〔1〕枢：木名。刺榆。榆：木名。白榆，落叶乔木。

〔2〕弗：不。曳（yè）：拖。古时裳长拖地。娄：《玉篇》引作搂。古时裳长需提着走。

〔3〕宛：死貌。

〔4〕栲（kǎo）：木名。杻（niǔ）：木名。

〔5〕廷内：王引之《述闻》："廷，与庭通。庭为中庭，内为堂与室也。"

〔6〕考：击。

〔7〕保：《笺》："居也。"指占有。

扬之水

【题解】

　　这是一首揭发晋大夫潘父和曲沃桓叔勾结准备发动政变的诗。诗的作者看来知道实情，忠于朋友，巧妙告密，表现了自己见到贤人的快乐之情。

扬之水，白石凿凿[1]。
素衣朱襮，从子于沃[2]。
既见君子，云何不乐[3]？
扬之水，白石皓皓[4]。
素衣朱绣，从子于鹄[5]。
既见君子，云何其忧？
扬之水，白石粼粼[6]。
我闻有命，不敢以告人！

缓慢无力的流水，水底白石光明净。
身穿白衣红饰领，跟你一起到曲沃。
既然已经见大人，还说什么不快乐？
缓慢无力的流水，水底白石多洁净。
身穿白衣红绣饰，跟你一同到鹄地。
既然已经见大人，还说什么忧与愁？
缓慢无力的流水，水底白石多透明。
我已经听到密令，不敢去告诉别人！

【注释】

〔1〕扬：悠扬，即缓慢无力的样子。凿凿：确凿，即鲜明的样子。

〔2〕素：白。襮（bó）：绣有饰纹的衣领，是诸侯的服饰。沃：曲沃，晋国的大邑，桓叔的封地，在今山西省闻喜县。

〔3〕君子：指桓叔。一说指丈夫。

〔4〕皓皓：洁白的样子。

〔5〕鹄：地名，一说曲沃，一说归属曲沃。

〔6〕粼粼：（lín）：水清澈的样子。

椒 聊

【题解】

这是一首赞扬妇人健壮丰腴，健康而多子的诗。古代人以多子多福为喜事，这诗用椒起兴，贺女子多子。

椒聊之实，蕃衍盈升[1]。	一串山椒多难计，种它可结一升许。
彼其之子，硕大无朋[2]。	我们看到的那人，身材魁梧壮无比。
椒聊且！远条且[3]！	一串一串山椒啊！香气袭人飘万里！
椒聊之实，蕃衍盈匊[4]。	一串山椒已成熟，结子两手捧不住。
彼其之子，硕大且笃。	我们看到那个人，身材高大有风度。
椒聊且！远条且！	一串一串山椒啊！香气袭人飘万里！

【注释】

〔1〕椒聊：椒：花椒，又称山椒。多子，味香。古人以椒喻妇人子孙多。聊，聚也。草木结子多成一串，古人叫聊，今人叫嘟噜。

〔2〕无朋：无比。《传》："朋，比也。"

〔3〕远条：指香气远扬。《传》："条，长也。"

〔4〕匊（jū）：两手合捧。陈奂《传疏》："匊俗作'掬'。""匊"为"掬"的本字。

绸 缪

【题解】

这是一首祝贺新婚的诗，表现了新婚的喜悦，但这首诗和其他贺新婚的诗还稍有区别，这里带有调侃、戏谑的味道。

绸缪束薪，三星在天[1]。　　　　紧紧捆起柴薪草，参星高挂在天空。

今夕何夕，见此良人[2]？　　　　今夜是个什么夜，见到这个好心人？

子兮子兮，如此良人何[3]？　　　新娘子呀新娘子，对你郎君怎么办？

绸缪束刍，三星在隅[4]。　　　　紧紧捆起牧牲草，参星高挂在天角。

今夕何夕，见此邂逅[5]？　　　　今夜是个什么夜，见到这个可心人？

子兮子兮，如此邂逅何？　　　　新娘子呀新娘子，可把爱人怎么办？

绸缪束楚，三星在户[6]。　　　　紧紧捆起了荆条，参星当门挂天边。

今夕何夕，见此粲者[7]？　　　　今夜是个什么夜，见到这个美人儿？

子兮子兮，如此粲者何？　　　　新娘子呀新娘子，把这美人怎么办？

【注释】

〔1〕绸缪（móu）：缠绕的意思。三星：古也称参星。

〔2〕良人：好人。

〔3〕子兮：你呀。

〔4〕刍（chú）：喂牲口的草。

〔5〕邂逅：偶然遇见。一说指可爱、满意之人。

〔6〕楚：荆条。

〔7〕粲（càn）：光艳美丽。

杕 杜

【题解】

这是写一个流浪者求助无门的感伤诗。流浪人孤苦无依，虽然在路途中有同伴而行，但却无人愿意与他亲近，同情他。诗人对他深表同情。

有杕之杜，其叶湑湑[1]。　　　　一株棠梨虽孤零，还有叶子密密生。
独行踽踽[2]，岂无他人？　　　　一人走路好孤单，难道真无同路人？
不如我同父[3]。　　　　　　　　不如同宗兄弟亲。
嗟行之人，胡不比焉[4]？　　　　可叹那些流浪人，为何不献慈悲心？
人无兄弟，胡不佽焉[5]？　　　　有人生来无兄弟，为何无人怜我贫？
有杕之杜，其叶菁菁[6]。　　　　一株棠梨虽孤零，它的枝叶仍茂密。
独行睘睘[7]。岂无他人？　　　　独自行走苦伶仃，难道真无同路人？
不如我同姓。　　　　　　　　　不如同姓兄弟亲。
嗟行之人，胡不比焉？　　　　　可叹那些流浪人，为何不献慈悲心？
人无兄弟，胡不佽焉？　　　　　有人生来无兄弟，为何无人怜我贫？

【注释】

〔1〕杕（dì）：孤立的样子。杜：杜梨、棠梨树，落叶灌木，果实红色，味酸。湑湑（xǔ）：茂盛的样子。

〔2〕踽踽（jǔ）：孤独的样子。

〔3〕同父：指兄弟。

〔4〕比：亲。一说辅助，帮助。

〔5〕佽（cì）：帮助，资助。

〔6〕菁菁（jīng）：茂盛的样子。

〔7〕睘睘（qióng）：孤独无依的样子。

羔 裘

【题解】

这首诗写的是一个贵族家里婢妾反抗主人的诗。

羔裘豹祛，自我人居居[1]。　　　羔羊皮衣豹皮袖，在我面前气焰高。
岂无他人？维子之故[2]。　　　　难道没人和我好？只因你我是故交。
羔裘豹褎，自我人究究[3]。　　　羔羊皮衣豹皮袖，在我面前态度暴。
岂无他人？维子之好。　　　　　难道没人和我好？只因你我是故交。

【注释】

〔1〕祛（qū）：袖子。自：对于。一说使用。我人：我个人。一说我们。

〔2〕维：同"唯"，即只。之：是。一说即爱。一说缘故。

〔3〕褎（xiù）：同"袖"。究究：傲慢的样子。

鸨 羽

【题解】

这是一首农民反抗无休止徭役制度的诗，表现出行役人的哀叹，他们因不能耕种，不能很好地赡养父母，叫苦不迭，也表现了劳动人民向往美好生活的心情。

肃肃鸨羽，集于苞栩[1]。　　　　　　呼呼鸨鸟振翅膀，成群落在柞树上。
王事靡盬，不能蓺稷黍[2]，　　　　　国王差事没完了，无法回家耕谷米。
父母何怙[3]？悠悠苍天，　　　　　　父亲母亲靠谁养？抬头遥问老天爷，
曷其有所[4]？　　　　　　　　　　　　何时才能归家乡？

肃肃鸨翼，集于苞棘[5]。　　　　　　呼呼鸨鸟展翅膀，群落茂密枣树上。
王事靡盬，不能蓺黍稷，　　　　　　国王差事没完了，无法回家耕米谷。
父母何食？悠悠苍天，　　　　　　　父亲母亲吃什么？抬头遥问老天爷，
曷其有极[6]？　　　　　　　　　　　　何时战事能结束？

肃肃鸨行，集于苞桑[7]。　　　　　　呼呼鸨鸟展翅膀，群落茂密桑树上。
王事靡盬，不能蓺稻粱，　　　　　　国王差事没完了，无法回家种稻粱。
父母何尝[8]？悠悠苍天，　　　　　　父亲母亲何充饥？抬头遥问老天爷，
曷其有常？　　　　　　　　　　　　　何时生活能正常？

【注释】

〔1〕肃肃：鸟飞的声音。苞：丛生而繁密。栩：即柞树。

〔2〕靡：没有一天。盬（gǔ）：停止。蓺（yì）：种植。

〔3〕怙（hù）：依靠。一说借为"糊"，糊口。

〔4〕曷：何。

〔5〕棘：酸枣树。

〔6〕极：终点，尽头。

〔7〕行：行列。一说指鸟的羽茎，一说指鸟的腿。

〔8〕尝：本义为鉴别滋味，此处引申为吃，充饥。

无 衣

【题解】

这是一首描写伤逝的诗。男子对亡妻无限的怀念，乃至穿衣起居无不想起故人。

岂曰无衣？七兮[1]。	谁说我没七套衣？
不如子之衣，	不如你的衣饰好，
安且吉兮。	又舒适来又美妙！
岂曰无衣？六兮。	谁说我没六套衣？
不如子之衣，	不如你的衣饰好，
安且燠兮[2]。	又舒服来又温暖！

【注释】

〔1〕七：指多数。

〔2〕燠（yù）：暖。

有杕之杜

【题解】

这是一首恋歌，一个女子有了心上人，希望郎君来到她身边，思念爱人，希望他来同自己幽会。

有杕之杜，生于道左[1]。	一株杜梨独自开，立在左边道路外。
彼君子兮，噬肯适我[2]？	我那个可心的人，可愿到我这里来？
中心好之，曷饮食之[3]。	心中既然喜爱他，要用什么招待他。
有杕之杜，生于道周[4]。	一株杜梨独自开，立在右边道路外。
彼君子兮，噬肯来游？	我那个可心的人，可愿出门来看我？
中心好之，曷饮食之。	心中既然喜爱他，要用什么招待他。

【注释】

〔1〕杕（dì）：孤立的样子。杜：杜梨树，也称棠梨树，果实红色，味酸。

〔2〕噬（shì）：语助词，无实义。

〔3〕饮食：一说指招待，接待；一说指性爱。

〔4〕周："右"的假借字。一说边，一说曲。

葛 生

【题解】

这是一首妻子悼念亡夫的诗。妻子失去了丈夫，凄凉悲伤，岁月难熬。全诗悱恻伤痛，感人至深，不愧为悼亡诗之祖。

葛生蒙楚，蔹蔓于野[1]。	葛生覆盖满荆条，蔹蔓生在田野上。
予美亡此，谁与？独处[2]。	爱人已离人间去，谁来陪我？守空房。
葛生蒙棘，蔹蔓于域[3]。	葛生覆盖酸枣树，蔹蔓生在坟头上。
予美亡此，谁与？独息[4]。	爱人已离人间去，谁来陪我？睡空房。
角枕粲兮，锦衾烂兮[5]。	角枕晶莹作陪葬，敛尸锦被闪闪光。
予美亡此，谁与？独旦[6]。	爱人已离人间去，谁来陪我？到天亮。
夏之日，冬之夜。	烦厌夏季天酷长，又恨冬季夜漫漫。
百岁之后，归于其居[7]。	只求百年我死后，与你墓里永相伴。
冬之夜，夏之日。	烦厌冬季夜漫漫，又恨夏季天酷长。
百岁之后，归于其室[8]。	只求百年我死后，与你墓里永相伴。

【注释】

〔1〕楚：即荆条，灌木。蔹（liǎn）：草木植物，茎蔓生。

〔2〕予美：一说称亡妻，一说称亡夫。犹如今人说："我的美人""我的爱"。与：相伴，和。

〔3〕域：墓地。

〔4〕息：长眠。

〔5〕角枕：用兽骨制作或装饰的枕头，供死者用。一说有八角的方枕。粲：同"灿"，鲜明的样子。衾：被子，此处指入殓时盖尸体的东西。烂：即灿烂，鲜明的样子。

〔6〕旦：天亮。

〔7〕其居：指亡人的墓。

〔8〕其室：指亡人的墓。

采 苓

【题解】

这是一首劝人不要听信谗言的诗，告诫人们不要轻易相信别人的花言巧语，以免上当受骗。

采苓采苓，首阳之巅[1]。	采甘草啊采甘草，在首阳山顶上找。
人之为言，苟亦无信[2]。	别人专爱说假话，千万不要相信他。
舍旃舍旃，苟亦无然[3]。	莫听他啊莫听他，千万不要理睬他。
人之为言，胡得焉[4]？	有人就爱说假话，其实啥也得不到。
采苦采苦，首阳之下[5]。	采苦菜啊采苦菜，在首阳山的脚下。
人之为言，苟亦无与[6]。	别人专爱说假话，千万不要相信他。
舍旃舍旃，苟亦无然。	莫听他啊莫听他，千万不要相信他。
人之为言，胡得焉？	有人就爱说假话，其实啥也得不到。
采葑采葑，首阳之东[7]。	采芜菁啊采芜菁，在首阳山的东边。
人之为言，苟亦无从。	别人专爱说假话，千万不要听从他。
舍旃舍旃，苟亦无然。	莫听他啊莫听他，千万不可理睬他。
人之为言，胡得焉？	有人就爱说假话，其实啥也得不到。

【注释】

〔1〕首阳：山名，在今山西省永济市南。

〔2〕为：通"伪"。

〔3〕旃（zhān）：之。然：是。

〔4〕得：一说得到，一说对。

〔5〕苦：一种苦菜。

〔6〕与：以，用，赞同。

〔7〕葑（fēng）：即芜菁，也叫蔓菁，二年生草本植物，块根肉质可做蔬菜。

国风·秦风

车 邻

【题解】

这是一首反映秦君腐朽生活的诗。诗用一个女性的口吻来写，劝人及时行乐，可说是秦君生活、思想上的一个写照。

有车邻邻，有马白颠[1]。
未见君子，寺人之令[2]。
阪有漆，隰有栗[3]。
既见君子，并坐鼓瑟[4]。
今者不乐，逝者其耋[5]。
阪有桑，隰有杨[6]。
既见君子，并坐鼓簧[7]。
今者不乐，逝者其亡。

车声响辚辚，马头白星星。
未见君王面，只听侍从令。
坡上有漆树，洼地有栗树。
一见君王面，并肩琴弹来。
现在不行乐，将来徒伤悲！
山上有桑树，湿地有杨树。
一旦见夫面，并肩弹笙簧。
现在不行乐，死后悔莫及！

【注释】

〔1〕邻邻：同"辚辚"，车行声。

〔2〕寺人：宫中侍候贵族的小臣，即侍人。

〔3〕阪：山坡。漆：指漆树。隰：低湿的地方。

〔4〕瑟：古代一种乐器，像琴。

〔5〕逝者：将来。耋（dié）：八十岁。一说六十岁，一说七十岁。此处泛指老。

〔6〕桑：指桑树。杨：指杨树。

〔7〕簧：古代笙类乐器。

杨

驷骥

【题解】

这首诗描写田猎的过程，从出发到射兽，到归来，历历如绘。诗中所说的公，是指秦襄公。他当时助平王迁都洛阳，被封为诸侯。

驷骥孔阜，六辔在手[1]。	四匹黑马多雄壮，六条缰绳握手中。
公之媚子，从公于狩[2]。	君王宠爱赶车人，陪同君王去冬猎。
奉时辰牡，辰牡孔硕[3]。	驱赶来适时野兽，野兽长得多肥壮。
公曰左之，舍拔则获[4]。	君王说声朝左射，箭发野兽应声坠。
游于北园，四马既闲[5]。	猎罢再到北园游，四匹马儿得悠闲。
辀车鸾镳，载猃歇骄[6]。	轻车鸾铃声悠扬，猎狗休息在车上。

【注释】

〔1〕驷（sì）：同驾一车的四匹马。骥（tiě）：赤黑色的马，皮毛黑色，毛尖略带红色。阜（fù）：肥大。辔：驾驭牲口用的缰绳。

〔2〕公：指秦君。媚：宠爱，喜欢。子：人。一说儿子。

〔3〕时：是，这个。辰：时。一说指鹿。

〔4〕舍：发，放。拔：箭的末端。

〔5〕北园：一说指游息的地方，一说指动物园。

〔6〕辀（yóu）：轻车。鸾：通"銮"，铃铛。镳（biāo）：马具，与衔合用，衔即今马口铁，在马口内，镳露在马口两边。猃（xiǎn）：长嘴狗。歇骄：指短嘴狗。

小戎

【题解】

这首诗是秦襄公十二年襄公伐戎时所做。写了一位妇女怀念远征西戎的丈夫的情感，并忆及军容之盛。

小戎伐收，五楘梁辀[1]。	兵车轻小车厢浅，五条花带曲车辕。
游环胁驱，阴靷鋈续[2]。	环儿胁边皮套扣，黑色引带白铜环。
文茵畅毂，驾我骐駵[3]。	虎皮车褥长车轴，驾起黑花白蹄马。

言念君子，温其如玉[4]。　　我思念的好人儿，温和得就像美玉。
在其板屋，乱我心曲[5]。　　远在西戎木板屋，搅乱了我的心绪。
四牡孔阜，六辔在手[6]。　　四匹雄马多雄壮，六条缰绳握手中。
骐馵是中，骐骊是骖[7]。　　青马红马在中间，黄马黑马两边驾。
龙盾之合，鋈以觼軜[8]。　　画龙盾牌放一起，白铜环套上缰绳。
言念君子，温其在邑[9]。　　我思念的好人儿，从军戎地在邑中。
方何为期？胡然我念之[10]。　　将在何时为归期？叫我怎能不想他。
俴驷孔群，厹矛鋈錞[11]。　　四马协调铁甲轻，三棱矛白铜底套。
蒙伐有苑，虎韔镂膺[12]，　　大盾牌上有花纹，虎皮弓袋雕花面。
交韔二弓，竹闭绲縢[13]。　　两弓交叉袋中放，正弓竹闭绳捆紧。
言念君子，载寝载兴[14]。　　想念夫君好人儿，辗转反侧难安心。
厌厌良人，秩秩德音[15]。　　夫君温和又安静，文质彬彬有德行。

【注释】

〔1〕俴（jiàn）：浅。收：轸，即车后横木，借指车。楘（mù）：有花纹的皮条。一说箍，环形，皮革或铜做成。梁軜：指车辕。古时车只有一根曲辕，既像船，又像屋梁，故有此称。

〔2〕胁驱：驾马具，套在马两肋旁的皮扣，其作用是控制马。阴：车轼前的横板。一说黑色。靷（yǐn）：引车前行的皮带，前端系在马颈的皮套上，后端系在车上。鋈（wù）：白铜。续：环。一说镯，即铃。

〔3〕文茵：有花纹的虎皮车褥子。一说车上有花纹的席。畅：长。毂：一说车轮当中的木条，一说车轴伸到车轮外的部分。骐（qí）：青黑色有花纹的马。馵（zhù）：后左足为白色的马。一说膝以上是白色的马。

〔4〕温：通"蕴"，包含。一说温和，温暖。

〔5〕板屋：用木板建造的房子，此处指西戎。

〔6〕辔：驾驭牲口用的缰绳。

〔7〕骝（liú）：红身黑鬃的马。騧（guā）：黑嘴黄身马。骊：黑色的马。骖（cān）：在辕马旁拉套的马。

〔8〕龙盾：画有龙图案的盾牌。觼（jué）：有舌的环，舌用以穿过皮带，使之固定。軜（nà）：拉套马靠里的缰绳。

〔9〕邑：一说指西戎的邑，一说指秦的属邑。

〔10〕胡然：乱无头绪。一说为什么。

〔11〕伐驷：披着青铜甲的驾同车的四匹马。一说未披甲的同车四马。厹（qiú）：有三棱锋刃的矛。镦（duì）：即镦，矛戟柄末的平底金属套。

〔12〕伐：盾牌。苑：花纹。韔（chàng）：弓袋。镂（lòu）：雕刻。膺（yīng）：胸，此处指弓袋正面。

〔13〕闭：矫正弓弩的工具，用竹或木制成。绲（gǔn）：绳。一说捆。縢（téng）：捆，缠束。一说绳。

〔14〕载：通"再"。兴：起来。

〔15〕厌厌：安静。

蒹 葭

【题解】

这是首写追求意中人而不得的诗。思念的人可望而不可即，憧憬无限，又有几分失望在其间。

蒹葭苍苍，白露为霜[1]。	芦苇初生色青青，深秋白露凝为霜。
所谓伊人，在水一方[2]。	所恋那个心上人，在水天的另一边。
溯洄从之，道阻且长[3]。	逆着河道寻找她，路途艰难又漫长。
溯游从之，宛在水中央[4]。	逆着流水寻找她，仿佛她在水中央。
蒹葭凄凄，白露未晞[5]。	芦苇初生已茂盛，白色露水还没干。
所谓伊人，在水之湄[6]。	所恋那个心上人，就在河岸那一边。
溯洄从之，道阻且跻[7]。	逆着河道寻找她，路途艰难坡又陡。
溯游从之，宛在水中坻[8]。	逆流而上寻找她，仿佛走到水中洲。
蒹葭采采，白露未已[9]。	芦苇初生亮光光，白色露水还没完。
所谓伊人，在水之涘[10]。	所恋那个心上人，就在水的那一边。
溯洄从之，道阻且右[11]。	逆着河道寻找她，道路艰难又曲折。
溯游从之，宛在水中沚[12]。	逆流而上寻找她，仿佛走到沙洲中。

【注释】

〔1〕蒹（jiān）：草本植物，芦苇一类的草，又名荻。葭（jiā）：初生的芦苇。为：此处指凝结成。

〔2〕伊：是，这人，那个，彼。

〔3〕溯（sù）：逆着水流方向前行。洄（huí）：水流回旋，此处指弯曲的河道。

蒹

〔4〕游：水流。

〔5〕晞（xī）：干。

〔6〕湄：水草相接之处，即岸边。

〔7〕跻（jī）：上升，指道路陡起。

〔8〕坻（chí）：露出水面的小沙洲。

〔9〕采采：茂盛的样子。一说鲜明的样子。

〔10〕涘（sì）：水边。

〔11〕右：迂回弯曲。

〔12〕沚（zhǐ）：水中小块沙滩。

终 南

【题解】

本诗刻画了秦襄公身穿礼服，受命来朝的形象。在写法上，兴和赋有机结合，句式整齐而有文采。

终南何有？有条有梅[1]。　　什么长在终南山？山楸红梅生长繁。
君子至止，锦衣狐裘。　　　来到此地那君子，狐裘袍儿彩衣鲜。
颜如渥丹，其君也哉[2]？　　面目丰满又红润，酷似君王很庄严。
终南何有？有纪有堂[3]。　　什么长在终南山？杞树赤棠生长繁。
君子至止，黻衣绣裳[4]。　　来到此地那君子，青黑绣衣彩裳宽。
佩玉将将，寿考不忘[5]。　　佩戴美玉叮当响，祝你长寿永安康！

【注释】

梅

〔1〕条：山楸。一说柚树。

〔2〕其君也哉：《传》："仪貌尊严也。"

〔3〕纪、堂：王引之《述闻》："纪读为杞，堂读为棠。……纪、堂假借字耳。"

〔4〕黻（fú）：古代礼服上，黑与青相间的花纹。绣：五彩俱备的绘画。

〔5〕寿考不忘：王引之《述闻》："亡，犹已也。……'寿考不忘'，犹言万寿无疆也。"已，终结的意思。无已，无终结。

黄 鸟

【题解】

这是一首秦国人民换"三良"的诗。秦穆公死，以人为殉。这首诗暴露殉葬的残酷，哀悼好人不得善终。

交交黄鸟，止于棘[1]。 啾啾鸣叫的黄鸟，飞落在酸枣树上。

谁从穆公？子车奄息[2]。 谁来为穆公殉葬？子车奄息有声望。

维此奄息，百夫之特[3]。 就是这个奄息郎，百里挑一的勇士。

临其穴，惴惴其栗[4]。 走近墓穴要活埋，浑身战栗心发慌。

彼苍者天，歼我良人[5]。 叫声苍天睁眼看，杀我好人不应当。

如可赎兮，人百其身[6]。 如果能为他抵命，愿死百次来抵偿。

交交黄鸟，止于桑[7]。 啾啾鸣叫的黄鸟，飞来落在桑树上。

谁从穆公？子车仲行。 谁为穆公去殉葬？子车仲行有声望。

维此仲行，百夫之防[8]。 就是这个仲行郎，百个好汉抵不上。

临其穴，惴惴其栗。 走近墓穴要活埋，浑身哆嗦魂魄丧。

彼苍者天，歼我良人。 叫声苍天睁开眼，杀我好人不应当。

如可赎兮，人百其身。 如果能为他抵命，愿死百次来抵偿。

交交黄鸟，止于楚[9]。 啾啾鸣叫的黄鸟，飞来落在荆条上。

谁从穆公？子车铖虎。 谁陪穆公去下葬？子车铖虎有名望。

维此铖虎，百夫之御[10]。 就是这个铖虎郎，百个好汉抵不上。

临其穴，惴惴其栗。 走到墓穴要活埋，浑身发抖心惊慌。

彼苍者天，歼我良人。 叫声苍天睁开眼，杀我好人不应当。

如可赎兮，人百其身。 如果能为他抵命，愿死百次来抵偿。

【注释】

〔1〕交交：通"咬咬"，象声词，鸟鸣声。一说来回飞的样子。棘：酸枣树。

〔2〕子车奄息：人姓名，子车为姓，奄息为名。

〔3〕特：杰出，特殊。一说匹敌。

〔4〕惴惴：形容又发愁又恐惧的样子。

〔5〕苍：青色。

〔6〕百其身：一百次赎回他。

〔7〕桑：指桑树。

〔8〕防：抵挡。

〔9〕楚：荆条，灌木。

〔10〕铖（qián）虎：人名。

晨 风

【题解】

这是一位女子疑心自己的丈夫抛弃她的诗。女子忧虑男子无情，看不见他想念她，怕他忘记了自己。

鴥彼晨风，郁彼北林[1]。	晨风鸟匆匆地飞，飞到苍翠北树林。
未见君子，忧心钦钦[2]。	没有看到那人儿，忧心忡忡真难过。
如何如何？忘我实多。	怎么了啊怎么了？他定把我忘记了。
山有苞栎，隰有六驳[3]。	山上茂密的栎树，山下繁盛的李树。
未见君子，忧心靡乐[4]。	没有看到那人儿，闷闷不乐真难过。
如何如何？忘我实多。	怎么了啊怎么了？他定把我忘记了！
山有苞棣，隰有树檖[5]。	山上茂密棠棣树，山下直立山梨树。
未见君子，忧心如醉。	没有看到那人儿，忧心像是被酒烧。
如何如何？忘我实多。	怎么了啊怎么了？他定把我忘记了！

【注释】

〔1〕鴥（yù）：急飞。晨风：一种鹞鹰。

〔2〕钦钦：忧愁的样子。

〔3〕苞：丛生的样子。栎（lì）：落叶乔木。隰：低湿的地方。六：形容多，非实数。一说假借为"蓼"，长的样子。驳（bó）：树名。一名驳马，梓榆类树，其皮青、白相间如驳马。一说赤李树。

〔4〕靡：非，不。

〔5〕棣（dì）：即棠棣，又名唐棣、郁李、常棣。一说梨树。檖（suì）：树名，又名山梨。

无 衣

【题解】

这是一首豪迈的秦地军中战歌，歌颂了战士们顽强拼搏、同仇敌忾、英勇抗敌的精神。全诗慷慨激昂，气氛热烈。

岂曰无衣？与子同袍[1]。	谁说我没有战服？和你穿一件战袍。
王于兴师，修我戈矛，	君王宣布要起兵，赶快修整戈和矛，
与子同仇[2]！	要和你同仇敌忾！
岂曰无衣？与子同泽[3]。	谁说我没有战服？和你穿一件衬衫。
王于兴师，修我矛戟，	君王宣布要起兵，赶快修整矛和戟，
与子偕作[4]！	要和你共同杀敌！
岂曰无衣？与子同裳。	谁说我没有战服？和你同一件下衣。
王于兴师，修我甲兵，	君王宣布要起兵，修整好铠甲兵器，
与子偕行！	和你共同上前线！

【注释】

〔1〕袍：长衣，即袍子，相当于今天的斗篷、风衣，士兵白天当衣穿，夜里当被盖。

〔2〕王：指秦国君。一说指周王。于：语助词，同"曰"。

〔3〕泽：假借为"襗"，内衣。

〔4〕戟：古代兵器，在长柄的一端装有青铜或铁制成的枪尖，旁边附有月牙形锋刃。作：干，起。

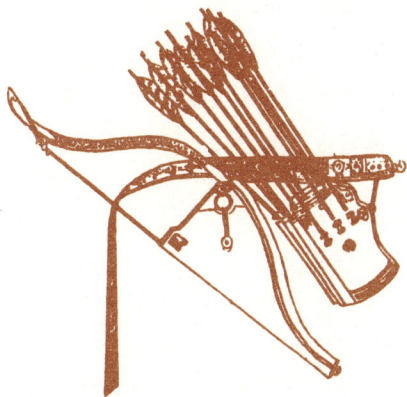

渭 阳

【题解】

这是首送别诗。这是秦太子罃送别舅父晋公子重耳的感情写作。

我送舅氏，曰至渭阳[1]。	我给舅舅去送行，远送送到渭水岸。
何以赠之？路车乘黄。	拿点什么赠送他？黄马大车表我心！
我送舅氏，悠悠我思[2]。	我给舅舅去送行，常常思念我娘亲。
何以赠之？琼瑰玉佩[3]。	拿点什么赠送他！美玉琼瑶表我心！

【注释】

〔1〕曰：语词。阳：山的南面或水的北面。

〔2〕悠悠我思：孔颖达："悠悠我思，念母也。因送舅氏而念母，为念母而作诗。"一说想起使我心忧。

〔3〕琼：美玉。瑰（guī）：美石。

权 舆

【题解】

这是一首没落贵族回想起以前生活而感伤的诗。这首诗也反映了当时社会的变革。没落贵族有感于今昔的巨大变化，黯然神伤。

於，我乎！夏屋渠渠[1]，	啊，我呀！曾经住在高楼大厦。
今也每食无余。	而今只能勉强糊口。
於嗟乎！不承权舆[2]。	唉哟！哪能比得了当初啊！
於，我乎！每食四簋，	啊，我呀！曾经每顿四大佳肴，
今也每食不饱[3]。	而今一顿都没吃饱。
於嗟乎！不承权舆。	唉哟！哪能比得了当初啊！

【注释】

〔1〕於（wū）：语助词，无实义。夏屋：大屋。一说大的食器。渠渠：深广的样子。一说高大。

〔2〕权舆：形容草木萌芽的样子，引申为开始，初始。

〔3〕簋（guǐ）：古食器，圆形。

国风·陈风

宛 丘

【题解】

这首诗以陈国民间风俗爱好跳舞,巫风盛行为背景,写了一个男子爱上一个以巫为职业的舞女的故事,也讽刺统治者纵情声色,荒淫无度的不良情况。

子之汤兮,宛丘之上兮[1]。	左右摇摆把舞跳,在那宛丘高地上。
洵有情兮,而无望兮[2]。	对你确实动情呀,但没有啥可指望。
坎其击鼓,宛丘之下[3]。	敲起鼓来咚咚响,在那宛丘山脚下。
无冬无夏,值其鹭羽[4]。	不论严寒和酷暑,戴着鹭羽手中扬。
坎其击缶,宛丘之道[5]。	敲起瓦器咚咚响,在去宛丘的路上。
无冬无夏,值其鹭翿[6]。	不论严寒和酷暑,鹭羽饰物戴头上。

【注释】

〔1〕子:指女巫。汤:古时的"荡"字,形容摇摆的舞姿。

〔2〕洵:真,确实。

〔3〕坎:象声词,敲击声。

〔4〕值:通"植",解作持或戴。鹭:鸟类的一种,嘴直而尖,颈长,飞翔时缩颈。羽:羽毛,此处指用羽毛做的舞具。

〔5〕缶(fǒu):瓦质的打击乐器。一说瓦盆,一说小口大腹的瓦器。

〔6〕翿(dào):用羽毛做成的一种舞具,形似伞或扇。

东门之枌

【题解】

这是写男女相爱，聚舞会歌的一种民间风俗，表现了陈国男女到市井聚会、跳舞，互相赞美、赠答的快乐生活。

东门之枌，宛丘之栩[1]。	东门口的白榆树，宛丘上的高柞树。
子仲之子，婆娑其下[2]。	子仲家的好姑娘，在树下翩翩起舞。
榖旦于差，南方之原[3]。	赶快定下好日子，到那南边平原上。
不绩其麻，市也婆娑[4]。	放下手中搓麻线，到集市上舞一场。
榖旦于逝，越以鬷迈[5]。	趁此良辰一起去，越过众人以靠近。
视尔如荍，贻我握椒[6]。	看你像朵锦葵花，送给我一把花椒。

【注释】

〔1〕枌（fén）：木本植物，即白榆树。栩（xǔ）：柞树。

〔2〕子仲：古时的一个姓氏。婆娑：盘旋的样子，此处指舞蹈。

〔3〕榖（gǔ）：善，好。旦：天，日子。差（chāi）：选择。一说往，去。

〔4〕绩：把麻纤维披开接续起来搓成线。

〔5〕鬷（zōng）：通"奏"，即进。一说屡次，频繁；一说众；一说釜的一种。

〔6〕荍（qiáo）：草本植物，花淡紫色，又名锦葵。贻：赠，送。握：一把。椒：花椒。因花椒有香味，古时人们用来供神。一说古时做男女结情的礼物。

衡 门

【题解】

这首诗是写没落贵族安于贫贱、聊以自慰的诗。没落贵族在贫穷到吃不起、娶不起的时候，还要说两句漂亮话，这正是没落贵族的根性体现。

衡门之下，可以栖迟[1]。　　横个木儿就是门，在这门下可安身。

泌之洋洋，可以乐饥[2]。　　泌丘泉水哗哗响，也能用它饱肚肠。

岂其食鱼，必河之鲂[3]？　　难道我们吃鱼汤，非要鲂鱼才算香？

岂其取妻，必齐之姜[4]？　　难道我们娶妻子，非要文姜才风光？

岂其食鱼，必河之鲤？　　难道我们吃鱼汤，非要鲤鱼才算香？

岂其取妻，必宋之子[5]？　　难道我们娶妻子，非娶宋女才排场？

【注释】

〔1〕栖迟：休息。

〔2〕泌（bì）：陈国泌邱地方的泉水名。洋洋：水流大的样子。乐：古通"疗"，治疗。

〔3〕鲂（fáng）：鱼名，形状似鳊鱼，而较宽，银灰色，胸部略平，腹部中央隆起。

〔4〕取：通"娶"。

〔5〕子：本为宋君之姓，此处指贵族女子。

东门之池

【题解】

　　这是首男女相会的情歌，表达男子对女子的爱慕之情，想和她对唱、对话，倾诉衷肠的爱恋心理。

东门之池，可以沤麻[1]。　　东门外的护城河，可以泡麻织衣裳。

彼美淑姬，可与晤歌[2]。　　美丽的姬家姑娘，可以和她对歌唱。

东门之池，可以沤纻[3]。　　东门外的护城河，可以泡苎织新装。

彼美淑姬，可与晤语[4]。　　美丽的姬家姑娘，可以和她互应答。

东门之池，可以沤菅[5]。　　东门外的护城河，可以浸草做鞋帮。

彼美淑姬，可与晤言。　　美丽的姬家姑娘，可以和她诉衷肠。

【注释】

〔1〕沤：浸泡。

〔2〕晤：见面，会面，此处指面对面。

〔3〕纻（zhù）：古通"苎"，苎麻，多年生草本植物，茎皮含有洁白光泽的纤维，拉力强，可搓绳织布。

〔4〕语：问答。

〔5〕菅：多年生草本植物，泡软后可编织东西。

东门之杨

【题解】

这是首青年男女于黄昏后约会的情歌，但等待的人久候不至，有惋惜之情。

东门之杨，其叶牂牂[1]。　　　　东门口的白杨树，枝繁叶茂好乘凉。

昏以为期，明星煌煌[2]。　　　　黄昏时分来相会，此时启明星儿亮。

东门之杨，其叶肺肺[3]。　　　　东门口的白杨树，枝繁叶茂好乘凉。

昏以为期，明星皙皙[4]。　　　　黄昏时分来相会，等到天亮一场空。

【注释】

〔1〕牂牂（zāng）：茂盛的样子。

〔2〕煌煌：明亮的样子。

〔3〕肺肺（pèi）：茂盛的样子。

〔4〕皙皙（zhé）：明亮的样子。

墓　门

【题解】

这首是写人民讽刺及表现出对不良统治者不满的诗，据说是写陈国人民痛斥陈佗杀死太子篡位自立一事。

墓门有棘，斧以斯之[1]。　　　　墓门长了酸枣树，用斧头来砍掉它。

夫也不良，国人知之[2]。　　　　那个人心术不正，大伙儿都知道他。

知而不已，谁昔然矣[3]。　　　　知道却从不改正，向来是个坏脑瓜。

墓门有梅，有鸮萃止[4]。　　　　墓门前长了梅树，猫头鹰落在上边。

夫也不良，歌以讯之[5]。　　　　那个人心术不正，用歌谣来责骂他。

讯予不顾，颠倒思予[6]。　　　　他不顾我的责骂，陷困境才信我话。

【注释】

〔1〕斯：劈，砍。

〔2〕夫：彼，那个人。

〔3〕谁昔：往昔，过去。

〔4〕鸮（xiāo）：即猫头鹰，其鸣难听。萃：栖息。

〔5〕讯：假借为"谇"，责骂，指责。

〔6〕予：一说我；一说当作子，即你；一说而。

诗
经

防有鹊巢

【题解】

这是作者担忧有人离间他和爱人的诗，担心有人骗爱人，更怕爱人听信了谗言。

防有鹊巢，邛有旨苕[1]。　　　　堤坝筑着喜鹊巢，土丘生长鼠尾草。

谁侜予美？心焉忉忉[2]。　　　　是谁骗我心上人？我的心呀愁苦熬。

中唐有甓，邛有旨鹝[3]。　　　　庭中路上铺瓦道，土丘生长美味草。

谁侜予美？心焉惕惕[4]。　　　　是谁离间我爱人？我的心呀烦又躁。

【注释】

〔1〕防：堤坝。一说借为"枋"，木名。邛（qióng）：土丘。旨：味美。苕（tiáo）：又名鼠尾，蔓生植物，生于低湿之地。

〔2〕侜（zhōu）：一说欺诳，一说掩蔽。忉忉（dāo）：形容忧愁的样子。

〔3〕唐：古代朝堂前和宗庙门内的大路。一说借为塘，指池塘。甓（pì）：古代的瓦。鹝（yì）：杂色小草，又名绶草。

〔4〕惕惕：担心害怕的样子。

月 出

【题解】

这是首月下怀人的诗。男子月下思念爱人。诗隐约地描绘出月下美人的风姿和诗人劳心幽思的形象。

月出皎兮，佼人僚兮。　　　　月亮出来多皎洁，月下美人多动人。

舒窈纠兮，劳心悄兮[1]。　　　　脚步轻盈身苗条，惹人思念我心焦。

月出皓兮，佼人懰兮[2]。　　　　月亮出来多明亮，月下美人多迷人。

舒忧受兮，劳心慅兮[3]。　　　　脚步轻盈体婀娜，惹人想啊人心慌。

·129

月出照兮，佼人燎兮。 月亮出来照四方，月下美人多美好。
舒夭绍兮，劳心惨兮[4]。 脚步轻盈又多姿，惹人想啊人心焦。

【注释】

〔1〕窈纠（yǎo jiǎo）：形容苗条有曲线。悄：忧愁的样子。

〔2〕懰（liú）：美好。

〔3〕忧（yōu）受：同“窈纠”。慅（cǎo）：忧愁的样子。

〔4〕夭绍：同“窈纠”。惨：通“悄”。忧愁不安的样子。

株 林

【题解】

这是陈国人民讽刺陈灵公和夏姬淫乱的诗。

胡为乎株林？从夏南[1]； 为啥去株邑城郊？去找夏子南游玩；
匪适株林，从夏南[2]！ 那些人去株邑郊，是去寻找夏子南！
驾我乘马，说于株野[3]； 驾着我的车和马，株邑城郊来休息；
乘我乘驹，朝食于株[4]。 坐上我的大车驹，在株邑城吃早饭！

【注释】

〔1〕株：陈国邑名，大夫夏御叔的封邑，在今河南省西华县西南。夏南：指夏御叔的儿子，名夏徵舒，字子南。

〔2〕适：去，往。

〔3〕说（shuì）：停下休息。

〔4〕乘：前一“乘”字作动词，指驾，坐。后一“乘”字指同车四马。驹（jū）：借为骄，高五尺以上的马。

泽 陂

【题解】

这是一首描写女子怀人的诗。主人公对着莲花，想起心上人，不禁潸然泪下。

彼泽之陂，有蒲与荷[1]。　　　　在那池塘河水边，生长香蒲和荷花。

有美一人，伤如之何[2]！　　　　看见有个美男子，我该如何面对他！

寤寐无为，涕泗滂沱[3]。　　　　日日夜夜睡不着，泪水奔流汇成河。

彼泽之陂，有蒲与蕑[4]。　　　　在那池塘河水边，生长香蒲和莲子。

有美一人，硕大且卷[5]。　　　　看见有个美男子，身材高大又潇洒。

寤寐无为，中心悁悁[6]。　　　　日日夜夜睡不着，心中忧愁实难耐。

彼泽之陂，有蒲菡萏[7]。　　　　在那池塘河水边，生长香蒲和芙蓉。

有美一人，硕大且俨[8]。　　　　看见有个美男子，身材高大又文雅。

寤寐无为，辗转伏枕。　　　　日日夜夜睡不着，辗转反侧空烦恼。

【注释】

〔1〕泽：池塘，湖。陂：坡。一说堤坝，岸。

〔2〕伤：假借为"阳"，即我。

〔3〕泗：鼻液。

〔4〕蕑（jiān）：兰草。一说当作莲，指荷花籽实。

〔5〕卷：美好的样子。

〔6〕悁悁（yuān）：忧闷的样子。

〔7〕菡萏（hàn dàn）：芙蓉，荷花的别称。

〔8〕俨：庄重的样子。

国风·桧风

羔裘

【题解】

桧大臣讽刺其国君只知享乐，不思进取。

羔裘逍遥，狐裘以朝[1]。　　　　　游玩时候穿羔裘，公堂朝会穿狐裘。

岂不尔思？劳心忉忉。　　　　　　难道我不把你想？想你使得我心忧。

羔裘翱翔，狐裘在堂。　　　　　　游玩时候穿羔裘，上那公堂着狐裘。

岂不尔思？我心忧伤！　　　　　　难道我不把你想？想你使得我心愁！

羔裘如膏，日出有曜[2]。　　　　　羔裘如脂色泽亮，太阳照着闪金光。

岂不尔思？中心是悼！　　　　　　难道我不把你想？想你使得我哀伤！

【注释】

〔1〕逍遥：与"翱翔"同，游逛。

〔2〕羔裘如膏，日出有曜：陈奂《传疏》："《传》云，'日出照曜，然后见其如膏。'此倒句也。"膏，脂膏。曜（yào），发光。

素冠

【题解】

这是一首悼亡诗。妇人悼亡夫，忧劳不安，诗人记此景，饱含深厚的同情。

庶见素冠兮，　　　　　　　　　　有幸碰见戴白帽，

棘人栾栾兮[1]，　　　　　　　　　憔悴使人骨嶙嶙，

劳心忉忉兮[2]。	忧伤不安心煎熬。
庶见素衣兮,	有幸碰见穿白衣,
我心伤悲兮,	我的心里多悲伤。
聊与子同归兮[3]。	希望和你同相伴。
庶见素韠兮,	有幸碰见穿白裙,
我心蕴结兮,	我的心里百愁肠,
聊与子如一兮[4]。	希望和你同归伴。

【注释】

〔1〕庶：幸，有幸。棘：古"瘠"字，即瘦。一说指失去父母的儿子。栾栾：假借为"脔脔"，形容瘦弱的样子。

〔2〕忉忉（tuán）：忧苦不安的样子。

〔3〕聊：愿，乐。子：你，指丈夫。一说指居丧者。

〔4〕韠（bì）：古代作朝服的蔽膝，用皮制成。

隰有苌楚

【题解】

这是一首写没落贵族悲观厌世的诗。苛政重税，人不堪其苦。他对着羊桃，叹息不如其无知而无忧。

隰有苌楚，猗傩其枝[1]。	低洼地里长羊桃，枝条婀娜又多姿。
夭之沃沃，乐子之无知[2]。	柔嫩鲜艳气壮盛，羡慕你没有配偶。
隰有苌楚，猗傩其华。	低洼地里长羊桃，花朵婀娜又多姿。
夭之沃沃，乐子之无家。	柔嫩鲜艳气壮盛，羡你没家庭负担。
隰有苌楚，猗傩其实。	低洼地里长羊桃，果实婀娜又多姿。
夭之沃沃，乐子之无室。	柔嫩鲜艳气壮盛，羡你没儿女拖累。

【注释】

〔1〕隰：低湿之处。苌（cháng）楚：蔓生植物，实可食，又名羊桃、猕猴桃。猗傩（ē nuó）：同"婀娜"，即柔软而美好的样子。

〔2〕夭：初生的草木。沃沃：有光泽而壮盛。

匪　风

【题解】

风起尘扬，车马急驰，游子触景生情，深感有家难回，黯然神伤，只希望有个西归的人，能托他带个平安信。

匪风发兮，匪车偈兮[1]。	那风呼呼响啊，那车向前奔啊！
顾瞻周道，中心怛兮[2]。	回头望大道啊，难免心忧伤啊！
匪风飘兮，匪车嘌兮[3]。	那风旋卷天啊，那车颠簸行啊。
顾瞻周道，中心吊兮[4]。	回头望大道啊，心中有悲伤啊。
谁能亨鱼？溉之釜鬵[5]。	谁又能烹调鱼？洗净他的锅盆。
谁将西归？怀之好音。	谁要回西边去？替我报平安啊。

【注释】

〔1〕匪：通"彼"。发：犹发发，象声词，风声。偈（jié）：犹偈偈，形容疾驰的样子。

〔2〕怛（dá）：悲伤，忧伤。

〔3〕嘌（piāo）：一说颠簸前进的样子，一说飘摇不定的样子，一说轻快的样子。

〔4〕吊：悲伤。

〔5〕亨：古"烹"字。溉：洗涤。一说借予。釜（fǔ）：锅。鬵（xín）：锅类的烹器。

国风·曹风

蜉 蝣

【题解】

这是一首没落贵族叹息人生短促的诗。士大夫眼见曹国君臣只知享乐，无视国之将亡的现实，无可奈何地感叹。

蜉蝣之羽，衣裳楚楚[1]。　　　　蜉蝣有对好翅膀，衣裳整洁又漂亮。
心之忧矣，于我归处[2]。　　　　可恨朝生暮就亡，我们归宿都一样。
蜉蝣之翼，采采衣服[3]。　　　　蜉蝣展翅在飞翔，耀眼衣服真漂亮。
心之忧矣，于我归息[4]。　　　　可恨朝生暮就亡，与我归宿是一样。
蜉蝣掘阅，麻衣如雪[5]。　　　　蜉蝣蜕变来人间，身上麻衣似雪样。
心之忧矣，于我归说。　　　　　可恨朝生暮就亡，与我归宿都一样。

【注释】

〔1〕蜉蝣（fú yóu）：昆虫一科，若虫生活在水中一年至六年，成虫有翅两对，薄而半透明，常在水面上飞行，寿命很短，只有数小时至一星期左右。

〔2〕于：此指何处。一说与。

〔3〕采采：如灿灿，华美的样子。

〔4〕归息：归宿。

〔5〕掘：穿，控。一说突然。阅：古通"穴"。一说通"蜕"，蜕变。麻衣：指蜉蝣透明而有麻纹的薄翼。

候 人

【题解】

　　这首诗写曹国没落贵族讥讽新兴人物，但是也同情清苦的候人，讽刺不称其服的朝贵。

彼候人兮，何戈与祋[1]。
彼其之子，三百赤芾[2]。
维鹈在梁，不濡其翼[3]。
彼其之子，不称其服[4]。
维鹈在梁，不濡其咮[5]。
彼其之子，不遂其媾[6]。
荟兮蔚兮，南山朝隮[7]。
婉兮娈兮，季女斯饥[8]。

候人官职十分小，肩上扛着戈和棍。
他们那些可恨人，红皮蔽膝三百户。
鹈鹕站在鱼坝上，不沾翅膀就吃鱼。
他们那些可恨人，哪配他们身上衣。
鹈鹕站在鱼坝上，不用长喙就吃鱼。
他们那些可恨人，哪配受恩又受宠。
云漫漫啊雾弥弥，南山早上彩虹起。
多娇小啊多可爱，竟无饭吃饿肚皮。

【注释】

　　〔1〕候人：负责迎送宾客的小官。祋（duì）：即殳，古代杖类撞击用的兵器，竹制，长一丈二尺，头有八棱而尖。

　　〔2〕芾（fú）：即蔽膝。

　　〔3〕鹈（tí）：水鸟名，即鹈鹕，羽毛多白色，嘴长一尺多，下颌联有皮囊，食鱼。濡：沾湿。

　　〔4〕称：适合，配。

　　〔5〕咮（zhòu）：喙，鸟嘴。

鹈

　　〔6〕媾（gòu）：一说宠爱，一说待遇，一说婚姻，一说套袖。

　　〔7〕蔚：弥漫的样子。一说紫色。隮（jì）：即虹。一说云升起的样子，一说云。

　　〔8〕娈（luán）：相貌美。

鸤 鸠

【题解】

　　这是赞美贤人借以讽喻当今昏君的诗。诗从鸤鸠写起，实际在批判真正在位的人不称其职，连鸤鸠都不如。

鸤鸠在桑，其子七兮[1]。　　　　布谷巢筑桑树上，它的幼子有七只。

淑人君子，其仪一兮[2]。　　　　我们理想好君子，言而有信不空谈。

其仪一兮，心如结兮[3]。　　　　言而有信不空谈，忠心耿耿磐石坚。

鸤鸠在桑，其子在梅[4]。　　　　布谷巢筑桑树上，幼子在梅花树上。

淑人君子，其带伊丝[5]。　　　　我们理想好君子，丝带束腰真不凡。

其带伊丝，其弁伊骐[6]。　　　　丝带束腰真不凡，玉饰皮帽青黑间。

鸤鸠在桑，其子在棘[7]。　　　　布谷筑巢桑树上，幼子在酸枣树上。

淑人君子，其仪不忒[8]。　　　　我们理想好君子，言行如一不走样。

其仪不忒，正是四国[9]。　　　　言行如一不走样，端正四邻的国风。

鸤鸠在桑，其子在榛。　　　　　布谷筑巢桑树上，幼子在榛子树上。

淑人君子，正是国人。　　　　　我们理想好君子，是国人的好榜样。

正是国人，胡不万年。　　　　　是国人的好榜样，怎不祝他寿无疆。

【注释】

　　〔1〕鸤鸠（shī jiū）：布谷鸟。

　　〔2〕仪：言行。一说仪容，态度。

　　〔3〕结：固结不散。

　　〔4〕梅：指梅花树。

　　〔5〕伊：是。

　　〔6〕弁：皮帽。骐（qí）：本义指青黑色的马，此处用来形容花色。

　　〔7〕棘：野酸枣树。

　　〔8〕忒（tè）：差错。

　　〔9〕正：一说长官，一说榜样，一说长。

下　泉

【题解】

　　这是《诗经》中时间最晚的一首诗。曹人感伤于周王室衰微，小国得不到庇护，怀念明王贤伯。

冽彼下泉，浸彼苞稂[1]。	冰凉泉水向下淌，浸泡丛生狼尾草。
忾我寤叹，念彼周京[2]。	睡不着来在叹息，思念周朝的京都。
冽彼下泉，浸彼苞萧[3]。	冰凉泉水向下淌，浸泡丛生的蒿草。
忾我寤叹，念彼京周[4]。	睡不着来在叹息，思念周朝的都城。
冽彼下泉，浸彼苞蓍[5]。	冰凉泉水向下淌，浸泡丛生锯齿草。
忾我寤叹，念彼京师。	睡不着来在叹息，思念周朝的京城。
芃芃黍苗，阴雨膏之[6]。	茂盛的黍子苗啊，阴雨滋润助它长。
四国有王，郇伯劳之[7]。	各诸侯国有天子，都是荀伯的功劳。

蓍

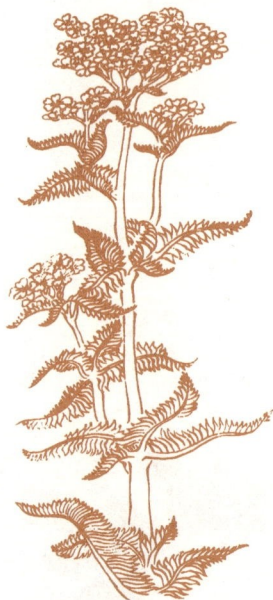

【注释】

　　〔1〕苞：丛生的样子。一说茂盛。稂（láng）：对庄稼有害的莠一类的草。一说狼尾草，可用来编织草鞋。

　　〔2〕忾（xì）：叹息。

　　〔3〕萧：蒿草。

　　〔4〕京周：周京的倒文。

　　〔5〕蓍（shī）：多年生草本植物，茎有棱，全草入药，茎、叶含芳香油，古代用它的茎占卜，通称蚰蜒草或锯齿草。

　　〔6〕芃芃（péng）：茂盛的样子。

　　〔7〕郇（xún）伯：即荀伯，晋大夫荀跞。一说即知伯，文王之后。

国风·豳风

七 月

【题解】

奴隶们一年到头忙碌得几乎没有喘息的时候，辛苦得几乎直不起腰，看似为自己，却是在为他人谋幸福。

七月流火，九月授衣[1]。	七月火星向西移，九月忙着做寒衣。
一之日觱发，二之日栗烈[2]。	冬月北风吹得响，腊月寒气人难抵。
无衣无褐，何以卒岁[3]？	粗布寒衣无一件，怎样支撑到年底？
三之日于耜，四之日举趾[4]。	正月忙着修农具，二月下地把田犁。
同我妇子，馌彼南亩，	妻子儿女同我去，饭菜送到地头里，
田畯至喜[5]。	农官看了好欢喜。
七月流火，九月授衣。	七月火星向西移，九月忙着做寒衣。
春日载阳，有鸣仓庚[6]。	春日天气暖洋洋，黄莺声声不住啼。
女执懿筐，遵彼微行，	姑娘提着深底筐，沿着小路走过去，
爰求柔桑[7]。	采桑先把嫩枝取。
春日迟迟，采蘩祁祁[8]。	春季白昼渐渐长，采摘白蒿日日忙。
女心伤悲，殆及公子同归[9]。	姑娘心里好忧伤，害怕贵族把她抢。
七月流火，八月萑苇[10]。	七月火星向西移，八月芦苇要收取。
蚕月条桑，取彼斧斨，	养蚕时节修桑枝，各种刀斧要备齐，
以伐远扬，猗彼女桑[11]。	砍去桑树长枝条，攀着枝把嫩叶取。
七月鸣鵙，八月载绩[12]。	七月伯劳叫不息，八月纺麻要出力。
载玄载黄，我朱孔阳，	染布有黑也有黄，染成朱红更漂亮，
为公子裳[13]。	来为公子做衣裳。
四月秀葽，五月鸣蜩[14]。	四月远志把籽结，五月蝉儿叫不迭。
八月其获，十月陨萚[15]。	八月忙把早稻割，十月风吹树叶落。
一之日于貉，取彼狐狸，	冬月去把貉子打，还要剥下狐狸皮，
为公子裘[16]。	来为公子做裘衣。

二之日其同，载缵武功[17]。　　腊月大家来相聚，继续打猎练武艺。

言私其豵，献豜于公[18]。　　打得小猪归自己，大的送到官府去。

五月斯螽动股，　　　　　　五月蚱蜢蹬腿响，

六月莎鸡振羽[19]。　　　　六月飞翔纺织娘。

七月在野，八月在宇，　　　七月蟋蟀在野外，八月跑到房檐下，

九月在户，　　　　　　　　九月搬进屋里来，

十月蟋蟀入我床下[20]。　　十月床下躲凉寒。

穹窒熏鼠，塞向墐户[21]。　熏跑老鼠堵窟窿，关上北窗塞门缝。

嗟我妇子，曰为改岁，　　　可怜妻子和儿女，说是为了过寒冬，

入此室处[22]。　　　　　　躲到这破屋居住。

六月食郁及薁，　　　　　　六月吃李子葡萄，

七月亨葵及菽[23]。　　　　七月煮葵菜豆角。

八月剥枣，十月获稻[24]。　八月打下树上枣，十月田间割水稻。

为此春酒，以介眉寿[25]。　用粮食来酿春酒，祝祷老爷能长寿。

七月食瓜，八月断壶，　　　七月吃的是瓜菜，八月割下葫芦来，

九月叔苴[26]。　　　　　　九月地里采麻子。

采荼薪樗，食我农夫[27]。　荼为食臭椿为柴，农夫日子苦哀哉。

九月筑场圃，十月纳禾稼[28]，　九月修筑打谷场，十月粮食堆满仓。

黍稷重穋，禾麻菽麦[29]。　黍子高粱先后熟，米麦豆麻堆入仓。

嗟我农夫，我稼既同，　　　可怜我这个农夫，庄稼刚刚收拾完，

上入执宫功[30]：　　　　　又到官府去盖房：

昼尔于茅，宵尔索绹[31]，　白天要去割茅草，晚上再把绳子绞，

亟其乘屋，其始播百谷[32]。　急急忙忙修房屋，新春又要插百谷。

二之日凿冰冲冲，　　　　　腊月凿冰咚咚响，

三之日纳于凌阴[33]。　　　正月冰块窖里藏。

四之日其蚤，献羔祭韭[34]。　二月祭祀要赶早，献上韭菜和羔羊。

九月肃霜，十月涤场[35]。　九月降霜天变凉，十月打扫晒谷场。

朋酒斯飨，曰杀羔羊[36]，　人们喝上两盅酒，宰杀一只小羔羊。

跻彼公堂，称彼兕觥，　　　大家一起上公堂，举起漂亮牛角杯，

万寿无疆[37]！　　　　　　互相祝万寿无疆！

【注释】

　　〔1〕火：星名，又称大火，即心宿，天蝎座星，每年夏历五月份、六月份黄昏时，出

现在正南方，方向最正，位置最高，以后就开始偏西并向下降。

〔2〕觱发（bì bō）：寒风触物声。

〔3〕褐：粗布衣。

〔4〕耜（sì）：翻土的农具，犁的一种。举趾：举足，此处指迈步下田耕地。

〔5〕馌（yè）：送饭。田畯（jùn）：古代掌管农事的官。

〔6〕载：开始。一说则。有：语助词。苍庚：黄莺。

〔7〕懿：深。微行：小路。爰：语助词。一说于是。

〔8〕蘩（fán）：即白蒿。一说古人用它祭祀。一说用它煮水浇润蚕子，则蚕子易出。祁祁：形容众多。

〔9〕同归：指被强迫去做妾婢。

〔10〕萑（huán）：即荻，芦类植物。苇：芦类植物，芦苇。此二物可用于做饲蚕器具。

〔11〕蚕月：开始养蚕的月份，指殷历的第五个月，夏历三月。条：修剪枝条。斨（qiāng）：方柄孔的斧头。远扬：又长又高，此处指向高处长的枝条。猗：依靠。一说同“掎”，拉住，牵引。女：即柔。

〔12〕鵙（jú）：鸟名，又叫伯劳。绩：指绩麻，即将麻纤维劈开接续起来搓成线。

〔13〕阳：鲜明，鲜艳。

〔14〕秀：植物抽穗开花。一说指不开花而结实。葽（yāo）：植物名，即师姑草，又名远志。一说王瓜。蜩（tiáo）：蝉。

〔15〕其：语助词。萚（tuò）：草木的枝叶。

〔16〕于：往，在，此处指捕猎。一说语助词。貉：哺乳动物，毛棕灰色，两耳短小，两颊有长毛横生，栖息在山林中，昼伏夜出，是一种重要的皮兽，今通称貉子，也叫狸。

〔17〕缵（zuǎn）：继承，继续。武功：武事，此处指打猎。

〔18〕豵（zōng）：小猪。豜（jiān）：三岁大猪，此处泛指大兽。

〔19〕斯螽（zhōng）：虫名，螽类。动股：指两股相切摩擦发出声响。莎鸡：虫名，

现叫纺织娘。

　　〔20〕宇：屋檐，此处指房檐下。户：门，指室内。

　　〔21〕穹（qióng）：穷尽，全部。窒（zhì）：塞，指堵塞洞穴。向：朝北的窗子。墐（jìn）：用泥涂塞。

　　〔22〕曰：说。一说语助词。改岁：除岁，年终，过年。

　　〔23〕郁：一种果树，一说郁李，一说山楂。薁（yù）：即葡萄，落叶藤本植物，果实黑紫色，可酿酒并入药。亨：通"烹"，煮。葵：即冬葵，古代一种蔬菜。菽：豆类的总称。

　　〔24〕剥：扑，打，敲击。

　　〔25〕介（gài）：助。眉寿：长寿，因高寿的人长有长眉。

　　〔26〕断：摘下。壶：指葫芦。叔：拾取。苴（jū）：麻子，可食。

　　〔27〕荼（tú）：苦菜。薪：用作动词，砍柴。樗（chū）：臭椿。

　　〔28〕纳：收入。

　　〔29〕重：晚熟作物。穋（lù）：早熟作物。

　　〔30〕同：聚拢。上：通"尚"，尚且，还要。功：劳动，劳役。

　　〔31〕昼：白天。尔：语助词。茅：指割茅草。索：用作动词，搓。绹（táo）：绳子。

　　〔32〕乘：登上，指上去修缮。

　　〔33〕冲冲：撞击声。凌：冰。阴：地窖。

　　〔34〕蚤：同"早"，早晨。

　　〔35〕肃霜：一说肃爽，即天高气爽；一说结霜而万物收缩；一说指下霜。

　　〔36〕朋：两樽，双杯。飨（xiǎng）：一说款待人，一说享用。

　　〔37〕跻（jì）：登，上。公堂：公共场所，大约是乡民集会的地方。称：举。兕（sì）：雌性犀牛。觥（gōng）：古代饮酒具。兕觥，一说用兕角制的饮酒器，一说是形似伏兕的铜制饮酒器。

鸱 鸮

【题解】

　　这是一首寓言诗，表面写小鸟在诉说它所受到的迫害和自己的辛勤，实则是底层人民对不公平社会的控诉。

鸱鸮鸱鸮，既取我子，	猫头鹰啊猫头鹰，既然把我幼子抢，
无毁我室[1]。恩斯勤斯，	就别破坏我的巢。辛辛苦苦操碎心，
鬻子之闵斯[2]。	养育孩子多可怜。
迨天之未阴雨，	趁着老天没下雨，

彻彼桑土，绸缪牖户[3]。　剥下桑树根的皮，破了门窗快修葺。

今女下民，或敢侮予[4]。　你们这些树下人，有人胆敢把我欺。

予手拮据，予所捋荼，　我的双手太疲劳，还要揪茅草垫巢，

予所蓄租[5]。予口卒瘏，　做窝还要储干草。我的嘴累得病了，

曰予未有室家[6]。　我的窝还没盖好。

予羽谯谯，予尾翛翛[7]。　我的羽毛日渐少，我的尾巴也枯焦。

予室翘翘，风雨所漂摇，　我的房子要倾倒，风雨吹打左右摇，

予维音哓哓[8]。　吓得我号号咷咷。

【注释】

〔1〕鸱鸮（chī xiāo）：鸟类一科，头大、嘴短而弯曲，吃鼠、兔、昆虫等小动物，鸱鸺、猫头鹰等都属于此科。室：指鸟巢。

〔2〕鬻（yù）：通"育"，养育，生养。

〔3〕迨（dài）：等到，趁着，及。彻：剥取。绸缪：本意为缠绵，引申为缠缚、捆绑、修缮。牖（yǒu）：窗户。一说指鸟巢。

〔4〕下民：指树下的人。

〔5〕拮据：困难，指伸屈不能自如。捋：用手自一头向另一头抹取。荼（tú）：茅草的白花。租：一说聚；一说通"苴"，茅草。

〔6〕卒：假借为"瘁"，过度劳累。瘏（tú）：病。室家：指巢。

〔7〕谯谯（qiáo）：残敝的样子。一说稀少。翛（xiāo）：残破的样子。一说干枯无润泽。

〔8〕翘翘：不牢固。

鸱鸮

东　山

【题解】

征人在归途中，对家乡和亲人十分思念，表现人民对长期征战的厌恶以及对和平生活的向往。

我徂东山，慆慆不归[1]。　　我到东山去出征，很久未能回家乡。
我来自东，零雨其濛[2]。　　我从东方往回走，细雨蒙蒙下不停。
我东曰归，我心西悲[3]。　　我在东方说要回，心念西方好伤悲。
制彼裳衣，勿士行枚[4]。　　回家缝制便衣裳，不再衔棒上战场。
蜎蜎者蠋，烝在桑野[5]。　　树上野蚕正蠕动，长久生活在桑野。
敦彼独宿，亦在车下[6]。　　蜷曲身体独自宿，兵车下面作为床。

我徂东山，慆慆不归。　　我到东山去出征，很久未能回家乡。
我来自东，零雨其濛。　　我从东方往回走，细雨蒙蒙下不停。
果赢之实，亦施于宇[7]。　　瓜蒌果实蔓上结，长蔓爬到屋檐上。
伊威在室，蟏蛸在户[8]。　　屋里潮虫到处爬，蜘蛛门上把网织。
町畽鹿场，熠耀宵行[9]。　　宅旁空地成鹿场，萤火虫儿闪磷光。
不可畏也，伊可怀也[10]。　　虽然荒凉不可怕，倒使人更加怀念。

我徂东山，慆慆不归。　　我到东山去出征，很久未能回家乡。
我来自东，零雨其濛。　　我从东方往回走，细雨蒙蒙下不停。
鹳鸣于垤，妇叹于室[11]。　　鹳鸟鸣叫土堆上，妻子叹息在空房。
洒扫穹室，我征聿至[12]。　　打扫房间堵鼠洞，我这征人将回家。
有敦瓜苦，烝在栗薪[13]。　　那对圆圆苦瓜瓢，早就扔到柴垛上。
自我不见，于今三年。　　自从参军不见它，而今已经有三年。

我徂东山，慆慆不归。　　我到东山去出征，很久未能回家乡。
我来自东，零雨其濛。　　我从东方往回走，细雨蒙蒙下不停。
仓庚于飞，熠耀其羽[14]。　　黄莺鸟儿在飞翔，翅膀羽毛闪着光。
之子于归，皇驳其马[15]。　　当年妻子刚出嫁，马儿有红也有黄。
亲结其缡，九十其仪[16]。　　亲娘替她结佩巾，婚仪繁多不可详。
其新孔嘉，其旧如之何[17]？　　做新娘时她很美，久别重逢会怎样？

【注释】

〔1〕徂（cú）：住，到。慆（tāo）：久，长期。

〔2〕零雨：细雨，徐雨。

〔3〕西悲：怀念西方家乡而悲伤。

〔4〕士：同"事"，即从事。行枚：指口中衔根小木棍。古代偷袭敌方时，士兵口中衔木以防出声。

〔5〕蜎蜎（yuān）：形容爬行、蠕动的样子。蠋（zhú）：本作蜀，亦称毛虫，蛾蝶类昆虫的幼虫，似蚕生在桑树上。烝（zhēng）：长久。一说语助词。一说众多。

鹳

〔6〕敦（duī）：孤独的样子。一说身体蜷缩成一团的样子。

〔7〕果臝：瓜、果的总称。一说即栝楼，又名瓜蒌，葫芦科植物。施：蔓延。宇：房檐。

〔8〕伊威：虫名，也叫地鳖虫。蟏蛸（xiāo shāo）：虫名，一种长脚蜘蛛，又名喜蛛。

〔9〕宵行：虫，今名萤火虫。

〔10〕伊：是。

〔11〕鹳（guàn）：水鸟名，形似鹤和鹭，体形大，食鱼。垤（dié）：小土堆。

〔12〕穹：尽，通"遍"。窒（zhì）：阻塞。聿：语助词，如乃。

〔13〕瓜苦：一说"苦瓜"的倒文。一说瓜瓤，属葫芦类。栗：堆。一说通"裂"。

〔14〕仓庚：黄莺。

〔15〕皇：一说黄色，一说黄白色，一说黄白相间的颜色。驳：红白色。一说红白相间的颜色。

〔16〕亲：指妻子的母亲。缡（lí）：佩巾。九十：非实数，形容多。

〔17〕旧：久，时间长。

破　斧

【题解】

这是一首赞美周公东征管、蔡、商、奄四国的史诗。周公东征，被称为英明之举和正义之行。

既破我斧，又缺我斨[1]。	我的圆孔斧战破，我的方孔斧缺损。
周公东征，四国是皇[2]。	周公率兵去东征，四国叛乱被匡正。
哀我人斯，亦孔之将[3]。	可怜我们从军者，能够生还是幸运。
既破我斧，又缺我锜[4]。	我的圆孔斧战破，我的凿已经残缺。
周公东征，四国是吪[5]。	周公率兵去东征，四国臣民被感化。
哀我人斯，亦孔之嘉[6]。	可怜我们从军者，能够生还是喜事。
既破我斧，又缺我銶[7]。	我的圆孔斧战破，我的凿已经残缺。
周公东征，四国是遒[8]。	周公率兵去东征，四国局势被稳定。
哀我人斯，亦孔之休[9]。	可怜我们从军者，能够生还是美事。

【注释】

〔1〕缺：缺口。斨（qiāng）：安柄处为方孔的斧。

〔2〕周公：指姬旦，周文王的儿子，周武王的弟弟。四国：指天下各国。一说指殷、东、徐、奄四个大国。皇：同"惶"，恐慌，惧怕。一说同"匡"，匡正。

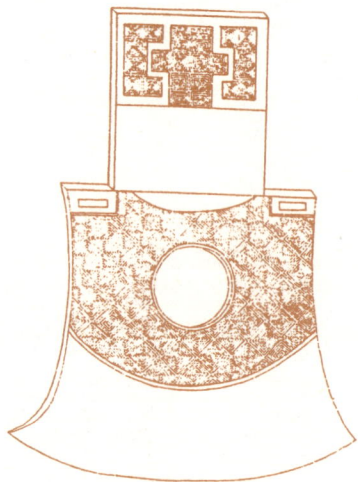

〔3〕将：一说美，一说大，一说壮。

〔4〕锜（qí）：一说三齿锄的武器；一说凿类工具；一说形如锹的武器，长柄，两面有刃。

〔5〕吪（é）：一说借为"化"，即变化；一说借为"讹"，即感化，教化。

〔6〕嘉：美好。一说庆幸。

〔7〕銶（qiú）：一说凿类工具；一说独头斧；一说像锹一样的工具；一说即酋矛，三面有锋的矛类兵器。

〔8〕遒（qiú）：驯服，稳定。

〔9〕休：美好，美善，吉庆。

伐 柯

【题解】

砍断木头要用斧头，这家娶妻，那家就要嫁人，男子在婚礼上唱此歌，感谢媒人给自己找了个好伴侣。

伐柯如何？匪斧不克[1]。	怎么砍伐斧子柄？没有斧子砍不成。
取妻如何？匪媒不得[2]。	怎么迎娶到妻子？没有媒人娶不到。
伐柯伐柯，其则不远[3]。	砍斧柄啊砍斧柄，这个规则在眼前。
我觏之子，笾豆有践[4]。	想要见到那姑娘，摆好食具设酒宴。

【注释】

〔1〕柯：斧柄。克：能够。

〔2〕取：古"娶"字。

〔3〕则：法则，规则，准则，榜样，标准。

〔4〕觏（gòu）：遇见。笾（biān）：古代祭礼和宴会时盛果类食物的竹制器具。豆：木制盛肉类的食器。践：陈列整齐的样子。

九 罭

【题解】

周公东征大获成功，将要离开东方往西走，东人感激周公的恩德，敬慕他的风采，作诗与周公依依惜别。

九罭之鱼，鳟鲂[1]。	小眼网抓到鳟鲂。
我觏之子，衮衣绣裳[2]。	我见到你穿龙袍。
鸿飞遵渚[3]。	大雁飞翔贴小洲。
公归无所，于女信处[4]。	周公你何处为家，就请你留宿一夜。
鸿飞遵陆[5]。	大雁飞翔贴陆地。
公归不复，于女信宿[6]。	周公回去不再来，就请你留宿一夜。
是以有衮衣兮，	紧抓住你的龙袍，
无以我公归兮，	不要让周公离开，
无使我心悲兮[7]。	不要使我太悲伤。

【注释】

〔1〕九罭（yù）：捕小鱼的细眼渔网。鳟（zūn）：鲤科鱼类，赤眼，体形大。鲂：鲤科鱼类，形状跟鳊鱼相似而较宽，银灰色，体形大。

〔2〕觏（gòu）：遇见。衮（gǔn）：一说古代君王和上公的礼服。一说绣有龙图案的礼服。

鳟

〔3〕渚（zhǔ）：水中间的小块
陆地。

〔4〕信：古人对两宿的称法，即
再宿。

〔5〕陆：高平的地方。

〔6〕复：返回。

〔7〕以有：一说使藏，一说已有。

狼 跋

【题解】

用老狼笨拙作比，讽刺上层统治者的贪婪和愚蠢。从嬉笑怒骂上升为愤怒的
谴责，感情十分强烈。

狼跋其胡，载疐其尾[1]。	老狼前行踩下颌，老狼厉退踩尾巴。
公孙硕肤，赤舄几几[2]。	公孙休胖腹便便，饰金红鞋亮光光。
狼疐其尾，载跋其胡。	老狼厉退踩尾巴，老狼前行踩下颌。
公孙硕肤，德音不瑕。	公孙体胖腹便便，名声美好无污点。

【注释】

〔1〕跋：踩，踏。胡：兽颔下的垂肉。疐（zhì）：遇到障碍，绊。

〔2〕公孙：古时对贵族的称呼。硕肤：大肚子，肥胖之态。舄（xì）：鞋。几几：弯
曲的样子。一说华贵的样子。一说步履稳健的样子。

小雅·鹿鸣之什

鹿 鸣

【题解】

贵族宴宾之歌。对嘉宾的忠告表示感激，享以美酒；打破人与人之间的隔阂，让紧张的情绪得到放松。

呦呦鹿鸣，食野之苹[1]。	鹿儿呼伴呦呦叫，同在野地吃蒿草。
我有嘉宾，鼓瑟吹笙。	我有满座好宾客，弹瑟吹笙真快乐。
吹笙鼓簧，承筐是将[2]。	又吹笙来又鼓簧，赠送礼物装满筐。
人之好我，示我周行[3]。	人们对我很友好，指我路途好方向。
呦呦鹿鸣，食野之蒿。	鹿儿呼伴呦呦叫，同在野地吃蒿草。
我有嘉宾，德音孔昭。	我有满座好宾客，品德名声真美好。
视民不恌，君子是则是效[4]。	民众榜样不轻佻，君子也可来仿效。
我有旨酒，嘉宾式燕以敖[5]。	我有甜甜的美酒，宾客同饮共逍遥。
呦呦鹿鸣，食野之芩[6]。	鹿儿呼伴呦呦叫，同在野地吃水芹。
我有嘉宾，鼓瑟鼓琴。	我有满座好宾客，又弹琴来又鼓瑟。
鼓瑟鼓琴，和乐且湛[7]。	又弹琴来又鼓瑟，和和美美都快乐。
我有旨酒，以燕乐嘉宾之心[8]。	我有甜甜的美酒，用来快慰嘉宾们。

【注释】

〔1〕呦呦（yōu）：鹿鸣声。苹：蟠蒿。

〔2〕簧：乐器中用以发声的片状振动体。承筐是将：古代用筐盛币帛送宾客。承，奉。将，送。

〔3〕示我周行：姚际恒《通论》："犹云指我路途耳。"

〔4〕视：《笺》："古示字也。"民：一说奴隶；一说自由民。恌（tiāo）：陈奂《传疏》："恌，当为佻。……'佻，

鹿

愉。' 今《尔雅》愉作偷。愉、偷古今字。"

　　〔5〕燕：一说通"宴"。式：发语词。敖：游逛。

　　〔6〕芩（qín）：蒿类植物。

　　〔7〕湛（dān）：过度逸乐。《传》："乐之大。"《集传》："湛，乐之久也。"

　　〔8〕燕：《传》"安也"。

四　牡

【题解】

　　这是一首哀怨之作。诗人羡慕鸟儿的自由，感叹自己苦于行役，奔波劳碌，无法回家奉养父母。

四牡騑騑，周道倭迟。	四匹公马奔走忙，大路迂回远又长。
岂不怀归[1]？	难道不想回故乡？
王事靡盬，我心伤悲[2]。	官差苦役无休止，我的心多么悲伤。
四牡騑騑，啴啴骆马。	四匹公马奔走忙，黑鬃白马喘吁吁，
岂不怀归[3]？	难道不想回故乡？
王事靡盬，不遑启处[4]。	官差苦役无休止，哪顾得安居休息。
翩翩者鵻，载飞载下。	鹁鸪鸟翩翩飞翔，飞上飞下在嬉戏。
集于苞栩[5]。	栖在茂盛橡树上。
王事靡盬，不遑将父[6]。	官差苦役无休止，没有空把父亲养。
翩翩者鵻，载飞载止，	鹁鸪翩翩在飞翔，飞上飞下在嬉戏，
集于苞杞。	栖在茂盛橡树上。
王事靡盬，不遑将母。	官差苦役无休止，没有空把母亲养。
驾彼四骆，载骤骎骎。	四匹公马奔走忙，快步疾行风一样。
岂不怀归[7]？	难道不想回故乡？
是用作歌，将母来谂[8]。	因而写下这首歌，深深怀念我亲娘。

【注释】

　　〔1〕四牡：指四匹驾车的公马。騑騑（fēi）：行走不停的样子。

　　〔2〕盬（gǔ）：止息，停息。

　　〔3〕啴啴（tān）：喘息的样子。骆：黑鬃的白马。

　　〔4〕遑：暇，顾。启处：安居休息。

〔5〕雉（zhuī）：鸟名，也称鹁鸠，勃鸪。集：鸟栖集在树木上。栩（xǔ）：即橡树。

〔6〕不遑将父：不能顾念和赡养父亲。

〔7〕骤：奔驰，疾驰。骎骎（qīn）：马奔驰貌。

〔8〕是用：所以。将母来谂：赡养母亲。谂（shěn）：劝告，呼告。

皇皇者华

【题解】

使臣在征途中无时无刻不以君命为念，时时以忠贞自守，丝毫不顾行道的辛苦，勤于询访，普遍而又周详。

皇皇者华，于彼原隰[1]。	光华耀眼野花儿，开在原上和洼地。
骎骎征夫，每怀靡及[2]。	行人匆匆步声急，众多私事顾不及。
我马维驹，六辔如濡[3]。	我的马儿骏又壮，六股缰绳有光泽。
载驰载驱，周爰咨诹[4]。	驾着车来赶着马，忠于职守去访问。
我马维骐，六辔如丝[5]。	我的马儿青棋纹，六股缰绳有光泽。
载驰载驱，周爰咨谋[6]。	驾着车来赶着马，忠于职守去谋划。
我马维骆，六辔沃若[7]。	我的马白毛黑鬣，六股缰绳有光泽。
载驰载驱，周爰咨度[8]。	驾着车来赶着马，忠于职守去商议。
我马维骃，六辔既均[9]。	我的马黑白杂毛，六股缰绳有光泽。
载驰载驱，周爰咨询[10]。	驾着车来赶着马，忠于职守去询问。

【注释】

〔1〕皇皇：此处指有光彩，犹"煌煌"。华：古华通"花"。于：在。原隰：原野上低湿的地方。

〔2〕骎骎（shēn）：形容众多疾行的样子。征夫：此处系使臣自谓之词。每怀：时常担心。靡及：不及，未完成的使命。

〔3〕辔：马勒与马缰的统称。如濡：湿润而有光泽。

〔4〕周：忠信之意。爰：于。诹（zōu）：聚谋，聚议。

〔5〕骓：青黑色的马，或白马而有青黑纹络者。如丝：形容马缰绳如丝一般在驾者手中抖动着。

〔6〕谋：筹划，计谋。

〔7〕沃若：光泽的样子，以形容缰绳贵。

〔8〕度：酌量，谋划。

〔9〕骃（yīn）：毛色黑白相间的马。

〔10〕询：究问。

常　棣

【题解】

周代贵族统治者在家宴上歌唱兄弟们能共患难，御外侮，相依为命以及他们的宴饮之乐、室家之乐。

常棣之华，鄂不韡韡[1]。	棠棣树上花朵朵，花儿灼灼放光华。
凡今之人，莫如兄弟。	试看如今世上人，无人相亲如兄弟。
死丧之威，兄弟孔怀[2]。	死丧到来最可怕，只有兄弟最关心。
原隰裒矣，兄弟求矣[3]。	原野堆土埋枯骨，兄弟坟前寻求苦。
脊令在原，兄弟急难[4]。	鹡鸰飞落原野上，兄弟相救急难中。
每有良朋，况也永叹[5]。	虽有良朋和好友，只会使人长感叹。
兄弟阋于墙，外御其务[6]。	兄弟在家有争吵，抵抗外敌同协力。
每有良朋，烝也无戎[7]。	虽有良朋和好友，遇难不会来相助。
丧乱既平，既安且宁。	死丧祸乱平息后，生活幸福又安定。
虽有兄弟，不如友生[8]。	那时虽有亲兄弟，反觉不如朋友亲。
傧尔笾豆，饮酒之饫[9]。	摆好碗盏和杯盘，开怀畅饮真痛快。
兄弟既具，和乐且孺[10]。	兄弟相聚在家里，融洽和乐多欢快。
妻子好合，如鼓瑟琴。	妻子儿女和睦处，奏瑟弹琴多和谐。
兄弟既翕，和乐且湛[11]。	兄弟友爱相团结，欢快和睦长相守。
宜尔室家，乐尔妻帑[12]。	你的家庭多美好，妻儿相伴乐陶陶。
是究是图，亶其然乎[13]！	仔细考虑认真想，道理还真是这样！

【注释】

〔1〕常棣：花草名，又名唐棣，数朵花为一簇，如樱桃状。诗中以此表示兄弟之谊。鄂：花萼。铧铧（wěi）：朱熹注此表光明貌状，这里用以形容花色鲜艳。

〔2〕威：通"畏"，可怕。孔怀：非常关怀，十分怀念。

〔3〕原隰：指原野上的洼湿地方。裒（póu）：指少其人。求：兄弟之间互相帮助。

〔4〕脊令：是一种水鸟。在原：比喻兄弟有难。

〔5〕每：虽之意。况：即今之"恍"字，失意之状。

〔6〕阋（xì）：互相争斗，相互怨恨，相互争讼。于墙：在墙壁之内。务：即侮。

〔7〕烝（zhēng）：众多的意思。戎：相助的意思。

〔8〕友生：友人。

〔9〕傧（bìn）：陈列。笾、豆：均系古代用来盛放食品的器皿。饫（yù）：指家宴。

〔10〕具：俱，集。孺：属。

〔11〕翕（xī）：聚合，收敛。湛：久乐，甚乐。

〔12〕室家：夫妇和睦，家人平安。帑（nú）：子孙。

〔13〕究：穷，终。亶（dǎn）：信，诚。

伐 木

【题解】

民间宴请亲友的乐曲，表达了友情、亲情的可贵，提倡大家要相互关心。格调温厚，色彩明快。

伐木丁丁，鸟鸣嘤嘤[1]。	砍起树森丁丁响，树上鸟儿嘤嘤叫。
出自幽谷，迁于乔木[2]。	从那深谷飞出来，迁到高高大树上。
嘤其鸣矣，求其友声[3]。	鸟儿嘤嘤啼不住，呼伴引类声欢畅。
相彼鸟矣，犹求友声[4]。	看那鸟儿为禽类，却仍得到同类应。
矧伊人矣，不求友生[5]？	何况我们是人类，怎能没有好朋友？
神之听之，终和且平[6]。	谨慎遵循着情理，就会和平与安宁。
伐木许许，酾酒有藇[7]。	砍起树木许许响，酿出的酒水真美好。
既有肥羜，以速诸父[8]。	准备肥嫩小羔羊，邀请同族的尊长。
宁适不来，微我弗顾[9]。	恰好他们不能来，错误不在我身上。
於粲洒扫，陈馈八簋[10]。	庭院干净又整洁，八大佳肴都备好。

既有肥牡，以速诸舅[11]。　　准备肥嫩小羔羊，邀请异姓的尊长。

宁适不来，微我有咎[12]。　　正巧他们不能来，错误不在我身上。

伐木于阪，酾酒有衍[13]。　　砍伐树木在坡上，甘香美酒斟满杯。

笾豆有践，兄弟无远[14]。　　餐具排列摆整齐，兄弟亲人在眼前。

民之失德，干糇以愆[15]。　　人们都不讲交情，为争食品而争吵。

有酒湑我，无酒酤我[16]。　　有酒大家共畅饮，无酒再去买一壶。

坎坎鼓我，蹲蹲舞我[17]。　　我们咚咚敲起鼓，我们翩翩来跳舞。

迨我暇矣，饮此湑矣[18]。　　等到我再有空闲，再次重聚饮美酒。

【注释】

〔1〕丁丁：伐木之声。嘤嘤：鸟鸣之声。

〔2〕幽谷：深谷。迁：移动。

〔3〕求其友声：指处于高树上的鸟儿可以求取同类的声息。

〔4〕相：发语词。

〔5〕矧（shěn）：此处作疑问词。

〔6〕神：意为谨慎。

〔7〕许许：象声词，锯木的声音。酾（shī）：用筐或用草过滤酒，以取糟。莤（xù）：美好。

〔8〕羜（zhù）：小羊羔。速：延请。

〔9〕宁适：毋宁，宁可。此处有恰好之意。

〔10〕粲：干净、鲜明的样子。陈：摆开。馈：进食于人。八簋：古代宴会、祭祀用的一种食器，圆口，两耳。

〔11〕诸舅：指异姓中的长辈。

〔12〕咎：因过失而责备。

〔13〕衍：美，醇美。

〔14〕笾豆：参见《常棣》。践：陈列。

〔15〕干糇（hóu）：指粗劣的食品，干粮。愆：过错。

〔16〕湑（xǔ）：澄清，过滤。酤：买酒。

〔17〕蹲蹲：跳舞的姿势。

〔18〕迨（dài）：及，到。

天 保

【题解】

这是一首臣子向君王的祝福辞，歌颂苍天神灵，祈求福禄，反映了当时统治阶级"敬天保民"的思想。

天保定尔，亦孔之固[1]。	愿上天保佑你啊，使你的政权巩固。
俾尔单厚，何福不除[2]？	让你的国家富有，什么都齐全丰富。
俾尔多益，以莫不庶[3]。	带给你更多福禄，以求得更大财富。
天保定尔，俾尔戬穀[4]。	愿上天保佑你啊，赐给你安乐幸福。
罄无不宜，受天百禄[5]。	样样事情都顺意，享受上天的厚待。
降尔遐福，维日不足[6]。	给你绵延的福祚，唯恐一天不充足。
天保定尔，以莫不兴[7]。	愿上天保佑你啊 没有一处不兴旺。
如山如阜，如冈如陵[8]。	像重重高山大坡，又像高冈和峻岭。
如川之方至，以莫不增[9]。	就像奔腾的大河，没有一样不增多。
吉蠲为饎，是用孝享[10]。	清清爽爽备酒菜，拿来献上给祖先。
禴祠烝尝，于公先王[11]。	春夏秋冬四时祭，祭奠先君和先王。
君曰卜尔，万寿无疆[12]。	先君开口说了话，赐给你万寿无疆。
神之吊矣，诒尔多福[13]。	先君神明已降临，赐给你大福宏运。
民之质矣，日用饮食[14]。	人民的生活根本，在于丰衣和足食。
群黎百姓，遍为尔德[15]。	不管是官还是民，普遍承受你恩德。
如月之恒，如日之升[16]。	像上弦月亮变圆，像早晨旭日东升。
如南山之寿，不骞不崩[17]。	像南山享受长寿，永远不亏损塌崩。
如松柏之茂，无不尔或承。	像松柏四季茂盛，没有一样不延续。

【注释】

〔1〕孔：大，极。

〔2〕俾尔单厚：使你有厚福。除：开。

〔3〕莫：定。庶：众多。

〔4〕俾尔戬穀：使你享有福禄安康。

〔5〕罄（qìng）：尽。百禄：古代福禄不分。

〔6〕遐福：广大绵延的福祚，即"永福"。

〔7〕兴：盛、多。

〔8〕阜（fù）：土山。冈、陵：与山、阜连言，形容福禄的盛多。

〔9〕以莫不增：同于以莫不兴、以莫不庶。

〔10〕蠲（juān）：除去，免除。饎（chì）：熟食。享：献祭。

〔11〕禴（yuè）：指春祭；祠指夏祭；尝指秋祭；烝指冬祭。

〔12〕君：先君。

〔13〕吊：至。诒：遗。

〔14〕质：实，本。

〔15〕群黎：众人，民众。

〔16〕恒：粗绳索，此指月弦。

〔17〕骞：亏，损。

采　薇

【题解】

这一首诗描写一位戍卒在归途中，忍饥受寒，感伤时事，更想起戍边的艰苦，表达了思乡之情。

采薇采薇，薇亦作止[1]。	采薇菜啊采薇菜，薇菜又萌发新芽。
曰归曰归，岁亦莫止[2]。	回家乡啊回家乡，已经盼到年终到，
靡室靡家，猃狁之故[3]。	抛舍亲人离家园，抵抗猃狁的侵犯。
不遑启居，猃狁之故[4]。	没有空闲来休息，抵抗猃狁的侵犯。
采薇采薇，薇亦柔止[5]。	采薇菜啊采薇菜，薇菜已长出嫩芽。
曰归曰归，心亦忧止[6]。	回家乡啊回家乡，心里很忧愁烦闷。
忧心烈烈，载饥载渴[7]。	内心忧伤如火烧，又饥又渴实难熬。
我戍未定，靡使归聘[8]。	戍边征战无休止，不知哪天回到家。
采薇采薇，薇亦刚止[9]。	采薇菜啊采薇菜，薇菜长出叶子来。
曰归曰归，岁亦阳止[10]。	回家乡啊回家乡，转眼又到了春天。
王事靡盬，不遑启处[11]。	官差徭役无休止，没有空闲坐一下。
忧心孔疚，我行不来[12]。	内心更加添忧愁，在外征战难归来。
彼尔维何？维常之华[13]。	那边盛开什么花？那是棠棣的花朵。
彼路斯何？君子之车[14]。	高大的车是谁的？是将帅们的战车。

戎车既驾，四牡业业[15]。　　兵车已经驾起来，四匹公马真强壮。

岂敢定居？一月三捷[16]。　　哪里敢停下休息？一月要报几回捷。

驾彼四牡，四牡骙骙[17]。　　驾着那四匹公马，驾车的马多强壮。

君子所依，小人所腓[18]。　　将帅们乘坐车上，兵士们靠它隐蔽。

四牡翼翼，象弭鱼服。　　四匹公马多强壮，象牙箭袋鱼皮囊。

岂不日戒？狁犹孔棘。　　哪敢不天天警惕？狁犹实在太猖狂。

昔我往矣，杨柳依依。　　想我出发那时候，杨柳呀轻轻飘动。

今我来思，雨雪霏霏。　　如今我要回故乡，雪花儿纷纷飘落。

行道迟迟，载渴载饥。　　回家的路长又长，忍饥耐渴多辛苦。

我心伤悲，莫知我哀。　　我的心里多伤悲，谁人知道我忧伤。

【注释】

〔1〕采薇：野豌豆，嫩苗可以吃。作：薇菜刚生出地面。

〔2〕莫：同"暮"。

〔3〕狁犹（xiǎn yǔn）：即古之狄人、匈奴。

〔4〕遑：亲暇。启居：跪坐或安坐。

〔5〕柔：初生之薇十分柔嫩。

〔6〕忧止：因归期晚而忧虑。

〔7〕载饥载渴：又饥又渴。

〔8〕定：停止，结束。

〔9〕刚：长成之薇十分坚硬。

〔10〕阳：温暖。

〔11〕盬（gǔ）：止息。

〔12〕孔疚：非常痛苦。

〔13〕尔：花朵盛开之状。维常：帷裳。

〔14〕路：大。

〔15〕业业：盛貌，或强壮。

〔16〕定居：安居。三捷：指多次取胜。

〔17〕骙（kuí）：强壮。

〔18〕依：依靠。腓（fěi）：隐蔽。

鱼

出车

【题解】

这是一位出征的武士胜利归来赋的诗,诗中大加歌颂周朝大将南仲领兵出征狁狁、西戎的战功。

我出我车,于役牧矣[1]。	驾起战车套上马,去往那远郊牧野。
自天子所,谓我来矣[2]。	有人从京城而来,令我们从戎出征。
召彼仆夫,谓之载矣[3]。	让车夫快备好车,送我们到前线去。
王事多难,维其棘矣[4]。	国家屡次受侵犯,军情紧急不容缓。
我出我车,于彼郊矣[5]。	驾起战车套上马,去往那远郊野外。
设此旐矣,建彼旄矣[6]。	龟蛇旗帜插车上,旄牛尾旗树车上。
彼旟旐斯,胡不旆旆[7]。	鸟隼旗和龟蛇旗,怎能不随风飘扬?
忧心悄悄,仆夫况瘁[8]。	为国担忧我心慌,车夫疲惫赶车忙。
王命南仲,往城于方[9]。	周王命令南仲将,筑城守卫在北方。
出车彭彭,旂旐央央[10]。	众多战车齐出发,鲜明军旗迎风扬。
天子命我,城彼朔方[11]。	天子下令给我们,筑建壁垒守北方。
赫赫南仲,狁狁于襄[12]。	威名赫赫南仲将,抵抗入侵的狁狁。
昔我往矣,黍稷方华[13]。	当初远征的时候,黍稷花儿正开放。
今我来思,雨雪载涂[14]。	如今我们急行军,雪花纷飞路泥泞。
王事多难,不遑启居[15]。	国家屡次遭侵犯,巡回御敌不得休。
岂不怀归,畏此简书[16]。	难道不想回家吗,不敢违抗王命啊。
喓喓草虫,趯趯阜螽[17]。	草虫喓喓地鸣叫,蚱蜢绿丛中蹦跳。
未见君子,忧心忡忡[18]。	没有看见南仲将,心中烦闷好忧伤。
既见君子,我心则降[19]。	已经看到南仲将,心中平静不再烦。
赫赫南仲,薄伐西戎[20]。	威名赫赫南仲将,再次率兵伐西戎。
春日迟迟,卉木萋萋[21]。	春天日子长又长,草木长得很茂盛。
仓庚喈喈,采蘩祁祁[22]。	黄鹂唧唧鸣叫着,采蒿人往来奔忙。
执讯获丑,薄言还归[23]。	俘获敌酋严讯问,胜利归来歌入云。
赫赫南仲,狁狁于夷[24]。	威名赫赫南仲将,一举平定那狁狁。

【注释】

〔1〕我出我车：句首的"我"，意为"哦"或"啊"。

〔2〕所：周朝京畿。谓：使。

〔3〕召彼仆夫：召集那些仆役。

〔4〕棘：军情紧急。

〔5〕郊：近郊之地。

〔6〕旐（zhào）：绘饰龟蛇的旗帜。旄（máo）：古代用牦牛尾装饰的旗子。

〔7〕旟（yú）：绘饰鸟隼的旗帜。旆（pèi）：旌旗飘扬的样子。

〔8〕悄悄：伤心的样子。况瘁：忧苦劳瘁。

〔9〕南仲：张仲，周朝大将。

〔10〕彭彭：车马盛多的样子。旂（qí），绘有龙及有铃的旗帜。央央：鲜明的样子。

〔11〕朔：北面。

〔12〕襄：攘。

〔13〕黍稷方华：这是说初夏季节。

〔14〕涂：同"途"，即路。

〔15〕不遑启居：不暇休息。

〔16〕简书：写在竹简上的文书。

〔17〕喓喓（yāo）：草虫鸣叫声。趯趯（tì）：蹦跳的样子。阜螽：即蚱蜢。

〔18〕忡忡：忧虑而不安。

〔19〕降：安定下来。

〔20〕薄：发语词。

〔21〕卉（huì）：百草的统称。

〔22〕仓庚：黄鹂。喈喈（jiē）：即唧唧之声。祁祁：众多的样子。

〔23〕讯：审问。薄言：发语词。

〔24〕夷：平定，讨平。

杕　杜

【题解】

这是一首民间妇女思念久役丈夫的诗，后来，人们配乐传唱，作为慰劳戍役归来的将士时弹奏的乐章。

有杕之杜，有睆其实[1]。　　甘棠在山丘上生长，果实累累爬满枝头。
王事靡盬，继嗣我日[2]。　　徭役永远没有休止，丈夫很久没有归期。
日月阳止，女心伤止，　　时节已经到了十月，妻子心中悲伤至极，
征夫遑止[3]。　　出征的丈夫应回乡。

有杕之杜，其叶萋萋[4]。　　甘棠在山丘上生长，叶子已长得绿茵茵。
王事靡盬，我心伤悲[5]。　　官家的差役无尽期，我的心真是太伤悲。
卉木萋止，女心悲止，　　草木长得茂盛繁荣，我心里悲凉又伤感，
征夫归止[6]。　　出征的丈夫应回乡。

陟彼北山，言采其杞[7]。　　登上那北面的山坡，采集枸杞啊采枸杞。
王事靡盬，忧我父母[8]。　　官家的差役无尽期，担心父母无人奉养。
檀车幝幝，四牡痯痯，　　檀木车子破烂不堪，驾车的公马很疲惫，
征夫不远[9]。　　征夫快要回来了吧。

匪载匪来，忧心孔疚[10]。　　既不载车也不回来，忧心忡忡心里悲伤。
期逝不至，而多为恤[11]。　　归期已过还不回来，让我既担心又惦念。
卜筮偕止，会言近止，　　占卜卦象都说吉祥，相会之期不会太远，
征夫迩止[12]。　　征夫很快就会回来。

【注释】

〔1〕杕（dì）：茂盛。杜：甘棠。睆（huǎn）：果实盛多。

〔2〕盬（gǔ）：止息。继嗣：继续。我日：没有期。

〔3〕日月：指时序、季节。遑：急遑。

〔4〕有杕之杜，其叶萋萋：此句意为暮春时节，甘棠枝叶繁茂。

〔5〕我：怨女自称。

〔6〕征夫归止：征夫啊，回来吧！

〔7〕杞：枸杞。

〔8〕忧我父母：忧虑父母无以为生。

〔9〕檀车：檀木制的车。檀木质地坚硬致密。幝幝（chǎn）：形容破败状。痯痯（guǎn）：形容疲惫不堪的样子。

〔10〕匪载匪来：非载非来。疚：病。

〔11〕期逝不至：犹期行不至。恤：忧。

〔12〕偕：皆，俱。

鱼 丽

【题解】

　　这是一首贵族宴宾的乐歌，极言酒肴之丰和宴饮规模的宏大，也反映了当时贵族地主们生活的豪华。

鱼丽于罶，鲿鲨[1]。	鱼儿聚集梁中跃，鲿鲨大鱼下蒸锅。
君子有酒，旨且多。	主人有酒又有菜，味既鲜美数又多。
鱼丽于罶，鲂鳢[2]。	鱼儿聚游曲梁内，鲂鳢大鱼多美味。
君子有酒，多且旨。	主人有酒又有菜，又丰盛来又鲜美。
鱼丽于罶，鰋鲤[3]。	鱼儿聚在梁中游，鰋鲤大鱼是珍馐。
君子有酒，旨且有[4]。	主人有酒又有菜，味道鲜美品种多。
物其多矣，维其嘉矣[5]。	各种食物真多哟，美味佳肴可口哟。
物其旨矣，维其偕矣[6]。	各种食物真美哟，十分齐备合口哟。
物其有矣，维其时矣[7]。	各种食物都有哟，全部都是时鲜哟。

【注释】

　　〔1〕鱼丽于罶：丽（lí），通"罹"。遭遇，落入。一说历，经过。罶（liǔ），竹制的捕鱼工具。在河中累石拦鱼，罶放石中，鱼进罶，能进不能出。本篇和《国风·九罭》同一格调，都以鱼钻进鱼曲笼，能进不能出，比喻宾客来了，就要尽情宴饮才能回去。鲿（cháng）：鱼名。黄颊鱼。鲨（shā）：这里指一种小鱼。

　　〔2〕鲂（fáng）：跟鳊鱼相似，银灰色，腹部隆起。鳢（lǐ）：鱼名，亦称黑鱼。

　　〔3〕鰋（yǎn）：鱼名。又名鲇。

　　〔4〕有：《集传》："有，犹多也。"物其多矣：指物多齐全、完美。

　　〔5〕维其：因其如是。陈奂《传疏》"犹言维其如是，所以如是。……此诗文法倒装耳"。

　　〔6〕偕：一说嘉；亦有嘉意。

　　〔7〕时：一说善；一说有时，适时。能有时，亦为善。两意相通。

鳢

小雅·南有嘉鱼之什

南有嘉鱼

【题解】

这是一首描写贵族宴乐宾客之歌，既写了招待宾客的酒菜之美，又兼写宾主宴饮的欢乐之情。

南有嘉鱼，烝然罩罩[1]。　　南国的鱼儿味道好，每篓都可打许多。
君子有酒，嘉宾式燕以乐[2]。　　主人有醇香美酒，客人喝得乐陶陶。
南有嘉鱼，烝然汕汕[3]。　　南国的鱼儿味道好，每篓都可打许多。
君子有酒，嘉宾式燕以衎[4]。　　主人有醇香美酒，客人喝得真快乐。
南有樛木，甘瓠累之[5]。　　南国的树木向下弯，葫芦的藤蔓缠绕它。
君子有酒，嘉宾式燕绥之[6]。　　主人有醇香美酒，客人喝得真尽兴。
翩翩者雒，烝然来思[7]。　　翩翩飞舞的鹁鸪，一群群飞到这里。
君子有酒，嘉宾式燕又思。　　主人有醇香美酒，客人喝得乐开怀。

【注释】

〔1〕烝：众多的意思。罩罩：亦言多。

〔2〕式：已，既。

〔3〕汕汕（shàn）：捕鱼的用具。

〔4〕衎（kàn）：快乐。

〔5〕樛（jiū）：向下弯曲的树木。甘瓠：一种可作食用的菜瓜，又叫葫芦。

〔6〕绥：安好。

〔7〕雒（zhuī）：又叫鹁鸪、祝鸠。

南山有臺

【题解】

这是一首祝祷、赞美周王得贤人的乐歌。贤者是国家和天下安稳、太平的根基。万寿无疆不是君王专利。

南山有臺，北山有莱[1]。　　　　南山长着莎草，北山长着莱草。

乐只君子，邦家之基[2]。　　　　快乐的君子啊，是国家的根基。

乐只君子，万寿无期[3]！　　　　快乐的君子啊，愿您长命百岁！

南山有桑，北山有杨。　　　　　南山长着桑树，北山长着白杨。

乐只君子，邦家之光[4]。　　　　快乐的君子啊，是国家的光荣。

乐只君子，万寿无疆！　　　　　快乐的君子啊，愿您万寿无疆！

南山有杞，北山有李。　　　　　南山长着枸杞，北山长着香李。

乐只君子，民之父母。　　　　　快乐的君子啊，百姓的父母官。

乐只君子，德音不已[5]！　　　　快乐的君子啊，愿您美誉无边！

南山有栲，北山有杻[6]。　　　　南山长着栲树，北山长着杻树。

乐只君子，遐不眉寿[7]。　　　　快乐的君子啊，愿您长寿安康。

乐只君子，德音是茂[8]！　　　　快乐的君子啊，愿您美誉无限！

南山有枸，北山有楰[9]。　　　　南山长着枳椇，北山长着苦楸。

乐只君子，遐不黄耇[10]。　　　　快乐的君子啊，愿您长寿康健。

乐只君子，保艾尔后[11]！　　　　快乐的君子啊，愿您子孙平安！

【注释】

〔1〕臺：一名莎草，茎皮坚硬，可作蓑衣。

〔2〕只：语词。

〔3〕君子：贵族或有教养的人。

〔4〕邦家之光：国家之荣光。

〔5〕德音不已：美誉赞颂传扬不已。

〔6〕栲（kǎo）：一种高大坚致的树。杻（niǔ）：一种质地较好的树木。

〔7〕眉寿：长寿。

〔8〕茂：盛，旺。

〔9〕枸（jǔ）：即枸椇。楰（yú）：木名，俗

枸

称苦楸。

〔10〕黄耇（gǒu）：高寿之意。

〔11〕保：安。艾：养育。

蓼 萧

【题解】

　　这是诸侯宴会中祝祷、赞颂周王的诗，描写宴会安乐祥和的气氛和周王非凡的气度。

蓼彼萧斯，零露湑兮[1]。	高大粗壮的香蒿上，露水儿清澈透亮。
既见君子，我心写兮[2]。	我已经见到周天子，心里是多么舒畅。
燕笑语兮[3]，	宴饮上面说着笑着，
是以有誉处兮[4]。	这是安乐的地方。
蓼彼萧斯，零露瀼瀼[5]。	高大粗壮的香蒿上，露珠滚滚在蒿上。
既见君子，为龙为光[6]。	我已经见到周天子，心里感到很荣耀。
其德不爽，寿考不忘[7]。	他的德行没有偏差，愿他长寿人不忘。
蓼彼萧斯，零露泥泥[8]。	高大粗壮的香蒿上，露水儿晶莹剔透。
既见君子，孔燕岂弟[9]。	我已经见到周天子，无比欢乐和敦睦。
宜兄宜弟，令德寿岂[10]。	亲密无间的好兄弟，品德高尚永安康。
蓼彼萧斯，零露浓浓[11]。	高大粗壮的香蒿上，露水儿浓厚清亮。
既见君子，鞗革冲冲[12]。	我已经见到周天子，马辔低低垂下来。
和鸾雍雍，万福攸同[13]。	铃铛儿响叮叮当当，福禄齐聚您殿堂。

【注释】

〔1〕蓼（lù）：长大粗壮之貌。萧：黄蒿。零露：下雨或露水。湑（xǔ）：清澈。

〔2〕写：同"泻"字，有宣泄的意义。

〔3〕燕：宴饮。

〔4〕誉：通"豫"，安乐。

〔5〕瀼瀼（ráng）：露水盛多。

〔6〕龙：宠之古体，荣耀。

〔7〕不爽：不差。

〔8〕泥泥：沾湿之状。

〔9〕孔燕岂弟（kǎi tì）：非常安乐和悦而融洽敦睦。

〔10〕令德：美德，善德。

〔11〕浓浓：厚重的样子。

〔12〕鞗（tiáo）：马缰。冲冲：饰物下垂貌。

〔13〕和：轼上的铃。鸾：镳上的铃。

湛 露

【题解】

这是描写西周王室盛时，举行宫庙落成之礼，周天子夜宴同姓诸侯，众人尽情饮乐，互相赞扬的场面。

湛湛露斯，匪阳不晞[1]。	清晨露水多凝重，不见太阳不会干。
厌厌夜饮，不醉无归[2]。	闲暇设置丰盛宴，酒不喝醉不能回。
湛湛露斯，在彼丰草[3]。	清晨露水多凝重，在那茂盛草叶上。
厌厌夜饮，在宗载考[4]。	闲暇安享晚宴啊，宗庙里钟一直响。
湛湛露斯，在彼杞棘[5]。	清晨露水多凝重，在枸杞和棘树上。
显允君子，莫不令德[6]。	英明信诚的君子，个个享有好美德。
其桐其椅，其实离离[7]。	桐树和梓树叶青青，果实累累压枝头。
岂弟君子，莫不令仪[8]。	谦恭和蔼的君子，个个都有好威仪。

【注释】

〔1〕湛湛：浓重。

〔2〕厌厌：安，久，足。

〔3〕丰草：茂盛的草。

〔4〕载考：则考或再考。

〔5〕杞棘：枸杞和棘树。

〔6〕允：诚信。

〔7〕离离：下垂的样子。

〔8〕令仪：善其威仪。

彤弓

【题解】

　　天子赏赐诸侯彤弓，并设宴招待他们。天子和臣属之间有礼有仪，是一种彼此尊重、相当和谐的关系。

彤弓弨兮，受言藏之[1]。　　朱红的长弓松开弦，诸侯受封要把它藏。

我有嘉宾，中心贶之[2]。　　我有一些贵客嘉宾，从心里要善待他们。

钟鼓既设，一朝飨之[3]。　　钟与鼓都已经架好，一早设宴招待他们。

彤弓弨兮，受言载之[4]。　　朱红的长弓松开弦，接受封赏把它收藏。

我有嘉宾，中心喜之[5]。　　我有一些贵客嘉宾，打心眼里喜欢他们。

钟鼓既设，一朝右之[6]。　　钟与鼓都已经架好，一早赐币帛给他们。

彤弓弨兮，受言櫜之[7]。　　朱红的长弓松开弦，接受封赏把它收藏。

我有嘉宾，中心好之。　　　我有一些贵客嘉宾，打心眼里喜爱他们。

钟鼓既设，一朝酬之。　　　钟与鼓都已经架好，一早表示酬谢他们。

【注释】

　　〔1〕弨（chāo）：放松弓弦。言：即焉。

　　〔2〕贶（kuàng）：善待。

　　〔3〕一朝：一个早晨。

　　〔4〕载之：装载。

　　〔5〕喜之：乐之。

　　〔6〕右之：助之。

　　〔7〕櫜（gāo）：古代用来盛装衣甲的囊。

菁菁者莪

【题解】

　　这是写学士乐见君子的诗，说的是关于教育人才的事，可能是中国最早的一首赞美教师的诗歌。

菁菁者莪，在彼中阿[1]。　　莪蒿生得一丛丛，在那山丘的中央。
既见君子，乐且有仪[2]。　　有幸得见君子面，精神愉快遂心愿。
菁菁者莪，在彼中沚[3]。　　莪蒿生得一丛丛，在那水中的小洲。
既见君子，我心则喜。　　有幸得见君子面，我从心里喜洋洋。
菁菁者莪，在彼中陵[4]。　　莪蒿生得一丛丛，在那丘陵的地方。
既见君子，锡我百朋[5]。　　有幸得见君子面，如同赐给我重金。
泛泛杨舟，载沉载浮[6]。　　杨木船儿水中摇，上下起伏随波荡。
既见君子，我心则休[7]。　　有幸得见君子面，我心喜悦又欢畅。

【注释】

〔1〕莪（é）：植物名，茎叶嫩时可食。中阿：
丘陵。

〔2〕仪：合人心愿。

〔3〕沚（zhǐ）：水中小洲。

〔4〕中陵：大土丘。

〔5〕百朋：古时五贝为一串，两串为一朋。百朋
形容有很多的货币。

〔6〕载沉载浮：船身在水中晃动。

〔7〕休：喜。

莪

六 月

【题解】

诗写猃狁入侵，周王朝出兵抵抗。尹吉甫为帅，驱逐了猃狁，胜利归来，接受
赏赐，举行家宴。

六月栖栖，戎车既饬[1]。　　六月里军马不息，已做好战争准备。
四牡骙骙，载是常服[2]。　　四匹公马多强壮，旌旗插在战车上。
猃狁孔炽，我是用急[3]。　　猃狁猖狂犯边陲，我们必须要提防。
王于出征，以匡王国。　　周王兴师去征伐，为救国家赴战场。
比物四骊，闲之维则[4]。　　四匹黑马整齐壮，操练认真动作熟。

维此六月，既成我服。　　　就在六月的时候，制成了我们军装。
我服既成，于三十里。　　　我把军装穿在身，每天行军三十里。
王于出征，以佐天子。　　　周王兴师去征伐，辅助天子治国家。
四牡修广，其大有颙[5]。　　四匹公马真强壮，又高又大威武扬。
薄伐狁，以奏肤功[6]。　　讨伐狁建大功，凯歌高唱班师还。
有严有翼，共武之服[7]。　　有威严也有敬畏，恭谨国事要小心。
共武之服，以定王国。　　　共同管好国防事，卫我国家安我王。
狁匪茹，整居焦获[8]。　　狁太不自量力，齐居焦获土地上。
侵镐及方，至于泾阳。　　　侵犯镐京和方地，一直窜犯到泾阳。
织文鸟章，白旆央央[9]。　　画着飞鸟的旗帜，白色垂旒高高扬。
元戎十乘，以先启行[10]。　　十辆车冲锋在前，当头一棒灭嚣张。
戎车既安，如轾如轩[11]。　　军车行动很稳当，低高重轻均不偏。
四牡既佶，既佶且闲[12]。　　四匹公马真威武，既整齐来又稳当。
薄伐狁，至于大原[13]。　　前去出征伐狁，一直追击到大原。
文武吉甫，万邦为宪[14]。　　文武兼备吉甫将，他是万邦好榜样。
吉甫燕喜，既多受祉[15]。　　吉甫喜气在堂前，接受周王百般赏。
来归自镐，我行永久。　　　他从镐京赶回来，行军征战时间长。
饮御诸友，炰鳖脍鲤[16]。　　设宴盛情宴亲友，脍鲤烤鳖味道香。
侯谁在矣，张仲孝友[17]。　　众友当中都有谁？孝友张仲德高尚。

【注释】

〔1〕栖栖（xī）：行动不止。饬：整饰。

〔2〕载：设置，树立。

〔3〕孔炽：甚为强暴。

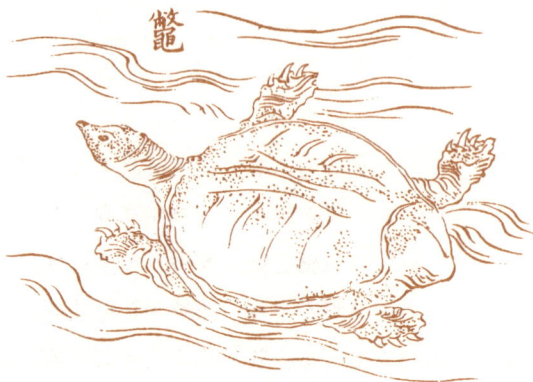

鳖

〔4〕比：划一，同一。四骊：四匹纯黑色的马。

〔5〕颙（yóng）：大的样子。

〔6〕肤功：大功。

〔7〕翼：敬。

〔8〕匪茹：不自量力。整居：整顿军事并占领。焦获：地名。

〔9〕织文：旗帜上的

图案花纹。织通"帜"，旗帜。鸟章：绘有鸟形图样的旗帜。白斾：旗端状如燕尾的白色飘带。

〔10〕元戎：大型的兵车。乘（shèng）：辆。

〔11〕如轾（zhì）：从前视之。如轩：从后视之。

〔12〕佶（jí）：健壮的样子。闲：训练有素。

〔13〕大原：古地名。

〔14〕宪：法。

〔15〕燕喜：宴饮喜乐。祉：福祉。

〔16〕炰（páo）鳖：烹煮鳖肉。脍鲤：用切细的鲤鱼片做成的佳馔。

〔17〕张仲：周代名臣，尹吉甫的朋友。

采 芑

【题解】

这首诗盛赞周宣王大臣方叔军容之盛。他既征服了猃狁，又威服了南方的荆蛮。此诗是反映周族与他族战争的诗篇之一。

薄言采芑，于彼新田， 于此菑亩[1]。方叔莅止， 其车三千，师干之试[2]。 方叔率止，乘其四骐， 四骐翼翼[3]。路车有奭， 簟茀鱼服，钩膺鞗革[4]。 薄言采芑，于彼新田， 于此中乡[5]。方叔莅止， 其车三千，旂旐央央[6]。 方叔率止，约軧错衡， 八鸾玱玱[7]。服其命服， 朱芾斯皇，有玱葱珩[8]。 鴥彼飞隼，其飞戾天， 亦集爰止[9]。方叔莅止， 其车三千，师干之试。	采蒲公英呀采蒲公英，在去年新辟的田中， 在这刚垦的田亩中。方叔受命来此视察， 整齐的兵车三千辆，战士们练武在操场。 方叔亲自率领他们，乘着四匹棋纹的马， 四匹马儿排成了行。高大的战车红艳艳， 兽皮蒙车挂在竹帘，繁缨笼头在马胸前。 采蒲公英呀采蒲公英，在开辟新田的郊外， 在这耕完的田亩中。方叔到达了这地方， 他的兵车有三千辆，龟旗龙旗多么光亮。 方叔亲自率领他们，红鼓车和花车交错， 八个铃儿叮叮当当。穿着那御赐的军装， 红色蔽膝多么辉煌，佩带的青玉铿锵响。 猛隼鸟犹如离箭剑，飞呀飞得比天还高， 忽然群集到了地面。方叔到达了这地方， 他的兵车有三千辆，战士们练武在操场。

方叔率止，钲人伐鼓，
陈师鞠旅[10]。显允方叔，
伐鼓渊渊，振旅阗阗。
蠢尔蛮荆，大邦为仇。
方叔元老，克壮其犹[11]。
方叔率止，执讯获丑。
戎车啴啴，啴啴焞焞，
如霆如雷。显允方叔，
征伐猃狁，蛮荆来威[12]。

方叔亲自率领他们，敲钲击鼓把号令传，
列队训话十分威严。声名赫赫的方叔啊，
战鼓擂得咚咚作响，大军操练整齐合拍。
荆州蛮子太过愚蠢，胆敢把大国来入侵。
方叔本是周朝元老，大展谋略大显身手。
方叔率军来此征讨，捉住探子杀死敌寇。
兵车行动声沙沙响，兵车沙沙隆隆作响，
就像霹雳和响雷。声名赫赫的方叔啊，
征伐了猖狂的猃狁，荆蛮望风也来臣服。

【注释】

〔1〕芑（qǐ）：一种野菜名，又名蒲公英。菑亩：第一年初耕之田。

〔2〕莅止：到临此地。师干之试：军队众多而强大。

〔3〕骐：青黑色的良马。翼翼：顺序貌。

〔4〕路车：兵车名。奭（shì）：赤色。簟茀（diàn fú）：用竹席做车篷。鱼服：用鱼皮做的车厢外包。钩膺：古代马颈皮胸、腹上的带饰。鞗革：马头上缰绳一类的东西。

〔5〕乡：处所。

芑

〔6〕旐旟：战车上旗帜飘飘。

〔7〕軝（qí）：车毂两端饰有皮革的部分。错：涂金为文饰。鸾：古代车马上的铃，四匹马共八只鸾铃。玱玱（qiāng）：金石发出的清脆悦耳之声。

〔8〕服其命服：穿上他的官服。朱芾：朱黄色的蔽膝。皇：即煌煌。葱：葱绿色的玉石。珩（héng）：玉佩最顶端的一种玉。

〔9〕軟（yù）：鸟疾飞的样子。隼（sǔn）：各种猛禽的通称。戾（lì）：到达。集：鸟群栖于树。爰：而，于。止：所到之处。

〔10〕钲（zhēng）人：古代行军掌管鸣钲击鼓的人。鞠：告。

〔11〕犹：谋，后谋。

〔12〕威：畏惧。

车 攻

【题解】

诗极写贵族田猎盛况。写猎前计划，猎时射御熟练，猎后满载归来。写景动中有静，静中有动，尤为精妙。

我车既攻，我马既同[1]。	猎车修理已完工，猎马整齐步调同。
四牡庞庞，驾言徂东[2]。	四匹公马真强壮，驾着猎车去东边。
田车既好，四牡孔阜[3]。	猎车修得很完好，四匹公马高又大。
东有甫草，驾言行狩[4]。	东都草地真广阔，驾车去那猎一场。
之子于苗，选徒嚣嚣[5]。	国王夏猎排场大，清点随从好气派。
建旐设旄，搏兽于敖[6]。	各种旗子插车上，奔向敖山狩猎场。
驾彼四牡，四牡奕奕[7]。	诸侯驾着四马奔，马儿齐步奔前方。
赤芾金舄，会同有绎[8]。	红红蔽膝金头鞋，共同会猎好气派。
决拾既佽，弓矢既调[9]。	板指臂韦全齐备，强弓利矢两相配。
射夫既同，助我举柴[10]。	猎罢射手齐放箭，帮捡猎物抬又背。
四黄既驾，两骖不猗[11]。	黄马四匹驾车行，两旁骖马跑得正。
不失其驰，舍矢如破[12]。	往来驰驱有规章，箭无虚射好准头。
萧萧马鸣，悠悠旆旌[13]。	只听马鸣声萧萧，旌旗迎风高高飘。
徒御不惊，大庖不盈[14]。	箭手机警又严肃，烹得野味充佳肴。
之子于征，有闻无声[15]。	猎完国王归京城，人马整齐好安静。
允矣君子，展也大成[16]。	真是我们的好君主，确是一次大成功。

【注释】

〔1〕攻：通"工"，治理，修缮。

〔2〕庞庞：躯体强壮貌。徂：往。

〔3〕田车：指猎车。

〔4〕甫草：甫田之草。

〔5〕苗：泛指打猎。选（suàn）：通"算"，清点。嚣嚣：声音众多貌。

〔6〕旐（zhào）：画龟蛇图形的旗。旄（máo）：顶端以旄牛尾为饰的旗。敖：敖山。

〔7〕奕奕：马匹从容貌。

〔8〕赤芾、金舄：两者都是指诸侯的服装。有绎：络绎不绝。

〔9〕决：同"抉"，扳指，射箭时套在右拇指上，用以钩弦。拾：用皮革制成，套在左臂上，射箭时用以护臂。佽（cì）：齐备。

〔10〕举柴（zì）：指堆积动物尸体。

〔11〕猗：偏斜的意思。

〔12〕驰：指驰驱的法则。舍矢：放箭。

〔13〕旆：泛指旗帜。

〔14〕不：岂不。

〔15〕征：行，这里指狩猎归来。

〔16〕允：信，诚，确实。展：确实。

吉 日

【题解】

诗写贵族田猎，择日选马，祭祀祈祷，还赶着禽兽以便周天子来射它。贵族打猎归来，烹调野物来宴请宾客。

吉日维戊，既伯既祷[1]。	戊辰这个日子好，又祭马祖又祈祷。
田车既好，四牡孔阜。	灵巧的车多坚固，四匹公马全是膘。
升彼大阜，从其群丑[2]。	快快登上大土坡，去追群兽飞快跑。
吉日庚午，既差我马[3]。	庚午这个日子好，选好猎马准备好。
兽之所同，麀鹿麌麌[4]。	走兽聚集的地方，鹿儿来得真不少。
漆沮之从，天子之所[5]。	沿着漆沮的水旁，驱赶野兽到猎场。
瞻彼中原，其祁孔有[6]。	遥望那个大平原，真是富有又广阔。
儦儦俟俟，或群或友[7]。	或走或跑野兽多，三个成群两成双。
悉率左右，以燕天子[8]。	统统都要赶出来，乐得周王显身手。
既张我弓，既挟我矢[9]。	把我的弓装上弦，把我的箭拿在手。
发彼小豝，殪此大兕[10]。	一箭射死小野猪，一箭射杀大野牛。
以御宾客，且以酌醴[11]。	烹调野味敬宾客，斟上一杯甜米酒。

【注释】

〔1〕戊：刚日，即指单日。伯：祭马神、马祖。

〔2〕大阜：高的陆地，大的土山。

〔3〕差（chāi）：选择，挑选。

〔4〕同：聚。麀（yōu）鹿：雌鹿。麌麌（yǔ）：多的意思，鹿群居的样子。

〔5〕漆沮：二水名，均在今陕西省境内。

〔6〕祁：原野广大。

〔7〕儦儦（biāo）：野兽奔跑的样子。俟俟：行走或慢行的样子。群、友：兽三为群，兽二为友。

〔8〕燕：乐。

〔9〕张：张弦于弓。

〔10〕豝（bā）：小野猪，泛指小兽。殪：中箭被射死。兕（sì）：古代犀牛一类的兽。

〔11〕御：进献饮食。酌醴：饮甜酒。

兕

小雅·鸿雁之什

鸿 雁

【题解】

　　服役的人悲叹自己的辛劳，抒发内心的不平，虽然为流民们筑起高墙，但自己却无处安身，命运坎坷凄惨。

鸿雁于飞，肃肃其羽[1]。　　　　雁儿往远飞，两翅嗖嗖响。
之子于征，劬劳于野[2]。　　　　人儿出门去，旷野奔波苦。
爰及矜人，哀此鳏寡[3]。　　　　这些人辛苦，鳏寡更可怜。
鸿雁于飞，集于中泽[4]。　　　　大雁往远飞，落在湖中央。
之子于垣，百堵皆作[5]。　　　　人儿去筑墙，筑起百堵墙。
虽则劬劳，其究安宅[6]。　　　　虽然吃尽苦，不知家何处。
鸿雁于飞，哀鸣嗷嗷。　　　　　雁儿往远飞，嗷嗷其声悲。
维此哲人，谓我劬劳。　　　　　这些贤明人，说我真辛劳。
维彼愚人，谓我宣骄[7]。　　　　那些糊涂人，说我太逞强。

【注释】

　〔1〕于：语助词。

　〔2〕劬（qú）劳：劳苦。

　〔3〕爰：焉，于是。矜人：穷苦
的人。

　〔4〕集：止。

　〔5〕垣：墙。百堵：百堵墙。

　〔6〕究：终究。

　〔7〕宣：示。

雁

庭　燎

【题解】

本诗通过写王侯、公、卿提早来等候早朝，赞美周宣王勤于朝政。夜茫茫，大烛亮，车铃响，旗儿飘扬，本诗描写出色。

夜如何其？夜未央[1]。　　　　现在夜里啥时候？夜色还早无晨光。

庭燎之光[2]。　　　　　　　　庭中大烛好明亮。

君子至止，鸾声将将[3]。　　　诸侯朝见快到了，远方车铃响叮当。

夜如何其？夜未艾[4]。　　　　现在夜里啥时候？夜色蒙蒙天未亮。

庭燎晣晣[5]。　　　　　　　　夜长火炬明晃晃。

君子至止，鸾声哕哕[6]。　　　诸侯朝见快来到，渐渐听到车铃响。

夜如何其？夜乡晨[7]。　　　　现在夜里啥时候？长夜将近天亮了。

庭燎有辉[8]。　　　　　　　　火炬渐熄烟气香。

君子至止，言观其旂。　　　　诸侯朝见已来到，看到旗儿在飘扬。

【注释】

〔1〕其：语助词，表疑问。未央：未尽。

〔2〕庭燎：大烛。即点燃于庭中用以照明的火炬。

〔3〕君子：指诸侯贵族。鸾：通"銮"，古代车马所佩的铃。将将（qiāng）：同"锵锵"。

〔4〕艾：止，尽。

〔5〕晣晣（zhé）：明亮的样子。

〔6〕哕哕（huì）：有节奏的铃声。

〔7〕乡晨：近晓。

〔8〕辉：烟火缭绕的样子。

沔 水

【题解】

　　敏感脆弱的心灵，在兵荒马乱的年代，容易感时伤怀。诗人忧虑祸乱与谣言，并劝告朋友要谨慎小心。

沔彼流水，朝宗于海[1]。　　　　漫漫的流水，百川东入海。

鴥彼飞隼，载飞载止[2]。　　　　急飞的隼鸟，停停又飞飞。

嗟我兄弟，邦人诸友[3]。　　　　我的兄弟啊，同乡和朋友。

莫肯念乱，谁无父母[4]？　　　　没考虑祸乱，谁没有爹娘？

沔彼流水，其流汤汤。　　　　　漫漫的流水，浩浩入海洋。

鴥彼飞隼，载飞载扬。　　　　　急飞的隼鸟，时飞又时扬。

念彼不迹，载起载行[5]。　　　　做事不公道，我坐立不安。

心之忧矣，不可弭忘。　　　　　心里忧伤呀，哪能把它忘。

鴥彼飞隼，率彼中陵[6]。　　　　急飞的隼鸟，沿着山坡飞。

民之讹言，宁莫之惩[7]。　　　　民间的谣言，没有人禁止。

我友敬矣，谗言其兴[8]。　　　　朋友要警惕，谗言要提防。

【注释】

　　〔1〕沔（miǎn）：水涨满的样子。

　　〔2〕鴥（yù）：鸟疾飞的样子。隼：鹘，鹰类。

　　〔3〕邦人：同乡。

　　〔4〕念乱：考虑祸乱。

　　〔5〕不迹：不遵循正道，不按法则办事。

　　〔6〕率：沿。

　　〔7〕讹言：谣言。

　　〔8〕敬：同"儆"，警戒。

鹤 鸣

【题解】

本诗通篇运用比喻，借描写园林池沼之美，暗喻统治者要重用在野的贤人，主张要招致人才为国所用。

鹤鸣于九皋，声闻于野[1]。	白鹤在深泽中叫，鹤声四野都听到。
鱼潜在渊，或在于渚[2]。	鱼儿游在深水里，有的也向浅水靠。
乐彼之园，爰有树檀，	那个花园很漂亮，檀树长得高又高，
其下维萚[3]。	枯枝败叶落满地。
他山之石，可以为错[4]。	取自他山的石头，能够把那玉石雕。
鹤鸣于九皋，声闻于天。	白鹤在深泽中叫，声音飘扬到天际。
鱼在于渚，或潜在渊。	鱼儿游在沙洲边，时而游到深渊里。
乐彼之园，爰有树檀，	美丽花园逗人乐，檀树长在花园里，
其下维穀[5]。	树下楮树真矮小。
他山之石，可以攻玉[6]。	取自他山的石头，可以把那美玉雕。

【注释】

〔1〕九：虚数，言沼泽极为曲折。皋：沼泽。

〔2〕渚：河中小洲，这里指小洲旁的浅水。

〔3〕萚（tuò）：枯落的枝叶。

〔4〕错：砺石，磨石。

〔5〕穀（gǔ）：楮树，树皮可制纸。

〔6〕攻：治，加工，雕刻。

鹤

祈 父

【题解】

这是写卫士指责长官失职的诗。卫士是保卫都城的王官，他对长官让他出征抵抗戎人，感到怨愤。

祈父，予王之爪牙[1]。
胡转予于恤[2]？靡所止居。
祈父，予王之爪士[3]。
胡转予于恤？靡所厎止[4]。
祈父，亶不聪[5]。
胡转予于恤？有母之尸饔[6]！

司马！你是王室的爪牙。
为何让我上战场？使我远离我家乡！
司马！你是卫士保王驾。
为何让我上战场？使我抛家又舍业！
司马！你呀真不通事理。
为何让我上战场，反教我母供养我！

【注释】

〔1〕祈父：职掌封圻兵甲的司马。爪牙：武士。对武臣的比喻。《汉书·李广传》："将军者，国之爪牙也。"现在多用作贬义。

〔2〕恤：忧。

〔3〕爪士：爪牙之士。

〔4〕厎：《传》："至也。"

〔5〕亶（dǎn）：诚。

〔6〕尸：主也。饔（yōng）：熟食。

白 驹

【题解】

这是一首别友思贤、留宾惜别的诗。诗人再三地挽留朋友，愿分别后，两人常相思，毋相忘，不要断绝音讯、故意疏远。

皎皎白驹，食我场苗。
絷之维之，以永今朝[1]。
所谓伊人，于焉逍遥。
皎皎白驹，食我场藿。
絷之维之，以永今夕。
所谓伊人，于焉嘉客。
皎皎白驹，贲然来思[2]。
尔公尔侯，逸豫无期。

白生生的小马儿，吃我场里的豆苗。
绊住马脚拴上它，延长欢乐的今朝。
我的好朋友们啊，来这逍遥快活吧。
白生生的小马儿，吃我场里的豆叶。
绊住马脚拴上它，延长欢乐的良宵。
我的好朋友们啊，你是我的贵宾客。
白生生的小马儿，飘然来到了这里。
你是那么的尊贵，带来欢乐真无限。

慎尔优游，勉尔遁思。　　珍视悠闲的岁月，别这么快就要走。
皎皎白驹，在彼空谷。　　白生生的小马儿，在那空旷的山谷。
生刍一束，其人如玉[3]。　　一束青草作饲料，那人如玉一样好。
毋金玉尔音，而有遐心[4]。　　别忘了给我写信，不要故意疏远我。

【注释】

〔1〕絷（zhí）：用绳子绊住马脚。维：系住马缰绳。永：延长。

〔2〕贲（bēn）然：马跑得快的样子。贲，通"奔"。

〔3〕生刍：喂马用的青草。

〔4〕音：音讯。

黄　鸟

【题解】

这是一个流亡到周都镐京的人写的诗。诗人流浪异地，备尝艰辛，通过对黄鸟呼唤而抒发怀乡之情。

黄鸟黄鸟，　　黄鸟呀黄鸟，
无集于榖，无啄我粟[1]。　　不要聚在楮树上，不要吃我的粟米。
此邦之人，不我肯榖[2]。　　这里的人啊，没有人肯善待我。
言旋言归，复我邦族。　　你快回去吧，快回到我的家乡。

黄鸟黄鸟，　　黄鸟呀黄鸟，
无集于桑，无啄我粱。　　不要聚在桑树上，不要吃我的黄粱。
此邦之人，不可与明。　　这里的人啊，不可与之相交。
言旋言归，复我诸兄。　　你快回去吧，回到我兄弟身旁。

黄鸟黄鸟，　　黄鸟呀黄鸟，
无集于栩，无啄我黍。　　不要聚在柞树上，不要吃我的黍米。
此邦之人，不可与处。　　这里的人啊，不能和他们相处。
言旋言归，复我诸父。　　你快回去吧，回到我长辈身旁。

我行其野

【题解】

这是一首弃妇诗。丈夫喜新厌旧，有了新欢。妻子郁郁而行，经过反复思量，最后痛下决心，表示和他决裂。

我行其野，蔽芾其樗[1]。	我在郊外独自走，臭椿长得大又高。
昏姻之故，言就尔居[2]。	因为已经嫁了你，才来和你同居住。
尔不我畜，复我邦家[3]。	现在你已不爱我，我要回到我故里。
我行其野，言采其蓫[4]。	我在郊外独自走，边走边采羊蹄菜。
昏姻之故，言就尔宿。	因为已经嫁了你，才来和你同居住。
尔不我畜，言归斯复[5]。	既然你已变了心，我只好回娘家去。
我行其野，言采其葍[6]。	我在郊外独自走，边走边采那野菜。
不思旧姻，求尔新特[7]。	你全忘了旧姻缘，有了新欢忘旧伴。
成不以富，亦祗亦异[8]。	确实不因你富有，而是你喜新厌旧。

【注释】

〔1〕芾（fèi）：树叶初生的样子。樗（chū）：臭椿树。

〔2〕就：从，归。

〔3〕畜：养，此处含有喜爱的意思。

〔4〕蓫（zhú）：又名羊蹄菜，仲春时生，可采以煮食，但多食则致人下痢，所以被古人认为是一种"恶菜"。

〔5〕归：指妇女被休后归返娘家。

〔6〕菖（fú）：多年生野菜，其根可蒸食。

〔7〕新特：新妇。特，匹，配偶。

〔8〕祇：只，仅仅。

斯 干

【题解】

本诗歌颂周王宫室落成。诗写贵族建筑宫室，雄伟宽朗，并祝他安居美梦，生下贵男贤女。

秩秩斯干，幽幽南山[1]。　　　　溪涧水蜿蜒流淌，南山景青翠幽深，

如竹苞矣，如松茂矣[2]。　　　　如绿竹根深叶茂，如青松挺拔茂盛。

兄及弟矣，　　　　　　　　　　兄弟同住多和乐，

式相好矣，无相犹矣[3]。　　　　相亲相爱心相连，以诚相待不欺瞒。

似续妣祖，　　　　　　　　　　继承先母和先祖，

筑室百堵，西南其户[4]。　　　　建起宫室升百间，房列东西门南向。

爰居爰处，爰笑爰语。　　　　　兄弟和睦住一处，欢歌笑语声飞扬。

约之阁阁，椓之橐橐[5]。　　　　木框捆紧起泥墙，用力夯土嗵嗵响。

风雨攸除，　　　　　　　　　　风吹雨打都不怕，

鸟鼠攸去，君子攸芋[6]。　　　　飞鸟老鼠都赶光，君子住得多舒畅。

如跂斯翼，如矢斯棘，

如鸟斯革，如翚斯飞，

君子攸跻[7]。

殖殖其庭，有觉其楹，

哙哙其正，哕哕其冥，

君子攸宁[8]。

下莞上簟，乃安斯寝[9]。

乃寝乃兴，乃占我梦[10]。

吉梦维何？

维熊维罴，维虺维蛇[11]。

大人占之：

维熊维罴，男子之祥；

维虺维蛇，女子之祥[12]。

乃生男子，载寝之床，

载衣之裳，载弄之璋[13]。

其泣喤喤，

朱芾斯皇，室家君王[14]。

乃生女子，载寝之地，

载衣之裼，载弄之瓦[15]。

无非无仪，

唯酒食是议，无父母诒罹[16]。

新官端正如企立，齐整如箭如鸟翅。

好似鸟儿展双翼，好似锦鸡欲飞翔，

君子登堂心欢喜。

庭院宽广平而正，屋柱笔直又高挺，

白天采光好明亮，夜晚昏暗真幽静，

君子住此多安宁。

上铺竹席下铺草，睡在这里很安宁。

夜里睡觉早晨起，占卜我的梦如何。

你猜好梦梦见啥？

又是熊又是罴，又有虺又有蛇。

太卜占梦给你讲：

如果梦见熊和罴，预示你家生男丁；

如果梦见虺和蛇，就是预兆生姑娘。

生下一个小儿郎，让他睡在小床上，

给他穿上好衣裳，给他白玉当玩具。

如果娃儿哭声响，

长大后盛服辉煌，不是国君便是王。

生下一个小姑娘，让她睡在地床上，

一条小被包在身，给她纺线和瓦锤。

教她守礼要听话，

料理家务会做饭，不给父母添麻烦。

【注释】

〔1〕秩秩：水清而流动的样子。斯：此。干：通"涧"。

〔2〕如：有。苞：植物丛生的样子。

〔3〕式：发语词。犹：欺诈。

〔4〕似续：继承。妣：古时对亡母的称呼。

〔5〕约之：以绳捆束筑墙板。阁阁：捆板声。椓（zhuó）：夯击墙土。橐橐（tuó）：夯土声。

〔6〕攸：语助词。芋：借为"宇"，居住。

〔7〕跂：同"企"，耸立。斯：语助词。翼：端正的样子。棘：鸟翅。翚（huī）：雉。跻：登。

〔8〕殖殖：平正的样子。有觉：高大直立的样子。楹：柱子。哙哙：宽敞明亮的样子。正：白昼。哕哕（huì）：昏暗的样子。

〔9〕莞（guǎn）：蒲席。簟（diàn）：竹席。

〔10〕兴：起床。

〔11〕虺（huǐ）：毒蛇。

〔12〕大人：太卜之属，占梦之官。

〔13〕载：则，就。

〔14〕喤喤：大声。朱芾：天子及诸侯的服饰。皇：同"煌"，色彩辉煌。

〔15〕裼（tì）：婴儿的包被。瓦：古代的陶制纺锤。

〔16〕无非：即无违。指女子婚后不要违背公婆和丈夫的意旨。无仪：指女子不要议论是非，说长道短。仪，通"议"。诒：给予。

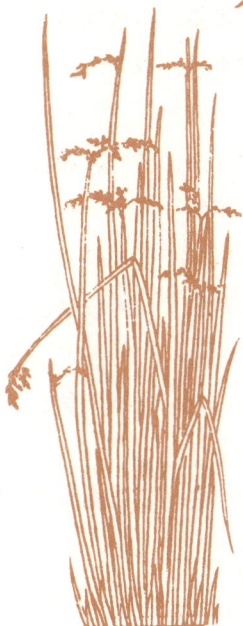

无 羊

【题解】

诗写牛羊繁盛，人畜相安，动态如生。诗的末尾写牧人的梦，预示来年前景一片大好。

谁谓尔无羊？三百维群[1]。	谁说你家缺少羊？三百成群在牧场。
谁谓尔无牛？九十其犉[2]。	谁说你家没有牛？七尺牛儿九十头。
尔羊来思，其角濈濈[3]。	羊儿牧罢回到家，角儿相依又相靠。
尔牛来思，其耳湿湿[4]。	牛儿牧罢回到家，耳朵摇摇慢悠悠。
或降于阿，或饮于池，	有的牛羊下了坡，有的池边把水喝，
或寝或讹[5]。尔牧来思，	有的走动有的卧。牧人也已归来了，

何蓑何笠，或负其糇[6]。　　　　　戴着斗笠披着蓑，干粮袋子也背着。

三十维物，尔牲则具[7]。　　　　　牛羊毛色几十种，祭牲齐备品种多。

尔牧来思，以薪以蒸，　　　　　　牧人放牧回到家，粗草嫩草当饲料，

以雌以雄[8]。　　　　　　　　　　公的母的相交配。

尔羊来思，矜矜兢兢，　　　　　　羊群牧罢回到家，健壮肥饱数齐全。

不骞不崩[9]。　　　　　　　　　　不掉队儿不乱套。

麾之以肱，毕来既升[10]。　　　　挥着臂儿把它招，全部赶进圈牢里。

牧人乃梦，众维鱼矣，　　　　　　牧人做梦真稀奇，梦见蝗虫变了鱼，

旐维旟矣[11]。　　　　　　　　　龟蛇旗变成鸟旗。

大人占之：众维鱼矣，　　　　　　大人占梦告诉你：蝗虫如果变成鱼，

实维丰年；　　　　　　　　　　　准是一个丰收年；

旐维旟矣，室家溱溱[12]。　　　　龟蛇旗换鸟旗呀，人丁兴旺家人笑。

【注释】

〔1〕维：为。

〔2〕犉（rún）：身长七尺的牛。泛指大牛。

〔3〕濈濈（jí）：聚其角而息。

〔4〕湿湿（chì）：耳朵晃动的样子。

〔5〕讹：跳动，走动。

〔6〕何：同"荷"，此指肩上所披。糇（hóu）：干粮。

〔7〕物：毛色。

〔8〕蒸：细小的薪柴。

〔9〕矜矜兢兢：谨慎坚强，唯恐失群的样子。骞：亏损。

〔10〕麾：指挥。肱：臂。毕来既升："毕"与"既"都训为"尽"。升，进。

〔11〕旐：画有龟蛇图形的旗子。旟（yú）：画有鸟形的旗子。

〔12〕溱溱（zhēn）：同"蓁蓁"，旺盛的样子。

小雅·节南山之什

节南山

【题解】

这是讽刺太师尹氏的诗。诗人斥责太师尹氏执政不平，任用小人，以致天怒人怨，希望君王明察秋毫。

节彼南山，维石岩岩[1]。 险峻的终南山啊，积石又高又奇险。

赫赫师尹，民具尔瞻[2]。 显赫的尹太师啊，人们都在仰望你。

忧心如惔，不敢戏谈[3]。 满腔忧愤如火烧，不敢随便地嬉笑。

国既卒斩，何用不监[4]！ 国运眼看要中断，为何还没察觉到？

节彼南山，有实其猗[5]。 险峻的终南山啊，山体斜坡太宽广。

赫赫师尹，不平谓何！ 显赫的尹太师啊，为何办事不公道！

天方荐瘥，丧乱弘多[6]。 上天正在降灾荒，国家动乱人逃亡。

民言无嘉，憯莫惩嗟[7]！ 庶民绝无好言语，还是不肯细思量！

尹氏大师，维周之氏[8]。 你这姓尹的太师，应是周朝的柱石。

秉国之均，四方是维。 掌握国家的政权，天下全靠你维持。

天子是毗，俾民不迷[9]。 君主靠你来辅佐，万民靠你来指点。

不吊昊天，不宜空我师[10]。 老天不关心人民，不该有你尹太师。

弗躬弗亲，庶民弗信[11]。 从不亲身理朝政，万民不把你信任。

弗问弗仕，勿罔君子[12]。 不闻不问没人才，贤人被你弃荒郊。

式夷式已，无小人殆[13]。 世上贤人不得用，小人反而士气高。

琐琐姻亚，则无膴仕[14]。 依靠裙带亲无能，不要给他高官位。

昊天不佣，降此鞠讻[15]。 老天爷啊不公正，降下这个害人精！

昊天不惠，降此大戾[16]。 老天爷啊不善良，降下大灾难一场！

君子如届，俾民心阕[17]。 如果贤士理朝政，民愤自然都会平。

君子如夷，恶怒是违[18]。 官员办事太公平，民怨也就能消除。

不吊昊天，乱靡有定[19]。 老天爷啊不爱民，祸乱没有被平定。

式月斯生，俾民不宁[20]。 损害天下老百姓，使民不能得安宁。

忧心如酲，谁秉国成[21]？　　　　　我愁得啊像醉酒，谁来掌理国朝政？

不自为政，卒劳百姓。　　　　　太师不好自为之，到头来苦了百姓。

驾彼四牡，四牡项领[22]。　　　　驾着四匹健壮马，马儿膘肥又体壮。

我瞻四方，蹙蹙靡所骋[23]。　　　我把四方来眺望，太窄没法把马放。

方茂尔恶，相尔矛矣[24]。　　　　当你大肆作恶时，看你就像杀人矛。

既夷既怿，如相酬矣[25]。　　　　铲除小人真得意，互相举杯来欢庆。

昊天不平，我王不宁。　　　　　老天爷啊不公平，害得君王不安宁。

不惩其心，覆怨其正。　　　　　太师他不知自省，反而怨别人批评。

家父作诵，以究王讻。　　　　　家父特意吟此诗，揭示王朝的祸根。

式讹尔心，以畜万邦[26]。　　　　愿君王回心转意，安抚天下的诸侯。

【注释】

〔1〕节：山势高峻的样子。

〔2〕师尹：太师尹氏。具：通"俱"。

〔3〕惔（tán）："炎"的假借字，意为燃烧。

〔4〕卒斩：完结，断绝。监：察觉的意思。

〔5〕猗：通"阿"，山坡。

〔6〕荐瘥（cuó）：降下瘟疫。瘥，疫病。弘：同"宏"，广大，甚。

〔7〕憯（cǎn）：曾经，还是。

〔8〕氐：通"砥"，柱石。

〔9〕均：通"钧"，钧的原意是制陶器的模盘，古代比喻为政令的轨范。故"秉钧"
就是掌政。毗：辅弼。俾：使。

〔10〕昊天：上天。空我师：使大众贫困。

〔11〕躬：亲自。

〔12〕仕：任用。

〔13〕式：语助词。无：得无，岂非。

〔14〕肮（wǔ）仕：高官厚禄。

〔15〕佣：平，公正。鞠讻（xiōng）：大灾，元凶。

〔16〕惠：仁善。戾：恶，罪。

〔17〕阕（què）：止息。

〔18〕违：消除。

〔19〕靡：无，未。

〔20〕月："刖"的借字，折断、损伤的意思。斯生：犹言斯民。生，生灵。

〔21〕酲（chéng）：酒醉。

〔22〕项领：肥脖子。

〔23〕蹙蹙(cù)：局促窄狭。

〔24〕茂：盛，多。

〔25〕怿：愉悦。

〔26〕讹：化，改变。

正 月

【题解】

　　这是一首愤世嫉俗诗。诗人忧国哀民，叹息人民的穷困、国家的覆亡。他愤恨小人当道，自己却孤立无援，进退维谷。

正月繁霜，我心忧伤[1]。	正月里来寒霜重，我的心里很忧伤。
民之讹言，亦孔之将[2]。	民间谣言四方起，恐怕国家要遭殃。
念我独兮，忧心京京[3]。	想我一身多孤单，忧心忡忡更怅惘。
哀我小心，癙忧以痒[4]。	胆小怕事真可怜，愁得病成这个样。
父母生我，胡俾我瘉[5]。	父亲母亲生下我，却使我遭受创伤。
不自我先，不自我后。	偏偏事情又碰巧，碰到这样的年头。
好言自口，莠言自口[6]。	好话嘴里说出来，坏话嘴里说出来。
忧心愈愈，是以有侮[7]。	忧愁是日甚一日，受人欺侮是常事。
忧心惸惸，念我无禄[8]。	我满腹的忧愁啊，想我真是太不幸。
民之无辜，并其臣仆。	平民百姓没有罪，亡国时都成奴仆。
哀我人斯，于何从禄？	可悲我们这些人，哪里能找来幸福？
瞻乌爰止，于谁之屋？	看那乌鸦缓慢飞，不知停在谁家屋？
瞻彼中林，侯薪侯蒸[9]。	看那树林不透风，树木和野草丛生。
民今方殆，视天梦梦[10]。	老百姓正处危难，老天你昏聩不明。
既克有定，靡人弗胜。	你主宰世上一切，没人能够逃得过。
有皇上帝，伊谁云憎[11]？	老天爷啊老天爷，你究竟要惩罚谁？
谓山盖卑，为冈为陵[12]。	说山矮就像坟茔，却是高冈和山陵。
民之讹言，宁莫之惩。	民众既有谣言起，为何不警惕着意。
召彼故老，讯之占梦。	召来元老问仔细，再请占梦人占梦。
具曰予圣，谁知乌之雌雄？	都说自己是圣人，难辨乌鸦雌和雄！
谓天盖高，不敢不局[13]。	要说那天该是高，实在不敢不弯腰。

谓地盖厚？不敢不蹐[14]。	要说那地该是厚，走路不敢不蹑脚。
维号斯言，有伦有脊[15]。	喊出这些话以后，确实合情又合理。
哀今之人，胡为虺蜴[16]？	可怜如今世上人，为何恣意来害人？
瞻彼阪田，有菀其特[17]。	看那山坡的田地，长出禾苗一片片。
天之扤我，如不我克[18]。	老天非要折磨我，好像非要制胜我。
彼求我则，如不我得[19]。	那时朝廷来求我，好像是少不得我。
执我仇仇，亦不我力[20]。	得到我后鄙视我，丝毫没有重用我。
心之忧矣，如或结之。	郁郁此生不得志，就像绳子结疙瘩。
今兹之正，胡然厉矣[21]？	综观今日的朝政，暴虐为何如此多？
燎之方扬，宁或灭之[22]。	草木之火正燃烧，有谁能够浇熄它？
赫赫宗周，褒姒灭之[23]。	即使兴旺的京周，褒姒来把它灭亡。
终其永怀，又窘阴雨[24]。	日日心中常忧伤，适逢大雨头上降。
其车既载，乃弃尔辅[25]。	车子既然装满货，栏板却被全抽光。
载输尔载："将伯助予[26]。"	货物已经遍撒地，才叫"大哥来帮忙"。
无弃尔辅，员于尔辐[27]。	不要丢掉车栏板，时常检查车轮辐。
屡顾尔仆，不输尔载。	经常照顾赶车夫，不要让货物失落。
终逾绝险，曾是不意。	这样才能度险境，可你总是不在意。
鱼在于沼，亦匪克乐。	鱼儿游在沼泽里，没有什么快乐言。
潜虽伏矣，亦孔之炤[28]。	潜在水中虽很深，水清仍然能见到。
忧心惨惨，念国之为虐！	心中不安忧虑啊，想那朝政太暴虐。
彼有旨酒，又有嘉肴。	他用美酒来招待，又有鱼肉和好菜。
洽比其邻，昏姻孔云[29]。	任人唯亲忙周旋，狐朋狗党相勾结。
念我独兮，忧心殷殷[30]。	想我孤单一个人，忧心如焚痛断肠。
佌佌彼有屋，蔌蔌方有谷[31]。	卑劣小人住大屋，鄙陋家伙有五谷。
民今之无禄，天夭是椓[32]。	如今人民最不幸，天降灾祸百姓苦。
哿矣富人，哀此惸独[33]！	富人享福真欢快，可怜穷人太孤独。

【注释】

〔1〕正月：指夏历十一月，周历正月。

〔2〕将：大。

〔3〕京京：忧虑不止的样子。

〔4〕瘋忧：心上忧愈之病。瘋（shǔ），忧。

〔5〕瘉：病。

〔6〕莠言：坏话。

〔7〕愈愈：忧惧貌。

〔8〕惸惸（qióng）：愁思的样子。

〔9〕侯：维。蒸：草。

〔10〕梦梦：昏聩不明的样子。

〔11〕皇：大。

〔12〕盖：通"盍"，何。

〔13〕局：弯腰，屈身。

〔14〕蹐（jí）：小步轻走。

〔15〕伦：道。脊：理。

〔16〕虺（huǐ）蜴：毒蛇，四脚蛇，比喻恣意害人者。

〔17〕特：指独生之苗。

〔18〕扤（wù）：摧折。

〔19〕则：语助词。

〔20〕仇仇：傲慢的样子。

〔21〕正：通"政"。

〔22〕燎：放火烧草木。

〔23〕褒姒：周幽王的宠妃，幽王因宠爱她以致朝政混乱，终于亡国。

〔24〕永怀：深忧。

〔25〕辅：车厢板。比喻辅佐国君的贤臣。

〔26〕输：掉落。

〔27〕员：增益。辐：辐条。

〔28〕炤（zhào）：显明。

〔29〕洽比：融洽亲近。云：周旋。

〔30〕殷殷：心痛的样子。

〔31〕俾俾（cǐ）：卑小。蓛蓛（sù）：鄙陋。

〔32〕椓（zhuó）：打击。

〔33〕哿（gě）：乐，欢乐。

十月之交

【题解】

诗写日食、月食、山崩、地震等自然界异常情况，更斥责皇父擅权，褒姒恃宠，勾结小人弄权，祸国殃民。

十月之交，朔月辛卯[1]。
日有食之，亦孔之丑。
彼月而微，此日而微。
今此下民，亦孔之哀[2]。
日月告凶，不用其行[3]。
四国无政，不用其良。
彼月而食，则维其常。
此日而食，于何不臧[4]！
烨烨震电，不宁不令[5]。
百川沸腾，山冢崒崩[6]。
高岸为谷，深谷为陵。
哀今之人，胡憯莫惩[7]。
皇父卿士，番维司徒[8]。
家伯维宰，仲允膳夫[9]。
棸子内史，蹶维趣马[10]。
楀维师氏，艳妻煽方处[11]。
抑此皇父，岂曰不时[12]。
胡为我作，不即我谋[13]。
彻我墙屋，田卒污莱[14]。
曰："予不戕，礼则然矣[15]。"
皇父孔圣，作都于向[16]。
择三有事，亶侯多藏[17]。
不憖遗一老，俾守我王[18]。
择有车马，以居徂向[19]。
黾勉从事，不敢告劳[20]。
无罪无辜，谗口嚣嚣[21]。
下民之孽，匪降自天。
噂沓背憎，职竞由人[22]。
悠悠我里，亦孔之痗[23]。
四方有羡，我独居忧[24]。
民莫不逸，我独不敢休。
天命不彻，
我不敢效我友自逸[25]。

十月里日月交会，本月初一是辛卯，
此时出现了日食，这是天大的凶兆。
那月亮昏暗异常，这太阳暗淡无光，
如今下层众黎民，心里无比的哀怨。
太阳月亮显凶相，不蹈循它的轨道。
普天之下无善政，良臣们都被疏远。
这月食虽然不好，和日食比算平常。
此时发生了日食，坏事降临没法挡。
雷轰轰来电闪闪，不安宁也不妥善。
波涛汹涌水沸腾，山岭尽碎土石崩。
高崖低陷变为谷，低谷忽然升作陵。
可叹如今这些人，何不警戒这暴政。
皇父是朝中卿士，番氏担任大司徒。
家伯是政事总管，仲允管的是膳夫。
棸子官职为内史，蹶氏管马匹和放牧。
楀氏作为教育官，褒姒势盛居高位。
哎呀叹你这皇父，役民没有按常数。
你调我去服劳役，又不跟我来商量。
拆毁了我的墙屋，田也变污池草窝。
说："不是我害你，照章办事而已。"
皇父自夸很圣明，确定向邑为都城。
自选任命三司官，虽然积聚大量财。
不愿要个老成人，使他保卫我王朝。
选择好车和好马，迁到向邑做都城。
尽心竭力去做事，即使有苦不敢诉。
虽然我没犯过错，众口谗言将我诬。
百姓遭受大灾殃，灾殃并非从天降。
当面议论背后恨，只因朝中有坏人。
此恨悠悠我心伤，积忧成疾病一场。
四方之人都在笑，只有我独自忧伤。
人家无不享安逸，唯独我不敢休息。
叹天命真难预料，
不敢像他们一样逍遥。

【注释】

〔1〕交：指日月交会。辛卯：辛卯日。

〔2〕微：幽昧不明。

〔3〕行：轨道。

〔4〕臧：善。

〔5〕烨烨：指电光闪烁。令：善。

〔6〕卒（cuì）崩：突然崩塌。

〔7〕憯（cǎn）：曾，何。

〔8〕皇父：人名。疑皇父即虢石父。卿士：总管王朝政事的官。番：人名。

〔9〕家伯：人名。仲允：人名。膳夫：掌管国王和后妃饮食的官。

〔10〕聚（zōu）子：人名。蹶（guì）：人名。趣（cù）马：主管养马的官。

〔11〕楀（jǔ）：人名。师氏：官名，掌管教育贵族子弟的官。艳妻：指周幽王的美丽宠妃褒姒。煽：意指如火般炽盛的红人。

〔12〕抑：同"噫"。

〔13〕作：指服劳役。

〔14〕彻：通"撤"，拆毁。污：积水。

〔15〕戕：残害。

〔16〕圣：圣明。向：邑名。

〔17〕有事：即有司。三有司即指司徒、司马、司空。亶侯：诚然是。

〔18〕憖（yìn）：愿。

〔19〕徂：往。

〔20〕黾勉：尽力。

〔21〕嚣嚣（áo，或读xiāo）：众口谗毁的样子。

〔22〕噂（zǔn）沓：议论纷纷。职：只。

〔23〕悠悠：无穷尽。里：忧思。痗（mèi）：痛苦，忧伤。

〔24〕羡：有余，富裕。

〔25〕彻：轨道，规律。效：效法。

雨无正

【题解】

这是写侍御官讽刺周幽王昏庸无道及其群臣误国的诗。奸臣阿谀奉承君主，正直无私的人反而遭遗弃。

浩浩昊天，不骏其德[1]。	无边无际的天啊，你的恩德不能长。
降丧饥馑，斩伐四国[2]。	降下死亡和饥荒，四方百姓遭残伤。
旻天疾威，弗虑弗图[3]。	老天爷你太暴虐，不考虑百姓疾苦。
舍彼有罪，既伏其辜。	把有罪之人放过，把无罪之人冤枉。
若此无罪，沦胥以铺[4]。	那些无罪的人们，相继受害遭祸殃。
周宗既灭，靡所止戾。	周室如果被灭亡，人想栖身没地方。
正大夫离居，莫知我勚[5]。	大臣高官都迁走，有谁知道我辛劳。
三事大夫，莫肯夙夜。	三司大官在其位，不肯早晚帮君王。
邦君诸侯，莫肯朝夕。	各国诸侯也如此，不勤国事朝周王。
庶曰式臧，覆出为恶。	常盼君王能变好，谁知他变本加厉。
如何昊天，辟言不信[6]。	老天怎么能这样？君王不听忠臣言。
如彼行迈，则靡所臻[7]。	好比一个远行人，却不知要去何方。
凡百君子，各敬尔身。	朝中百官和群臣，各自明哲保自身。
胡不相畏，不畏于天？	为何互相不尊重，违背天道和伦常？
戎成不退，饥成不遂。	敌人至今还未退，饥荒严重兵不遂。
曾我暬御，憯憯日瘁[8]。	只我等待亲近臣，每天忧虑累成病。
凡百君子，莫肯用讯。	百官群臣都闭口，都怕进谏王怪罪。
听言则答，谮言则退[9]。	君主爱听顺耳话，逆耳之言就斥退。
哀哉不能言，匪舌是出，	可怜有话不能讲，不是我说不出话，
维躬是瘁。哿矣能言，	而是自己怕遭殃。能说会道就得宠，
巧言如流，俾躬处休[10]。	花言巧语舌如簧，自己升迁无损伤。
维曰于仕，孔棘且殆[11]。	当官好比陪着虎，做官困难又危险。
云不可使，得罪于天子。	说话不合天子意，那就得罪了国王。
亦云可使，怨及朋友。	说话迎合天子意，朋友埋怨丧天良。
谓尔迁于王都，	劝你回到王都住，
曰予未有室家。	却说那里没有家。
鼠思泣血，无言不疾[12]。	眼泪纵横我忧思，没话不遭人嫉妒。
昔尔出居，谁从作尔室？	从前举家离王都，是谁帮你建房屋？

【注释】

〔1〕昊天：皇天。骏：经常。

〔2〕斩伐：残害。

〔3〕疾威：暴虐。

〔4〕沦：沉沦。胥：普遍。

〔5〕勚（yì）：疲劳。

〔6〕辟：法。

〔7〕行迈：行走。臻：至。

〔8〕暬（xiè）御：左右亲近之臣。惨惨（cǎn）：忧伤。瘁：病。

〔9〕谮：毁，犹谤之意。

〔10〕旨：嘉。

〔11〕棘：急。

〔12〕鼠思：忧思。

小 旻

【题解】

这首诗讽刺周幽王不听良谋，任用小人，惑于邪谋，贤人有临渊履冰的恐惧之感，周朝已濒临灭亡。

旻天疾威，敷于下土[1]。	苍天实在太暴虐，普遍降灾于全国。
谋犹回遹，何日斯沮[2]？	政策谋略尽错误，何时才会有尽头？
谋臧不从，不臧覆用[3]。	好的谋略不依从，坏的主意反而用。
我视谋犹，亦孔之邛[4]。	我看如今的政策，弊病真的太严重。
潝潝訿訿，亦孔之哀[5]。	附和攻击和诽谤，太使人的心伤悲。
谋之其臧，则具是违[6]；	主意即使是好的，国王也样样反对。
谋之不臧，则具是依。	主意即使是不好，国王样样依着做。
我视谋犹，伊于胡底[7]！	我看如今的政策，国家要成啥状态。
我龟既厌，不我告犹[8]。	占卜占得我心厌，龟甲不把吉凶显。
谋夫孔多，是用不集[9]。	谋划的人真不少，都是无劳又无功。
发言盈庭，谁敢执其咎[10]？	满庭都是发言人，谁也不敢负责任。
如匪行迈谋，	如同没有好目标，
是用不得于道[11]。	难找到对的方向。
哀哉为犹，	可怜呀你的政策，
匪先民是程，匪大犹是经[12]。	不学圣贤不效古，不是大道正经路。
维迩言是听，维迩言是争[13]。	只会听从那浅言，只会采用那浅言。

如彼筑室于道谋，
是用不溃于成[14]。
国虽靡止，或圣或否[15]。
民虽靡膴，
或哲或谋，或肃或艾[16]。
如彼泉流，无沦胥以败[17]。
不敢暴虎，不敢冯河[18]。
人知其一，莫知其他[19]。
战战兢兢，
如临深渊，如履薄冰。

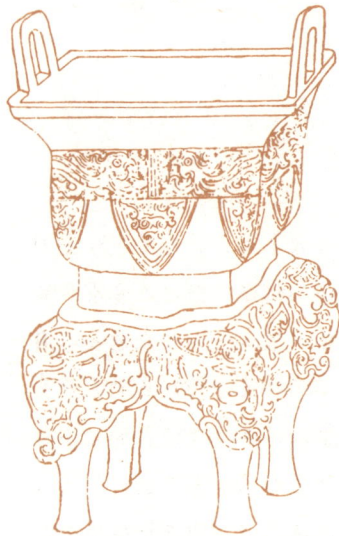

好比建房问路人，
房子何时能盖完。
国家虽然不安定，人或圣哲或平凡。
人民虽然不太多，
有的聪明有谋略，有的认真有能人。
就像流动的泉水，切勿相率使它亡。
不敢徒手搏老虎，不要无船渡河流。
这种危险人人知，其他隐忧却不见。
战战兢兢日复日，
如临深渊心中忧，如踏薄冰常犯愁。

【注释】

〔1〕旻（mín）天：皇天，老天。敷：布，散布。

〔2〕回遹（yù）：邪僻。沮：停止。

〔3〕覆：反而。

〔4〕邛：病，坏。

〔5〕潝潝（xī）：低声附和的样子。訿訿（zǐ）：攻击，毁谤。

〔6〕具：通“俱”。

〔7〕于：往。底：至，到达。

〔8〕龟：龟甲，古人占卜时用。

〔9〕谋夫：出谋划策的人。集：成功。

〔10〕执：持，承担。

〔11〕行迈：走路。

〔12〕程：效法。大犹：大道。

〔13〕迩言：缺乏远见的言论。

〔14〕于道谋：与过路的人商议。溃：达到。

〔15〕靡：不大的意思。止：居处。

〔16〕膴（hū）：厚，多。

〔17〕沦胥：相率。

〔18〕暴虎：赤手空拳和老虎搏斗，“暴”通“搏”。冯（píng）河：无舟船而渡河。

〔19〕其他：指信任、重用佞臣等潜在的危险。

小宛

【题解】

周朝小吏身处乱世，为生计奔波，屡遭迫害，作诗自伤，警示他人处世要小心谨慎，懂得避祸。

宛彼鸣鸠，翰飞戾天[1]。　　　那个小小斑鸠啊，一翅儿飞上了天。
我心忧伤，念昔先人。　　　我心真忧伤啊，想起了我的祖先。
明发不寐，有怀二人[2]。　　　一夜都在失眠，又把爹娘来怀念。
人之齐圣，饮酒温克[3]。　　　聪明正派的人啊，适量喝酒懂节制。
彼昏不知，壹醉日富[4]。　　　那些糊涂的人，聚众醉酒似疯癫。
各敬尔仪，天命不又[5]。　　　各位要检点行为，国运一去不复返。

中原有菽，庶民采之[6]。　　　原田之中有豆苗，人们把它采回去。
螟蛉之子，蜾蠃负之[7]。　　　螟蛾产下了幼虫，土蜂把它捉了去。
教诲尔子，式穀似之[8]。　　　请君教诲你儿子，美德要继承下去。
题彼脊令，载飞载鸣[9]。　　　看那小小鹡鸰鸟，又是飞翔又是鸣。
我日斯迈，而月斯征[10]。　　　我天天到处奔波，月月又出门远行。
夙兴夜寐，毋忝尔所生[11]。　　起早贪黑忙不停，不要辱没父母亲。

交交桑扈，率场啄粟[12]。　　　飞来飞去的青雀，绕着我的谷场吃。
哀我填寡，宜岸宜狱[13]。　　　可怜我这穷老人，又吃官司进牢狱。
握粟出卜，自何能穀[14]？　　　抓把小米去占卜，何时才能得吉祥？
温温恭人，如集于木[15]。　　　温良而谨慎的人，就像爬在高树上。
惴惴小心，如临于谷。　　　　惴惴不安行小心，如临深渊万千丈。
战战兢兢，如履薄冰。　　　　小心翼翼过日子，好像踩在薄冰上。

【注释】

〔1〕宛：小小的样子。翰：高。戾（lì）：至。
〔2〕明发：二字都是醒的意思。
〔3〕齐圣：聪明睿智。
〔4〕壹醉：聚众醉酒。富：甚。
〔5〕又：复。
〔6〕中原：田野之中。

〔7〕螟蛉：桑叶上的小青虫。蜾蠃（guǒ luǒ）：土蜂。

〔8〕似："嗣"之借字，继承。

〔9〕题：视。脊令：鹡鸰鸟。

〔10〕而：你。

〔11〕乔：辱。

〔12〕交交：往来不绝的样子。桑扈：鸟名，又名窃脂，俗名青雀。

〔13〕填：病，通"瘨"。岸："犴"的假借字，牢狱。

〔14〕粟：祭神用的精米，占卜后作为卜人的报酬。

〔15〕恭人：谦恭谨慎的人。

小 弁

【题解】

这是一首被父亲放逐的人抒发心中哀怨的诗。诗人四处漂泊流浪，无依无靠，不知自己该何去何从。

弁彼鸒斯，归飞提提[1]。
鼓翅飞翔的寒鸦，成群安闲往回飞。

民莫不穀，我独于罹[2]。
人们日子都好过，只有我心里忧愁。

何辜于天，我罪伊何[3]？
何时得罪了老天，我的罪过是什么？

心之忧矣，云如之何？
我心里真忧伤啊，可是又能怎么样？

踧踧周道，鞫为茂草[4]。
平静走在大路上，路旁生满茂盛草。

我心忧伤，怒焉如捣[5]。
我心里真烦恼啊，像棍子在心上捣。

假寐永叹，维忧用老[6]。
闭眼躺着长叹息，愁呀愁得人变老。

心之忧矣，疢如疾首[7]。
我的心里忧伤啊，内心烦热脑袋痛。

维桑与梓，必恭敬止。
看到桑树和梓树，就该毕恭毕敬。

靡瞻匪父，靡依匪母[8]。
尊敬的只有父亲，依恋的只有母亲。

不属于毛，不离于里[9]。
不附着裘皮的毛，在裘衣里贴得牢。

天之生我，我辰安在[10]？
老天既然生下我，何时才能眷顾我？

菀彼柳斯，鸣蜩嘒嘒[11]。
那边柳树真茂盛，知了在不断地唱。

有漼者渊，萑苇淠淠[12]。
深深水潭的岸边，芦苇长得多茂密。

譬彼舟流，不知所届[13]。
好像船儿随波荡，不知要漂到何方。

心之忧矣，不遑假寐[14]。
我的心里忧伤啊，片刻也不得安宁。

鹿斯之奔，维足伎伎[15]。	鹿儿呀快速奔跑，脚步就像飞一样。
雉之朝雊，尚求其雌[16]。	雄野鸡早晨鸣叫，寻求它的好伴侣。
譬彼坏木，疾用无枝[17]。	就像那棵有病树，枝叶脱落光秃秃。
心之忧矣，宁莫之知？	我的心里忧伤啊，有谁能理解我呢？
相彼投兔，尚或先之[18]。	看那投网的兔子，可能有人来放它。
行有死人，尚或墐之[19]。	路上将要死的人，可能有人埋葬他。
君子秉心，维其忍之[20]。	那个人儿啥心肠，竟是那样的残忍。
心之忧矣，涕既陨之[21]。	我的心里忧伤啊，眼泪在不停地淌。
君子信谗，如或酬之。	君子听信了谗言，好像别人来敬酒。
君子不惠，不舒究之[22]。	君子没有好德行，对谗言不加思考。
伐木掎矣，析薪扡矣[23]。	伐树用绳子拽倒，劈柴顺着纹路劈。
舍彼有罪，予之佗矣[24]。	放过那有罪的人，却让我当替罪羊。
莫高匪山，莫浚匪泉[25]。	看那山高水又长，君子切莫要轻狂。
君子无易由言，耳属于垣。	不要轻易发言论，警惕墙上耳朵长。
无逝我梁，无发我笱[26]。	不要到我鱼梁去，别打开我的鱼篓。
我躬不阅，遑恤我后[27]！	我已经自身难保，哪里顾得身后事！

【注释】

〔1〕弁（pán）：鼓翅飞翔的样子。鷽（yù）：鸟名，又名卑居，即寒鸦。提提（shí）：群飞的样子。

〔2〕罹（lí）：忧愁。

〔3〕辜（gū）：得罪。

〔4〕踧踧（dí）：平坦。鞫：阻塞。

〔5〕怒（nì）：忧愁烦躁。

〔6〕用老：因而衰老。

〔7〕疢（chèn）：热病，这里指内心烦热。

〔8〕依：依恋。

〔9〕离：附着。

〔10〕辰：时运。

〔11〕菀（yù）：同"郁"，茂盛。嘒嘒（huì）：蝉鸣声。

〔12〕漼（cuǐ）：水深的样子。萑（huán）苇：芦苇。淠淠（pèi）：草木茂盛的样子。

〔13〕届：至。

〔14〕遑：闲暇。

〔15〕伎伎（qí）：速行的样子。

〔16〕雊（gòu）：雉的鸣叫。

〔17〕坏木：树木臃肿多瘤。

〔18〕相：察看。先：将网打开。

〔19〕墐（jìn）：掩埋。

〔20〕秉心：居心。

〔21〕陨：坠落。

〔22〕究：考察。

〔23〕掎（jǐ）：牵引。析薪：劈柴。扡（chǐ）：顺着木柴的纹理。

〔24〕舍：舍弃，放开。佗（tuó）：加。

〔25〕浚（jùn）：深。

〔26〕逝：往，到。发：打开。笱（gǒu）：捕鱼竹器。

〔27〕遑恤：无暇顾及。

巧　言

【题解】

本诗写上位者听信谗言，制造祸乱，致使百姓遭殃。本诗申言谗言并不难察明，揭露了谗言者厚颜无耻，搬弄是非。

悠悠昊天，曰父母且[1]。	渺渺茫茫的老天，人们称你父母官。
无罪无辜，乱如此帡[2]。	百姓无错却受难，你发威为了哪般。
昊天已威，予慎无罪[3]。	老天呀实在暴虐，我确实是无罪呀。
昊天泰帡，予慎无辜[4]。	茫茫老天太糊涂，我确实是无辜的。
乱之初生，僭始既涵[5]。	祸乱所以能滋生，君上纵容进谗言。
乱之又生，君子信谗[6]。	祸乱如今又发生，只因君王信谗言。
君子如怒，乱庶遄沮[7]。	君王若能怒谗人，祸乱几乎就可停。
君子如祉，乱庶遄已[8]。	君王若能重贤才，乱根就会全铲除。
君子屡盟，乱是用长[9]。	君王屡次订盟约，祸乱越出越不止。
君子信盗，乱是用暴[10]。	君王偏信小人言，祸乱因此更凶暴。
盗言孔甘，乱是用餤[11]。	小人说话像蜜甜，祸乱由此多添加。
匪其止共，维王之邛[12]。	不是小人守职责，而是想陷害君王。
奕奕寝庙，君子作之[13]。	宫室是又高又大，贤圣先王建筑它。

秩秩大猷，圣人莫之[14]。　　　　规划得有条有理，明智人制定谋略。

他人有心，予忖度之。　　　　　　造谣的人有企图，我能够猜度出来。

跃跃毚兔，遇犬获之[15]。　　　　奔跑的小狡兔啊，猎犬追逐逮住它。

荏染柔木，君子树之[16]。　　　　树木娇娜又多姿，君子亲手种植它。

往来行言，心焉数之[17]。　　　　听见流言四处起，内心自会辨别它。

蛇蛇硕言，出自口矣[18]。　　　　轻率骗人吹牛皮，来自谗人大嘴巴。

巧言如簧，颜之厚矣。　　　　　　巧言像吹着琴簧，脸皮太厚不知耻。

彼何人斯？居河之麋[19]。　　　　他是什么样的人？住在河边的草地。

无拳无勇，职为乱阶[20]。　　　　没有力量和勇气，臭嘴吐出坏话来。

既微且尰，尔勇伊何[21]？　　　　脚上生疮红又肿，你哪来如此勇气？

为犹将多，尔居徒几何[22]？　　　你的诡计这样多，你的党徒有多少？

【注释】

〔1〕悠悠：遥远的样子。日：叫。

〔2〕怓（hū）：大。

〔3〕已：甚。慎：确实。

〔4〕泰：太。

〔5〕僭（jiàn）：通"譖"，谗言。涵：容纳。

〔6〕君子：指当代君王。

〔7〕遄（chuán）：迅速。沮：终止。

〔8〕祉：福，指礼遇、重用贤人。

〔9〕屡盟：多次结盟。指盟多难以遵守，小人得以乘间而进谗言。

〔10〕盗：强盗、盗贼，喻指进谗言者。

〔11〕餤（tán）：进食，引申为多。

〔12〕止共：忠于职守。止，达到。邛：病。

〔13〕奕奕：华丽而高大的样子。寝庙：宫室宗庙。

〔14〕大猷：大道，此处指国家的典章制度。莫：通"谟"，制定。

〔15〕毚（chán）：狡猾。

〔16〕荏（rěn）染：柔弱的样子。柔木：良木，指桐、梓一类的树木。

〔17〕数：辨别。

〔18〕蛇蛇（yí）：轻率的样子。

〔19〕麋：通"湄"，水滨。

〔20〕拳：力。

〔21〕微：小腿生湿疮。尰（zhǒng）：脚肿。

〔22〕为犹：阴谋。

何人斯

　　诗写二人始亲终疏，以过门不入一事，再三涂绘，更谴责那谗言伤人、心思难测、反复无常的人。

彼何人斯？其心孔艰。	他是怎样一个人？他的心地多险恶。
胡逝我梁，不入我门？	为何走过我鱼梁，偏又不进我家门？
伊谁云从？维暴之云。	他的后台是何人？在我面前逞暴虐。
二人从行，谁为此祸？	你我二人共从行，是谁造成这灾祸？
胡逝我梁，不入唁我[1]？	为何走过我鱼梁，不进我屋慰问我？
始者不如今，云不我可。	当初奉我如上宾，现在如此慢怠我。
彼何人斯？胡逝我陈[2]？	他是什么样的人？为何走过我的门？
我闻其声，不见其身。	我听见了他声音，但看不见他的人。
不愧于人？不畏于天？	难道他就不知愧？难道他不怕报应？
彼何人斯？其为飘风。	他是什么样的人？像那一阵阵暴风。
胡不自北？胡不自南？	为何不在北面来？为何不在南面过？
胡逝我梁？祇搅我心。	为何走过我鱼梁？我的心全被搅乱。
尔之安行，亦不遑舍。	你并不急于赶路，也无闲暇暂停息。
尔之亟行，遑脂尔车[3]？	你急匆匆向前行，却有空闲把车停？
壹者之来，云何其盱[4]？	你来此地不肯留，可知我有多伤心？
尔还而入，我心易也；	你回来呀进我门，我心平静又安逸；
还而不入，否难知也。	你回来啊不进门，我怎么知你心意。
壹者之来，俾我祇也[5]。	你到此地来看我，使我安心又欢愉。
伯氏吹埙，仲氏吹篪[6]。	哥哥奏乐吹陶埙，弟弟吹起了横笛。
及尔如贯，谅我不知。	和你好似一根线，你真待我太薄情。
出此三物，以诅尔斯。	摆出了祭礼三牲，和你盟誓表我心。
为鬼为蜮，则不可得。	你安的什么心啊，你的想法难猜测。
有靦面目，视人罔极[7]。	人有面目应知愧，看你则无半点情。
作此好歌，以极反侧。	特意写上这支歌，问你到底要如何。

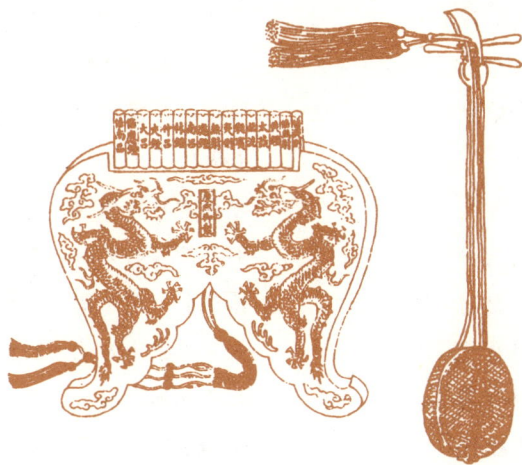

【注释】

〔1〕唁：对遭遇不幸者的慰问。

〔2〕陈：堂下至门的过道。

〔3〕脂：即"支"的假借字。

〔4〕盱（xū）：忧伤。

〔5〕祇：安心，欢喜。

〔6〕埙（xūn）：陶制乐器。篪（chí）：竹制乐器。

〔7〕觍（tiǎn）：惭愧的样子。

巷 伯

【题解】

　　诗是寺人（阉人）孟子所作。他控诉自己被谗言谋害的不幸遭遇，也诅咒那些嚼舌根的人能够得到重重的惩罚。

萋兮斐兮，成是贝锦[1]。	花纹相间颜色好，贝纹锦衣已织成。
彼谮人者，亦已大甚[2]。	造谣生事的人啊，他心肠可真狠毒。
哆兮侈兮，成是南箕[3]。	他的大嘴一张啊，就像南天簸箕星。
彼谮人者，谁适与谋[4]。	造谣生事的人啊，是谁给他做谋划？
缉缉翩翩，谋欲谮人[5]。	花言巧语叽叽呱，专门设计陷害人。
慎尔言也，谓尔不信。	劝你说话要小心，有天没人再相信。

捷捷幡幡，谋欲谮言[6]。　　　花言巧语舌如簧，千方百计来害人。

岂不尔受，既其女迁[7]。　　　也许一时受你骗，只怕你也要遭殃。

骄人好好，劳人草草[8]。　　　骄横人得意忘形，劳苦人忧心忡忡。

苍天苍天！　　　　　　　　　苍天啊苍天！

视彼骄人，矜此劳人。　　　　睁开看看骄横人，可怜我们劳苦人。

彼谮人者，谁适与谋？　　　　那个造谣的坏人，谁能与他多相处？

取彼谮人，投畀豺虎[9]。　　　抓住那个坏东西，把他扔去喂虎狼。

豺虎不食，投畀有北[10]。　　　如果虎狼不肯吃，把他撵到北荒地。

有北不受，投畀有昊[11]。　　　北荒也不肯接受，只有让天惩罚他。

杨园之道，猗于亩丘[12]。　　　通向杨园的道路，就在亩丘的上边。

寺人孟子，作为此诗[13]。　　　我是阉人名孟子，这支歌儿是我编。

凡百君子，敬而听之[14]。　　　还请诸位先生啊，认真听我唱一遍。

【注释】

〔1〕萋："续"的假借字，花纹相错的样子。

〔2〕大：同"太"。

〔3〕哆（chǐ）：张口的样子。侈：大。南箕：南天上的箕星。古人认为箕星出现预兆着口舌是非的增多，所以用它比喻进谗的人。

〔4〕适（dú）：往。

〔5〕缉缉：附耳密语的样子。翩翩：花言巧语。

〔6〕幡幡（fān）：反复进言的样子。

〔7〕女：同"汝"，你。

〔8〕骄人：指诽谤人者。劳人：指被诽谤者。

〔9〕畀（bì）：给。

〔10〕有北：北方寒冷荒芜的地方。

〔11〕有昊：指老天爷。

〔12〕猗于：加在……之上。

〔13〕寺人：古代宫廷里的侍御小臣，如后世的太监。

〔14〕凡：所有的。

小雅·谷风之什

谷 风

【题解】

　　这是一首弃妇诗。弃妇谴责忘恩负义、抛弃自己的丈夫，责备他是个可与共患难，不能同安乐的人。

习习谷风，维风及雨[1]。	大风刮得呼啦啦，狂风吹来雨又打。
将恐将惧，维予与女[2]。	惊恐交加的时候，我和你共度这时光。
将安将乐，女转弃予[3]。	怎么平安快乐时，你反而把我抛下。
习习谷风，维风及颓[4]。	大风刮得呼啦啦，暴风雨就要来了。
将恐将惧，置予于怀。	回想惊恐交加时，你把我拥在怀里。
将安将乐，弃予如遗。	怎么安逸享乐时，你却弃我于不顾。
习习谷风，维山崔嵬[5]。	大风刮得呼啦啦，吹过高山和峻岭。
无草不死，无木不萎。	吹得百草全枯死，刮得树木尽凋零。
忘我大德，思我小怨。	你忘我的大恩德，把小仇记在心上。

【注释】

　　〔1〕习习：风声。

　　〔2〕将：且。

　　〔3〕转：反而。

　　〔4〕颓：龙卷风。

　　〔5〕崔嵬：山巅。一说为山高峻的样子。

蓼 莪

【题解】

　　这是一首哀悼父母的诗。诗人思念父母，感激他们的养育之恩，但自己不得终养双亲，悲痛得无言形容。

蓼蓼者莪，匪莪伊蒿[1]。 一丛莪蒿高又大，不是莪蒿是白蒿。

哀哀父母，生我劬劳。 可怜我的父母亲，生我养我多辛劳。

蓼蓼者莪，匪莪伊蔚[2]。 一丛莪蒿高又大，不是莪蒿是牡蒿。

哀哀父母，生我劳瘁。 可怜我的父母亲，生我养我多劳苦。

瓶之罄矣，维罍之耻[3]。 小水瓶中空空呀，是大坛子的耻辱。

鲜民之生，不如死之久矣[4]！ 我孤零零在世上，不如老早死了好！

无父何怙，无母何恃。 没有爹爹少人疼，没有娘亲少人爱。

出则衔恤，入则靡至[5]。 出门脸上含悲伤，进门不知住在哪。

父兮生我，母兮鞠我[6]。 爹爹呀生养了我，娘亲呀哺育了我。

拊我畜我，长我育我[7]， 抚育我和爱怜我，使我成长养育我。

顾我复我，出入腹我[8]。 不厌其烦照顾我，出入都是抱着我。

欲报之德，昊天罔极[9]。 我想报答这恩情，恩情如天报不得。

南山烈烈，飘风发发[10]。 南山有巍峨险阻，风雨交加不停息。

民莫不穀，我独何害！ 人们都能养爹娘，为何独独我不能！

南山律律，飘风弗弗[11]。 南山巍峨有险阻，风雨交加不停息。

民莫不穀，我独不卒[12]。 人们都能养爹娘，唯独我没了爹娘。

【注释】

〔1〕蓼蓼（lù）：高大的样子。莪（é）：即莪蒿，一名萝蒿，俗谓之"抱娘蒿"，多年生草本植物，嫩叶可吃。

〔2〕蔚（wèi）：牡蒿。

〔3〕罄：尽。

〔4〕鲜民：孤独的人。

〔5〕衔恤：含忧。

〔6〕鞠：养育。

〔7〕拊：同"抚"。

〔8〕复：借为"覆"，庇护。

〔9〕极：穷。

〔10〕烈烈：高峻险阻的样子。

〔11〕律律：与"烈烈"义同。

〔12〕穀：赡养。

大 东

【题解】

诗表达了东部各诸侯国的臣民对周王朝横征暴敛、搜刮无厌的控诉和不满，讽刺了贵族虽身居高位却不知人间疾苦。

有饛簋飧，有捄棘匕[1]。	饭盒装得满又满，枣木匙儿柄弯弯。
周道如砥，其直如矢[2]。	长长大路被磨平，直得像箭杆一样。
君子所履，小人所视。	贵人往来于路上，百姓只能瞪两眼。
眷言顾之，潸焉出涕[3]。	回转头来看一看，泪水涟涟向下淌。
小东大东，杼柚其空。	虽说是东方之邦，织机上空空如也。
纠纠葛屦，可以履霜[4]。	葛布鞋绳索缠绕，可以在霜上行走。
佻佻公子，行彼周行[5]。	漂亮的公子哥啊，在那大道上闲逛。
既往既来，使我心疚。	来来往往运财物，实在叫我心悲伤。
有冽氿泉，无浸获薪[6]。	支流泉水清又冷，不要弄湿我的柴。
契契寤叹，哀我惮人。	苦苦一声长叹啊，可怜我这劳苦人。
薪是获薪，尚可载也[7]。	要用割下的薪柴，就得拿车来装载。
哀我惮人，亦可息也。	可怜我这劳苦人，也应该去休息啊！
东人之子，职劳不来[8]。	东方邻邦的子弟，劳苦无人来慰问。
西人之子，粲粲衣服。	西方周朝的子弟，衣服鲜亮可照人。
舟人之子，熊罴是裘；	作为船民的子弟，身穿熊皮又穿裘；
私人之子，百僚是试[9]。	作为奴仆的子弟，就像地上烂石头。
或以其酒，不以其浆[10]。	有的人能喝上酒，有人连浆也难求。
鞙鞙佩璲，不以其长[11]。	有的人佩着宝玉，有人杂佩也没有。
维天有汉，监亦有光[12]。	天上有一条汉河，光彩照人空有光。
跂彼织女，终日七襄[13]。	织女脚儿分开放，一天七次移地方。
虽则七襄，不成报章[14]。	虽说七次移地方，却不能织成布匹。
睆彼牵牛，不以服箱[15]。	看那牵牛星闪亮，用来拉车可不成。
东有启明，西有长庚。	启明星在东方向，长庚星在西方向。
有捄天毕，载施之行。	天毕星长柄弯弯，却被搁在道路上。
维南有箕，不可以簸扬。	南方有箕星闪亮，却不能拿来簸糠。

维北有斗，不可以挹酒浆。　　北方挂有北斗星，不能拿来舀酒浆。

维南有箕，载翕其舌[16]。　　南方的箕星闪亮，舌头吸着向上方。

维北有斗，西柄之揭[17]。　　北方有北斗七星，柄儿却直指西方。

【注释】

〔1〕有饛：装满食物的样子。簋（guǐ）：古食器，内圆外方。飧（sūn）：熟食。有捄（qiú）：长而弯曲的样子。棘匕：枣木制成的匙。

〔2〕砥：磨刀石。此处为动词，磨平。

〔3〕眷（juàn）言：回首貌。潸（shān）焉：流泪的样子。

〔4〕纠纠：绳索缠绕的样子。

〔5〕佻佻：美好的样子。

〔6〕氿（guǐ）泉：旁出的狭窄之泉。

〔7〕薪是获薪：将此打割好的薪当薪用。

〔8〕来：慰问。

〔9〕私人：指私家仆隶。百僯：百劳。

〔10〕以：用。浆：薄酒。

〔11〕鞙鞙（juān）：佩玉貌。

〔12〕监：通"鉴"。

〔13〕跂（qí）：通"歧"。指织女星三，下二如足分歧。七襄：七驾。织女一日自卯至酉移动七次，即为七驾。

〔14〕报章：此指代布匹。报，反复。章，布上的花纹。

〔15〕服箱：驾车。

〔16〕翕（xī）：向内收缩。

〔17〕西：用作动词，指向西。

四　月

【题解】

这是一首述怀诗。小官吏诉说行役之苦，遭遇乱世，民不聊生。诗写草木鱼鸟皆遭伤害，人又怎么能忍受。

四月维夏，六月徂暑[1]。　　四月出差是夏天，六月酷暑过大半。

先祖匪人，胡宁忍予[2]？　　祖宗不是别人家，为什么让我遭难？

秋日凄凄，百卉具腓[3]。　　秋天里天气凄凉，百草百花都枯萎。

乱离瘼矣，爰其适归[4]？ 饱尝战乱流离苦，应该回到啥地方？

冬日烈烈，飘风发发[5]。 冬天严寒风凛冽，暴风吹得呜呜响。

民莫不穀，我独何害[6]？ 人们都生活幸福，为啥我独独遭祸？

山有嘉卉，侯栗侯梅[7]。 高山上花朵灿烂，有栗树又有梅树。

废为残贼，莫知其尤[8]。 非要举斧砍伐它，不知犯啥大过错。

相彼泉水，载清载浊[9]。 看那泉水下山坡，有时清来有时浊。

我日构祸，曷云能穀[10]？ 我天天都遇灾祸，啥时才能苦变乐？

滔滔江汉，南国之纪[11]。 江水汉水浪涛涌，纲纪全部在南方。

尽瘁以仕，宁莫我有[12]？ 为工作疲惫憔悴，谁人把我来夸奖？

匪鹑匪鸢，翰飞戾天[13]。 不是猛鸢非大鹏，却能飞得比天高。

匪鳣匪鲔，潜逃于渊[14]。 不是鲸鱼非鲔鱼，却能游至深渊里。

山有蕨薇，隰有杞桋[15]。 高山上生长蕨薇，洼地里长出枸杞。

君子作歌，维以告哀。 君子作了这首歌，用来倾诉我悲伤。

【注释】

〔1〕徂暑："暑徂"的倒置，意思是盛夏将要过去。徂，往。

〔2〕匪人：不是他人。

〔3〕具：同"俱"。腓（féi）：草木枯萎。

〔4〕瘼（mò）：疾苦。爰：于何。适：往。

〔5〕烈烈：即"冽冽"，天气寒冷的样子。飘风：暴风。发发：象声词，像狂风呼叫声。

〔6〕穀：善，指生活好。

〔7〕嘉：美。侯：维，是。

〔8〕废：大。一说惯于。

〔9〕载：又。

〔10〕构：通"遘"，遭遇的意思。曷：同"何"。

〔11〕江汉：长江，汉水。

〔12〕宁：而，或作何。

〔13〕鹑（tuán）：大雕。鸢（yuān）：老鹰。翰飞：高飞。戾：至。

〔14〕鳣（zhān）：大鲤鱼。鲔（wěi）：又名鲛，一种巨型的鱼。

〔15〕杞：枸杞。桋：又名赤楝（sù）。

北 山

【题解】

　　士大夫分配徭役劳逸不均，待遇不公，小官发出怨言。本诗鲜明、深刻、具体地反映了统治阶级内部的矛盾。

陟彼北山，言采其杞[1]。　　　去登上那北山冈，为了采枸杞尝尝。

偕偕士子，朝夕从事[2]。　　　身体强壮的士子，早晚都为公事忙。

王事靡盬，忧我父母[3]。　　　官家的事儿没完，使我的父母忧愁。

溥天之下，莫非王土。　　　　普天之下的土地，哪块不是国王的。

率土之滨，莫非王臣。　　　　四海之内所有人，谁不是国王的臣仆。

大夫不均，我从事独贤[4]。　　执政者啊不公平，使我奔波不能休。

四牡彭彭，王事傍傍[5]。　　　四匹马儿奔跑忙，官家事繁重难当。

嘉我未老，鲜我方将[6]。　　　夸奖我还没有老，称赞我正值强壮。

旅力方刚，经营四方[7]。　　　就因我体力强劲，就令我奔走四方。

或燕燕居息，或尽瘁事国[8]。　有人在家享安逸，有人为国事尽瘁。

或息偃在床，或不已于行[9]。　有的人高枕无忧，有人为王事辛劳。

或不知叫号，或惨惨劬劳[10]。　有人从不知烦恼，有的人忧苦辛劳。

或栖迟偃仰，或王事鞅掌。　　有的人随心所欲，有人为官家事忙。

或湛乐饮酒，或惨惨畏咎[11]。　有的人以酒取乐，有的人胆小慎为。

或出入风议，或靡事不为[12]。　有些人高谈阔论，有人样样都操劳。

【注释】

　　〔1〕陟（zhì）：登上。

　　〔2〕偕偕：强壮的样子。

　　〔3〕盬（gǔ）：止息。忧：使动词。

　　〔4〕贤：劳苦。

　　〔5〕彭彭：行进不止的样子。

　　〔6〕鲜：称善。将：强壮的样子。

　　〔7〕旅：通"膂"。膂力，犹体力。

　　〔8〕燕燕：安逸的样子。

　　〔9〕偃：卧。

〔10〕劬（qú）劳：劳累。

〔11〕湛（dān）乐：过度的哀乐。

〔12〕风议：放声高论。

无将大车

【题解】

这是一位诗人感时伤乱之作。诗人旷达，认为"忧能伤人"，是很不值得的事，便唱出这首诗歌，聊以自遣。

无将大车，祇自尘兮[1]。	不要去推那大车，只会自惹一身灰。
无思百忧，祇自疧兮[2]。	不要去想忧心事，多想只会自伤身。
无将大车，维尘冥冥。	不要去推那大车，尘土弥漫迷人眼。
无思百忧，不出于颎[3]。	不要去想忧心事，多想前途没光明。
无将大车，维尘雍兮[4]。	不要去推那大车，尘土飞睜不开眼。
无思百忧，祇自重兮[5]。	不要去想忧心事，只使忧伤更加重。

【注释】

〔1〕无：通"毋"，不要。

〔2〕祇（zhǐ）：只。疧（qí）：忧病。

〔3〕颎（jiǒng）：光明。

〔4〕雍（yōng）：通"壅"，遮蔽。

〔5〕重：负担。

小　明

【题解】

小官自述久役于外，欲归不得，思念家乡，怀念故友，牢骚满腹，后又自我慰勉，向往美好的未来。

明明上天，照临下土。	上天光灿烂，光耀照下方。
我征徂西，至于艽野[1]。	我出使西方，到蛮夷之地。

二月初吉，载离寒暑。　　　　　　那是二月初，寒来又暑往。
心之忧矣，其毒大苦。　　　　　　心里忧伤呀，毒药一般苦。
念彼共人，涕零如雨。　　　　　　想起古时人，泪落雨一样。
岂不怀归？畏此罪罟[2]。　　　　　谁不想返乡？畏怕罪网呀。
昔我往矣，日月方除。　　　　　　过去我出发，日月刚更张。
曷云其还？岁聿云莫。　　　　　　何时能回乡，一年还不行。
念我独兮，我事孔庶。　　　　　　想我多孤单，事役多繁忙。
心之忧矣，惮我不暇。　　　　　　心里真忧伤，累得没空休。
念彼共人，睠睠怀顾。　　　　　　想起古时人，不断地回望。
岂不怀归？畏此谴怒。　　　　　　谁不想回乡？畏怕谴责降。
昔我往矣，日月方奥[3]。　　　　　从前我出发，日月正发亮。
曷云其还？政事愈蹙。　　　　　　何时能回乡，公事变繁忙。
岁聿云莫，采萧获菽[4]。　　　　　一年还不行，采蒿收豆忙。
心之忧矣，自诒伊戚[5]。　　　　　心里真忧伤，苦处自己尝。
念彼共人，兴言出宿[6]。　　　　　想起古时人，醒来睡不香。
岂不怀归？畏此反覆。　　　　　　不想返故乡？怕赏罚无常。
嗟尔君子，无恒安处。　　　　　　这些君子们，不要常安歇。
靖共尔位，正直是与[7]。　　　　　守好你职位，为人要正直。
神之听之，式穀以女[8]。　　　　　神圣知道了，会赐福于你。
嗟尔君子，无恒安息。　　　　　　这些君子们，不要常安歇。
靖共尔位，好是正直。　　　　　　做好你工作，做个正直人。
神之听之，介尔景福[9]。　　　　　神圣知道了，赐你大福气。

【注释】

〔1〕芃（qiú）野：荒远之地。

〔2〕罪罟（gǔ）：罪网。罟，网的总称。

〔3〕奥（yù）："燠"之省借。

〔4〕萧：艾蒿。菽：大豆。

〔5〕诒：通"贻"。

〔6〕言：焉。

〔7〕靖：犹敬。

〔8〕穀：福禄。一说善。

〔9〕景：大。

鼓 钟

【题解】

听钟鼓之声，思念贤人君子。旧说以为讽刺幽王荒乐淮上，闻者忧伤，因思古之贤人。此说可供参考。

鼓钟将将，淮水汤汤，　　　　　鼓钟锵锵响，淮水水浩荡，
忧心且伤[1]。　　　　　　　　　我忧愁神伤。
淑人君子，怀允不忘[2]。　　　　那些贤良人，令人实难忘。
鼓钟喈喈，淮水湝湝，　　　　　敲鼓钟锵锵，淮水水浩荡，
忧心且悲[3]。　　　　　　　　　我忧愁悲伤。
淑人君子，其德不回[4]。　　　　那些贤良人，无邪行为端。
鼓钟伐鼛，淮有三洲，　　　　　钟鼓之声扬，淮水有三洲，
忧心且妯[5]。　　　　　　　　　我忧愁哀伤。
淑人君子，其德不犹[6]。　　　　那些贤良人，无邪行为良。
鼓钟钦钦，鼓瑟鼓琴，　　　　　鼓钟钦钦扬，拨瑟又弹琴，
笙磬同音[7]。　　　　　　　　　笙磬声和唱。
以雅以南，以籥不僭[8]。　　　　奏《雅》又奏《南》，籥管上场齐。

【注释】

〔1〕将将（qiāng）：同"锵锵"，钟声。汤汤：水大疾流的样子。

〔2〕允：诚，信。

〔3〕喈喈：钟声，犹锵锵。湝湝：犹荡荡。

〔4〕回：奸邪。

〔5〕鼛（gāo）：大鼓。妯（chōu）：悼，哀。

〔6〕犹："忧"的假借，恶。

〔7〕钦钦：钟声。磬：以石或玉制的乐具。

〔8〕南：南方之东。籥（yuè）：古代管乐器，似排箫。僭（jiàn）：乱。

楚茨

【题解】

诗写贵族秋冬祭祀，首写祭前准备，次写致祭时陈上祭品，再写神灵赐福归去，末结以私宴欢乐，祭后吉祥。

楚楚者茨，言抽其棘[1]。

蒺藜长得密又旺，手拿锄头除荆棘。

自昔何为？我艺黍稷。

过去为什么开荒？为种高粱和谷子。

我黍与与，我稷翼翼[2]。

我的谷子真繁茂，我的高粱真整齐。

我仓既盈，我庾维亿。

我的仓库堆满了，我藏的粮千百亿。

以为酒食，以享以祀。

粮食拿来做酒饭，又可献神和祭饭。

以妥以侑，以介景福。

去请尸神来敬酒，神赐洪福给我们。

济济跄跄，

态度恭敬又端庄，

絜尔牛羊，以往烝尝[3]。

洗净你的牛和羊，准备拿出作祭享。

或剥或亨，或肆或将。

众人为了祭祀忙，切切煮煮端放好。

祝祭于祊，祀事孔明[4]。

太祝祭礼庙门内，祭事办得很周详。

先祖是皇，神保是飨。

祖宗快要回来了，神灵都来吃酒肉。

孝孙有庆，报以介福，

少爷孝敬有吉庆，神明酬以洪福降，

万寿无疆！

赐您万寿无疆！

执爨踖踖，

烧饭做菜要小心，

为俎孔硕，或燔或炙[5]。

案上的鱼肉还真多，有的红烧或烩炒。

君妇莫莫，

主妇恭敬又谨慎，

为豆孔庶，为宾为客，

盛菜木碗佳肴多，宾呀客呀请来尝，

献酬交错[6]。礼仪卒度，

主客敬酒来又往。遵守礼节有法度，

笑语卒获。

轻言笑语合规矩。

神保是格，

祖先神灵来到了，

报以介福，万寿攸酢！

神用大福来酬报，赐您长生又不老！

我孔熯矣，式礼莫愆[7]。

我虔诚地祭祀啊，礼节周到没差错。

工祝致告，徂赉孝孙。

太祝传下祖宗话，快去赐福给子孙。

苾芬孝祀，神嗜饮食，

祭祀酒菜香喷喷，神灵个个喜爱吃，

卜尔百福[8]。

赐您百福作酬报。

如几如式，既齐既稷，

按时祭祀又标准，既快速来又齐整，

既匡既敕。 既谨慎来又端正。

永锡尔极，时万时亿。 永远赐您无限福，福禄上亿数不尽。

礼仪既备，钟鼓既戒。 祭祀仪式已完备，钟鼓奏乐近尾声。

孝孙徂位，工祝致告， 孝敬子孙回原位，太祝报告祭礼成，

神具醉止[9]。 神灵们都喝醉了。

皇尸载起，鼓钟送尸， 尸神告辞身立起，乐队高敲送尸神，

神保聿归。 祖宗神灵向回归。

诸宰君妇，废彻不迟。 烧菜厨师和主妇，迅速撤去了祭品。

诸父兄弟，备言燕私。 伯叔和兄弟聚集，大家一块来宴饮。

乐具入奏，以绥后禄。 听得乐队齐奏鸣，子孙享受祭后食。

尔肴既将，莫怨具庆。 您的菜肴真好吃，没有怨言皆吉祥。

既醉既饱，小大稽首。 酒也足来饭也饱，老小叩首齐道谢。

神嗜饮食，使君寿考[10]。 神灵爱吃这饭菜，使您长寿永无疆。

孔惠孔时，维其尽之。 真是仁家又吉祥，主人确实尽了力。

子子孙孙，勿替引之[11]。 但愿得子孙后代，能把祭礼来延续。

【注释】

〔1〕楚楚：茂密丛生的样子。

〔2〕与与：繁盛美观之态。

〔3〕济济：庄严恭敬的情状。

〔4〕祊（bēng）：庙门内。

〔5〕爨（cuàn）：灶。踖踖（jí）：恭敬之貌。

〔6〕豆：盛菜的木碗。

〔7〕懆（rǎn）：敬惧之意。愆：差错。

〔8〕苾（bì）芬：芬芳。

〔9〕徂位：走回原位。

〔10〕寿考：长寿。

〔11〕替：废。

信南山

【题解】

　　这是周代贵族冬季祭祀祖先祈福的歌，此外诗中还极力描写了农业生产，国

民勤勤恳恳，辛苦劳作。

信彼南山，维禹甸之[1]。　　连绵不绝终南山，大禹治水的地方。
畇畇原隰，曾孙田之[2]。　　原野平坦又整齐，曾孙曾在此种田。
我疆我理，南东其亩[3]。　　划分田界挖沟渠，丈量田地一方方。
上天同云，雨雪雰雰。　　　天上有乌云滚滚，飘落雪花乱纷纷。
益之以霡霂，既优既渥，　　加上细雨蒙蒙降，雨水充足又适量。
既沾既足，生我百谷[4]。　　土地潮湿又滋润，五谷盛密苗壮长。
疆埸翼翼，黍稷彧彧[5]。　　疆界整整又齐齐，小米高粱很繁盛。
曾孙之穑，以为酒食。　　　曾孙收获的粮食，可以做香甜酒食。
畀我尸宾，寿考万年[6]。　　供给尸神和宾客，祖宗赐我万寿长。
中田有庐，疆埸有瓜。　　　田中有房屋可住，田边有翠瓜可食。
是剥是菹，献之皇祖[7]。　　切开瓜儿腌起来，祭礼献给祖先吃。
曾孙寿考，受天之祜[8]。　　曾孙寿命长无量，皇天赐福保佑他。
祭以清酒，从以骍牡，　　　祭礼时候用清酒，此外再献大红牛，
享于祖考[9]。执其鸾刀，　　好让祖先来享受。拿起锋利弯弯刀，
以启其毛，取其血膋[10]。　　刮掉公牛颈下毛，取出牛的血和油。
是烝是享，苾苾芬芬，　　　祭品齐全已献上，脂膏烧起喷喷香，
祀事孔明。　　　　　　　　祭祀真是很周详。
先祖是皇，报以介福，　　　祖宗来把祭品享，神明回报把福降，
万寿无疆！　　　　　　　　赐您万寿永无疆！

【注释】

〔1〕禹甸：大禹治理过的地方。

〔2〕畇畇（yún）：平坦整齐貌。形容已开垦的田地。

〔3〕疆：划定地界。

〔4〕霡霂（mài mù）：小雨。

〔5〕埸（yì）：田界，疆界。彧彧（yù）：茂盛貌。

〔6〕畀（bì）：给予。

〔7〕菹（zū）：腌菜。

〔8〕祜（hù）：福。

〔9〕骍（xīn）：赤色。

〔10〕启：剥开。膋（liáo）：脂膏，牛油。

小雅·甫田之什

甫 田

【题解】

　　诗写贵族劝农、祈福。

倬彼甫田，岁取十千[1]。	望不到边的良田，年年岁岁收获多。
我取其陈，食我农人[2]。	我从仓中取陈谷，养活我的务农人。
自古有年[3]。	自古丰收有来年。
今适南亩，或耘或耔，	如今来到南亩田，农夫锄草又施肥，
黍稷薿薿[4]。	黍稷长得很茂盛。
攸介攸止，烝我髦士[5]。	休息一下心欢畅，慰劳勤劳的农民。
以我齐明，与我牺羊，	谷物多得堆满盆，外加饲养牛和羊，
以社以方[6]。	祭祀土地四方神。
我田既臧，农夫之庆[7]。	田里庄稼渐渐长，农夫实在有功劳。
琴瑟击鼓，	击起鼓又奏起瑟，
以御田祖，以祈甘雨，	欢欢喜喜迎田祖，希望甘霖从天降，
以介我稷黍，以谷我士女[8]。	使我稷苗密又壮，使我男女多吉祥。
曾孙来止，	曾孙来到这地方，
以其妇子，馌彼南亩[9]。	还有老婆和儿子，送饭来到南亩田。
田畯至喜，	农官看了心欢喜。
攘其左右，尝其旨否[10]。	农官一起用酒食，谦让左右众随员。
禾易长亩，终善且有[11]。	田里禾苗勤治理，丰年就会有希望。
曾孙不怒，农夫克敏[12]。	曾孙心平又气和，农夫劳作又奋勉。
曾孙之稼，如茨如梁[13]。	曾孙的粮食堆如山，恰似屋顶和拱桥。
曾孙之庾，如坻如京[14]。	曾孙的粮囤都很满，沙洲高丘比不上。
乃求千斯仓，乃求万斯箱[15]。	准备千座大粮仓，造出万数大车厢。
黍稷稻粱，农夫之庆。	黍稷稻粱多又多，农夫欣喜又吉庆。
报以介福，万寿无疆[16]！	神灵赐下大福祉，愿您长寿永无疆！

【注释】

　　〔1〕俾：大。

　　〔2〕陈：陈谷。

　　〔3〕有年：丰年。

　　〔4〕籽（zǐ）：给禾根培土。薿薿（nǐ）：茂盛的样子。

　　〔5〕攸：乃。介：停息。烝（zhēng）：进。髦士：俊秀之士。

　　〔6〕齐明（zī chéng）：即粢盛，盛在祭器内用于祭祀的谷物。

　　〔7〕庆：奖赏。

　　〔8〕御：迎。介：长大。

　　〔9〕曾孙：主祭者，即上文的“我”。馌（yè）：送饭给田中耕作者。

　　〔10〕田畯（jùn）：周代的农官。喜：酒食。攘：古“让”字。

　　〔11〕易：治理。

　　〔12〕敏：奋勉。

　　〔13〕茨：用芦苇、茅草盖的房顶。

　　〔14〕庾（yú）：露天的粮囤。坻（chí）：水中高地。京：高丘。

　　〔15〕箱：车厢。

　　〔16〕介：大。

大　田

【题解】

　　这首诗是写周王祭祀以祈福的事情，诗中描绘了播种、收割等一系列农事活动。

大田多稼，既种既戒， 既备乃事[1]。	大田庄稼多又多，选种子又修农具， 做好这些准备呀。
以我覃耜，俶载南亩[2]。	用我锐利的犁头，从南田开始耕起。
播厥百谷，既庭且硕[3]。	播种各样的庄稼，长得挺直又硕大。
曾孙是若[4]。	曾孙来这儿视察。
既方既皂，既坚既好， 不稂不莠[5]。	庄稼抽穗已长成，皮坚肉厚长势好， 没有童粱和莠草。
去其螟螣，及其蟊贼， 无害我田稚[6]。	去掉螟虫和蛉虫，还有蟊虫和贼虫， 别让它们害我苗。
田祖有神，秉畀炎火[7]。	田地祖爷有神灵，将害虫全烧光。

有渰萋萋，兴雨祁祁[8]。	天上乌云密布起，淅淅沥沥下起雨。
雨我公田，遂及我私。	滋润我们的公田，惠及我们的私地。
彼有不获稚，	晚熟庄稼还没收，
此有不敛穧[9]。	没捆庄稼散田头。
彼有遗秉，此有滞穗，	那里丢下禾一把，这有穗子忘了拿，
伊寡妇之利[10]。	寡妇可以拾遗谷。
曾孙来止，以其妇子，	曾孙到这儿来了，跟着农妇和孩子，
馌彼南亩，田畯至喜[11]。	送饭田头犒饥人，田官看了真欢喜。
来方禋祀，	秋收后呀祭老天，
以其骍黑，与其黍稷[12]。	用那红牛和黑猪，还有黍米和高粱。
以享以祀，以介景福[13]。	献上祭品行祭礼，祈求福气从天降。

【注释】

〔1〕戒：修理农具。

〔2〕覃：锐利。耜（sì）：古代农具。俶（chù）：开始。

〔3〕庭：直。

〔4〕曾孙：这里指周王。

〔5〕既方：谷粒已长出嫩皮。方，即房。既皂：已长出谷壳。稂：穗粒空瘪的禾，又称童粱。

〔6〕螟：吃苗心的害虫。螣（tè）：吃苗叶的害虫。蟊（máo）：吃苗根的害虫。贼：吃苗节的害虫。稚（zhì）：幼苗。

〔7〕秉畀：持取投入。

〔8〕渰（yǎn）：阴云密布的样子。

〔9〕不敛穧（jì）：低矮或未成熟的禾穗。穧，已割而未收之农作物。

〔10〕遗秉：遗漏下来的成把的禾穗。

〔11〕馌（yè）：给耕者送食。

〔12〕祀：清洁致祭。骍：赤色的牛。

〔13〕介：求。

瞻彼洛矣

【题解】

这首诗写周王在东都洛阳会诸侯时，在洛水上检阅六军，讲武事，安家邦。

这是诸侯赞美周王的诗。

瞻彼洛矣，维水泱泱[1]。	看那边的洛水啊，河水深广无边际。
君子至止，福禄如茨[2]。	天子到这儿来啦，福啊禄啊大无量。
韎韐有奭，以作六师[3]。	军服色彩多光亮，集合六军多威严。
瞻彼洛矣，维水泱泱。	看那边的洛水啊，河水深广不见边。
君子至止，鞞琫有珌[4]。	天子到这儿来啦，刀鞘玉饰好漂亮。
君子万年，保其家室。	天子万寿又无疆，家室能够保健康。
瞻彼洛矣，维水泱泱。	看那边的洛水啊，河水深广浪打浪。
君子至止，福禄既同。	天子到这儿来啦，福禄俱全同时降。
君子万年，保其家邦。	天子万寿又无疆，国家安全有保障。

【注释】

〔1〕泱泱：深广的样子。

〔2〕如茨：形容多。

〔3〕韎韐（mèi gé）：用皮革染色而成的军服。奭（shì）：赤色。作：起。

〔4〕鞞（bǐng）：剑室，今所谓刀鞘。琫（běng）：刀剑鞘上的玉饰。珌（bì）：刀剑鞘上的小方玉。

裳裳者华

【题解】

　　这是周王赞美诸侯的一首诗。这首诗歌颂某个贵族，说他一表人才，车马美盛，无所不宜。也有说这是讽刺幽王的诗，但前人已多评论其不足信。

裳裳者华，其叶湑兮[1]。	花儿丰盛又明艳，枝繁叶茂生机旺。
我觏之子，我心写兮[2]。	我遇见了那个人，我的心里真喜悦。
我心写兮，是以有誉处兮[3]。	我的心里真喜悦，就有安乐的地方。
裳裳者华，芸其黄矣[4]。	花色丰富又明艳，五彩缤纷花儿黄。

我觏之子，维其有章矣。　　我遇见了那个人，他真的好漂亮啊。

维其有章矣，是以有庆矣。　　那人真是漂亮呀，所以喜事从天降。

裳裳者华，或黄或白。　　　　花色丰富又明艳，有的白来有的黄。

我觏之子，乘其四骆[5]。　　我遇见了那个人，四匹骝马他来骑。

乘其四骆，六辔沃若。　　　　四匹骝马他来骑，六根缰绳闪着光。

左之左之，君子宜之。　　　　左手边有个左相，他那人无所不宜。

右之右之，君子有之。　　　　右手边有个右相，他那人无所不有。

维其有之，是以似之[6]。　　正因他无所不有，继祖业绵延永昌。

【注释】

〔1〕湑（xǔ）：密而润泽。

〔2〕觏（gòu）：遇见。写：
喜悦。

〔3〕誉处：安处。

〔4〕芸：纷纭，多。

〔5〕骆：白马黑鬣。

〔6〕似：类。表里如一。

桑 扈

【题解】

这是周王宴会诸侯的诗歌。诗颂某诸侯的德行，说他屏障万国，并为各国诸侯榜样，自己也受福无疆。

交交桑扈，有莺其羽。　　　　飞来飞去白夹鸟，彩色翅膀多漂亮。

君子乐胥，受天之祜[1]。　　诸侯群臣多快乐，福气呀从天而降。

交交桑扈，有莺其领。　　　　飞来飞去白夹鸟，颈上羽毛多漂亮。

君子乐胥，万邦之屏。　　　　诸侯群臣多快乐，他是万国的屏障。

之屏之翰，百辟为宪[2]。　　是屏障又是栋梁，诸侯将他做榜样。

不戢不难，受福不那[3]。　　又随和来又谨慎，受的福气真不浅。

兕觥其觩，旨酒思柔[4]。　　牛角杯弯弯曲曲，酒儿香甜酒儿美。

彼交匪敖，万福来求[5]。　　不急切来不傲慢，万般幸福聚一堂。

【注释】

〔1〕乐胥：即乐兮。胥，犹"兮"，语气词。祜：福气。

〔2〕百辟：指各国诸侯。

〔3〕难（nǎn）：谨慎之意。那（nuó）：多。

〔4〕兕（sì）觥（gōng）：牛角制的酒杯。觩（qiú）：牛角弯曲的样子。

〔5〕求：聚。

鸳 鸯

【题解】

诗前四句写网取鸳鸯当于其飞时，后四句写喂马用草和用粮有所区别，这样，则交万物有道，自奉养有节，而永享福禄。

鸳鸯于飞，毕之罗之[1]。	鸳鸯往来双双飞，安放网罗去捕它。
君子万年，福禄宜之。	敬祝君子寿万年，安享福禄永相爱。
鸳鸯在梁，戢其左翼。	鸳鸯息在河梁上，收敛它的左翅膀。
君子万年，宜其遐福。	敬祝君子寿万年，美满家庭福禄长。
乘马在厩，摧之秣之[2]。	乘马拴在马厩里，用刍用粮饲养它。
君子万年，福禄艾之[3]。	敬祝君子寿万年，福禄助您永和好。
乘马在厩，秣之摧之。	乘马拴在马厩里，用粮用草饲养它。
君子万年，福禄绥之[4]。	敬祝君子寿万年，安享福禄永偕老。

【注释】

〔1〕比、罗：《集传》："毕，小网长柄者也；罗，网也。"

〔2〕摧（cuò）：铡草。秣（mò）：马料。

〔3〕艾（yì）：《尔雅》："艾，养也。"

〔4〕绥（suí）：安。

鸳鸯

颈弁

【题解】

这首诗写周王宴请贵族，酒肴嘉美，其乐融融。诗以寄生草依赖松柏为引，写出了贵族依赖周王的寄生生活，反映了统治集团内部的腐朽生活。

有颈者弁，实维伊何[1]？	白鹿皮帽他戴上，戴它又要去何方？
尔酒既旨，尔肴既嘉。	因为你那有美酒，还有菜肴扑鼻香。
岂伊异人？兄弟匪他[2]。	来的全是家里人？哥呀弟呀我同胞。
茑与女萝，施于松柏[3]。	茑草女萝枝蔓长，密密缠绕松柏上。
未见君子，忧心弈弈[4]。	好久没见君子面，就觉心中好忧伤。
既见君子，庶几说怿[5]。	如今见到君子面，我心欢喜又快活。
有颈者弁，实维何期？	白鹿皮帽他戴上，这是什么日子呢？
尔酒既旨，尔肴既时[6]。	因为你那有美酒，还有佳肴味道香。
岂伊异人？兄弟具来。	难道来的是外人？哥呀弟呀齐来到，
茑与女萝，施于松上。	茑草女萝枝蔓长，缠绕攀附高松上。
未见君子，忧心怲怲[7]。	好久未见君子面，就觉心中好忧伤。
既见君子，庶几有臧[8]。	如今见到君子面，应送什么厚礼呢。
有颈者弁，实维在首。	白鹿皮帽他戴上，戴在头上正相称。
尔酒既旨，尔肴既阜[9]。	因为你那有美酒，菜肴盛多味道香。
岂伊异人？兄弟甥舅。	难道来的是外人？兄弟甥舅都来到，
如彼雨雪，先集维霰[10]。	生命犹如那场雪，冰珠雪花渐消融。

死丧无日，无几相见。　　不知何时把命丧，相见或许没几回。
乐酒今夕，君子维宴。　　今朝有酒今朝醉，及时宴乐才恰当。

【注释】

〔1〕頍（kuǐ）：戴弁貌。弁（biàn）：用白鹿皮制成的帽子。

〔2〕匪：通"非"，不是。

〔3〕茑（niǎo）、女萝：均为攀缘类的蔓生植物。施：蔓延。

〔4〕弈弈：心神不定的样子。

〔5〕说：通"悦"。

〔6〕时：指应时令而设的美食。

〔7〕恡恡（bǐng）：盛满。

〔8〕臧：善，好处，指厚赐。

〔9〕阜：盛多。

〔10〕霰（xiàn）：小冰珠。

车　辖 [1]

【题解】

　　这是诗人在迎娶妻子的途中赋的诗，描写新婚之乐，赞扬新娘的美丽贤良，表达出新婚丈夫的喜悦和激动之情。

间关车之辖兮，	"格扎扎"啊车轴响，
思娈季女逝兮 [2]。	美丽姑娘要出嫁。
匪饥匪渴，德音来括 [3]。	也不饥来也不渴，只想见到爱的她。
虽无好友，式燕且喜 [4]。	朋友虽然不太多，一起饮酒都快乐。
依彼平林，有集维鷮 [5]。	在那茂盛树林里，长尾野鸡在聚集。
辰彼硕女，令德来教 [6]。	善良高挑大姑娘，用美德来教诲人。
式燕且誉，好尔无射 [7]。	热闹宴饮多欢乐，喜欢你呀不能忘。
虽无旨酒，式饮庶几。	虽然酒儿不甘美，大家喝得也不少。
虽无嘉肴，式食庶几。	虽然菜儿味不好，大家也都吃个饱。
虽无德与女，式歌且舞。	虽然没给你什么，唱个歌来跳个舞。
陟彼高冈，析其柞薪。	登临高高的山岗，劈那柞树当柴烧。
析其柞薪，其叶湑兮 [8]。	劈那柞树当柴烧，它们叶儿青又密。

鲜我觏尔，我心写兮[9]。　　　　　如今我能见到你，我的心里多欢乐。

高山仰止，景行行止[10]。　　　　　仰望高山看见顶，大路平坦任人行。

四牡骓骓，六辔如琴。　　　　　　四匹马儿多匆忙，六根缰绳如琴弦。

觏尔新昏，以慰我心。　　　　　　见你美满的新婚，快乐充满我胸膛。

【注释】

〔1〕车辇：车轴两头的金属键，用以控制车毂，使之不易脱落。

〔2〕娈（luán）：美好的样子。

〔3〕括：通"佸"，聚会。

〔4〕式燕：宴饮。

〔5〕依：茂盛的样子。鷮（jiāo）：长尾的野雉。

〔6〕辰：美善。

〔7〕无射（yì）：不厌。

〔8〕析：劈。湑（xǔ）：茂盛。

〔9〕写：愉悦。

〔10〕景行：大道。

青　蝇

【题解】

这是首斥责谗言害人祸国的诗。诗以青蝇嗡嗡声音喻谗言，劝统治者勿信谗言。

营营青蝇，止于樊[1]。　　　　　苍蝇飞舞嗡嗡响，一会歇在篱笆上。

岂弟君子，无信谗言[2]。　　　　孝悌君子易近人，不要听信谗人言。

营营青蝇，止于棘。　　　　　　苍蝇飞舞嗡嗡响，一会歇在棘篱上。

谗人罔极，交乱四国。　　　　　谗人不停诋毁人，扰乱各国把人伤。

营营青蝇，止于榛。　　　　　　苍蝇飞舞嗡嗡响，一会歇在榛树上。

谗人罔极，构我二人[3]。　　　　谗人不停诋毁人，离间我们两个人。

【注释】

〔1〕营营：往来的样子。一说小声之意。

〔2〕岂弟（kǎi tì）：同"恺悌"，和气，平易。

〔3〕构：离间。

宾之初筵

【题解】

这首诗讽刺贵族花天酒地的种种丑态，讽刺统治者失礼败德的丑陋表现。

宾之初筵，左右秩秩[1]。　　　　宾客开始入宴席，里里外外坐整齐。
笾豆有楚，肴核维旅[2]。　　　　食器摆成一排排，鱼肉果子列出来。
酒既和旨，饮酒孔偕[3]。　　　　米酒香味醇更美，大家饮酒很快乐。
钟鼓既设，举酬逸逸[4]。　　　　钟儿鼓儿都悬起，大家敬酒有次序。
大侯既抗，弓矢斯张[5]。　　　　大大箭靶已竖起，弓呀箭呀都备齐。
射夫既同，献尔发功[6]。　　　　射箭的人聚整齐，显出你的本领来。
发彼有的，以祈尔爵。　　　　　如果能射中靶心，一杯酒来请你饮。
籥舞笙鼓，乐既和奏[7]。　　　　吹笙击鼓把舞跳，音乐奏起多和谐。
烝衎烈祖，以洽百礼[8]。　　　　以此娱悦拜先祖，各种仪式都合宜。
百礼既至，有壬有林[9]。　　　　各种仪式都周到，又大又多真美好。
锡尔纯嘏，子孙其湛[10]。　　　　赐给你大的福气，子子孙孙很喜乐。
其湛曰乐，各奏尔能[11]。　　　　喜洋洋呀真快乐，看谁射箭本领高。
宾载手仇，室人入又[12]。　　　　客人各把对手找，主人也来射一遭。
酌彼康爵，以奏尔时[13]。　　　　喝完这一大杯酒，庆贺刚才射得好。
宾之初筵，温温其恭。　　　　　宾客开始入宴席，恭敬温和又欢欣。
其未醉止，威仪反反[14]。　　　　他们还没喝醉时，行为举止很庄重。
曰既醉止，威仪幡幡[15]。　　　　他们已经喝醉时，行为轻率不庄重。
舍其坐迁，屡舞仙仙[16]。　　　　离开座位到处跑，歪歪斜斜跳舞蹈。
其未醉止，威仪抑抑[17]。　　　　他们还没喝醉时，行为举止很谦谨。
曰既醉止，威仪怭怭[18]。　　　　他们已经喝醉时，行为举止就轻佻。
是曰既醉，不知其秩。　　　　　还说这是喝醉酒，不守规矩不要紧。
宾既醉止，载号载呶[19]。　　　　客人已经喝醉了，又是呼喊又是闹。
乱我笾豆，屡舞僛僛[20]。　　　　我的餐具全打乱，舞得身体真歪斜。
是曰既醉，不知其邮[21]。　　　　人呀喝酒喝醉了，就不知道有过失。
侧弁之俄，屡舞傞傞[22]。　　　　歪戴皮帽斜走路，舞呀舞得停不了。
既醉而出，并受其福。　　　　　喝醉酒了就出去，你也好来我也好。

醉而不出，是谓伐德^[23]。　　喝醉酒了不出去，那就叫作败德佬。

饮酒孔嘉，维其令仪^[24]。　　喝酒固然是不错，礼貌秩序要做到。

凡此饮酒，或醉或否。　　如此这样把酒饮，有的醉来有的醒。

既立之监，或佐之史^[25]。　　找到司正来监视，派个史官来记事。

彼醉不臧，不醉反耻^[26]。　　那些醉人并不好，没醉的人想喝醉。

式勿从谓，无俾大怠^[27]。　　不要再劝别人酒，使他轻慢又失礼。

匪言勿言，匪由勿语^[28]。　　没问不要乱说话，无故不要乱开腔。

由醉之言，俾出童羖^[29]。　　醉汉说话不可靠，就像没角小羊羔。

三爵不识，矧敢多又^[30]。　　三杯之礼你不知，哪敢让你第四杯。

【注释】

〔1〕筵：竹席，古时用作坐具。秩秩：指宾主坐席很有礼貌的样子。

〔2〕笾：古时盛果脯的竹器。豆：古代的食器。有楚：即楚楚、整齐的样子。旅：陈列。

〔3〕偕：嘉。

〔4〕逸逸：来往有次序的样子。

〔5〕侯：箭靶。抗：竖起。

〔6〕同：指射手聚齐。

〔7〕籥（yuè）舞：执籥而舞，是文舞。籥，似笛有六孔的管乐器。

〔8〕烝：进。衎（kàn）：娱乐。

〔9〕有：又。壬：大。

〔10〕纯嘏（gǔ）：大福。湛（dān）：喜乐。

〔11〕奏：进献。

〔12〕载：则。手：取。仇：匹偶，指对手。

〔13〕康爵：大酒杯。时：善，指善射者。

〔14〕反反：举止庄重的样子。

〔15〕幡幡：轻率不庄重的样子。

〔16〕仙仙：舞姿飞扬的样子。

〔17〕抑抑：谦谨的样子。

〔18〕怭怭（bì）：轻薄的样子。

〔19〕呶（náo）：喧哗。

〔20〕僛僛（qī）：身体歪斜的样子。

〔21〕邮：通"忧"，过失。

〔22〕侧弁：歪戴着帽子。俄：倾斜。傞傞（suō）：醉舞不止的样子。

〔23〕伐德：败德。

〔24〕令仪：好的礼节。

〔25〕监：酒监，又叫司法，察仪法之人。

〔26〕臧：善。

〔27〕从谓：跟着劝人再饮。

〔28〕由：法，式。

〔29〕童：秃，牛羊未生角为童。羖（gǔ）：黑色公羊。

〔30〕三爵：马瑞辰曰："惟侍君小燕，则以三爵为度。"矧（shěn）：况且。

小雅·鱼藻之什

鱼 藻

【题解】

这是讽刺周王在镐京饮酒作乐的诗。本诗字虽少,但短小精悍,象征性强。

鱼在在藻,有颁其首[1]。　　鱼儿在水藻,其头真肥大。
王在在镐,岂乐饮酒[2]。　　君王在国都,逍遥把酒饮。
鱼在在藻,有莘其尾[3]。　　鱼儿在水藻,其尾长又长。
王在在镐,饮酒乐岂。　　君王在国都,欢乐多逍遥。
鱼在在藻,依于其蒲[4]。　　鱼儿在水藻,游在水草中。
王在在镐,有那其居[5]。　　君王在国都,安然多安静。

【注释】

〔1〕有颁(fén):犹头大的样子。

〔2〕镐:镐京,西周都城。在今陕西西安。岂:通"恺",欢声。

〔3〕有莘(shēn):犹莘莘,尾长的样子。

〔4〕蒲:一种水生草本植物。

〔5〕有那(nuó):犹"那那",安逸的样子。

采 菽

【题解】

诸侯朝王,王赏赐诸侯。诸侯受福禄,享富贵。

采菽采菽，筐之筥之[1]。　　采大豆呀采大豆，装在方篮圆篮里。
君子来朝，何锡予之[2]？　　诸侯来朝见国王，要用什么去赏他？
虽无予之，路车乘马[3]。　　纵使没有什么赏，只给一驾好车马。
又何予之？玄衮及黼[4]。　　此外还应赏什么？黑色礼服花纹裳。
觱沸槛泉，言采其芹[5]。　　在那翻腾涌泉旁，去采芹菜味道香。
君子来朝，言观其旂[6]。　　诸侯来朝见国王，遥看龙旗已在望。
其旂淠淠，鸾声嘒嘒[7]。　　旗帜飘飘随风扬，铃儿叮当声悠扬。
载骖载驷，君子所届[8]。　　一车驾三或四马，诸侯一起都来到。
赤芾在股，邪幅在下[9]。　　红皮蔽膝垂大腿，裹腿布斜缠腿上。
彼交匪纾，天子所予[10]。　　不急不躁不傲慢，这是天子所赐的。
乐只君子，天子命之[11]。　　诸侯公爵真快乐，天子策命赐嘉奖。
乐只君子，福禄申之[12]。　　诸侯公爵真快乐，福呀禄呀赏给他。
维柞之枝，其叶蓬蓬[13]。　　柞树枝条长又长，叶儿茂密长势旺。
乐只君子，殿天子之邦[14]。　　诸侯公爵真快乐，帮助天子守四方。
乐只君子，万福攸同[15]。　　诸侯公爵真快乐，福禄安康都能享。
平平左右，亦是率从[16]。　　能辨贤臣与小人，遵循天命国安康。
汎汎杨舟，绋缡维之[17]。　　杨木船儿河中漂，快用粗绳把它拴。
乐只君子，天子葵之[18]。　　诸侯公爵真快乐，天子衡量其才德。
乐只君子，福禄膍之[19]。　　诸侯公爵真快乐，福禄厚赏赐嘉奖。
优哉游哉，亦是戾矣[20]。　　悠闲自得过日子，生活快乐清福享。

【注释】

〔1〕菽：大豆。筥（jǔ）：竹编的圆篮子。

〔2〕锡：赐。

〔3〕路车：古代诸侯乘坐的车子。

〔4〕玄：黑色。衮（gǔn）：古代上公的礼服。黼（fǔ）：古代礼服上刺绣的花纹，半黑半白。

〔5〕觱（bì）沸：泉水涌出地面的样子。槛：通"滥"，涌的意思。

〔6〕旂（qí）：古时旗帜的一种，旗上有铃，画有蛟龙。

〔7〕淠淠（pèi）：这里指风吹旗帜引

起飘动的样子。嗒嗒：这里指细微的车铃声。

〔8〕骖（cān）：一车驾三马。

〔9〕芾（fú）：古时祭服上的蔽膝。古制，诸侯亦芾。邪幅：裹腿布。

〔10〕彼：同"匪"，非，不是。交："佼"的借字，急躁。纾：慢。

〔11〕命：策命，写在简册上的命令。

〔12〕申：重复，指福上加福。

〔13〕蓬蓬：茂盛的样子。

〔14〕殿：镇抚。

〔15〕攸：所。

〔16〕平平：辨别。率：遵循。

〔17〕汎汎：在水面上漂浮的样子。绋（fú）：粗大的绳子，这里指船上的缆绳。缅（lí）：系的意思。

〔18〕葵：度量。指度量诸侯的才德。

〔19〕脄（pí）：厚，指厚赐。

〔20〕优哉游哉：从容不迫，悠然自得的样子。戾（lì）：安定。

角 弓

【题解】

这是首劝人不可疏远兄弟而亲近谗人，更不要为功名利禄不惜一切代价的诗，有很强的教育意义。

骍骍角弓，翩其反矣[1]。	角弓张得多调和，手一松开弓就崩。
兄弟昏姻，无胥远矣[2]。	各位同姓兄弟们，不要相互疏远啊。
尔之远矣，民胥然矣[3]。	若你疏远兄弟们，大家也就疏远你。
尔之教矣，民胥效矣。	你这样的教诲呀，大家都会效法你。
此令兄弟，绰绰有裕[4]。	善良相处的兄弟，大家相处多宽厚。
不令兄弟，交相为瘉[5]。	不善不好的兄弟，他们互相在争斗。
民之无良，相怨一方[6]。	如今人们不善良，抱怨对方品德坏。
受爵不让，至于己斯亡[7]。	接受禄位不相让，至死不忘个人利。

老马反为驹，不顾其后。　　　　老马反为小马想，后来遭遇全不顾。
如食宜饇，如酌孔取[8]。　　　　就像吃饭要吃饱，喝酒常常多多要。
毋教猱升木，如涂涂附[9]。　　　母猴教小猴爬树，如那泥浆涂树上。
君子有徽猷，小人与属[10]。　　　君王如有好办法，老百姓都跟随他。
雨雪瀌瀌，见晛曰消[11]。　　　雪花茫茫迎风飘，阳光一出就消。
莫肯下遗，式居娄骄[12]。　　　居于上位不谦逊，装出一副骄傲相。
雨雪浮浮，见晛曰流[13]。　　　雪花大片随风飘，阳光一出雪就融。
如蛮如髦，我是用忧[14]。　　　南方蛮夷在作乱，为此害得我心焦。

【注释】

〔1〕骍骍（xīn）：调和的样子。角弓：两端镶有牛角的弓。翩："偏"字的假借。

〔2〕胥：通"疏"。

〔3〕然：如此，这样。

〔4〕有裕：气量宽大的样子。

〔5〕瘉（yù）：病。

〔6〕民：当作"人"。

〔7〕亡：通"忘"。

〔8〕饇（yù）：饱。孔取：多给。

〔9〕猱（náo）：猴子。

〔10〕徽：美好。猷：道。与：从。属：跟随。

〔11〕瀌瀌（biāo）：雪盛大的样子。晛（xiàn）：日气。曰：同"聿"，语助词。

〔12〕遗：加，待之意。娄："屡"的假借字。

〔13〕浮浮：雪盛大的样子。

〔14〕髦：古代西南的部族名。

菀　柳

【题解】

　　这是写一个被流放的周臣对幽王的怨诗，讽刺周幽王暴虐无亲，是非不分，也暗示出周朝暴虐乱政，最终走向灭亡。

有菀者柳，不尚息焉[1]。　　　路边柳树已枯萎，不要依傍它休息。
上帝甚蹈，无自瘵焉[2]。　　　君王暴虐乱朝政，不要自己招灾祸。

俾予靖之，后予极焉[3]。　　当初我治国理政，而今却遭到忌恨。

有菀者柳，不尚愒焉[4]。　　路边柳树已枯萎，不去休息作屏障。

上帝甚蹈，无自瘵焉[5]。　　君王暴虐太乱政，不要自寻烦恼事。

俾予靖之，后予迈焉[6]。　　当初让我理国政，而今却又被放逐。

有鸟高飞，亦傅于天[7]。　　鸟儿展翅高高飞，最高飞到蓝天上。

彼人之心，于何其臻[8]。　　周王心思难捉摸，哪能满足他欲望。

曷予靖之，居以凶矜[9]？　　为何用我理国政，反让我处凶险场？

【注释】

〔1〕菀（yuàn）：枯萎。

〔2〕蹈：借为"滔"，水乱流的样子。
甚蹈，很荒唐。瘵：近，亲近，自招灾难。

〔3〕靖：治理。一说谋。

〔4〕愒（qì）：休息。

〔5〕瘵（zhài）：病。

〔6〕迈：行。指放逐。

〔7〕傅：至，到。

〔8〕臻：至。

〔9〕矜：危险。

都人士

【题解】

这首诗是写对美好男女的怀念，先赞美男子的德才、服装，再赞男子的装饰，姑娘的美貌，反复歌咏，情意深长。

彼都人士，狐裘黄黄。　　那些京人真漂亮，狐皮袍子黄又亮。

其容不改，出言有章。　　他们容貌没改样，说出话来像文章。

行归于周，万民所望。　　将要回到周都来，这是万民的希望。

彼都人士，台笠缁撮。　　那些京人真漂亮，戴着莎草青布冠。

彼君子女，绸直如发[1]。　　大户人家的姑娘，秀发稠密又秀直。

我不见兮，我心不说。　　不能见到姑娘面，我的心里不欢畅。

彼都人士，充耳琇实[2]。　　那些京人真漂亮，耳坠都是亮宝石。

彼君子女，谓之尹吉。	大户人家的姑娘，说她们姓尹姓吉。
我不见兮，我心苑结[3]。	不能见到姑娘面，我的心里闷得慌。
彼都人士，垂带而厉。	那些京人真漂亮，垂下带子如飘绸。
彼君子女，卷发如虿[4]。	大户人家的姑娘，卷起头发像蝎尾。
我不见兮，言从之迈。	不能见到姑娘面，我想到那走一趟！
匪伊垂之，带则有余。	不是她要垂下它，带子本就不需装。
匪伊卷之，发则有旟[5]。	不是她要卷起它，头发自己在飞扬。
我不见兮，云何盱矣[6]。	不能见到姑娘面，又怎么会不忧伤？

虿

【注释】

〔1〕如发：其发。

〔2〕琇（xiù）实：美石。

〔3〕苑（yùn）：积压，蕴结。

〔4〕虿（chài）：蝎子。尾末挺然，似妇人发末曲上卷然。

〔5〕旟：扬。

〔6〕盱（xū）：忧。

采 绿

【题解】

这是写丈夫外出，归期未归，妻子怀念不已的诗，表达了女子对丈夫的爱慕之情。

终朝采绿，不盈一匊[1]。	整个早晨采绿草，还没采满两只手。
予发曲局，薄言归沐。	我的头发卷又曲，赶快回去洗洗头。
终朝采蓝，不盈一襜[2]。	整天采那蓼蓝草，还是不满一围裙。
五日为期，六日不詹。	约定五日就回家，六日还没见到他。
之子于狩，言㧁其弓[3]。	那个人儿去打猎，我为他套好大弓。
之子于钓，言纶之绳。	那个人儿去垂钓，为他准备好丝绳。
其钓维何，维鲂及鱮。	问他钓了些什么，新鲜鳊鱼和鲢鱼。
维鲂及鱮，薄言观者[4]。	新鲜鳊鱼和鲢鱼，数量最多又可观。

【注释】

〔1〕匊（jū）：两手。

〔2〕襜（chān）：围裙。

〔3〕韔（chàng）：古代装弓的袋子。

〔4〕观：多。引申为物多而后可观。

蓝

黍 苗

【题解】

这是描写召穆公治理谢邑的诗。诗中描绘了治理谢邑时的情景，以及建筑谢城后的欣慰之情。

芃芃黍苗，阴雨膏之[1]。	黍苗长得很茂盛，因为有雨滋润它。
悠悠南行，召伯劳之。	南行日子很久长，召伯慰劳人心安。
我任我辇，我车我牛。	我拉车来我扛担，我用马车运输忙。
我行既集，盖云归哉[2]。	我们任务已完成，这就准备往回行。
我徒我御，我师我旅。	我走路来我驾车，我归我的队伍里。
我行既集，盖云归处。	我们任务已完成，赶快回去看亲人。
肃肃谢功，召伯营之[3]。	快速完成建城事，因为召伯来经营。
烈烈征师，召伯成之。	建筑队伍真庞大，召伯用心来组织。
原隰既平，泉流既清[4]。	高低之地全治平，泉水流得清又清。
召伯有成，王心则宁。	召伯大功告成后，宣王心里才安宁。

【注释】

〔1〕芃芃（péng）：草木庄稼茂盛的样子。

〔2〕盖：通"盍"，何不。

〔3〕谢功：谢城工程。

〔4〕隰（xí）：低湿之地。

隰桑

【题解】

　　这是写一位妇女思念丈夫的诗。女子见到所爱的人，心花怒放，喜爱之情溢于言表。

隰桑有阿，其叶有难[1]。	低地桑树多么美，它的叶儿嫩又肥。
既见君子，其乐如何！	如今见到心上人，我心似蜜甜又甜！
隰桑有阿，其叶有沃[2]。	低地桑树多么美，它的叶儿柔又肥。
既见君子，云何不乐！	如今见到心上人，怎么不能笑开颜！
隰桑有阿，其叶有幽[3]。	低地桑树多么美，它的叶儿黑又肥。
既见君子，德音孔胶[4]。	如今得见心上人，愉悦心思更缠绵。
心乎爱矣，遐不谓矣[5]？	心里真是爱极了，不知怎么表达好？
中心藏之，何日忘之[6]？	如此深深爱着他，何时能把他忘掉？

【注释】

　　〔1〕阿：《集传》："美貌。"难（nuó）：盛貌。

　　〔2〕沃：《传》："柔也。"

　　〔3〕幽：《传》："黑色也。"陈奂《传疏》："幽即黝之古文假借。"

　　〔4〕胶：《传》："固也。"指男子情意殷切，执一不变。

　　〔5〕遐不：即"胡不"。

　　〔6〕藏：同"臧"。

白华

【题解】

　　周幽王后申氏因幽王宠幸褒姒被罢黜后作此诗，这是抒发忧愤之情的诗。

白华菅兮，白茅束兮[1]。	菅草开花白呀白，白茅束束捆着它。
之子之远，俾我独兮。	我的心上人远去，叫我多么孤单啊。
英英白云，露彼菅茅。	天上白云悠悠飘，地下菅茅受露润。

天步艰难，之子不犹。	老天降下了灾祸，我的爱人不爱我。
滮池北流，浸彼稻田[2]。	滮池水啊向北流，浸润稻田促增收。
啸歌伤怀，念彼硕人。	泣泪高歌我心伤，想念我那薄情郎。
樵彼桑薪，卬烘于煁[3]。	那些桑枝是好柴，我烧行灶来烘烤。
维彼硕人，实劳我心。	我的那个心上人，叫我心里真烦恼。
鼓钟于宫，声闻于外。	宫廷里面大钟响，钟声悠悠出宫墙。
念子懆懆，视我迈迈[4]。	想你想得我心烦，你却对我很疏远。
有鹙在梁，有鹤在林[5]。	鹙鹰在那鱼梁上，白鹤在那树林里。
维彼硕人，实劳我心。	想起我那心上人，不知心里有多烦。
鸳鸯在梁，戢其左翼[6]。	鸳鸯双双在鱼梁，嘴儿插进左翅膀。
之子无良，二三其德。	可恨那人没良心，喜新厌旧抛故人。
有扁斯石，履之卑兮。	地上扁平垫脚石，常踩石头真下贱。
之子之远，俾我疧兮[7]。	恨他有意疏远我，害我忧愁把病染。

【注释】

[1] 菅：茅的一种，又名芦芒。

[2] 滮（biāo）：古水名，在今西安市西。

[3] 卬（áng）：我，女子自称。煁（chén）：可以移动的行灶。

[4] 懆懆（cǎo）：忧愁的样子。

[5] 鹙：水鸟。

[6] 戢（jí）：收敛。

[7] 疧（qí）：忧愁而病。

绵 蛮

【题解】

这是写一位行役者遇见一位大臣，二人互相对唱的诗。行役者不堪饥劳，呼吁统治者施行仁义，多予关照。

绵蛮黄鸟，止于丘阿[1]。	黄鸟羽毛密又亮，停在路边山坡上。
道之云远，我劳如何！	道路实在太遥远，奔波劳累真够呛！
饮之食之，教之诲之。	给他水喝给他饭，教他劝他要坚强。
命彼后车，谓之载之[2]。	副车御夫停一停，让他搭车也无妨。

绵蛮黄鸟，止于丘隅[3]。　　黄鸟羽毛密又亮，山坡角落好休息。

岂敢惮行，畏不能趋[4]。　　哪敢害怕走远路，只怕慢了跟不上。

饮之食之，教之诲之。　　给他吃的和喝的，教他劝他别泄气。

命彼后车，谓之载之。　　副车御夫停一停，让他坐上莫着急。

绵蛮黄鸟，止于丘侧。　　黄鸟羽毛密又亮，停在路旁山坡宽。

岂敢惮行，畏不能极[5]。　　哪敢畏惧走远路，只怕不能到那处。

饮之食之，教之诲之。　　给他吃的和喝的，教他劝他好好干。

命彼后车，谓之载之。　　副车御夫停一停，让他搭车往前跑。

【注释】

〔1〕绵蛮：鸟羽纹彩细密的样子。

〔2〕之：前"之"指后车的御者。后"之"指行役者。

〔3〕隅：角落。

〔4〕趋：快步走。

〔5〕极：至。

瓠　叶

【题解】

这是写贵族宾客宴饮的诗。瓠叶兔肉，宾主宴饮，礼节周到，乐在其中。

幡幡瓠叶，采之亨之[1]。　　风吹葫芦叶，采来做佳肴。

君子有酒，酌言尝之[2]。　　主人有好酒，斟杯先尝尝。

有兔斯首，炮之燔之[3]。　　还有一只兔，有煨还有烤。

君子有酒，酌言献之。　　主人有好酒，斟满给客人。

有兔斯首，燔之炙之[4]。　　还有一只兔，有烤还有熏。

君子有酒，酌言酢之[5]。　　主人有好酒，斟杯敬主人。

有兔斯首，燔之炮之。　　还有一只兔，有烤还有煨。

君子有酒，酌言酬之。　　主人有好酒，斟杯劝客人。

【注释】

〔1〕幡幡：反复翻动的样子。瓠（hú）叶：冬瓜、葫芦等的总称。亨：同"烹"。之：指瓠。

〔2〕君子：指主人。

〔3〕炮：在炭火上煨熟。燔：在火上烤熟。

〔4〕炙：在火上熏熟。

〔5〕酢：以酒回敬。

渐渐之石

【题解】

这是征人从军，战士慨叹路上艰辛而写的诗。战士出征，山川险阻，又遇大雨，辛苦备尝。

渐渐之石，维其高矣[1]。	险峻的崖石，是这样的高。
山川悠远，维其劳矣[2]。	山高水又长，道路艰辛啊。
武人东征，不遑朝矣。	士兵去东征，没空闲休息。
渐渐之石，维其卒矣[3]。	高峻的崖石，是这样的险。
山川悠远，曷其没矣[4]？	山高水又长，啥时能走完？
武人东征，不遑出矣[5]。	士兵们东征，何时能脱险。
有豕白蹢，烝涉波矣[6]。	白蹄大肥猪，跑到水里去。
月离于毕，俾滂沱矣[7]。	月亮靠毕星，大雨的征兆。
武人东征，不皇他矣。	士兵们东征，无心想其他。

【注释】

〔1〕渐渐：高峻的样子。

〔2〕劳：通"辽"，辽阔。

〔3〕卒：通"崒"，山巅。

豕

〔4〕曷：何。

〔5〕出：脱离险境。

〔6〕蹢（dí）：蹄子。

〔7〕离：通"丽"，附丽。

苕之华

【题解】

这是诗人饥贫自伤不幸的诗。适值荒年，民不聊生，诗人感慨颇深，同情不已。本诗反映了当时荒年饥馑，人相自食的惨况。

苕之华，芸其黄矣[1]。
心之忧矣，维其伤矣[2]！
苕之华，其叶青青。
知我如此，不如无生！
牂羊坟首，三星在罶[3]。
人可以食，鲜可以饱！

凌霄花开放，颜色黄又黄。
心里忧愁啊，痛苦又悲伤！
凌霄花开放，叶子色青青。
早知道这样，不如不出生！
绵羊骨无肉，鱼篓空如洗。
灾年人相食，很难饱饥肠！

【注释】

〔1〕芸：黄色浓艳的样子。

〔2〕维其：何其。

〔3〕牂（zāng）：母绵羊。坟：大。罶（liǔ）：捕鱼的竹器。

苕

何草不黄

这是一首出役士兵的怨诉诗。他多时奔走四方，使得家人不得团聚。本诗表现了战争给百姓带来的痛苦，家人不能团聚的影响。

何草不黄，何日不行[1]，	没有草呀不枯黄，没有一天不出门。
何人不将，经营四方[2]。	没有人呀不出征，往来匆忙走四方。
何草不玄[3]？何人不矜[4]？	哪有草儿不枯烂？哪有人儿不孤单？
哀我征夫，独为匪民[5]。	可怜我们出征人，偏偏不被当人看。
匪兕匪虎，率彼旷野[6]。	那野牛来那猛虎，沿着旷野常出入。
哀我征夫，朝夕不暇。	可怜我们出征人，从早到晚没空闲。
有芃者狐，率彼幽草[7]。	狐狸尾巴毛蓬松，沿着路边钻草丛。
有栈之车，行彼周道[8]。	高大役车向前行，行在周室大道中。

【注释】

〔1〕行：奔走。指行役，出征。

〔2〕将：行。

〔3〕玄：赤黑色，草枯烂则成此色。

〔4〕矜（guān）：一说通"鳏"，老而无妻。

〔5〕匪：非。一说为彼。

〔6〕率：循，沿着。

〔7〕有芃（péng）：兽毛蓬松的样子。

〔8〕有栈：犹栈栈，高大的样子。

兕

大雅·文王之什

文 王

【题解】

　　诗为祭文王而作，写文王能布施，能用人；又写文王能恭敬，顺天命，使商朝的子孙来臣服；更写后王当修德以配天命，当以殷为鉴，效法文王，为万国所归向。

文王在上，於昭于天[1]。　　　　文王神灵高在上，昭明于天放光芒。
周虽旧邦，其命维新。　　　　　　岐周虽然非新邦，它的国运分外强。
有周不显，帝命不时[2]。　　　　岐周前途很光明，它的天命正兴旺。
文王陟降，在帝左右。　　　　　　文王神灵天上降，附在君王的身旁。
亹亹文王，令闻不已[3]。　　　　勤勤恳恳周文王，万古流芳声誉旺。
陈锡哉周，侯文王孙子[4]。　　　开创周朝显恩德，文王子孙得王位。
文王孙子，本支百世[5]。　　　　文王子孙都沾光，大小宗族传百世。
凡周之士，不显亦世[6]。　　　　凡是周朝的贵族，大大显贵到后世。
世之不显，厥犹翼翼[7]。　　　　世世代代都显贵，小心翼翼在商量。
思皇多士，生此王国[8]。　　　　希望有众多人才，在这王国里生长。
王国克生，维周之桢[9]。　　　　周国能养贤蓄能，这是周朝的栋梁。
济济多士，文王以宁[10]。　　　如此众多的人才，文王用来安周邦。
穆穆文王，於缉熙敬止[11]。　　严肃和蔼的文王，正大光明又端庄。
假哉天命，有商孙子[12]。　　　上天已经下命令，文王收服了殷商。
商之孙子，其丽不亿[13]。　　　商代的子子孙孙，人口众多无限量。
上帝既命，侯于周服[14]。　　　上帝已经下了令，他们臣服于周朝。
侯服于周，天命靡常[15]。　　　殷商臣民服于周，可见世事并无常。
殷士肤敏，裸将于京[16]。　　　后代才美又聪敏，在那周京行祭祀。
厥作裸将，常服黼冔[17]。　　　观看他们行祭祀，还穿殷朝的遗衣。
王之荩臣，无念尔祖[18]。　　　奉劝殷王遗臣子，不要把祖先叨念。
无念尔祖，聿修厥德。　　　　　　不要把你祖先念，继承其德又发扬。

永言配命，自求多福。　　　　永远听从上天命，自然求得福禄长。

殷之未丧师，克配上帝[19]。　　殷商未失民众时，能够配合上天命。

宜鉴于殷，骏命不易[20]。　　　殷的兴亡是借鉴，顺应天命不寻常。

命之不易，无遏尔躬[21]。　　　保有天命不容易，不要断在你身上。

宣昭义问，有虞殷自天[22]。　　宣扬文王好声名，殷的灭亡是天意。

上天之载，无声无臭[23]。　　　老天行事难猜测，无声无息真神奇。

仪刑文王，万邦作孚[24]。　　　好好效法周文王，万邦诸侯来敬仰。

【注释】

〔1〕於（wū）：叹辞。

〔2〕不：通"丕"。大。

〔3〕亹亹（wěi）：勤勉的样子。令闻：美好的声誉。

〔4〕陈：布施。

〔5〕本支：本宗，嫡传子孙。

〔6〕亦世：奕世，累世。

〔7〕犹：计谋。

〔8〕皇：美好。

〔9〕桢：树干，引申为"骨干"。

〔10〕济济：众多的样子。

〔11〕缉熙：光明。

〔12〕假：大。

〔13〕丽：数目。

〔14〕服：臣服。

〔15〕靡常：没有常规。

〔16〕肤敏：壮美敏捷。

〔17〕祼（guàn）：祭祀名。黼（fǔ）：绣有黑白花纹的礼服。冔（xǔ）：殷人戴的礼帽。

〔18〕荩臣：余臣，即殷代遗下的臣子。

〔19〕师：众人，百姓。

〔20〕骏命：大命。

〔21〕遏（è）：止，中断。

〔22〕义问：嘉闻，好名声。虞：考虑，想到。

〔23〕载：事。

〔24〕仪刑：取法，效法。孚：信用。

大 明

【题解】

这是周人自述开国历史，叙述王季和太任、文王和太姒结婚的事情，后面还提到武王伐纣的史实。

明明在下，赫赫在上。
天难忱斯，不易维王[1]。
天位殷適，使不挟四方[2]。
挚仲氏任，自彼殷商，
来嫁于周，曰嫔于京[3]。
乃及王季，维德之行。
大任有身，生此文王。
维此文王，小心翼翼。
昭事上帝，聿怀多福[4]。
厥德不回，以受方国[5]。
天监在下，有命既集。
文王初载，天作之合。
在洽之阳，在渭之涘。
文王嘉止，大邦有子。
大邦有子，伣天之妹[6]。
文定厥祥，亲迎于渭[7]。
造舟为梁，不显其光[8]。
有命自天，命此文王。
于周于京，缵女维莘，
长子维行，笃生武王[9]。
保右命尔，燮伐大商[10]。
殷商之旅，其会如林[11]。
矢于牧野[12]："维予侯兴，
上帝临女，无贰尔心[13]。"

文王明德传四方，神灵显赫在天上。
天命确实难猜度，帝王也真不易当。
上天有意立殷王，却又使他丢四方。
挚国任姓的姑娘，从那遥远的殷商，
嫁到我们的周邦，在京都呀做新娘。
她和王季配成双，她的德行美又好。
太任幸有了身孕，生下这个周文王。
就是这个周文王，小心谨慎又善良。
知道怎样服侍天，引得洪福从天降。
文王他品德高尚，各国归顺民仰望。
老天监视着下方，天命有意于文王。
文王即位开始时，上天给他赐新娘。
新娘来自洽水北，就在莘国渭水旁。
文王德行很美好，周邦有后兴安邦。
周国有后是文王，上天赐女配成双。
订婚典礼真吉祥，文王亲迎渭水旁。
用船搭起一桥梁，婚礼热闹真辉煌。
上天有令示下方，命令周文建家邦。
周国京师建家邦，美好姑娘来莘国，
她是长女嫁文王，婚后生下周武王。
天命保佑周武王，命他兴兵伐殷商。
殷商军队满战场，他们军旗密如林。
武王誓师在牧野："我国兴起后居上，
上天在监视你们，千万不要怀二心！"

牧野洋洋，檀车煌煌，
驷骙彭彭[14]。
维师尚父，时维鹰扬[15]。
凉彼武王，肆伐大商，
会朝清明[16]。

牧野战场多宽广，檀木兵车多堂皇，
四马膘肥体又壮。
六军统帅是尚父，似鹰在空中飞扬。
辅助那个周武王，纵兵讨伐灭殷商，
一朝开创定乾坤。

【注释】

〔1〕忱：相信。

〔2〕適（dí）：通"嫡"。嫡子，正妻生的长子。

〔3〕挚：殷的属国，在今河南省汝南县一带。

〔4〕怀：招来。

〔5〕回：邪僻。

〔6〕倪（qiàn）：好比。

〔7〕文定：订婚。文，礼文，指"纳币"之礼。

〔8〕不：通"丕"，大。

〔9〕缵（zuǎn）：美好。莘（shēn）：古国名。

〔10〕燮（xiè）："袭"的假借。

〔11〕旅：众，此指军队。会：旌旗。

〔12〕矢：通"誓"。

〔13〕侯：乃。

〔14〕骙（yuán）：赤毛白腹的马。

〔15〕时：是，这。

〔16〕凉：佐，辅助。

鹰

绵

【题解】

这首诗主要描写的是古公亶父从豳迁岐，开辟土地、修建宫室的兴旺气象。诗末尾写文王的睦邻用贤，光大周邦。

绵绵瓜瓞，民之初生，　　　大瓜小瓜藤绵延，周人最初发展时，
自土沮漆[1]。古公亶父，　　从杜水来到漆水。古公亶父功业创，
陶复陶穴，未有家室[2]。　　挖洞筑窖来居住，宫室房屋全都无。
古公亶父，来朝走马[3]，　　古公亶父迁居忙，大清早来赶着马，
率西水浒，至于岐下[4]。　　沿着渭水向西行，来到岐山脚下忙。
爰及姜女，聿来胥宇[5]。　　他偕同妻子太姜，观察建宫的地基。
周原膴膴，堇荼如饴[6]。　　周原肥美地宽广，堇葵苦菜饴糖样。
爰始爰谋，爰契我龟[7]。　　于是夫妻来商量，钻刻占卜望神帮。
曰止曰时，筑室于兹[8]。　　摇龟占卜说在此，建造房屋最吉祥。
乃慰乃止，乃左乃右[9]。　　下定决心居于此，随行大众安屋旁。
乃疆乃理，乃宣乃亩[10]。　　又划疆界又治土，又耕田来又筑垄。
自西徂东，周爰执事[11]。　　从西到东巡一番，勉励人们好生产。
乃召司空，乃召司徒，　　　于是司空管工程，土地人丁司徒掌，
俾立室家[12]。其绳则直，　　他们领工建宫房。工匠绳墨直又长，
缩版以载，作庙翼翼[13]。　　竖起夹板来筑墙，建成宗庙多严正。
捄之陾陾，度之薨薨[14]，　　用筐噌噌来装土，填土夹板轰轰响。
筑之登登，削屡冯冯[15]。　　一片登登筑土声，刮刀乒乒平土墙。
百堵皆兴，鼛鼓弗胜[16]。　　百堵土墙一起建，声势胜过大鼓响。
乃立皋门，皋门有伉[17]。　　建起周都的城门，王都城门多高大。
乃立应门，应门将将[18]。　　建起王宫大正门，正门庄严又堂皇。
乃立冢土，戎丑攸行[19]。　　建起祭祀用的坛，人们去那来祈福。
肆不殄厥愠，亦不陨厥问[20]。狄人怒气今未消，文王声誉并无伤。
柞棫拔矣，行道兑矣[21]。　　柞棫野树都拔掉，交通要道无阻挡。
混夷駾矣，维其喙矣[22]。　　昆夷受惊逃跑了，气喘吁吁多疲劳。
虞芮质厥成，文王蹶厥生[23]。虞国芮国谢文王，国势因之而大振。
予曰有疏附，予曰有先后，　　我有贤臣来归附，我有贤臣辅朝政，
予曰有奔奏，予曰有御侮[24]。我有良士来效力，我有武将抵外敌。

【注释】

[1] 瓞（dié）：小瓜。土：与"杜"通，水名，在今陕西省武功县。沮："徂"的假借字，往，到。漆：水名。

[2] 古公亶（dǎn）父：即周太王，公刘的十世孙，周文王的祖父。古公为其尊号，亶父是其名或字。陶：掘土为穴。复：同"覆"，从山崖旁往里挖的洞，即山洞。

〔3〕走马：驰马。

〔4〕西：豳地之西。水浒：水边，指渭水边。

〔5〕爰：乃，于是。聿：语助词。胥：观察。宇：住宅，此指建筑宫室的地基。

〔6〕肬肬（wǔ）：肥美。堇：野菜名，亦称堇葵，味苦。荼：又名苦菜。

〔7〕始：与"谋"同义。契：钻刻。古人用龟甲占卜，先在其上钻一小孔，经火烧灼后出现裂纹，视其形状可预测凶吉，然后再用文字将占卜的结果刻在龟甲上。

〔8〕曰止曰时：指占卜的结果。

〔9〕乃左乃右：给众人分配或左或右的居住区域。

〔10〕宣：耕地松土。

〔11〕周：普遍。

〔12〕司空：掌管工程之官。司徒：掌管土地及征发徒役之官。俾：使。

〔13〕缩：捆束。载：通"栽"，指竖起木桩制的筑片以使之牢固。翼翼：严正的样子。

〔14〕捄（jū）：盛土于筐。陾陾（réng）：盛土声。度（duó）：投，指填土于筑板之内。薨薨：填土声。

〔15〕屡：古"娄"字，指土墙隆起之处。冯冯（píng）：削刮土墙声。

〔16〕鼛（gāo）鼓：古代用以役事的大鼓，长一丈一尺。弗胜：指击鼓之声胜不过劳作之声。

〔17〕皋门：王都的城门。

〔18〕应门：王宫的正门。将将（qiāng）：庄严堂皇的样子。

〔19〕冢土：即大社，祭神的坛。冢，大。戎丑：大众。攸：所。

〔20〕肆：至今。殄（tiǎn）：断绝。厥：其，指狄人。下文的"厥"指文王。问：声誉。

〔21〕柞（zuò）：灌木名，生棘刺。棫（yù）：丛生小木，有刺。

〔22〕混夷：即昆夷，古种族名。駾（tuì）：受惊奔窜。维其：何其。喙（huì）：疲困。

〔23〕质：请求裁判。厥：感动。生：同"性"。

〔24〕疏附：率下亲上之臣。先后：辅佐引导之臣。奔奏：奔走效力之臣。奏，通"走"。

堇

棫 朴

【题解】

这是一首写周文王领兵伐崇时的诗。先伐崇，后伐商，是周文王正确用兵，顺应历史的要求。本诗也是歌颂周文王仪态端庄，用人得当，治理四方。

芃芃棫朴，薪之槱之[1]。	棫树朴树枝叶茂，用它做薪堆成叠。
济济辟王，左右趣之[2]。	文王仪态多端庄，左右大臣敬重他。
济济辟王，左右奉璋。	文王仪态多端庄，左右群臣捧圭璋。
奉璋峨峨，髦士攸宜[3]。	捧璋群臣都恭敬，英俊贤士有风度。
淠彼泾舟，烝徒楫之[4]。	船儿顺着泾河流，众人用手划着桨。
周王于迈，六师及之。	文王率师去征伐，六军全都追随他。
倬彼云汉，为章于天[5]。	云河浩渺广无边，五彩缤纷布满天。
周王寿考，遐不作人[6]。	文王高寿在位久，人才向善他培养。
追琢其章，金玉其相[7]。	雕琢玉章无瑕疵，如金如玉是本质。
勉勉我王，纲纪四方。	勤勉不倦周文王，有条有理治四方。

【注释】

〔1〕槱（yǒu）：堆积。

〔2〕趣：趋附。

〔3〕髦士：英俊之士。

〔4〕淠（pì）：舟船行进的样子。烝：众多。

〔5〕倬（zhuō）：广大。章：花纹。

〔6〕遐不作人："不"字无义。遐作人即远作人。

〔7〕追："雕"的假借字。

旱 麓

【题解】

这是赞颂君子祭祀得福、善于育才的诗，表现了周文王治国治民都兼备的优秀品质。

瞻彼旱麓，榛楛济济[1]。 遥望那旱山山麓，榛树楛树一丛丛。
岂弟君子，干禄岂弟[2]。 平易近人的君子，品德高尚福禄得。
瑟彼玉瓒，黄流在中[3]。 祭神酒器洁净亮，黄酒从中流出来。
岂弟君子，福禄攸降。 平易近人的君子，福禄不断向你涌。
鸢飞戾天，鱼跃于渊[4]。 鸱鹰展翅飞上天，鱼儿跳跃在深渊。
岂弟君子，遐不作人？ 平易近人的君子，人才万千你培养。
清酒既载，骍牡既备[5]。 清醇美酒已摆好，红色公牛已备好。
以享以祀，以介景福[6]。 供祭祖先来享受，祖先赐你大福禄。
瑟彼柞棫，民所燎矣[7]。 密密一片柞棫林，人们砍它作柴烧。
岂弟君子，神所劳矣[8]。 平易近人的君子，神灵下来保佑他。
莫莫葛藟，施于条枚[9]。 茂密葛藤枝蔓延，一直蔓延树梢头。
岂弟君子，求福不回[10]。 平易近人的君子，求得福禄不入邪。

【注释】

〔1〕旱：山名，今陕西省南郑区。

〔2〕岂弟：即"恺悌"，和乐平易。

〔3〕瑟：鲜亮洁净。玉瓒：即圭瓒，天子祭神时所用的酒器。以玉圭为柄，柄的一端有勺，用来灌酒祭神。

〔4〕戾：至。

〔5〕载：陈设。

〔6〕介：求。

〔7〕瑟：众多的样子。

〔8〕劳：保佑。

〔9〕莫莫：茂密的样子。施：蔓延。

〔10〕回：违背。也可解作邪僻。

榛

思 齐

【题解】

这首诗赞颂周家贤母，说明文王之所以能得天下，与其家人的贤德是分不开的。

思齐大任，文王之母[1]。

思媚周姜，京室之妇[2]。

大姒嗣徽音，则百斯男[3]。

惠于宗公，神罔时怨，

神罔时恫[4]。刑于寡妻，

至于兄弟，以御于家邦[5]。

雍雍在宫，肃肃在庙[6]。

不显亦临，无射亦保[7]。

肆戎疾不殄，烈假不瑕[8]。

不闻亦式，不谏亦入[9]。

肆成人有德，小子有造[10]。

古之人无斁，誉髦斯士[11]。

太任谨慎又端庄，她是文王的母亲。

善良温顺的周姜，她是大王的妻子。

太姒继承好名声，多生男孩人气旺。

文王顺奉先祖意，祖宗神灵无怨容，

祖宗安心没伤痛。他给妻子做示范，

又是兄弟的模范，以此治理国和家。

宫中和睦又相亲，宗庙肃穆又庄重。

众人面前知自省，他在人后懂自矜。

大灾大难他扫除，民疾民苦他解决。

采纳实行听忠言，倾听谏言暗记心。

所以成人品德好，年轻人也建功业。

祖先之业不败坏，招揽贤能他专长！

【注释】

〔1〕大任：即太任，文王父王季之妻。

〔2〕媚：美好，柔顺。

〔3〕大姒：即太姒。文王之妃。徽音：美好的名声。

〔4〕罔：无。时：犹"所"。恫：痛。

〔5〕刑：通"型"，示范。寡妻：正妻。

〔6〕雍雍：和谐。

〔7〕临：省察。射：通"夜"，黯。

〔8〕肆：所以。戎疾：凶恶，灾难。殄：绝。烈假：通"疬痕"，引申为疾苦。瑕：逝，远，引申为消失、除去。

〔9〕式：用。

〔10〕造：造就。

〔11〕斁（yì）：败坏。誉：借为"豫"，乐。髦：选拔。

皇矣

【题解】

诗描写周朝的兴起，着重写王季、文王的父德，详细记叙文王伐密、伐崇的武功，生动具体，气势磅礴。

皇矣上帝，临下有赫[1]。	上帝光焰万丈长，俯视人间真明亮。
监观四方，求民之莫[2]。	明察秋毫察四方，了解民间苦情况。
维此二国，其政不获[3]。	想起夏商两朝代，不得民心把国亡。
维彼四国，爰究爰度[4]。	四方诸侯来思量，国家重任谁能当。
上帝耆之，憎其式廓[5]。	上苍青睐岐周国，有意扩大它疆域。
乃眷西顾，此维与宅[6]。	于是上天回头望，降到岐山佑周王。
作之屏之，其菑其翳[7]。	开辟农场砍杂树，清除枯枝朽木光。
修之平之，其灌其栵[8]。	细心照料枝和叶，新枝长出多茂密。
启之辟之，其柽其椐[9]。	开出疆域辟土地，排除险阻道路荡。
攘之剔之，其檿其柘[10]。	弃坏树来留好树，山桑黄桑全存留。
帝迁明德，串夷载路[11]。	明德圣主属天意，大戎战败仓皇逃。
天立厥配，受命既固[12]。	天立周王当天子，政权巩固配天命。
帝省其山，	上天视察那岐山，
柞棫斯拔，松柏斯兑[13]。	柞棫小树全砍光，松柏郁郁又苍苍。
帝作邦作对，自大伯王季[14]。	上苍兴周选明王，太伯王季始开创。
维此王季，因心则友[15]。	王季为人品德好，尊爱兄长热心肠。
则友其兄，则笃其庆，	王季爱兄心肠热，他使周邦福无量，
载锡之光[16]。	天赐王位显荣光。
受禄无丧，奄有四方[17]。	永享福禄不丧亡，一统天下疆域广。
维此王季，帝度其心，	王季为人很善良，上天相信他的心，
貊其德音[18]。	他的美名传四方。
其德克明，	明辨是非他擅长，
克明克类，克长克君。	他能区别好赖人，能做师长能做王。
王此大邦，克顺克比[19]。	他在周邦当君王，上下和顺人心归。
比于文王，其德靡悔[20]。	一直到了周文王，好功德举世无双。

既受帝祉，施于孙子[21]。

上天赐他大福禄，子孙万代绵延长。

帝谓文王：

上天命示周文王：

无然畔援，无然歆羡，
诞先登于岸[22]。

叫他休要乱狂妄，叫他为人当自强，
先占高地控下方。

密人不恭，敢距大邦，
侵阮徂共[23]。

密人对周不恭顺，胆敢把周来抗拒，
侵袭阮国的共池。

王赫斯怒，爰整其旅，
以按徂旅[24]。

文王勃然大怒起，整顿军队去讨伐，
把侵入的敌人挡。

以笃于周祜，以对于天下。

周族福气来保佑，民心安守四方平。

依其在京，侵自阮疆[25]。

周人军师真威武，阮地班师奏凯歌。

陟我高冈，

爬上岐山远处望，

无矢我陵，我陵我阿[26]。

何人敢占我山冈？高山大陵莽苍苍。

无饮我泉，我泉我池。

我的泉水无人饮，清泉碧绿水汪汪。

度其鲜原，

察看山头和平原，

居岐之阳，在渭之将[27]。

居住岐山面向南，紧靠渭水河旁边。

万邦之方，下民之王[28]。

成了万国好榜样，天下人民全归向。

帝谓文王：予怀明德，
不大声以色，不长夏以革[29]。

上天昭示周文王：你的品德我欣赏，
不疾言又不厉色，祖训旧章你依傍。

不识不知，顺帝之则[30]。

就在不知不觉中，配合天意把国享。

帝谓文王：

上天又对文王说：

询尔仇方，同尔兄弟[31]。

有事和友邦商量，还有你的亲兄长。

以尔钩援，与尔临冲，
以伐崇墉[32]。

重用大钩和戈刀，临车冲车赴战场，
攻打崇国的城墙。

临冲闲闲，崇墉言言[33]。

临车冲车向前行，崇国城墙高又长。

执讯连连，攸馘安安[34]。

割下人头连成串，割下敌耳装进筐。

是类是祃，是致是附，
四方以无侮[35]。

向天祭祀求胜利，怀柔残敌令他降，
何国再敢侮周邦？

临冲茀茀，崇墉仡仡[36]。

临车冲车威力强，崇国城墙在摇晃。

是伐是肆，是绝是忽，
四方以无拂[37]。

冲锋陷阵士气旺，消灭崇军威名扬，
四方不敢再违抗。

【注释】

〔1〕皇：大。

〔2〕莫：通"瘼"，疾苦。一说安定。

〔3〕二国：上国，指夏、商。

〔4〕度：审。

〔5〕耆：通"指"，意向。式廓：扩大。

〔6〕西顾：向西观看。

〔7〕菑（zī）：直立未倒的枯木。翳（yì）：倒地的枯木。

〔8〕栵（lì）：砍倒的树干萌发的枝条。

〔9〕启、辟：芟除。柽（chēng）：红柳。椐（jū）：灵寿木，枝多肿节。

〔10〕攘：除。剔：除。檿（yǎn）：山桑。柘：黄桑。

〔11〕串夷：即昆夷，亦称犬戎。载：刚。路：通"露"，失败。

〔12〕配：贤妃，指太姜。

〔13〕柞：一种灌木。棫：柞的一种。兑：直立。

〔14〕对：配。太伯：古公亶父的长子。王季：古公亶父的小儿子，名季历，尊为"公季"。

〔15〕因心：衷心。

〔16〕笃：厚。庆：善。

〔17〕奄：完全。

〔18〕貊（mò）：同"寞"，寂静。

〔19〕比：亲近。

〔20〕比：及。

〔21〕祉（zhǐ）：福。施（yì）：延伸。

〔22〕畔援：放纵暴虐。歆羡：羡慕。诞：发语词。岸：最高的道德。

〔23〕密：古国名，在今甘肃省灵台县西。距：同"拒"。阮：古国名，在今甘肃泾川。徂：往。共：阮国之地名，即今泾川之共池。一说共国。

〔24〕赫斯怒：盛怒。按：压。

〔25〕京：高丘。

〔26〕矢：陈。

〔27〕鲜：山地。将：侧。

〔28〕方：典范。

〔29〕夏：夏楚。

〔30〕不识不知：不知不觉。

〔31〕仇方：友邦。

〔32〕钩援：攻城器械，亦名钩梯。临冲：两种攻城战车，临车和冲车。墉（yōng）：城。

〔33〕闲闲：强盛的样子。言言：高大的样子。

〔34〕讯：俘虏。攸：所。馘（guó）：割俘虏的左耳。安安：驯从的样子。

〔35〕类：祭名，出师祭天之典。祃（mà）：祭名，出师后军中祭天。

〔36〕茀茀（fú）：强盛的样子。仡仡（yì）：高耸的样子。

〔37〕忽：消灭。拂：违。

灵 台

【题解】

这是一首描写周文王建成灵台并游赏的诗。诗前两章写其台池鸟兽之乐，后两章写其钟鼓之乐。

经始灵台，经之营之[1]。　　开始计划建灵台，仔细测量巧安排。

庶民攻之，不日成之[2]。　　人民都来建造它，不久即将动工了。

经始勿亟，庶民子来[3]。　　动工之始莫急躁，人们参加多踊跃。

王在灵囿，麀鹿攸伏[4]。　　文王在那灵囿游，母鹿哺子地上伏。

麀鹿濯濯，白鸟翯翯[5]。　　母鹿身子多肥胖，白鹤羽毛亮光光。

王在灵沼，於牣鱼跃[6]。　　文王在那灵沼上，鱼儿满池跳水面。

虡业维枞，贲鼓维镛[7]。　　木架大板崇牙竖，悬着大鼓和大钟，

於论鼓钟，於乐辟廱[8]。　　敲起鼓来敲起钟，离宫之中乐无边。

於论鼓钟，於乐辟廱。　　　敲起鼓来敲起钟，离宫之中乐无边。

鼍鼓逢逢，矇瞍奏公[9]。　　鼍皮鼓儿嘭嘭响，盲师奏乐贺功成。

鼍

【注释】

〔1〕经始：开始规划营建。经，初期规划。始，借为"治"。

〔2〕攻：造。

〔3〕子来：如子之事父般地自动踊跃而来。

〔4〕囿：古代帝王畜养禽兽的园林。

〔5〕濯濯（zhuó）：肥美润泽的样子。翯翯（hè）：洁白肥泽的样子。

〔6〕於（wū）：叹美声。牣（rèn）：满。

〔7〕虡（jù）：悬挂钟磬的直木架。业：乐架的架子横木上的大板。枞：大板上所刻的一排锯齿，饰以彩色，

谓之崇牙，为悬挂钟磬之处。贲：大鼓。镛：大钟。

〔8〕论：通"伦"，排列有序。辟廱：周王离宫名。

〔9〕鼍（tuó）鼓：用鼍皮蒙的鼓。鼍，扬子鳄。逢逢：鼓声。矇瞍：均指盲人。其中有眸子曰矇，无眸子曰瞍。公：通"功"。

下 武

【题解】

诗颂赞周家几代有贤王，着重写武王能继承祖父事业，又有成王为子，代代相承。

下武维周，世有哲王[1]。	周家能继先人业，代代均有好君王。
三后在天，王配于京[2]。	三代先王灵在天，武王在京把国享。
王配于京，世德作求[3]。	武王在京把国享，品德不逊其祖先。
永言配命，成王之孚[4]。	永远秉承上天意，成王守信有威望。
成王之孚，下土之式[5]。	成王守信有威望，四邻以他为榜样。
永言孝思，孝思维则[6]。	永遵祖训守孝道，守孝道啊是正道。
媚兹一人，应侯顺德[7]。	万民爱戴周成王，能承祖德国运昌。
永言孝思，昭哉嗣服[8]。	永遵祖训守孝道，告诫后代莫相忘。
昭兹来许，绳其祖武[9]。	告诫子孙莫相忘，继承祖业世永昌。
於万斯年，受天之祜[10]。	祝福国祚万年长，承受苍天之降福。
受天之祜，四方来贺。	受上天的赐福啊，四方之国皆来贺。
於万斯年，不遐有佐[11]。	祝福国祚万年长，远方邻国作屏障。

【注释】

〔1〕下武：谓继承先人的事业。下，后嗣。武，足迹。

〔2〕三后：指周人的三王——太王、王季和文王。

〔3〕求：匹敌。

〔4〕孚：信。

〔5〕式：法式，榜样。

〔6〕则：法则。

〔7〕一人：指成王。

〔8〕嗣服：嗣君，指康王。下"来许"与此同。

〔9〕绳：继也。

〔10〕於（wū）：叹美词。祜：福。

〔11〕不遐：远方。

文王有声

【题解】

这首诗歌颂文王、武王迁都之功。诗前四章咏文王，后四章咏武王，反复唱叹，辞富而不重复。

文王有声，遹骏有声。	文王声高名望重，大名鼎鼎天下扬。
遹求厥宁，遹观厥成[1]。	谋求天下得安定，最终功成国富强。
文王烝哉[2]！	人人赞美周文王！
文王受命，有此武功[3]。	文王秉承上天命，功绩累累真辉煌。
既伐于崇，作邑于丰。	挥师消灭崇侯虎，迁至丰邑做都城。
文王烝哉！	人人赞美周文王！
筑城伊淢，作丰伊匹[4]。	挖河筑墙构新城，丰邑规模也相当。
匪棘其欲，遹追来孝[5]。	并非贪图个人欲，孝顺祖先兴周邦。
王后烝哉[6]！	人人赞美周武王！
王公伊濯，维丰之垣[7]。	文王功绩真辉煌，恰似丰邑之城墙。
四方攸同，王后维翰[8]。	四方同心皆归附，均推武王做宗长。
王后烝哉！	人人赞美周武王！
丰水东注，维禹之绩[9]。	丰水向东入黄河，大禹之功不可没。
四方攸同，皇王维辟[10]。	四方同心皆归附，都以君王为准则。
皇王烝哉！	人人赞美周王武王！
镐京辟廱，自西自东，	离宫落成在镐京，先由西方到东方。
自南自北，无思不服[11]。	再从南方到北方，没有哪国不服从。
皇王烝哉！	人人赞美周武王！
考卜维王，宅是镐京[12]。	君王占卜问苍天，定居镐京最吉祥。
维龟正之，武王成之[13]。	迁都又有神龟示，武王完成功无量。
武王烝哉！	人人赞美周武王！
丰水有芑，武王岂不仕[14]？	丰水岸边长水芹，武王怎不重功业？
诒厥孙谋，以燕翼子[15]。	留下计谋为孙子，保护儿子把国享。
武王烝哉！	人人赞美周武王！

【注释】

〔1〕遹（yù）：与"聿""曰"同，发语词。厥：其，指民众。下句指国家。

〔2〕烝：美。

〔3〕受命：指秉受天命。

〔4〕淢（xù）：护城河。

〔5〕棘：通"亟"，急。

〔6〕王后：君王，指文王。

〔7〕王公：即王事。公，通"功"。濯：显著。

〔8〕攸：所。翰：柱子。

〔9〕丰水：指沣水。

〔10〕辟：君。

〔11〕镐（hào）京：西周都城。在沣水东岸。

〔12〕是：此。

〔13〕正之：决定它。

〔14〕芑：水芹。仕：通"事"。

〔15〕诒：通"贻"，遗赠。

大雅·生民之什

生 民

【题解】

诗记载后稷诞生的情况，富有神话色彩，歌颂后稷对农业生产的贡献。

厥初生民，时维姜嫄[1]。	最初生我周祖先，娘娘姜嫄为母亲。
生民如何？克禋克祀，	如何生下周族人？祈祷神灵祭上苍，
以弗无子[2]。履帝武敏歆，	以此消除不孕灾。踩到上帝拇指印，
攸介攸止，载震载夙，	独居独处养身体，怀胎有孕腹中生，
载生载育，时维后稷[3]。	十月期满胎长成，即为后稷周先王。
诞弥厥月，先生如达[4]，	胎成日满整十月，头胎生子真顺当，
不坼不副，无菑无害。	产门不破也不裂，无灾无难身体康。
以赫厥灵[5]。	真乃苍天显吉祥。
上帝不宁，不康禋祀，	上帝心中很安定，对我祭祀不满意，
居然生子[6]。	居然生下个儿郎。
诞寘之隘巷，牛羊腓字之[7]。	将其丢弃小巷里，牛羊用奶喂养他。
诞寘之平林，会伐平林[8]。	将其丢弃在树林，恰遇樵夫救下他。
诞寘之寒冰，鸟覆翼之[9]。	将其抛弃寒冰上，大鸟展翅温暖他。
鸟乃去矣，后稷呱矣[10]。	最终大鸟也飞走，后稷开始哭不断。
实覃实訏，厥声载路[11]。	哭声不止声音大，声音满路皆听见。
诞实匍匐，克岐克嶷，	后稷刚刚会爬行，聪明伶俐又乖巧，
以就口食[12]。	小嘴能把食物找。
蓺之荏菽，荏菽旆旆[13]。	稍长就会种大豆，大豆生长多而好。
禾役穟穟，	种禾粒粒皆饱满，
麻麦幪幪，瓜瓞唪唪[14]。	麻麦茂盛长势好，大瓜小瓜难数清。
诞后稷之穑，有相之道[15]。	后稷种田种得好，他有生产好门道。
茀厥丰草，种之黄茂[16]。	拔除野草护禾苗，选择嘉谷播种好。
实方实苞，实种实褎[17]。	于是发芽又含苞，长出壮芽又出苗。

实发实秀，实坚实好，　　　　　又是拔节又抽穗，颗粒饱满成色好。

实颖实栗[18]。　　　　　　　　　禾穗沉沉产量高。

即有邰家室[19]。　　　　　　　　又把家室定邰地。

诞降嘉种，　　　　　　　　　　后稷推广优良种，

维秬维秠，维穈维芑[20]。　　　　秬子秠子最优良，嘉谷又分穈和芑。

恒之秬秠，是获是亩[21]。　　　　种植秬子与秠子，收获用亩来计量。

恒之穈芑，是任是负，　　　　　种植穈子与芑子，收获挑着又背着，

以归肇祀[22]。　　　　　　　　　归来开始祭祖先。

诞我祀如何?　　　　　　　　　　祭祀应该如何做?

或舂或揄，或簸或蹂[23]。　　　　又是舂米又舀粮，又是搓米又扬糠。

释之叟叟，烝之浮浮[24]。　　　　嗖嗖声响是淘米，热气腾腾把饭蒸。

载谋载惟，取萧祭脂[25]。　　　　又是谋划又思考，弄来油脂燃香蒿。

取羝以軷，载燔载烈，　　　　　捉只公羊剥去皮，置于火上烧又烤，

以兴嗣岁[26]。　　　　　　　　　祈求来年兴旺好。

卬盛于豆，于豆于登。　　　　　要将祭品置木碗，木碗陶碗皆装满。

其香始升[27]。　　　　　　　　　香气开始升满堂。

上帝居歆，胡臭亶时[28]。　　　　上帝享祭心欢喜，味道馨香正合宜。

后稷肇祀，　　　　　　　　　　后稷开创祭祀礼，

庶无罪悔，以迄于今。　　　　　幸蒙神佑无灾殃，自其开始传至今。

【注释】

〔1〕厥初：其初。姜嫄（yuán）：传说有邰氏女，周始祖后稷之母。

〔2〕禋（yīn）：古人祭天神的礼仪。为野祭，以火烧牲，使烟气上冲于天。弗无子：除去无子不祥，以求有子。弗，通"祓"，除去灾邪。

〔3〕武：足迹。敏：通"拇"，大拇指。歆：心有所感的样子。攸：于是。介：通"界"，指分隔居住。震（shēn）：通"娠"，怀孕。夙：通"肃"指姜嫄怀孕后生活严肃恭谨。

〔4〕诞：发语词。弥：满。先生：初生，头胎。如达：如同母羊生小羊那样顺利。

〔5〕不坼不副：此言产门与胞衣均未破裂。坼，裂开。副，破裂。菑（zāi）：同"灾"。

〔6〕不宁：安宁。

〔7〕寘：弃置。隘巷：狭巷。腓（féi）：庇护。字：哺乳。

〔8〕会：恰遇着。

〔9〕覆翼：以翅膀遮盖。

〔10〕呱（gū）：小儿哭声。

〔11〕实：是。覃（tán）：长。訏（xū）：大。载：满，充满。

〔12〕岐：知意。嶷：识。就：求。

〔13〕蓺：种植。荏菽：大豆。旆旆（pèi）：茂盛的样子。

〔14〕穟穟（suì）：禾苗美好的样子。幪幪（méng）：茂盛的样子。瓞（dié）：小瓜。唪唪（běng）：果实累累的样子。

〔15〕穑（sè）：指农艺劳动。

〔16〕茀（fú）：拔除。黄茂：指嘉谷。

〔17〕种：短，指禾苗出短小而稀疏。褎（yòu）：长，指禾苗渐高而繁盛。

〔18〕发：指禾茎健拔舒长。秀：结穗。颖：禾穗沉甸甸的样子。栗：犹言"栗栗"，指禾穗众多。

〔19〕即：就，来到。有邰：氏族名。其地在今陕西省武功县西南。

〔20〕降：上天赐予。秬（jù）：黑黍。秠（pī）：黍的一种，一壳两米。糜（mén）：赤苗嘉谷。芑（qǐ）：白苗嘉谷。

〔21〕恒（gèn）：通"亘"，遍，满。亩：堆放在田里，一说以亩计产量，动词。

〔22〕肇：始。

〔23〕揄（yóu）：舀出。蹂：通"揉"，揉搓米壳。

〔24〕释：淅米，淘米。叟叟：淘米声。烝：同"蒸"。浮浮：蒸气上扬的样子。

〔25〕萧：一种香蒿。

〔26〕羝：公羊。软（bá）：剥，剥羊之皮。燔：把肉放在火中烧。烈：将肉穿上，架在火上烤。

〔27〕卬（áng）：我，周人自称。登：古代盛汤用的碗，一般为陶制。

〔28〕居：安。歆：飨，享受。胡：大，指浓烈。臭（xiù）：气味，此指祭品发出的香气。亶（dǎn）：确实。

行 苇

【题解】

　　宴会是古诗中常描写的事件，本诗就是描写了西周时期同姓族人在一起聚会的情景，生动地描写了饮酒、射箭、祭神、祈福等情形。

敦彼行苇，牛羊勿践履[1]。	道旁芦苇密密生，牛羊千万莫踩它。
方苞方体，维叶泥泥[2]。	开始长苞又吐茎，叶子柔润嫩又长。
戚戚兄弟，莫远具尔[3]。	相亲相爱是兄弟，相近相亲莫分开。

凫鹥

【题解】

在周代贵族祭祀祖先后的第二天，为酬谢公尸，贵族们要请其赴宴，并要唱诗。这首诗即为当时的乐歌。

凫鹥在泾，公尸来燕来宁[1]。 野鸭鸥鸟河里游，公尸赴宴得安宁。
尔酒既清，尔殽既馨。 您的美酒多清醇，您的佳肴味道香。
公尸燕饮，福禄来成。 祖先赴宴来喝酒，福禄双双降你家。
凫鹥在沙，公尸来燕来宜。 野鸭鸥鸟水里游，公尸赴宴心高兴。
尔酒既多，尔殽既嘉。 您的美酒多又多，您的菜肴好又好。
公尸燕饮，福禄来为[2]。 祖先赴宴来饮酒，大福大禄为你添。
凫鹥在渚，公尸来燕来处。 野鸭鸥鸟沙滩走，公尸赴宴心喜欢。
尔酒既湑，尔殽伊脯[3]。 您的美酒多清醇，肉干煮得肥又烂。
公尸燕饮，福禄来下。 祖先赴宴把酒饮，福禄为你来降下。
凫鹥在潀，公尸来燕来宗[4]。 野鸭鸥鸟在水湾，公尸赴宴分量重。
既燕于宗，福禄攸降[5]。 宗庙里面设宴席，福儿禄儿齐降下。
公尸燕饮，福禄来崇[6]。 祖先赴宴把酒饮，福来禄来多又重。
凫鹥在亹，公尸来止熏熏[7]。 野鸭鸥鸟在峡门，公尸赴宴主人喜。
旨酒欣欣，燔炙芬芬。 美酒芳香又醇正，烧肉烤羊香喷喷。
公尸燕饮，无有后艰。 祖先赴宴来饮酒，不用担心有后患。

【注释】

〔1〕鹥（yī）：鸥鸟。燕：通"宴"。

〔2〕为：助。

〔3〕湑（xū）：滤过的清酒。

〔4〕潀（zhōng）：众水汇合处。

〔5〕宗：尊敬。

〔6〕崇：重。

〔7〕亹（méi）：峡中两岸对峙如门的地方。

假　乐

【题解】

诗写周天子能安民用人，受天福禄，更推衍福禄由来，即法祖训，通下情。诗末结以上下融洽，人民安泰。

假乐君子，显显令德[1]。　　周王被世人敬爱，品德高尚心思纯。

宜民宜人，受禄于天[2]。　　重用贤臣安民众，上天给他降福禄。

保右命之，自天申之[3]。　　命令贤臣来辅佐，天把福禄再降临。

干禄百福，子孙千亿[4]。　　千福万禄无穷尽，子孙多多数不完。

穆穆皇皇，宜君宜王[5]。　　品德端正又恭敬，适宜当君又当王。

不愆不忘，率由旧章[6]。　　不犯错误不忘本，旧典规章他遵循。

威仪抑抑，德音秩秩[7]。　　仪表堂堂好端庄，吏治清明德高尚。

无怨无恶，率由群匹[8]。　　没有人怨没人恨，率领群臣把国安。

受禄无疆，四方之纲[9]。　　天赐福禄无穷尽，四方万国遵他命。

之纲之纪，燕及朋友[10]。　　天下法则王为首，大宴宾客请朋友。

百辟卿士，媚于天子[11]。　　诸侯群臣赴王宴，大家爱戴周天子。

不解于位，民之攸墍[12]。　　勤于职守不惰怠，万民归附国长久。

【注释】

〔1〕令德：美德。

〔2〕宜：适。

〔3〕申：申饬，告诫。

〔4〕干：应作"千"。形似而误。

〔5〕穆穆：敬肃。

〔6〕愆：过。

〔7〕抑抑：庄美。

〔8〕群匹：群众。此指群臣。

〔9〕纲：网上绳。此指法则。

〔10〕纪：丝的头绪。燕：同"宴"，安。朋友：指公卿百官。

〔11〕百辟：百王，指诸侯。

〔12〕解：同"懈"，懈怠。攸：所。墍（jì）：休息。一说归附。

公 刘

【题解】

这首诗叙述公刘迁豳事迹，第一章写开始出发，第二章写察看地形，第三章写寄寓，第四章写宴饮，第五章写定居，第六章写作室。层次井然，气象恢宏。

笃公刘，匪居匪康[1]。	忠实厚道好公刘，不敢安居不享福。
乃埸乃疆，乃积乃仓[2]。	又分疆界又治田，又收粮食又装仓。
乃裹糇粮，于橐于囊[3]。	又揉面来备干粮，装进大袋和小袋。
思辑用光[4]。	众人和睦美名扬。
弓矢斯张，干戈戚扬，	张弓带箭齐武装，干戈武器手中扬，
爰方启行[5]。	开始动身向前方。
笃公刘，于胥斯原[6]。	忠实厚道好公刘，视察原野到处忙，
既庶既繁，既顺乃宣，	既要富庶又兴旺，还要心顺才舒畅，
而无永叹[7]。	不要再有哀叹发。
陟则在巘，复降在原[8]。	先登上一小山坡，又跑下到一平原。
何以舟之[9]？	身上佩带何物件？
维玉及瑶，鞞琫容刀[10]。	美玉宝石身上带，佩刀玉鞘亮闪闪。
笃公刘，逝彼百泉，	忠实厚道好公刘，来到众多泉水边，
瞻彼溥原[11]。	远眺平原宽而广。
乃陟南冈，乃觏于京[12]。	又登上南方山岗，看见京师好地方。
京师之野，于时处处，	京师之地多辽阔，于是定居建新邦，
于时庐旅，于时言言，	时而规划建新房，时而谈笑好热闹，
于时语语[13]。	时而议论话短长。
笃公刘，于京斯依[14]。	忠实厚道好公刘，定居京师新气象。
跄跄济济，俾筵俾几[15]。	走路轻快多繁忙，入席就座亲招待，
既登乃依，乃造其曹[16]，	宾主各自就了位，先祭猪神求吉祥。
执豕于牢，酌之用匏[17]。	圈里捉猪做佳肴，斟酒全用葫芦瓢。
食之饮之，君之宗之[18]。	又是吃来又是喝，共推公刘作兄长。
笃公刘，既溥既长，	忠实厚道好刘公，开垦豳地广又长，
既景乃冈，相其阴阳[19]。	看了平原又看山，看了山南看山北。

观其流泉，其军三单[20]。	观察水源和流向，组织军队分三班。
度其隰原，彻田为粮。	测量土地扎营房，开垦田地来种粮。
度其夕阳，幽居允荒[21]。	又丈量山的西边，幽地确实大而广。
笃公刘，于幽始馆[22]。	忠实厚道好公刘，建造房舍在幽地。
涉渭为乱，取厉取锻[23]。	横渡渭水求石料，又取磨石又取砧。
止基乃理，爰众爰有[24]。	基地既定治田地，民众安康笑开颜。
夹其皇涧，溯其过涧[25]。	住地皇涧两岸边，面向过涧住处宽。
止旅乃密，芮鞫之即[26]。	移民安居人丁旺，河岸两边皆聚满。

【注释】

〔1〕公刘：后稷的后裔。

〔2〕埸（yì）：田界。积（zī）：露天堆积米谷的地方。

〔3〕糇（hóu）：干粮。橐（tuó）：无底的口袋。囊：有底的口袋。

〔4〕辑：和睦。用：以，因而。

〔5〕干：盾。戚：斧。扬：大斧。爰：于是。

〔6〕于：乃。胥：相，视察。

〔7〕宣：舒畅。

〔8〕陟（zhì）：登。巘（yǎn）：小山。

〔9〕舟：环绕，佩带之意。

〔10〕瑶：似玉之美石。鞞（bǐng）：刀鞘。琫（běng）：刀鞘口部的玉饰。容刀：装饰刀。

〔11〕溥原：广大的平原。

〔12〕觏（gòu）：看见。

〔13〕于时：于是。处处：安居。庐旅：寄居。

〔14〕依：定居，安居。

〔15〕跄跄（qiāng）：走路有节奏的样子。

〔16〕造：通"告"。曹：通"槽"，祭猪神。

〔17〕匏（páo）：酒器。

〔18〕君之宗之：君、宗二字均作动词用。君，指当君主；宗，指当宗主；之，指众宾。

〔19〕景：指测日影以定方向，作动词用。

〔20〕三单（chán）：分成三批轮流服役。

〔21〕允：确实。荒：大。

〔22〕馆：指建筑馆舍房屋。

〔23〕厉：质地粗硬的磨石。锻：锻铁用的砧石。

〔24〕止基：居住的基址。有：与"众"同。

〔25〕皇涧：豳地涧名。溯：面向。过涧：涧名。

〔26〕旅：寄居。密：繁密。芮（ruì）：水边向内凹进处。鞠（jū）：水边向外凸出处。

泂 酌

【题解】

这是一首为统治者歌功颂德的诗，歌颂了统治者能得民心，得到人民的拥护和爱戴。统治者具体指的是公刘。

泂酌彼行潦，挹彼注兹，　　　　　为采活水取道工，把这水缸都装满，
可以馈饎[1]。　　　　　　　　　泉水甘美蒸酒食。
岂弟君子，民之父母。　　　　　　和悦可亲的君子，可以为人之父母。
泂酌彼行潦，挹彼注兹，　　　　　为采活水取道长，把这水缸都装满，
可以濯罍[2]。　　　　　　　　　用水来洗濯酒坛。
岂弟君子，民之攸归[3]。　　　　和蔼可亲的君子，人们全都投奔你。
泂酌彼行潦，挹彼注兹，　　　　　为采活水取道长，把这水缸都装满，
可以濯溉[4]。　　　　　　　　　可以用它洗酒樽。
岂弟君子，民之攸墍[5]。　　　　和悦可亲的君子，百姓安居爱戴你。

【注释】

〔1〕泂（jiǒng）：远。馈（fēn）：蒸煮。饎（chì）：酒食。

〔2〕罍：酒坛。

〔3〕攸归：所依归。

〔4〕溉：盛酒的漆器。

〔5〕墍（jì）：休息。

卷 阿[1]

【题解】

这首诗是周成王与群臣出游卷阿，诗人陈诗以歌颂成王。

有卷者阿，飘风自南[2]。　　蜿蜒曲折的皇陵，南来旋风风怒号。
岂弟君子，来游来歌，　　和悦可亲的君子，游览此地歌载道，
以矢其音。　　献诗歌功又颂德。
伴奂尔游矣，优游尔休矣[3]。　　纵情尽兴去游览，悠闲自得且休息。
岂弟君子，俾尔弥尔性，　　和蔼可亲的君子，终生操劳无他求，
似先公酋矣。　　继承祖先千秋业。
尔土宇昄章，亦孔之厚矣[4]。　　你的封疆和版图，一望无际遍海内。
岂弟君子，俾尔弥尔性，　　和蔼可亲的君子，终生辛劳有作为，
百神尔主矣。　　主祭百神最适宜。
尔受命长矣，茀禄尔康矣。　　你受天命长又久，福禄安康样样有。
岂弟君子，俾尔弥尔性，　　和悦可亲的君子，终生辛劳你长寿，
纯嘏尔常矣。　　天赐洪福永享受。
有冯有翼，有孝有德，　　你的左右有贤士，品德崇高有孝行，
以引以翼[5]。　　匡扶相济功劳大。
岂弟君子，四方为则。　　和悦可亲的君子，四方以你为榜样。
颙颙卬卬，如圭如璋，　　温和恭敬气轩昂，品德纯洁如圭璋，
令闻令望[6]。　　声誉威望传四方。
岂弟君子，四方为纲。　　和悦可亲的君子，天下诸侯好榜样。
凤皇于飞，翙翙其羽，　　凤凰天上高高飞，鸟飞展翅声相随，
亦集爰止[7]。　　美丽凤凰停树上。
蔼蔼王多吉士，维君子使，　　周王身边贤士多，任您命令听驱使，
媚于天子[8]。　　爱戴天子不敢违。
凤皇于飞，翙翙其羽，　　凤凰天上高高飞，鸟飞展翅声相随，
亦傅于天。　　直上晴空九万里。
蔼蔼王多吉人，　　周王身边多贤士，
维君子命，媚于庶人。　　听您命令不敢违，爱护人民如爹娘。
凤皇鸣矣，于彼高冈。　　凤凰鸣叫示吉祥，停在那边高山冈。
梧桐生矣，于彼朝阳。　　高冈之上生梧桐，面向东方沐朝阳。
菶菶萋萋，雍雍喈喈[9]。　　枝叶茂盛郁苍苍，鸟儿鸣叫声悠扬。
君子之车，既庶且多。　　迎送贤臣之马车，车子既多又华丽。
君子之马，既闲且驰。　　迎送贤臣之好马，奔驰熟练快如飞。
矢诗不多，维以遂歌[10]。　　贤臣献诗真不少，为答周王唱歌会。

【注释】

〔1〕卷阿：即蜿蜒曲折之冈陵。

〔2〕飘风：飘荡的旋风。

〔3〕伴奂（huàn）：纵情。

〔4〕土宇：封疆。

〔5〕冯（píng）：辅。

〔6〕颙颙（yóng）：温和恭敬的样子。卬卬（áng）：同"昂昂"，气宇轩昂的样子。令闻：善誉。

〔7〕翙翙（huì）：鸟飞展翅的声音。

〔8〕蔼蔼：众多的样子。

〔9〕莑莑（běng）：与"菶菶"同义，指枝叶茂盛。雍雍：鸟的鸣声。

〔10〕遂：对，答。

鳳凰

民 劳

【题解】

　　厉王为政暴虐，徭役繁重，民众苦不堪言，本诗就创作于厉王时期。诗中反复强调人民生活的劳苦，告诫厉王要修明政治，安民防奸。

民亦劳止，汔可小康[1]。　　　　人民劳动真辛苦，请让他们喘口气。

惠此中国，以绥四方[2]。　　　　爱护京都之国民，以便安抚四方侯。

无纵诡随，以谨无良[3]。　　　　莫要放过奸诈人，谨防不良来作乱。

式遏寇虐，憯不畏明[4]。　　　　制止暴虐的官吏，不怕他们手段高。

柔远能迩，以定我王[5]。　　　　安抚远近众百姓，以求安定我君王。

民亦劳止，汔可小休。　　　　　人民劳动真辛苦，请让他们松口气。

惠此中国，以为民逑[6]。　　　　爱护京都之国民，以求人民安君乐。

无纵诡随，以谨惛怓[7]。　　　　莫要放过奸诈人，谨防歹人吵不休。

式遏寇虐，无俾民忧。　　　　　制止他们害人民，莫使人民心忧愁。

无弃尔劳，以为王休。　　　　　莫把你的前功抛，要使君王常美好。

民亦劳止，汔可小息。　　　　　人民劳动真辛苦，请让他们歇一歇。

惠此京师，以绥四国。　　　　　安抚国中这些人，四方之国得安定。

无纵诡随，以谨罔极[8]。　　莫要放过奸诈人，谨防作恶行不端。

式遏寇虐，无俾作慝[9]。　　制止他们害人民，莫让他们作邪恶。

敬慎威仪，以近有德。　　立身端正讲礼节，亲近贤人远小人。

民亦劳止，汔可小愒。　　人民劳动真辛苦，请允他们稍休息。

惠此中国，俾民忧泄。　　安抚京都之国民，以使人民排忧愁。

无纵诡随，以谨丑厉[10]。　　莫要放过奸诈人，谨防恶人来作乱。

式遏寇虐，无俾正败。　　制止他们害人民，莫使好事变坏事。

戎虽小子，而式弘大[11]。　　你虽还是年轻人，起的作用并不小。

民亦劳止，汔可小安。　　人民劳动真辛苦，请允他们稍安宁。

惠此中国，国无有残。　　安抚京都之国民，国家才会永昌盛。

无纵诡随，以谨缱绻[12]。　　莫要放过奸诈人，谨防小人结私党。

式遏寇虐，无俾正反。　　制止暴虐与劫掠，莫让好坏来颠倒。

王欲玉女，是用大谏。　　王若像玉一般好，就要听从我劝告。

【注释】

〔1〕汔（qì）：求。

〔2〕绥：安。

〔3〕诡随：狡诈欺骗之奸人。

〔4〕寇虐：凶残危害人民的人。憯（cǎn）：曾，乃。

〔5〕柔远：安抚远方的人。

〔6〕民述：指人民欢聚，安居乐业。

〔7〕惽惪（hūn náo）：吵闹不休。

〔8〕罔极：行为不端，作恶无极。

〔9〕慝（tè）：邪恶。

〔10〕丑厉：阴险可恶之人。

〔11〕戎：你。式：发语词。

〔12〕缱绻：纠结不解。此处指结党营私。

板

【题解】

遭遇乱世，大夫互相告诫，要敬畏天命，爱恤人民，实际上是在劝告厉王。有说此诗为周公后代凡伯所作。凡伯即共伯和。

上帝板板，下民卒瘅[1]。　　上天行为不正常，下界人民就遭殃。
出话不然，为犹不远[2]。　　话儿说得不合理，做的计划没远见。
靡圣管管，不实于亶[3]。　　不靠圣人无所依，光说不做没信义。
犹之未远，是用大谏。　　执政丝毫没远见，所以作诗把王劝。
天之方难，无然宪宪[4]。　　老天正在降灾难，不要这般太高兴。
天之方蹶，无然泄泄[5]。　　老天正在降灾祸，不要这般言语多。
辞之辑矣，民之洽矣[6]。　　政令协调缓和了，民心和谐国力强。
辞之怿矣，民之莫矣[7]。　　政令混乱败坏了，人民受害难安康。
我虽异事，及尔同寮[8]。　　你我职务不相同，毕竟和你是同僚。
我即尔谋，听我嚣嚣[9]。　　我来和你共谋略，不听我话就白搭。
我言维服，勿以为笑[10]。　　我言句句是实话，切莫当我开玩笑。
先民有言，询于刍荛[11]。　　古人有话这样说，要向樵夫来请教。
天之方虐，无然谑谑[12]。　　老天正在把灾降，不要玩物太丧志。
老夫灌灌，小子跷跷[13]。　　老夫恳切进忠言，小子骄傲不像话。
匪我言耄，尔用忧谑[14]。　　不是我在乱说话，你的玩笑太轻狂。
多将熇熇，不可救药。　　坏事太多难收拾，不可救药国将亡。
天之方懠，无为夸毗[15]。　　老天正在生怒气，不要这份奴才相。
威仪卒迷，善人载尸。　　君臣礼节全乱套，好人闭口不开腔。
民之方殿屎，则莫我敢葵[16]。　　人民痛苦正呻吟，对此简直不能想。
丧乱蔑资，曾莫惠我师[17]。　　社会纷乱国库空，不能抚恤我国民。
天之牖民，如埙如篪。　　上天引导我百姓，如吹埙篪和音响。
如璋如圭，如取如携[18]。　　又像玄圭又像璋，又是提携又相帮。
携无曰益，牖民孔易[19]。　　人的要求很过分，诱导民众太容易。
民之多辟，无自立辟[20]。　　如今民间多邪僻，如何才能除后患。
价人维藩，大师维垣[21]，　　大师好比是藩篱，民众好比是围墙。
大邦维屏，大宗维翰。　　大国好比是屏障，同族好比是栋梁。
怀德维宁，宗子维城[22]。　　关心人民国安泰，宗子就像是城墙。
无俾城坏，无独斯畏。　　别让城墙受破坏，不要孤立自遭殃。
敬天之怒，无敢戏豫[23]。　　苍天发怒你要敬，莫要把它当儿戏。
敬天之渝，无敢驰驱[24]，　　苍天灾变要敬畏，莫要任性太狂妄。
昊天曰明，及尔出王[25]。　　上天眼睛最明亮，日日都能伴你行。
昊天曰旦，及尔游衍[26]。　　上天眼睛最明朗，和你一起去游逛。

或肆之筵，或授之几[4]。　　有的铺上摆筵席，有的端茶敬献他。

肆筵设席，授几有缉御[5]。　　摆好酒菜铺上席，侍者轮流端茶几。

或献或酢，洗爵奠斝[6]。　　主人敬酒客回敬，洗杯斟酒是礼仪。

醓醢以荐，或燔或炙[7]。　　有汁肉酱端上来，可以烧来可以烤。

嘉殽脾臄，或歌或咢[8]。　　牛胃牛舌味道好，又是歌来又是鼓。

敦弓既坚，四鍭既钧，　　雕弓张起劲坚强，利箭匀直质量佳，

舍矢既均，序宾以贤[9]。　　开弓放箭箭如飞，各按胜负来坐下。

敦弓既句，既挟四鍭，　　张开雕弓如满月，四支利箭正待发。

四鍭如树，序宾以不侮[10]。　　四箭均竖靶子上，虽负也莫嘲笑他。

曾孙维主，酒醴维醹，　　宴会曾孙是主人，美酒香醇味道佳。

酌以大斗，以祈黄耇[11]。　　喝酒要用大斗饮，敬祝客人寿无涯。

黄耇台背，以引以翼，　　老人龙钟不便行，侍者引路搀扶他。

寿考维祺，以介景福[12]。　　长寿之人最吉祥，福气自会上天降。

【注释】

〔1〕敦（tuán）：丛生的样子。

〔2〕泥泥：叶子茂盛的样子。

〔3〕戚戚：相亲相爱。具：皆。尔：近。

〔4〕肆：铺上。

〔5〕缉：连续。

〔6〕献：主向客进酒。酢（zuò）：客用酒回敬。爵、斝（jiǎ）：古代铜制酒器。

〔7〕醓醢（tǎn hǎi）：有汁的肉酱。

〔8〕脾：牛胃。臄（jué）：牛舌。咢（è）：只击鼓，不唱歌。

〔9〕敦（diāo）弓：即雕弓。弓上有饰。鍭（hóu）：箭名。钧：通"均"。舍：放射。

〔10〕句（gōu）：张满弓。树：树立。四鍭如树：皆竖立靶上。

〔11〕曾孙：指宴会主持者。醴：甜酒。醹（rú）：酒质醇厚。

〔12〕黄耇（gǒu）：老人。台背：大寿。祺：吉祥。

既　醉

【题解】

这是周代贵族宗庙祭奠上尸、巫的祝祷之歌。在祭礼中，由祝官代表尸，并

借公尸之口，向助祭祀者说一些祝福的话，颂祷中寓规劝之意。

既醉以酒，既饱以德[1]。	美酒已使我喝醉，恩惠我也已饱受。
君子万年，介尔景福[2]。	但愿君子寿万年，上天保佑福长享。
既醉以酒，尔殽既将[3]。	美酒已使我喝醉，你的菜肴真美好。
君子万年，介尔昭明。	但愿君子寿万年，上天赐你大智慧。
昭明有融，高朗令终[4]。	你的智慧照四方，明察治世得善终。
令终有俶，公尸嘉告[5]。	善终必是好开始，上天自有好话传。
其告维何？笾豆静嘉[6]。	大神祝词说什么？祭品清洁又精细。
朋友攸摄，摄以威仪[7]。	朋友宾客来助祭，祭礼讲究心虔诚。
威仪孔时，君子有孝子[8]。	祭礼礼节莫要差，主人又有孝子情。
孝子不匮，永锡尔类[9]。	孝子之心永不绝，神灵赐你好福气。
其类维何？室家之壸[10]。	赐予福气为何物？赐你许许多多户。
君子万年，永锡祚胤。	但愿君子寿万年，上天赐你子孙福。
其胤维何？天被尔禄。	子孙后代怎么样？上天禄位将你赏。
君子万年，景命有仆。	但愿君子寿万年，上天赐予你奴仆。
其仆维何？釐尔女士[11]。	如何赐予你奴仆？给你男仆和女仆。
釐尔女士，从以孙子。	给你男仆和女仆，伴随子孙代代传。

【注释】

〔1〕德：恩德，恩惠。

〔2〕介：助。

〔3〕殽：菜肴。将：通"臧"，美好。

〔4〕令终：善终。

〔5〕俶（chù）：始。公尸：祭祀时装扮先祖接受祭祀的人。

〔6〕笾豆：这里指祭品。

〔7〕朋友：助祭的人。摄：助。

〔8〕孔：很。时：是，合宜。有：又。

〔9〕不匮：不绝，没有穷尽。类：善，福气。

〔10〕壸（kǔn）：宫中小巷，引申为"广"。

〔11〕釐：通"赉"，赐予。

【注释】

〔1〕板：同"反"，即违反常道。卒瘅：痛苦。卒，病。

〔2〕犹：策谋。

〔3〕管管：无所依的样子。亶：诚信。

〔4〕宪宪：喜悦的样子。

〔5〕泄泄：喋喋多言。

〔6〕辑：和谐。

〔7〕怿：借为"驿"，败坏。莫：病。

〔8〕寮：同"僚"。

〔9〕嚣嚣：不听话而妄语。

〔10〕服：事实。

〔11〕刍荛：割草打柴的人。后多用以指草野鄙陋之人。

〔12〕谑谑：戏侮。

〔13〕灌灌：情意恳切。蹻蹻（jiǎo）：骄傲的样子。

〔14〕耄（mào）：八十曰耄。此处谓老糊涂。

〔15〕夸毗：过分柔顺以取悦于人。

〔16〕殿屎：呻吟。葵：同"揆"。

〔17〕蔑：无。师：众。

〔18〕牖（yǒu）：导。埙：乐器，陶制。篪（chí）：管乐器。璋、圭：玉器。半圭为璋，合二璋为圭。

〔19〕益：加，过分要求。

〔20〕辟：邪僻。

〔21〕价：善。大师：大众。

〔22〕宗子：嫡姓长子。

〔23〕豫：戏。

〔24〕驰驱：放纵的样子。

〔25〕王：通"往"。

〔26〕游衍：游逛。

大雅·荡之什

荡

【题解】

　　诗篇开始即斥责君王暴虐，自第九句起则托言文王叹商，指责殷之虐政，淋漓尽致，实借商为喻，暗斥当今。

荡荡上帝，下民之辟[1]。	法度混乱的上苍啊，你是民众的君王。
疾威上帝，其命多辟。	贪婪暴虐的上苍啊，你的政令太反常。
天生烝民，其命匪谌[2]。	老天生下这众生，不守信用尽扯谎。
靡不有初，鲜克有终。	最初虽然很善良，坚持到底不容易。
文王曰咨，咨女殷商！	文王开口叹息说："你是殷商末代王！
曾是强御，曾是掊克[3]。	你既凶狠又残暴，又是如此贪无厌。
曾是在位，曾是在服。	你既高高享皇位，有权有势又猖狂。
天降滔德，女兴是力。	上天降下邪恶人，全力助你兴风浪。"
文王曰咨，咨女殷商！	文王开口叹息说："你是殷商末代王！
而秉义类，强御多怼[4]。	邪曲之事你来干，逞强树敌招大怨。
流言以对，寇攘式内。	听信流言和谗言，强盗贼子满国内。
侯作侯祝，靡届靡究。	群臣攻讦相对骂，没完没了你不见。"
文王曰咨，咨女殷商！	文王开口叹息说："你是殷商末代王！
女炰烋于中国，敛怨以为德。	横行天下太狂妄，反把恶人当忠良。
不明尔德，时无背无侧[5]。	不是你的功德伟，只是身边多小人。
尔德不明，以无陪无卿。	你竟不分善与恶，你的左右无忠良。"
文王曰咨，咨女殷商！	文王开口叹息说："你是殷商末代王！
天不湎尔以酒，不义从式。	上天没让你酗酒，也没叫你行不义。
既愆尔止，靡明靡晦[6]。	礼节举止全不顾，不分日夜无节制。
式号式呼，俾昼作夜。	狂呼乱叫无礼仪，日夜颠倒太昏庸。"
文王曰咨，咨女殷商！	文王开口叹息说："你是殷商末代王！
如蜩如螗，如沸如羹。	民众悲叹如蝉鸣，怨声载道水沸腾。

小大近丧，人尚乎由行。 | 大小官吏皆反你，你却一意又孤行。
内奰于中国，覃及鬼方[7]。 | 国内人民怒气生，怒火蔓延到远方。"
文王曰咨，咨女殷商！ | 文王开口叹息说："你是殷商末代王！
匪上帝不时，殷不用旧。 | 不是上帝不善良，是你不用旧规章。
虽无老成人，尚有典刑[8]。 | 虽然身边无老臣，还有法规可规循。
曾是莫听，大命以倾。 | 这样不听人劝告，你的国家怎不亡。"
文王曰咨，咨女殷商！ | 文王开口叹息说："你是殷商末代王！
人亦有言，颠沛之揭， | 古人有话不能忘，大树拔倒根翘起。
枝叶未有害，本实先拨。 | 树叶虽然暂不伤，树根已坏难久长。
殷鉴不远，在夏后之世[9]。 | 殷朝借鉴并不远，夏桀之世早灭亡。"

【注释】

〔1〕荡荡：渺茫之状，这里形容法度混乱。

〔2〕匪谌：不可信。烝民：众人。

〔3〕掊克：贪婪不足。

〔4〕怼（duì）：怨恨。

〔5〕时无背无侧：时，是；背，后；侧，旁边。背侧指君主左右两旁的近侍。

〔6〕愆（qiān）：过失。

〔7〕奰（bì）：怒。覃及：延及。鬼方：远方。

〔8〕老成人：德高望重的老臣。

〔9〕夏后：夏桀。

抑

【题解】

　　这首诗写大臣自警。他认为为官应表里如一，仪表可法，执法谨慎，说话小心，独处不愧，对人有礼，注重个人修养。本诗告诫统治者若不听善言，就有亡国之忧。

抑抑威仪，维德之隅[1]。 | 态度谨慎礼彬彬，为人品德又高尚。
人亦有言：靡哲不愚[2]。 | 古人有句老俗话：智者看来很愚笨。
庶人之愚，亦职维疾[3]。 | 常人显得不聪明，那是本身有毛病。
哲人之愚，亦维斯戾[4]。 | 智者看似不聪明，为逃罪责在伪装。

无竞维人，四方其训之[5]。　　国内民众无争端，四方诸侯自归顺。

有觉德行，四国顺之[6]。　　君子德行正又直，四方自然顺从他。

诒谟定命，远犹辰告[7]。　　大的谋略要定准，长远大计告群臣。

敬慎威仪，维民之则[8]。　　举止行为要谨慎，人们以此为标准。

其在于今，兴迷乱于政[9]。　　如今王政已这般，政事混乱不堪问。

颠覆厥德，荒湛于酒[10]。　　你的德行已败坏，整日沉湎酒色中。

女虽湛乐从，弗念厥绍[11]。　　只知吃喝与玩乐，继承帝业不关心。

罔敷求先王，克共明刑[12]？　　先王治道不求广，怎能明法利民众？

肆皇天弗尚，如彼泉流，　　不是皇天不佑你，好比泉水流尽头。

无沦胥以亡[13]。　　君臣相率一想休。

夙兴夜寐，洒扫廷内，　　很早起床很晚睡，里外打扫除污垢，

维民之章[14]。　　为民表率要带头。

修尔车马，弓矢戎兵。　　修治你的车和马，修好你的弓和箭。

用戒戎作，用逷蛮方[15]。　　防备战事一旦起，可以征服众蛮夷。

质尔人民，谨尔侯度，　　安定你的老百姓，谨守法度莫任性，

用戒不虞[16]。　　以防祸事突然发。

慎尔出话，敬尔威仪，　　开口说话要谨慎，行为举止要端正，

无不柔嘉[17]。　　处处温和又可敬。

白圭之玷，尚可磨也[18]。　　白玉上面有污点，可以琢磨去掉它。

斯言之玷，不可为也[19]。　　一旦开口说错话，再也不能换回它。

无易由言，无曰苟矣。　　不要轻易把口开，不要随便说说罢。

莫扪朕舌，言不可逝矣[20]。　　没人捂住我舌头，一言既出难弥补。

无言不雠，无德不报[21]。　　出言总会有回应，施德总能得报还。

惠于朋友，庶民小子。　　朋友之间要惠顾，百姓子弟多安抚。

子孙绳绳，万民靡不承[22]。　　子子孙孙要谨慎，万民没有不顺从。

视尔友君子，辑柔尔颜，　　看你宴请宾客时，和颜悦色又热情，

不遐有愆[23]。　　小心不会有过失。

相在尔室，尚不愧于屋漏[24]。　　看你独自处室内，做事无愧于神灵。

无曰不显，莫予云觏[25]。　　休道室内光线暗，没人能够看得见。

神之格思，不可度思，　　神明来去难预测，不知何时忽降临，

矧可射思[26]。　　怎可厌倦不自勉。

辟尔为德，俾臧俾嘉[27]。　　修明德行养情操，使它高尚更美好。

· 273 ·

淑慎尔止，不愆于仪[28]。	举止谨慎仪态美，仪容端正有礼貌。
不僭不贼，鲜不为则[29]。	少犯错误不害人，人们就会效仿你。
投我以桃，报之以李。	人家送我一篮桃，我回人家一篮李。
彼童而角，实虹小子[30]。	说是秃着头生角，定是小人在作乱。
荏染柔木，言缗之丝[31]。	又坚又韧木料好，安上琴瑟的丝弦。
温温恭人，维德之基[32]。	温和谨慎是好人，根基深厚品德高。
其维哲人，告之话言，顺德之行[33]。	如果你为明智人，告你这些明智话，按照道德去实行。
其维愚人，覆谓我僭，民各有心[34]。	如果你是糊涂虫，反说我错不讨好，人心各异难诱导。
於乎小子，未知臧否[35]！	可叹你啊年轻人，不知是非好与坏！
匪手携之，言示之事[36]。	非但挽你互谈心，也曾教你办事情。
匪面命之，言提其耳[37]。	不是当面教导你，还拎你耳提醒你。
借曰未知，亦既抱子[38]。	借口说你不懂事，也已抱子有儿婴。
民之靡盈，谁夙知而莫成[39]？	人人虽然有缺点，谁会早慧却晚成？
昊天孔昭，我生靡乐[40]。	皇天在上眼明亮，我这一生没快乐。
视尔梦梦，我心惨惨[41]。	看你那种糊涂样，我心烦闷又悲哀。
诲尔谆谆，听我藐藐[42]。	反复耐心教导你，你却很少听得进。
匪用为教，覆用为虐。	不知我在用心教，反而说我开玩笑。
借曰未知，亦聿既耄[43]。	借口说你不懂事，你也已经不小了。
於乎小子，告尔旧止[44]。	可叹你啊年轻人，我将告你旧典章。
听用我谋，庶无大悔。	你若听从我主张，就将不会犯大错。
天方艰难，曰丧厥国。	上天正把灾难降，国家恐怕要灭亡。
取譬不远，昊天不忒[45]。	让我就近打比方，上天赏罚不偏差。
回遹其德，俾民大棘[46]。	你若还执迷不悟，黎民百姓要遭殃。

【注释】

〔1〕抑抑：缜密。隅：引申为方正。
〔2〕哲：聪明。
〔3〕职：只。
〔4〕戾：罪。斯戾，避罪。
〔5〕无竞：无争。训：借为"顺"，服从。
〔6〕觉：直，即正直。顺：读为"循"，即遵循。

〔7〕讦（xū）：大。谟：谋。

〔8〕则：法则，榜样。

〔9〕兴：皆。

〔10〕厥：其，指周王。荒湛（dān）：沉湎。

〔11〕湛乐：过度逸乐。绍：继。指继承先人传统。

〔12〕罔：无，不。

〔13〕沦胥：沉没。

〔14〕维：为。

〔15〕戒：准备。遏（tì）：剪除，治服。

〔16〕质：安定。不虞：不测。

〔17〕柔嘉：柔和妥善。

〔18〕玷（diàn）：白玉上的斑点。

〔19〕为：治。

〔20〕扪：按，执持。

〔21〕雠：应答。

〔22〕绳绳：连接不断。

〔23〕辑：和。遐：何。

〔24〕相：看。屋漏：天窗处，指上天，即神明。

〔25〕觌：看见。

〔26〕格：至。矧（shěn）：况且。射（yì）：厌倦。

〔27〕辟：修明。

〔28〕淑：善良，美好。

〔29〕僭：差错。

〔30〕童：指无角的羊。虹：通"讧"，溃乱。

〔31〕荏染：柔韧。缗：按上。丝：瑟瑟的丝弦。

〔32〕维德之基：是德行的根本。

〔33〕话言：古老的话。

〔34〕覆：反而。

〔35〕臧否：好坏。

〔36〕匪：不仅，不但。

〔37〕面命：当面教导。

〔38〕借曰：假如说。

〔39〕莫成：晚成。莫，同"暮"，晚。

〔40〕昊天：皇天。

〔41〕梦梦：昏愦的样子。惨惨：忧愁烦闷的样子。

〔42〕藐藐：轻视，不以为然。

〔43〕聿：维，是。

〔44〕旧止：先王的礼法。

〔45〕取譬：取比。比，以往的经验教训。忒（tè）：偏差。

〔46〕回通（yù）：邪僻。

桑 柔

【题解】

　　世乱年荒，国危民病，诗人追原祸本，在王之不听善言，任用匪人，故作此诗以讽。旧以为此诗系芮伯刺厉王而作，似亦可信。

菀彼桑柔，其下侯旬[1]。	桑树柔嫩又茂盛，桑树下面多凉爽。
捋采其刘，瘼此下民[2]。	采完桑叶树枝疏，百姓哭爹又喊娘。
不殄心忧，仓兄填兮[3]。	心里不断地忧伤，凄凉纷乱填胸膛。
倬彼昊天，宁不我矜[4]。	皇天在上真光明，为何不怜我人民。
四牡骙骙，旟旐有翩[5]。	四匹马儿多强壮，旌旗迎风在飘扬。
乱生不夷，靡国不泯[6]。	发生暴乱不太平，四处纷乱难安宁。
民靡有黎，具祸以烬[7]。	百姓死亡人稀少，而今损失已殆尽。
於乎有哀，国步斯频[8]！	长叹一声心悲痛，这个国家将灭亡。
国步蔑资，天不我将[9]。	国运日衰国库空，老天不把我来养。
靡所止疑，云徂何往[10]？	何处能够来安居，我又能去啥地方？
君子实维，秉心无竞[11]。	贤人君子都在想，谁去管这个闲事。
谁生厉阶，至今为梗[12]！	谁呀生下这祸根，如今还在把人伤！
忧心慇慇，念我土宇[13]。	我的心中很忧伤，十分想念我边疆。
我生不辰，逢天僤怒[14]。	恨我此生不逢时，正值老天大发怒。
自西徂东，靡所定处。	从西一直走到东，没有安居好地方。
多我觏痻，孔棘我圉[15]。	处处看到是创伤，我们边防太危险。
为谋为毖，乱况斯削[16]。	谋划国事要谨慎，祸乱状况要减轻。
告尔忧恤，诲尔序爵[17]。	告诉忧恤放心上，合理授官任贤能。
谁能执热，逝不以濯[18]。	还有谁能解炎热，不如用水洗一场。
其何能淑，载胥及溺[19]。	国事如果不办好，大家落水遭灭亡。
如彼溯风，亦孔之僾[20]。	就像人们逆风行，呼吸急促难舒畅。

民有肃心，荓云不逮[21]。　　　　为人要有进取心，不达目的誓不休。

好是稼穑，力民代食[22]。　　　　重视春种与秋收，民出劳力官吃饱。

稼穑维宝，代食维好。　　　　　　庄稼才是宝中宝，官僚坐吃感觉好。

天降丧乱，灭我立王。　　　　　　老天降下之荒乱，使我庄稼难生长。

降此蟊贼，稼穑卒痒[23]。　　　　蟊虫贼虫往下降，庄稼全都受病伤。

哀恫中国，具赘卒荒[24]。　　　　哀痛我们全中国，绵延田地一片荒。

靡有旅力，以念穹苍[25]。　　　　大家没有努力干，怎能感动那上苍。

维此惠君，民人所瞻[26]。　　　　这个贤明的国王，他是人民所瞻望。

秉心宣犹，考慎其相[27]。　　　　处事得当有主张，谨慎选择那辅相。

维彼不顺，自独俾臧。　　　　　　那个专横的国君，独断专行又夸张。

自有肺肠，俾民卒狂。　　　　　　他有他的肺和肠，使得人民都病狂。

瞻彼中林，甡甡其鹿[28]。　　　　再看那个林中央，丛多鹿儿多欢畅。

朋友已谮，不胥以穀[29]。　　　　朋友相欺不相信，彼此没有好话讲。

人亦有言：进退维谷。　　　　　　人们经常这样说：进退两难真苦闷。

维此圣人，瞻言百里。　　　　　　只有圣人有眼力，目光远大望百里。

维彼愚人，覆狂以喜[30]。　　　　只有那些愚蠢人，反而狂妄自欢喜。

匪言不能，胡斯畏忌[31]？　　　　不是有口不能言，为何害怕有顾忌？

维此良人，弗求弗迪[32]。　　　　这个善良的人啊，不求名位不争王。

维彼忍心，是顾是复。　　　　　　那个狠心的人啊，时常观望常反复。

民之贪乱，宁为荼毒[33]。　　　　人民被迫在作乱，宁愿造出那祸端。

大风有隧，有空大谷[34]。　　　　大风刮得呜呜响，空空那个大山谷。

维此良人，作为式穀[35]。　　　　这位君主心善良，多做好事人歌颂。

维彼不顺，征以中垢[36]。　　　　那位君主不讲理，行走陷入污垢中。

大风有隧，贪人败类。　　　　　　大风刮得呜呜响，贪利小人是败类。

听言则对，诵言如醉[37]。　　　　恭维他呀就答对，批评他呀就装醉。

匪用其良，覆俾我悖。　　　　　　不用那些善良人，反而说我犯了法。

嗟尔朋友，予岂不知而作[38]？　　叫声朋友听我说，我岂不知你所作？

如彼飞虫，时亦弋获[39]。　　　　好比空中飞翔鸟，有时射中也被捉。

既之阴女，反予来赫[40]。　　　　你的底细我掌握，如今反来恐吓我。

民之罔极，职凉善背[41]。　　　　人心如此无定准，只是相信无实话。

为民不利，如云不克。　　　　　　做事对人没好处，还说条件不可能。

民之回遹，职竞用力[42]。　　　　人们要走邪僻路，只因蛮横施暴力。

民之未戾，职盗为寇[43]。　　人们这样不安定，因你盗窃又胡行。

涼曰不可，覆背善詈[44]。　　诚然这样行不通，你反而将我大骂。

虽曰匪予，既作尔歌[45]。　　你说恶事非你为，终究为你把诗作。

【注释】

〔1〕菀（wǎn）：茂盛的样子。桑柔：即柔桑。侯：维，是。旬：树荫均布。

〔2〕刘：剥落稀疏。瘼：病，害。

〔3〕殄（tiǎn）：断绝。仓兄：凄凉纷乱的样子。填：久。

〔4〕倬（zhuō）：大而明的样子。不我矜："不矜我"的倒文。矜，怜。

〔5〕骙骙（kuí）：马强壮的样子。旟旐（yǔ zhào）：画有鹰隼龟蛇的旗子。

〔6〕泯：乱。

〔7〕黎：黑首。具：通"俱"。

〔8〕国步：国运。

〔9〕蔑：无。

〔10〕疑：定。

〔11〕秉心：存心。

〔12〕厉阶：祸端。梗：灾害。

〔13〕慇慇：忧伤的样子。

〔14〕倬（dàn）：大。

〔15〕瘝（mín）：病，灾难。圉（yǔ）：边疆。

〔16〕愗：谨慎。削：减少。

〔17〕序爵：合理安排官爵。

〔18〕执热：解除炎热。

〔19〕胥：皆。

〔20〕僾（ài）：呼吸不畅的样子。

〔21〕肃心：进取心。并（pīng）：使。

〔22〕力民：使民劳动出力。代食：指不劳动的官僚坐吃粮食。

〔23〕蟊贼：危害庄稼的虫。吃根的叫蟊，吃节的叫贼。

〔24〕恫（tōng）：痛。瘵：连属。

〔25〕旅：体力。

〔26〕惠：顺。

〔27〕宣：明。犹：道。

〔28〕甡甡（shēn）：众多的样子。

〔29〕谮（jiàn）：相欺，不相信。

〔30〕覆：反而。

〔31〕匪：非。

〔32〕迪：进，钻营。

〔33〕荼毒：残害。

〔34〕有隧：犹隧隧，风迅疾的样子。

〔35〕式：语助词。

〔36〕中垢：陷入污垢。

〔37〕诵言：劝告的话。

〔38〕而：你。

〔39〕飞虫：指飞鸟。

〔40〕阴：熟悉。

〔41〕罔极：无定准。职：只。凉：信。

〔42〕回遹（yù）：邪僻。

〔43〕戾：安定。职盗为寇：《诗集传》："由有盗臣为之寇也。"

〔44〕凉："凉"的假借，诚然。詈（lì）：骂。

〔45〕匪：非。

云 汉

【题解】

　　周宣王禳旱。诗历叙其祀天祭神之诚，忧民救灾之情。诗以"王曰"出之，别具一格，每章结句与之遥相呼应。

倬彼云汉，昭回于天[1]。	天上银河长又长，光儿旋转在天上。
王曰於乎，何辜今之人[2]！	宣王仰天长叹息，百姓今有啥罪行！
天降丧乱，饥馑荐臻[3]。	上天把这灾祸降，饥荒灾难连成双。
靡神不举，靡爱斯牲[4]。	每位神灵都祭祀，各自受用到祭品。
圭璧既卒，宁莫我听[5]！	祭神玉器都用尽，为啥神灵没反应！
旱既大甚，蕴隆虫虫[6]。	旱情已经很严重，天气闷热蒸气熏。
不殄禋祀，自郊徂宫[7]。	祭祀不断求降雨，从那郊外到庙宫。
上下尊瘗，靡神不宗[8]。	天地二神都祭祀，没有神灵不敬重。
后稷不克，上帝不临。	后稷不能止灾荒，上苍不顾下人亡。
耗斁下土，宁丁我躬[9]。	人民田地遭败坏，为何灾难我碰上。
旱既大甚，则不可推[10]。	旱灾已经很严重，现在消除已不能。
兢兢业业，如霆如雷。	做事认真又谨慎，如防闪电和雷霆。

·279·

周余黎民，靡有孑遗[11]。　周邦剩余的百姓，寥寥无几被冷落。

昊天上帝，则不我遗[12]。　皇天上苍好狠心，为何不肯赐我食。

胡不相畏？先祖于摧[13]。　祖先如何不害怕？子孙死绝祭不成。

旱既大甚，则不可沮[14]。　旱情已经很严重，迅速蔓延不能停。

赫赫炎炎，云我无所[15]。　烈日炎炎如火烧，我根本无遮阴处。

大命近止，靡瞻靡顾[16]。　大限已到将死亡，神灵仍不肯惠顾。

群公先正，则不我助[17]。　先代诸侯众公卿，却不肯来把我助。

父母先祖，胡宁忍予[18]！　父母祖先在上天，怎么忍心我受苦！

旱既大甚，涤涤山川[19]。　旱灾来势很凶猛，山光光来河不动。

旱魃为虐，如惔如焚[20]。　旱魔为害太暴虐，好像大火烧一样。

我心惮暑，忧心如熏。　这种酷热令我畏，忧心忡忡如火烧。

群公先正，则不我闻[21]。　先代诸侯众公卿，对这苦难不过问。

昊天上帝，宁俾我遯[22]！　叫声上帝叫声天，难道要我自己逃亡！

旱既大甚，黾勉畏去[23]。　旱灾来势很凶猛，我坚持在位勤努力。

胡宁瘨我以旱[24]？　为啥降旱来害我？

憯不知其故[25]。　究竟缘由是为何？

祈年孔夙，方社不莫[26]。　祈年祭祀不算晚，祭土地来祭四方。

昊天上帝，则不我虞[27]。　叫声上帝叫声天，你一点儿不帮忙。

敬恭明神，宜无悔怒[28]。　一向恭敬那神灵，神灵应该不会怒。

旱既大甚，散无友纪[29]。　旱情加重总不已，民心散乱无纲纪。

鞫哉庶正，疚哉冢宰[30]。　公卿百官都技穷，宰相无法心焦急。

趣马师氏，膳夫左右[31]。　趣马师氏都到齐，膳夫大臣也聚集。

靡人不周，无不能止[32]。　人人祭祀出大力，没人停下来休息。

瞻卬昊天，云如何里[33]！　仰望晴空无片云，我心忧愁何时止。

瞻卬昊天，有嘒其星[34]。　仰望高空万里晴，星星众多微光闪。

大夫君子，昭假无赢[35]。　王室百官很虔诚，祭祀盼雨都为公。

大命近止，无弃尔成。　大限已近命将亡，继续祈祷不放弃。

何求为我，以戾庶正[36]。　我这样并非为自己，是为百姓众公卿。

瞻卬昊天，曷惠其宁[37]！　仰望皇天我默想，何时赐我们安宁！

【注释】

〔1〕倬彼：浩大。

〔2〕王：指周宣王。

〔3〕荐：再，屡次。

〔4〕举：祭祀。

〔5〕圭璧：祭神用的玉器。

〔6〕虫虫：热气熏蒸的样子。

〔7〕殄：断绝。禋祀：祭祀。

〔8〕上下：指天地。奠：陈列祭品以祭天神。瘗（yì）：埋祭品入地以祭地神。宗：尊敬。

〔9〕斁（dù）：败坏。丁：遭逢。

〔10〕推：排除。

〔11〕孑遗：剩余。

〔12〕遗：赠送，指赐给食物。

〔13〕于：而。

〔14〕沮：止。

〔15〕云：遮蔽。

〔16〕大命：寿命。

〔17〕群公：指前代诸侯。

〔18〕忍予：对我忍心。

〔19〕涤涤：山无草木、川无滴水、光秃干枯的样子。

〔20〕旱魃（bá）：传说中的旱魔。惔：火烧。

〔21〕闻：过问。

〔22〕宁：难道。

〔23〕黾（mǐn）勉：勉力。

〔24〕瘨（diān）：病害。

〔25〕憯（cǎn）：曾。

〔26〕方：祭四方之神。社：祭社神。

〔27〕虞：助。

〔28〕明神：即神明。宜：应该。

〔29〕散：散漫。

〔30〕鞫（jū）：穷困。正：百官。冢宰：相当于后世的宰相。

〔31〕趣马：掌管国王马匹的官。

〔32〕周：救助。

〔33〕卬：通"仰"，仰望。

〔34〕嘒：微小而众多的样子。

〔35〕昭：祷。假：通"格"，到。指神被祭祀者的虔诚所感而降临。无赢：没有私心。

〔36〕戾：安定。

〔37〕曷：何，指何时。

嵩 高

【题解】

宣王之舅申伯出封于谢，宣王对其赏赐有加，为他饯行嘉勉。尹吉甫作此诗以送之。

嵩高维岳，骏极于天[1]。　　崇高巍峨太岳山，巍巍高耸入云天。

维岳降神，生甫及申[2]。　　那座山岳降神灵，品侯申伯生人间。

维申及甫，维周之翰[3]。　　只有申伯仲山甫，才是周朝之栋梁。

四国于蕃，四方于宣[4]。　　四国他来做屏障，四方他来做围墙。

亹亹申伯，王缵之事[5]。　　勤勤恳恳的申伯，周王任他治南国。

于邑于谢，南国是式[6]。　　建座城邑在谢地，南国以他做榜样。

王命召伯，定申伯之宅[7]。　　周王命令那召伯，确定申伯的住宅。

登是南邦，世执其功[8]。　　建成南方一邦国，子孙世守国祚长。

王命申伯：式是南邦。　　周王下令给申伯：要在南国当榜样。

因是谢人，以作尔庸[9]。　　依靠谢邑众百姓，建造你国新城墙。

王命召伯：彻申伯土田[10]。　　周王下令给召伯：治理申伯新封疆。

王命傅御：迁其私人[11]。　　命令大傅和侍御：助他家臣迁谢邦。

申伯之功，召伯是营。　　申伯的这些功绩，全靠召伯苦经营。

有俶其城，寝庙既成，　　建造城墙厚又高，宗庙宫室已建成。

既成藐藐，王锡申伯[12]。　　气势堂皇又华丽，周王再次赏申伯。

四牡跷跷，钩膺濯濯[13]。　　四匹马儿多强壮，黄铜钩膺亮晶晶。

王遣申伯，路车乘马[14]。　　王送申伯赴谢城，高车驷马快启程。

我图尔居，莫如南土[15]。　　我又考虑你封地，一点也不及南方。

锡尔介圭，以作尔宝[16]。　　赠你大大的美玉，作你自己的宝物。

往迓王舅，南土是保[17]。　　叫声舅父放心去，好好保守南方土。

申伯信迈，王饯于郿。　　申伯即将去南方，周王设宴在眉县。

申伯还南，谢于诚归。　　申伯归来向南行，动身前往住谢城。

王命召伯，彻申伯土疆。　　周王下令给召伯，申伯疆界要划定。

以峙其粻，式遄其行[18]。　　沿途粮草备充盈，以便旅途快速行。

申伯番番，既入于谢[19]。　　申伯姿态多英武，进入谢城那地方。

徒御啴啴，周邦咸喜[20]。　　　步兵车夫多又多，谢邑民众喜洋洋。

戎有良翰，不显申伯[21]。　　　你有一个好栋梁，高贵显赫是申伯。

王之元舅，文武是宪[22]。　　　他是周王大舅父，能文能武好榜样。

申伯之德，柔惠且直。　　　　申伯美德众口扬，正直和蔼有爱心。

揉此万邦，闻于四国[23]。　　　安定诸侯达万国，声誉远播到四方。

吉甫作诵，其诗孔硕，　　　　吉甫写下这首歌，含义深切篇幅长，

其风肆好，以赠申伯[24]。　　　曲调优美音极好，用它赠送给申伯。

【注释】

〔1〕嵩：山大而高。

〔2〕甫：指周宣王的大臣仲山甫。申：申伯，周宣王的舅父。

〔3〕翰：骨干，栋梁。

〔4〕蕃：藩篱，屏障。宣："垣"的假借。围墙。

〔5〕亹亹（wěi）：勤勉的样子。缵：继承。之：申伯。

〔6〕于：前"于"，为；后"于"，在。式：做……榜样。

〔7〕召伯：即召穆公，名虎，周宣王大臣。

〔8〕登：成。执：守。

〔9〕因：依靠。是：这。庸：城。

〔10〕彻：治理，整顿。

〔11〕傅御：辅佐周王办事的大臣。私人：家臣。

〔12〕有俶（chù）：形容城的厚。薿薿：美盛、华丽的样子。

〔13〕蹻蹻（jiǎo）：强壮的样子。钩膺：指套在马头和马胸上的带饰。濯濯（zhuó）：鲜明而有光彩的样子。

〔14〕路车：诸侯坐的车子。

〔15〕图：考虑。

〔16〕介圭：玉制的礼器。诸侯朝见天子时拿在手上的瑞玉。

〔17〕辺（jī）：语助词。

〔18〕峙：储备。粮（zhāng）：粮食。式：用。遄（chuán）：快，迅速。

〔19〕番番（bō）：勇武的样子。

〔20〕徒：步兵。御：车夫。啴啴（tān）：众多的样子。周：遍。邦：指谢邑。

〔21〕戎：你。不：大。

〔22〕元：大。

〔23〕揉：使顺服，安抚。

〔24〕吉甫：尹吉甫，周宣王大臣，官卿士，伐猃狁有功。风：曲调。肆好：极好。有其词意深长。

烝民

【题解】

诗赞美仲山甫从政德才。仲山甫受宣王之命，往城于齐。尹吉甫作诗送之，安慰他的心，也希望他早日归来。

天生烝民，有物有则。
民之秉彝，好是懿德[1]。
天监有周，昭假于下[2]。
保兹天子，生仲山甫[3]。
仲山甫之德，柔嘉维则[4]。
令仪令色，小心翼翼[5]。
古训是式，威仪是力[6]。
天子是若，明命使赋[7]。
王命仲山甫：式是百辟，
缵戎祖考，王躬是保[8]。
出纳王命，王之喉舌[9]。
赋政于外，四方爰发[10]。
肃肃王命，仲山甫将之[11]。
邦国若否，仲山甫明之[12]。
既明且哲，以保其身。
夙夜匪解，以事一人[13]。
人亦有言：柔则茹之，
刚则吐之[14]。
维仲山甫，柔亦不茹，
刚亦不吐。
不侮矜寡，不畏强御[15]。
人亦有言：德輶如毛，
民鲜克举之[16]。
我仪图之，维仲山甫举之，
爱莫助之[17]。

上天既生我众人，自然有它的法则。
人民掌握这常性，养成这样的美德。
老天明眼佑周家，周人诚敬告神灵。
为把天子来辅佐，上苍降生仲山甫。
仲山甫的品德好，温柔善良有法度。
举止优雅风度好，办事谨慎又小心。
遵循古训无差错，礼节法度努力守。
天子认真选择他，国家政令要他传。
周王命令仲山甫：要做诸侯好榜样，
祖先事业你继承，周王安全你保护。
总揽周王的命令，做周王的代言人。
颁布政令向外宣，一直施行到四方。
周王命令不可抗，山甫认真奉行之。
国运顺利与艰难，山甫内心很分明。
他既开明又聪慧，保他身体多安宁。
早早晚晚不懈怠，侍奉一人多小心。
古人有话这样说：东西要拣软的吃，
硬的吐出放一边。
但是我们仲山甫，碰上软弱他不欺，
碰上硬的也不怕。
不肯欺侮那鳏寡，也不畏惧强暴人。
人们又曾这样说：品行低下轻如毛，
很少有人举得高。
我在暗暗地猜想，只有山甫能做到，
爱他却不能帮他。

衮职有阙，维仲山甫补之[18]。　　龙袍上面有破绽，只有山甫能补好。

仲山甫出祖，四牡业业，　　　　　山甫出行祭路神，四匹马儿多强壮。

征夫捷捷，每怀靡及[19]。　　　　从行车夫多敏捷，常忧事情来不及。

四牡彭彭，八鸾锵锵[20]。　　　　四马奔驰快如飞，八个铃儿响叮当。

王命仲山甫，城彼东方[21]。　　　周王命令仲山甫，建筑城邑在东方。

四牡骙骙，八鸾喈喈[22]。　　　　四匹马儿多强壮，八个铃儿叮当响。

仲山甫徂齐，式遄其归[23]。　　　山甫乘车去齐国，希望他能早日回。

吉甫作诵，穆如清风[24]。　　　　吉甫写下这首诗，和如清风吹人爽。

仲山甫永怀，以慰其心。　　　　　山甫在外多思念，以此慰藉望心广。

【注释】

〔1〕民之秉彝：人们掌握事物的常理。秉，执，掌握。彝，常理。懿（yì）德：美德。

〔2〕有周：即周朝。昭假：向神祷告，表明诚敬之心于神灵。

〔3〕兹：此。

〔4〕柔嘉维则：谓仲山甫以温和善良奉为自己的道德标准。

〔5〕令仪令色：谓仲山甫的言谈、举止、风度、表情优雅美好，和颜悦色，适度宜人。令，美善。仪，风度，容仪。色，颜色，表情。

〔6〕威仪：礼节法度。

〔7〕若：选择。谓选择贤民而重用之。明命：政令。

〔8〕百辟：各国诸侯。缵戎祖考：继承你祖先的遗烈。缵，继。戎，你。祖考，祖先。王躬是保：保护周王自身的安全。

〔9〕出纳：总揽。

〔10〕外：指京畿之外。四方爰发：谓四方诸侯就都施行其政令。爰，乃。

〔11〕将：奉行。

〔12〕邦国若否（pǐ）：指国运顺利与艰难。若否，善与恶，好与坏。

〔13〕夙（sù）夜：早晚。一人：指周宣王。

〔14〕茹（rú）：食，引申为吞并、侵侮。吐：引申为畏避。

〔15〕矜（guān）：同"鳏"，男老无妻。

〔16〕輶（yóu）：轻。

〔17〕仪图：谋虑，忖度。

〔18〕衮（gǔn）：龙袍。古代侯王穿的礼服。职：就"适"，偶然。阙：同"缺"。

〔19〕业业：马高大而健壮的样子。捷捷：行动敏捷的样子。每怀靡及：常常忧虑事情来不及办理。靡，不。

〔20〕彭彭：马奔驰的样子。

〔21〕东方：齐国。

〔22〕骙骙（kuí）：马奔驰的样子，一说马强壮的样子。喈喈（jiē）：本指鸟和鸣声，这里形容清脆悦耳的铃声。

〔23〕徂齐：往齐。式遄其归：希望仲山甫速归。遄，迅速。

〔24〕穆：和煦。

韩　奕

【题解】

这是歌颂韩侯的诗，诗风雄奇而又艳丽。

奕奕梁山，维禹甸之，	高高大大的梁山，大禹治水的地方，
有倬其道[1]。	道路宽广通周邦。
韩侯受命，王亲命之，	韩侯接受周王命，周王亲自命令他，
缵戎祖考。无废朕命[2]，	祖先事业你继承，我的命令你奉守。
夙夜匪解，虔共尔位[3]。	日日夜夜别松懈，忠诚职守勿儿戏。
朕命不易，榦不庭方，	我的命令不会变，望你征伐不朝国，
以佐戎辟[4]。	帮助君王治天下。
四牡奕奕，孔修且张[5]。	四匹公马真健壮，膘儿肥来体力壮。
韩侯入觐，以其介圭，	韩侯入朝见周王，手上捧着大介圭，
入觐于王[6]。	上朝拜见我君王。
王锡韩侯，淑旂绥章，	周王来把韩侯赏，一面锦绣之龙旗，

簟茀错衡，玄衮赤舄[7]。　　竹帘金辕车一辆，黑色龙袍大红靴。

钩膺镂钖，鞹鞃浅幭，　　铜制马饰雕文章，浅色虎皮蒙轼上，

鞗革金厄[8]。　　马辔马轭闪金光。

韩侯出祖，出宿于屠。　　韩侯将行祭路神，路上住宿在杜陵。

显父饯之，清酒百壶[9]。　　显父设宴为他来，美酒百壶醇又清。

其殽维何？炰鳖鲜鱼[10]。　　桌上菜肴怎么样？清蒸大鳖鲜鱼羹。

其蔌维何？维笋及蒲[11]。　　席上蔬菜又如何？嫩蒲烧汤竹笋丁。

其赠维何？乘马路车[12]。　　显父赠品是什么？一辆车儿四匹马。

笾豆有且，侯氏燕胥[13]。　　七盘八碗筵丰盛，韩侯宴饮真高兴。

韩侯取妻，汾王之甥，　　韩侯结婚娶妻子，是厉王的外甥女，

蹶父之子[14]。　　司马蹶父的女儿。

韩侯迎止，于蹶之里。　　韩侯乘车去迎接，乘车走到蹶邑里。

百两彭彭，八鸾锵锵，　　百辆新车威势盛，车上铃儿响叮当，

不显其光。　　气势显赫有荣光。

诸娣从之，祁祁如云[15]。　　陪嫁众妾紧相随，一行众多如彩云。

韩侯顾之，烂其盈门[16]。　　韩侯三次去女家，满门灿烂又堂皇。

蹶父孔武，靡国不到[17]。　　蹶父威武又雄壮，出使各国游历广。

为韩姞相攸，莫如韩乐[18]。　　他替女儿相夫婿，认为韩侯最合适。

孔乐韩土，川泽訏訏，　　住在韩地多快乐，山川水泊广又大。

鲂鱮甫甫，麀鹿噳噳[19]。　　鳊鱼鲢鱼肥又肥，母鹿公鹿满山跑。

有熊有罴，有猫有虎[20]。　　又有熊来又有罴，还有山猫和老虎。

庆既令居，韩姞燕誉[21]。　　庆幸有个好居处，韩姞安乐心欢喜。

溥彼韩城，燕师所完[22]。　　韩国城邑多广大，燕地人来修筑它。

以先祖受命，因时百蛮[23]。　　韩国祖先受王命，依靠蛮夷治北方。

王锡韩侯：其追其貊，　　周王又将韩侯赏：追貊两族由你掌，

奄受北国，因以其伯[24]。　　包括北方诸小国，你为方伯位居上。

实墉实壑，实亩实籍[25]。　　北狄替你筑墙壕，垦田收税样样帮。

献其貔皮，赤豹黄罴[26]。　　他们贡献白狐皮，还有赤豹和黄罴。

【注释】

〔1〕奕奕：高大的样子。甸：治理。有倬：广大。

〔2〕韩侯：其始受封成立之世，武王子封于此，在今河北省固安县东南。缵：继承。戎：你。

笋

〔3〕解：通"懈"。

〔4〕榦：盾，古防御兵器。引申为征伐。不庭：不肯来朝见周王。

〔5〕张：大。

〔6〕觐（jìn）：朝见。

〔7〕淑：美。绥章：旗杆头上染色的羽毛。簟茀（diàn fú）：遮蔽车厢的竹席。错衡：画上花纹或涂上金色的车辕前端的横木。玄衮：画有龙纹的黑色礼服。赤舄（xì）：贵族穿的红鞋。

〔8〕钩膺：套在马胸前颈上的带饰。钖：马额上的金属饰物。鞹（kuò）：去毛的兽皮。鞃（hóng）：车厢前供人依靠的横木束以兽皮。浅幭（miè）：车轼上虎皮制的覆盖物。鞗（tiáo）革：马笼头。厄：饰辔首的金环。

〔9〕出祖：出行时祭道路之神。屠：即杜陵，今陕西西安东。显父：人名。

〔10〕炰（páo）：烹煮。

〔11〕蔌（sù）：蔬菜。

〔12〕乘马：四匹马。

〔13〕笾：盛干果的竹器。且（jū）：多的样子。侯氏：指韩侯。燕胥：安乐。

〔14〕汾王：周厉王。蹶父（guì fǔ）：周宣王时的卿士。

〔15〕娣：古代诸侯嫁女，以同姓诸女陪嫁做妾，叫作娣。祁祁：众多的样子。

〔16〕顾：古代男子到女家迎亲，有三次回顾的礼节。烂其：即烂烂，灿灿有光彩的样子。

〔17〕孔武：很威武。

〔18〕韩姞（jí）：韩侯的妻子。攸：住所。

〔19〕讦讦（xū）：广大貌。麀（yōu）：母鹿。噳噳（yǔ）：群鹿相聚的样子。

〔20〕猫：山猫。

〔21〕既：取得。令居：好住处。誉：通"豫"，乐。

〔22〕溥：大。

〔23〕因：依靠。时：是，这。百蛮：北狄诸部。

〔24〕追、貊：北狄国名。奄：包括。伯：方伯。

〔25〕实：是。壁：城壕。籍：定收赋税。

〔26〕貔（pí）：一种猛兽。

江 汉

【题解】

　　诗赞扬宣王命召虎平淮夷的武功。诗后半篇写宣王与召虎对答之词，君臣嘉勉颂扬。

江汉浮浮，武夫滔滔。　　　　江水汉水波涛涌，壮士出征逞英豪。
匪安匪游，淮夷来求[1]。　　　不贪安逸不闲逛，戮力讨伐淮夷地。
既出我车，既设我旟。　　　　我的兵车已出动，我的旗帜在张扬。
匪安匪舒，淮夷来铺[2]。　　　不敢安来不松懈，进军淮夷那地方。
江汉汤汤，武夫洸洸[3]。　　　江水汉水水浩浩，壮士出征多威武。
经营四方，告成于王。　　　　四方之地经营好，成功告诉周宣王。
四方既平，王国庶定。　　　　四方国家平定后，国家才能得安宁。
时靡有争，王心载宁。　　　　时局已定无争战，周王内心才舒畅。
江汉之浒，王命召虎[4]：　　　在那长江汉水边，周王下令给召虎：
式辟四方，彻我疆土。　　　　四方之地你开辟，整顿我们的疆土。
匪疚匪棘，王国来极。　　　　不要扰来不强迫，使他对我更忠心，
于疆于理，至于南海。　　　　整理田地和疆域，一直到达南海边。
王命召虎：来旬来宣[5]。　　　周王下令给召虎：去巡视啊去宣抚。
文武受命，召公维翰[6]。　　　文王武王受天命，召公辅政立朝班。
无曰予小子，召公是似[7]。　　不要说我还年轻，召公事业你接管。
肇敏戎公，用锡尔祉[8]。　　　速立大功来报效，赐你福禄永享用。
釐尔圭瓒，秬鬯一卣[9]。　　　赏你玉勺世世传，秬酒一壶香又甜。
告于文人，锡山土田[10]。　　　告祭文德之祖先，赐你山地和土田。
于周受命，自召祖命。　　　　岐周之处受天命，祖先封典记在心。
虎拜稽首，天子万年！　　　　召虎叩头来行礼，祝福天子万万年。
虎拜稽首，对扬王休[11]。　　　召虎叩头来行礼，称赞周王的美德。
作召公考，天子万寿[12]！　　　写下召公之颂辞，恭祝天子寿万年。
明明天子，令闻不已。　　　　勤勉不倦周天子，名垂千古永不朽。
矢其文德，洽此四国[13]。　　　你的德行布天下，协和四方众诸侯。

【注释】

〔1〕求：讨伐整治。

〔2〕铺：陈，即陈列军队以伐之。

〔3〕洸洸（guāng）：威武的样子。

〔4〕浒：水边。

〔5〕旬：巡。宣：示于众。

〔6〕翰：辅翼。

〔7〕似：继承。

〔8〕肇：谋。

〔9〕釐：赐予。秬鬯（jù chàng）：用黑黍和郁金香草酿成的香酒。卣（yǒu）：一种盛酒的器具。

〔10〕文人：有文德的先祖。

〔11〕休：美。

〔12〕考：成，成辞。

〔13〕矢：施。

常 武

【题解】

这是赞美宣王平定徐国叛乱的诗。通过对战争场面的描写，诗人赞美了王师的威武雄壮，德行高尚。

赫赫明明，王命卿士，	显赫神明周宣王，命令百官与卿士，
南仲大祖，大师皇父[1]，	太庙之中命南仲，太师皇父同听讲，
整我六师，以修我戎[2]。	整顿六军振士气，修理弓箭和刀枪。
既敬既戒，惠此南国[3]。	告诫士卒勿扰民，加恩南方诸小国。
王谓尹氏，命程伯休父，	王令尹氏传下话，策命休父任司马，
左右陈行，戒我师旅[4]。	士兵左右列好队，训诫六军军容整。
率彼淮浦，省此徐土，	沿着淮水岸边行，须对徐国细巡察，
不留不处，三事就绪[5]。	大军不必久居留，三卿官吏重任命。
赫赫业业，有严天子[6]。	威仪堂堂气轩昂，威严天子周宣王。
王舒保作，匪绍匪游[7]。	王师稳步向前进，不敢作片刻停留。
徐方绎骚，震惊徐方[8]。	徐国闻讯民扰动，王师威力震徐方。

如雷如霆，徐方震惊。 声势恰似雷霆轰，徐兵未战已惊慌。

王奋厥武，如震如怒[9]。 宣王发扬其军威，就像上天雷霆怒。

进厥虎臣，阚如虓虎[10]。 身先士卒将帅猛，作战勇猛如啸虎。

铺敦淮濆，仍执丑虏[11]。 陈兵列阵淮水边，诱敌深入捉战俘。

截彼淮浦，王师之所[12]。 淮水岸边断故路，王师就地把兵驻。

王旅啴啴，如飞如翰， 王师势盛兵士多，兵贵神速如鸟翔，

如江如汉，如山之苞[13]， 好比江汉长流水，就像青山四周环，

如川之流，绵绵翼翼， 如洪流势不可当，连绵不断声威壮。

不测不克，濯征徐国[14]。 神出鬼没难估量，大征徐国定南方。

王犹允塞，徐方既来[15]。 周王考虑得周到，徐国已来投降了。

徐方既同，天子之功。 徐方称臣归周邦，这项功勋归我王。

四方既平，徐方来庭。 平定四方除暴乱，徐君朝拜王庭上。

徐方不回，王曰还归[16]。 徐主之人不敢叛，周王命令班师回。

【注释】

〔1〕卿士：西周王朝的执政官，犹如后世之宰相。南仲：人名，周宣王的大臣。大祖：太祖庙。周人以后稷为太祖。

〔2〕我：周宣王自称。

〔3〕惠：加恩。

〔4〕尹氏：官名，掌卿士之官。一说即尹吉甫。程伯休父：封邑在程邑（陕西咸阳东）的伯爵，休父是其名，周宣王的大臣，当时任大司马。

〔5〕淮浦：淮水边。一说县名。省：巡视，征讨的美称。不留不处：不，语助词。"留"借作"刘"，杀。处，吊，安。意为"诛其君，吊其民"。

〔6〕业业：举止有威仪的样子。

〔7〕作：通"祚"，福。绍：迟缓。

〔8〕绎骚：扰动。

〔9〕王奋厥武：周王发扬其军威。

〔10〕虎臣：即虎贲氏，启行之元戎也。以虎形容将帅之勇猛。阚（hǎn）如：犹阚然，猛虎愤怒的样子。虓（xiāo）：虎啸。

〔11〕铺：布，陈列，布阵。敦：屯驻。淮濆（fén）：淮水沿岸高地。

〔12〕截：攻取，切断。

〔13〕啴啴（tān）：人多的样子。

〔14〕如川之流：指军队行动如大川下流，不可阻挡。濯（zhuó）：大。

〔15〕犹：谋划。允：信，真。塞：实。来：顺服。

〔16〕回：违抗。

瞻卬

【题解】

这是一首讽刺周幽王宠褒姒以致乱的诗。

瞻卬昊天，则不我惠[1]。 　　仰望苍天灰蒙蒙，老天对我没恩情。

孔填不宁，降此大厉， 　　天下很久不安宁，降下大祸真不轻，

邦靡有定，士民有瘵[2]。 　　国家无处有安宁，害苦士卒和百姓。

蟊贼蟊疾，靡有夷届[3]。 　　害虫祸国又殃民，哪里还有休和止。

罪罟不收，靡有夷瘳[4]。 　　罗织罪名纲纪乱，百姓疾苦增无减。

人有土田，女反有之[5]。 　　别人如有好田地，你就侵占归自己。

人有民人，女覆夺之[6]。 　　人家拥有好劳力，你却让人去服役。

此宜无罪，女反收之[7]。 　　这些本是无辜人，你却捕他不讲理。

彼宜有罪，女覆说之。 　　那些本是有罪人，你却开脱去包庇。

哲夫成城，哲妇倾城[8]。 　　聪明男子把国立，聪明妇人把国败。

懿厥哲妇，为枭为鸱[9]。 　　那个聪明的妇人，是枭是鸱发怪声。

妇有长舌，维厉之阶[10]。 　　妇有长舌爱多嘴，灾难根源从她生。

乱匪降自天，生自妇人。 　　祸乱不是从天降，生自妇人那一方。

匪教匪诲，时维妇寺[11]。 　　幽王没有人教导，只因贴近妇人旁。

鞫人忮忒，谮始竟背[12]。 　　毒辣手段迫害人，先进谗言后弃义。

岂曰不极？伊胡为慝[13]！ 　　难道这样还不够？为啥作恶永不休！

如贾三倍，君子是识[14]。 　　商人求利要三倍，才德贵族识透你。

妇无公事，休其蚕织[15]。 　　为妇人不守本分，为换钱不种桑麻。

天何以刺[16]？何神不富[17]？ 　　老天如何责备你？神灵为何不佑你？

舍尔介狄，维予胥忌[18]。 　　放任武装夷狄人，耿耿于怀忌妒我。

不吊不祥，威仪不类[19]。 　　不做善事品行差，面貌仪表不善良。

人之云亡，邦国殄瘁[20]。 　　良臣贤士都跑光，国运艰危将倾覆。

天之降罔，维其优矣[21]。 　　上天把那刑罚降，多如牛毛不胜防。

人之云亡，心之忧矣。 　　良臣贤士都跑光，心中忧伤对谁讲。

天之降罔，维其几矣[22]。 　　上天无情降法网，国家危险人心慌。

人之云亡，心之悲矣。 　　良臣贤士都跑光，回天乏术心悲伤。

觱沸槛泉，维其深矣[23]。　　泉水翻腾向外喷，源头一定非常深。
心之忧矣，宁自今矣[24]？　　我的心里好忧伤，为何这事我赶上？
不自我先，不自我后[25]。　　忧患不在我生前，也不在我死以后。
藐藐昊天，无不克巩[26]。　　渺渺茫茫的老天，世上万物你约束。
无忝皇祖，式救尔后[27]。　　不要辱没周祖宗，救救周代子孙吧。

【注释】

〔1〕瞻卬（yǎng）：仰望。卬，同"仰"。

〔2〕孔填（chén）不宁：久不安宁。填，长久。厉：灾祸。瘥（zhài）：病，引申为忧患，遭殃。

〔3〕蟊（máo）贼：吃农作物的害虫。此处喻指祸国殃民的幽王和褒姒。

〔4〕罪罟（gǔ）：罗织罪名。瘳（chōu）：病愈。一说减损，减轻。

〔5〕有：占有，夺取。

〔6〕覆：反而。

〔7〕宜：本该。收：拘捕。

〔8〕哲夫：才识卓越的男子。哲，智慧。哲妇：聪明能干的女子，此指褒姒。

〔9〕懿：叹词。一说美善。厥：其。为：是。枭（xiāo）：即鸮，相传长大即食母的一种恶鸟。鸱（chī）：猫头鹰。

〔10〕长舌：善为谗言。

〔11〕寺：亲近于王的人。

〔12〕鞫（jū）：审问，以毒辣手段害人。忮（zhì）：害，嫉妒。忒（tè）：差错。一说变化。谮（zèn）：进谗言。

〔13〕慝（tè）：邪恶。

〔14〕贾（gǔ）：商人。

〔15〕公事：政事。蚕织：蚕桑纺织。

〔16〕刺：责备。

〔17〕何神不富：犹神何不富。富，通"福"，保佑。

〔18〕介狄：披甲的夷狄。狄，淫僻，邪恶。

〔19〕吊：怜悯，伤痛。祥：善事。

〔20〕亡：指杀戮，丧亡，贬黜，逃匿，奔亡等。殄（tiǎn）瘁：困，憔悴。此指国家危亡。

〔21〕罔：即"网"字，罪网。

〔22〕几：危急。一说频繁。

〔23〕觱（bì）沸：泉水喷涌的样子。槛泉：泉水四溢横流。"槛"，借为滥，泛滥。

〔24〕宁：岂，难道。

〔25〕不自我先，不自我后：意谓忧患不在我生前，亦不在我死后，即恰逢其时，生不逢时之意。

〔26〕藐藐（miǎo）：高远的样子。

〔27〕忝（tiǎn）：辱没，有愧。

召 旻

【题解】

这是写一位老臣讽刺幽王任用奸邪，朝政昏乱，以致外患严重、国土日削、国将灭亡的诗。诗人希望他改过，任用贤能。

旻天疾威，天笃降丧[1]。	老天暴虐又疯狂，将灾难洒向人间。
瘨我饥馑，民卒流亡。	饥馑遍地灾情重，黎民百姓尽流亡。
我居圉卒荒。	灾荒蔓延到边疆。
天降罪罟，蟊贼内讧。	天降罪网真严重，蟊贼相争起内讧。
昏椓靡共，溃溃回遹，	昏椓进谗不像样，放荡不已乱糟糟，
实靖夷我邦[2]。	想把国家来灭亡。
皋皋訿訿，曾不知其玷。	轻狂傲慢诽谤人，不知自己的缺点。
兢兢业业，孔填不宁，	谨慎小心做事情，仍然久不得安宁，
我位孔贬[3]。	我的地位被贬低。
如彼岁旱，草不溃茂，	就像那年天大旱，草木稀疏不茂盛，
如彼栖苴[4]。	就像那枯草倒伏。
我相此邦，无不溃止，	看看国家这个样，崩溃灭亡免不了，
维昔之富不如时。	从前不像这样贫。
维今之疚不如兹。	祸害一天胜一天。
彼疏斯粺，胡不自替[5]？	那些粗粮和细粮，为啥你们不退让？
职兄斯引。	一直营私又结党。
池之竭矣，不云自频？	池塘已经干涸了，哪里还有池塘边？
泉之竭矣，不云自中。	泉水已经干涸了，也就谈不上泉里。
溥斯害矣，职兄斯弘，	这场灾害涉及广，灾情越来越扩大，
不灾我躬[6]。	难道我不受牵连？
昔先王受命，有如召公，	先王受命苦为君，众多贤臣如召公。

日辟国百里。	一天开疆一百里。
今也日蹙国百里[7]。	如今日缩一百里。
於乎哀哉！	可叹可悲真痛心！
维今之人，不尚有旧？	不知如今满朝人，是否还有旧忠臣？

【注释】

〔1〕旻（mín）：秋为旻天，这里泛指上天。

〔2〕椓（zhuó）：同"诼"，谗毁。

〔3〕填（chén）：久。

〔4〕栖：草倒伏状。苴：枯草。

〔5〕疏：高粱。粺（bài）：精米。

〔6〕职兄斯弘：（小人占据高位）这种情况越来越严重。职，此。兄，情况。弘，大。

〔7〕蹙（cù）：缩小。

周颂·清庙之什

清 庙

【题解】

这是周统治者祭祀文王于宗庙的诗。本诗通过对众士祭祀时行列整齐、气氛庄重肃穆的描写，来表达对文王的仰慕敬重之情。

於穆清庙，	清静的宗庙多壮美，
肃雍显相[1]。	诸侯们恭恭敬敬来陪祭。
济济多士，	执事的人威仪整齐，
秉文之德[2]。	把文王高尚的品德铭记。
对越在天，	为报文王在天之灵，
骏奔走在庙[3]。	大家奔走在庙里忙祭祀。
不显不承，	多光明啊多壮美，
无射于人斯[4]。	人们从不为此感到疲倦。

【注释】

〔1〕於（wū）：叹词。穆：壮美。

〔2〕济济：威仪整齐。多士：众多参祭者，指众公侯。

〔3〕对越：报答，宣扬。

〔4〕不显不承：即"丕显丕承"。不，通"丕"，发语词。显，光明。承，美。无射（yì）：不厌弃。

维天之命

【题解】

这是周王祭祀周文王的诗，通过祭祀文王，歌颂其功德，来勉励后人要继承文王遗志，并将它发扬光大。

维天之命，於穆不已[1]。　　　想那天道在运行，肃穆淳和永不停。
於乎不显，文王之德之纯[2]！　　多么显赫多光明，文王品德真纯正！
假以溢我，我其收之[3]。　　　　德教仁政传于我，我完全地接受它。
骏惠我文王，曾孙笃之[4]。　　　继承文王的遗志，子子孙孙要力行。

【注释】

〔1〕维：同"惟"，思。於（wū）：叹词。穆：肃穆。

〔2〕不：通"丕"，大。

〔3〕收：受。

〔4〕惠：顺。笃：厚。

维　清

【题解】

成王时，周公制礼作乐，作这首歌舞诗祭祀文王，以此纪念他征伐商纣的功绩。

维清缉熙，文王之典。　　　想我周朝政清明，是文王善于用兵。
肇禋，迄用有成，　　　　　由他始行祭天礼，直到武王才功成。
维周之祯[1]。　　　　　　　这是我周的吉祥。

【注释】

〔1〕肇：开始。禋（yīn）：祭天的仪式。祯：吉祥。

烈　文

【题解】

这是成王祭祀祖先时诫勉助祭诸侯的诗。关于诗的作者，也有人认为是周公。

烈文辟公，锡兹祉福[1]。　　　功德兼备的诸侯，祖宗给我的幸福。
惠我无疆，子孙保之[2]。　　　对我恩情无穷尽，子子孙孙保有它。
无封靡于尔邦，维王其崇之[3]。　莫在你国犯大罪，先王对你才尊重。
念兹戎功，继序其皇之[4]。　　　想着现在的功业，子孙后代要继承。

无竞维人，四方其训之[5]。 招贤揽能善用人，四方之人会归从。

不显维德，百辟其刑之[6]。 先王的道德显明，诸侯们应该效仿。

於乎，前王不忘! 啊，祖宗功业永不忘!

【注释】

〔1〕烈：功业。祉：福。

〔2〕惠：惠爱。

〔3〕封靡：大罪。

〔4〕戎功：大功。

〔5〕训：法则，仿效的意思。

〔6〕不：同"丕"，大。刑：典型。作动词，效法的意思。

天　作

【题解】

　　这是周统治者祭祀岐山的诗，通过对岐山的祭祀来歌颂太王、文王创下的丰功伟绩。

天作高山，大王荒之[1]。 天生巍峨岐山冈，太王开辟地更广。

彼作矣，文王康之[2]。 百姓在此建新房，文王安抚定周邦。

彼徂矣岐。 人民纷纷来归服。

有夷之行[3]，子孙保之。 岐山道路多平坦，百姓世代拥有它。

【注释】

〔1〕作：天生。高山：岐山。

〔2〕作：建筑房屋。

〔3〕徂（cú）：往。此指百姓归附于周。

昊天有成命

【题解】

　　这是祭祀成王的诗，以此歌颂成王勤勉政事，夜以继日，并勉励后人将它继承、发扬。

昊天有成命，	老天有一道成命，
二后受之。	文王武王接受它。
成王不敢康，	成王更不敢松懈，
夙夜基命宥密[1]。	日夜为国事操劳。
於缉熙[2]。	多么光明多辉煌。
单厥心，	尽心尽力操国事，
肆其靖之[3]。	天下就能保太平。

【注释】

〔1〕夙夜基命宥密：即夙夜其命有勉。基，古通"其"。宥，与"又"古通。密，读为"勉"，努力。

〔2〕於（wū）：叹美辞。

〔3〕单：通"殚"，尽。肆：于是。

我 将

【题解】

这是一篇祭天、配祭文王的乐歌，通过对文王丰功伟绩的歌颂来劝诫成王。

我将我享，维羊维牛，	我把美食来敬献，既有牛来又有羊，
维天其右之[1]。	老天爷来保佑我。
仪式刑文王之典，	遵照文王的典章，
日靖四方[2]。	终日想着定四方。
伊嘏文王，既右飨之[3]。	伟大文王佑周邦，快把贡品尝一尝。
我其夙夜，畏天之威，	昼夜勤政不松懈，畏惧上天的威严，
于时保之。	如此才能保周朝。

【注释】

〔1〕将：烹的意思。享：敬献。右：同"佑"，助。

〔2〕仪式刑：三字同义，皆为效法之意。

〔3〕嘏（jiǎ）：伟大。

时 迈

【题解】

这是周武王在灭商以后，巡视各诸侯国和祭祀山川的乐歌，而《外传》以为此诗为周公所作。

时迈其邦，昊天其子之[1]。	按时巡视诸侯，受命老天我为王。
实右序有周[2]。	周家天下得天助。
薄言震之，莫不震叠[3]。	周的武威震慑它，各国见了都害怕。
怀柔百神，及河乔岳[4]。	祭祀四方的神灵，还有高山和大河。
允王维后[5]。	周王的确功显赫。
明昭有周，式序在位[6]。	周朝世代政清明，诸侯在位尽其职。
载戢干戈，载櫜弓矢[7]。	把武器呀来收藏，把弓箭呀装在囊。
我求懿德，肆于时夏[8]。	美好德行来发扬，施行华夏各地方。
允王保之。	周王定能保天下。

【注释】

〔1〕时迈：按时而巡狩。迈，巡狩。

〔2〕右序：助。

〔3〕薄言：发语词。叠：恐惧。

〔4〕乔岳：高山。

〔5〕允：确实。

〔6〕式：发语词。序在位：指诸侯百官各安其位而尽其职。

〔7〕戢：收藏。櫜（gāo）：古代盛衣甲或弓矢的囊。

〔8〕懿德：美德。

执 竞

【题解】

这是一首祭祀武王的诗，歌颂武王的自强不息和执意灭商的丰功伟绩。

执竞武王，无竞维烈[1]。	武王不息胜强敌，诛灭殷商世无双。
不显成康，上帝是皇[2]。	功成名就国安康，上苍对他也赞赏。
自彼成康，奄有四方，	从那成王和康王，他的疆域达四方，
斤斤其明[3]。	武王英明坐朝堂。
钟鼓喤喤，磬管将将，	敲钟擂鼓咚咚响，击磬吹箫声锵锵，
降福穰穰[4]。	上天赐福降吉祥。
降福简简，威仪反反[5]。	无边洪福天上降，举止恭敬又端庄。
既醉既饱，福禄来反[6]。	武王酒足饭又饱，祝你福禄无限长。

【注释】

〔1〕执竞：指周武王凭着自强不息的精神而战胜强大的敌人。执，拿着。竞，自强。

〔2〕成康：指成王和康王。

〔3〕斤斤：是非常明显的意思。

〔4〕喤喤（huáng）：描写钟鼓的声音。穰穰（rǎng）：有众多之意。

〔5〕简简：盛大的样子。反反：谨慎的样子。

〔6〕反：还报。

思　文

【题解】

这是祭祀后稷以配天的乐歌。后稷发明播种百谷后，百姓为纪念他，而作诗祭祀。

思文后稷，克配彼天[1]。	想起文德的后稷，他的功德配天帝。
立我烝民，莫匪尔极[2]。	养育我们众百姓，你的恩情不能忘。
贻我来牟，帝命率育[3]。	留给我们麦子种，天帝命民来种植。
无此疆尔界，陈常于时夏[4]。	打破地域的疆界，农政遍行四方地。

【注释】

〔1〕配彼天：配享天帝。

〔2〕立：通"粒"。即以谷物作为食物。极：最大的恩德。

〔3〕来：小麦。牟：大麦。率：用。

〔4〕常：政，指农业方面的政策。

周颂·臣工之什

臣 工

【题解】

这首诗是周王在籍田祭祀时所唱的乐歌，以此来告诫农官，要重视农业生产。

嗟嗟臣工，敬尔在公[1]。　　群臣百官听我言，对待公事要谨严。

王釐尔成，来咨来茹[2]。　　报告你们的收成，又是请示又商议。

嗟嗟保介，维莫之春，　　农官你要忠职守，暮春农事要早筹。

亦又何求[3]？如何新畬[4]？　　你们还有何要求？如何对待新田畴？

於皇来牟，将受厥明[5]。　　大麦小麦粒饱满，秋天定有好收成。

明昭上帝，迄用康年[6]。　　光明上帝请显灵，赐给我们丰收年。

命我众人，庤乃钱镈，　　快去命令众百姓，铁锹锄头准备好。

奄观铚艾[7]。　　拿起镰刀去割麦。

【注释】

〔1〕臣工：指群臣百官。工，官。

〔2〕王：往。釐（lí）：通"礼"，礼告。咨：谋。茹：度。

〔3〕保介：农官。

〔4〕新畬（yú）：田二岁为新，三岁为畬。

〔5〕来牟：小麦和大麦。

〔6〕康年：丰收。

〔7〕庤（zhì）：准备。钱（jiǎn）：锹。镈（bó）：锄。奄：疾速。铚（zhì）：短镰刀。艾（yì）：刈，割。

噫 嘻

【题解】

这是周王举行籍田典礼时乐工们所唱的乐歌。为祈求农业大丰收，周王每年孟春都亲自带领百官举行籍田典礼。

噫嘻成王，既昭假尔[1]。　　　啊，我们的成王，召集你们把话讲。
率时农夫，播厥百谷[2]。　　　带领这些农夫们，播种百谷莫要忘。
骏发尔私，终三十里[3]。　　　迅速开垦私邑田，公田已经快完工。
亦服尔耕，十千维耦[4]。　　　从事耕作须抓紧，万人耦耕齐劳动。

【注释】

〔1〕噫嘻：赞叹之词。假（gǔ）：告。尔：指田官。

〔2〕厥：其。

〔3〕私：为"耜"之误。古代耕地的农具。三十里：方圆三十里。指公田。

〔4〕十千：一万。维：其。耦：二人各持一耜并肩而耕。

振　鹭

【题解】

这是殷商后代宋微子来周助祭时的乐歌。

振鹭于飞，于彼西雍[1]。　　　白鹭展翅群飞起，在那西边水泽上。
我客戾止，亦有斯容[2]。　　　我的贵客来到了，他真是仪表堂堂。
在彼无恶，在此无斁[3]。　　　他在本地无人怨，来到我邦受欢迎。
庶几夙夜，以永终誉[4]。　　　日夜勤勉不懈怠，美誉众多天下扬。

【注释】

〔1〕雍：水泽。

〔2〕客：指宋国诸侯微子。戾：至。斯容：指来客有白鹭般高洁的姿容。

〔3〕此：周王。斁（yì）：厌弃。

〔4〕终：盛多。

丰　年

【题解】

这篇是秋收以后祭祀祖先时所唱的乐歌，也有说是周王秋冬两季祭祖的
乐歌。

丰年多黍多稌，亦有高廪，
万亿及秭[1]。
为酒为醴，烝畀祖妣[2]。
以洽百礼，降福孔皆[3]。

丰年小米稻谷多，高大粮仓一座座，
万斛亿斛数不完。
做出清酒和甜酒，祭祀先妣和先考。
配合多种的礼仪，神福普照于万民。

【注释】

〔1〕稌（tú）：稻谷。廪（lǐn）：粮仓。秭（zǐ）：万亿。

〔2〕烝：进献。畀（bì）：给予。祖妣：男女祖先。

〔3〕洽：配合。皆：普遍。

有　瞽

【题解】

奏乐祭祖。旧说认为是把各种音乐合奏来祭祖先，也比较可信。

有瞽有瞽，在周之庭[1]。
设业设虡，崇牙树羽[2]。
应田县鼓，鞉磬柷圉[3]。
既备乃奏，箫管备举，
喤喤厥声[4]。
肃雍和鸣，先祖是听[5]。
我客戾止，永观厥成[6]。

盲乐师啊一排排，站在周家庭庙里。
钟架鼓架准备好，乐器架子有光彩。
小鼓大鼓悬挂起，鼓磬柷圉一排排。
乐器备好奏起来，箫管并吹音响亮。
众乐合奏音绕梁。
徐缓和谐调悠扬，祖宗神灵来欣赏。
我的客人都光临，一曲结束都喝彩。

【注释】

〔1〕瞽（gǔ）：盲人。此指乐官。周代常以盲人充当乐师。

〔2〕业：悬鼓的木架。虡（jù）：悬编钟编磬的木架。崇牙：古时乐器架子横木上刻如锯齿状，用以悬挂一排大小不等的钟磬，此锯齿即崇牙。

〔3〕应：小鼓，有四足，也叫足鼓。田：大鼓。县（xuán）鼓：悬挂的鼓。鞉（táo）：摇鼓。磬：玉石制板状打击乐器。柷（zhù）：乐器名，状如漆桶，中有椎柄连底，以木具击之作声。圉（yǔ）：乐器名，形似伏虎，木制，背上刻作锯齿状，以木具划之作声。

〔4〕喤喤：形容乐声洪亮和谐。

〔5〕肃雍：形容乐声徐缓和谐。

〔6〕成：指一曲奏毕。

潜

【题解】

这是周王用鱼献祭于宗庙时所唱的乐歌。乐歌文词不多，却面面俱到，朗朗上口，亲切可人。

猗与漆沮，潜有多鱼[1]。　　　　漆水沮水多清澈，深深水下鱼儿多。
有鳣有鲔，鲦鲿鰋鲤[2]。　　　　既有鳣鱼又有鲔，还有鲦鲿鰋和鲤。
以享以祀，以介景福。　　　　用来烹煮做祭品，天降洪福永昌盛。

【注释】

〔1〕猗与：赞叹词。漆沮：岐周的二水名。潜：深。一说是放在水中供鱼栖息的柴堆。

〔2〕鳣（zhān）：鳇鱼。鲔（wěi）：鱼名，即鳝。鲦（tiáo）：白条鱼。鲿（cháng）：鱼名。鰋（yǎn）：即鲇鱼。

雍

【题解】

这是武王祭祀文王的诗，据说是在祭毕撤去祭品时唱的，后来此诗成为祭祀先祖的定型乐歌。

有来雍雍，至止肃肃[1]。　　　　来这里安安静静，到这里表情肃敬。
相维辟公，天子穆穆[2]。　　　　助祭的是诸侯百公，周天子端庄肃穆。
於荐广牡，相予肆祀[3]。　　　　献上肥大的牲畜，帮助我来陈列祭品。
假哉皇考，绥予孝子[4]。　　　　光荣伟大的父皇，您安抚我这孝子。
宣哲维人，文武维后[5]。　　　　用贤臣聪明仁智，圣主您文武兼备。
燕及皇天，克昌厥后[6]。　　　　安周邦上及皇天，后世子孙皆兴旺。
绥我眉寿，介以繁祉[7]。　　　　赐予我万寿无疆，又赐我多禄多福。
既右烈考，亦右文母[8]。　　　　拜祭完我父文王，再拜祭我的亲娘。

【注释】

〔1〕雍雍：和睦的样子。

〔2〕相：助祭的人。

〔3〕广牡：大牲。相：助。肆祀：陈列祭品。

〔4〕假：嘉。绥：安抚。

〔5〕人：臣。

〔6〕燕：安。昌：昌大。厥后：其后世子孙。

〔7〕绥：赐给。介：佐助。繁祉：多福。

〔8〕右：通"侑"，劝侑。

载 见

【题解】

这是写周成王执掌政权，诸侯朝见成王，成王率公卿诸侯祭祀武王昭庙的乐歌。

载见辟王，曰求厥章[1]。	初次朝见周成王，精心装饰合典章。
龙旂阳阳，和铃央央，	彩龙大旗明艳艳，旗铃车铃叮当响，
鞗革有鸧，休有烈光[2]。	皮制笼头金饰貌，华丽夺目又明亮。
率见昭考，以孝以享[3]。	来到武王的庙堂，献上祭品祭武王。
以介眉寿，永言保之，	保佑我们福寿长，永远保佑周江山，
思皇多祜[4]。	君王多福万事顺。
烈文辟公，绥以多福，	有功有德的诸侯，先王赐他多福禄，
俾缉熙于纯嘏[5]。	光大周朝美名扬。

【注释】

〔1〕辟：国君。厥：其。

〔2〕龙旂：即绘有两龙幡结的旗子。阳阳：色彩鲜明的样子。央央：铃声。鞗（tiáo）革：皮制的铜饰马笼头。有鸧（qiāng）：金饰貌。休：美。

〔3〕享：献祭。

龍

〔4〕介：求。祜：福。

〔5〕绥：赐。缉熙：光明。纯嘏（gǔ）：纯、嘏，皆为大之意。

有 客

【题解】

这是殷商后代宋微子朝拜周王，周王为他设宴饯行时所奏的乐歌。

有客有客，亦白其马。	远方客人来我家，客人白马洁无瑕。
有萋有且，敦琢其旅[1]。	服饰精美色彩鲜，随从打扮也不差。
有客宿宿，有客信信[2]。	客人住下两天了，客人住下四天了。
言授之絷，以絷其马[3]。	拿根绳索来给他，以便让他拴着马。
薄言追之，左右绥之[4]。	大排宴筵为饯行，群臣百官欢送他。
既有淫威，降福孔夷[5]。	客人既有好品德，洪福必然降给他。

【注释】

〔1〕萋：纹彩交错。此指绸缎上的花纹。且：五彩鲜明。敦琢：即雕琢。

〔2〕信：住两夜。信信：住四夜。

〔3〕絷：绳索。

〔4〕绥：赐。即赐礼物。

〔5〕淫威：即大德。淫，大。威，德。

武

【题解】

这是叙述武王灭商的乐歌。

於皇武王[1]！无竞维烈[2]。　　赞叹伟大周武王！他的功业举无双。

允文文王，克开厥后[3]。　　文王才德多显赫，能为子孙把业创。

嗣武受之，胜殷遏刘[4]。　　继承他的是武王，战胜殷商少杀戮。

耆定尔功[5]。　　大功告成意气扬。

【注释】

〔1〕於（wū）：是赞叹的口气。

〔2〕维：其。烈：业，引申为功绩。

〔3〕克：能。

〔4〕武：武王。刘：杀戮。

〔5〕耆（zhī）：致，做到。定：成功。言武王伐纣，致定其功。

周颂·闵予小子之什

闵予小子

【题解】

这是成王除武王之丧告于祖庙的诗。成王除武王之丧，思慕祖父，警惕自己。

闵予小子，遭家不造，　　　　　　怜我继位年纪小，家里遭难太不幸，
嬛嬛在疚[1]。　　　　　　　　　　孤独无依多忧伤。
於乎皇考，永世克孝[2]。　　　　　啊！我的父王啊，多想终身来行孝。
念兹皇祖，陟降庭止[3]。　　　　　想念祖父周文王，任用群臣很公平。
维予小子，夙夜敬止。　　　　　　我这幼稚的小子，早晚都要理朝政。
於乎皇王，继序思不忘[4]。　　　　叫声先祖听我禀，誓记遗业永不忘。

【注释】

〔1〕不造：不吉祥，不幸。嬛嬛（qióng）：孤独无依的样子。
〔2〕永世：终身。
〔3〕陟（zhì）降：升降。此指文王灵魂时时升降于王庭，以赐福佑。
〔4〕序：绪，即王业。

访 落

【题解】

这是成王朝武王庙，和群臣商议国政的诗。成王即政告庙，咨谋群臣，追念先王。

访予落止，率时昭考[1]。　　　　　当初我即位就设想，遵循我英明的父王。
於乎悠哉，朕未有艾[2]。　　　　　我既担心来又忧伤，缺乏经验又年纪小。
将予就之，继犹判涣[3]。　　　　　努力遵循父王法典，继而把大事来谋划。
维予小子，未堪家多难[4]，　　　　我年幼无知少经验，难以承担国家大任。

绍庭上下，陟降厥家[5]。　　继承先皇善将之志，公正用人而不偏执。

休矣皇考，以保明其身[6]。　　英明完美的父王啊，尽力佑助我保天下。

【注释】

〔1〕访：咨询，商议。落：开始。一说借为略，谋略，策略。

〔2〕艾：阅历。此句谓年幼尚无知。

〔3〕将：扶，助。犹：图谋，谋略。判涣：大。

〔4〕未堪：不堪。多难：指遭武王之丧，遇管叔、蔡叔、霍叔"三监之乱"和武庚叛乱等事件。

〔5〕绍：继承。庭：直，公正。上下：指官吏的升降，与下句"陟降"同义。厥：其。

〔6〕休：美。以：语助词。明：勉，尽力。

敬 之

【题解】

这是成王所作的悔过告庙的祷辞，以此敬天并规诫自己。此篇为向群臣求助之辞。

敬之敬之，天维显思，　　要谨慎呀再谨慎，天理昭彰不可欺，

命不易哉[1]，　　保全国运实不易。

无曰高高在上，　　莫说苍天高在上，

陟降厥士，日监在兹[2]。　　群臣惩罚和奖赏，天天在此来监看。

维予小子，不聪敬止[3]。　　刚刚继位不知事，更要小心和谨慎。

日就月将，　　天长日久常学习，

学有缉熙于光明[4]。　　渐渐就会明事理。

佛时仔肩，示我显德行[5]。　　辅佐我是你责任，告诉我好显德行。

【注释】

〔1〕显：明显。

〔2〕陟降：升降，或指赏罚、奖惩。士：指群臣。

〔3〕聪：本意为"听觉灵敏"，引申义为"耳有所闻"。

〔4〕日就月将：谓每天每月都有进步。缉熙：积渐广大。即深广的意思。

〔5〕佛（bì）：通"弼"，辅助。

小 毖

【题解】

这是成王诛管、蔡，消灭武庚以后，表示自我惩戒并求助于群臣的诗。成王自警，莫自寻苦恼，当防患于未然。

予其惩，而毖后患[1]。　　　　　我要谨慎地来提防，小心后患会来到。
莫予荓蜂，自求辛螫[2]。　　　　没人辅佐我心焦，只能独自来辛劳。
肇允彼桃虫，拼飞维鸟[3]。　　　开始像个小桃虫，翻身飞起却是鸟。
未堪家多难，予又集于蓼[4]。　　不堪国家多危难，谁知今又雪加霜。

【注释】

〔1〕惩：有所伤而知戒。毖：谨慎。

〔2〕荓（píng）蜂："抨"的假借字。谓牵引而使之。螫：事。辛螫：辛苦之事。

〔3〕肇：始。允：信，的确。桃虫：一名桃雀，即鹪鹩，为最小的鸟。拼（fān）：同"翻"。

〔4〕蓼（liǎo）：一种有苦辣味的草。

载 芟

【题解】

这是写周王在春天籍田时祭祀土神、谷神的诗。本诗叙述了从开荒播种到丰收祭祀的过程，反映了周王朝建立前后的农业生产情况。

载芟载柞，其耕泽泽[1]。　　　　铲草皮呀刨树根，努力耕种松泥土。
千耦其耘，徂隰徂畛[2]。　　　　人们比肩齐耕耘，到田里呀到田埂。
侯主侯伯，侯亚侯旅，　　　　　田主带着大儿子，小儿晚辈也相助，
侯疆侯以[3]。　　　　　　　　　壮汉雇工同挥锄。
有嗿其馌，思媚其妇，　　　　　有饭大家吃得香，那个娘子多贤良，
有依其士[4]。　　　　　　　　　那个汉子多强壮。
有略其耜，俶载南亩[5]。　　　　那犁头呀多锐利，耕耘南边的田地。

播厥百谷，实函斯活[6]。　　　　播种百谷在田里，种子发芽有活力。

驿驿其达，有厌其杰[7]。　　　　幼苗冲出不断长，绿油油的苗儿壮。

厌厌其苗，绵绵其麃[8]。　　　　大片苗儿真整齐，精心来为你锄草。

载获济济，有实其积，　　　　收获谷物真多呀，堆堆谷子在场上，

万亿及秭[9]。　　　　　　　　万呀亿呀数不完。

为酒为醴，烝畀祖妣，　　　　酿清酒呀酿甜酒，献给祖宗尝一尝，

以洽百礼[10]。　　　　　　　　祭祀礼义多齐备。

有飶其香，邦家之光[11]。　　　美酒佳肴味道香，是我祖宗的荣光。

有椒其馨，胡考之宁[12]。　　　美酒醇厚真馨香，老人安宁心情好。

匪且有且，匪今斯今，　　　　不是现在才这样，不是今天才这样，

振古如兹[13]。　　　　　　　　自古以来都这样。

【注释】

〔1〕芟（shān）：除草。柞（zé）：除木。泽泽（shì）：松散。

〔2〕隰：新开之田。畛：田间界畔。

〔3〕主：家长。亚：众叔。旅：众子弟。

〔4〕噂（tǎn）：众人饮食声。依：强壮。

〔5〕略：锐利。

〔6〕函：同"含"。

〔7〕达：生土。厌：美好的样子。

〔8〕麃（biāo）：耘。

〔9〕积：堆在露天之中。

〔10〕烝：进。畀：予。

〔11〕飶（bì）：饭食之类。

〔12〕胡考：老人。

〔13〕振古：自古。

良 耜

【题解】

　　这是周王在秋收以后祭祀土神、谷神的乐歌。诗中叙述了从播种到丰收祭祀一年中的农业生产过程。

畟畟良耜，俶载南亩[1]。　　　　犁头光亮又锋利，先耕南边那块地。

播厥百谷，实函斯活[2]。　　各样种子播下去，颗颗粒粒含生气。
或来瞻女，载筐及筥，　　　有人来看你们了，背着方筐挎着篮，
其馕伊黍[3]。　　　　　　　里面装着黍米饭。
其笠伊纠，其镈斯赵，　　　斗笠带子结项下，挥锄翻土人心高，
以薅荼蓼[4]。　　　　　　　除去田中的杂草。
荼蓼朽止，黍稷茂止。　　　杂草腐烂在田里，滋养庄稼长得高。
获之挃挃，积之栗栗[5]。　　稻谷众多沉甸甸，场上粮食多又多。
其崇如墉，其比如栉，　　　粮垛像城一样高，栉比鳞次不暇接，
以开百室[6]。　　　　　　　大小仓库都开放。
百室盈止，妇子宁止。　　　仓库全部装满粮，老婆孩子全安心。
杀时犉牡，有捄其角[7]。　　杀掉那头大公牛，牛的双角弯又长。
以似以续，续古之人。　　　用它来祭社稷神，古老传统来继承。

【注释】

〔1〕畟畟（cè）：锋利的样子。俶：开始。

〔2〕函：包孕。

〔3〕馕（xiǎng）：送食物。

〔4〕镈（bó）：锄头。薅（hāo）：除草。

〔5〕挃挃（zhì）：积实之声。

〔6〕墉（yōng）：城墙。栉（zhì）：梳篦之齿。

〔7〕犉（rún）牡：大公牛。犉，黄毛黑唇的牛。捄（qiú）：弯又长的样子。

蓼

丝　衣

【题解】

这是周王举行祀龙星之礼所唱的乐歌。诗中体现了周王准备祭祀物品和诸多细节的周到和诚恳。

丝衣其紑，载弁俅俅[1]。　　穿的祭服多鲜明，漂亮小帽戴头上。
自堂徂基，自羊徂牛。　　　从庙堂到庙门边，从羊儿又到牛儿。

兕觥其觩，旨酒思柔[3]。　　　那牛角杯弯又长，酒味醇和味道香。

不吴不敖，胡考之休[4]。　　　不喧哗来不傲慢，祈得人人福寿长。

【注释】

〔1〕其纻（fóu）：鲜明洁白的样子。载：通"戴"。弁：爵弁，以布、绸或革制成，色赤微黑，形如雀头。俅俅（qiú）：恭顺的样子。

〔2〕鼐（nài）：大鼎。鼒（zī）：小鼎。

〔3〕兕觥（gōng）：犀牛角做的酒杯。觩：角弯曲的样子。

〔4〕吴：喧哗。敖：通"傲"。休：福禄。

酌

【题解】

这是赞美武王伐纣灭商，取得天下的颂歌，传说是《大武》中的一部分。

於铄王师，遵养时晦[1]。　　　啊！武王战功多辉煌，顺应时势灭殷商。

时纯熙矣，是用大介[2]。　　　政治清明人心爽，建功立业大吉祥。

我龙受之，蹻蹻王之造[3]。　　　周家应天受天下，成就大业周武王。

载用有嗣，实维尔公允师[4]。　　子孙后代莫相忘，周公是咱好榜样。

【注释】

〔1〕於（wū）：叹词，有赞美之意。铄（shuò）：辉煌。养：取。

〔2〕介：善，吉祥。大介即大善，大吉祥。

〔3〕龙：宠，恩宠。蹻蹻（jiǎo）：强壮，勇武的样子。

〔4〕用：因此。即"是"。尔公：尔先公，指武王。旧说指武王伐纣，"公"为"事"。允：信，实在。

桓

【题解】

《桓》是《大武》的第六章。诗中描述了武王灭商后的太平景象，以此歌颂武王的功绩。

绥万邦，娄丰年。   灭商平定了天下，年年丰收庆吉祥。

天命匪解[1]。   老天降命莫松懈。

桓桓武王，保有厥士，   威风凛凛的武王，用他们去抚四方，

于以四方，克定厥家[2]。   拥有英勇的兵士，让每家都得安康。

於昭于天，皇以间之[3]！   武王盛德照亮天，君临天下代殷商！

【注释】

〔1〕解：同"懈"，松懈。

〔2〕桓桓：威武的样子。

〔3〕间：代替。

贲[1]

【题解】

这是武王灭商南还后与群臣共勉的一首诗。武王克商，归祀文王庙，大告诸侯。

文王既勤止，我应受之。   文王为政既勤劳，我应学他治国道。

敷时绎思，我徂维求定[2]。   宣传文德图发展，安定天下最重要。

时周之命，於绎思[3]。   你们受封承周命，文王功德要牢记。

【注释】

〔1〕贲（lài）：《毛诗序》："贲，予也，言所以锡予善人也。"

〔2〕敷时绎思：马瑞辰《毛诗传笺通释》："谓布是文王之德泽引申之及于无穷，即序所云锡予善人也。"思，语词。徂：往。指往征。

〔3〕时周之命：马瑞辰《毛诗传笺通释》："时与承一声之转，古亦通用。"

般[1]

【题解】

《般》是《大武》的第四章，是叙写武王灭商后巡狩天下、平服南国、天下一统的乐歌。

於皇时周，陟其高山，　　　　　多么壮丽我大周，登上高山望九州，
隋山乔岳，允犹翕河[2]。　　　　无论大山与小丘，河水合流向下流。
敷天之下，裒时之对，　　　　　普天之下众神灵，同聚一起齐受祭，
时周之命[3]。　　　　　　　　　大周受命运长久。

【注释】

〔1〕般（pán）：盘旋，旋遍天下。

〔2〕隋（duò）：狭而长的山。允犹：允若，谓河沿着顺轨而合流。犹，若，顺。翕河：合流下淌。

〔3〕敷天：普天。裒（póu）：聚集。

鲁颂·驷之什

驷

【题解】

这是一首颂鲁僖公深谋远虑、牧马之盛的诗。在古代，国防力量主要靠兵车，国力的强弱在很大程度上取决于兵车和马匹的多少。

驷驷牡马，在坰之野[1]。	雄马肥又大，在辽远的牧野放行。
薄言驷者，有骄有皇，	那些肥马：黑身白胯、黄里夹白，
有骊有黄，以车彭彭[2]。	全身纯黑黄中杂红，拉车强有力。
思无疆，思马斯臧。	鲁公深谋远虑，马儿肥壮多美好！
驷驷牡马，在坰之野。	雄马肥又大，在辽远的牧野放行。
薄言驷者，有骓有驱，	那些肥马：灰白相杂、黄白相加，
有骍有骐，以车伾伾[3]。	红黄色青黑色，用它拉车真有力。
思无期，思马斯才[4]。	鲁公深谋远虑，马儿成才应嘉奖。
驷驷牡马，在坰之野。	雄马肥又大，在辽远的牧野放行。
薄言驷者，有䮎有骆，	那些肥马：黑斑青毛、白身黑鬣，
有駵有雒，以车绎绎[5]。	黑身黑鬣赤身白鬣，拉车跑得快。
思无斁，思马斯作[6]。	鲁公深谋远虑，马儿奋起腾身跃。
驷驷牡马，在坰之野。	雄马肥又大，在辽远的牧野放行。
薄言驷者，有骃有騢，	那些肥马：浅黑带白、红中杂白，
有驔有鱼，以车祛祛[7]。	黑色黄脊眼带白圈，拉车真矫健。
思无邪，思马斯徂[8]。	鲁公守正道，马儿如飞向前奔！

【注释】

〔1〕驷驷（jiōng）：马肥壮的样子。坰（jiōng）：遥远的郊野。

〔2〕薄言：发语词。骄（yù）：黑马白胯。皇：黄白色的马。骊：纯黑色的马。黄：金赤色的马。彭彭：强壮有力的样子。

〔3〕骓：毛色苍白相杂的马。驱（pī）：毛色黄白相杂的马。骍（xīng）：赤黄色的马。骐：青黑色相间类似棋盘格子纹的马。伾伾（pī）：有力的样子。

〔4〕无期：犹言无算。

〔5〕驒（tuó）：有鳞状黑斑纹的青毛马。骆：鬣毛和尾部呈黑色的白马。骝（liú）：黑鬣的赤马。雒（luò）：白鬣的黑马。绎绎：善走，跑得快。

〔6〕无斁（dù）：即无度。犹言无数。斁，古"度"字。

〔7〕駰：浅黑带有白色的杂毛马。騢（xiá）：赤白色的杂毛马。驔（diàn）：脚胫有长毫的马。一说为黑色黄背马。鱼：眼有白圈的马。祛祛（qū）：健壮的样子。

〔8〕无邪（yé）：即无"围"。犹言无边。徂（cú）：此指马善于远行。

有 驷

【题解】

鲁国多年饥荒，僖公采取了一些有效措施，克服了自然灾害，人们获得了丰收。诗人写此诗以庆丰收，祝吉祥。

有駜有駜，駜彼乘黄[1]。	马儿强健又肥壮，四匹壮马毛色黄。
夙夜在公，在公明明[2]。	起早贪黑在公堂，鞠躬尽瘁为公忙。
振振鹭，鹭于下。	拿起鹭羽跳起舞，好像飞过的白鹭。
鼓咽咽，醉言舞[3]。	鼓声咚咚有节奏，醉呀起舞步斜疏。
于胥乐兮。	大家同乐喜洋洋。
有駜有駜，駜彼乘牡。	马儿强健又肥壮，四匹公马气昂昂。
夙夜在公，在公饮酒。	日夜奔忙为公家，为了公事来饮酒。
振振鹭，鹭于飞。	拿起鹭羽跳起舞，好像白鹭在翱翔。
鼓咽咽，醉言归。	鼓声咚咚有节奏，醉后回家睡床上。
于胥乐兮。	大家同乐喜洋洋。
有駜有駜，駜彼乘駽[4]。	马儿强健马儿壮，四匹公马体魄强。
夙夜在公，在公载燕。	日夜奔忙为公家，为了公事去赴宴。
自今以始，岁其有。	从今往后新开始，年年丰收粮满仓。
君子有谷，诒孙子[5]。	君子僖公有洪福，传给子孙永安康。
于胥乐兮。	大家同乐喜洋洋。

【注释】

〔1〕駜（bì）：马肥力壮的样子。

〔2〕明明："勉勉"的假借。

〔3〕咽咽：有节奏的鼓声。

〔4〕骃（xuān）：铁青色的马。

〔5〕诒：留给。

泮 水

【题解】

　　这是记述鲁僖公战胜淮夷以后在泮宫祝捷庆功，宴请宾客的诗，赞美他能继承祖先事业，平定淮夷的丰功伟绩。

思乐泮水，薄采其芹[1]。	泮水边上喜气多，忙着采那水芹儿。
鲁侯戾止，言观其旂[2]。	鲁侯光临到这里，看见他的旌旗飘。
其旂茷茷，鸾声哕哕[3]。	他的旌旗迎风飘，车上铃儿清脆响。
无小无大，从公于迈[4]。	官位不分大和小，都陪鲁侯出行去。
思乐泮水，薄采其藻。	泮水那边乐陶陶，忙着采那水藻儿。
鲁侯戾止，其马蹻蹻[5]。	鲁侯光临到这里，马匹雄壮又威武。
其马蹻蹻，其音昭昭[6]。	马匹雄壮又威武，声音爽朗又嘹亮。
载色载笑，匪怒伊教[7]。	面带笑容很和蔼，对人耐心善教导。
思乐泮水，薄采其茆[8]。	泮水那边人快乐，忙着采那莼菜儿。
鲁侯戾止，在泮饮酒。	鲁侯光临到这里，泮宫里面饮美酒。
既饮旨酒，永锡难老[9]。	饮着一杯杯美酒，祝他到老不白头。
顺彼长道，屈此群丑[10]。	顺着这次远途行，把那敌人来降服。

穆穆鲁侯，敬明其德[11]。　　鲁侯庄重又和美，他的品德多光耀。

敬慎威仪，维民之则[12]。　　举止谨慎又恭敬，值得人们来效仿。

允文允武，昭假烈祖[13]。　　文德武德他都行，英明可比众先祖。

靡有不孝，自求伊祜[14]。　　先祖之法他效仿，求得吉祥不可数。

明明鲁侯，克明其德[15]。　　勤勤恳恳的鲁侯，他的教化能修明。

既作泮宫，淮夷攸服[16]。　　既已建好泮宫来，征服淮夷众小丑。

矫矫虎臣，在泮献馘[17]。　　勇武将士如老虎，泮宫里面献敌耳。

淑闻如皋陶，在泮献囚[18]。　　善于审断如皋陶，泮宫里把俘虏囚。

济济多士，克广德心[19]。　　你的贤士多又多，他们替你传美德。

桓桓于征，狄彼东南[20]。　　威风凛凛去出征，扫荡淮夷国太平。

烝烝皇皇，不吴不扬[21]。　　军队盛大有生气，不喧哗来不张扬。

不告于讻，在泮献功[22]。　　对待俘虏不严惩，泮宫献功一桩桩。

角弓其觩，束矢其搜[23]。　　弯弯弓儿多强劲，束束箭儿嗖嗖响。

戎车孔博，徒御无斁[24]。　　战车成行多又多，步兵车兵不厌倦。

既克淮夷，孔淑不逆[25]。　　勇猛进攻降淮夷，淮夷既服不反抗。

式固尔犹，淮夷卒获[26]。　　定的计划多周详，淮夷最后来归降。

翩彼飞鸮，集于泮林[27]。　　猫头鹰儿在飞行，聚在泮宫的树林。

食我桑黮，怀我好音[28]。　　吃着我的桑果呀，回报我以悦耳声。

憬彼淮夷，来献其琛[29]。　　淮夷最终醒悟了，用他国宝当礼品。

元龟象齿，大赂南金[30]。　　献上龟板和象牙，还有美玉和黄金。

【注释】

〔1〕泮水：泮宫前半月形水池。泮宫即学官。

〔2〕戾止：来到。旂：饰有龙纹的旗。

〔3〕茷茷（pèi）：旗帜飘展的样子。鸾：车铃。哕哕（huì）：和悦的车铃声。

〔4〕无小无大：不论官位高低。

〔5〕跻跻（jiǎo）：马匹雄壮威武的样子。

〔6〕昭昭：声音嘹亮。

〔7〕色：喜色，面色和悦。

〔8〕茆（mǎo）：莼菜。

〔9〕难老：长寿。

〔10〕长道：远途。屈：击败，使之降服。

〔11〕穆穆：庄重和美的样子。

〔12〕则：模范。

〔13〕昭假烈祖：英明追得上光荣的祖先。

〔14〕孝：通"效"，师法。祜：吉祥，福。

〔15〕明明：勉勉。克：能。

〔16〕淮夷：对淮河流域东部沿海一带土著部的蔑称。

〔17〕馘（guó）：打死敌人后，割下左耳，代替首级以计功。

〔18〕皋陶：帝舜时有名的司法大臣。

〔19〕济济：众多。

〔20〕桓桓：威武的样子。狄：扫荡，清除。

〔21〕烝烝皇皇：形容军队盛大。烝烝，指生气蓬勃。皇皇，光明正大。吴：喧闹放肆。

〔22〕告："酷"的假借字。讻：凶恶的敌人。

〔23〕觩：弓弯曲强劲的样子。束：五十（或说一百）支箭扎在一起称束矢。此指许多箭连续发射。搜：同"颼"，形容一支支迅疾发射的箭的声音。

〔24〕孔博：很多。徒御：兵马。步行的称徒，驾车的叫御。无斁（dù）：不倦。

〔25〕孔淑不逆：很善良而不再反抗。

〔26〕式：由于，用。固：坚执，固守。

〔27〕鸮（xiāo）：猫头鹰。泮林：泮宫中的树林。

〔28〕黮（shèn）：同"葚"，桑果。

〔29〕琛：珍宝。

〔30〕元龟：大龟。大赂：一种美玉。

闷　宫

【题解】

诗赞美僖公，从其远祖姜嫄、后稷、大王、文、武、周公的功绩写起，极尽铺张扬厉之能事。诗叙僖公之功业，则以祀、戎二事为重点描绘，突出其伐淮夷之功，也能从大处着眼。这是《诗经》中最长的一首诗。

闷宫有侐，实实枚枚[1]。	宗庙肃穆又清静，殿宇轩昂来人少。
赫赫姜嫄，其德不回[2]。	先祖姜嫄多光彩，品德端正又善良。
上帝是依，无灾无害。	依靠上苍把福享，无灾无害人吉祥。
弥月不迟，是生后稷，	足足怀胎十个月，生出这个小后稷，
降之百福。	上苍降下百福来。
黍稷重穋，稙稺菽麦[3]。	黍粱样样全都有，豆麦各种都能收。
奄有下国，俾民稼穑。	后稷拥有自己国，他使百姓兴农业。

有稷有黍，有稻有秬。　　　　高粱小米都种植，还有稻谷和黑黍。

奄有下土，缵禹之绪。　　　　后稷拥有普天下，继承禹业民教化。

后稷之孙，实为大王[4]。　　　说起后稷子孙旺，古公亶父谥太王。

居岐之阳，实始翦商。　　　　率民迁居岐山阳，积聚力量灭殷商。

至于文武，缵大王之绪，　　　到了文王和武王，大王事业在发扬，

致天之届，于牧之野[5]。　　　秉承天命去诛商，牧野一战殷商亡。

无贰无虞，上帝临女。　　　　没有二心团结紧，上苍监护保周邦。

敦商之旅，克咸厥功。　　　　敦促战败商军队，大战告捷果辉煌。

王曰叔父，建尔元子，　　　　王敬周公为叔父，并封你的嫡长子，

俾侯于鲁[6]。　　　　　　　　去做鲁国的侯王。

大启尔宇，为周室辅。　　　　开疆拓土大发展，辅佐周室建功业。

乃命鲁公，俾侯于东。　　　　成王下令给鲁公，分封为侯占地东。

锡之山川，土田附庸。　　　　赐他山川面积广，还有土地和属国。

周公之孙，庄公之子[7]。　　　周公子孙鲁僖公，庄公之子建殊功。

龙旂承祀，六辔耳耳。　　　　祭礼龙旗迎风展，乘车六辔气势壮。

春秋匪解，享祀不忒。　　　　春祭秋祀不懈怠，祀品丰盛极虔诚。

皇皇后帝，皇祖后稷。　　　　英武文王和武王，皇祖后稷都来享。

享以骍牺，是飨是宜[8]。　　　奉上一头大红牛，神灵安享心慰平。

降福既多，周公皇祖，　　　　福儿禄儿降不休，皇祖周公神通广，

亦其福女。　　　　　　　　　　也会赐福给僖公。

秋而载尝，夏而楅衡[9]。　　　秋收举行尝新礼，夏天养牛在栏里。

白牡骍刚，牺尊将将[10]。　　　白牛红牲做祭礼，牛形酒杯响叮当。

毛炰胾羹，笾豆大房[11]。　　　还有烧猪和肉汤，各种饭器满满装。

万舞洋洋，孝孙有庆[12]。　　　文舞武舞大排场，孝顺子孙有吉祥。

俾尔炽而昌，俾尔寿而臧[13]。　使你国运永昌盛，长命百岁人安康。

保彼东方，鲁邦是常。　　　　愿你安抚定东方，永保鲁国万年长。

不亏不崩，不震不腾。　　　　好似高山永不崩，又如水流静静淌。

三寿作朋，如冈如陵[14]。　　　寿比三老百年长，犹如山冈和丘陵。

公车千乘，朱英绿縢，　　　　公的兵车有千辆，红色羽饰绿线缠，

二矛重弓[15]。　　　　　　　　弓矛重刀都齐备。

公徒三万，贝胄朱绶，　　　　公的步卒三万众，头盔镶贝系红绳，

烝徒增增[16]。　　　　　　　　士兵不可计其数。

戎狄是膺，荆舒是惩，　　北伐狄族西击戎，楚国舒国遭严惩，
则莫我敢承[17]。　　　　众敌无人犯我锋！
俾尔昌而炽，俾尔寿而富。　国运繁荣又昌盛，使你人寿民富有。
黄发台背，寿胥与试。　　　发黄背弓寿命长，老运不减体健康。
俾尔昌而大，俾尔耆尔艾。　使你长寿永无疆，使你国家永昌盛。
万有千岁，眉寿无有害。　　使你享有千万岁，使你高寿又健康。
泰山岩岩，鲁邦所詹。　　　泰山高峻接苍穹，鲁国对它最尊崇。
奄有龟蒙，遂荒大东。　　　地域广大有龟蒙，边境直到地极东。
至于海邦，淮夷来同。　　　沿海小国都顺从，淮夷归附来朝贡。
莫不率从，鲁侯之功。　　　威震四方人人服，鲁侯神勇建大功。
保有凫绎，遂荒徐宅[18]。　　凫山绎山是鲁地，开辟土地到徐州。
至于海邦，淮夷蛮貊[19]。　　边境扩到东海边，淮夷蛮貊是我土。
及彼南夷，莫不率从。　　　国境南与楚相接，没有人敢不顺从。
莫敢不诺，鲁侯是若。　　　个个唯唯又诺诺，人人服帖尊鲁侯。
天锡公纯嘏，眉寿保鲁[20]。　天赐鲁侯大福禄，愿你长寿保佑鲁。
居常与许，复周公之宇[21]。　常邑许国作居室，周公旧土都恢复。
鲁侯燕喜，令妻寿母。　　　鲁侯举办庆喜宴，母亲长寿妻子善。
宜大夫庶士，邦国是有。　　大夫庶士都赴宴，国家太平民也安。
既多受祉，黄发儿齿[22]。　　感谢上苍赐福禄，黄发老人变年轻。
徂来之松，新甫之柏[23]。　　徂徕山上的松木，新甫山的大柏树。
是断是度，是寻是尺[24]，　　砍下它来仔细量，丈量粗细和短长。
松桷有舄，路寝孔硕[25]。　　松木做椽大又好，殿堂正殿多高大。
新庙奕奕，奚斯所作[26]。　　新庙建成光彩照，奚斯写下这首诗。
孔曼且硕，万民是若。　　　鸿篇巨制有文采，万民赞他功劳大。

【注释】

〔1〕閟（bì）：深闭。宗庙是供神的地方，深邃幽闭，肃穆清静，故称閟宫。侐（xù）：清静。枚枚：细密的样子。此指殿堂多种彩绘雕饰。

〔2〕回：邪僻。

〔3〕重：先种后熟的农作物。穋（lù）：后种先熟，生长期短的农作物。

〔4〕大王：太王，文王祖父古公亶父。

〔5〕届：诛灭。

〔6〕叔父：指周公旦。

〔7〕庄公之子：指鲁僖公。

〔8〕骍（xīng）：赤色。

〔9〕楅（bī）衡：牛栏。

〔10〕刚："犅"的假借字，公牛。

〔11〕毛炰（páo）：带毛烧熟的猪。胾（zì）羹：肉汤。笾豆大房：笾、豆、大房，均为古食器，形状不同。

〔12〕万舞：古代一种舞蹈名。

〔13〕尔：指鲁僖公。

〔14〕三寿：古代以九十岁为上寿，八十岁为中寿，七十岁为下寿。

〔15〕英：矛上的羽饰。縢（téng）：缠束。

〔16〕缦（qīn）：线。

〔17〕荆舒：楚国、舒国。

〔18〕绎：绎山，在今山东邹县东南。

〔19〕蛮貊（mò）：古称南方异族为蛮，北方异族为貊。

〔20〕纯嘏：大福。嘏，借为"祜"。

〔21〕常：地名。

〔22〕儿齿：指老人落牙后又新生的齿。

〔23〕徂来：即徂徕，山名。

〔24〕度：察看丈量。寻：八尺。

〔25〕桷（jué）：方形木椽子。舄（xì）：粗大。

〔26〕奚斯所作：奚斯为鲁大夫，亦名公子鱼。所作：有两说，一说指由他主持建庙，一说指作此颂诗。

商　颂

那

【题解】

这是殷商后代宋国祭祀商的始祖成汤的乐歌。诗歌极写乐器演奏盛况，兼及舞蹈祭品之美。

猗与那与，置我鞉鼓[1]。	乐队盛大真壮观！摇鼓已经架起来。
奏鼓简简，衎我烈祖[2]。	接连不断地擂鼓，娱乐功烈的先祖。
汤孙奏假，绥我思成[3]。	成汤子孙齐祷告，保佑我们开疆土。
鞉鼓渊渊，嘒嘒管声[4]。	鼓儿激越声声响，管儿清亮阵阵鸣。
既和且平，依我磬声[5]。	又协调呀又平和，鼓声管声和磬声。
於赫汤孙，穆穆厥声[6]。	显赫的商汤子孙，歌声婉转真动听。
庸鼓有斁，万舞有奕[7]。	钟鼓齐响场面大，万舞跳起声势重。
我有嘉客，亦不夷怿[8]。	来此助祭的嘉宾，个个都神采飞扬。
自古在昔，先民有作[9]。	在过去，在以前，先人勤劳把功建。
温恭朝夕，执事有恪[10]。	温和恭敬早和晚，谨慎肃穆又恭敬。
顾予烝尝，汤孙之将[11]。	神灵光临秋冬祭，奉上祭品祀成汤。

【注释】

〔1〕与：叹美词。鞉（táo）鼓：一种有柄的摇鼓。

〔2〕简简：谐和、洪大的鼓声。衎（kàn）：欢乐。

〔3〕奏假：进言祷告。绥：遗，赠予。

〔4〕渊渊：鼓声深远。嘒（huì）：清亮的管乐声。

〔5〕依我磬声：指鼓声、管声随着磬声而高下疾徐。磬，玉制打击乐器。古乐队以磬声止众乐。

〔6〕穆穆：和美的样子。

〔7〕庸：通"镛"，大钟。致（yì）：盛大。

〔8〕夷怿：喜悦。

〔9〕有作：有所作为。

〔10〕恪（kè）：恭敬。

〔11〕烝尝：祭名。冬祭日烝，秋祭日尝。将：奉献。

烈 祖

【题解】

　　关于此诗的主题，有两种说法：有人认为它是祭中宗的礼歌，有人认为它是祭成汤的诗。

嗟嗟烈祖，有秩斯祜[1]。
申锡无疆，及尔斯所[2]。
既载清酤，赉我思成[3]。
亦有和羹，既戒既平[4]。
鬷假无言，时靡有争[5]。
绥我眉寿，黄耇无疆[6]。
约軧错衡，八鸾鸧鸧[7]。
以假以享，我受命溥将[8]。
自天降康，丰年穰穰[9]。
来假来飨，降福无疆[10]。
顾予烝尝，汤孙之将。

赞叹伟大的先祖，洪福齐天无限量。
福呀一再降下来，一直降到你的居处。
摆好清酒向你敬，赐我好运兴宋邦。
还有调和的汤肴，味道齐备又适中。
默默祈祷无言语，祭祀清静无人吵。
赐我长命寿百年，满头黄发福无疆。
红毂车儿花车衡，八只铃儿响叮叮。
请神呀，敬神呀，我受天命大而长。
降下福禄和安康，年年丰收多米粮。
神光临，神来享，赐的洪福无限量。
我们祭祀神光临，汤孙祭品来献上。

【注释】

〔1〕祜：福。

〔2〕申：重复，一再。

〔3〕酤（gū）：酒。赉（lài）：赏赐。

〔4〕既戒既平：既具备五味，又味道适中。

〔5〕鬷（zōng）假：即奏假，祈祷。

〔6〕黄耇（gǒu）：指黄发老人，长寿者之称。

〔7〕约軧（qí）：用皮革缠束车毂并涂以红漆。

軧，车毂。鸧鸧（qiāng）：鸾铃声。

〔8〕假：通"格"，来到。享：祭献。溥将：广大而长远。

〔9〕穰穰（ráng）：丰盛，众多。

〔10〕来假来飨：指祖先之神来到庙中享用供品。

玄 鸟

【题解】

诗写商之始祖诞生的传说，又写成汤、武丁建国和拓疆的情况，歌颂武丁中兴的功业。

天命玄鸟，降而生商，	上天命令燕子降，燕降人世来建商，
宅殷土芒芒[1]。	殷商住地宽又广。
古帝命武汤，正域彼四方[2]。	天帝赐命给成汤，治理封国统四方。
方命厥后，奄有九有[3]。	方施号令各君长，九州之地尽归商。
商之先后，受命不殆，	殷商先君受天命，国运久长安无恙，
在武丁孙子[4]。	先君孙子是武丁。
武丁孙子，武王靡不胜。	后裔武丁是贤王，成汤大业他继承。
龙旂十乘，大糦是承[5]。	十辆马车龙旗飘，供奉酒食来祭祀。
邦畿千里，维民所止，	殷商疆域上千里，这是百姓居住地，
肇域彼四海[6]。	四海之内皆商土。
四海来假，来假祁祁[7]。	四方夷狄来朝拜，络绎不绝来又去。
景员维河[8]，殷受命咸宜，	黄河围绕在殷地。殷受天命多适合，
百禄是何[9]。	承受百福永吉祥。

【注释】

〔1〕玄鸟：燕子。

〔2〕古帝：犹天帝。万物莫始于天，故天可称古。

〔3〕方：通"旁"，广，普遍。后：君，指齐部落的首领。奄：覆盖，包括。九有："九域"之假借。

〔4〕殆：通"怠"。

〔5〕糦（chì）：酒食，祭祀用的供品。

〔6〕肇：发语词。域：有。

〔7〕假：通"格"，至。祁祁：众多。

〔8〕景员维河：殷的广大国界包括黄河。景，大。员，读为"圆"，国界称圆，因其略近圆。维，围绕，包括。河，黄河。

〔9〕百禄是何：承受天赐的百福。何，通"荷"，承受。

长 发

【题解】

这是宋君祭祀成汤及其祖先的诗，主要歌颂成汤伐桀的功业。

濬哲维商，长发其祥[1]。	商朝代代有明王，上天常常示吉祥。
洪水芒芒，禹敷下土方，	远古洪水白茫茫，大禹治水安四方。
外大国是疆，幅陨既长[2]。	拓宽夏朝的边疆，从此夏的幅员广。
有娀方将，帝立子生商[3]。	有娀氏国也壮大，上天降燕生玄王。
玄王桓拨，受小国是达，	商契威武又刚毅，受封小国令能行，
受大国是达[4]。	受封大国亦能。
率履不越，遂视既发[5]。	遵循礼制不越轨，遍加视察令尽行。
相土烈烈，海外有截[6]。	契孙相土很威武，海外同心来归附。
帝命不违，至于汤齐[7]。	天帝之命不违背，到了成汤王业成。
汤降不迟，圣敬日跻[8]。	汤王降生生逢时，圣明恭敬日上进。
昭假迟迟，上帝是祗，	无时无刻不虔诚，一心敬奉那上苍，
帝命式于九围[9]。	帝命九州齐效汤。
受小球大球，为下国缀旒[10]。	接受大法和小法，为各邦国作典范。
何天之休，不竞不绿，	承受上天的美德，不相争也不急躁，
不刚不柔[11]。	不强硬也不软弱。

敷政优优，百禄是遒^[12]。　　广施政令很宽和，百样福气聚成团。

受小共大共，为下国骏庞^[13]。　　接受大法和小法，把各邦国来庇护。

何天之龙，敷奏其勇^[14]。　　感谢老天宠幸我，大施英明和神勇。

不震不动，不戁不竦，　　不震惊也不摇动，不胆怯也不惶恐，

百禄是总^[15]。　　百般福禄都聚拢。

武王载旆，有虔秉钺^[16]。　　汤王兵车龙旗扬，手执大斧伐夏后。

如火烈烈，则莫我敢曷^[17]。　　好比烈火熊熊烧，夏后不敢把我挡。

苞有三蘖，莫遂莫达^[18]。　　一棵树干三个杈，它们不生又不长，

九有有截，韦顾既伐，　　整治九州不混乱，韦顾二国都被诛，

昆吾夏桀^[19]。　　昆吾夏桀也臣服。

昔在中叶，有震且业^[20]。　　过去中期国兴盛，建功立业神威扬。

允也天子，降于卿士，　　汤为天子多英明，天降卿士与贤臣。

实维阿衡，实左右商王^[21]。　　卿士良臣是伊尹，辅佐汤王成帝王。

【注释】

〔1〕濬：深。哲：明智。长发其祥：常常显现其吉祥。

〔2〕外大国：指夏国邦畿以外的诸夏。幅陨：即幅员。

〔3〕有娀（sōng）：古部族名，也是国名。将：壮大。立子：指立有娀之女子为商辛之妃。

〔4〕玄王：即契。是商之后世对契的追尊之称。桓：威武。拨：刚毅的意思。达：通，指通达国情。

〔5〕率履：循礼。履，借为"礼"。遂视既发：《郑笺》："乃遍省视之，教令则尽行也。"

〔6〕相土：人名，契孙。

〔7〕齐：当为"济"。济，成也。这句意为到了汤而王业成。

〔8〕跻：升，上进。

〔9〕昭假：祷告祈福。迟迟：久久不息。祗：敬。式：法，执法。九围：九州。

〔10〕球：美玉。一说大球小球，犹大法小法。缀旒（liú）：表率。

〔11〕何：通"荷"，承受。绿（qiú）：急。

〔12〕优优：宽和。遒：聚。

〔13〕共：法，一说为玉。骏庞（máng）：庇荫，庇佑。

〔14〕龙：通"笼"。敷奏：施展。奏，进，用。

〔15〕戁（nǎn）：恐惧。竦：惊惧。

〔16〕武王：指契。旆：大旗。虔：坚固。钺（yuè）：斧。

〔17〕曷：通"遏"，止。

〔18〕苞：本。指树桩。蘖：树木被砍后旁生的分枝。三蘖，喻韦、顾、昆吾三国。遂：生。达：长。

〔19〕韦：国名，在今河南省滑县东南。顾：国名，在今山东省鄄城县东北。昆吾：国名，在今河南省许昌市东。

〔20〕震：威力。

〔21〕降于："于"为"予"之讹，赐给。阿衡：商之官名，指大臣伊尹。

殷　武

【题解】

这是宋襄公赞美其父齐僖公的诗。

挞彼殷武，奋伐荆楚[1]。	殷王武丁很强大，奋威讨伐荆与楚。
罙入其阻，裒荆之旅[2]。	长驱直入险阻地，俘获很多楚国兵。
有截其所，汤孙之绪[3]。	荆楚之地被平服，商汤子孙功业成。
维女荆楚，居国南乡[4]。	楚国是锦绣之邦，在我国家的南方。
昔有成汤，自彼氐羌，	昔有先祖叫成汤，即使遥远如氐羌，
莫敢不来享，莫敢不来王，	谁敢不来进贡奉，谁敢不来朝拜王，
曰商是常[5]。	全都臣服于殷商。
天命多辟，设都于禹之绩[6]。	老天命令众诸侯，建都禹王治水处。
多事来辟，勿予祸适，	每年谨记来朝贡，我不把你们来惩罚，
稼穑匪解[7]。	农业生产不能懈。
天命降监，下民有严[8]。	天子下令去视察，百姓敬畏尤可嘉。
不僭不滥，不敢怠遑[9]。	不越礼来不嚣张，不敢懒惰和闲荡。
命于下国，封建厥福[10]。	命令颁布到各国，分封立国洪福降。
商邑翼翼，四方之极[11]。	商都繁华而有章，它是四方的榜样。
赫赫厥声，濯濯厥灵[12]。	声名显赫品德好，神灵保护多光明。
寿考且宁，以保我后生。	商王长寿又安康，保佑我们常兴旺。
陟彼景山，松柏丸丸[13]。	登上那边的大山，松树柏树直而滑。
是断是迁，方斫是虔[14]。	伐了它后运走它，根据需要裁截它。
松桷有梴，旅楹有闲，	松木做椽长又好，楣柱楹柱粗又大，
寝成孔安[15]。	寝庙建成多安宁。

【注释】

柏

〔1〕拢：行动迅疾的样子。

〔2〕罙："深"的本字，意为大道。裒（póu）：俘获。

〔3〕有截：整齐划一，一齐平服的意思。其所：指楚地。绪：王业的统绪。

〔4〕国：中国。古代称中原为中国，是华夏民族的中心地带。

〔5〕氐羌：氐族和羌族，古代边疆部族，分布在今甘肃、青海等地。常：通"尚"，服从。

〔6〕天命：天子旨意。多辟：诸侯。禹之绩：意为大禹治水所经过的九州，亦即"禹域"，泛指中国大地。绩，是"迹"的假借字。

〔7〕来辟：来朝。祸适：惩罚。

〔8〕严：畏敬。

〔9〕僭：越份，无礼。滥：过差。遑：闲暇，不做事。

〔10〕厥：其。或作语助词解。

〔11〕极：榜样。

〔12〕濯濯：光明。

〔13〕丸丸：光滑挺直的样子。

〔14〕斫（zhuó）：削。虔："削"的假借字。将木材斫削成美质的意思。

〔15〕桷（jué）：方形椽子。梴（chān）：木材长长的样子。旅楹：许多柱子。旅，众。楹，柱。有闲：犹"闲闲"，大的样子。

楚辞

离 骚

屈 原

【题解】

　　《离骚》是屈原的代表作品，是中国古代最伟大的浪漫主义抒情长诗，约作于屈原被放逐江南汨罗期间，时当楚怀王十六年（公元前313年）左右。《离骚》的题义，"离"为别离，"骚"为忧愤。本诗是诗人于再次被逐、报国无门、痛苦无诉之际，写下的一首回顾平生奋斗历程的自传性诗作，一首倾诉着少年的憧憬、青年的参与艰难改革和壮盛之年即遭迫害、放逐的抒愤之作。

　　《离骚》的情感内涵极为丰富，包括了充满希冀的理想追求及其破灭，遭受冤屈和不能容忍暗君、谗臣误国的怨愤，终于只能埋葬"美政"理想的绝望和绝望也摧折不了的宁为玉碎、不为瓦全的孤傲与自信，以及对故国故土万死不变的眷恋深情。多种情感的交织，创造出了一种既呜咽悲怆、激烈狂放，又坦然从容的浑茫气象。

帝高阳之苗裔兮，	我是高阳氏的远代子孙，
朕皇考曰伯庸[1]。	伯庸是我已去世的父亲。
摄提贞于孟陬兮，	岁星在寅那年的孟春月，
惟庚寅吾以降[2]。	我降生那天又值庚寅日。
皇览揆余初度兮，	父亲把我生辰仔细揣摩，
肇锡余以嘉名[3]：	于是赐给我相应的美名：
名余曰正则兮，	父亲给我取名叫作正则，
字余曰灵均[4]。	又选用灵均作为我的字。

【注释】

　　〔1〕高阳：古帝颛顼号。颛顼为高阳部落首领，因以为号。苗裔：远代子孙。皇：大，美，是古人习用的称颂赞美的状词。考：古人称亡父为考。伯庸：屈原父亲的表字。

　　〔2〕摄提："摄提格"的简称。古人把天宫分为十二等份，分别名之曰子、丑、寅、卯、辰、巳、午、未、申、酉、戌、亥，是为十二宫，以太岁运行的所在来纪年。当太岁运行到寅宫那一年，称"摄提格"，也就是寅年。贞：正。孟：始。陬：夏历正月的别名。夏历建寅，故正月也就是寅月。庚寅：古人以干支纪日，指正月里的一个寅日。

　　〔3〕揆：估量，测度。肇：借为"兆"，古人取名字要通过卜兆。锡：古通"赐"，

摄提贞于孟陬兮，惟庚寅吾以降。

皇览揆余初度兮，肇锡余以嘉名。

送给。

〔4〕正：平。则：法。屈原名平，字原，正则隐括"平"字义。灵：美，善。

纷吾既有此内美兮，	我天生有如此良好素质，
又重之以修能[1]。	又不断加强我后天修养。
扈江离与辟芷兮，	我肩上披着江离和芷草，
纫秋兰以为佩[2]。	秋天兰草结成佩环装饰。
汩余若将不及兮，	时光如水流我怕跟不上，
恐年岁之不吾与[3]。	岁月不等我让人心发慌。
朝搴阰之木兰兮，	沐浴晨光采集木兰于山，
夕揽洲之宿莽[4]。	到黄昏还在小洲采宿莽。
日月忽其不淹兮，	日月穿梭匆匆不能久留，
春与秋其代序[5]。	春秋交替代谢变化有常。
惟草木之零落兮，	想到草木衰败片片飘零，
恐美人之迟暮[6]。	怕美人年老啊白发如霜。

【注释】

〔1〕内美：指先天具有的良好素质。重：加上。修能：杰出的才能，这里指后天修养的德能。

〔2〕江离：香草名，生在江边。芷：香草名，白芷。白芷生在幽僻处，所以叫辟芷。纫：连缀，编织。

〔3〕汩：水流迅速的样子，喻时间过得很快。与：等待。

〔4〕搴：楚方言，拔取。阰（pí）：楚方言，大土岗子。揽：采。宿莽：楚方言，香草名，终冬不死。朝、夕是互文，言自修不息。

〔5〕淹：久留。代序：代谢，即更替轮换的意思，古"谢"与"序"通。

〔6〕惟：思。迟暮：年老的意思。

不抚壮而弃秽兮，
何不改乎此度[1]？
乘骐骥以驰骋兮，
来吾道夫先路[2]！
昔三后之纯粹兮，
固众芳之所在[3]；
杂申椒与菌桂兮，
岂维纫夫蕙茝[4]？
彼尧舜之耿介兮，
既遵道而得路[5]。
何桀纣之猖披兮，
夫唯捷径以窘步[6]。

何不趁着年盛扬弃秽政，
何不壮壮器宇改变法度。
跨上千里马纵横驰骋啊，
我在前方引导作为前驱！
古代三后德行之完美啊，
所以群贤都聚他们周围；
花椒丛中相间有菌桂啊，
怎么会只有蕙和茝贯穿？
唐尧和虞舜光明正大啊，
走治国正道路才能平坦。
为何夏桀殷纣狂乱放荡，
只因为贪捷径走投无路。

【注释】

〔1〕抚：趁着。

〔2〕来：相招之辞。道：同"导"，引。先路：前驱。

〔3〕三后：王逸《章句》："谓禹、汤、文王也。"后，君。众芳：喻群贤。

〔4〕杂：犹言"纷"，众多的意思。申：王逸《章句》："申，重也。"维：同"唯"，只。

〔5〕耿介：光明正大。道：正途，指治国的正道。

〔6〕猖披：狂乱放荡。夫：犹"彼"，代指桀纣。

乘
骐
骥
以
驰
骋
兮
，
来
吾
道
夫
先
路
。

惟夫党人之偷乐兮，
路幽昧以险隘[1]。
岂余身之惮殃兮，

那些结党小人苟安享乐，
国家前途黑暗而有险阻。
难道我害怕自己遭殃吗？

恐皇舆之败绩[2]！

忽奔走以先后兮，

及前王之踵武[3]。

荃不察余之中情兮，

反信谗而斋怒[4]。

余固知謇謇之为患兮，

忍而不能舍也[5]。

指九天以为正兮，

夫唯灵修之故也[6]！

初既与余成言兮，

后悔遁而有他[7]。

余既不难夫离别兮，

伤灵修之数化[8]。

余既滋兰之九畹兮，

又树蕙之百亩[9]。

畦留夷与揭车兮，

杂杜衡与芳芷[10]。

只担心国家会为此覆没！

前前后后奔走王车左右，

希望你能赶上先王脚步。

你不了解我的一片忠心，

反而听信谗言发怒于我。

我本知道忠言会遭祸害，

想要强忍却又忍耐不住。

让我手指苍天作为见证。

一切一切都是为君王你。

想当初我与你已有成约，

现在后悔当初又有打算。

我与你分离并不为难啊，

只是伤心你太反反复复。

我已经培植了大片芝兰，

又种有蕙草有百亩之多。

留夷和揭车一行又一行，

杜衡和芳芷套种在其间。

【注释】

〔1〕党人：指当时楚国结党营私的小人。偷乐：苟安享乐。

〔2〕惮：害怕。皇舆：帝王所乘的车，喻国家。

〔3〕武：足迹。

指九天以为正兮，夫唯灵修之故也！

余既滋兰之九畹兮，又树蕙之百亩。

〔4〕荃（quán）：香草名，亦名"荪"，喻指楚怀王。齑（jì）：急火煮食物。齑
怒：大怒。

〔5〕謇謇（jiǎn）：直言的样子。舍：止。

〔6〕九天：古说天有九层，故说九天。灵修：指楚怀王。

〔7〕成言：成约，彼此说定的话。遁：迁，改变。

〔8〕难：惮，怕。数化：屡次变化。

〔9〕滋：培植。畹（wǎn）：古代地积单位，等于三十亩。树：栽种。

〔10〕畦：《说文》："田五十亩曰畦。"这里作种植用。留夷：香草名，芍药。揭
车：香草名。杜衡：香草名，俗称马蹄香。

冀枝叶之峻茂兮，	本希望枝叶浓密又繁茂，
愿竢时乎吾将刈[1]。	等到我将其收割后储藏。
虽萎绝其亦何伤兮，	花谢草枯死绝又有何伤，
哀众芳之芜秽[2]。	最痛心是它们中途变质。
众皆竞进以贪婪兮，	大家如此贪婪争先恐后，
凭不厌乎求索[3]。	利欲熏心而又欲壑难填。
羌内恕己以量人兮，	拿着私心去猜疑别人啊，
各兴心而嫉妒[4]。	他们钩心斗角相互妒忌。
忽驰骛以追逐兮，	急于奔走钻营追求私利，
非余心之所急[5]。	这不是我心中所追求的。
老冉冉其将至兮，	只是衰老渐渐地来临啊，
恐修名之不立[6]。	担心美好名声难以树立。

【注释】

〔1〕竢：同"俟"，等待。刈：割，收获。

〔2〕萎绝：枯萎凋落，这里比喻所培养的人被摧残。芜秽：本义指田地长满杂草，这
里比喻所培养的人变节。

〔3〕众：指群小。凭：满，楚方言。厌：足。

〔4〕羌：楚方言，发语词。兴心：生心。

〔5〕驰骛：狂奔乱跑。

〔6〕冉冉：渐渐。

朝饮木兰之坠露兮，	我在早上喝春兰上露水，
夕餐秋菊之落英[1]。	晚上就用秋菊蓓蕾充饥。
苟余情其信姱以练要兮，	我只求内心真正芳洁啊，

长颛颔亦何伤[2]。

揽木根以结茝兮，

贯薜荔之落蕊[3]。

矫菌桂以纫蕙兮，

索胡绳之纚纚[4]。

謇吾法夫前修兮，

非世俗之所服[5]。

虽不周于今之人兮，

愿依彭咸之遗则[6]！

黄瘦憔悴又有什么关系。

用木兰的根来编结白芷，

再穿上薜荔带露的花蕊。

拿着菌桂嫩枝串连蕙草，

胡绳编织得是又长又美。

我向古代圣贤效法学习，

并非世间俗人所穿所戴。

我虽与现在之人不相容，

却愿依照古代彭咸遗教！

【注释】

〔1〕落英：初开的花。

〔2〕苟：只要。信：实在，确实。姱：美好。练要：精要，精诚专一。颛颔（kǎn hàn）：因饥饿而面黄瘦的样子。

〔3〕贯：同"揽"，持取。薜荔：香草名，蔓生，缘木石墙垣而生。蕊：花心。

〔4〕矫：举起。纚（xǐ）：以绳串物长而下垂的样子。

〔5〕謇：楚方言，发语词。服：用。

〔6〕周：合。遗则：留下的法则、榜样。

长太息以掩涕兮，

哀民生之多艰[1]。

余虽好修姱以鞿羁兮，

謇朝谇而夕替[2]。

既替余以蕙纕兮，

又申之以揽茝[3]。

亦余心之所善兮，

虽九死其犹未悔[4]！

怨灵修之浩荡兮，

终不察夫民心[5]。

众女嫉余之蛾眉兮，

谣诼谓余以善淫[6]。

我擦着眼泪低头长叹啊，

可怜人生道路多么艰难。

我只是爱修饰而能约束，

早上被辱骂晚上又丢官。

既毁坏我蕙草做的佩带，

又指责我爱收集蕙兰。

这是我衷心所爱的东西，

就是身死九次也不后悔。

怪就怪君王竟如此糊涂，

始终不能体察别人心情。

女人们都妒忌我的秀美，

造谣诽谤说我妖艳好淫。

【注释】

〔1〕太息：叹气。民生：即人生，作者自谓。

众女嫉余之蛾眉兮，谣诼谓余以善淫。

余虽好修姱以鞿羁兮，謇朝谇而夕替。

〔2〕修姱：修洁美好。鞿羁：束缚，此指自己约束自己。鞿（jī），马缰绳。羁，马笼头。谇（suì）：谏。替：废弃。

〔3〕蕙纕：以蕙草编缀的带子。纕，佩带。申：加上。

〔4〕九死：极言其后果严重。

〔5〕浩荡：本义是大水横流的样子，此喻怀王骄傲放纵。民心：人心。

〔6〕众女：指谗人。蛾眉：喻指美好的品德。谣诼（zhuó）：楚方言，造谣诽谤。

固时俗之工巧兮，	俗人们本来就善于取巧，
偭规矩而改错[1]。	甚至可以背离方圆规矩。
背绳墨以追曲兮，	不看墨线而又追求邪曲，
竞周容以为度[2]。	争着苟合反而算是正道。
忳郁邑余侘傺兮，	既忧愁烦闷而失意不安，
吾独穷困乎此时也[3]。	孤零潦倒而又穷困艰难。
宁溘死以流亡兮，	宁愿暴死魂散尸横野外，
余不忍为此态也[4]！	坚决不能效法媚俗取巧。
鸷鸟之不群兮，	雄鹰与那燕雀不能同群，
自前世而固然[5]。	自古以来就是这般分明。
何方圜之能周兮，	方圆如何能够相互配合，
夫孰异道而相安[6]！	异路之人岂能彼此相当！

【注释】

〔1〕偭：违背。

〔2〕绳墨：工匠用以取直的工具，这里喻法度。周容：苟合取容。

〔3〕忳（tún）：忧愁，烦闷，副词，做"郁邑"的状语。侘傺（chà chì）：楚方言，不得意的样子。

〔4〕流亡：流荡出亡，这里指死后灵魂无所归依，到处漂泊游荡。

〔5〕鸷鸟：鹰隼一类性情刚猛的鸟。

〔6〕圜：同"圆"。

屈心而抑志兮，	委曲心志强抑胸中情感，
忍尤而攘诟[1]。	忍受罪过而又遭受耻辱。
伏清白以死直兮，	保持清白死得光明正大，
固前圣之所厚[2]！	这为历代圣贤众口称道！
悔相道之不察兮，	后悔当初不曾看清前途，
延伫乎吾将反[3]。	迟疑了一阵我又将回头。
回朕车以复路兮，	掉转车头我走回原路啊，
及行迷之未远。	趁着迷途未远赶快罢休。
步余马于兰皋兮，	我打马在兰草水边行走，
驰椒丘且焉止息[4]。	跑上椒木小山暂且停留。
进不入以离尤兮，	既然进取不成反而获罪，
退将复修吾初服[5]。	那就回来重修当年旧服。

鸷鸟之不群兮，自前世而固然。

步余马于兰皋兮，驰椒丘且焉止息。

【注释】

〔1〕忍尤：忍受罪过。攘诟：遭到耻辱。攘，取。诟，耻辱。

〔2〕伏：通"服"，保持。厚：重视，嘉许。

〔3〕相：看，观察。延伫：长久站立。

〔4〕皋：水边之地，兰皋，生有兰草的水边之地。焉：于此。

〔5〕进：指进仕。离：借作"罹"，遭遇。初服：未入仕前的服饰，喻指自己原来的志趣。

制芰荷以为衣兮，	我要把菱叶裁剪成上衣，
集芙蓉以为裳[1]。	并用荷花把下裳来织就。
不吾知其亦已兮，	没有人了解我又有何妨，
苟余情其信芳[2]。	只要内心真正馥郁芳柔。
高余冠之岌岌兮，	我高耸的冠冕加得更高，
长余佩之陆离[3]。	我耀眼的佩带增得更长。
芳与泽其杂糅兮，	虽然芳洁污垢混杂一起，
唯昭质其犹未亏[4]。	只有纯洁品质不会腐朽。
忽反顾以游目兮，	我猛然回头纵目而远望，
将往观乎四荒[5]。	我将游观四面遥远地方。
佩缤纷其繁饰兮，	佩着五彩缤纷华丽装饰，
芳菲菲其弥章[6]。	散发出阵阵浓郁的清香。

【注释】

〔1〕芰（jì）：菱叶。荷：荷叶。芰荷，这里指荷叶。集：聚集。

〔2〕已：罢了，算了。信芳：真正芳洁。

〔3〕岌岌：高耸的样子。陆离：色彩光亮的样子。

〔4〕泽：汗衣，引申为污垢。昭质：光明纯洁的品质。

〔5〕游目：纵目眺望。四荒：四方极远之地。

〔6〕繁：众多。菲菲：香气浓郁。

民生各有所乐兮，	每个人有各自的爱好啊，
余独好修以为常。	我独爱好修饰习以为常。
虽体解吾犹未变兮，	即使粉身碎骨也不改变，
岂余心之可惩[1]！	难道我的心可以被压服！
女嬃之婵媛兮，	女嬃对我牵挂而又关切，

制芰荷以为衣兮，集芙蓉以为裳。

女媭之婵媛兮，申申其詈予。

申申其詈予[2]。　　　　　　　　反反复复把我训斥责备。
曰："鲧婞直以亡身兮，　　　　她说："鲧刚直且不顾性命，
终然殀乎羽之野[3]。　　　　　　结果被杀死在羽山荒野。
汝何博謇而好修兮，　　　　　　你何必太爽直爱好修饰，
纷独有此姱节[4]。　　　　　　　还独有很多美好的节操。
薋菉葹以盈室兮，　　　　　　　满屋堆的都是普通花草，
判独离而不服[5]。　　　　　　　唯你与众不同不肯佩带。

【注释】

〔1〕体解：肢解，古代一种酷刑，把人的四肢砍掉。惩：悔戒。

〔2〕女媭（xū）：楚之女巫名。婵媛：眷恋牵挂。申申：反反复复。詈：责备。

〔3〕鲧：禹的父亲。婞直：刚直。羽：羽山。

〔4〕謇：直言。姱节：美好的节操。

〔5〕薋：同"茨"，积聚的意思。菉：即王刍。葹：又叫葹耳。服：用，佩带。

众不可户说兮，　　　　　　　　众人不可以一个个说明，
孰云察余之中情[1]？　　　　　　谁会来详察我们的本心？
世并举而好朋兮，　　　　　　　世人相互吹捧成群结伙，
夫何茕独而不予听[2]？"　　　　为何你连我的话都不听？"
依前圣以节中兮，　　　　　　　遵循先圣正道节制性情，
喟凭心而历兹[3]。　　　　　　　愤懑心情至今不能平静。
济沅湘以南征兮，　　　　　　　渡过沅水湘水向南走去，

不顾难以图后兮，
五子用失乎家巷。

济沅湘以南征兮，
就重华而陈词。

就重华而陈词[4]：

"启九辩与九歌兮，
夏康娱以自纵[5]。

不顾难以图后兮，
五子用失乎家巷[6]。

我要对虞舜沉痛地陈辞：

"夏启偷得《九辩》和《九歌》啊，
沉湎寻欢作乐放纵忘情。

不居安思危预防后患，
五子因此得以酿成内乱。

【注释】

〔1〕户：一个一个地。余：犹今言"咱们"，指女媭和屈原两人。

〔2〕并举：互相吹捧。茕独：孤独的意思。无兄弟称茕，无子称独。

〔3〕节中：适中，不偏不过。凭：愤懑。兹：此。

〔4〕济：渡过。重华：舜名。

〔5〕启：夏启，禹的儿子。夏：指启，与上文启为互文。康娱：欢乐。

〔6〕不顾难：不顾后来的患难。五子：启的儿子武观。失：夫之误。乎：衍文。用夫，因而。家巷：内乱。

羿淫游以佚畋兮，
又好射夫封狐[1]。

固乱流其鲜终兮，
浞又贪夫厥家[2]。

浇身被服强圉兮，
纵欲而不忍[3]。

后羿爱好田猎纵情游乐，
特别喜欢射杀大狐狸。

本来淫乱之徒少有善终，
寒浞杀羿又霸占其娇妻。

寒浇自恃身强而有力气，
放纵情欲不肯节制自己。

日康娱而自忘兮，
厥首用夫颠陨[4]。
夏桀之常违兮，
乃遂焉而逢殃[5]。
后辛之菹醢兮，
殷宗用而不长[6]。

羿淫游以伏畋兮，又好射夫封狐。

天天寻欢作乐忘掉自身，
因此他的脑袋终于落地。
夏桀行为总是违背常理，
终究难以逃避祸乱灾殃。
纣王把忠良剁成肉酱啊，
殷朝天下因此难以久长。

【注释】

〔1〕淫、伏：都是过分的意思。畋：打猎。封狐：大狐狸。

〔2〕乱流：淫乱之流。鲜终：少有好的结局。浞：寒浞，羿宠信的相。厥：其。家：妻室。

〔3〕浇：寒浞的儿子。被服：穿戴，引申为具有、自恃。强圉：强壮多力。不忍：不能忍耐自制。

〔4〕颠陨：坠落。

〔5〕常违："违常"的倒文，违背常道。遂：终。

〔6〕后辛：即殷纣王，名辛。菹：切细的腌菜。醢（hǎi）：肉酱。菹醢，就是把人剁成肉酱。《史记·殷本纪》载：纣王醢梅伯。殷宗：殷代的宗祀，即殷王朝。

汤禹俨而祗敬兮，
周论道而莫差[1]。
举贤而授能兮，
循绳墨而不颇[2]。
皇天无私阿兮，
览民德焉错辅[3]。
夫维圣哲以茂行兮，
苟得用此下土[4]。
瞻前而顾后兮，
相观民之计极[5]。

商汤夏禹庄重严肃恭敬，
正确讲究道理还有文王。
他们都能选拔贤者能人，
遵循规矩准则不差分毫。
上天光明正大公正无私，
见有德之人就给予扶持。
只有圣哲德行高尚美好，
才能让他享有天下土地。
回顾历史啊再瞻望未来，
观察做人根本打算怎样。

夫孰非义而可用兮，　　　哪有不义的事可以去干，
孰非善而可服？　　　　　哪有不善的事应该担当？

【注释】

〔1〕汤禹：商汤，夏禹。俨：庄重严明。祗：敬畏。周：指周文王、武王。莫差：没有差错。

〔2〕颇：偏差。

〔3〕阿：袒护，徇私。错辅：措置，"错"同"措"。

〔4〕维：同"唯"，只有。茂行：美行。苟：乃，才。下土：天下。

〔5〕极：标准。这句话是说要观察人们对待衡量事物的标准。

阽余身而危死兮，　　　　我虽然面临死亡的危险，
览余初其犹未悔[1]。　　　回想初衷我毫不后悔。
不量凿而正枘兮，　　　　不度量凿眼就削正榫头，
固前修以菹醢[2]。"　　　前代贤人因此遭殃身死。"
曾歔欷余郁邑兮，　　　　我泣声不绝啊烦恼悲伤，
哀朕时之不当[3]。　　　　哀叹自己未逢美好时光。
揽茹蕙以掩涕兮，　　　　拔些柔软蕙草擦擦眼泪，
沾余襟之浪浪[4]。　　　　热泪滚滚沾湿我的衣裳。
跪敷衽以陈辞兮，　　　　衣襟铺地跪着慢吐衷肠，
耿吾既得此中正[5]。　　　我已求得正道心里亮堂。
驷玉虬以乘鹥兮，　　　　驾驭四条玉虬乘着凤车，
溘埃风余上征[6]。　　　　飘忽离开尘世飞到天上。
朝发轫于苍梧兮，　　　　早晨开始启程离开苍梧，
夕余至乎县圃[7]。　　　　傍晚就到达了昆仑山上。
欲少留此灵琐兮，　　　　我本想在灵琐停留片刻，
日忽忽其将暮[8]。　　　　夕阳西下已经暮色苍茫。
吾令羲和弭节兮，　　　　我命令羲和停鞭慢行啊，
望崦嵫而勿迫[9]。　　　　莫叫太阳迫近崦嵫山旁。
路曼曼其修远兮，　　　　前面的道路啊漫长遥远，
吾将上下而求索[10]。　　　我将上上下下追求理想。

【注释】

〔1〕阽（diàn）：接近危险的意思。

饮余马于咸池兮，
总余辔乎扶桑。

驷玉虬以乘鹥兮，
溘埃风余上征。

〔2〕凿：安柄的孔。枘：木柄。

〔3〕曾：同"增"，屡次。歔欷：哀泣声。时之不当：生不逢时。

〔4〕茹：柔软。浪浪：水流不止的样子，此指泪水滚滚不断。

〔5〕敷：铺开。衽：衣襟。中正：不偏邪之正道。

〔6〕虬：无角的龙。鹥（yī）：传说中凤一类的鸟。溘：迅速。

〔7〕发轫：出发。轫，延车轮的横木。县圃：神话中山名，在昆仑山顶。县，古"悬"字。

〔8〕灵琐：神灵居处的门，指县圃。

〔9〕羲和：神话中太阳的驾车人。弭节：停车不进。崦嵫：神话中日落之处。

〔10〕曼曼：同"漫漫"，遥远绵长的样子。

饮余马于咸池兮，
总余辔乎扶桑[1]。
折若木以拂日兮，
聊逍遥以相羊[2]。
前望舒使先驱兮，
后飞廉使奔属[3]。
鸾皇为余先戒兮，
雷师告余以未具[4]。
吾令凤鸟飞腾兮，
继之以日夜。

让我的马痛饮咸池琼浆，
把马缰绳拴在扶桑树上。
折下若木枝来挡住太阳，
暂且自在地散步而闲逛。
叫望舒在前方作为先驱，
让飞廉在后面紧紧跟上。
鸾鸟凤凰为我在前戒备，
雷师却说还没安排停当。
我命令凤凰展翅飞腾啊，
夜以继日不停飞翔兼程。

飘风屯其相离兮，
帅云霓而来御[5]。

旋风结聚起来互相靠拢，
它率领着云霓将我恭迎。

前望舒使先驱兮，后飞廉使奔属。
鸾皇为余先戒兮，雷师告余以未具。

【注释】

〔1〕咸池：神话中池名，太阳洗浴的地方。总：系结。扶桑：神话中树名。

〔2〕若木：神话中树名，在昆仑山西极，太阳所入之处。拂日：蔽日，遮住日光。相羊：同"徜徉"，即徘徊。

〔3〕望舒：神话中月神的驾车人。飞廉：风伯，风神。奔属：奔跑跟随。

〔4〕先戒：先行警戒。未具：行装未准备齐全。

〔5〕飘风：旋风。屯：聚。离：读作"丽"，依附，附着。御：读作"迓"，迎接。

纷总总其离合兮，
斑陆离其上下[1]。
吾令帝阍开关兮，
倚闾阖而望予[2]。
时暧暧其将罢兮，
结幽兰而延伫[3]。
世混浊而不分兮，
好蔽美而嫉妒。
朝吾将济于白水兮，
登阆风而绁马[4]。
忽反顾以流涕兮，
哀高丘之无女。

云霓越聚越多忽离忽合，
五光十色上下变化万千。
我叫上帝守卫打开天门，
他却倚靠天门把我呆望。
日色渐渐昏暗时间已晚，
我纽结着幽兰久久站立。
这个世界混浊善恶不分，
喜欢嫉妒别人抹煞所长。
清晨我将要渡过白水河，
登上阆风山把马儿系着。
忽然回头眺望不禁泪下，
伤心高丘竟然没有美女。

【注释】

〔1〕总总：聚集的样子。离合：忽聚忽散，乍离乍合。陆离：五光十色。

朝吾将济于白水兮，登阆风而缫马。

吾令帝阍开关兮，倚阊阖而望予。

〔2〕帝阍：替天帝守门的神。关：门闩，这里代指门。阊阖：天门，楚人称门为阊阖。

〔3〕暧暧：昏暗的样子。罢：尽，一天将尽。延伫：久立。

〔4〕白水：神话中水名，源于昆仑山，饮后不死。阆风：神话中山名，在昆仑山上。

溘吾游此春宫兮，	我飘忽地来到春宫一游，
折琼枝以继佩[1]。	折下玉树枝条增添佩饰。
及荣华之未落兮，	趁琼枝上花朵还未凋零，
相下女之可诒[2]。	到下界寻可馈赠之美女。
吾令丰隆乘云兮，	我命令云师把云车驾起，
求宓妃之所在[3]。	去寻找宓妃在何处居住。
解佩纕以结言兮，	解下佩带束好求婚书信，
吾令蹇修以为理[4]。	我请蹇修前去做我媒人。
纷总总其离合兮，	云霓纷纷簇集忽离忽合，
忽纬𬘓其难迁[5]。	很快知道事情乖戾难成。
夕归次于穷石兮，	晚上宓妃回到穷石住宿，
朝濯发乎洧盘[6]。	清晨来到洧盘洗濯头发。

【注释】

〔1〕春宫：东方青帝所居之宫。琼枝：玉树枝。继佩：增添佩饰。

〔2〕荣华：花。草本花称荣，木本称华。下女：下界的美女。诒：通"贻"，赠送。

吾令丰隆乘云兮，
求宓妃之所在。
解佩纕以结言兮，
吾令蹇修以为理。

溘吾游此春官兮，
折琼枝以继佩。
及荣华之未落兮，
相下女之可诒。

〔3〕丰隆：神话中的人物。云神。一说雷神。宓（fú）妃：相传为伏羲氏之女，溺死于洛水，遂成为洛水女神。

〔4〕佩纕：佩带。结言：订盟约。蹇修：王逸《章句》："伏羲氏之臣也。"恐非。当也如下文的"灵氛""巫咸"一样，是作者虚拟的人物。

〔5〕纬𬘡（huà）：乖戾。难迁：难以改变。

〔6〕次：停留，住宿。穷石：神话中山名，相传为后羿所居之处。这句是说宓妃与后羿淫乱。濯：洗涤。洧（wěi）盘：神话中水名，源于崦嵫山。

保厥美以骄傲兮，	宓妃仗着貌美骄傲自大，
日康娱以淫游。	成天在外放荡寻欢作乐。
虽信美而无礼兮，	她虽然美丽但太无礼节，
来违弃而改求[1]。	算了吧放弃她另外寻找。
览相观于四极兮，	我在天上观察四方八极，
周流乎天余乃下。	周游一遍后我从天而降。
望瑶台之偃蹇兮，	遥望华丽巍峨的玉台啊，
见有娀之佚女[2]。	看见台上有娀氏的美女。
吾令鸩为媒兮，	我请鸩鸟前去帮我做媒，
鸩告余以不好[3]。	鸩鸟撒谎说那美女不好。
雄鸩之鸣逝兮，	雄鸩叫唤着飞去说媒啊，
余犹恶其佻巧[4]。	我又讨厌它的诡诈轻佻。

【注释】

〔1〕改求：另求其他女子。

〔2〕偃蹇：高耸的样子。有娀：传说中的一个部落名。佚女：美女。传说有娀氏有两个女儿，很美，住在瑶台上，其中一个名叫简狄，后来嫁给帝喾，生契。

〔3〕鸩：鸟名，羽有毒，置于酒中，饮之致人死命。

〔4〕佻巧：轻佻不实。

心犹豫而狐疑兮，	我心中犹豫而疑惑不定，
欲自适而不可[1]。	想自己去吧又不合礼貌。
凤皇既受诒兮，	凤凰已接受托付的聘礼，
恐高辛之先我[2]。	恐怕高辛赶在我前面了。
欲远集而无所止兮，	想到远方去又无处安居，
聊浮游以逍遥[3]。	只好四处游荡流浪逍遥。
及少康之未家兮，	趁着少康还未结婚成家，
留有虞之二姚[4]。	还留着有虞国两位阿娇。
理弱而媒拙兮，	媒人无能没有伶牙俐齿，
恐导言之不固[5]。	恐怕不能传达我的深情。
世混浊而嫉贤兮，	世间混乱污浊嫉贤妒能，
好蔽美而称恶。	喜欢隐人善处扬人恶声。

【注释】

〔1〕犹豫而狐疑：疑惑不决。自适：自往。

〔2〕凤皇：指玄鸟。相传简狄吃了玄鸟的卵而生契。受诒（yí）：受帝喾的委托。高辛：帝喾的别号。

〔3〕远集：到远方去栖息。

〔4〕少康：夏代中兴的国君。有虞：传说中上古国名，舜的后裔，姚姓。二姚：有虞国君的两个女儿。传说少康亡命有虞国时，有虞国君把两个女儿嫁给了他。后来少康灭浇，恢复了夏的政权。

〔5〕导言：指媒人传达双方的话。

闺中既以邃远兮，	闺中美女既然难以接近，
哲王又不寤[1]。	贤智君王又长睡不觉醒。
怀朕情而不发兮，	满腔忠贞激情无处倾诉，
余焉能忍与此终古[2]！	我怎么能忍耐了此一生！
索藑茅以筳篿兮，	我找来了灵草和细竹片，

索藑茅以筳篿兮，命灵氛为余占之。

望瑶台之偃蹇兮，见有娀之佚女。

命灵氛为余占之[3]。 请求神巫灵氛为我占卜。

曰："两美其必合兮， "听说双方美好必将结合，

孰信修而慕之[4]？ 看谁真正好修必然爱慕。

思九州之博大兮， 想到天下多么辽阔广大，

岂唯是其有女？" 难道只在这里才有娇女？"

曰："勉远逝而无狐疑兮， "劝你远走高飞不要迟疑，

孰求美而释女？ 谁寻求美人会把你放弃？

【注释】

〔1〕邈：远。哲王：贤智的君王，指楚怀王。寤：醒悟。

〔2〕终古：永远。

〔3〕藑（qióng）茅：一种可用于占卜的草。筳（tíng）：小竹片。篿（zhuān）：用草和竹片占卦。灵氛：屈原虚拟的巫名。

〔4〕两美：双方美好。信修：确实美好。

何所独无芳草兮， 世间什么地方没有芳草，

尔何怀乎故宇[1]？ 你又何必苦苦怀恋故地？

世幽昧以眩曜兮， 世道黑暗使人眼光迷乱，

孰云察余之善恶[2]？ 谁又能够了解我们底细？

民好恶其不同兮， 天下人们固然各有所爱，

惟此党人其独异[3]。 只是这里小人更加古怪。

户服艾以盈要兮， 人人都把艾草挂满腰间，

谓幽兰其不可佩^[4]。 反而说幽兰不可以佩带。
览察草木其犹未得兮， 对草木好坏还分辨不清，
岂珵美之能当^[5]？ 怎么能够正确评价玉器？
苏粪壤以充帏兮， 用粪土塞满自己的香袋，
谓申椒其不芳^[6]。" 反说佩的申椒没有香气。"

【注释】

〔1〕故宇：故居，这里指楚国。

〔2〕眩曜：眼光迷乱。

〔3〕民：人。

〔4〕艾：白蒿。要：古"腰"字。

〔5〕珵（chéng）：美玉。当：估价。

〔6〕苏：取。帏：香袋。

欲从灵氛之吉占兮， 想听从灵氛占卜的吉卦，
心犹豫而狐疑。 心里犹豫迟疑忐忑不定。
巫咸将夕降兮， 听说巫咸今晚将要降神，
怀椒糈而要之^[1]。 我带着花椒精米邀请他。
百神翳其备降兮， 诸神遮天蔽日齐降共临，
九疑缤其并迎^[2]。 九疑山的众神纷纷相迎。
皇剡剡其扬灵兮， 他们灵光闪闪显示神灵，
告余以吉故^[3]。 巫咸又告诉我不少佳话。
曰："勉升降以上下兮， 他说："应该努力上天下地，
求矩矱之所同^[4]。 按照天度寻求意气同道。
汤禹严而求合兮， 汤禹严格而且虚心求贤，
挚咎繇而能调^[5]。 伊尹皋陶君臣能够协调。

【注释】

〔1〕巫咸：屈原虚拟的巫名。怀：揣在怀里。糈（xǔ）：精米。这里椒、糈都是享神的用物。

〔2〕翳（yì）：遮蔽。

〔3〕皇：同"煌"，光明。剡剡（yǎn）：闪闪发光的样子。吉故：过去的吉祥事。

〔4〕矩：量方的工具。矱（yuē）：量长度的工具。矩矱，喻指法度。

〔5〕求合：寻求志同道合的人。挚：即伊尹，名挚，汤之贤臣。咎繇：即皋陶，

354

说操筑于傅岩兮，武丁用而不疑。

百神翳其备降兮，九疑缤其并迎。

禹之贤臣。

苟中情其好修兮，	只要内心善良爱好修洁，
又何必用夫行媒？	又何必一定要媒人介绍？
说操筑于傅岩兮，	傅说拿木杵在傅岩筑墙，
武丁用而不疑[1]。	武丁重用他也毫不动摇。
吕望之鼓刀兮，	姜太公曾经摆弄过屠刀，
遭周文而得举[2]。	遇到周文王就不再潦倒。
宁戚之讴歌兮，	宁戚喂牛敲着牛角歌唱，
齐桓闻以该辅[3]。	齐桓公听出抱负任大夫。
及年岁之未晏兮，	趁现在年轻还未衰老啊，
时亦犹其未央[4]。	施展才能还有大好时光。
恐鹈鴂之先鸣兮，	当心杜鹃鸟叫得太早啊，
使夫百草为之不芳[5]。"	使得百草因此芳尽香消。"

【注释】

〔1〕说：即傅说，殷高宗时贤臣。筑：打墙捣土用的木杵。武丁：殷高宗名。

〔2〕吕望：即太公姜尚。鼓刀：鸣刀，钢（gàng）刀。周文：即周文王姬昌。

〔3〕宁戚：春秋卫国人。齐桓：齐桓公。

〔4〕晏：晚。犹其：当作"其犹"。未央：未尽。

恐鹈鴂之先鸣兮，使夫百草为之不芳。

宁戚之讴歌兮，齐桓闻以该辅。

〔5〕鹈鴂：鸟名，杜鹃。不芳：香气消散。

何琼佩之偃蹇兮，
众薆然而蔽之[1]。
惟此党人之不谅兮，
恐嫉妒而折之[2]。
时缤纷其变易兮，
又何可以淹留。
兰芷变而不芳兮，
荃蕙化而为茅。
何昔日之芳草兮，
今直为此萧艾也[3]？
岂其有他故兮，
莫好修之害也。

为什么美好出众的琼佩，
人们却要掩盖它的光辉。
想到这些小人不讲信义，
恐怕出于嫉妒把它摧毁。
时世纷乱而世态易变啊，
我怎能在这里久久流连。
兰草和芷草失掉了芬芳，
荃草和蕙草也变成茅莠。
为什么往日的香花芳草，
今天全都成为荒蒿野艾？
难道还有什么别的理由，
不爱好修洁造成的祸害。

【注释】

〔1〕琼佩：玉佩。偃蹇：高耸的样子。众：指党人。薆：遮蔽。

〔2〕谅：诚信。恐：读作"共"。

〔3〕萧艾：萧和艾，都是草名。

余以兰为可恃兮，	我还以为兰草最可依靠，
羌无实而容长[1]。	谁知华而不实虚有其表。
委厥美以从俗兮，	兰草抛弃美质随从时俗，
苟得列乎众芳。	勉强名列众芳辱没香草。
椒专佞以慢慆兮，	花椒专横谄媚十分傲慢，
樧又欲充夫佩帏[2]。	茱萸想进香袋冒充香草。
既干进而务入兮，	既然贪图攀缘热心钻营，
又何芳之能祗[3]。	又有什么香草重吐芳馨。
固时俗之流从兮，	本来世态习俗随波逐流，
又孰能无变化？	又还有谁能够意志坚定？
览椒兰其若兹兮，	看香椒兰草也竟然如此，
又况揭车与江离。	何况揭车江离能不变心。

【注释】

〔1〕羌：发语词。容长：外表好看。

〔2〕椒：喻指当时有才而变节的人。专佞：专横谄谀。慢慆：傲慢狂妄。樧（shā）：茱萸一类的草，外形像椒而不香。

〔3〕干进而务入：钻营求进。干，求。祗：振。

惟兹佩之可贵兮，	只有我的佩饰可珍可贵，
委厥美而历兹。	守美质咏美德直到如今。
芳菲菲而难亏兮，	浓郁的香气难以消散啊，
芬至今犹未沬[1]。	至今芳馨还是沁人心脾。
和调度以自娱兮，	我调度和谐又自我欢娱，
聊浮游而求女[2]。	姑且飘游四方寻求美女。
及余饰之方壮兮，	趁着我的佩饰还很盛美，
周流观乎上下[3]。	到天地四方去周游观访。
灵氛既告余以吉占兮，	灵氛已告诉我占得吉卦，
历吉日乎吾将行[4]。	选个好日子我出走远方。
折琼枝以为羞兮，	折下玉树枝叶作为肉脯，
精琼爢以为粻[5]。	我把美玉捣碎作为干粮。

【注释】

〔1〕沬：泯灭，消散。

〔2〕和：节奏和谐。调：行走时佩饰发出的铿锵声。度：行走时步伐从容整齐样。

〔3〕方壮：正盛。

〔4〕历：选择。

〔5〕羞：肉脯，指精美的菜肴。精：捣碎。琼麋（mí）：玉屑。粻（zhāng）：粮。

为余驾飞龙兮， 杂瑶象以为车[1]。	给我驾车啊用飞龙为马， 车上装饰着美玉和象牙。
何离心之可同兮， 吾将远逝以自疏。	彼此不同心如何在一起， 我将去远游主动离开他。
遭吾道夫昆仑兮， 路修远以周流[2]。	我把行程转向西方昆仑， 路途遥遥继续周游观察。
扬云霓之晻蔼兮， 鸣玉鸾之啾啾[3]。	云霞虹霓飞扬遮天蔽日， 车上玉铃错杂铿锵和鸣。
朝发轫于天津兮， 夕余至乎西极[4]。	清晨从天河的渡口出发， 傍晚到达了西天的尽头。
凤皇翼其承旗兮， 高翱翔之翼翼[5]。	凤凰展翅承托着旌旗啊， 高飞在天上多和谐自由。

【注释】

〔1〕象：象牙。

〔2〕遭（zhān）：转，楚方言。

折琼枝以为羞兮，精琼麋以为粻。

为余驾飞龙兮，杂瑶象以为车。

〔3〕晻蔼：日光被遮蔽而昏暗的样子。玉鸾：玉铃，形如鸾鸟。啾啾：铃声。

〔4〕天津：银河。西极：西方的尽头。

〔5〕承：举。旗：画有蛟龙的旗。翼翼：整齐的样子。

忽吾行此流沙兮，	忽然我来到这流沙地段，
遵赤水而容与[1]。	沿着赤水从容缓缓行进。
麾蛟龙使梁津兮，	指挥蛟龙在渡口上架桥，
诏西皇使涉予[2]。	命令西皇将我渡过河流。
路修远以多艰兮，	行程多么遥远天路艰险，
腾众车使径待[3]。	我传令众车等待在路旁。
路不周以左转兮，	经过不周山向左转去啊，
指西海以为期[4]。	浩瀚的西海才是目的地。
屯余车其千乘兮，	我再把成千辆车子聚集，
齐玉轪而并驰[5]。	对齐玉轮转动并驾齐驱。
驾八龙之蜿蜿兮，	驾车的八龙蜿蜒地前进，
载云旗之委蛇[6]。	载着云霓旗帜随风卷曲。

【注释】

〔1〕流沙：沙漠。容与：从容不迫的样子。

〔2〕麾：指挥。梁：作动词用，架桥。西皇：古帝王少皞氏。

〔3〕腾：传令。待：当作"侍"。

〔4〕路：经过。不周：不周山，神话中山名，在昆仑西北，山有缺口，故称不周。西海：传说中西方极远处的海。期：目的地。

〔5〕屯：聚。玉轪（dài）：车毂端的帽盖。

〔6〕蜿蜿：一曲一伸的样子。载：插在车上。委蛇：迎风舒展的样子。

驾八龙之蜿蜿兮，载云旗之委蛇。奏《九歌》而舞《韶》兮，聊假日以媮乐。

抑志而弭节兮,
神高驰之邈邈[1]。
奏《九歌》而舞《韶》兮,
聊假日以媮乐[2]。
陟升皇之赫戏兮,
忽临睨夫旧乡[3]。
仆夫悲余马怀兮,
蜷局顾而不行[4]。
乱曰:"已矣哉!
国无人莫我知兮,
又何怀乎故都[5]?
既莫足与为美政兮,
吾将从彭咸之所居[6]!"

定下心来啊慢慢地前行,
难控制飞得远远的思绪。
演奏着《九歌》跳起《韶》舞啊,
且借大好时光及时行乐。
刚刚登上灿烂的天国啊,
忽然看见我生长的故乡。
我的仆从悲伤马也怀念,
退缩回头不肯走向前方。
尾声:"算了吧!
国内既然没人理解我啊,
又何必对故乡恋恋不舍?
既然没人能与我推行美政,
我将要独自去追随彭咸!"

陟升皇之赫戏兮,忽临睨夫旧乡。

【注释】

〔1〕志:心。弭节:停车。邈邈:遥远的样子。

〔2〕韶:即九韶,传说为舜时的舞乐。假日:借此机会。媮:同"愉"。

〔3〕陟升:登上。皇:太阳。赫戏:光明的样子。睨(nì):旁视。

〔4〕马怀:马伤心。蜷:卷曲不伸。

〔5〕乱:乐曲的卒章称乱,也就是尾声的意思。无人:指无贤人。故都:国都。

〔6〕美政:指屈原的政治理想和主张。从彭咸之所居:即从彭咸于地下的意思。

九　歌

屈　原

【题解】

　　这是一首"情致缥缈""玲珑剔透"的祀神乐歌，其名传自夏代，传说是夏启从天帝那儿偷来的"天乐"，实际上可能是夏王朝祭祀天地诸神的祭歌，夏王朝覆亡后，它便失去了王朝礼典用乐的地位。在沅湘民间流传中，这首乐歌既保存了原先祭祀的部分内容，又掺入了民间祭祀的基本内容，形成了其"非典非俗"的特点。屈原被放逐到沅湘一带，可能参加过民间的这类祭祀活动，并因原先的祭祀歌过于"鄙陋"，特为重新改写，这便是现在的楚辞《九歌》。

　　从《九歌》的内容和形式看，似已具赛神歌舞剧的雏形。《九歌》中扮神的巫、觋，在宗教仪式、人神关系的纱幕下，表演着人世间男女恋爱的话剧。这种男女感情的抒发，是很复杂曲折的：有思慕，有猜疑，有欢乐，有悲痛，有哀思。

　　这些鬼神的形象是很美的，有强烈的艺术魅力。作者同神站在平等的地位上，自由而真挚地描写他们的恋爱生活，表现他们美好的内心，丰富的感情以及像人一样的喜怒哀乐。因此，作品充满了浪漫主义的气息，优美丰富的想象，庄严富丽、曲折哀婉的情调，五彩缤纷的画面，活泼流畅的节奏，语言精美，韵味隽永，有一种深切感人的力量。

东皇太一

【题解】

　　这是楚人祭祀天神中最尊贵的神即东皇太一的祭歌。

吉日兮辰良，	吉祥日子好时光，
穆将愉兮上皇[1]。	恭恭敬敬祭上皇。
抚长剑兮玉珥，	玉镶宝剑手按抚，
璆锵鸣兮琳琅[2]。	全身佩玉响叮当。

【注释】

〔1〕上皇：指东皇太一。

〔2〕珥：耳饰，此指古代剑柄的顶端部分，又称剑镡、剑鼻子。璆锵（qiú qiāng）：佩玉撞击的声音。

瑶席兮玉瑱，	瑶席四角玉镇压，
盍将把兮琼芳[1]。	鲜花供在神座旁。
蕙肴蒸兮兰藉，	献上祭肉兰蕙垫，
奠桂酒兮椒浆[2]。	献上桂酒椒子汤。
扬枹兮拊鼓，	高举鼓槌猛击鼓，
疏缓节兮安歌，	轻歌曼舞节拍疏，
陈竽瑟兮浩倡[3]。	吹竽鼓瑟歌声扬。
灵偃蹇兮姣服，	华服巫女翩跹舞，
芳菲菲兮满堂[4]。	芳香馥郁飘满堂。
五音纷兮繁会，	五音交鸣齐奏乐，
君欣欣兮乐康[5]。	东皇太一喜洋洋。

【注释】

〔1〕瑶：美玉名，这里形容坐席质地精美。一说"蓄"的假借字，香草名，"蓄席"，用蓄草编织的坐席。盍（hé）：发语词。将：举。

〔2〕肴蒸：祭祀用的肉。藉：衬垫。

〔3〕枹（fú）：鼓槌。拊：击。安歌：安详地歌唱。陈：列。瑟：琴类弹奏乐器，有二十五弦。浩倡：大声唱。倡，同"唱"。

〔4〕灵：楚辞中"灵"或指神，或指巫。偃蹇（yǎn jiǎn）：舞貌，谓舞姿袅娜。

〔5〕五音：指宫、商、角、徵、羽五种音阶。繁会：音调繁多，交响合奏。

东皇太一

云中君

【题解】

这是祭祀云神的乐歌。

浴兰汤兮沐芳，	沐浴兰汤满身香，
华采衣兮若英[1]。	穿上华丽花衣裳。
灵连蜷兮既留，	喜看云神停云端，
烂昭昭兮未央[2]。	神光灿烂正盛旺。
謇将憺兮寿宫，	安居云间之殿堂，
与日月兮齐光[3]。	可与日月争光芒。
龙驾兮帝服，	驾龙车穿五彩衣，
聊翱游兮周章[4]。	天上翱翔游四方。
灵皇皇兮既降，	神光闪闪从天降，
猋远举兮云中[5]。	忽又疾飞返云端。
览冀州兮有余，	高瞻远瞩超九州，
横四海兮焉穷[6]。	恩泽四海功无量。
思夫君兮太息[7]，	思念神君声叹息，
极劳心兮忡忡。	忧心忡忡黯神伤。

【注释】

〔1〕华采：彩色华丽。若英：像花朵一样。

〔2〕灵：指云中君。连蜷（quán）：回环的样子。烂昭昭：光明灿烂的样子。

〔3〕謇（jiǎn）：发语词。憺（dàn）：安。

〔4〕龙驾：龙车。此指驾龙车。帝服：指五方帝之服，言服有青黄赤白黑之五彩。周章：王逸《楚辞章句》，犹周流也。言云神居无常处，动则翱翔，周流往来且游戏也。

〔5〕皇皇：同"煌煌"，光明灿烂的样子。降：指云神降落到人间。猋（biāo）：疾

云中君

速。举：高飞。

〔6〕览：看。冀州：古代中国分为冀、兖、青、徐、扬、荆、豫、梁、雍九州，冀州为九州之首，因以代指全中国。

〔7〕君：指云中君。

湘 君

【题解】

《湘君》与下篇《湘夫人》同是祭祀湘水神的乐歌。

君不行兮夷犹，
謇谁留兮中洲[1]？
美要眇兮宜修，
沛吾乘兮桂舟[2]。
令沅湘兮无波，
使江水兮安流[3]。
望夫君兮未来，
吹参差兮谁思[4]？

湘君你犹豫不前为哪桩？
谁把你留在洲中使我想？
修饰好美丽容貌来接你，
我乘上桂木龙舟快启航。
我不准沅江湘江兴风浪，
令长江平平静静向前淌。
盼望你啊为什么总不来，
吹参差啊你说我把谁想？

湘君、湘夫人

【注释】

〔1〕君：湘君。夷犹：犹豫不前的样子。謇：发语词。中洲：水中小块陆地。

〔2〕要眇（yào miǎo）：美好貌。宜修：修饰打扮恰到好处。沛：水势大而急的样子，这里指船行疾速。吾：湘夫人自指。

〔3〕江水：指长江。

〔4〕参差（cēn cī）：即排箫，相传为舜造，其状如凤翼之参差不齐，故名参差。

驾飞龙兮北征，　　　　　　　我驾着飞快龙舟往北行，
遭吾道兮洞庭[1]。　　　　　　我掉转船头又驶向洞庭。
薜荔柏兮蕙绸，　　　　　　　薜荔饰船舱蕙草饰幕帐，
荪桡兮兰旌[2]。　　　　　　　兰草饰旌旗荪草饰船桨。
望涔阳兮极浦，　　　　　　　眺望涔阳浦口遥远地方，
横大江兮扬灵[3]。　　　　　　飞舟横渡大江神采飞扬。
扬灵兮未极，　　　　　　　　心盼望神远驰永无尽头，
女婵媛兮为余太息[4]。　　　　妹妹声声叹息为我悲伤。
横流涕兮潺湲，　　　　　　　止不住滚滚热泪腮边淌，
隐思君兮陫侧[5]。　　　　　　暗暗地思念你啊愁断肠。

【注释】

〔1〕遭（zhān）：转弯。

〔2〕薜荔（bì lì）：一种蔓生的常绿灌木。绸：帐子。蕙绸，用香蕙织成的帐子。荪：香草名。桡（náo）：船桨。荪桡，用香荪装饰船桨。兰旌：用香兰装饰旗帜。

〔3〕涔（cén）阳：地名，在涔水北岸，今湖南省澧县有涔阳浦。极浦：遥远的水边。扬灵：指扬帆前进。

〔4〕极：终极，引申为到达。婵媛（chán yuán）：心内牵挂，十分关心的样子。

〔5〕潺湲（chán yuán）：水不停流动的样子，这里形容流泪之貌。隐：痛。陫侧（fěi cè）：忧思伤心的样子。

桂櫂兮兰枻，　　　　　　　　桂木的桨啊木兰做的舵，
斫冰兮积雪[1]。　　　　　　　激起层层浪花向前飞驰。
采薜荔兮水中，　　　　　　　迎湘君好像水中采薜荔，
搴芙蓉兮木末[2]！　　　　　　又好比上树梢攀摘荷花！
心不同兮媒劳，　　　　　　　两人啊心儿不同媒徒劳，
恩不甚兮轻绝[3]！　　　　　　彼此间恩爱不深易轻抛！
石濑兮浅浅，　　　　　　　　沙石间的流水啊浅又浅，
飞龙兮翩翩[4]。　　　　　　　水上行驶的龙舟快如飞。
交不忠兮怨长，　　　　　　　相交不忠贞怨恨必然深，
期不信兮告余以不闲[5]。　　　不守时失约还说没空闲。
朝骋骛兮江皋，　　　　　　　清晨我奔波江岸不辞劳，
夕弭节兮北渚[6]。　　　　　　傍晚啊停宿小岛心烦躁。

鸟次兮屋上，	一群小鸟栖息在屋檐下，
水周兮堂下[7]。	淙淙流水环绕在台阶前。
捐余玦兮江中，	我要把玉佩抛到江里去，
遗余佩兮醴浦[8]。	我要把琼琚丢在澧水旁。
采芳洲兮杜若，	我采摘香花香草香岛上，
将以遗兮下女[9]。	要送给我身旁的好姑娘。
时不可兮再得，	良辰美景从此一去不返，
聊逍遥兮容与[10]。	我且自由自在漫步散心。

【注释】

〔1〕櫂（zhào）：同"棹"，船桨。兰：木兰。枻（yì）：船舵。斫（zhuó）：凿。斫冰积雪，言船破浪飞驰，激起的浪花如堆堆积雪。

〔2〕搴（qiān）：拔。木末：树梢。薜荔长于陆地，芙蓉生在水中，采薜荔于水中，搴芙蓉于木末，犹缘木求鱼，必然一无所得，比喻求爱的困难。

〔3〕媒劳：媒人徒劳无用。恩不甚：指男女双方感情不深。

〔4〕石濑（lài）：沙石间的流水。

〔5〕交不忠：交朋友却不忠诚。怨长：产生的怨恨多。期：约会。

〔6〕骋骛（chěng wù）：急速奔走。江皋（gāo）：江边高地。弭（mǐ）节：指停车。弭：止。节：指行车之节度。北渚（zhǔ）：江北的小洲。

〔7〕次：栖宿。

〔8〕捐：抛弃。玦（jué）：圆形而有缺口的佩玉。玦与"决"同音，有表示决断、决绝之义。遗：抛弃。醴：同"澧"，即澧水，在今湖南省，流入洞庭湖。

〔9〕杜若：香草名。遗（wèi）：赠送。下女：指湘君的侍女。捐玦遗佩，是为了表示决绝，但爱情难断，故又采杜若以寄情。不直接说送给湘君，而说送给下女，是为了表示对湘君的尊敬。

〔10〕容与：缓慢不前的样子。

湘夫人

【题解】

《湘夫人》以湘君的口气表现这位湘水男神对湘夫人的怀恋，表现了他对爱情的忠贞。

帝子降兮北渚，	湘夫人降临北洲，
目眇眇兮愁予[1]。	望眼欲穿心忧伤。
嫋嫋兮秋风，	秋风轻轻天气凉，
洞庭波兮木叶下[2]。	洞庭波漾叶枯落。
登白薠兮骋望，	踩着白薠目远望，
与佳期兮夕张[3]。	约会就在今晚上。
鸟何萃兮蘋中？	为何山鸟聚水草？
罾何为兮木上[4]？	为何渔网挂树梢？
沅有茝兮醴有兰，	沅有芷草澧有兰，
思公子兮未敢言[5]。	心想夫人口难开。
荒忽兮远望，	神思迷惘向远望，
观流水兮潺湲[6]。	只见流水慢慢淌。
麋何食兮庭中？	为何麋鹿院寻食？
蛟何为兮水裔[7]？	为何蛟龙戏河岸？
朝驰余马兮江皋，	清晨打马何江边，
夕济兮西澨[8]。	傍晚渡到江西岸。
闻佳人兮召予，	听说夫人来相召，
将腾驾兮偕逝[9]。	我将驾车同前往。

【注释】

〔1〕帝子：湘君称湘夫人之词，因为湘夫人是帝尧的女儿，所以称为帝子。眇眇（miǎo）：极目远望的样子。

〔2〕嫋嫋（niǎo）：长弱貌，这里形容秋风微弱。

〔3〕白薠（fán）：一种秋天生长的小草，湖泽岸边多有之。登白薠：登上长着白薠的地方。夕张：指傍晚时摆设好会面用的物品。张：陈设。

〔4〕萃（cuì）：聚集。罾：（zēng）：渔网。此言鸟为什么聚集水草上，渔网为什么挂在树上。

〔5〕醴：同"澧"，指澧水。公子：同帝子，指湘夫人。

〔6〕荒忽：同"恍惚"，模糊不清。

〔7〕麋（mí）：驼鹿。庭中：庭院里。水裔：水边。裔，本义衣下摆，引申为边。

〔8〕澨（shì）：水边。

〔9〕腾驾：飞快地驾车。偕逝：一同前往。

筑室兮水中，	宫殿建筑在水中，
葺之兮荷盖[1]。	荷叶盖在屋顶上。
荪壁兮紫坛，	荪草墙壁紫贝院，
播芳椒兮成堂[2]。	四壁涂椒作厅堂。
桂栋兮兰橑，	木兰做椽桂做梁，
辛夷楣兮药房[3]。	辛夷做门白芷房。
罔薜荔兮为帷，	薜荔编成大帐幔，
擗蕙櫋兮既张[4]。	拉上香蕙草隔扇。
白玉兮为镇，	白玉压席镇四角，
疏石兰兮为芳[5]。	陈设石兰一片香。
芷葺兮荷屋，	荷叶屋顶盖香芷，
缭之兮杜衡[6]。	芬芳杜衡绕房屋。
合百草兮实庭，	各种香草充庭院，
建芳馨兮庑门[7]。	各色香花列门前。
九疑缤兮并迎，	九疑众神纷纷降，
灵之来兮如云[8]。	为迎夫人神如云。
捐余袂兮江中，	我把外衣抛江中，
遗余褋兮醴浦[9]。	内衣丢在澧水旁。
搴汀洲兮杜若，	我摘香花小洲上，
将以遗兮远者[10]。	送给远方好姑娘。
时不可兮骤得，	良辰美景不再有，
聊逍遥兮容与[11]。	暂且自由度时光。

【注释】

〔1〕葺（qì）：原指用茅草盖房屋，此指盖房屋。荷盖：用荷叶覆盖屋顶。

〔2〕荪壁：用荪草装饰墙壁。荪：香草名。紫坛：以紫贝铺砌庭院。紫：指紫贝。坛：中庭，楚人谓中庭为坛。播：敷布。

〔3〕桂栋：用桂木做正梁。栋：脊檩，正梁。兰橑：用木兰做屋椽。橑（lǎo），屋椽。辛夷：香木名。药房：用白芷装饰卧室。药：即白芷。

〔4〕罔：同"网"，编结。擗（pǐ）：析开。櫋（mián）：旧注为屋联，即今室中之隔扇。既张：已经陈设好了。

〔5〕镇：压坐席的器具。疏：疏散，陈列。

〔6〕芷：白芷，香草。杜衡：香草名。

〔7〕建：陈列，设置。芳馨（xīn）：芳香之物。馨，散布很远的香气。庑（wǔ）：

走廊。虎门：指虎与门。

〔8〕九疑：即九嶷山，又名苍梧山。这里的九疑，指九嶷山的众神。

〔9〕袂（mèi）：王逸《楚辞章句》："衣袖也。"褋（dié）：禅衣，指贴身穿的汗衫。

〔10〕搴（qiān）：拔取。汀（tīng）洲：水中平地。远者：远方之人，指湘夫人。

〔11〕骤得：一下子得到。

大司命

【题解】

大司命是掌管人类寿夭、生死的天神。本篇由男巫扮神，女巫伴唱。

广开兮天门，	（男）快把天门大大开，
纷吾乘兮玄云[1]。	我要乘乌云下来。
令飘风兮先驱，	命令旋风作先导，
使冻雨兮洒尘[2]。	命令暴雨除尘埃。
君回翔兮以下，	（女）你盘旋降临下界，
逾空桑兮从女[3]。	我越过空桑跟随。
纷总总兮九州，	（男）九州人众千千万，
何寿夭兮在予[4]。	他们寿夭我主宰。
高飞兮安翔，	（女）高高地安闲飞翔，
乘清气兮御阴阳[5]。	乘清气驾驭阴阳。
吾与君兮齐速，	我和你恭迎上帝，
导帝之兮九坑[6]。	带之灵威来世上。
灵衣兮被被，	（男）身上神衣徐徐飘，
玉佩兮陆离[7]。	腰间玉佩闪光亮。
一阴兮一阳，	灵光忽隐又忽现，
众莫知兮余所为[8]。	谁也不知我所为。

【注释】

〔1〕纷：多貌。形容玄云。玄云：黑云。

〔2〕飘风：即旋风。先驱：在前开路。冻（dōng）雨：暴雨。洒尘：洒水静尘。

〔3〕君：对大司命的尊称。空桑：神话中的山名。

〔4〕纷总总：盛多的样子，这里是说九州人口众多。予：大司命自称。

〔5〕清气：天空中清明之气，即天地之正气。御：驾驭。

〔6〕吾：女巫自指。与：跟从。齐速：虔诚恭敬的样子。九坑（gāng）：即九州，泛指人世间。

〔7〕灵衣：神衣。被被：同"披披"，飘动的样子。

〔8〕一阴一阳：或阴或阳，变幻莫测。余：大司命自指。

折疏麻兮瑶华，	（女）折下神麻玉色花，
将以遗兮离居[1]。	送给隐者远离家。
老冉冉兮既极，	人渐老矣趋垂暮，
不寖近兮愈疏[2]。	不亲近他更生疏。
乘龙兮辚辚，	神君驾龙车声隆，
高驰兮冲天[3]。	迅速奔驰向天空。
结桂枝兮延伫，	编结桂枝左右盼，
羌愈思兮愁人。	越是想他越伤心。
愁人兮奈何，	忧愁使人无办法，
愿若今兮无亏[4]。	愿他珍重像如今。
固人命兮有当，	人之寿命本定数，
孰离合兮可为[5]？	悲欢离合岂由人？

大司命、少司命

【注释】

〔1〕疏麻：神麻。瑶华：玉色的花。遗（wèi）：赠给。离居：离居的人，指大司命。

〔2〕寖（jìn）近：逐渐亲近。

〔3〕辚辚：车声。

〔4〕若今兮无亏：犹言及时珍重。

〔5〕固：本来。当：定规。

少司命

【题解】

少司命是掌管人间生儿育女的天神，与大司命是一对。本篇是巫的独唱。

秋兰兮麋芜，	芬芳秋兰白麋芜，
罗生兮堂下[1]。	祭堂四周并列生。
绿叶兮素华，	绿色叶子白色花，
芳菲菲兮袭予[2]。	香气浓郁沁肺腑。
夫人兮自有美子，	人人自有好儿女，
荪何以兮愁苦[3]？	何必愁苦多挂怀。
秋兰兮青青，	秋天兰花真茂盛，
绿叶兮紫茎[4]。	绿叶紫茎郁葱葱。
满堂兮美人，	满堂人都是美人，
忽独与余兮目成[5]。	唯独对我送真情。
入不言兮出不辞，	来时默默走无言，
乘回风兮载云旗[6]。	乘风驾云上天庭。
悲莫悲兮生别离，	悲哀莫过情人别，
乐莫乐兮新相知[7]。	欢乐莫过有相知。
荷衣兮蕙带，	荷叶做衣蕙做带，
儵而来兮忽而逝[8]。	匆匆而来飘天外。
夕宿兮帝郊，	傍晚投宿在天郊，
君谁须兮云之际[9]？	云端又把谁等待？

【注释】

〔1〕麋（mí）芜：香草名，七八月间开白花，香气浓郁。罗生：并列而生。

〔2〕素华：即白花。

〔3〕美子：美好的儿女。古代男女均可称子。荪：香草名，借指少司命。

〔4〕青青：通"菁菁"，草木茂盛的样子。

〔5〕美人：指参加祭祀的人们。目成：指两心相悦，用目光互相传达情意。

〔6〕入不言兮出不辞：少司命进来时不说话，离开时没有告辞。

〔7〕悲莫悲兮生别离，乐莫乐兮新相知：人生最大的悲哀莫过于和相爱的人生生分

离，人生最大的欢乐莫过于有了新的知心人。

〔8〕荷衣、蕙带：指少司命的服饰。儵：同"倏"，忽然。

〔9〕须：等待。

与女沐兮咸池，	想与你同浴咸池，
晞女发兮阳之阿[1]。	想与你晾发山谷。
望美人兮未来，	盼望你啊你不来，
临风怳兮浩歌[2]。	迎风高歌神恍惚。
孔盖兮翠旌，	孔雀车盖翡翠旗，
登九天兮抚彗星[3]。	高登九天扫彗星。
竦长剑兮拥幼艾，	高举长剑护儿童，
荪独宜兮为民正[4]！	唯你才是人之主！

【注释】

〔1〕女：同"汝"，少司命。咸池：神话中水名，太阳洗澡的地方。晞(xī)：晒干。

〔2〕怳(huǎng)：同"恍"，失意的样子。浩歌：大声歌唱。

〔3〕孔盖：用孔雀羽毛做的车盖。翠旌(jīng)：用翡翠鸟的羽毛做的旌旗。九天：古代神话说天有九重，所以称九天。

〔4〕竦(sǒng)：执，举起。幼艾：人间年轻幼小的一代。荪：少司命。正：主宰。

东 君

【题解】

本篇是歌颂太阳神的乐歌。东君就是太阳神。

暾将出兮东方，	（男）红色的旭日将出自东方，
照吾槛兮扶桑[1]。	红光照耀我的栏杆扶桑。
抚余马兮安驱，	我控制着龙马从容前进，
夜皎皎兮既明[2]。	黑夜渐渐消退露出曙光。
驾龙辀兮乘雷，	我乘驾的龙车声音如雷，
载云旗兮委蛇[3]。	车四周的云彩飘浮动荡。
长太息兮将上，	声声长叹我将向上升起，

心低徊兮顾怀[4]。	心中迟疑不决常把头回。
羌声色兮娱人,	我的声势容采令人陶醉,
观者憺兮忘归[5]。	人们乐而忘返对我瞻仰。
纮瑟兮交鼓,	（众）琴瑟急奏鼓对敲,
萧钟兮瑶簴[6]。	钟磬齐鸣钟架摇。
鸣篪兮吹竽,	吹起篪啊吹起竽,
思灵保兮贤姱[7]。	东君贤德多美好。
翾飞兮翠曾,	轻盈起舞舞步急,
展诗兮会舞[8]。	唱诗合舞好热闹。
应律兮合节,	歌合律来舞合拍,
灵之来兮蔽日[9]。	众神纷纷降临了。
青云衣兮白霓裳,	（男）身穿青云上衣白霓裙裳,
举长矢兮射天狼[10]。	手持长长利箭直射天狼。
操余弧兮反沦降,	操起弧矢渐渐往西下降,
援北斗兮酌桂浆[11]。	举起北斗盛满桂花酒浆。
撰余辔兮高驰翔,	驾着我的龙车继续奔驰,
杳冥冥兮以东行[12]。	在茫茫黑夜里奔向东方。

【注释】

〔1〕暾（tūn）：初升的太阳。槛（jiàn）：栏杆。

〔2〕安驱：安详地驾车。皎：光明貌。

〔3〕辀（zhōu）：车辕，这里代车。龙辀：即龙车。雷：借指车声。委蛇（yí）：舒卷蜿蜒的样子。

〔4〕太息：叹息。低徊：迟疑不前的样子。

〔5〕声色：指东君的车声旗色。观者：指观看日出的人。憺（dàn）：安静。

〔6〕纮（gèng）瑟：绷紧琴瑟上的弦。交鼓：相对击鼓。萧：应作"摍"（用闻一多说），敲击。瑶：即"摇"。簴（jù）：悬挂钟磬的木架。

〔7〕篪（chí）：竹制的吹奏乐器，形似笛，有八孔。竽：形似笙，也是吹奏乐器。贤姱（kuā）：贤惠而美好。

〔8〕翾（xuān）飞：鸟儿轻飞滑翔的样子。翠：翡翠鸟。曾：通"翻"，举起翅膀。"翾飞翠曾"，言巫女舞姿翩跹像翠鸟展翅飞舞一样。展诗：展开诗章来唱。会舞：合舞。

〔9〕灵：指众神。

〔10〕青云衣兮白霓裳：以青云为衣，白霓为裳。

〔11〕弧：木弓，这里也是星名，指弧矢星。沦降：指太阳降落西方。援：拿起。北斗：星名，共七星，这里比喻酒斗。酌：舀取。

〔12〕攓：抓住。杳：深远。冥冥：黑暗。

河 伯

【题解】

河伯为黄河之神。本篇是歌唱黄河之神的诗。

与女游兮九河，	（男）和你同游黄河上，
冲风起兮水横波[1]。	暴风骤起水翻卷。
乘水车兮荷盖，	乘上水车荷为盖，
驾两龙兮骖螭[2]。	两龙在中两螭旁。
登昆仑兮四望，	（女）登上昆仑四面望，
心飞扬兮浩荡[3]。	心胸开阔意高昂。
日将暮兮怅忘归，	暮色苍茫忘归去，
惟极浦兮寤怀[4]。	思念远方怀家乡。
鱼鳞屋兮龙堂，	鱼鳞屋瓦壁画龙，
紫贝阙兮珠宫，	紫贝楼阁珍珠宫，
灵何为兮水中[5]？	为何生活在水中？
乘白鼋兮逐文鱼，	（男）乘着白鼋逐文鱼，
与女游兮河之渚，	与你同游河中岛，
流澌纷兮将来下[6]。	冰块随水纷纷流。
子交手兮东行，	（女）执手话别将东行，
送美人兮南浦[7]。	我送你到南岸上。
波滔滔兮来迎，	波涛滚滚来接我，
鱼鳞鳞兮媵予[8]。	鱼儿对对作伴航。

【注释】

〔1〕九河：黄河的总名。冲风：冲地而起的旋风。

〔2〕荷盖：以荷叶为车盖。骖（cān）：古时用四匹马驾车，中间的两匹马叫服，两边的两匹马叫骖，这里作动词用。

〔3〕昆仑：山名，传说为黄河的发源地。浩荡：水大貌。这里形容心情开朗。

〔4〕惟：思念。极浦：遥远的水边。

〔5〕龙堂：壁上画龙的厅堂。阙（què）：王宫前边供眺望的楼。灵：指河伯。

〔6〕鼋（yuán）：大鳖。文鱼：有纹彩的鱼。渚（zhǔ）：水中间的小块陆地。流澌：即流水。一说"流澌"是融解的冰块。

〔7〕交手：携手。南浦：南岸。

〔8〕鳞鳞：一个挨着一个。媵（yìng）：古代陪嫁的女子叫"媵"，这里作动词用，陪伴的意思。

山　鬼

【题解】

本篇为祭祀山神的乐歌。此山神可能不是正神，所以称鬼。古今许多学者认为诗中所写的山中女神就是传说中的巫山神女瑶姬。

若有人兮山之阿，	好像有人在山坳，
被薜荔兮带女罗[1]。	身披薜荔萝束腰。
既含睇兮又宜笑，	美目含情开口笑，
子慕予兮善窈窕[2]。	温柔可爱形貌好。
乘赤豹兮从文狸，	赤豹拉车文狸跟，
辛夷车兮结桂旗[3]。	辛夷做车桂枝旗。
被石兰兮带杜衡，	石兰车盖杜衡带，
折芳馨兮遗所思[4]。	折下香花送给你。
余处幽篁兮终不见天，	竹林深处不见天，
路险难兮独后来[5]。	崎岖路险来得晚。
表独立兮山之上，	孤孤零零站山巅，
云容容兮而在下[6]。	云海茫茫脚下翻。
杳冥冥兮羌昼晦，	白昼昏暗如在夜，
东风飘兮神灵雨[7]。	东风飘飘降雨点。
留灵修兮憺忘归，	痴心等你不思返，
岁既晏兮孰华予[8]！	红颜凋谢谁来盼！

山鬼

【注释】

〔1〕薜荔(bì lì)：一种蔓生植物。这里指用薜荔做的衣服。女罗：即女萝，地衣类隐花植物，又名松萝。

〔2〕含睇(dì)：含情微视。宜笑：笑得很美。子：指山鬼思念的人。予：指山鬼。

〔3〕文狸：有花纹的狸猫。辛夷：木兰类的香木。

〔4〕被石兰：即用石兰做车盖。带杜衡：用杜衡做车的飘带。

〔5〕幽篁(huáng)：幽暗的竹林。

〔6〕表：突出的样子。容容：通作"溶溶"，水流貌，这里形容云气浮动的样子。

〔7〕杳(yǎo)：深远。昼晦：白天昏暗不明。神灵雨：雨神在降雨。

〔8〕憺(dàn)：安然，安心。岁既晏：年岁已老。孰华予：谁还爱我呢？

采三秀兮於山间，	采灵芝走遍巫山，
石磊磊兮葛蔓蔓[1]。	山石磊磊葛蔓蔓。
怨公子兮怅忘归，	怨你失约我忘返，
君思我兮不得闲[2]。	想我为何不得闲。
山中人兮芳杜若，	山中人如杜若纯，
饮石泉兮阴松柏[3]，	住松柏下饮泉水，
君思我兮然疑作[4]。	是否想我难知真。
雷填填兮雨冥冥，	雷声隆隆细雨飘，
猿啾啾兮狖夜鸣[5]，	夜猿啾啾声断肠。
风飒飒兮木萧萧，	秋风飒飒黄叶飘，
思公子兮徒离忧[6]。	痴情思念徒自伤。

【注释】

〔1〕三秀：灵芝草，灵芝一年三次开花，故称"三秀"。於山：即巫山。磊磊(lěi)：乱石堆积的样子。

〔2〕公子：亦指山鬼思念的人。

〔3〕山中人：山鬼自称。芳杜若：像香草杜若一样芬芳。阴松柏：住在松柏树下，言

居处的清幽。

〔4〕然疑作：即半信半疑。

〔5〕填填：雷声。雨冥冥：下雨时天色昏暗不明。啾啾（jiū）：猿叫声。狖（yòu）：黑色长尾猿。

〔6〕离忧：遭受忧伤。离：通"罹"，遭受。

国 殇

【题解】

国殇是指为国牺牲的将士。未成人夭折谓之殇。《九歌》从《东皇太一》到《山鬼》，九篇所祭的都是自然界中的神祇，独这一篇《国殇》是祭人间为国牺牲的将士的。许多学者认为这和战国时秦楚战争有关，楚怀王时楚国多次和秦国交战，几乎每次都遭到惨重的失败。楚国人民为了保卫国家，抗击强秦，英勇杀敌，前赴后继。屈原写这篇作品就是为了歌颂楚国将士为保卫国家不惜牺牲、视死如归的英雄气概和豪迈精神。

操吴戈兮披犀甲，	手持兵器身披犀牛甲，
车错毂兮短兵接[1]。	车轮交错近距离厮杀。
旌蔽日兮敌若云，	旌旗蔽日敌人多如云，
矢交坠兮士争先[2]。	乱箭交坠下将士争先。
凌余阵兮躐余行，	敌冲我阵队列遭践踏，
左骖殪兮右刃伤[3]。	左骖倒地右服被刀扎。
霾两轮兮絷四马，	车轮深陷四马被拴住，
援玉枹兮击鸣鼓[4]。	鼓槌猛敲响鼓勇拼杀。
天时怼兮威灵怒，	苍天哀怨神灵也发怒，
严杀尽兮弃原野[5]。	将士阵亡尸横荒山下。
出不入兮往不反，	勇士出征一去不复返，
平原忽兮路超远[6]。	荒原茫茫道路多遥远。
带长剑兮挟秦弓，	佩带长剑秦弓拿在手，
首身离兮心不惩[7]。	身首分离雄心永不变。
诚既勇兮又以武，	勇敢顽强又英姿威武，
终刚强兮不可凌[8]。	从始到终刚强不可侵。

身既死兮神以灵，
魂魄毅兮为鬼雄[9]！

肉体虽死而神魂显灵，
英魂毅魄为鬼亦称雄！

国殇

【注释】

〔1〕毂（gǔ）：车轮的轴头。车错毂：交战双方的战车轮毂交错。

〔2〕旌（jīng）：旌旗，旗的通称。

〔3〕凌：侵犯。躐（liè）：践踏。殪（yì）：死。刃伤：为兵刃所伤。

〔4〕霾（mái）：通"埋"。絷（zhí）：绊住。此句言，两个车轮陷在地里，四匹马像被绊住似的难以行动。援：拿着。玉枹（fú）：饰玉的鼓槌。

〔5〕怼（duì）：怨恨。威灵：神灵。严杀尽：指战斗残酷激烈，战士伤亡殆尽。

〔6〕反：同"返"。忽：渺茫。超远：遥远。

〔7〕惩：改变。

〔8〕不可凌：言战士宁死不屈，志不可夺。

〔9〕神以灵：精神不死，神魂显灵。

礼 魂

【题解】

　　本篇是礼成送神之辞。魂，也就是神，它包括《九歌》前十篇所祭祀的天地神祇和人鬼。这首诗节奏轻快，洋溢着欢乐之情。

成礼兮会鼓，
传芭兮代舞。
姱女倡兮容与[1]。
春兰兮秋菊，
长无绝兮终古[2]。

祭礼完成齐击鼓，
鲜花频传轮番舞。
美女高歌多安舒。
春日兰花秋菊舞，
永不断绝垂千古。

【注释】

〔1〕成礼：指祭礼完成。传芭（bā）：互相传递花朵。芭，同"葩"，初开的花朵。代舞：轮番跳舞。姱（kuā）：美好。倡：通"唱"。

〔2〕长无绝：永不断绝。

天 问

屈 原

【题解】

　　《天问》是屈原作品中体制特异的一篇，无论在内容上还是在形式上均独具特点。全篇一千五百多字，三百七十余句，呵问成篇，一连提出有关自然现象、古史传说、神话故事等一百七十多个问题，对有关自然和历史的传统观念表示了大胆的怀疑。"天问"就是问天的意思。关于此篇的写作时间向无定论，一般认为作于屈原被放逐之后。

曰：遂古之初，	试问：那远古开端的形态，
谁传道之[1]？	是谁把它传述下来？
上下未形，	天地都还没有形成，
何由考之？	根据什么考察出来？
冥昭瞢暗，	宇宙混沌日夜未分，
谁能极之[2]？	谁能够考究个明白？
冯翼惟象，	大气弥漫尚无形象，
何以识之[3]？	根据什么辨认出来？
明明暗暗，	白昼光明黑夜阴暗，
惟时何为[4]？	其中过程又是怎样？
阴阳三合，	阴阳结合产生万物，
何本何化[5]？	谁是本原谁是化生？

【注释】

　　〔1〕遂古：往古，远古。遂，通"邃"，辽远的意思。

　　〔2〕瞢（méng）暗：暗昧不明。

　　〔3〕冯翼：大气弥漫的样子。冯，满。

　　〔4〕时：是。

　　〔5〕三合：参错结合。三，同"参"。

日月、三合、九重、八柱、十二分图

圆则九重，
孰营度之[1]？
惟兹何功，
孰初作之[2]？
斡维焉系[3]？
天极焉加？
八柱何当[4]？
东南何亏？
九天之际，
安放安属[5]？
隔限多有，
谁知其数[6]？

浑圆天盖共有九层，
是谁把它度量经营？
这是何等的大工程，
当初是谁创造完成？
枢纽上绳子拴何处？
天的顶端架在哪里？
八根擎天柱在何方？
地势为何东南偏低？
天体中央八方之间，
怎样安放怎样相连？
天边角落曲折无数，
谁知它的详细数目？

【注释】

〔1〕圆：指天，古人误认天是圆的。

〔2〕兹：此。功：同"工"。

〔3〕斡：枢纽。维：绳。

〔4〕八柱：古代传说天由八根柱子支撑着。

〔5〕九天：指天的中央和八方。属：连接。

〔6〕隈：弯曲处。《淮南子·天文训》："天有九野，九千九百九十九隅。"

天何所沓？
十二焉分^[1]？
日月安属^[2]？
列星安陈？
出于汤谷，
次于蒙汜^[3]。
自明及晦，
所行几里？
夜光何德，
死则又育^[4]？
厥利维何，
而顾菟在腹^[5]？

天体立足什么地方？
怎样划分十二星区？
日月怎么悬挂天上？
群星如何罗列这样？
太阳初从旸谷升起，
蒙水岸边停下休息。
天亮开始天黑结束，
一天奔行多少里路？
月亮凭借什么功德，
死后竟然能够复活？
究竟贪图什么好处，
腹中竟藏一只蟾蜍？

【注释】

〔1〕沓：会合。指天地会合。

〔2〕属：附属。

〔3〕蒙：古代神话中水名。汜：水边。

〔4〕夜光：月亮的别名。

〔5〕厥：其，指月亮。顾菟：闻一多《天问释天》谓蟾蜍之异名。

女歧无合，夫焉取九子？

女歧无合，
夫焉取九子^[1]？
伯强何处，

女歧从未婚配别人，
怎能生育九个小孩？
风神伯强住在何处，

伯强

角宿未旦，曜灵安藏？

惠气安在[2]？	祥和之风哪里吹来？
何合而晦？	为何天门一关就黑？
何开而明？	为何天门一开就亮？
角宿未旦，	天门未开那个时候，
曜灵安藏[3]？	太阳藏身又在何处？
不任汨鸿，	鲧不胜任治理洪水，
师何以尚之[4]？	大家为何还推举他？
佥曰何忧，	人人都说"洪水何忧"，
何不课而行之[5]？	为何对他不试再用？

【注释】

〔1〕女歧：神话传说中的人名，传说她无夫而生九子。

〔2〕伯强：即禺强，风神。惠气：祥和之气。

〔3〕角宿：星座名，二十八宿之一，包括两颗星，早晨位在东方。曜灵：太阳。

〔4〕汨（gǔ）：治水。鸿：古通"洪"，洪水。师：众人。

〔5〕佥：皆。课：试。

鸱龟曳衔，	鸱龟相互连接拖拉，
鲧何听焉[1]？	鲧为何听从任由之？
顺欲成功，	想顺应众望治好水，

帝何刑焉[2]？　　　　　　尧为何还要诛罚他？

永遏在羽山，　　　　　　尸体抛弃在羽山啊，

夫何三年不施[3]？　　　　为何三年还不腐烂？

伯禹腹鲧，　　　　　　　禹竟从鲧腹中出来，

夫何以变化[4]？　　　　　怎么产生这样变化？

纂就前绪，　　　　　　　大禹继承前人事业，

遂成考功[5]。　　　　　　终把父亲功业完成。

何续初继业，　　　　　　为何都做相同事情，

而厥谋不同[6]？　　　　　大禹采取不同方法？

鸱龟曳衔

【注释】

〔1〕鸱：不详。一说是鸱鸮，猫头鹰之类的鸟。曳衔：牵引衔接。

〔2〕顺欲：顺从众人的期望。

〔3〕羽山：神话山名。施：通"弛"，不弛，没有毁坏的意思，指鲧尸三年不腐。

〔4〕腹：一本作"愎"，此句言禹从鲧的腹中出生。

〔5〕纂：继续。绪：事业。

〔6〕谋：指治水的方法。

洪泉极深，　　　　　　　洪水源泉深不可测，

何以窴之[1]？　　　　　　什么能够填塞住它？

地方九则，　　　　　　　全国土地分为九等，

何以坟之[2]？　　　　　　根据什么进行分划？

应龙何画？　　　　　　　应龙怎样用尾划地？

河海何历[3]？　　　　　　江河经何方方流下？

鲧何所营？　　　　　　　鲧经营了哪些事情？

禹何所成？　　　　　　　禹又完成哪些工作？

康回冯怒，　　　　　　　共工大怒头触不周，

地何故以东南倾[4]？　　　大地怎么东南倾斜？

应龙何画？河海何历？

康回冯怒，地何故以东南倾？

【注释】

〔1〕洪泉：大水渊，指洪水。窴：同"填"。

〔2〕九则：九等。坎：区分。《尚书·禹贡》载，禹划分九州的土地为九等。

〔3〕应龙：有翼的龙。

〔4〕康回：共工。冯：通"凭"，大。

九州安错？	全国九州如何设置？
川谷何洿[1]？	河流水道为何深注？
东流不溢，	百川东流海却不满，
孰知其故[2]？	谁能知道原因在哪？
东西南北，	大地东西南北距离，
其修孰多？	哪个更长哪个更大？
南北顺罢，	顺着南北地形狭长，
其衍几何[3]？	它比东西要长多少？
昆仑县圃，	昆仑山上有个县圃，
其尻安在[4]？	它到底坐落在何山？
增城九重，	昆仑山上九层增城，
其高几里[5]？	它究竟有多少高度？

【注释】

〔1〕错：通"措"，安置。洿：深。

〔2〕溢：满。

〔3〕罢：同"椭"，扁长。衍：余。

〔4〕县圃：神话地名，在昆仑山巅。凥：古"居"字。

〔5〕增城：神话中的城名，在昆仑山县圃。

四方之门，	昆仑山上四方大门，
其谁从焉[1]？	什么东西进进出出？
西北辟启，	打开昆仑西北大门，
何气通焉[2]？	是什么风从此通过？
日安不到？	什么地方光照不到？
烛龙何照[3]？	烛龙所照又是何处？
羲和之未扬，	太阳车夫还未扬鞭，
若华何光[4]？	若木之花为何发光？
何所冬暖？	什么地方冬天温暖？
何所夏寒？	什么地方夏天寒冷？
焉有石林？	哪里石头构成森林？
何兽能言？	什么野兽能够说话？
焉有虬龙？	哪里会有无角虬龙？
负熊以游？	驮着黄熊河海出游？

烛龙何照？

焉有石林？何兽能言？

焉有虬龙？负熊以游？

雄虺九首，倏忽焉在？

【注释】

〔1〕四方之门：指昆仑山的门。

〔2〕辟：开。气：风。

〔3〕烛龙：神话中的神名，人面蛇身，赤色，以目照明。

〔4〕羲和：神话中为太阳驾车的神。若华：若木的花。

雄虺九首，	哪里雄蛇有九个头，
倏忽焉在[1]？	快似闪电风声飕飕？
何所不死？	在哪里有不死之国？
长人何守[2]？	那里巨人看守什么？
靡萍九衢，	哪里靡萍一枝多叉，
枲华安居[3]？	哪里生长奇异枲麻？
一蛇吞象，	一条巨蛇能吞大象，
厥大何如[4]？	那么它到底有多大？
黑水玄趾，	黑水可以染人手脚，
三危安在[5]？	三危山在哪个位置？
延年不死，	那里的人长寿不死，
寿何所止[6]？	他们到底活到哪天？

【注释】

〔1〕倏：忽，疾貌。

一蛇吞象，厥大何如？

长人何守？

〔2〕长人：指防风氏。

〔3〕萍：草名。衢：路，引申为杈。九衢：指一枝多杈。枲（xǐ）：麻。

〔4〕蛇吞象：巨蛇能把象吞下。《山海经·海内南经》："巴蛇食象，三岁而出其骨。"

〔5〕黑水：水名。玄趾：神话中的地名。三危：地名。

〔6〕延年不死：谓三危国人长寿不死。

鲮鱼何所？	人面鱼身的鲮在哪？
鬿堆焉处[1]？	吃人的鬿雀在何方？
羿焉彃日？	后羿为何要射太阳？
乌焉解羽[2]？	乌鸦羽毛散失何方？
禹之力献功，	大禹全力投入治水，
降省下土四方[3]。	还来视察各地情况。
焉得彼涂山女，	怎么遇到涂山姑娘，
而通于台桑[4]？	大禹和她私通台桑？
闵妃匹合，	伉俪恩爱与他结合，
厥身是继[5]。	为了传宗才会这样。
胡为嗜不同味，	他与涂山族类不同，
而快朝饱[6]？	为何还贪一时欢畅？

黑水玄趾,
三危安在?鲮鱼何所?
魖堆焉处?

羿焉彈日?乌焉解羽?

【注释】

〔1〕鲮鱼:亦作"陵鱼"。魖(qí)堆:即魖雀,一种食人的怪鸟。

〔2〕羿:传说尧时的英雄,善射。彈(bì):射。乌:金乌,传说是日中的三足乌。

〔3〕力献功:以勤力进献其功。献功,指治水的功绩。下土四方:指天下。

〔4〕台桑:桑间野地。

〔5〕妃匹合:妃、匹、合,均为配偶的意思。

〔6〕快:满足。饱:疑当作"饥",朝饥,男女会合之隐语。

启代益作后,	夏启取代伯益称王,
卒然离孽[1]。	不料突然遭到攻击。
何启惟忧,	为什么启当初落难,
而能拘是达[2]?	能够从监狱中逃离?
皆归射鞠,	益的部下交出武器,
而无害厥躬[3]。	因而对启无所损伤。
何后益作革,	禅让为何伯益失败,
而禹播降[4]?	大禹统治却能繁昌?
启棘宾商,	夏启急奉美女上天,
九辩九歌[5]。	把《九辩》《九歌》带回地上。
何勤子屠母,	为何夏启出生杀母,
而死分竟地[6]?	使她尸骨分裂而亡?

【注释】

〔1〕益：禹臣。后：国君。卒然：终于。离：同"罹"，遭。孽：忧患，灾祸。

〔2〕惟：刘盼遂《天问校笺》："惟乃罹之借，惟忧犹离蟹也。"达：逃脱。

〔3〕箭：同"鞠"。射鞠，指武器。

〔4〕作革：变革，更替。播降：留下后代，指禹留下后代子孙。

〔5〕棘：急。宾：通"嫔"，美女。

〔6〕勤子：厚待儿子。屠母：传说禹妻涂山女化为石，禹呼："归我子！"石破而生启。竟：委弃。

帝降夷羿，	上帝派出夷羿下凡，
革孽夏民[1]。	为解夏朝百姓忧虑。
胡射夫河伯，	羿为何要射瞎河伯，
而妻彼洛嫔[2]？	霸占洛水女神为妻？
冯珧利决，	夷羿凭借好弓善射，
封狶是射[3]。	巨大野猪应声而亡。
何献蒸肉之膏，	为何肥美之肉献祭，
而后帝不若[4]？	上帝也不领情赏光？
浞娶纯狐，	寒浞想娶羿妻纯狐，
眩妻爰谋[5]。	纯狐设下杀夫毒计。
何羿之射革，	羿能射穿七层皮革，
而交吞揆之[6]？	怎遭暗算烹成肉汤？

启棘宾商，九辩九歌。

胡射夫河伯，而妻彼洛嫔？

化为黄熊，巫何活焉？

【注释】

〔1〕夷羿：就是羿，善射。孽：灾祸。

〔2〕洛嫔：即洛水女神宓妃。相传河伯化为白龙出游，被羿射瞎左眼。

〔3〕冯：同"凭"，持。珧（yáo）：蚌壳，这里指饰有贝壳的弓。决：套在右手拇指上钩弦发箭的器具，今称扳指。封豨（xī）：大野猪。

〔4〕蒸：祭祀。后帝：天帝。若：顺。

〔5〕浞：寒浞，后羿的相。纯狐：纯狐氏之女，后羿的妻子。眩妻：即玄妻，纯狐氏女名。爰：于是。

〔6〕射革：传说羿能射穿第七层皮革，此形容羿善射力大。交：合力。吞揆（kuí）：吞灭。

阻穷西征，	鲧困羽山不准西行，
岩何越焉[1]？	高山峻岭怎样越过？
化为黄熊，	变成黄熊进入羽渊，
巫何活焉[2]？	神巫如何把他救活？
咸播秬黍，	鲧使黑黍播满大地，
莆藿是营[3]。	清除水草经营管理。
何由并投，	什么理由把他放逐，
而鲧疾修盈[4]？	难道罪行不容饶恕？
白蜺婴茀，	王子乔白衣系首饰，
胡为此堂[5]？	怎到藏不死药之堂。
安得夫良药，	崔文子安得失良药，
不能固臧[6]？	为何不能好好保藏？

【注释】

〔1〕阻穷：阻绝，此句是说把鲧永囚禁在羽山，不准西行。

〔2〕黄熊：《左传·昭公七年》："昔尧殛鲧于羽山，其神化为黄熊。"

〔3〕秬：黑黍。莆：同"蒲"，水草。藿（huán）：通"萑"，芦苇一类植物。营：耕种，经营。

〔4〕并：读作"屏"。屏投，摒弃。修盈：指鲧罪恶之多。

〔5〕蜕：同"霓"，白霓，形容衣裳。婴茀：女子首饰。婴，系于颈。茀，首饰。堂：指羿藏不死之药之堂。

〔6〕良药：《淮南子·览冥训》："羿请不死之药于西王母，嫦娥窃以奔月。"

天式从横，	自然法则阴阳消长，
阳离爰死[1]。	阳气消失人就死亡。
大鸟何鸣，	王子乔变鸟还鸣叫，
夫焉丧厥体[2]？	他的躯体怎样消亡？
萍号起雨，	雨师萍号主管降雨，
何以兴之[3]？	但雨究竟如何兴起？
撰体协胁，	风伯具有骈胁鹿身，
鹿何膺之[4]？	从哪承受奇特形体？
鳌戴山抃，	鳌头顶大山四足游，
何以安之[5]？	神山怎能稳定不动？
释舟陵行，	巨人弃船陆地行走，
何以迁之[6]？	怎能钓去海中六鳌？

【注释】

〔1〕式：法则。从：同"纵"。从横：即纵横。指阴阳消长之道。

〔2〕大鸟：指鼓和钦鴀。

〔3〕萍号：雨师的名字。

〔4〕撰：具有。胁：两膀。这里指鹿生两翅。膺：承。此二句言风神。

天式从横，阳离爰死。
大鸟何鸣，夫焉丧厥体？

少康逐犬

桀伐蒙山，何所得焉？
妹嬉何肆，汤何殛焉？

汤谋易旅

〔5〕鳌（áo）：大龟。抃（biàn）：拍手，这里指四肢划动。

〔6〕释：放弃，舍弃。陵行：在陆地上行走。

惟浇在户，	寒浇到嫂子的门上，
何求于嫂[1]？	他对嫂子有何要求？
何少康逐犬，	为何少康赶狗出猎，
而颠陨厥首[2]？	却能砍掉寒浇的头？
女歧缝裳，	女歧给浇缝制衣裳，
而馆同爰止[3]。	两人于是共宿同房。
何颠易厥首，	为什么会砍错脑袋，
而亲以逢殆[4]？	为了亲热遭到灾殃？
汤谋易旅，	浇筹划制造新甲衣，
何以厚之[5]？	靠什么才如此坚厚？
覆舟斟寻，	浇灭斟寻击沉战船，
何道取之[6]？	运用什么战术计谋？

【注释】

〔1〕浇：寒浞之子。

〔2〕少康：夏国君相之子。浇杀相，后少康又杀浇。颠陨：掉落。

〔3〕女歧：浇嫂。止：宿。

〔4〕颠易厥首：王逸《章句》说，女歧与浇周舍同宿，少康夜袭浇，误杀了女歧。

〔5〕易旅：换上甲衣，此指制作甲衣。

〔6〕斟寻：古国名。

桀伐蒙山，	夏桀兴兵攻伐蒙山，
何所得焉[1]？	他都得到哪些东西？
妺嬉何肆，	妺嬉得宠怎样放肆，
汤何殛焉[2]？	商汤为何把她诛杀？
舜闵在家，	虞舜在家蹙眉忧闷，
父何以鳏[3]？	父亲为何不让成家？
尧不姚告，	尧事先没告诉舜家，
二女何亲[4]？	两个女儿怎把舜嫁？
厥萌在初，	事物萌发就有征兆，
何所亿焉[5]？	后果如何不能预料？
璜台十成，	商纣建造十层玉台，
谁能极焉[6]？	谁早已把这事看透？

【注释】

〔1〕桀：夏代亡国之君。蒙山：古国名。

〔2〕妺嬉：桀的宠妃。殛（jí）：杀死。

〔3〕鳏：老而无妻。《尚书·尧典》："有鳏在下，曰虞舜。"舜三十岁，尚未娶妻。

〔4〕姚：舜的姓，此指舜的父亲。二女：指尧的两个女儿娥皇、女英。

〔5〕亿：通"臆"，预料。

〔6〕璜台：玉台。十成：十层。

尧不姚告，二女何亲？

女娲

登立为帝，　　　　　　　　上古之人登位为帝，
孰道尚之[1]？　　　　　　　根据什么来推举他？
女娲有体，　　　　　　　　女娲人面蛇身形体，
孰制匠之[2]？　　　　　　　她的身体又是谁造？
舜服厥弟，　　　　　　　　舜对弟弟那么和蔼，
终然为害[3]。　　　　　　　始终还是被象谋害。
何肆犬体，　　　　　　　　为何象如狗般放肆，
而厥身不危败[4]？　　　　　本身却没遭遇失败？
吴获迄古，　　　　　　　　吴国得以长久存在，
南岳是止[5]。　　　　　　　并且屹立江南地带。
孰期去斯，　　　　　　　　谁能预料这种情况，
得两男子[6]？　　　　　　　因为得到两位贤才？

【注释】

〔1〕立：古通"位"。道：通"导"，导引。

〔2〕女娲：传说中的女帝。《山海经·大荒西经》注："女娲，古神女而帝者。"

〔3〕服：顺从。弟：指象，舜的异母弟。

〔4〕犬体：谓象之心术不正，犹如狗一样。

〔5〕获：得。迄古：终古，久远。止：居。

〔6〕去：离开。斯：指衡山。两男子：指太伯、仲雍。

舜服厥弟，终然为害。

孰期去斯，得两男子？

缘鹄饰玉，
后帝是飨[1]。
何承谋夏桀，
终以灭丧[2]？
帝乃降观，
下逢伊挚[3]。
何条放致罚，
而黎服大说[4]？
简狄在台，
喾何宜[5]？
玄鸟致贻，
女何喜[6]？

天鹅和玉饰作祭器，
精美肉肴献给上帝。
本来他保佑的夏桀，
最后却失去了社稷？
商汤来到民间视察，
却在下面巧遇伊尹。
汤把桀放逐到鸣条，
民众诸侯为何心喜？
简狄住在九层瑶台，
帝喾娶她为何适宜？
凤凰给她送来聘礼，
她为何心中很欢喜？

【注释】

〔1〕缘：因，借助。缘鹄：就是做鹄羹。饰玉：谓嵌玉的鼎。后帝：指汤。

〔2〕承谋：承受祖宗的庇佑。

〔3〕帝：指商汤。观：考察民情。伊挚：即伊尹，名挚。

〔4〕条：鸣条，地名。汤灭夏后把桀放逐鸣条。致罚：《尚书·汤誓》："致天之罚"，遭天帝之惩罚。黎服：黎民。服：指各方诸侯。

〔5〕简狄：有娀氏女，帝喾妃，生契，契为商始祖。台：传说简狄未嫁时住在九层高楼上。宜：通"仪"，配偶。

缘鹄饰玉，后帝是飨。

玄鸟致贻，女何喜？

〔6〕玄鸟：凤凰。贻：聘礼。

该秉季德，	亥秉承父亲的美德，
厥父是臧[1]。	学习父亲为人善良。
胡终弊于有扈，	为何最后死在有易，
牧夫牛羊[2]？	还丧失牧人和牛羊？
干协时舞，	王亥举着盾牌跳舞，
何以怀之[3]？	为何让女人思慕他？
平胁曼肤，	姑娘长得丰满润泽，
何以肥之[4]？	怎样长得这样漂亮？
有扈牧竖，	有易放牧的那个人，
云何而逢[5]？	怎么会发现了丑事？
击床先出，	先把王亥杀死床上，
其命何从[6]？	这个命令是谁下的？

【注释】

〔1〕该：即亥，殷人祖先。秉：承。季：亥的父亲，即冥。臧：善。

〔2〕弊：死。有扈：当作"有易"。

〔3〕干：盾牌，舞具。时：是。怀：思。

〔4〕平胁：胸部丰满。曼肤：皮肤润泽。肥："妃"的借字，匹配。

〔5〕牧竖：牧人。竖：一种蔑称，犹言小子。这里指王亥。云：语助词。

〔6〕击床：指刺杀王亥。

该秉季德

干协时舞

恒秉季德，	王恒有其父的美德，
焉得夫朴牛[1]？	哪里得到这些大牛？
何往营班禄，	为何他去钻营爵禄，
不但还来[2]？	一去了就不再回头？
昏微遵迹，	上甲微继承了父业，
有狄不宁[3]。	有易国人没有安宁。
何繁鸟萃棘，	众目睽睽丑行难饰，
负子肆情[4]？	他与儿媳纵欲忘情？
眩弟并淫，	坏兄弟想奸淫嫂子，
危害厥兄[5]。	还想谋害他的兄长。
何变化以作诈，	为何诡计多端的人，
后嗣而逢长[6]？	最后却是子孙满堂？

【注释】

〔1〕恒：王亥弟。朴牛：大牛。

〔2〕班禄：即爵禄的意思。班：依次排列爵禄的等级。但：或谓"得"字之误。

〔3〕昏微：即上甲微，亥之子。遵迹：指继承王位。有狄：即有易。

〔4〕繁鸟：众鸟。萃：集。棘：荆棘。负子：疑指上甲微。

〔5〕眩弟：昏乱的弟弟。

〔6〕逢：迎，遇。

成汤东巡，	成汤到东部去巡视，
有莘爰极[1]。	一直走到了有莘国。

平胁曼肤

击床先出，其命何从？

何乞彼小臣，　　　　　　　为何他想讨到小臣，

而吉妃是得[2]？　　　　　　结果却得到了美人？

水滨之木，　　　　　　　　在那水滨的桑树中，

得彼小子[3]。　　　　　　　拾到一个小孩抚养。

夫何恶之，　　　　　　　　为何有莘民讨厌他，

媵有莘之妇[4]？　　　　　　把他作陪嫁给成汤？

汤出重泉，　　　　　　　　成汤从重泉被释放，

夫何罪尤[5]？　　　　　　　究竟有何罪要承当？

不胜心伐帝，　　　　　　　汤大怒起兵伐夏桀，

夫谁使挑之[6]？　　　　　　谁把他挑动成这样？

【注释】

〔1〕有莘（shēn）：古国名。极：到。

〔2〕小臣：指伊尹。吉妃：美夫人，指有莘女。

〔3〕小子：指伊尹。

〔4〕媵（yìng）：陪嫁之人。

〔5〕重泉：地名，桀囚汤的地方。

〔6〕不胜心：不能克制愤怒之心。

会朝争盟，　　　　　　　　诸侯甲子会聚誓师，

何践吾期[1]？　　　　　　　他们为何按时而来？

苍鸟群飞，　　　　　　　　将士猛如群鹰搏击，

孰使萃之[2]？　　　　　　　谁使他们团结一致？

列击纣躬，　　　　　　　　武王砍击纣王尸体，

叔旦不嘉[3]。　　　　　　　这让周公很不赞许。

何亲揆发，　　　　　　　　他为何帮武王谋划，

足周之命以咨嗟[4]？　　　　完成天命后又叹息？

授殷天下，　　　　　　　　上帝把天下授给殷，

其位安施？　　　　　　　　是根据什么授予的？

反成乃亡，　　　　　　　　建立后又使它灭亡，

其罪伊何[5]？　　　　　　　殷朝的罪过在哪里？

【注释】

〔1〕朝（zhāo）：甲子日。吾：通"晤"。

恒秉季德，焉得夫朴牛？

何繁鸟萃棘，负子肆情？

〔2〕苍鸟：鹰。喻伐纣的各路诸侯。萃：集。

〔3〕列：通"裂"。纣躬：纣的身体。叔旦：即周公，名旦，武王弟。

〔4〕揆：揆度。发：周武王姬发。

〔5〕伊：是。

争遣伐器，	诸侯争着派遣部队，
何以行之[1]？	这些力量如何调集？
并驱击翼，	周军前进夹击两翼，
何以将之[2]？	怎么指挥将士出击？
昭后成游，	周昭王去外面巡游，
南土爰底[3]。	来到南方楚国境地。
厥利惟何？	昭王南巡贪求什么？
逢彼白雉[4]？	是为迎取白色野鸡？
穆王巧梅，	那周穆王善于驰骋，
夫何为周流[5]？	为何他要游历天下？
环理天下，	他驱马走遍了天下，
夫何索求[6]？	他到底在寻觅什么？

【注释】

〔1〕伐器：指攻伐殷。器：神器，指殷政权。行之：部署行动。

〔2〕将：率领。

〔3〕昭后：周昭王，名瑕，康王子。成：遂。

何乞彼小臣，而吉妃是得？
水滨之木，得彼小子。

眩弟并淫，危害厥兄。

〔4〕惟：语助词。逢：迎。

〔5〕梅：当作"枚"，贪。周流：周行，周游。

〔6〕环理：周游巡视。

妖夫曳衔，	妖人夫妇搭档卖货，
何号于市[1]？	在市场上叫卖什么？
周幽谁诛？	周幽王到底诛伐谁？
焉得夫褒姒[2]？	他怎样会得到褒姒？
天命反侧！	天命多么反复无常！
何罚何佑[3]？	它究竟保佑或惩罚谁？
齐桓九会，	齐桓公九次会诸侯，
卒然身杀[4]？	为何最后被人残杀？
彼王纣之躬，	那殷纣王的性情啊，
孰使乱惑[5]？	是谁使他糊涂昏庸？
何恶辅弼，	为何厌恶那些贤臣，
谗谄是服[6]？	而重用谗谄的小人？

【注释】

〔1〕曳：牵引。衔：夸耀。号：叫卖。

〔2〕褒姒（sì）：周幽王后。

〔3〕反侧：反复无常。

〔4〕九会：九次同诸侯会盟。

并驱击翼，
何以将之？

会朝争盟，
何践吾期？

〔5〕王纣：纣王。之躬：犹言这个人。

〔6〕辅弼：辅佐之臣。服：用。

比干何逆，	比干因何触犯纣王，
而抑沈之[1]？	受到压制埋没不用？
雷开阿顺，	雷开顺从纣王什么，
而赐封之[2]？	而要受到赏赐拜封？
何圣人之一德，	为何圣人美德相仿，
卒其异方[3]：	最终结局却不相同：
梅伯受醢，	梅伯直谏成了肉酱，
箕子详狂[4]。	箕子则要披发装疯。
稷维元子，	后稷是帝喾的长子，
帝何竺之[5]？	帝喾为何施以毒手？
投之于冰上，	出生后被抛弃冰上，
鸟何燠之[6]？	群鸟为什么保护他？

【注释】

〔1〕比干：纣的叔父，因谏纣王被杀剖心。

〔2〕阿：《通释》："阿，当作'何'。"雷开：纣时佞臣。

〔3〕一德：品德始终如一。异方：与常人不同的意思。

〔4〕梅伯：纣诸侯，因屡谏纣王被杀。醢（hǎi）：肉酱。箕子：纣臣，纣的叔父，

穆王巧梅，夫何为周流？

厥利惟何？逢彼白雉？

封于箕，谏纣王不听，披发装疯。详：通"佯"。

〔5〕稷：后稷，名弃，周部族始祖。维：是。元子：长子。帝：天帝。竺：通"毒"，憎恶。

〔6〕投：弃。燠（yù）：温暖。

何冯弓挟矢，	为何后稷擅长射箭，
殊能将之[1]？	才能杰出带兵打仗？
既惊帝切激，	既然能让帝誉震惊，
何逢长之[2]？	为何能兴盛而久长？
伯昌号衰，	殷商末期文王号令，
秉鞭作牧[3]。	掌握大权不避辛劳。
何令彻彼岐社，	为何让他毁弃岐社，
命有殷国[4]？	承受天命取代殷商？
迁藏就岐，	带着财产迁居岐都，
何能依[5]？	他们为何依附文王？
殷有惑妇，	纣王受到妲己迷惑，
何所讥[6]？	还有什么讥谏可讲？

【注释】

〔1〕冯：挟。

〔2〕切激：激烈。逢长：兴旺长久。

梅伯受醢，箕子详狂。

齐桓九会，卒然身杀？

〔3〕伯昌：即周文王，名昌。纣时被封为雍州伯。号衰：号令于殷朝衰落时期。秉鞭：喻执政。

〔4〕彻：通"撤"，毁坏。社：祭祀土地的庙，古时立国必立社，是政权的象征。

〔5〕藏：资财。

〔6〕惑妇：指纣王妃妲己。

受赐兹醢，	纣赐文王喝亲儿汤，
西伯上告[1]。	姬昌便向上帝告状。
何亲就上帝罚，	纣王为何自找惩罚，
殷之命以不救[2]？	殷朝无法避免灭亡？
师望在肆，	吕望在朝歌开店铺，
昌何识[3]？	周文王怎么找到他？
鼓刀扬声，	吕望敲刀叫卖之声，
后何喜[4]？	文王听到为何开心？
武发杀殷，	周武王砍下纣王头，
何所悒？	为什么怒气那么大？
载尸集战，	载着文王灵牌打仗，
何所急[5]？	为什么武王要心急？

【注释】

〔1〕受：纣的字。

〔2〕亲就：亲受。以：因而。

〔3〕师：太师。望：吕望。肆：店铺。

鼓刀扬声，后何喜？

何冯弓挟矢，殊能将之？

〔4〕鼓刀：钢（gàng）刀，刀在砺石上磨几下，使之锋利。后：指周文王。

〔5〕武发：周武王，名发。悒（yì）：忧郁，心里不痛快。这里是愤怒的意思。尸：神主牌。

伯林雉经，	晋献公太子的自杀，
维其何故[1]？	是什么原因造成的？
何感天抑地，	为什么能感天动地？
夫谁畏惧[2]？	又有谁会感到畏惧？
皇天集命，	上天让君王登皇位，
惟何戒之[3]？	对君主要告诫什么？
受礼天下，	既然让他治理天下，
又使至代之[4]？	为何派别人取代他？
初汤臣挚，	当初商汤选择伊尹，
后兹承辅[5]。	又让他做辅佐臣僚。
何卒官汤，	为何最后追配成汤，
尊食宗绪[6]？	死后牌位享祭商庙？

【注释】

〔1〕伯林：即柏林，纣王自焚的鹿台在柏树林中。雉经：缢死。

〔2〕感天抑地：感动天地。

〔3〕集命：降天命。

初汤臣挚，后兹承辅。

伯林雉经，维其何故？

〔4〕礼：借为"理"，治理。

〔5〕兹：乃。承：受。

〔6〕食：享祭祀。宗绪：宗族系统。

勋阖梦生，	阖闾是寿梦的长孙，
少离散亡[1]；	年轻时遭排挤逃亡；
何壮武厉，	为何长大英武奋发
能流厥严[2]？	赫赫威名远震四方？
彭铿斟雉，	彭祖擅长煮野鸡汤，
帝何飨[3]？	尧帝为何乐于品尝？
受寿永多，	彭祖的寿命那么长，
夫何久长？	怎么还是嫌太短暂？
中央共牧，	诸侯共同治理周朝，
后何怒[4]？	周厉王为什么生气？
蜂蛾微命，	蚂蚁蜜蜂虽然微小，
力何固[5]？	它们力量为何顽强？

【注释】

〔1〕阖：春秋时吴王阖闾。梦：阖闾的祖父寿梦。生：同"姓"，子孙的意思。

〔2〕壮：长大。武厉：武勇凶猛。严：威。

〔3〕彭铿：即彭祖，名铿。斟：调和，这里指烹调。帝：指尧帝。飨：享用。

彭铿斟雉，帝何飨？

何壮武厉，能流厥严？

〔4〕"中央"二句：本事不详，闻一多谓当指周厉王为国人所逐，共和执政事。

〔5〕蛾：古"蚁"字。蜂蚁，指起义逐厉王的国人。

惊女采薇，	夷齐采薇被女人笑，
鹿何祐？	神鹿为什么保佑他？
北至回水，	他们向北来到首阳，
萃何喜[1]？	为何喜欢留在这里？
兄有噬犬，	秦景公有一条恶狗，
弟何欲[2]？	他的弟弟为何想要？
易之以百两，	用一百辆车去交换，
卒无禄[3]？	怎么最后丢了爵禄？
薄暮雷电，	黄昏时候雷鸣闪电，
归何忧[4]？	想要回去何必生愁？
厥严不奉，	丧失了自己的尊严，
帝何求[5]！	天帝还能要求什么？

【注释】

〔1〕回水：河曲，这里代指首阳山。萃：聚。

〔2〕兄：指秦景公。弟：指景公弟铖。

〔3〕两：辆。禄：爵禄。

惊女采薇，鹿何祐？

中央共牧，后何怒？
蜂蛾微命，力何固？

〔4〕薄暮：傍晚。

〔5〕奉：保持。

伏匿穴处，	隐伏荒野住宿山洞，
爰何云[1]？	对国事有什么话讲？
荆勋作师，	楚王贪功大兴战争，
夫何长[2]？	国家命运怎么长久？
悟过改更，	如果改变后能醒悟，
我又何言？	我又何必喋喋不休？
吴光争国，	吴王与楚互相争战，
久余是胜[3]。	屡次打仗战胜楚国。
环间穿社，	怎样绕过间门村庄，
以及丘陵？	一直跑到山丘密林。
是淫是荡，爰出子文[4]？	纵欲野合生下贤相？
吾告堵敖以不长，	都说堵敖天命不长，
何试上自予，	为什么弑君而自立，
忠名弥彰[5]？	忠义的名声天下扬？

【注释】

〔1〕穴处：住在山洞。爰：乃，于是。

〔2〕作师：兴兵打仗。

〔3〕吴光：吴公子光，即吴王阖闾。久余是胜：屡次战胜我国。

环闾穿社，以及丘陵？

兄有噬犬，弟何欲？

〔4〕闾、社：古代二十五家叫闾或社。子文：楚成王时令尹。

〔5〕堵敖：即熊艰，楚文王子。弑：读作"弑"。上：指堵敖。予：通"与"。自予：自立为王。

九 章

屈 原

【题解】

《九章》是包括九篇诗歌的总题，主要是屈原流放汉北以及迁往江南期间所作的抒情诗歌。有人认为这些诗歌不是一时的作品，是由后人辑录在一起的。正如朱熹《楚辞集注》所说："后人辑之，得其九章，合为一卷，非必出于一时之言也。"至于这九篇作品从什么时候编在一起，现在则不能确考。按王逸《楚辞章句》，《九章》的次序是：《惜诵》《涉江》《哀郢》《抽思》《怀沙》《思美人》《惜往日》《橘颂》《悲回风》。从各篇内容来看，这显然不是按写作时间先后排列的。

《九章》所表达的思想感情与《离骚》大体相近，但艺术方法不同。它更多的是采用写实的方法，叙述了诗人的生活片段和思想情感，它是了解和研究屈原生平思想的重要材料。

惜 诵

【题解】

本篇叙述了诗人忠不见用的悲愤和苦闷。惜诵，是说以悼惜的心情来陈述过去的事情，估计是诗人被谗见疏后最早的作品。

惜诵以致愍兮，	痛苦地陈述往事，
发愤以抒情[1]。	发泄忧思和愤懑。
所非忠而言之兮，	所言如果不真实，
指苍天以为正[2]。	可让老天来作证。

【注释】

〔1〕惜诵：惜，痛也。诵，陈述过去的事情。

〔2〕所非：古代誓词的习惯用语。非：一作"作"字。正：同"证"，证明。

令五帝以折中兮，　　　　　　　命五帝来作判断，

戒六神与向服[1]。　　　　　　　让六神和我对质。

俾山川以备御兮，　　　　　　　让山川之神陪审，

命咎繇使听直[2]。　　　　　　　让皋陶来当法官。

竭忠诚以事君兮，　　　　　　　忠诚地侍奉国君，

反离群而赘肬[3]。　　　　　　　却遭到小人排挤。

忘儇媚以背众兮，　　　　　　　不愿学别人谄媚，

待明君其知之[4]。　　　　　　　只好等君王明白。

言与行其可迹兮，　　　　　　　言与行可以印证，

情与貌其不变。　　　　　　　　表里如一不改变。

故相臣莫若君兮，　　　　　　　国君最了解臣子，

所以证之不远。　　　　　　　　他可以就近观察。

吾谊先君而后身兮，　　　　　　我主张先君后己，

羌众人之所仇也[5]。　　　　　　遭到群小的憎恨。

专惟君而无他兮，　　　　　　　我心中只有国君，

又众兆之所雠也[6]。　　　　　　竟然被众人仇视。

壹心而不豫兮，　　　　　　　　专一而毫不犹豫，

羌不可保也。　　　　　　　　　却不能保全自己。

疾亲君而无他兮，　　　　　　　迫切亲近君国别无他意，

有招祸之道也[7]。　　　　　　　这却是招祸致患的道理。

思君其莫我忠兮，　　　　　　　没有人比我忠诚，

忽忘身之贱贫。　　　　　　　　哪怕会遭受贫困。

事君而不贰兮，　　　　　　　　对国君毫无贰心，

迷不知宠之门。　　　　　　　　不懂邀宠的门径。

【注释】

〔1〕五帝：即五方神，东方太皞，南方炎帝，西方少昊，北方颛顼，中央黄帝。折中：中正公平的判断。与：同"以"。向：对。服：事。向服就是指对一件事定其有罪与否。

〔2〕俾：使。山川：指名山大川之神。备御：陪侍，此谓陪审。咎繇（jiù yáo）：即皋陶，舜之士师，掌刑罚。听直：裁断是非曲直。

〔3〕赘肬（yóu）：肉瘤。

〔4〕儇（xiàn）媚：轻佻谄媚。

〔5〕谊：同"义"。羌：楚地方言，发语词。

〔6〕惟：思，想。雠：同"仇"，指仇敌。

〔7〕疾：亟，迫切的意思。

忠何罪以遇罚兮，　　　　　　忠心何罪要受罚，
亦非余心之所志也[1]。　　　　实在出乎我意料。
行不群以巅越兮，　　　　　　走正路却被绊倒，
又众兆之所咍也[2]。　　　　　还遭到众人嗤笑。
纷逢尤以离谤兮，　　　　　　责怪诽谤经常来，
謇不可释也[3]。　　　　　　　纵有百口难解释。
情沈抑而不达兮，　　　　　　心情沉闷不畅快，
又蔽而莫之白也。　　　　　　思想压抑难表达。
心郁邑余侘傺兮，　　　　　　我心里深感不安，
又莫察余之中情[4]。　　　　　无人了解我的心。
固烦言不可结而诒兮，　　　　许多话难以表达，
愿陈志而无路[5]。　　　　　　想面陈没有办法。
退静默而莫余知兮，　　　　　隐退静默无人知，
进号呼又莫吾闻。　　　　　　向前申诉无人听。
申侘傺之烦惑兮，　　　　　　心中疑惑很不安，
中闷瞀之忳忳[6]。　　　　　　十分忧伤心烦乱。
昔余梦登天兮，　　　　　　　过去我梦见登天，
魂中道而无杭[7]。　　　　　　到半路失去渡船。
吾使厉神占之兮，　　　　　　我请厉神占卜梦，
曰："有志极而无旁，　　　　他说："志向大没人帮，
终危独以离异兮[8]？"　　　　难道始终要孤独？"
曰："君可思而不可恃。　　　他说："思念靠不住。
故众口其铄金兮，　　　　　　群小谗言可熔金，
初若是而逢殆[9]。　　　　　　从前这样才遇难。

【注释】

〔1〕志：意料。

〔2〕巅越：殒坠，跌跤。咍：楚地方言，讥笑。

〔3〕謇：楚地方言，发语词。

〔4〕侘傺（chà chì）：失意的样子。

〔5〕诒：通"贻"，赠送。

〔6〕瞀（mào）：心绪烦乱。忳忳（tún）：愁闷的样子。

〔7〕杭：通"航"，渡船。

〔8〕厉神：大神，主杀罚，此指身附厉神的巫。极：穷，至。旁：辅佐。

〔9〕殆：危险。

惩于羹而吹齑兮，	被烫以后吹冷菜，
何不变此志也[1]？	为何不改变态度？
欲释阶而登天兮，	不用梯子去登天，
犹有曩之态也[2]。	这样态度像从前。
众骇遽以离心兮，	众人惊慌心不齐，
又何以为此伴也[3]？	你又为何逞强？
同极而异路兮，	同事一君路不同，
又何以为此援也[4]？	你又为何倔强？
晋申生之孝子兮，	晋国太子是孝子，
父信谗而不好[5]。	父亲信谗逼死他。
行婞直而不豫兮，	鲧的行为不变通，
鲧功用而不就[6]。"	治水事业不成功。"

【注释】

〔1〕齑：用酱拌和切成细末的腌菜。是冷食品。

〔2〕曩：向，以往。

〔3〕骇遽：惊骇遑遽。伴：侣。

〔4〕同极：意为与众人同事一君。极：至。

〔5〕申生：春秋时晋献公之子。献公听信后妻骊姬的谗言，逼死申生。

〔6〕婞（xìng）直：刚直。鲧（gǔn）：大禹的父亲，治水不成被天帝所杀。用而：因而。

吾使厉神占之兮

·413

吾闻作忠以造怨兮，	听说忠诚招怨恨，
忽谓之过言[1]。	认为言过不注意。
九折臂而成医兮，	要九折臂成良医，
吾至今而知其信然[2]。	今天才知这道理。
矰弋机而在上兮，	曳绳短箭射向天，
尉罗张而在下[3]。	下面张设害人网。
设张辟以娱君兮，	设置罗网害君王，
愿侧身而无所[4]。	想避祸没有地方。
欲儃佪以干傺兮，	想徘徊着等待进取时机，
恐重患而离尤[5]。	又担心再一次遭到祸殃。
欲高飞而远集兮，	打算走吧我想远走高飞，
君罔谓汝何之[6]？	国君要问："你去什么地方？"
欲横奔而失路兮，	放弃正道瞎冲撞，
盖坚志而不忍[7]。	意志坚定不被容。
背膺牉以交痛兮，	胸背像开裂一样，
心郁结而纡轸[8]。	我的心痛苦难当。
捣木兰以矫蕙兮，	捣碎木兰揉蕙草，
𥽧申椒以为粮[9]。	舂好申椒作干粮。
播江离与滋菊兮，	栽种江离养菊花，
愿春日以为糗芳[10]。	春天用来作香料。
恐情质之不信兮，	唯恐真情难表达，
故重著以自明[11]。	一再重述表苦心。
矫兹媚以私处兮，	保持美德而独处，
愿曾思而远身[12]。	深思熟虑爱自身。

【注释】

〔1〕作忠：为忠，尽忠心。忽：忽略，不在意。过言：过分的话。

〔2〕九折臂而成医："三折肱知为良医"，与此意相同，谓多次折臂，积累了医治的经验，自己也就成了医生。信然：果真如此。

〔3〕矰弋：均为系着丝绳的短箭。机：机括，这里用作动词，作发射解。尉（wèi）罗：均为捕鸟的网。

〔4〕张：捕鸟兽的罗网。辟：一种捕鸟的工具。娱：通"虞"，欺骗。侧身：置身。

〔5〕儃（chán）佪：徘徊。干：求。傺：住。

〔6〕远集：远遁。罔：诬。

〔7〕失路：不行正道。志坚而不忍：一本句前无"盖"字。

〔8〕胖：分。纤挼：内心绞痛。

〔9〕矫：揉碎。糳（zuò）：舂米。

〔10〕滋：栽种、培植。糗（qiǔ）：干粮。

〔11〕情质：真情本性。信：同"伸"。重著：再三表明。著：明。

〔12〕矫：借为"桥"，举起。私处：独处。曾思：重思，一再思考。

涉 江

【题解】

本篇是屈原晚年的作品，这时屈原从鄂渚被放逐到溆浦，从篇中的语气看，可能是他临行之前写的。

余幼好此奇服兮，	从小就爱奇丽的服饰，
年既老而不衰[1]。	直到晚年还依然不变。
带长铗之陆离兮，	腰间挂着长长的宝剑，
冠切云之崔嵬[2]。	头上戴着高高的头冠。
被明月兮佩宝璐[3]。	披夜明珠啊佩带美玉。
世混浊而莫余知兮，	世道混浊没人理解我，
吾方高驰而不顾[4]。	我要去远方不再回顾。
驾青虬兮骖白螭，	驾起了青龙白龙车啊，
吾与重华游兮瑶之圃[5]。	我与舜一同游览玉园。
登昆仑兮食玉英[6]，	登昆仑山啊食玉树花，
与天地兮同寿，	我和天地啊一样长寿，
与日月兮齐光。	我和日月啊一样耀眼。
哀南夷之莫吾知兮，	痛心南方没人了解我，
且余将济乎江湘[7]。	清晨我就要渡过湘江。

【注释】

〔1〕奇服：不同于常人的服装。

〔2〕长铗：长剑。陆离：长的样子。切云：冠名，古时一种高耸的冠。

驾青虬兮骖白螭

〔3〕明月：明月珠。宝璐：美玉名。

〔4〕方：刚，才。顾：回顾，回头看。

〔5〕虬：传说中无角的龙。螭：无角的龙。重华：舜的名。瑶之圃：生玉的园圃，据下文，当系指昆仑，传说昆仑山以产玉闻名。

〔6〕昆仑：神话传说中的山名，天帝所居。玉英：玉树的花。

〔7〕南夷：古时对南方少数民族的蔑称，此指楚国南部的少数民族。

乘鄂渚而反顾兮，	登上鄂渚我回头眺望，
欸秋冬之绪风[1]。	秋天的风儿凄苦悲凉。
步余马兮山皋，	我的马儿在山边漫步，
邸余车兮方林[2]。	我的车儿停放在林旁。
乘舲船余上沅兮，	驾着扁舟上溯沅水啊，
齐吴榜以击汰[3]。	齐力摇船桨拍水击浪。
船容与而不进兮，	船儿随波起伏难前进，
淹回水而疑滞[4]。	被漩涡拖着打转波荡。
朝发枉渚兮，	早晨我从枉渚出发后，
夕宿辰阳[5]。	晚上到达辰阳去投宿。
苟余心之端直兮，	如果我的心是正直的，
虽僻远之何伤。	放逐僻远之地又何妨。

【注释】

〔1〕乘：登。鄂渚：洲渚名，在今湖北武昌县西。欸：哀叹。绪风：余风。

〔2〕山皋：山边。邸：同"抵"。方林：树林旁。

〔3〕舲（líng）船：有门窗的船。吴榜：大桨。汰：水波。

〔4〕容与：船随水波动荡的样子。回水：漩涡。疑：同"凝"。

〔5〕枉渚（zhǔ）：地名，在今湖南省常德市南。辰阳：地名，在今湖南省辰溪县。

入溆浦余儃佪兮，
迷不知吾所如[1]。

深林杳以冥冥兮，
猿狖之所居[2]。

山峻高以蔽日兮，
下幽晦以多雨。

霰雪纷其无垠兮，
云霏霏而承宇[3]。

哀吾生之无乐兮，
幽独处乎山中。

吾不能变心而从俗兮，
固将愁苦而终穷。

接舆髡首兮，
桑扈臝行[4]。

忠不必用兮，
贤不必以[5]。

伍子逢殃兮，
比干菹醢[6]。

与前世而皆然兮，
吾又何怨乎今之人[7]！

余将董道而不豫兮，
固将重昏而终身[8]！

行到溆浦我开始彷徨，
心中迷惘不知该去哪。

茂密的山林一片阴暗，
那本是猿猴住的地方。

高峻的大山遮天蔽日，
山下淫雨霏霏很迷蒙。

无边际的雪花在飞扬，
阴云密布天上也无光。

可怜我的生活无乐趣，
孤独地住在高山老林。

我不能变节随波逐流，
当然就穷愁潦倒终生。

接舆愤世剃去了头发，
桑扈穷困到裸体而行。

忠心的人啊不被重用，
贤明的人求进反受苦。

伍子胥直言遭祸殃啊，
比干被剖心不得善终。

纵观历史都是这样啊，
又何必抱怨今人行为！

但我坚持正道不动摇，
宁可一生遭难没光明！

【注释】

〔1〕溆浦：地名，在今湖南省溆浦县。儃佪：徘徊。如：往。

〔2〕狖（yòu）：长尾猿。

〔3〕霰（xiàn）：雪珠。垠：边际。宇：天宇。

〔4〕接舆：人名，春秋时楚国隐士。髡：剃发，古代的一种刑罚。桑扈：人名，古代隐士。

〔5〕以：用。

〔6〕伍子：即伍员，号子胥，春秋吴之贤臣，曾劝吴王夫差灭越，夫差不听，后逼他自杀。比干：殷末贤臣，被纣王剖心而死。菹醢：剁成肉酱。

〔7〕与：读作"举"，全部的意思。

〔8〕董道：正道。重昏：朱熹《集注》："重复暗昧，终不复见光明也。"

乱曰：鸾鸟凤皇，
日以远兮。
燕雀乌鹊，
巢堂坛兮[1]。
露申辛夷，
死林薄兮[2]。
腥臊并御，
芳不得薄兮[3]。
阴阳易位，
时不当兮。
怀信侘傺，
忽乎吾将行兮[4]。

尾声：高贵的鸾鸟和凤凰啊，
一天比一天远飞到远方。
卑微的燕雀和乌鹊啊，
却把窝筑在庙堂上面。
美好的瑞香和辛夷啊，
都枯死在野林丛草间。
腥的臊的都被重用啊，
芳的香的却不得近前。
阴的阳的都位置颠倒，
这世道真是失常大变。
忠心的人反失意彷徨，
我还不如飘然去流浪。

【注释】

〔1〕坛：祭坛。

〔2〕露申：即瑞香，《湘阴县图志》："露申，瑞香。"辛夷：香木名。薄：草木丛生曰薄。

〔3〕御：进用。

〔4〕忽：急速。

哀　郢

【题解】

本篇是屈原诸篇中写得最为悲苦哀切的一篇。此诗当作于诗人被疏离郢、南浮江湘时，时当顷襄王初年。诗中叙写了自己遭谗被疏、忠不见用的苦痛和无限伤感之情，痛斥了奸佞小人的误国败政，倾诉了自己对故国恋恋不舍的缠绵情怀。

皇天之不纯命兮，
何百姓之震愆[1]。
民离散而相失兮，
方仲春而东迁[2]。
去故乡而就远兮，

老天爷你变化无常，
为何让老百姓惊慌。
妻离子散家破人亡，
正当二月逃往东方。
离开家乡流浪远方，

遵江夏以流亡[3]。　　　　　　　沿着长江夏水流亡。

出国门而轸怀兮，　　　　　　　走出城门心里悲痛，

甲之朝吾以行[4]。　　　　　　　甲日早上开始流浪。

发郢都而去闾兮，　　　　　　　离开郢都舍弃家园，

怊荒忽其焉极[5]？　　　　　　　六神无主心中迷茫。

楫齐扬以容与兮，　　　　　　　船桨齐划慢慢前行，

哀见君而不再得。　　　　　　　我不能再见到君王。

望长楸而太息兮，　　　　　　　望见故国乔木长叹，

涕淫淫其若霰[6]。　　　　　　　泪珠滚滚就像雪珠。

过夏首而西浮兮，　　　　　　　经过夏首沿江西浮，

顾龙门而不见[7]。　　　　　　　回头不见郢都城墙。

心婵媛而伤怀兮，　　　　　　　心里牵挂无限忧伤，

眇不知其所蹠[8]。　　　　　　　前途渺茫去往何方。

顺风波以从流兮，　　　　　　　顺着风向随波逐流，

焉洋洋而为客。　　　　　　　　居无定所四处流浪。

【注释】

〔1〕皇：大。不纯命：不命失常的意思。纯，常。百姓：指贵族、官僚集团。震：震动不安。愆（qiān）：罪过。

〔2〕仲春：夏历二月。

〔3〕遵：循，沿。江夏：长江，夏水。

〔4〕国门：郢都城门。轸怀：内心痛苦。轸，痛。甲之朝：古时以干支纪日，甲之朝即甲日的早晨。

〔5〕闾：里门。荒忽：恍惚。焉极：哪里是尽头。

〔6〕楸（qiū）：梓树，落叶乔木。

〔7〕夏首：长江与夏水的汇合处。龙门：指郢都的东城门。

〔8〕婵媛：心情苦楚不畅。眇：同"渺"，遥远。蹠（zhè）：脚踏。所蹠，驻足之地。

凌阳侯之氾滥兮，　　　　　　　冒着洪波激流勇进，

忽翱翔之焉薄[1]。　　　　　　　像鸟儿不知往哪飞。

心絓结而不解兮，　　　　　　　心中烦乱无法摆脱，

思蹇产而不释[2]。　　　　　　　思虑不展心情郁闷。

将运舟而下浮兮，　　　　　掉转船头顺江东下，
上洞庭而下江。　　　　　　过了洞庭就是长江。
去终古之所居兮，　　　　　离开祖辈居住之所，
今逍遥而来东。　　　　　　只身一人来到东方。
羌灵魂之欲归兮，　　　　　魂牵梦萦想要回去，
何须臾而忘反。　　　　　　从来没有忘记家乡。
背夏浦而西思兮，　　　　　背向夏浦思念郢都，
哀故都之日远[3]。　　　　　郢都遥远令人悲伤。
登大坟以远望兮，　　　　　登上高地纵目远望，
聊以舒吾忧心[4]。　　　　　暂且舒展九曲愁肠。
哀州土之平乐兮，　　　　　慨叹这里如此安宁，
悲江介之遗风[5]。　　　　　还保持着淳朴风气。
当陵阳之焉至兮，　　　　　面对波涛不知去哪，
淼南渡之焉如[6]。　　　　　大水茫茫怎么南渡。
曾不知夏之为丘兮，　　　　谁知宫殿竟会变成废墟，
孰两东门之可芜[7]？　　　　两座宫门竟会荒芜？
心不怡之长久兮，　　　　　听后心中不能平静，
忧与愁其相接。　　　　　　我的新忧连着旧愁。
惟郢路之辽远兮，　　　　　想到归路那么遥远，
江与夏之不可涉。　　　　　长江和夏水也难渡。

【注释】

〔1〕凌：乘。阳侯：指大波涛。传说，陵阳国侯，溺水而死，化为波涛之神。焉薄：止于何处。薄：止。

〔2〕绁（guà）结：牵挂郁结。蹇产：曲折纠缠。

〔3〕夏浦：指夏口，即今汉口。

〔4〕大坟：水边高地。

〔5〕江介：江边。

〔6〕陵阳：一说为地名，在今安徽青阳与石埭之间，因陵阳山而得名。一说"陵"，同"凌"，"阳"即"阳侯"。

〔7〕夏：同"厦"，高大的房屋。两东门：郢都有一旧东门，一新东门，故言"两东门"，此指郢都。

忽若去不信兮，
至今九年而不复[1]。

慘郁郁而不通兮，
蹇侘傺而含慼[2]。

外承欢之汋约兮，
谌荏弱而难持[3]。

忠湛湛而愿进兮，
妒被离而鄣之[4]。

尧舜之抗行兮，
瞭杳杳而薄天[5]。

众谗人之嫉妒兮，
被以不慈之伪名[6]。

憎愠忳之修美兮，
好夫人之慷慨[7]。

众踥蹀而日进兮，
美超远而逾迈[8]。

乱曰：曼余目以流观兮，
冀一反之何时[9]？

鸟飞反故乡兮，
狐死必首丘[10]。

信非吾罪而弃逐兮，
何日夜而忘之！

时间太快难以相信，
离开郢都九年光阴。

愁思郁积心情悲痛，
失意不安非常心伤。

表面讨好善于奉承，
实际内心很不可靠。

忠心耿耿为国效力，
又被嫉妒怨恨阻挠。

尧舜的行为很高尚，
超出世俗直薄云霄。

那些谗人嫉妒他们，
还说尧舜不慈不孝。

楚王憎恨忠臣美德，
喜欢听浮夸的辞藻。

谗人钻营日日进升，
正人君子远远离开。

尾声：放开眼光四下观望，
希望能够回去一趟。

鸟飞再远总要返巢，
狐狸死时头向山冈。

我确实无罪被流放，
日日夜夜心中难忘！

【注释】

〔1〕忽：速。不信：不被任用。复：返。

〔2〕蹇：发语词。慼：忧伤。

〔3〕承欢：邀取欢心。汋（chuò）约：同"绰约"，容态柔美的样子。谌（chén）：实。荏弱：软弱。

〔4〕湛湛：厚重诚恳的样子。被离：同"披离"，分散的样子。鄣：同"障"。

〔5〕抗行：高尚的行为。瞭：眼明。

〔6〕被：加上。不慈：尧、舜不把帝位传给自己儿子而传给贤人，因此被后人说成"不慈"。

〔7〕愠忳（wěn lǔn）：忠诚的样子。夫人：那些人，指群小。

〔8〕踥蹀（qiè dié）：碎步快走的样子，一种卑恭相。超：远。逾迈：越来越远。

〔9〕曼：展开。流观：四处观望。

〔10〕首丘：头向山丘。

抽 思

【题解】

本篇是屈原被疏后，迁到汉北时所作。从内容来看，本篇大体可分两大部分："少歌"前部分追述进谏的始末，叙写谏君不听反被疏的情形；"倡"以下写独处汉北的情形。

心郁郁之忧思兮，　　　　　　我心中郁结回转啊，

独永叹乎增伤。　　　　　　　独自长叹更添忧伤。

思蹇产之不释兮，　　　　　　愁思如麻难理难剪，

曼遭夜之方长。　　　　　　　深沉的夜这样漫长。

悲秋风之动容兮，　　　　　　秋风使草木枯黄啊，

何回极之浮浮[1]？　　　　　　天地也在风中浮荡？

数惟荪之多怒兮，　　　　　　想到君王总是生气，

伤余心之忧忧[2]。　　　　　　使我的心痛苦难当。

愿摇起而横奔兮，　　　　　　想划动船桨离开你，

览民尤以自镇[3]。　　　　　　为了人民又放弃了。

结微情以陈词兮，　　　　　　把心中的话写成诗，

矫以遗夫美人[4]。　　　　　　高举起来献给君主。

昔君与我诚言兮，　　　　　　先前你曾和我约定，

曰黄昏以为期[5]。　　　　　　把黄昏定成好时间。

羌中道而回畔兮，　　　　　　谁知道你半路变心，

反既有此他志[6]。　　　　　　违背前言改了主意。

【注释】

〔1〕动容：改变容颜。此句谓秋风使草木变色。回极：林云铭《楚辞灯》谓"回"乃"四"字之误，回极即四极，四方的边极。浮浮：水流的样子。

〔2〕荪：香草名，此喻楚怀王。忧忧：忧伤的样子。

〔3〕横奔：狂奔，此谓兼程飞奔。尤：罪过。镇：止。

〔4〕微情：内心之情。陈词：陈述，此指作《抽思》辞。矫：举。

〔5〕诚：一本作"成"，译文从之。古时于黄昏时举行婚礼，此句借以喻君臣结合。

〔6〕畔：古同"叛"。回畔：翻悔。

忓吾以其美好兮，	你对我夸耀长处啊，
览余以其修姱[1]。	你对我炫耀有美德。
与余言而不信兮，	跟我的约定不信守，
盖为余而造怒[2]？	为何还对我发脾气？
愿乘间而自察兮，	想找机会解释明白，
心震悼而不敢[3]。	可心里一直在犹豫。
悲夷犹而冀进兮，	忧伤也想告诉你啊，
心怛伤之憺憺[4]。	创伤使我心惊胆寒。
兹历情以陈辞兮，	我把这情形对你讲，
荪详聋而不闻[5]。	你装聋作哑不愿听。
固切人之不媚兮，	向来正直人不献媚，
众果以我为患[6]。	才会成为眼中之钉。

【注释】

〔1〕忓：同"骄"。览：炫耀。

〔2〕盖：同"盍"，为何。造怒：发怒。

〔3〕乘间：趁闲。间，通"间"。朱熹："闲，闲暇也。"震悼：惊惧。悼：惧也。

〔4〕夷犹：犹豫。怛：悲惨。憺憺：安静的样子。此句言心中忧伤而静默不敢言。

〔5〕兹历情：一本作"历兹情"，译文从之。历：列举。兹：此。详：同"佯"，假装。

〔6〕切人：正直的人。

望北山而流涕兮，临流水而太息。

初吾所陈之耿著兮，
岂至今其庸亡[1]？
何独乐斯之謇謇兮，
愿荪美之可完[2]。
望三五以为像兮，
指彭咸以为仪[3]。
夫何极而不至兮，
故远闻而难亏。
善不由外来兮，
名不可以虚作。
孰无施而有报兮，
孰不实而有获？
少歌曰：与美人抽怨兮，
并日夜而无正[4]。
惬吾以其美好兮，
敖朕辞而不听。
倡曰：有鸟自南兮，
来集汉北[5]。
好姱佳丽兮，
胖独处此异域[6]。

当初我讲得多明白，
难道今天你就忘了？
为什么我忠言直谏，
只希望你大显美德。
三王五霸是好榜样，
我把彭咸当作样板。
什么目标都能达到，
名声不朽传遍四方。
美德全靠自己修养，
名声不靠虚伪做作。
不付出就没有回报，
不结果怎会收满仓？
小歌：我向君王抒发深情，
从早到晚没有公平。
你一味地向我炫耀，
骄傲得什么也不听。
唱：有只鸟儿从南来啊，
飞落在了汉水以北。
羽毛丰满多么美丽，
孤孤单单栖息异乡。

【注释】

〔1〕庸：乃。亡：通"忘"。

〔2〕謇謇：直言的样子。完：王逸《章句》："完，一作光。"作"完"，失韵，光亡为韵，译文从"光"。

〔3〕三五：王逸《章句》："三王五伯，可修法也。"三王，指夏禹、商汤、周文王。五伯，指齐桓公、晋文公、秦穆公、宋襄公、楚庄王。

〔4〕少歌：乐歌音节名，即荀子《佹诗》中所称的"小歌"。抽怨：倾诉心中的委屈。抽，拔取。正：戴震："正者，平其言之是非。"

〔5〕倡：同"唱"。王逸《章句》："起倡发声，造新曲也。"鸟：屈原自喻。

〔6〕胖（pàn）：一物中分为二。

既悍独而不群兮，　　　　　我孤苦伶仃无伴侣，
又无良媒在其侧。　　　　　也没好媒人在身旁。
道卓远而日忘兮，　　　　　路途遥遥你忘记我，
愿自申而不得。　　　　　　我欲诉深情又无门。
望北山而流涕兮，　　　　　遥望北山眼泪流淌，
临流水而太息。　　　　　　对着流水叹息哀伤。
望孟夏之短夜兮，　　　　　初夏的夜本来很短，
何晦明之若岁。　　　　　　为什么今年这么长？
惟郢路之辽远兮，　　　　　郢都的路多么遥远，
魂一夕而九逝[1]。　　　　　可魂梦一夜跑九趟。
曾不知路之曲直兮，　　　　不顾道路是弯是直，
南指月与列星。　　　　　　只对着南天的星月。
愿径逝而不得兮，　　　　　想径直南行没有路，
魂识路之营营[2]。　　　　　魂灵找路来往奔忙。
何灵魂之信直兮，　　　　　我的心多么正直啊，
人之心不与吾心同。　　　　别人的心和我不同。
理弱而媒不通兮，　　　　　理由不足不能沟通，
尚不知余之从容。　　　　　谁知我心磊落坦荡。
乱曰：长濑湍流，　　　　　尾声：长长的浅滩流水急，
泝江潭兮[3]。　　　　　　　沿着汉江逆流而上。
狂顾南行，　　　　　　　　我频频四顾向南行，
聊以娱心兮[4]。　　　　　　聊以平慰我的愁肠。
轸石崴嵬，　　　　　　　　高大的磐石拔地起，
蹇吾愿兮[5]。　　　　　　　阻碍我南行的愿望。
超回志度，　　　　　　　　究竟南渡还是北回，
行隐进兮[6]。　　　　　　　犹豫不定脚下迟缓。

【注释】

〔1〕九：非确指，极言其多。

〔2〕径逝：径直而去。营营：往来不息的意思。

〔3〕濑：浅水滩。湍：急流。泝：同"溯"，逆流而上。

〔4〕狂：犹"遽"。顾：瞻望。

〔5〕轸（zhěn）石：方石，此泛指大石。蹇：阻碍。

〔6〕超：远。隐：安。隐进：因路险难行而慢慢地前进。

低徊夷犹，	走走停停不断徘徊，
宿北姑兮[1]。	夜晚到达北姑去投宿。
烦冤瞀容，	心烦意乱满怀苦楚，
实沛徂兮[2]。	想随着流水流向远方。
愁叹苦神，	我悲苦叹息又呻吟，
灵遥思兮[3]。	我的心思念着故乡。
路远处幽，	路又远啊地又偏僻，
又无行媒兮。	又没有媒人去传话。
道思作颂，	倾诉愁思写成诗章，
聊以自救兮[4]，	来自我安慰宽愁肠，
忧心不遂，	忧心忡忡不遂心意，
斯言谁告兮！	这些话儿能对谁讲？

【注释】

〔1〕低徊：徘徊。北姑：地名，所在未详。

〔2〕瞀：心神烦乱。沛：水流的样子。徂：行。

〔3〕神：读作"呻"，呻吟。

〔4〕作颂：作诗，即写作本篇。

怀 沙

【题解】

司马迁《史记·屈原列传》："乃作怀沙之赋，遂自投汨罗以死。"这篇的写作时间大约可以定为投汨罗之前。

怀沙的含义有两种说法：一，怀抱沙石而自沉的意思；二，蒋骥《山带阁注楚辞》认为是怀念长沙。今从第二说。

滔滔孟夏兮，	初夏天暖风和日丽，
草木莽莽[1]。	草木茂盛蓬勃生长。
伤怀永哀兮，	我的心却无限悲哀，
汨徂南土[2]。	急急忙忙奔向南方。

眴兮杳杳，　　　　　瞻望前途一片茫茫，
孔静幽默[3]。　　　　四周寂静毫无声响。
郁结纡轸兮，　　　　此时我心痛如刀割，
离愍而长鞠[4]。　　　遭受贫苦伤痕累累。
抚情效志兮，　　　　扪心自问我的心意，
冤屈而自抑[5]。　　　冤枉也要克制自己。
刓方以为圜兮，　　　要把方的削成圆的，
常度未替[6]。　　　　平时的规矩不能变。
易初本迪兮，　　　　要改变当初的理想，
君子所鄙[7]。　　　　正直的人就会看轻。
章画志墨兮，　　　　规矩应该明确牢记，
前图未改[8]。　　　　前人的法度不能改。
内厚质正兮，　　　　内心忠厚品质端正，
大人所盛[9]。　　　　会得到圣贤的赞许。
巧倕不斲兮，　　　　巧匠不动他的斧头，
孰察其拨正[10]？　　怎么知道曲直标准？
玄文处幽兮，　　　　黑色花纹放在暗处，
矇瞍谓之不章[11]。　盲人说它并不漂亮。
离娄微睇兮，　　　　离娄看物只瞥一眼，
瞽以为无明[12]。　　盲人认为他没眼睛。
变白以为黑兮，　　　把白的与黑的弄混，
倒上以为下。　　　　把上的颠倒作为下。
凤皇在笯兮，　　　　美丽的凤凰关进笼，
鸡鹜翔舞[13]。　　　却让鸡鸭到处飞翔。

【注释】

〔1〕滔滔：和暖。

〔2〕汩：水流疾貌。徂：往。

〔3〕眴（shùn）兮：闻一多《楚辞校补》："'眴'当作'瞬'，句末当补兮字。"孔：很，甚。幽默：沉寂无声。

〔4〕纡：委屈。轸：悲痛。离：借作"罹"，遭遇。愍（mǐn）：同"愍"，忧患。鞠：窘困。

〔5〕效：验。自抑：自行抑制。

〔6〕刓（wán）：削，刻。圜：同"圆"。常度：正常的法度。替：废。

凤皇在笯兮，鸡鹜翔舞。

〔7〕迪：道路。本迪，即改变常道之意。

〔8〕章：明。志：记。墨：绳墨，借指法度。前图：初志，原来的打算。

〔9〕内：内心。大人：犹"君子"。盛：赞许。

〔10〕倕（chuí）：相传为尧时的巧匠。斲（zhuó）：砍削。枻：弯曲。

〔11〕玄文：黑色的彩绘。矇瞍：有眼珠而看不见谓矇，有眼无珠称瞍，这里泛指盲人。

〔12〕离娄：也称离朱，相传为黄帝时人，视力极强，能于百步之外明察秋毫。

〔13〕笯（nú）：竹笼。鹜（wù）：野鸭。

同糅玉石兮，	美玉顽石混在一起，
一概而相量[1]。	人们以为一模一样。
夫惟党人之鄙固兮，	群小多么卑鄙顽固，
羌不知余之所臧[2]。	全不了解我的高尚。
任重载盛兮，	我肩负国家重任，
陷滞而不济。	却陷入困境难自救。
怀瑾握瑜兮，	尽管手握珍宝美玉，
穷不知所示[3]。	穷困中不知献给谁。
邑犬之群吠兮，	村里的群狗在乱叫，
吠所怪也。	它们见到了奇怪事。
非俊疑杰兮，	否定英雄怀疑豪杰，
固庸态也[4]。	是庸人惯用的伎俩。

【注释】

〔1〕概：古时斗量米时用以刮平斗斛的木器。

〔2〕夫：指示代词，那。惟：思。鄙固：鄙陋顽固。臧：善。

〔3〕瑾、瑜：均为美玉名。示：给人看。

〔4〕非：诽谤。疑：猜忌。

文质疏内兮，

众不知余之异采[1]。

材朴委积兮，

莫知余之所有[2]。

重仁袭义兮，

谨厚以为丰[3]。

重华不可遌兮，

孰知余之从容[4]？

古固有不并兮，

岂知其何故也？

汤禹久远兮，

邈而不可慕也。

惩连改忿兮，

抑心而自强[5]。

离慜而不迁兮，

愿志之有像[6]。

进路北次兮，

日昧昧其将暮[7]。

舒忧娱哀兮，

限之以大故[8]。

乱曰：浩浩沅湘，

分流汩兮[9]。

修路幽蔽，

道远忽兮[10]。

外表疏放语言迟钝，

谁知我的才能出众。

像栋梁之材空堆积，

没人知道我的潜力。

我重视品德求仁义，

为人谨慎充实自己。

虞舜不能再遇到了，

谁又理解我的用意？

自古圣贤生不同时，

怎知为什么会这样？

商汤夏禹离得太远，

远得使我无法思慕。

今后不再怨恨愤怒，

克制内心锻炼自己。

忧患没有使我变节，

愿意成为后人榜样。

快步前进走向北方，

太阳西沉暮色苍茫。

我要排遣忧愁悲伤，

最好的办法是死亡。

尾声：汹涌的沅江和湘江，

一日千里各自流淌。

漫长的道路险长久，

前途遥远而且渺茫。

楚辞

【注释】

〔1〕文：指外表。

〔2〕朴：没有加工过的原木。

〔3〕袭：重叠。

〔4〕遌：遇。

〔5〕惩：止。惩连：即止恨。

〔6〕像：楷模，榜样。

〔7〕次：止宿。

〔8〕大故：死的委婉说法。

〔9〕分：一作"汾"。

〔10〕忽：渺茫的意思。

怀质抱情，	我品质美好多激情，
独无匹兮[1]。	但是谁是我的知音。
伯乐既没，	会相马的伯乐死了，
骥焉程兮[2]。	千里马现在谁来评。
民生禀命，	人生在世领受天命，
各有所错兮[3]。	各人命运由天注定。
定心广志，	安下心来放宽胸襟，
余何所畏惧兮。	没有什么可怕的事。
曾伤爰哀，	伤痕累累无限悲哀，
永叹喟兮[4]。	心情让我叹息不尽。
世浑浊莫吾知，	社会黑暗没人理解，
人心不可谓兮。	人心叵测难以评说。
知死不可让，	我知道死不可避免，
愿勿爰兮。	我对生命舍得抛弃。
明告君子，	那光明磊落的前贤，
吾将以为类兮[5]。	我们将永远在一起。

【注释】

〔1〕情：思想。匹：朱熹以为"正"字之误。

〔2〕伯乐：春秋时人，以善相马闻名。程：衡量。

〔3〕错：同"措"，安排。

〔4〕曾：同"增"。爰：哀哭不止。

〔5〕类：同类。

思美人

【题解】

美人，指楚怀王。思美人，思念怀王，希望他能幡然悔悟。

思美人兮，
揽涕而竚眙[1]。
媒绝路阻兮，
言不可结而诒[2]。
蹇蹇之烦冤兮，
陷滞而不发[3]。
申旦以舒中情兮，
志沉菀而莫达[4]。
愿寄言于浮云兮，
遇丰隆而不将[5]。
因归鸟而致辞兮，
羌迅高而难当[6]。
高辛之灵盛兮，
遭玄鸟而致诒[7]。
欲变节以从俗兮，
媿易初而屈志。
独历年而离愍兮，
羌冯心犹未化[8]。
宁隐闵而寿考兮，
何变易之可为[9]！
知前辙之不遂兮，
未改此度[10]。
车既覆而马颠兮，
蹇独怀此异路[11]。
勒骐骥而更驾兮，
造父为我操之[12]。
迁逡次而勿驱兮，
聊假日以须时[13]。
指嶓冢之西隈兮，
与纁黄以为期[14]。

美人啊我多么思念，
揩干了涕泪久久盼。
无人说合道路不畅，
要说的话也无法讲。
正直带来烦恼忧伤，
愁思无法表达出口。
我日日想表明心意，
沉闷压抑郁结心头。
想托浮云传情达意，
遇到云神不讲情面。
想托归鸟送去锦书，
它飞得高很难胜任。
帝喾之灵德行美好，
遇到玄鸟送去礼品。
舍弃廉耻随波逐流，
我又不愿心中有愧。
长年孤独遭受忧患，
愤懑心情丝毫未减。
宁可一生忍受痛苦，
怎么能够改变我心。
明知以前很不顺利，
但也不愿改变态度。
尽管车已翻马倒下，
偏走与众不同的路。
又登上千里马的车，
能手造父给我赶车。
车儿慢慢走不着急，
暂时休息等待时机。
车子奔向嶓冢西边，
直到黄昏才停下来。

【注释】

〔1〕挥涕：拭泪。挥，同"揽"。眙：瞪眼直视。

〔2〕结：缄，此指写信。

〔3〕謇謇：直言的样子。发：迸发。

〔4〕申旦：日日。菀（yù）：郁结、积滞。

〔5〕丰隆：云神。将：送。《诗·邶风·燕燕》："之子于归，远于将之。"郑玄笺："将亦送也。"

〔6〕当：遇。

〔7〕高辛：即帝喾。玄鸟：燕子。诒：通"贻"，指聘礼。

〔8〕媿：同"愧"。冯心：凭心，愤懑之心。

〔9〕隐闵：忍痛。

〔10〕不遂：不顺利。

〔11〕蹇：发语词。

〔12〕造父：周穆王时人，以善于驾车著称。

〔13〕迁：延。逡（qūn）次：即"逡巡"，徘徊不前的意思。须时：等待一会儿。

〔14〕嶓（bō）冢：山名，在今甘肃天水和礼县之间。隈：边。纁（xūn）：通"曛"，曛黄，犹昏黄，即黄昏。

开春发岁兮，	春天来临一年开始，
白日出之悠悠。	太阳冉冉从东升起。
吾将荡志而愉乐兮，	我要放松尽情娱乐，
遵江夏以娱忧[1]。	沿着江夏排遣忧虑。
挺大薄之芳茝兮，	我采草木中的芳芷，
搴长洲之宿莽[2]。	摘下长洲上的宿莽。
惜吾不及古人兮，	可惜我没赶上前贤，
吾谁与玩此芳草[3]？	和谁一同欣赏群芳？
解萹薄与杂菜兮，	采摘些萹蓄和杂菜，
备以为交佩[4]。	用它们做左右佩带。
佩缤纷以缭转兮，	萹蓄杂菜好看一时，
遂萎绝而离异[5]。	不久就会凋谢枯败。
吾且僵徊以娱忧兮，	我在这里徘徊消忧，
观南人之变态[6]。	观赏一下奸人丑态。
窃快在其中心兮，	他们心中暗暗喜悦，
扬厥凭而不竢[7]。	装作生气来摆威风。

芳与泽其杂糅兮，　　　　香花污秽混杂一起，
羌芳华自中出。　　　　　花香总不会被掩盖。
纷郁郁其远蒸兮，　　　　缕缕花香远远散发，
满内而外扬。　　　　　　馥郁香气充满内外。
情与质信可保兮，　　　　外表本质的确美好，
羌居蔽而闻章[8]。　　　　处境虽劣名扬四海。

【注释】

〔1〕荡志：纵情。娱忧：消忧。
〔2〕薄：草木丛生的地方。搴（qiān）：拔取。宿莽：香草名。
〔3〕不及：没有赶上。
〔4〕解：采。萹（biān）：萹蓄，亦名萹竹，一年生草本植物。交佩：左右佩带。
〔5〕缭转：纠缠。
〔6〕南人：指楚国江南一带的人。变态：异状。
〔7〕窃快：暗喜。厥：其。竢：等待。
〔8〕闻章：名声昭著。

令薜荔以为理兮，　　　　想用薜荔去做媒介，
惮举趾而缘木[1]。　　　　又不愿抬脚上树摘。
因芙蓉以为媒兮，　　　　想让荷花前去说合，
惮褰裳而濡足[2]。　　　　又不愿提裳下水采。
登高吾不说兮，　　　　　高攀让我心里不悦，
入下吾不能[3]。　　　　　低就也让我心不快。
固朕形之不服兮，　　　　这本不合我的习惯，
然容与而狐疑[4]。　　　　心中犹豫上下徘徊。
广遂前画兮，　　　　　　还是坚持从前打算，
未改此度也[5]。　　　　　这种态度一直不变。
命则处幽吾将罢兮，　　　人到黄昏万事皆休，
愿及白日之未暮也[6]。　　要抓紧白天的时光。
独茕茕而南行兮，　　　　我孤单地向南走去，
思彭咸之故也[7]。　　　　彭咸故迹使我思念。

勒骐骥而更驾兮，造父为我操之。

惜往日

【题解】

　　本篇以首句"惜往日"名篇，从内容上看，可能是屈原最后的作品，创作时间估计离他自沉汨罗江不会太久。

惜往日之曾信兮，	过去曾经深受信任，
受命诏以昭诗[1]。	领受诏令时世清明。
奉先功以照下兮，	遵奉先王教育百姓，
明法度之嫌疑[2]。	法度严密无隙可乘。
国富强而法立兮，	国家富强法律制定，
属贞臣而日娭[3]。	忠臣执政天下太平。
秘密事之载心兮，	国家机密放在心里，
虽过失犹弗治[4]。	纵有差错君王包容。
心纯厖而不泄兮，	我心纯厚态度严谨，
遭谗人而嫉之[5]。	遭到谗佞嫉恨万分。
君含怒而待臣兮，	君王听信含怒对我，
不清澈其然否[6]。	也不明察是假是真。
蔽晦君之聪明兮，	谗言蒙蔽君王视听，

虚惑误又以欺[7]。　　　　　　无中生有以假乱真。
弗参验以考实兮，　　　　　　君王也不考察核实，
远迁臣而弗思[8]。　　　　　　下令放逐不念旧情。
信谗谀之混浊兮，　　　　　　听信了丑恶的谗言，
盛气志而过之[9]。　　　　　　盛气凌人降罪于我。

【注释】

〔1〕曾信：曾经被信任重用。命诏：即诏命，君王所颁布的号令。

〔2〕照下：照耀下民。嫌疑：指法度中含糊不清之处。

〔3〕属：付托。贞臣：忠贞之臣。娭（xī）：同"嬉"。

〔4〕秘密事：指治国之机密大事。治：治罪。

〔5〕纯厖（máng）：纯朴厚道。

〔6〕澈：同"澄"。清澈：弄清事实真相。然否：是与不是，对错。

〔7〕虚：无中生有。惑：颠倒是非。误：陷害人。

〔8〕参验：比较验证。迁：放。

〔9〕盛气志：盛气凌人。

临沅湘之玄渊兮，遂自忍而沈流。

何贞臣之无罪兮，　　　　　　为什么忠臣没犯罪，
被离谤而见尤[1]。　　　　　　却要被诽谤受责罚。
惭光景之诚信兮，　　　　　　真惭愧啊光影不离，
身幽隐而备之[2]。　　　　　　隐居暗处感受不到。
临沅湘之玄渊兮，　　　　　　面对沅江湘江渊底，
遂自忍而沈流。　　　　　　　想要忍受艰苦投江。
卒没身而绝名兮，　　　　　　最终命断名声断绝，
惜壅君之不昭[3]。　　　　　　可惜君王仍受蒙蔽。
君无度而弗察兮，　　　　　　君王没分寸不明察，
使芳草为薮幽[4]。　　　　　　竟让杂草埋没香草。
焉舒情而抽信兮？　　　　　　到哪能够抒发真情？

恬死亡而不聊^[5]。　　　　　安然死去不愿偷生。

独鄣壅而蔽隐兮，　　　　　　只是君王还受蒙蔽，

使贞臣为无由^[6]。　　　　　任用忠臣已不可能。

【注释】

〔1〕离：借为"罹"，遭也。尤：责备。

〔2〕光景：光和影，指天日。备：闻一多《楚辞校补》："案备字无义，疑当为避，声之误也。避谓避光景，有惭于光景，故欲避之而隐身于玄渊之中也。"

〔3〕壅君：犹言昏君。不昭：不明。

〔4〕无度：心中无分寸。为：于。薮（sǒu）幽：大泽深幽处。

〔5〕焉：何。抽信：陈述忠诚。恬：安然。不聊：不苟且偷生。

〔6〕无由：无从。

闻百里之为虏兮，　　　　　　百里奚曾当过俘虏，

伊尹烹于庖厨^[1]。　　　　　伊尹烹调做过司厨。

吕望屠于朝歌兮，　　　　　　姜尚在朝歌当屠户，

宁戚歌而饭牛^[2]。　　　　　宁戚边喂牛边唱歌。

不逢汤武与桓缪兮，　　　　　不遇汤武齐桓秦穆，

世孰云而知之^[3]。　　　　　谁能了解他们长处。

吴信谗而弗味兮，　　　　　　吴王轻易听信谗言，

子胥死而后忧^[4]。　　　　　伍胥死后忧患到来。

介子忠而立枯兮，　　　　　　介子推却被火烧死，

文君寤而追求^[5]。　　　　　晋文公觉悟已太迟。

封介山而为之禁兮，　　　　　绵山改名禁止打柴，

报大德之优游^[6]。　　　　　为报大恩晋文优待。

思久故之亲身兮，　　　　　　多年上下患难与共，

因缟素而哭之^[7]。　　　　　穿着丧服涕泪横流。

或忠信而死节兮，　　　　　　有的人因忠诚而死，

或訑谩而不疑^[8]。　　　　　有的人因欺诈做官。

弗省察而按实兮，　　　　　　不去调查尊重事实，

听谗人之虚辞。　　　　　　　专听谗人说的假话。

芳与泽其杂糅兮，　　　　　　香臭不分混杂一起，

孰申旦而别之。　　　　　　　谁能清清楚楚分辨。

【注释】

〔1〕百里:即百里奚,春秋时虞国的大夫,后被晋献公所俘,作为献公女儿的陪嫁奴隶送给秦穆公。百里奚中途逃走,被楚国守边的人捉住,秦穆公知其是贤才,用五张羊皮把他赎回,任为大夫。后百里奚助秦穆公成就了霸业。伊尹:原为有莘氏的陪嫁奴隶,曾做过厨子,后任商汤的相,助汤政灭夏桀。

〔2〕吕望:即吕尚,本姓姜,因先代封于吕遂取以为氏。传说他于未发迹时,曾在朝歌当屠夫,晚年钓于渭水之滨,得文王重用,后助武王灭商。宁戚:春秋时卫国人。家贫,为人挽车,至齐,夜于车下喂牛,扣牛角而歌,齐桓公闻而异之,拜为上卿,后迁国相。

〔3〕桓:指齐桓公。缪:同“穆”,指秦穆公。云:句中语助词。

〔4〕吴:指吴王夫差。弗味:不能体味辨别。子胥:即伍子胥,名员,吴国贤臣。吴王夫差不纳伍子胥灭越的忠言,反听信了太宰伯嚭的谗言,逼他自杀。不久吴竟亡于越。

〔5〕立枯:指抱树站着被烧死。文君:即晋文公。

〔6〕禁:封山。优游:言德之大。介子推在晋文公逃亡中,曾割股给文公吃,故称介子推有“大德”。

〔7〕久故:老朋友。亲身:指介子推割股事。

〔8〕讹谩(tuō mán):欺诈。讹,通“诞”。

何芳草之早殀兮,	为何香草过早凋零,
微霜降而下戒[1]。	微霜下降未曾提防。
谅聪不明而蔽壅兮,	君王耳目深受蒙蔽,
使谗谀而日得[2]!	使馋人者得意扬扬。
自前世之嫉贤兮,	自古贤人总受嫉恨,
谓蕙若其不可佩[3]。	还说香草不可佩戴。
妒佳冶之芬芳兮,	是嫉妒美人的芬芳,
嫫母姣而自好[4]。	丑妇搔首故作姿态。
虽有西施之美容兮,	纵有西施美好容貌,
谗妒人以自代。	谗妒的人也会挤掉。
愿陈情以白行兮,	我想自我表明心意,
得罪过之不意。	得到罪过实在意外。
情冤见之日明兮,	我的冤情日益分明,
如列宿之错置[5]。	就像星辰清晰可见。
乘骐骥而驰骋兮,	想骑骏马纵横驰骋,
无辔衔而自载[6]。	没有缰绳只能用手。

乘氾泭以下流兮，　　　　　　想乘木筏顺流远航，

无舟楫而自备[7]。　　　　　　没有船桨自己安排。

背法度而心治兮，　　　　　　违背法度听任心意，

辟与此其无异[8]。　　　　　　就和前例同样荒谬。

宁溘死而流亡兮，　　　　　　宁可死去魂魄离散，

恐祸殃之有再[9]。　　　　　　担心再次遭到祸殃。

不毕辞而赴渊兮，　　　　　　话未说完就要投江，

惜壅君之不识！　　　　　　　糊涂君王不懂我心！

【注释】

〔1〕下：一本作"不"，译文从之。

〔2〕谅：诚，实在。

〔3〕蕙（huì）若：蕙草和杜若，均为香草。

〔4〕佳冶：美人。嫫母：古代丑妇，传为黄帝次妃。自好：自以为美好。

〔5〕列宿：列星，众星。错置：陈列。

〔6〕衔：勒马口的马嚼子。此言谓空手驭马。

〔7〕氾：同"泛"。泭（fú）：同"桴"，竹木筏。舟：朱熹："舟字疑当作维。"维，绳子。

〔8〕心治：凭主观意志治理国家。辟：通"譬"。

〔9〕溘：忽然。

橘　颂

【题解】

　　本篇从内容和风格上看，应是屈原早年的作品。屈原通过对橘树的高贵品质的赞颂，表现了自己的人格。这首诗把咏物和抒情紧密结合，对后来的咏物诗产生了深远的影响。

后皇嘉树，　　　　　　　　　天地间最美的树，

橘徕服兮[1]。　　　　　　　　是橘树习服水土。

受命不迁，　　　　　　　　　天生习性不能移，

生南国兮[2]。　　　　　　　　只长在南国荆楚。

深固难徙，　　　　　　　　　根深坚牢难迁移，

更壹志兮。	因为它心志专一。
绿叶素荣，	碧绿叶子白花朵，
纷其可喜兮[3]。	缤纷一片令人喜。
曾枝剡棘，	枝条繁密刺儿尖，
圆果抟兮[4]。	圆圆果实真饱满。
青黄杂糅，	绿中透出点点黄，
文章烂兮[5]。	色彩真是太斑斓。
精色内白，	鲜艳的外表内纯洁，
类可任兮[6]。	如同那贤人志士。
纷缊宜修，	橘香浓郁修饰得体，
姱而不丑兮[7]。	生得又美好无比。

【注释】

〔1〕后皇：天地的代称。后，后土。皇，皇天。徕：同"来"。服：习服。

〔2〕受命：受自然之命，即天性。

〔3〕素荣：白花。

〔4〕曾枝，犹繁枝。曾，通"增"。剡：尖利。棘：刺。抟（tuán）：同"团"，圆圆的。

〔5〕文章：花纹。

〔6〕精色：色彩鲜明。类可任兮：一本作"类任道兮"。

〔7〕纷缊：茂密。宜修：美好。姱（kuā）：美好。

嗟尔幼志，	叹你自幼的志气，
有以异兮。	就与众人不相同。
独立不迁，	卓然独立从不变，
岂不可喜兮？	怎不令人敬又喜？
深固难徙，	根深坚固难迁徙，
廓其无求兮[1]。	心胸坦荡有理想。
苏世独立，	你清醒地在世上，
横而不流兮[2]。	绝水横渡不媚俗。
闭心自慎，	绝私欲谨慎自守，
终不失过兮[3]。	自始至终不犯错。
秉德无私，	坚守美德不偏私
参天地兮[4]。	为人高尚配天地。

愿岁并谢，与长友兮。

愿岁并谢，	愿与日月共生死，
与长友兮[1]。	长结友谊不离弃。
淑离不淫，	至善至美不过分，
梗其有理兮[2]。	枝干竖直有纹理。
年岁虽少，	虽然年纪不太大，
可师长兮。	却可做人的老师。
行比伯夷，	你的品行像伯夷，
置以为像兮[3]。	做榜样供人学习。

【注释】

〔1〕并谢：共生死。

〔2〕淑：善。离：通"丽"。淫：放纵，过分。理：纹理。

〔3〕伯夷：殷末人，因反对武王灭殷，坚决不食周粟，饿死在首阳山。

悲回风

【题解】

本篇以首句名篇。回风就是旋风。

悲回风之摇蕙兮，
心冤结而内伤。
物有微而陨性兮，
声有隐而先倡[1]。
夫何彭咸之造思兮，
暨志介而不忘[2]。
万变其情岂可盖兮，
孰虚伪之可长[3]！
鸟兽鸣以号群兮，
草苴比而不芳[4]。
鱼葺鳞以自别兮，
蛟龙隐其文章[5]。
故荼荠不同亩兮，
兰茝幽而独芳[6]。
惟佳人之永都兮，
更统世以自贶[7]。
眇远志之所及兮，
怜浮云之相羊[8]。
介眇志之所惑兮，
窃赋诗之所明[9]。
惟佳人之独怀兮，
折若椒以自处[10]。
曾歔欷之嗟嗟兮，
独隐伏而思虑[11]。
涕泣交而凄凄兮，
思不眠以至曙。
终长夜之曼曼兮，
掩此哀而不去[12]。
寤从容以周流兮，
聊逍遥以自恃[13]。
伤太息之愍怜兮，
气于邑而不可止[14]。

悲叹旋风撕卷蕙草，
我心头郁结心忧伤。
蕙草柔弱易被摧残，
秋风无形影响巨大。
为何总是思慕彭咸，
他的高尚令人难忘。
千变万化难掩真相，
虚情假意怎能长久？
鸟兽鸣叫唤来同伴，
鲜草靠近枯草变枯。
鱼儿鼓鳞炫示自己，
蛟龙潜底隐藏美丽。
荼与荠从不种一起，
深山兰芷独具芳香。
佳人才能永葆美好，
怡然自得永世流传。
我的志向那么远大，
可惜像白云在天上。
我的志向不被理解，
我只好赋诗表内心。
我孤独幽怨的情怀啊，
折杜若和椒枝陪自己。
一次次地长吁短叹啊，
人虽隐居可思虑难息。
我伤心的眼泪不停流，
彻夜不眠愁思如缕。
漫漫长夜终于熬过了，
心中哀愁依然停留。
我还是动身去游荡吧，
姑且逍遥自解愁绪。
悲伤叹息我的不幸啊，
满怀的苦闷难纾解。

纠思心以为纕兮，　　　　　　满心愁思结成佩带，

编愁苦以为膺[15]。　　　　　　满怀愁苦编成内衣。

折若木以蔽光兮，　　　　　　折一支若木遮阳光，

随飘风之所仍[16]。　　　　　　任随旋风把我吹去。

【注释】

〔1〕物：指蕙草。性：通"生"。声：指秋风。

〔2〕造思：思念。暨：与。介：节操。

〔3〕盖：掩盖，藏。

〔4〕苴（jū）：枯草。比：靠近。

〔5〕茸：整治。文章：文采，指蛟龙的鳞甲。

〔6〕荼：苦菜。荠：甜菜。

〔7〕都：美好。更：经历。统世：世代。贶（kuàng）：通"况"，善。自贶，犹自许。

〔8〕眇：高远的样子。相羊：同"徜徉"，这里形容白云飘浮不定。

〔9〕介眇志：高远的志向。

〔10〕惟：思。

〔11〕曾：同"增"。

〔12〕掩：留的意思。不去：不能去怀。

〔13〕周流：四处游荡。自恃：自娱，自我排遣。

〔14〕于邑：同"郁悒"，气闷。

〔15〕纕：佩带。膺：胸，这里指护胸的内衣。

〔16〕仍：因，循。

存仿佛而不见兮，　　　　　　眼前模糊看不清楚，

心踊跃其若汤[1]。　　　　　　心像沸水一样跳荡。

抚珮衽以案志兮，　　　　　　整一整衣裳稳稳神，

超惘惘而遂行[2]。　　　　　　恍惚茫然地往前走。

岁忽忽其若颓兮，　　　　　　岁月匆匆时间流逝，

时亦冉冉其将至[3]。　　　　　我的生命也到尽头。

蘋蘅槁而节离兮，　　　　　　芳草枯萎枝叶飘零，

芳已歇而不比[4]。　　　　　　花朵凋谢香气尽收。

怜思心之不可惩兮，　　　　　我的愁思永远不止，

证此言之不可聊[5]。　　　　　我的表白无济于事。

宁溘死而流亡兮，	我宁愿死去漂泊啊，
不忍为此之常愁。	也不忍心中这样苦。
孤子吟而抆泪兮，	像孤儿呻吟擦眼泪，
放子出而不还[6]。	我像弃儿不得回去。
孰能思而不隐兮，	谁能想起心里不痛，
照彭咸之所闻[7]。	我决心走彭咸的路。
登石峦以远望兮，	登上高山向远望啊，
路眇眇之默默。	漫漫长路死气沉沉。
入景响之无应兮，	进入无影响的境界，
闻省想而不可得[8]。	视听思考都不可能。
愁郁郁之无快兮，	只有愁苦没有欢乐，
居戚戚而不可解[9]。	满心愁苦解决不了。
心鞿羁而不开兮，	心被束缚不得舒展，
气缭转而自缔[10]。	像用绳索把它捆紧。

【注释】

〔1〕仿佛：看不真切。汤：滚开的水。

〔2〕衽：衣襟。案：按捺。超：借作"怊"，失意的样子。惘惘：若有所失的样子。

〔3〕时：指生命的时限。

〔4〕蘋（fán）、蘅（héng）：均为香草名。节离：茎节断折。不比：不聚在一起，即飘零离散。

〔5〕惩：止。聊：赖。

〔6〕抆：拭。放子：被逐出的人。

〔7〕隐：心痛。闻：名声。一说闻乃闲字之误，闲，法则，规范。

〔8〕景：同"影"。省：目察。

〔9〕居：闻一多《楚辞校补》"疑居为思之误"，译文从之。

〔10〕鞿（jī）羁：马缰绳，这里指受约束。缭转：缠绕。缔：结。

穆眇眇之无垠兮，	宇宙渺茫无边无际，
莽芒芒之无仪[1]。	苍茫空荡无象无形。
声有隐而相感兮，	秋声虽小草木听到，
物有纯而不可为[2]。	蕙草纯真难抵秋风。
邈漫漫之不可量兮，	世事茫茫不可预料，
缥绵绵之不可纡[3]。	愁思不断缥缈绵长。

愁悄悄之常悲兮，　　　　　　愁满心怀使我悲苦，

翾冥冥之不可娱[4]。　　　　　暗中起舞也难欢畅。

淩大波而流风兮，　　　　　　驾着波涛顺水漂流，

托彭咸之所居[5]。　　　　　　去彭咸居住的地方。

上高岩之峭岸兮，　　　　　　我登上高山峭壁啊，

处雌蜺之标颠[6]。　　　　　　坐在五彩的虹霓之上。

据青冥而摅虹兮，　　　　　　我在天空吐气成虹，

遂倏忽而扪天[7]。　　　　　　突然挥手抚摸青天。

吸湛露之浮源兮，　　　　　　我吸饮的甘露多凉爽，

漱凝霜之雰雰[8]。　　　　　　又漱着片片的霜花。

依风穴以自息兮，　　　　　　我在风穴旁休息啊，

忽倾寤以婵媛[9]。　　　　　　忽然醒来又发愁怨。

【注释】

〔1〕穆：静。垠：边际。芒芒：同"茫茫"。仪：形。

〔2〕声：指秋声。感：感应。纯：纯真的本性。

〔3〕邈：遥远。缥：缥缈。纡：系结。

〔4〕悄悄：忧愁的样子。翾：指神思飞翔。

〔5〕流风：顺风漂流。

〔6〕雌蜺：虹蜺常有二环，内环色艳，称虹，谓之雄性；外环色淡，称蜺，古人谓之雌性。

〔7〕青冥：青天。摅（shū）：抒。扪：摸。

〔8〕浮源：一本"源"作"凉"，姜亮夫认为二者皆不可通，疑源为浮之误，浮浮与下文相对。浮浮，露水浓重的样子。漱：漱口。雰：霜浓重的样子。

〔9〕风穴：神话中风之出处。倾寤：转身醒来。婵媛：情思绵绵。

冯昆仑以澂雾兮，　　　　　　背靠昆仑俯瞰云雾，

隐岷山以清江[1]。　　　　　　依凭岷山俯视江水。

惮涌湍之礚礚兮，　　　　　　急流击石令人惊心，

听波声之汹汹[2]。　　　　　　涛声不绝震响耳畔。

纷容容之无经兮，　　　　　　江水横流纷乱无序，

罔芒芒之无纪[3]。　　　　　　茫茫江水汪洋一片。

轧洋洋之无从兮，　　　　　　波涛滚滚不知去哪，

驰委移之焉止[4]！　　　　　　弯弯曲曲尽头在哪！

漂翻翻其上下兮，　　　　　　浪涛翻滚忽上忽下，
翼遥遥其左右[5]。　　　　　　或左或右两边翻腾。
泛濞濞其前后兮，　　　　　　前浪刚起又来后浪，
伴张弛之信期[6]。　　　　　　伴随潮汐同涨同落。

【注释】

〔1〕冯：同"凭"。隐：凭依。
岅：同"岷"。

〔2〕礚礚：水石相击声。

〔3〕容：同"溶溶"，动乱的样
子。无经：无经纬的省文。南北称经，
东西称纬。芒芒：同"茫茫"。无纪：
没有条理。

〔4〕轧：指波涛相撞击。无从：
漫无所从。委移：同"逶迤"，水流宛
曲的样子。

〔5〕漂：同"飘"。

〔6〕濞（jié）：水涌出的样子。张
弛：涨落的意思。信期：潮汐有一定规
律，涨落有时。

望大河之洲渚兮，悲申徒之抗迹。

观炎气之相仍兮，　　　　　　炎夏水气不断循环，
窥烟液之所积[1]。　　　　　　凝聚成雨露和云烟。
悲霜雪之俱下兮，　　　　　　悲叹霜雪飘落大地，
听潮水之相击。　　　　　　　潮水撞击响在耳边。
借光景以往来兮，　　　　　　驾着神光上下往来，
施黄棘之枉策[2]。　　　　　　黄棘神木当成马鞭。
求介子之所存兮，　　　　　　寻求介子推的居处，
见伯夷之放迹[3]。　　　　　　发现了伯夷的遗址。
心调度而弗去兮，　　　　　　心里思忖不忍离开，
刻著志之无适[4]。　　　　　　下定决心不去别处。
曰：吾怨往昔之所冀兮，　　　尾声：怨恨以往理想破灭，
悼来者之愁愁[5]。　　　　　　痛惜后来无辜受惊。
浮江淮而入海兮，　　　　　　愿随江淮漂流入海，

从子胥而自适[6]。	追随子胥了结心愿。
望大河之洲渚兮,	望见大河中的沙洲,
悲申徒之抗迹[7]。	悲哀地想起申徒狄。
骤谏君而不听兮,	多次规谏君王不听,
任重石之何益?	抱石自沉又有何益?
心絓结而不解兮,	我的牵挂无法解除,
思蹇产而不释。	忧思郁结难以释怀。

【注释】

〔1〕炎气：夏天江河上面腾起的蒸汽。相仍：接续不断。烟液：指蒸汽凝结的水珠。

〔2〕光景：王逸《章句》："神光电景"。黄棘：神话中木名。枉策：弯曲的马鞭。

〔3〕介子：介子推。所存：指介子推的隐居之处。放迹：隐居的遗迹。

〔4〕调度：犹言考虑、思忖。刻著志：犹言下决心。适：往。

〔5〕曰：当是乱曰的省文。愬：同"惕"，忧惧。

〔6〕子胥：传说伍子胥死后，吴王夫差使人把尸体投入大江，遂化为海神。

〔7〕申徒：申徒狄，殷末贤臣，谏纣王不听，怀石自沉。抗迹：高尚的行为。

远 游

屈 原

【题解】

《远游》是一首充满浪漫主义奇思的抒情长诗。汉代以来的《楚辞》注释者，大多根据传说而定其作者为屈原。但是，不少文学研究者认为，这是汉人模仿《离骚》的作品，尚无定论。《远游》虽未必是屈原之作，然拟托者却从《离骚》往观四方、溘风上征得到启发，展开远游天地的缤纷铺排，申说"时俗迫阨"之悲和登遐成仙之乐，在艺术表现上大量融汇神仙传说，文采秀发，辞采绚烂。

悲时俗之迫阨兮，	悲哀社会风俗让人困顿，
愿轻举而远游[1]。	我愿轻身高举远游求真。
质菲薄而无因兮，	只是我无能又没有依靠，
焉托乘而上浮[2]？	怎么能乘清气飞上青天？

【注释】

〔1〕迫阨（è）：偏促阻塞。王逸《楚辞章句》："哀众嫉妒，迫胁贤也。"轻举：轻身高举。

〔2〕质菲薄：质性鄙陋。因：因缘。托乘：指乘坐仙人之车乘。

悲时俗之迫阨兮，愿轻举而远游。

遭沈浊而污秽兮，
独郁结其谁语！
夜耿耿而不寐兮，
魂营营而至曙[1]。
惟天地之无穷兮，
哀人生之长勤。
往者余弗及兮，
来者吾不闻。
步徙倚而遥思兮，
怊惝怳而乖怀[2]。
意荒忽而流荡兮，
心愁凄而增悲[3]。
神倏忽而不反兮，
形枯槁而独留[4]。
内惟省以端操兮，
求正气之所由[5]。
漠虚静以恬愉兮，
澹无为而自得[6]。
闻赤松之清尘兮，
愿承风乎遗则[7]。
贵真人之休德兮，
美往世之登仙[8]。
与化去而不见兮，
名声著而日延[9]。

陷入泥沼使我污秽混浊，
独自忧闷烦乱向谁诉说！
夜里辗转反侧难以成眠，
神魂凄切直到天色大亮。
只有天地才会无穷无尽，
可怜人生只有劳碌不堪。
过去之事已经无法了解，
未来之事我也不能听见。
我的步履蹒跚乱了分寸，
惆怅失意理想不能实现。
心情迷茫让我四处游荡，
心中愁惨无限悲伤失望。
忽然之间精神离而不返，
躯体消瘦只留下了骨头，
反复思索然后审察志向，
探求正气到底来自何方。
虚无清静心中安适愉悦，
清心寡欲才能自然得意。
我敬重赤松先生的清虚，
愿意继承他的遗风法则。
我敬慕赤松先生的美德，
羡慕过去的人能做神仙。
他们蜕形而去人看不见，
他们的名声却流传千载。

【注释】

〔1〕营营：凄切。

〔2〕徙倚：徘徊不定。怊（chāo）：惆怅。惝怳（chǎng huǎng）：失意不安的样子。乖怀：理想不能实现。

〔3〕荒忽：通"恍惚"，心神不定的样子。

〔4〕倏（shū）忽：迅速。

〔5〕惟省：思考省察。端操：端正操守。

〔6〕恬愉：恬淡自乐。澹（dàn）：淡。

〔7〕赤松：即赤松子，传说中的仙人。清尘：对人尊敬之词。尘，指行而起尘。清，尊贵之意。遗则：遗留的法则。

〔8〕休德：美德。登仙：得道成仙。

〔9〕化：大化，指四时阴阳自然之变化。著：显赫。日延：一天天扩大。

奇傅说之托辰星兮，	惊叹傅说死后变成星星，
羡韩众之得一[1]。	美慕韩众能够飞天成仙。
形穆穆以浸远兮，	他们身形渐渐远离尘世，
离人群而遁逸[2]。	他们远离世俗飘然不见。
因气变而遂曾举兮，	凭靠精气变化飞升上天，
忽神奔而鬼怪[3]。	能像鬼神往来瞬息万变。
时仿佛以遥见兮，	有时仿佛足以远远看见，
精皎皎以往来[4]。	神灵耀眼往来宇宙之间。
绝氛埃而淑尤兮，	超越浊世居住名山洞府，
终不反其故都[5]。	永远不愿返回自己故乡。
免众患而不惧兮，	避免众人忧虑毫不惧怕，
世莫知其所如。	世人难测不知我的去向。
恐天时之代序兮，	担心一年四季变化无情，
耀灵晔而西征[6]。	灿烂的太阳在不断西行。
微霜降而下沦兮，	寒冷的严霜也开始降临，
悼芳草之先零[7]。	悼惜那香草会首先凋零。
聊仿佯而逍遥兮，	我暂且徘徊而借以散心，
永历年而无成[8]。	我只虚度年华一事无成。
谁可与玩斯遗芳兮？	谁能与我同赏这些芳草？
长向风而舒情[9]。	我只好长久地迎风抒情。
高阳邈以远兮，	古帝高阳离我们太远了，
余将焉所程[10]？	想效法古人又怎么可能？

【注释】

〔1〕傅说：殷高宗武丁贤相。辰星：星宿名，即房星，东方之宿，苍龙之体。韩众：即韩终。

〔2〕浸远：渐远。遁逸：隐逸。

〔3〕因：凭借。气变：精气的变化。曾举：高举。曾：通"增"。神奔：像神一样往来奔走。

〔4〕皎皎（jiǎo）：同"皎"，光明的样子。

〔5〕氛埃：垢秽之气，即指混浊的尘世。淑尤：美善之地。

〔6〕代序：代谢。耀灵：指太阳。晔（yè）：闪光的样子。

〔7〕沦：沉，降。

〔8〕永历年：经过了很多年。无成：言身已老而事业无所成就。

〔9〕玩：玩赏，品评。长：一本作"晨"。

〔10〕高阳：远古帝王颛顼的称号。焉所程：哪里取得法式。

重曰：春秋忽其不淹兮，	再进一步诉说：春与秋匆匆交替，
奚久留此故居[1]。	为何我老是要留此故地。
轩辕不可攀援兮，	轩辕黄帝神圣高不可攀，
吾将从王乔而娱戏[2]。	我将跟随王乔娱乐游戏。
餐六气而饮沆瀣兮，	吃的是六气渴了有清露，
漱正阳而含朝霞[3]。	正阳气漱口朝霞含嘴里。
保神明之清澄兮，	为了保持精神清明纯洁，
精气入而粗秽除[4]。	精气多吸入污秽全排泄。
顺凯风以从游兮，	顺着南风随它各处游历，
至南巢而一息[5]。	游到了南巢我暂时休息。
见王子而宿之兮，	见到了子乔我深深作揖，
审一气之和德[6]。	向他讨教得道成仙秘密。
曰："道可受兮，不可传；	他说："道需心领神会不可言传，
其小无内兮，其大无垠[7]；	小到不可分大到无边际。
毋滑而魂兮，彼将自然；	神混不乱就可自然显现，
一气孔神兮，于中夜存[8]。	得道最佳境存于夜半时。
虚以待之兮，无为之先；	虚静去等待不争天下先，
庶类以成兮，此德之门[9]。"	得道之门径一切法自然。"
闻至贵而遂徂兮，	听到至理名言就想前往，
忽乎吾将行[10]。	匆匆忙忙我即将要远行。
仍羽人于丹丘兮，	追随飞仙到达丹丘圣地，
留不死之旧乡[11]。	永远留在长生不死之乡。

【注释】

〔1〕重曰：洪兴祖《楚辞补注》："离骚有乱有重。乱者，总理一赋之终；重者，情志未申，更作赋也。"从全诗结构上看，重曰，是另起一层的意思。

〔2〕轩辕：黄帝姓公孙，名轩辕。

〔3〕沆瀣（hàng xiè）：夜间水汽，即露水。正阳：即南方日中之气。朝霞：即日出赤黄之气。

〔4〕神明：指人的精神。

〔5〕凯风：南风。南巢：指南方荒远之国。一息：休息。

〔6〕宿：朱熹《楚辞集注》："宿，与'肃'通。"恭敬。一气、和德：道家术语，得道的意思。

〔7〕无内：极小，不可分割。

〔8〕毋滑（gǔ）：不混乱。一气孔神：即得道的最佳境界。孔，甚。于中夜存：言夜半万籁无声，人的精神容易达到虚静无为的境界。

〔9〕无为之先：即《老子》"不敢为天下先"。德之门：和德之门。达到和德境界的途径。

〔10〕至贵：至贵之言，指上王子乔之所言。徂（cú）：往。

〔11〕仍：追随。羽人：飞仙。丹丘：昼夜常明之仙境。

朝濯发于旸谷兮，	早晨在汤谷里洗濯头发，
夕晞余身兮九阳[1]。	夜晚就在九阳下晒身上。
吸飞泉之微液兮，	吸饮飞泉溅的清凉泉水，
怀琬琰之华英[2]。	美玉般的花朵怀揣在心。
玉色颊以脕颜兮，	脸色如美玉光彩又照人，
精醇粹而始壮[3]。	精神纯粹完美初盛方刚。
质销铄以汋约兮，	我的凡胎脱尽轻丽柔美，
神要眇以淫放[4]。	神人精神旺盛格外奔放。
嘉南州之炎德兮，	南州气候温暖令人赞美，
丽桂树之冬荣[5]。	那美丽的桂花冬天吐英。
山萧条而无兽兮，	群山萧条没有野兽出没，
野寂漠其无人。	原野寂静无人多么冷清。
载营魄而登霞兮，	车载着魂魄我登上彩霞，
掩浮云而上征[6]。	浮云遮身啊我登上天庭。
命天阍其开关兮，	叫守门人赶快打开天门，
排阊阖而望予[7]。	他推开天门而把我来看。
召丰隆使先导兮，	我召唤云师来作为向导，
问太微之所居[8]。	叫他打听太微宫的所在。
集重阳入帝宫兮，	来到九重天进入太微宫，

造旬始而观清都[9]。	造访太白星到清都参观。
朝发轫于太仪兮，	早晨启程于太仪的天庭，
夕始临乎于微闾[10]。	傍晚来到东北於微闾山。

【注释】

〔1〕晞（xī）：晒干。九阳：古代神话称汤谷有扶桑树，“九日居下枝，一日居上枝”。“九阳”，即指居下枝的九个太阳。

〔2〕琬琰：美玉。

〔3〕玉色：指脸色。頩（pīng）：美貌。脕（wàn）：颜面润泽美丽。醇粹：纯粹完美。

〔4〕质：指形体。质销铄：指凡胎脱尽。汋约：即绰约，柔美之貌。要眇：高远貌。

〔5〕炎德：火德。东、西、南、北、中分属五行，南方属火，故称炎德。

〔6〕载营魄：车载魂魄。语出《老子》：“载营魄抱一，能无离。”

〔7〕天阍：天上的守门人。关：门闩。开关：即开门。阊阖（chāng hé）：天门。

〔8〕丰隆：云神。太微：天上宫殿名。王夫之《楚辞通释》：“太微，在紫微之南，天市之北，中宫也。”

〔9〕集：止，到。重阳：天顶。造：至。旬始：天名。清都：上帝所居之地。

〔10〕轫（rèn）：制止车轮转动的横木。发轫：即移开横木，使车辆行动。所以发轫有启程动身之意。太仪：天庭。于微闾：神话中的山名，在东北方，产玉。于微闾，即医无闾，洪兴祖《楚辞补注》：“《周礼》：‘东北曰幽州，其山镇曰医无闾。’”

屯余车之万乘兮，	集聚起上万辆随从车马，
纷溶与而并驰[1]。	车辆齐头并进从容安闲。
驾八龙之婉婉兮，	驾车的八条龙蜿蜒前行，
载云旗之逶蛇[2]。	载着云旗飘飘绵延长空。
建雄虹之采旄兮，	插上绘雄虹的彩色旌旗，
五色杂而炫耀[3]。	旗帜五色缤纷炫耀苍穹。
服偃蹇以低昂兮，	服马高大矫健俯仰奔腾，
骖连蜷以骄骜[4]。	骖马奔驰卷曲纵恣向前。
骑胶葛以杂乱兮，	坐骑车驾交互杂乱相交，
斑漫衍而方行[5]。	车马列队并行漫无边际。
撰余辔而正策兮，	我手持缰绳端正握马鞭，
吾将过乎句芒[6]。	经过木神句芒继续前行。

【注释】

〔1〕屯：聚集。

〔2〕婉婉：同"蜿蜿"，蜿蜒曲折。

〔3〕雄虹：古人分虹为内外环，内环叫雄虹，外环叫雌虹。此指绘于旄上的彩色。旄（máo）：旗杆上装饰牛尾的旗。

〔4〕服、骖：驾车的四匹马，中间的两匹称服，两旁的两匹称骖。偃蹇：高大矫健的样子。连蜷：形容马奔驰向前卷曲的样子。骄骜：马纵恣奔驰的样子。

〔5〕胶葛：车马杂错貌。漫衍：漫无边际。方行：并行。

〔6〕撰：持，拿。句芒：神话中的木神。

前飞廉以启路

历太皓以右转兮，
前飞廉以启路[1]。
阳杲杲其未光兮，
凌天地以径度[2]。
风伯为余先驱兮，
氛埃辟而清凉[3]。
凤凰翼其承旗兮，
遇蓐收乎西皇[4]。
揽彗星以为旍兮，
举斗柄以为麾[5]。
叛陆离其上下兮，
游惊雾之流波[6]。
时暧曃其曭莽兮，
召玄武而奔属[7]。
后文昌使掌行兮，
选署众神以并毂[8]。
路漫漫其修远兮，
徐弭节而高厉[9]。
左雨师使径侍兮，
右雷公以为卫[10]。

经过天帝太皓向右转弯，
风神飞廉在前开路探看。
曙光初升还未大放光明，
越过天池继续径直向前。
风伯为我们车队的先锋，
天宇扫净浊尘干净清凉。
凤凰展翅去承接着旌旗，
遇到了西方蓐收和西皇。
摘下彗星装饰我的旌旗，
手握斗柄指挥车骑队形。
旗帜纷繁闪动光怪陆离，
游如惊雾闪似流波泛星。
天色渐渐昏暗暮色来临，
我命玄武赶快紧紧跟随。
让文昌在后面带领随从，
安排众神并驾驱车前行。
道路漫漫前途还很遥远，
我且停鞭缓行登高远望。
雨师在左路旁侍奉护路，
雷公在右路旁放哨站岗。

左雨师使径侍兮，右雷公以为卫。

【注释】

〔1〕太皓：指东方之天。飞廉：风神。

〔2〕杲杲（gǎo）：明亮。天地：俞樾校作"天池"，即咸池。径度：径直度越。

〔3〕氛埃：尘土。辟：扫除。

〔4〕蓐收：神话中的西方之神。西皇：西方天帝，即少昊。

〔5〕旍（jīng）：同旌，古代用牛尾和鸟羽装饰旗杆的一种旗。斗柄：指北斗七星形如斗柄第五、六、七三颗星。

〔6〕叛：纷繁。惊雾：言云雾惊动而流荡如水波。

〔7〕曖曃（ài dài）：昏暗貌。曀（tǎng）莽：阴晦不明。

〔8〕文昌：星名，在北斗魁前，有六星。掌行：带领从行的队伍。署：部署，安排。并毂（gǔ）：车辆并驾齐驱。毂：车轮中心的圆木，这里代指车。

〔9〕弭（mǐ）节：停鞭徐行。高厉：凭高远望。

〔10〕径侍：在路旁侍候。径，道路。

欲度世以忘归兮， 意恣睢以担挢[1]。	我想超脱尘世无所挂念， 我要放纵心意高上云天。
内欣欣而自美兮， 聊愉娱以自乐[2]。	内心高高兴兴修饰自己， 暂且欢娱求得乐在心间。
涉青云以泛滥游兮， 忽临睨夫旧乡[3]。	飞越青云纵情游览四方， 忽然望见自己想念的家。
仆夫怀余心悲兮， 边马顾而不行。	仆夫怀恋我也心中悲伤， 边马回头张望止住前行。
思旧故以想象兮， 长太息而掩涕[4]。	思念亲戚朋友浮想联翩， 长长叹息涕泪纵横沾裳。
泛容与而遐举兮， 聊抑志而自弭[5]。	还是远走高飞任意游荡， 暂且压抑自己思乡情肠。

【注释】

〔1〕度世：度越尘世而仙去。抯挢（jiǎo）：高举貌。

〔2〕愉：乐。

〔3〕泛滥游：纵情地四方周游。临睨（nì）：斜视。这里指望见。

〔4〕旧故：指亲戚朋友。

〔5〕抑志、自弭：指压抑自己思恋故乡旧交的感情。

指炎神而直驰兮，	朝着南方火神直奔而去，
吾将往乎南疑[1]。	我将到那仙界九嶷神山。
览方外之荒忽兮，	看那世外多么荒远飘忽，
沛罔象而自浮[2]。	我像船儿漂浮大海汪洋。
祝融戒而还衡兮，	火神祝融劝我转车返回，
腾告鸾鸟迎宓妃[3]。	传告鸾鸟迎宓妃洛水上。
张《咸池》奏《承云》兮，	宓妃演奏古曲《咸池》《承云》，
二女御《九韶》歌[4]。	娥皇女英演唱《九韶》之歌。
使湘灵鼓瑟兮，	让湘灵女神鼓瑟奏新曲，
令海若舞冯夷[5]。	令海神与河伯对舞翩飞。
玄螭虫象并出进兮，	黑龙水怪一同纷纷起舞，
形蟉虬而逶蛇[6]。	形体盘曲蜿蜒姿态万千。
雌蜺便娟以增挠兮，	彩虹艳丽更觉娇媚轻盈，
鸾鸟轩翥而翔飞[7]。	鸾鸟高飞上下盘旋自由。
音乐博衍无终极兮，	音乐舒缓平和没完没了，
焉乃逝以徘徊[8]。	我无所适从且徘徊蹒跚。
舒并节以驰骛兮，	放开缰绳任凭马儿飞奔，
逴绝垠乎寒门[9]。	到达了天边北极的寒门。
轶迅风于清源兮，	超越疾风来到寒风源头，
从颛顼乎增冰[10]。	跟从颛顼登上层层厚冰。

【注释】

〔1〕炎神：指南方火神祝融。南疑：即九嶷山。

〔2〕荒忽：荒远飘忽。沛：水流貌。罔象：水盛貌。

〔3〕祝融：洪兴祖《楚辞补注》引《山海经》："南方祝融，兽身人面，乘两龙，火神也。"还衡：转车回返。衡，车辕前横木，此指代车。腾告：传告。宓妃：神话中的人物，是古帝伏羲氏的女儿，溺死于洛水，遂为洛水之神。

使湘灵鼓瑟兮，令海若舞冯夷。
玄螭虫象并出进兮，形蟉虬而透蛇。

召黔嬴而见之兮，为余先平平路。

〔4〕咸池、承云：都是古代乐曲名。二女：指尧之二女，即娥皇、女英。御：侍候。九韶：舜时乐曲名。

〔5〕海若：北海之神，即《庄子·秋水》之北海若。冯夷：河伯，黄河之神。

〔6〕玄螭（chī）：传说中的红黑色无角龙。虫象：水中神物。蟉虬（liú qiú）：盘曲貌。

〔7〕便娟：轻盈美丽的样子。增挠：层层缠绕。轩翥（zhù）：高飞。

〔8〕博衍：形容乐声舒缓平和。

〔9〕驰骛（wù）：恣意奔驰。逴（chuō）：远。绝垠：天边。寒门：北极的天门。

〔10〕轶：超越。清源：指北极寒风的源头。颛顼：北方之神。增冰：即层冰，厚冰。

历玄冥以邪径兮，	经过玄冥前面崎岖小路，
乘间维以反顾[1]。	登上横绝空间回首频频。
召黔嬴而见之兮，	召来天神黔嬴彼此相见，
为余先乎平路[2]。	让他为我在前把路指引。
经营四方兮，	驾着车辆走过荒远四方，
周流六漠[3]。	四方和上下都周游一遍。
上至列缺兮，	向上直到闪电漏出之处，
降望大壑[4]。	向下直到渤海底的深渊。
下峥嵘而无地兮，	下面深邃啊看不见大地，
上寥廓而无天[5]。	上面高远啊望不到青天。

视倏忽而无见兮，　　　　　　眼睛忽而闪却视而不见，

听惝恍而无闻[6]。　　　　　　耳朵觉嗡嗡也听而无闻。

超无为以至清兮，　　　　　　超然无为清虚到了境界，

与泰初而为邻[7]。　　　　　　要与原始太初永远为邻。

【注释】

〔1〕玄冥：北方水神，冬神。邪径：崎岖小路。间维：古代计算天空距离的单位名称。

〔2〕黔赢：天上造化神名。

〔3〕六漠：即六幕，六合，指天地四方。

〔4〕列缺：天顶之裂隙，古人谓闪电由此漏出，故又称闪电为列缺。大壑：深渊。

〔5〕廖廓：广远貌。

〔6〕惝恍（tǎng huǎng）：模糊不清。

〔7〕至清：最清虚的境界。泰初：太始之初，即原始的状态。

卜 居

屈 原

【题解】

此篇所记之事，大抵发生在楚襄王三年间。当时屈原放逐汉北已三年多，怀王却已客死于秦。由于子兰唆使上官大夫再次进谗，楚襄王于大怒之中，下令将屈原迁逐江南。屈原在远迁沅湘前，得以在郢都稍事停留，故有烦懑之际问卜詹尹事。"卜居"即卜问如何立身之道。在"宁……，将……"的两疑之中，抒写着小人得志、忠贞遇害的深切愤懑和不平；同时显现着这位伟大志士在世道混浊、是非颠倒的非常时刻，对人生正道的孤傲而又坚定的选择。

《卜居》传说乃屈原所作，其实可能是熟悉屈原事迹的楚人之追记。由于记述的内容主体部分是屈原问卜之语，署屈原为作者，当也可以成立。

屈原既放，	屈原啊他被流放了以后，
三年不得复见[1]。	三年了不能再见到楚王。
竭知尽忠，	他为了君国煞费了苦心，
而蔽障于谗[2]。	但他的进取却遭到谗言。
心烦虑乱不知所从，	心烦意乱不知如何是好，
乃往见太卜郑詹尹。	就去见管太卜的郑詹尹。
曰："余有所疑，	屈原说："有些问题想不通，
愿因先生决之[3]。"	特来请教先生帮我解决。"
詹尹乃端策拂龟，	詹尹端策拂龟备好工具，
曰："君将何以教之[4]？"	说道："不知您有什么见教？"
屈原曰：	屈原十分激动地对他说：
"吾宁悃悃款款朴以忠乎，	"应该老老实实朴质忠厚，
将送往劳来斯无穷乎[5]？	还是送迎奉承阿谀屈从？

【注释】

〔1〕放：放逐。

〔2〕知：通"智"。

〔3〕太卜：官名，掌管国家卜筮的官员。郑詹尹：太卜名。因：通过，由。

〔4〕策：蓍草。

〔5〕悃（kǔn）悃款款：忠诚勤勉的样子。将：还是。

宁诛锄草茅以力耕乎，	应该除草助苗努力耕作，
将游大人以成名乎[1]？	还是游说诸侯求取名爵？
宁正言不讳以危身乎，	应该不惜性命大胆直言，
将从俗富贵以偷生乎[2]？	还是贪图富贵苟且偷生？
宁超然高举以保真乎，	应该超凡脱俗保全性真，
将呢訾栗斯，	还是阿谀逢迎屈己从俗，
喔咿儒儿以事妇人乎[3]？	强颜欢笑以去取媚妇人？
宁廉洁正直以自清乎，	应该廉洁正直清清白白，
将突梯滑稽如脂如韦，	还是圆滑随俗面面取巧，
以絜楹乎[4]？	像那油脂光滑牛皮柔软？
宁昂昂若千里之驹乎？	应该昂首挺胸像千里驹，
将氾氾若水中之凫[5]，	还是像水中鸟随波逐流，
与波上下偷以全吾躯乎？	任凭漂浮苟且保全身躯？

【注释】

〔1〕大人：指诸侯。

〔2〕偷：苟且。

〔3〕高举：指远离世俗。呢訾（zú zǐ）：阿谀奉承。栗斯：惊恐的样子，此处是形容献媚的丑态。喔咿儒儿：强作欢颜，以讨人喜欢的样子。

〔4〕突梯：圆滑。韦：熟牛皮。

〔5〕昂昂：昂然奋发的样子。氾氾：漂浮不定的样子。凫：野鸭子。

宁与骐骥亢轭乎，	我应该与骏马并驾齐驱，
将随驽马之迹乎[1]？	还是追随劣马亦步亦趋？
宁与黄鹄比翼乎，	我应该与天鹅比翼双飞，
将与鸡鹜争食乎[2]？	还是去与鸡鸭争食斗气？
此孰吉孰凶，	这到底做哪个不做哪个，
何去何从？	我应该如何做又如何行？
世混浊而不清。	这个世道已经混浊不清。
蝉翼为重，	蝉翼非常重，
千钧为轻[3]。	千钧比之轻。

黄钟毁弃,	青铜的编钟被销毁抛弃,
瓦釜雷鸣[4]。	黏土做的锅子响如雷鸣。
谗人高张,	坏人势力大,
贤士无名[5]。	好人默无名。
吁嗟默默兮,	啊！我不说了,
谁知吾之廉贞？"	谁了解我廉洁坚贞品行？"
詹尹乃释策而谢,	詹尹放下蓍草起身辞谢：
曰："夫尺有所短,	"衡量事物尺有短的时候,
寸有所长,	衡量事物寸有长的时候,
物有所不足,	万事万物都有不足之处,
智有所不明,	聪明的人也有不明之理,
数有所不逮,	数理有时都会无法预料,
神有所不通,	神灵有时也会变得糊涂,
用君之心,	你想怎么做,
行君之意,	那就怎么做,
龟策诚不能知此事[6]。"	龟壳蓍草对这一无所知。"

【注释】

〔1〕亢：并举。轭：车辕前横驾在牲口颈上的横木。亢轭，犹言并驾。驽马：劣马。

〔2〕黄鹄：天鹅，相传能一举千里。

〔3〕钧：古时三十斤为一钧。

〔4〕黄钟：古乐十二律之一，声调最为洪亮。此指音律合于黄钟的乐器大钟。瓦釜：陶制的锅。

〔5〕高张：气焰嚣张。

〔6〕谢：辞谢。数：指占卜。逮：及，到。

渔 父

屈 原

【题解】

　　屈原与渔父的对话，发生在屈原迁逐江南期间。从渔父认出屈原"三闾大夫"的身份看，他曾在楚江陵生活过，也许是从仕途退隐的高士。渔父对诗人的劝说，既出于关心，亦不妨看作是对屈原志节的一种试探。因为就是主张退隐的清廉之士，也并不愿意与世共其醉、同其浊，否则他们又何必隐于山泉林下？屈原不仅主张坚持清峻高洁，而且不能容忍世道之混浊。因此他所选择的，不是退隐，而是不惧迫害、放逐的挺身抗恶。他宁愿在这斗争中伏清白以死直，也不肯容忍、退让以苟活——这大抵是屈原与渔父的不同之处。

屈原既放，	屈原啊已经遭到了放逐，
游于江潭，	他来到了沅江湖畔游荡，
行吟泽畔[1]，	在江边一边走一边吟唱。
颜色憔悴，	他衰弱不振啊面色憔悴，
形容枯槁[2]。	他形销骨立啊枯瘦模样。
渔父见而问之曰：	渔翁看到屈原向他问道：
"子非三闾大夫软？	"您不就是三闾大夫吗？
何故至于斯[3]？"	为什么沦落到这种地步？"
屈原曰：	屈原回答渔翁的问话说：
"举世皆浊我独清，	"世人都混浊只有我干净，
众人皆醉我独醒，	个个都醉了唯有我清醒，
是以见放[4]。"	所以我怎么能不被放逐。"

【注释】

　　〔1〕既放：指屈原被楚顷襄王放逐。行吟泽畔：指在大泽边上一边走，一边吟诗。

　　〔2〕形容：指体态容貌。

　　〔3〕三闾大夫：楚国官名，掌管楚国贵族屈、景、昭三姓贵族事务。

　　〔4〕见放：被放逐。

渔父曰：

"圣人不凝滞于物，

而能与世推移[1]。

世人皆浊，

何不淈其泥而扬其波[2]？

众人皆醉，

何不铺其糟而歠其醨[3]？

何故深思高举，

自令放为[4]？"

屈原曰："吾闻之，

新沐者必弹冠，

新浴者必振衣[5]。

安能以自身之察察，

受物之汶汶者乎[6]？

宁赴湘流，

葬于江鱼之腹中。

安能以皓皓之白，

而蒙世俗之尘埃乎[7]！"

渔父莞尔而笑，

鼓枻而去[8]。乃歌曰：

"沧浪之水清兮，

可以濯吾缨[9]。

沧浪之水浊兮，

可以濯吾足。"

遂去，不复与言。

渔翁听他说完就劝他道：

"圣人不拘泥于某种环境，

并能随世俗变化而改变。

如果世间上人人都混浊，

何不搅浑泥水推波助澜？

如果世间上个个都醉了，

为何不吃酒糟把酒大喝？

为什么忧国忧民又超脱，

以至于使自己被人放逐？"

屈原回答说："我曾经听说，

刚洗头要弹去帽上灰尘，

刚洗澡要抖净衣上尘土。

怎能让干干净净的身体，

去沾染外界污浊的事物？

我宁愿投入那湘江水中，

让自己葬身在鱼腹肚中。

怎能让洁白纯净的东西，

蒙受那世俗尘埃的污垢！"

渔翁听完后就莞尔一笑。

敲击他的船桨边行边唱：

"沧浪江的水啊清又清啊，

可以洗一洗啊我的头巾。

沧浪江的水啊浊又浊啊，

可以洗一洗啊我的双脚。"

他走后不再和屈原说话。

【注释】

〔1〕与世推移：随从世俗不断改变自己。王逸注为"随俗方圆"，即随波逐流。

〔2〕淈（gǔ）其泥：搅动泥沙。淈，搅乱。

〔3〕铺其糟：吃酒糟。歠其醨：喝薄酒。

〔4〕高举：行为高尚，不同于一般世人。

〔5〕弹冠：掸去帽子上的灰尘。振衣：抖落衣服上的灰尘。

〔6〕察察：洁白的样子。汶汶（mén）：污浊的样子。

〔7〕湘流：湘水，流经今湖南省。皓皓之白：指纯洁高尚的品格。

〔8〕莞（wǎn）尔：微笑的样子。鼓枻（yì）：敲击船桨。

〔9〕沧浪：水名，在今湖南省境内。濯：洗。缨：系结帽子的丝带。